EL COLOR
DEL IMPERIO

El color del Imperio

Ignasi Serrahima

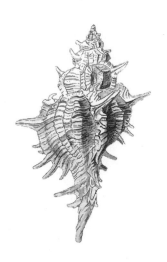

Papel certificado por el Forest Stewardship Council®

MIXTO
Papel procedente de
fuentes responsables
FSC
www.fsc.org
FSC® C117695

Penguin
Random House
Grupo Editorial

Primera edición: septiembre de 2021

© 2021, Ignasi Serrahima
© 2021, Ignasi Serrahima, por las ilustraciones del interior
© 2021, Penguin Random House Grupo Editorial, S. A. U.
Travessera de Gràcia, 47-49. 08021 Barcelona

Printed in Spain – Impreso en España

ISBN: 978-84-666-6952-8
Depósito legal: B-10.570-2021

Compuesto en Comptex&Ass., S. L.

Impreso en Rotoprint by Domingo S. L.
Castellar del Vallès (Barcelona)

BS 6 9 5 2 8

Als meus pares

A lo largo de la historia, anónimo ha sido nombre de mujer.

VIRGINIA WOOLF

El libro de la púrpura

Abadía de Praglia, Véneto, 1348

Como un espíritu oscuro, el aire avanzaba cerro arriba, miasmas infectas llevando la muerte y la corrupción hasta las mismas puertas de la abadía. La pestilencia causaba estragos, los contagios se sucedían, el pánico se apoderaba de las almas. El mal no distinguía entre pobres o ricos, viejos o jóvenes, legos o profesos. El día anterior, el abad herrero, fray Genaro, un napolitano corpulento de sonrisa perenne, había fallecido con la piel cubierta de negras pústulas, echando sangre por la boca, perdiendo las ennegrecidas yemas de los dedos como si fuera un leproso. Y esa misma mañana, el novicio Otón había amanecido con fiebre, dolores de cabeza y una buba del tamaño de un huevo de gallina en la axila.

—Padre, ¿dónde dejo esto?

Un mozo lampiño de cara ancha se había dirigido al abad Bonagrazia; llevaba un saco de considerable volumen en una mano y una antorcha encendida en la otra. El viento lanzaba chispas hacia su rostro, por lo que debía ladear la cabeza y amusgar los ojos. El monje examinó el contenido del saco a la titubeante luz de la llama. El murmullo que se oía del otro lado del muro no cejaba, como un horizonte de olas coronado por un halo luminoso de color anaranjado. Venían a por él; disponía de muy poco tiempo.

—Geometría —dijo, con impaciencia—. Esto es lo de Arrigo. Cárgalo en ese mulo de ahí.

—¡Padre Bonagrazia! —gritó el novicio Michele, un muchacho de dieciséis o diecisiete años, con granos en el rostro, la tonsura aún inflamada y los ojos emergiendo de las órbitas—. ¡Se acercan!

El abad secó el sudor de su frente. El calor era sofocante; la brisa parecía el aliento del diablo y las antorchas hacían el ambiente irrespirable incluso al aire libre. Observó a su alrededor, buscando algún atisbo de apoyo, pero desde que el prior había rehusado defenderlo de los ataques de fray Ubaldo, agachando la cerviz en un acto de vergüenza, el pueblo entero exigía su cabeza en bandeja de plata.

—San Juan Bautista, ¡protégeme! —murmuró Bonagrazia mirando a las estrellas. Pero luego sacudió la cabeza para alejar de sí ese momento de debilidad; su determinación era firme y el tiempo apremiaba.

La tensión había aumentado con las primeras muertes en el vecino pueblo de Teolo y las masacres de judíos en Padua. La peste, la muerte negra, había llegado a Italia desde Sicilia el año anterior y, como una mancha de aceite, se había extendido hacia el norte en pocos meses. En todas las ciudades, los contagiados eran emparedados en sus propias casas, con las puertas y ventanas tapiadas, y se les pasaba la comida por un agujero practicado en el tejado hasta que la muerte los reclamaba. Los cuerpos se incineraban en grandes piras a las puertas de las urbes y se prohibía el contacto con leprosos. Se organizaban procesiones de flagelantes y penitentes, que dejaban un rastro de sangre tras de sí mientras entonaban salmos implorando la misericordia divina. Pero nada de todo ello lograba frenar el avance de la plaga. Los cementerios se vieron desbordados y los obispos hubieron de declarar los ríos zona consagrada para que la plebe pudiera arrojar allí los cadáveres insepultos.

Algunas juderías parecían inmunes a la enfermedad, quizá por las exigentes medidas de higiene prescritas por la religión hebrea o por su aislamiento. O quién sabe si por algún pacto con el diablo. Eso hizo que sus habitantes fueran vistos como culpables, acusados de envenenar las aguas, de ultrajar la Sagrada Forma y de llevar a cabo prácticas cabalísticas con el objetivo de sembrar el caos en la cristiandad. Comenzaron los saqueos y las matanzas; los que no pudieron emigrar hacia el norte de África o hacia levante fueron masacrados; los magistrados locales declaraban de libre disposición los bienes de los judíos asesinados en los disturbios, lo cual exacerbaba el problema al apelar a la codicia de los asaltantes.

En Praglia, todo se había precipitado esa misma mañana, tras el oficio de prima, al romper el alba. El abad Ubaldo, el otro traductor de griego que trabajaba en el *scriptorium* de la biblioteca monástica, hombre enjuto, de nariz aguileña, perennes costras en las comisuras de los labios y gran rival de Bonagrazia desde que ambos llegaron siendo unos novicios hacía casi cincuenta años, había revelado a los demás frailes la condición de cristiano nuevo de este último, deslizando el tendencioso comentario de que Riccardo, el tonelero, lo había visto salir de la casa del rabino la noche del primer contagio en el monasterio.

—¡Sí, es cierto! —protestó él—. Estuve en casa del rabino Tadeo, que ha aportado códices y pergaminos a nuestra biblioteca a lo largo de los años. Lo visito desde hace mucho tiempo, como todos sabéis. ¿Es que acaso insinuáis, hermano Ubaldo, que tuve algo que ver con el avance de la pestilencia?

—¡Sois amigo de los asesinos de Cristo! ¡Lo cual se explica, por otro lado, porque nacisteis en el seno de esa raza maldita!

Muchos monjes se llevaron la mano al rostro, escandalizados, y alguno se santiguó alzando la vista al cielo; solo el prior y un par de los hermanos más veteranos sabían que Bonagrazia había nacido con el nombre de Ben Gazai, hijo de un converso y una judía de Florencia, bautizado a los ocho años, cuando su madre se convirtió a su vez a la religión de Jesucristo. Hubo debate cuando tomó el hábito, pues algunos se oponían a que un circunciso pudiera devenir benedictino. Pero el entonces prior, hombre sabio e ilustrado, vio en él gran vivacidad y prudencia, y defendió la sinceridad y pureza de alma de Bonagrazia al abrazar la fe verdadera.

—Mi relación con los judíos no tiene nada que ver con la enfermedad, Ubaldo. Y vos lo sabéis. Ellos están libres de culpa y sufren tanto como nosotros por el avance de la muerte negra. Dos mujeres han fallecido ya en la judería, y la epidemia se extiende allí como en todas partes. Y, en cualquier caso, incluso el Santo Padre, a quien Dios proteja muchos años, ha emitido el mes pasado la bula *Sicut Judaeis* en la que se exculpa a los judíos —argumentó él.

El papa Clemente, desde la sede de Aviñón, había tenido la valentía de defender a los hebreos a instancias de su médico personal, Guy de Chauliac, que aseguraba que la pestilencia se transmitía por los vapores miasmáticos que infectaban los pulmones por la noche, y que no tenían nada que ver con las cábalas sino con una desafortunada conjunción de astros el año anterior. Pese a ello, en todo el continente se seguía persiguiendo a las comunidades hebreas. En Tolón, varias docenas de habitantes de la judería fueron quemados vivos; en Barcelona, fueron desterrados del *call* y sus primogénitos pasados a cuchillo; en Espira, metieron a los hombres de la comunidad en barriles de vino y los echaron al Rin.

—El Creador introdujo una serpiente en el Paraíso —continuó Ubaldo aquella mañana, encendido en la soflama contra su rival— para tentar a Eva, madre de toda la humanidad, porque es consciente de que nos creó a su santa imagen, pero de humilde carne, y la carne es débil y pecadora, y quiso ponernos a prueba, y sucumbimos, porque no supimos ser fuertes y puros.

Los monjes lo escuchaban con arrebato, murmurando oraciones y santiguándose para ahuyentar el pavor que sentían, mirando de soslayo a Bonagrazia, al que habían tenido como hermano hasta entonces, pero cuya pedantería exacerbaba a más de uno. A veces los celos intelectuales minaban las relaciones personales en ese templo del saber.

—De la misma manera —proseguía Ubaldo—, yo os aseguro que Dios ha puesto una serpiente hebrea entre nosotros para tentarnos con su erudición, para endulzar nuestros oídos con su retórica, para agasajar nuestra vista con las espléndidas miniaturas que es capaz de producir su pecadora mano, para desviar nuestra razón, que debía seguir la senda divina, hacia caminos profanos, inspirados por el diablo. ¿De qué tratan los códices que con tanto regocijo produce Bonagrazia? ¿Alguien ha visto jamás que enaltezca a Dios Nuestro Señor con la iluminación de algún texto sagrado? ¿Alguien ha observado que utilice los talentos que Dios le ha dado (sí, hijos míos, porque Dios da talentos hasta a los más infames de entre nosotros, como Jesús nos enseñó en una de sus parábolas) para traducir los evangelios? ¡Por supuesto que no! El padre Bonagrazia utiliza la tribuna del saber para difundir textos pecaminosos que socavan la fe verdadera, que alaban incluso al Maligno.

—¡Eso es mentira! —protestó él, indignado—. ¿Habéis oído, hermanos, algo más ridículo?

Su preocupación había ido en aumento desde que se percató de que gran parte de ellos daban pábulo a Ubaldo, aterrorizados por la grotesca muerte del abad herrero y la postración del novicio. Muchos se habían creído que la abadía sería inmune por la gracia divina, pero ahora se veían obligados a hacer frente a la muerte entre los muros de su morada.

—¿Acaso no es cierto que los libros que copiáis y exaltáis tratan temas profanos?

—Algunos de ellos sí, pero...

—¿Acaso miento cuando digo que dedicáis vuestro conocimiento a difundir textos que nada tienen que ver con la devoción cristiana?

—¡Se trata de libros importantes! Yo...

—¡Ah! ¡Lo reconoce, hermanos! El abad Bonagrazia, el mismo que tiene por amigos a los asesinos de Cristo, ya que entre ellos hubo de nacer, el que falta a oficios de maitines porque, según dice, tiene mal despertar, el que dedica su saber a reproducir textos profanos, como él mismo ha admitido, ¡este, hermanos, es la semilla del diablo en nuestra santa comunidad!

La batalla estaba perdida; los monjes empezaron a murmurar contra él y se hacían cruces a su paso. Algunos de los sirvientes de la abadía, con los ojos desorbitados al paso de Bonagrazia, corrieron al pueblo a repetir las palabras de Ubaldo. Su destino estaba escrito.

—Que sea lo que Dios quiera —se dijo al final, aceptando los designios que el Creador había previsto para él, su humilde servidor.

Bonagrazia se encargaba de la formación de los novicios y era tenido en muy buena estima por la mayoría. Le gustaba cultivar aquellas verdes mentes y verlas florecer bajo su cuidado. Esa misma tarde reunió a los cuatro discípulos que consideraba más fieles y lúcidos en el *scriptorium*, vacío a aquella hora durante el oficio de vísperas, y les encomendó una misión a cada uno.

—Mis libros no deben sucumbir al ciego fanatismo propugnado por Ubaldo, hijos míos. Está sublevando en mi contra no solo a los monjes, sino a la plebe. Padua y Teolo están en llamas; todos hemos visto las hogueras, todos hemos olido el humo acre de la muerte. Cada día sucumben docenas de personas ante el avance de la pestilencia y el pueblo busca culpables. Ayer vi con mis propios ojos como arrojaban a un pobre mendigo leproso desde lo alto del barranco de Le Fiorine. Pronto vendrán a por mí.

—Pero, maestro, aún podemos huir —protestó Arrigo.

—No, hijo mío, muy poco me importa ya mi vida. He dado en ella todo lo que un ser humano puede dar, y, Dios me perdone, estoy bastante orgulloso de lo que he logrado. Pero mi legado no debe ser pasto de las llamas. ¡Debéis ayudarme a salvar mis libros!

Bonagrazia había traducido, iluminado y ampliado con aportaciones propias varios códices importantes, provenientes de la Antigua Grecia. Era vocación de la orden benedictina servir de transmisora y salvaguarda del saber humano, cuyo máximo esplendor había tenido lugar en la época clásica, y por ello él había querido hacerse monje desde que tuvo uso de razón. Distribuyó sus libros entre los cuatro jóvenes novicios cuando ya anochecía, y les dio instrucciones muy precisas.

—Voy a repartir los volúmenes entre vosotros y quiero que los llevéis donde yo os diga. En cada caso, serán bien recibidos y custodiados, de manera que mi obra servirá a futuras generaciones de sabios para mayor gloria de Dios. He ordenado a los mozos que preparen cuatro mulos con alforjas y un saco con comida para dos días y algo de dinero. Además, llevaréis cada uno una carta de recomendación para el prior del convento al que os envío. Es un viaje largo y ahíto de peligros, y sé que lo que os pido es que sacrifiquéis vuestra tierra y vuestra existencia tal y como la habéis conocido hasta ahora. No sé si dais crédito a las fabulaciones que Ubaldo ha ido extendiendo sobre mí por la región, pero sé que sus palabras han hecho mella en nuestros hermanos. Por ello, entenderé si alguno de vosotros se echa atrás.

Los novicios se miraron entre sí, pero ninguno reculó.

—Estamos con vos, paternidad —dijo Leodergario, el mayor de ellos.

—Bien. No disponemos de mucho tiempo. Id a recoger vuestras cosas y preparaos para emprender un largo viaje. Dios os bendiga, hijos míos.

Algo más tarde, cuando los monjes ya salían del coro al finalizar la oración de vísperas, Bonagrazia supervisaba con inquietud los cuatro mulos y sus alforjas. Los novicios estaban a su lado, nerviosos y atemorizados, pero firmes en su decisión de cumplir con el cometido de su maestro.

—Arrigo, a ti te encomiendo los dos libros de geometría de Apolonio de Perga, *De inclinationibus* y *De rationis sectione*. Me hubiera gustado tener más tiempo para traducir el *Conicorum* entero, pero no ha placido a Dios. Son obras fundamentales para el saber. Cuídalos con valentía y honor. Debes llevarlos a la abadía de Engelberg, en la diócesis de Constanza, y entregar allí mi carta al abad Maximiano, el bibliotecario. Sé que recibirá los libros con entusiasmo.

»Leodergario, para ti son los libros de ciencia de Teofrasto, el códice *Callisthenes sive de dolore* y *De sensibus*, además del opúsculo sobre *Metaphysica*. Debes llevárselos al prior Godofredo, del monasterio de Sankt Blasien, en Baden. Es un camino lleno de obstáculos y por ello te lo encomiendo a ti, que eres el más fuerte.

»Michele, te entrego la obra poética completa de Safo de Mitilene. He dudado mucho sobre si salvar estos libros, ya que son poemas paganos y escritos, además, por una mujer. Pero es tal su belleza que no he podido soportar la idea de que se perdiesen; me consta que hay muy pocas copias en el mundo. Están en griego, ya que la buena poesía no debe ser traducida. Llévalos a la abadía de Saint-Gilles du Gard, en la Provenza. Allí te recibirá el buen abad Tomás, que sabrá cómo cuidar de estos tesoros.

»Por último, Pelagio, a ti te encargo dos libros muy especiales para mí, pues son compendios de antiguos textos y saber moderno que he amalgamado, en cada caso, en un solo volumen. Se refieren a artes y técnicas humanas que Dios nos ha dado a conocer y que no me placería que se perdiesen. El primero es *De musica*, con técnicas armónicas y los salmos completos de Limenius. Y el segundo, el *Liber purpurae*, el *Libro de la púrpura*, basado en un texto cuya primigenia versión creo escrita de la misma mano de santa Lidia. Añado este bello pedazo de paño purpurado que recibí de Oriente, para que envuelvas el libro con él. Entrégaselo todo al prior Arnau sa Coma, que fue compañero mío en Béziers, del monasterio de Sant Benet, en tierras catalanas. Puedes hacer parte del viaje con Michele, ya que vais en la misma dirección. Id en paz con Dios, hijos míos.

Con la batahola de la turba a las puertas de la abadía y Ubaldo citando a gritos fragmentos del *Apocalipsis*, Bonagrazia se despidió de cada uno de ellos con un beso en la boca y lágrimas en los ojos. Los vio partir con sus mulos por la puerta de las caballerizas, a poniente, y oró por el éxito de su empresa.

Se dirigió entonces con paso lento hacia la capilla y se postró con humildad ante la imagen de la Virgen.

Fuera, en el atrio, oía ya a la muchedumbre gritar su nombre. Venían a por él, pues querían vengar a sus muertos; él sería su cordero pascual si así lo había decidido la Providencia. Elevó la vista al cielo y después cerró los ojos; puso los brazos en cruz y estuvo rezando con devoción y entrega hasta que la multitud alcanzó a prenderlo para llevarlo a la hoguera.

Esa misma noche Ubaldo y el prior rebuscaron en el *scriptorium* y en la biblioteca para localizar y destruir sus libros de temáticas paganas. No hallaron más que sus evangelios deliciosamente miniados y algunos volúmenes de comentarios sobre las epístolas de san Pablo. Al ser obras divinas, no tuvieron el coraje para quemarlos.

PRIMERA PARTE

I

Balsareny, comarca del Bages, 1432

El río bajaba embravecido, henchido por la incesante lluvia que, desde hacía dos días, empapaba el valle. Algunos lugareños, antes incluso de que se desatase la tormenta, habían advertido ya que el agua crecía en los cauces, como si la tierra estuviese echando reservas al mar en previsión del torrencial aguacero, quizá porque unos días de temperaturas más altas de lo habitual habían desencadenado un deshielo temprano. Por todo ello, se temían inundaciones catastróficas en un momento crucial para las cosechas del verano. La gente rezaba novenas en el refugio de sus moradas y la solidez de las pequeñas iglesias de los pueblos.

—No podremos cruzar, Gastaud —dijo ella, con voz temblorosa.

Miranda sostenía en brazos al bebé, un niño que había nacido fuerte dos meses atrás pero que ya gimoteaba de hambre ante la sequedad de los pechos que debían alimentarlo. Con la mano libre, la madre agarraba a un tembloroso Mateu, su retoño de cuatro años. Alamanda, la mayor, lo miraba todo desde el cobijo de un sauce cuyas ramas más bajas peinaban ya la corriente.

Estaban frente al vado del torrente de Teuleria, un paso que frecuentaban tanto la gente como el ganado, pero que ahora se presentaba ante ellos como una furiosa lengua de plata que rugía con estertores infernales. Estaba oscureciendo; había sido insensato dejar el cobertizo de Fussimanya, pero el hombre se moría de ganas de remojar el gaznate con vino añejo en su antro preferido de Balsareny y la espera de dos días largos como culebras había colmado su paciencia. La luz argentada de los relámpagos en la panza de las nubes iluminaba por momentos sus rostros aterrados. El occitano estaba empeñado en cruzar; agarró de la mano a Alamanda y la obligó a meterse en el cauce. De inmediato, unas garras líquidas tomaron posesión de sus pies y se los arrebataron; se cayó de bruces y el agua tornó su grito en un desesperado gorgoteo. Su padre la levantó por el brazo lanzando un improperio.

—¡Maldita idiota! ¡Mantente de pie, *mainatge*, si no quieres ahogarte, *porre*!

Un trueno retumbó en ese instante; Mateu se puso a llorar, de momento a salvo de los bofetones que le propinaba su padre cuando gimoteaba. Gastaud, arrastrando a su hija, franqueó como pudo el potente caudal, resbalando más de una vez sobre los peligrosos cantos inquietos del cauce. Miranda seguía indecisa en la otra vera con los dos pequeños.

—¡*Mulher*, cruza de una vez!

Miranda dio un paso tentativo y la corriente estuvo a punto de tumbarla.

—¡No puedo, no puedo, por Dios!

El provenzal refunfuñó y juró en lengua occitana, pero volvió sobre sus pasos por el vado y cargó con Mateu y el bebé en brazos. A medio camino de vuelta, una súbita crecida le golpeó las piernas a la altura de los muslos. El hombre era fuerte, pero años de privaciones y malos hábitos lo habían vuelto poco ágil. Por instinto, soltó al niño mayor para guardar el equilibrio. Con el bebé echado al hombro, gritando ya a pleno pulmón, compitiendo en estrépito con la tronada, logró avanzar hasta unas rocas que le proporcionaron algo de apoyo. No se dio siquiera cuenta de que Miranda corría por la margen del torrente buscando a su hijo aguas abajo con desesperación. Apenas lograba verse la cabecita de Mateu aflorando de vez en cuando entre las crestas blancas de los remolinos.

Alamanda, la única que había logrado cruzar, seguía con angustia a su hermano por la otra ribera. Descubrió, algo más abajo, en el inicio de un meandro, algunas ramas gruesas de aspecto robusto tumbadas sobre la rocalla. Pensó que quizá podría maniobrar alguno de aquellos leños para dar alcance a su hermanito. Pero no había caso; el niño bajaba a mayor velocidad que ella, que apenas podía correr por aquella incierta margen. Entonces, mientras debatía qué hacer, vio a su madre lanzarse al río; o, más bien, trató de entrar en él por las buenas y fue engullida por la furia de las aguas. Avanzó con rapidez moviendo brazos y piernas hasta su hijo y logró agarrarse a él para mantenerlo a flote. Alamanda seguía corriendo, ansiosa por ayudar, sin saber qué hacer.

El torrente se ensanchaba en ese punto, con lo que las aguas amansaron su presteza. En el respiro, madre e hijo se percataron de los troncos y se dirigieron a ellos braceando torpemente. Miranda hacía todo el esfuerzo a pesar de no ser una mujer corpulenta. Contaba apenas treinta años y ya había engendrado a siete retoños, solo tres de los cuales seguían con vida. No estaba dispuesta a perder otro, pero sus fuerzas no daban más de sí.

Llegaron a los árboles caídos sobre el meandro y Mateu se agarró con ambos brazos a uno de ellos; estaba a salvo, de momento. Miranda hizo pie, e iba a levantarse cuando uno de los leños, que rasgaba el fondo pedregoso, se movió por la fuerza del torrente y atrapó su pierna a la altura de la rodilla. La mujer lanzó un grito y se hundió. Alamanda, que había logrado asir a su hermanito y lanzarlo a la seguridad de la orilla, vio con horror los ojos de su madre una pulgada por debajo de las aguas. La niña se metió en el agua, pero no conseguía acercarse a la mujer. Dos veces la arrastró la corriente y hubo de volver a tierra firme agarrada a las maderas.

—¡Madre! —gritó de impotencia.

Hizo un nuevo intento de llegar hasta Miranda y, por tercera vez, el río la aplastó contra el parapeto de ramas, alejándola de aquella mirada suplicante bajo el agua.

Gastaud llegó hasta ellos en ese momento con el bebé. Un rayó hirió el crepúsculo y, en su luz azulada, ambos vieron aquellos ojos sumergidos a los que la vida pretendía abandonar mirándolos con desespero y ya algo de resignación.

Nada pudieron hacer. La mujer soltó de golpe todo el aire que llevaba en los pulmones y sus ojos dejaron de mostrar fijeza. Se apagó bajo el agua torrencial, a escasa distancia del aire salvador, sin que su familia, desde la orilla, pudiese hacer nada para reclamarla entre los vivos.

Dos semanas más tarde, en un día puro y apacible de finales de invierno, Gastaud y sus hijos despertaron al alba en el cobertizo lleno de paja en el que un paisano los dejaba pernoctar por el precio de una *pellofa* al día. Por un par de piezas de bronce les había vendido, además, unas frazadas de lana áspera con las que vencían el relente de la noche. El bebé estaba ya muy débil, privado de la escasa leche que su madre podía darle. Una paisana criandera se apiadó de él y le dio de mamar un par de días, pero luego hubo de marcharse. Gastaud protestaba por el precio que debía pagar por leche de oveja que luego aguaba para que durase más. Alamanda se encargaba de alimentar a sus hermanitos, pues el padre estaba a menudo ausente o borracho.

Esa mañana, el provenzal arrastró a sus hijos, antes incluso de probar bocado, a una plazuela del pueblo en la que los esperaba un hombre grueso con el que la niña lo había visto hablar varias veces en días anteriores.

El cielo era de un azul inmaculado, apenas moteado al oeste por cuatro nubecillas indecisas. Las lluvias, tras arrasar los campos como un ejército bárbaro durante casi un mes, desaparecieron un buen día tras el horizonte. La primavera naciente henchía el mundo de vida verde, a pesar de que las montañas, al norte, seguían coronadas por la nieve y la brisa era fresca. El sol lucía con fuerza y la gente buscaba ya las sombras para descansar al abrigo de sus rayos. La feria había llegado a su fin, los animales habían sido comprados o vendidos, vacas preñadas, ovejas cubiertas de la lana invernal y potros nacidos en otoño y ya destetados. Los estorninos piaban en los chopos, buscando pareja para anidar, y los gatos perseguían a los escurridizos ratones hasta sus madrigueras. En la calle principal solo se escuchaba el resuello del fuelle del herrero, que preparaba planchas de hierro para templar, el cepillo del dolador sobre unas tablas de roble y el crujir de los engranajes de madera del molino, cuya rueda giraba con fuerza empujada por el agua del deshielo.

Alamanda quiso gritar, protestar por algo que no comprendía, pero no era capaz de producir sonido alguno. Cuando miró a su padre buscando amparo, este ni siquiera le devolvió la mirada; la acababa de vender a un comerciante de lanas llamado Feliu por un puñado de monedas de cobre y un cesto de manzanas. Luego, unos instantes más tarde, su padre alzó la vista por fin, y ella quiso atisbar en sus ojos algo de tristeza, desazón o remordimiento, pero solo apreció alivio y codicia.

La niña estaba tan aturdida que no se acordó ni de llorar. Apenas unas horas antes, al anochecer, había estado jugando con Mateu, su hermanito de cuatro años, tallando unas ramitas para confeccionar pequeñas balsas que luego metían en el regato, aguas abajo, a ver cuál de ellas iba más rápido o llegaba más lejos. Mateu aplaudía entusiasmado cuando la suya superaba algún obstáculo.

Ahora, sin mediar palabra, Gastaud había ido a venderla a un oscuro rincón de ese pueblo cuyo nombre ya ni recordaba, pero que no estaba muy lejos de la pedanía de Vilomara, donde pasaban algunas temporadas en unas caballerizas en ruinas que habían pertenecido a la familia de su madre. En una esquina, la había mostrado a un hombre barrigudo y con cierta cojera como se mostraba a un asno viejo. Le dio la vuelta, le abrió los labios con sus dedos sucios para revelar sus dientes, que aún conservaba blancos y sanos, le alzó los brazos y le subió tanto la falda que se ruborizó de inmediato. La estaban exhibiendo como esos días habían exhibido a los animales a la venta. Alamanda se dio cuenta, por el quejido de hambre del bebé, de que su hermanito Mateu lo observaba todo desde una esquina.

El hombre barrigudo había asentido sin pronunciar palabra y señalado un cesto de fruta y unas bolsas en un rincón. De su cinto descolgó entonces un saquito de cuero y de él extrajo unas monedas de cobre que Gastaud recibió con avidez. Sin duda pensaba ya en el buen vino que servían en la taberna de la plaza mayor.

Alamanda no debía de contar más de once o doce años, y ya estaba en edad de trabajar. Tras el deceso de su madre, cambiarla por algo de dinero a quien pudiera sacar ganancia de sus labores parecía la opción más lógica. Gastaud debía alimentar a los pequeños, varones ambos, bocas insaciables que no paraban de exigir. El hombre confiaba en que alguno de los dos niños sobreviviese para sacar de él algún provecho y que lo mantuviese en su vejez. Una hembra, en cambio, era un lujo que una familia pobre, mucho menos un hombre solo, no se podía permitir; criar hasta la pubertad a una niña para luego entregarla a otra familia no tenía sentido. Era mucho mejor sacar algo por ella antes de que algún mozo la desgraciase. Los niños, en cambio, trabajarían para el padre a los pocos años, y algún día se casarían y engendrarían más hijos para sustentar a la familia.

Aquella primera tarde, el mercader Feliu alzó a la niña para sentarla en el carro, se subió al estribo resoplando por el esfuerzo y la apartó con la cadera para hacerse sitio. Hizo chasquear el látigo para que el mulo avanzase y se la llevó a su casa sin dirigirle siquiera la palabra. Ella volvió la vista atrás varias veces, pero no logró ya ver a su familia. Fue entonces cuando vertió alguna lágrima. Sospechaba que lo que estaba sucediendo era definitivo e iba a cambiar su vida para siempre, pero alguna parte de su mente se aferraba a la posibilidad de que todo fuese un malentendido. La vida que había llevado hasta entonces era dura, sometida al hambre, al frío y a las palizas de su progenitor. Pero era la única que conocía; era humano que prefiriese el mal conocido a la incertidumbre de lo ignoto.

Pasaron por Navarcles, pueblo que Alamanda conocía porque allí habían bautizado a toda prisa y enterrado en la fosa de los pobres a un hermano que no llegó a superar su primer día de vida. Siguieron monte arriba, bordeando el curso de un río, hasta llegar a un llano en el que se alzaba una pequeña masía junto a unos olmos. Detrás de la casa había un enorme cobertizo de al menos cincuenta pies de longitud y, junto a este, un pozo de los de polea simple, un pequeño establo de madera y un corral desde el que los miraba con indiferencia un hermoso burro cárdeno.

El hombre la bajó del carro como la había alzado y se la llevó de la mano al interior de la vivienda. Era amplia, pero solo tenía dos estancias; en una de ellas, Feliu le ató un pie a la pata del camastro y cerró la puerta tras de sí. Muerta de miedo, con el estómago vacío y mucha sed, Alamanda quiso llorar de nuevo, pero no se atrevía a derramar lágrimas ni a sofocar sus ganas de llanto con gemidos por miedo a que alguien la oyese. Al poco volvió Feliu; hizo un fuego en el hogar y puso varias cosas en la marmita de cobre que pendía de una argolla. Cuando estuvo listo el guiso, se puso unos cuantos cazos en una escudilla grande y arrancó a comer con un enorme cucharón de madera, sorbiendo y eructando con cierto deleite. A medio yantar, tras soltar una sonora ventosidad, pareció darse cuenta de que no estaba solo. Se levantó, se limpió la boca con la manga de su camisola y desató a la niña. Le dio una escudilla de madera y le hizo gestos para que se sirviese algo de la olla. Ella no osaba ni moverse.

—Me saldrás muy barata si no me comes, niña —le dijo con la boca llena—. Pero por Dios que me has costado un dinero que no me sobra y que de ti he de sacar provecho. ¡Come!

A pesar del hambre que sentía, Alamanda comió muy poco, pávida por la mirada severa de su amo. No osó pedirle agua y el nudo que tenía en la garganta le hacía difícil tragarse el guiso.

Al acabar, Feliu eructó un par de veces más y pareció dudar un momento. Al final, salió de la casa, cerrando la puerta con llave desde fuera. Alamanda escuchó con fascinación una nueva recua de quejidos guturales y jadeos sordos que debían acompañar sus esfuerzos al defecar, y se maravilló de que un ser humano necesitase producir tantos sonidos en sus quehaceres más vulgares.

Cuando Feliu volvió a entrar, con su cojera acentuada por los movimientos de acomodo de las calzas, indicó a la niña que saliese también si tenía necesidad de hacer pis. Ella negó con la cabeza, a lo que el hombre respondió encogiéndose de hombros y volviendo a atarle la pierna al catre. Esta vez tuvo la decencia de esparcir unas pajas en la esquina para que no tuviese que dormir en el duro suelo. La estancia estaba cubierta de cantos pulidos, lo cual le daba a la masía un aire modestamente próspero.

Así pasó aquella primera noche, sedienta, temblando de terror y escuchando los formidables ronquidos del que ahora era su dueño.

El sentimiento de miedo crudo, pavor absoluto, despojado de cualquier atisbo de humanidad, que sentí cuando mi padre me vendió como esclava a un comerciante de lanas no lo he vuelto a sentir jamás, a Dios gracias. Ni siquiera cuando, ya de mayor, en mis viajes, volví a sentir en mi alma la dentellada de la servidumbre.

Aquella mañana debí haber recelado. Mi padre me levantó temprano, cuando normalmente tenía que desperezarlo yo al alcanzar el sol el medio cielo, y me hizo sentar en un mojón en un lugar algo apartado de aquel pueblo. Me pidió que cantara una cancioncilla con él, una tonada provenzal que alguna vez le había oído declamar a voz en grito para quejarse, en chanza, de lo duro que era ganar algunos sueldos:

Ai vist lo lop, lo rainard, la lèbre / *He visto al lobo, al zorro, a la liebre*
Ai vist lo lop, lo rainard dançar / *He visto al lobo, al zorro danzar*
Aquí trimam tota l'annada / *Aquí curramos todo el año*
Per se ganhar quauquei sòus / *Para ganar algún dinero*

Rèn que dins una mesada / *Y en apenas un mes*
Ai vist lo lop, lo rainard, la lèbre / *He visto al lobo, al zorro, a la liebre*
Nos i fotèm tot pel cuol / *Nos lo hemos jodido todo*
Ai vist la lèbre, lo rainard, lo lop / *He visto a la liebre, al zorro, al lobo*

Nunca había cantado con él y en el fresco del alba, con su manaza sobre la mía y aquella sonrisa inquieta, hube de haber sospechado que algo en mi vida iba a cambiar. Mas no lo hice. ¿Cómo iba a hacerlo? Fui vendida como una mercancía y la vida que hube llevado hasta entonces desapareció.

Aunque las palizas del bruto de mi progenitor me hacían esconderme y temblar de aprensión, yo estaba junto a mi familia, con mis hermanos y con mi madre hasta su desaparición, antes de ser arrancada de aquella manera brutal de su seno; me hallaba con los únicos seres en cuyas manos yo depositaba mi inocente confianza infantil.

La vida era muy dura, el hambre a veces atroz; las llagas de los pies nos supuraban sin cesar cuando debíamos caminar días enteros en busca de algo de pan, los tendones de mis diminutos brazos ardían bajo el peso de los fardos que me veía obligada a cargar a cambio de medio nabo o una cebolla. Pero teníamos también algún momento de felicidad cuando ganábamos algo de dinero y mi padre lograba permanecer sobrio. Algunas noches mi mamá nos enseñaba a rezar y a cantar alguna salve, y yo me acurrucaba entre sus huesudos brazos y recostaba el cogote contra su vientre mullido. Otras veces nos dejaban jugar con otros niños, mientras ellos trabajaban, y una vez que robé unos rábanos no me riñeron, sino que los pusieron en la olla con los panes y las cebollas que iban a ser nuestra cena. Recuerdo una noche en que mi madre se hizo con una cabeza de cabrito entera, que pusimos a hervir tras despellejarla. Nos pegamos un buen banquete, y mi hermanito y yo usamos los cuernos como juguetes durante días.

De repente, sin embargo, me habían abandonado y se abría ante mí un futuro vacío de cariño, sometida a la voluntad de un hombre grueso y maloliente que me era desconocido, sin nadie en el mundo a quien acudir si me dolía la tripa o se me metía un granito de arena en el ojo. Mi nuevo amo soltaba las palabras como hachazos, bruscos y cortantes, golpes que sobresaltaban mi corazón de niña. Se rascaba las axilas a menudo, con sus dedos regordetes que luego ponía debajo de la nariz para olérselos. Hacía muecas a cada poco, y luego supe que eran de dolor, pues el hombre sufría de dolencias de estómago y una fea herida que nunca cicatrizaba en el pie.

La primera noche la pasé sin pegar ojo, viendo sombras y espíritus a la luz de los rescoldos de la hoguera, con la pierna atada a un poste como si fuera un perro rabioso, y parafraseando sin saberlo a Nuestro Señor en la cruz cuando preguntaba al Padre: ¿Por qué me has abandonado?

A la mañana siguiente, al alba, entraron en la casa dos chicos jóvenes, muy parecidos entre sí, de ojos oscuros, pelo crespo y algunas pecas de color ocre sobre la nariz. Pronto supe que dormían en el establo de Feliu, con los dos mulos del mercader y el burro cárdeno, cuando este tenía a bien dormir a cubierto. Ese asno malcarado y caprichoso, al que empecé a llamar Mateu porque su carácter me recordaba a mi hermanito, devendría mi mejor amigo con el paso del tiempo.

Aquellos dos muchachos me miraron con curiosidad y murmuraron algo entre risas juveniles. Mi corazón ya no se asía por músculo alguno; lo sentía colgado de un vacío, golpeando mi cuerpo con el estruendo de una campana hueca. Vi en sus miradas, vacías de compasión, el reflejo oscuro de la malicia y el brillo enfermizo de la iniquidad. Eran los gemelos Alberic y Manfred, dos chicos a los que el comerciante había rescatado de un hospital de expósitos de la orden de los agustinos cuando eran unos mocosos. Debían de tener unos veinte años, aunque ni ellos lo sabían con certeza, y eran cortos de entendederas, altos y delgados, con unas manos enormes, de dedos agrietados y abotargados tras una vida dedicada al bataneo de la lana. Como aprendí en los días venideros, ellos eran los encargados de enfurtir la lana basta, li-

brarla de residuos grasientos a golpe de mazo, ponerla a secar y atarla en fardos para su venta. Solían acompañar a Feliu a las ferias de los pueblos para vender la mercancía y gustaban del buen vino, la algazara y las mujeres de vida disipada.

Allí empezó mi nueva vida, la única que hube de tener. Me he preguntado muchas veces qué habría sido de mí de haber permanecido con mi familia, y solo Dios lo sabe. Mas no puedo imaginar, por más que lo intento, que hubiera sido mejor de lo que al final he vivido. Dios haya perdonado a mi madre, que mi padre ya debe de estar en el Infierno; sé que ella era buena y que sentía cariño por mí. Pero el hambre es cruel y los pobres no se pueden permitir el lujo de amar en demasía a sus hijos.

Al principio, Alamanda se quedaba sola días enteros, encerrada en casa sin posibilidad de salir, ya que su patrón todavía no se fiaba de ella y cerraba con llave por fuera.

—Dios quiera que no me deje alguna brasa encendida una noche —murmuraba, pues pronto había adquirido la costumbre de hablar en voz alta para esquivar la soledad—. Si se prende fuego aquí dentro me abrasaré como un pollo asado.

La masía de Navarcles era una nave rectangular con dos cuartos de igual tamaño, más o menos, en uno de los cuales vivían Feliu y ella. En el otro se guardaba la lana adquirida y la ya enfurtida en el batán. La habitación tenía capacidad para doscientas treinta libras de lana basta. Se accedía a ella desde el cercado a través de una puerta de doble hoja que se abría hacia el establo, donde dormían Manfred y Alberic. Era este un cobertizo de sólida construcción en el que Feliu había habilitado una estancia para acomodar a los gemelos, a los que sacó de casa cuando empezaron a ser demasiado mayores. Unos pocos pasos a la izquierda de la puerta del almacén, hacia el valle, se alzaba el batán hidráulico que Feliu había construido hacía muchos años sobre el lecho del torrente. El ingenio era su orgullo y el pilar sobre el que se basaba su sustento.

Cuando el mercader adquiría la lana recién esquilada, la casa se tornaba irrespirable. El polvo y las fibras de la borra flotaban en el aire durante días, como copos de nieve en suspensión. Alamanda adquirió la costumbre, cuando eso sucedía, de andar por casa con un pañuelo atado como una mordaza sobre boca y nariz. Cuando el almacén estaba lleno, no se podía entrar en él con un candil en llama por temor a los incendios. Tan solo el hogar, siempre encendido al otro extremo, proporcionaba alguna luz después del anochecer.

Sus labores diarias incluían preparar las comidas para los tres hombres. Nunca había tenido que cocinar antes, pues su madre se encargaba de preparar la poca comida que lograban reunir para la familia y muchas veces comían algo frío o las sobras de alguien. Tuvo que espabilarse y aprender a manejar las brasas, los pucheros y los condimentos. Feliu era un gran amante de los garbanzos, legumbre que figuraba casi a diario en los almuerzos. Alamanda aprendió pronto a dejarlos en remojo la noche antes para ablandarlos, a hacer milagros con los adobos y sazones, a combinar con imaginación los variados abastos que le traían. Cuando había manteca de cerdo, la derretía en una olla para darle gusto al potaje, y si Feliu había cazado un conejo o una liebre, los despellejaba y metía los pedazos con el hueso entero para que adquiriese más sabor. Un día, su amo llegó con una enorme lengua de vaca, que ella coció a fuego muy lento con migas de pan, espárragos y un chorrito de vino. La carne le quedó tierna y bien hecha, lo que le valió, aquella noche, un elogio medio pronunciado por su amo. Se esforzaba por hacer la comida sabrosa y variada. Encontraba cierto placer en mezclar ingredientes, experimentar con ilusión para buscar nuevos sabores y adobar la comida. Cuando Feliu le permitió salir de la casa sin tenerla vigilada, ella recogía hierbas y bayas que sabía comestibles y probaba con ellas para crear nuevos aderezos.

Además de todo ello, debió aprender a remendar, pues Feliu era tacaño y, a pesar de ganarse la vida con la lana, raramente se compraba prendas nuevas. Se hizo con un par de agujas de hueso que pronto supo manejar con cierta destreza, y fabricó unos dedales con cáscaras de avellana para evitar pincharse constantemente.

Se llevó el primer bofetón de su nuevo amo una noche que dejo que la lumbre se extinguiese.

—¡Te dije que lo mantuvieses siempre encendido! —le gritó.

Ella pensaba que se refería al día, y que durante la noche no haría falta. Un poco más tarde, superado el enojo, Feliu le explicó con calma que nunca se debía dejar entrar la noche en casa.

—Hay que rezar para que tengamos siempre un muro entre nosotros y la oscuridad —le dijo—. No dejes jamás que la noche entre en la casa. La noche es tu enemiga, niña. No lo olvides nunca.

Desde entonces, tenía la costumbre de acopiar la leña en la rejilla justo antes de irse a dormir, y se despertaba una o dos veces por la noche para darles a las brasas con el badil y añadir algún tronco más. Enseguida aprendió, además, que un fuego necesita respirar. Las lenguas de luz nacían en el corazón de la hoguera y requerían aire para expandirse. Así, colocando los leños de manera que quedasen amplios huecos en su interior, lograba que las llamas perviviesen mucho más tiempo, y podía dormir más horas sin temer que la noche, su enemiga, entrase en la masía.

Su tarea diaria más penosa era la de vaciar la bacinilla de su señor. Aquel primer crepúsculo, después de cenar, debió de darle apuro ir de vientre delante de la niña, y por ello salió al prado; pero Feliu tenía la extravagante costumbre de hacer sus necesidades como un noble, dentro de casa y en un beque metálico. La niña hubo de acostumbrarse a los ruidos y olores de su amo y a esperar pacientemente a que acabase para llevarse el bacín, vaciarlo en un terraplén y lavarlo con agua del pozo.

Pero su amo la había adquirido sobre todo con la intención de que lo ayudase a cardar la lana, no solo a colaborar en las tareas domésticas. Feliu le enseñó los primeros días a cepillarla con la carda de púas de alambre para prepararla para el hilado. Los gemelos le entregaban la borra ya lavada y secada que cada mañana, de febrero a octubre, bajaban a buscar al pueblo y desengrasaban con un baño con greda, una arcilla blanca y lechosa que era más útil que el jabón para quitar impurezas y sebo de las fibras. Más tarde, tras horas de cardado, se llevaban en el carro los hilos enmadejados que las hilanderas de Calders convertirían en mantas y telas. Luego se volvían a subir al batán y era entonces cuando la máquina, operada por Alberic y Manfred, batía durante horas las telas. Su labor consistía en regular el golpeo de los dos mazos, cambiar las mantas de posición periódicamente y asegurar un enfurtido consistente en toda la pieza. Esto era clave, pues un pedazo de manta mal batanado producía nudos que, al secarse, se quedaban rígidos. Los clientes de Feliu eran muy exigentes.

—Hube de tomar una decisión —le explicó el patrón a Alamanda un día—. A mí ya se me hacía muy pesada la parte del cardado, y estuve a punto de encargarlo a una mujer de Viladecavalls. Pero hice cálculos, y lo que debía pagarle a ella más lo que ya pago a las hilanderas habrían hecho mi negocio muy poco rentable. El precio de la lana ha subido desde la sequía del año pasado, que además me inutilizó el batán todo el mes de agosto, pues el torrente carecía de la fuerza necesaria para mover los mazos. Así que decidí invertir en ti. Tu labor es cardar, niña. Para eso te compré.

Feliu era un hombre grueso, de trabajosa respiración y caminar incierto. Tenía una llaga en el pie que nunca llegaba a cicatrizar. La niña debía cambiarle el vendaje cada dos días para evitar la temida gangrena. Se sorprendió a sí misma al descubrir el mimo y esmero que ponía en mezclar y aplicar las pomadas y colocar los retazos de tela sobre la supurante herida.

—Al final habré hecho buen negocio contigo —le dijo un día su amo, mientras ella cambiaba con cariño los vendajes canturreando una vieja canción de cuna.

Ella se asombró, pues raramente Feliu le dirigía la palabra si no era para darle alguna instrucción o reprimenda. Lo miró, y vio que hasta sonreía. Alamanda bajó los ojos, avergonzada, y dejó de cantar.

Desde ese día, casi cuatro meses después de haber cerrado el trato con su padre, Feliu le permitió salir de casa a su antojo, sin vigilancia. Y un poco más tarde, incluso la mandó a Navarcles a comprar harina cuando ella se percató de que la vasija estaba casi vacía.

—El horno está a la entrada del pueblo, no tiene pérdida. Tienen molino propio. Dile a Guillem que vas de mi parte. Yo me arreglaré con él cuando baje, que tengo que tratar primero con la *Taula* de cambio.

Las *Taules* eran instituciones municipales que cambiaban oro y plata por moneda de vellón local, que era la que aceptaban los vendedores de la comarca. Por temor a los bandoleros, nadie quería tratar con metales preciosos a diario, y solo se comerciaba en especie o con moneda de bronce y latón. La *Taula* de Navarcles dependía de Manresa. Los comerciantes llegaban con el oro y lo cambiaban en el municipio por *pellofas*, dineros o *pugesas*, simples aleaciones baratas de metal, acuñadas localmente con algún sello señorial o eclesial, cuyo valor garantizaban los depósitos de oro y plata de la ciudad. Feliu debía ir a la *Taula* y cambiar algún cruzado de plata para sus transacciones de menudeo, pero eso lo hacía siempre personalmente, pues no podía fiarse de los gemelos.

La niña tomó el camino que descendía hasta la riera de Calders y seguía su curso hasta el pueblo. Pasó por delante de la parroquia de San Salvador de Canadell y se santiguó, como le enseñó a hacer su madre. Entonces pensó en ella; hacía tiempo que no lo hacía. Volvió a sentir esa mezcla extraña de añoranza y resentimiento que le desazonaba el corazón y quiso apartarla de su mente. De nada servía lamentarse. Culpaba a su madre de haberla abandonado ese día en el río, aunque era consciente de lo injusto de su acusación. Echaba de menos a Mateu, su hermanito de cuatro años, al que prácticamente cuidó desde el día de su nacimiento. Antes habían nacido los mellizos, que no sobrevivieron ni una semana, y una hermanita que llegó al mundo de color azul, muerta antes de nacer. Después de Mateu, que se aferró con tenacidad a la existencia, hubo el parto prematuro de una criatura que apenas respiró unas horas. Y después, el bebé, al que no habían puesto nombre todavía cuando su padre la vendió porque no habían tenido tiempo de bautizarlo. No echaba de menos a su padre, el provenzal Gastaud, al que recordaba casi siempre beodo y de mal humor. Odiaba que la hubiese separado de sus hermanos al poco de morir su madre, pero no sentía más que indiferencia por él.

Apartó a su familia de sus pensamientos y siguió camino abajo, acompañada por el alegre gorgoteo del agua en el caudal de la riera y una intrépida liebre que saltaba de vez en cuando de un lado al otro de la vereda.

Llegó al pueblo con cierta aprensión. Hacía meses que no salía del calvero en el que se asentaba la masía de Feliu, y el contacto con otra gente la enervaba un poco. A la entrada, junto a la cruz de término que los locales llamaban *el peiró*, vio a un reo apresado en el cepo. El hombre, de edad indeterminada y más sucio que un puerco, la miró con ojos estrábicos y esbozó una sonrisa desdentada.

—¡Niña guapa! —le gritó—. Ven a darle un besito a papi, preciosa.

Estaba borracho. Probablemente se trataba de un guitón sin oficio al que habían apresado por armar bulla durante la noche. A su lado, un guardia con cara de sueño se lavaba las manos en la fuente.

—¡Silencio, estúpido! —le advirtió el soldado, con desgana y sin volverse.

El reo se rio y sacó la lengua, haciendo muecas obscenas e incomprensibles. Alamanda aceleró el paso sin echar la vista atrás, con las mejillas encendidas.

Pasado el susto, vio el horno enseguida; una señora de brazos enormes y un sayo raído que alguna vez fue rojo discutía a voz en grito con alguien en el interior del local.

—¡Que dos onzas menos pesaba la hogaza que le vendiste a mi hijo, ladrón! Y que no es la primera vez. ¡Que si quince onzas, la de payés, que a cuatro piezas se la cobraste, y es cada vez más pequeña! ¡Truhan! ¡Bellaco! ¡Tocino legañoso!

De dentro del establecimiento brotaban insultos que se oían o se adivinaban: «¡Ventera! ¡Hija de acemilero! ¡Gorda! ¡Carrilluda! ¡Mastuerza!», y los curiosos, que cada vez eran más, se reían a mandíbula batiente.

Alamanda no sabía qué hacer. La mujerona entró en el local con la hogaza asida en una mano y muy malas intenciones y, por la batahola que de allí dentro surgió, la trifulca debía de ser alarmante. La gente empezó a arremolinarse en torno a la entrada, algunos sonriendo, otros con preocupación. El bullicio iba en aumento. La niña pensó en dar media vuelta, pero la curiosidad podía con ella y decidió quedarse un rato más, a ver qué pasaba.

De pronto se oyeron los cascos de un caballo que se acercaba al paso. Algunos paisanos indicaron al jinete que algo estaba pasando en la panadería. Este, ataviado con ropas clericales, se quitó la capucha al detener la montura. Era un hombre joven, apuesto, de barba bien cuidada y pelo más largo de lo que era habitual. Se apeó con agilidad, con ligera sonrisa, ofreció la brida a un mozo para que atase el caballo y se hizo hueco entre el gentío para entrar en el establecimiento. Alamanda se acercó, poniéndose de puntillas para vislumbrar algo entre el mar de espaldas que le tapaba la escena. Logró colarse entre dos cuerpos y asomar la cabeza en el interior del recinto. El recién llegado reprendía al panadero y a la mujer de los enormes brazos, y estos escuchaban cabizbajos y con cierta resignación.

—Ya le he dicho no sé cuántas veces que, al cocerse, el pan pierde peso, porque el agua se evapora, que las onzas se miden con la masa madre —decía Guillem, el hornero.

—Pues a mí me parece que las hogazas son más pequeñas cuando el que viene a comprar es mi hijo, que es un poco lento de entendederas —respondía la mujer.

Pero ambos hablaban quedo, sin alzar la voz, como si la presencia de aquel religioso les impusiese recato. Este los amonestaba con una voz serena, profunda, una voz que exigía respeto.

—Hijos míos, humildemente os digo que esto tiene fácil solución. Guillem, mostrad a Justa otras hogazas de a quince, para que pueda compararlas. ¿Veis, señora? No me parecen a mí ni más grandes ni más pequeñas que la vuestra. Descuidad, que dudo mucho que el buen Guillem quiera aprovecharse de vuestro hijo lerdo.

La mujer agachó un poco más la cabeza. Era evidente que aquel fraile era conocido, y sus opiniones muy respetadas en el pueblo. Los curiosos miraban sin abrir la boca. Fuera, los que no habían podido alcanzar un sitio desde el que presenciar la escena preguntaban a los de delante qué estaba sucediendo, pero estos no ofrecían respuesta alguna.

—Dice san Mateo: «Al entrar en una casa, saludad; si la casa se lo merece, la paz que deseáis vendrá a ella. Si no se lo merece, la paz volverá a vosotros». Hermanos —sentenció, dirigiéndose a todos—, que haya paz en esta casa. Mirad, hijos míos, para ser ecuánimes, voy a pedir a Guillem que le cambie la hogaza por otra cualquiera que Justa escoja. Como son de tamaño muy parecido, no ha de importar a ninguno de los dos.

Alamanda observó que a Justa se le iluminaba la mirada; de inmediato, entregó la hogaza al panadero y se puso a escoger una de las que allí había expuestas. Guillem cogió el pan de la mujer, escudriñándolo unos instantes por encima y por debajo por si su integridad había sido menoscabada, y, encogiéndose de hombros, lo devolvió al estante con los otros. Al mismo tiempo, la matrona, muy satisfecha, escogió otra hogaza exactamente igual a la que había devuelto.

En ese instante, mientras el religioso seguía impartiendo sabiduría, hubo un movimiento brusco entre los mirones y la pequeña Alamanda salió despedida hacia delante, como un pez escurridizo entre las manos de un niño. Se dio de bruces contra el fraile y se cayó al suelo de rebote, poniéndose perdida de la harina que todo lo cubría. El hombre interrumpió su discurso, trastabillado, y miró con cierto enojo a la causante del inciden-te. Al ver a la chiquilla de pelo cobrizo con la cara enharinada, sonrió y le ofreció la mano para ayudarla a alzarse.

—Vaya, mira por dónde —dijo con su voz grave—, esta niña tiene prisa por comprar el pan y la estamos entreteniendo.

Alamanda no podía saber que la harina en su mejilla izquier-da tapaba su sonrojo, pero en la derecha este se mostraba en todo su esplendor. Su cara parecía un pendón real de dos co-lores.

El incidente sirvió para que Justa, ya satisfecha, se encami-nase hacia la puerta con la intención de salir del establecimiento. La gente hubo de cederle el paso, y muchos aprovecharon para dispersarse.

—¿Te has hecho daño, niña? —preguntaba el hombre con una amabilidad que a Alamanda le pareció divina.

Acostumbrada a ser ignorada cuando no maltratada, la soli-citud de aquel desconocido, que, además, era hombre de impor-tancia, le pareció digna de un ángel. Logró negar con la cabeza, sin quitarle la vista de encima.

—No eres de por aquí, ¿no?

Ella negó de nuevo, y su falta de conversación pareció apa-gar el interés del monje, que se volvió hacia Guillem y le deseó buenos días.

—Y no me seáis cafre, hijo mío, que os conozco demasiado bien. Le tenéis inquina a la pobre Justa solo porque siempre anda buscando pendencias a costa de su hijo tonto.

Guillem sonrió, con la vista baja.

—Descuidad, abad Miquel, que no volverá a ocurrir.

El religioso se sonrió también, pues sabía que volvería a ocu-rrir.

—En fin, me voy, que tengo negocios a los que atender —dijo al final—. Unas telas que colocar a vuestros señores y algo de lana que comprar. Servid a los clientes, Guillem, que se está for-mando cola. Id con Dios, hijo mío.

Dio la bendición a los presentes y se dispuso a salir. Alamanda se encontró siendo la primera en la cola y, mirando de reojo la salida del abad Miquel, hombre que ya se había ganado su admiración incondicional, balbuceó que necesitaba una libra de harina fina, y que Feliu se arreglaría con el hornero.

—¿Eres la esclava de Feliu? —preguntó Guillem.

Y ella se sobresaltó, incomodada por haber sido llamada esclava. Eso es lo que era, por supuesto, pero siempre había asociado ese estado de servidumbre con hombres rudos de piel morena que andaban decaídos y cuya espalda mostraba más cicatrices que piel sana.

De vuelta a la masía, con el saco de harina a la espalda, Alamanda meditó sobre su condición de esclava y pobre. Algo en su pequeña mente se rebeló contra su suerte, y un atisbo de ambición por poseer, que nunca antes había sentido, empezó a germinar en ella. Su situación, a pesar de todo, había mejorado notablemente comparada con el hambre que pasaba cuando malvivía con su familia. Dormía cada noche bajo techado, Feliu no le pegaba demasiado, y solo cuando era justo; casi nunca bebía en exceso y, mientras ella cumpliese con sus obligaciones, no la importunaba. Su padre, en cambio, casi siempre borracho cuando se lo podía permitir, le propinaba palizas con cualquier excusa para restañar sus frustraciones. Sin embargo, se dijo, con una convicción que no sabía de dónde brotaba, que ella no había nacido para ser esclava de nadie, y que, en cuanto creciese, se haría con la manera de escapar y ser libre.

A la vuelta de un recodo oyó a sus espaldas un estrépito que subía de intensidad con alarmante rapidez. De repente, un jinete al galope apareció como una exhalación y se le echó encima. Por instinto se dejó caer a un lado, junto al regato, mientras los cascos del animal aplastaban la tierra a media pulgada de sus piernas. El caballero llevaba ropas clericales y capucha, como el abad Miquel, pero no pudo verle la cara y se convenció de que el hombre ni siquiera había reparado en ella.

—Soy invisible —murmuró con indignación sacudiéndose las ropas—, un espíritu transparente a ojos de los demás.

Se miró el sayo, que de pronto le pareció demasiado corto, pues había crecido sin darse cuenta, y lo vio del color del polvo del camino.

—Soy un pedazo de tierra más... No soy nada.

Curiosamente, aquellos pensamientos, que alumbraban su mente por vez primera en su existencia, no la deprimieron, sino que hicieron más fuerte su fe en sí misma. Aún de manera confusa y poco clara, su discernimiento empezó a forjar un carácter independiente, consciente de que solo se tenía a ella misma en la vida y que más le valdría acostumbrarse a no depender de nadie.

Llegó a la masía sudando por el esfuerzo de cargar cuesta arriba con el saco de harina. Junto al establo vio el corcel que casi la había pisoteado. Era un alazán marrón de bello porte que piafaba con elegancia repiqueteando el suelo de puro nervio.

Oyó voces en el umbral de levante, y allí halló a Feliu con el abad Miquel, considerando con seriedad unos fardos de lana enfurtida. Algo de su natural prudencia debió de haber perdido en el camino a casa, porque en vez de meterse en la cocina, avanzó hacia ellos con cierto aplomo. El monje fue el primero en verla, y, al reconocerla, esbozó una franca sonrisa que devolvió la timidez a Alamanda.

—¡Que me aspen si no es la chiquilla muda que me trastabilló en Navarcles! —exclamó.

Feliu la miró con asombro, sin comprender la escena.

—Tu pequeña sirvienta —le explicó—, con la que he tenido un pequeño encontronazo en el pueblo hace un rato. Dime cómo la llamas, ya que ella no parece saber pronunciar palabra.

El amo dijo que se llamaba Alamanda, pero de un gesto con la mano quiso hacerla desaparecer para que su cliente volviese al asunto del costo de los fardos. La chica, algo confusa por su comportamiento y por la presencia del religioso, se retiró con sigilo al interior de la casa.

Feliu y el abad Miquel acordaron finalmente el precio. La entrega de las balas se llevaría a cabo al día siguiente en el monasterio de Sant Benet, en las condiciones habituales, y el monje

Miquel Cabra, el jorobado, satisfaría el precio en cuanto comprobase el peso y la calidad de los fardos.

El fraile se subió de un salto a su montura y tiró de las bridas para encarar al masovero.

—Esa chiquilla, Alamanda —le dijo, sin preámbulo alguno—. Se está haciendo una mujer. Y muy bella. ¿Vais a tomarla como esposa?

—¿Por qué me pregunta eso vuestra paternidad? —respondió el comerciante con azoro.

—Porque la gente tiende a hablar, hijo. Pronto os verá alguno amancebado aquí arriba con una mujer bonita, y los chismes en esta región vuelan.

—Ya sabéis, padre, que soy viudo... Y desde que mi Blanca, que en paz descanse... Bueno, yo no...

—No dudo de vuestra rectitud, Feliu, pues os conozco bien. Mas la mujer del césar... Ya sabéis. Y debéis cuidar también de la virtud de esos dos muchachos a los que disteis acogida, pues una cosa es que disfruten de retozar con jovenzuelas en algún prado, ya que son jóvenes y la carne es débil, y otra es que dispongan de tales tentaciones cada día en su propia morada. En fin, vos sabréis mejor que nadie cómo regir vuestro hogar. ¡Hasta pronto, hijo mío!

Y, de un gesto, tiró de la brida hasta que el caballo enfiló a toda prisa la senda hacia Navarcles.

Alamanda andaba ocupada en hacer tortas para rellenarlas de cordero en adobo cuando entró su señor. Este cerró la puerta y la miró de manera extraña durante un buen rato.

—Debemos comprarte ropa nueva —le dijo al cabo. Y se recostó en el camastro para que la niña le quitase los botines.

Pocas semanas más tarde sangró por vez primera. Feliu y los gemelos estaban ausentes, en la feria de Menàrguens, a dos jornadas de camino, y no los esperaba hasta al cabo de tres días. Nada ni nadie la había preparado para las punzadas ventrales que precedieron al desastre. Miró con horror la mancha carmesí que creció de súbito en su viejo sayo. A la luz de la mañana que entraba por el ventanuco, se admiró del intenso y noble color que empapó la raída tela.

Creyó que era el final, y rezó para que Dios la acogiese sin demasiado sufrimiento. Salió al prado, pensando que no quería morir dentro de la casa. Estaba muy asustada. Se tumbó sobre la hierba, observada con indiferencia por el burro cárdeno, al que ella, en sus adentros, llamaba Mateu, como su hermanito, y que se dejaba acariciar el morro si antes se le ofrecía un poco de hierba fresca.

—Mateu, acércate, por favor, que aquí hay buen pasto. No me dejes sola, te lo suplico.

El burro asintió con dos bruscos movimientos de la cabeza, pero siguió observándola sin moverse de su sitio.

Pasó un rato entre dolores, mirando las formas de las nubes, meditando cómo sería estar allí arriba, con Nuestro Señor y todos los ángeles, imaginando que le saldrían alas y que cantaría con voz maravillosa salmos celestiales. Se ilusionó al cavilar que vería a su madre, y quizá a los hermanitos fallecidos, de los que no recordaba el rostro. Le entró un escalofrío cuando pensó en Dios Todopoderoso, al que imaginaba como un señor mayor, juzgándola por sus pecados. ¿Y si había sido mala? ¿Y si su culpa fuera tan grande que el Señor no la admitía en Su Reino? Apartó esos pensamientos de su mente, pues se decía que, aunque no había cumplido con los rezos que le habían enseñado para orar cada noche, nunca había querido mal a nadie, ni siquiera a su padre cuando le pegaba o a su madre cuando no se lo impedía.

Un rato más tarde se percató de que las punzadas en el vientre no eran ya tan intensas como antes de empezar a perder sangre. La había sacado de su ensoñación el morro del burro cárdeno, caprichoso como siempre en sus andares. Recordó entonces que su madre también manchaba de vez en cuando las calzas, y decidió que quizá había heredado de ella alguna enfermedad que, al fin y al cabo, no debía de ser mortal. Como todavía perdía sangre, se compuso una compresa prieta con los vendajes de Feliu y se la ató como pudo a la cintura. Se había mirado la entrepierna, donde desde hacía un tiempo empezaban a crecerle unos pelillos ásperos que pinchaban al tacto, pero no se vio herida abierta ni supuración alguna, con lo que decidió no aplicarse la pomada que preparaba para su amo. Después, izó el cubo de agua del pozo y se puso a lavar su sayo.

—Bueno, pues parece que no me voy a morir hoy —dijo, en voz alta, poniendo la ropa a secar—. No me mires así, Mateu, que me da vergüenza.

Esa tarde oyó una voz extraña que subía vereda arriba. Se asomó y vio a una mujer montada sobre un mulo viejo. El animal venía arrastrando una carretilla llena de fardos y abalorios metálicos que, con el vaivén, sonaban como cascabeles. La señora azuzaba al pobre burro, lanzándole improperios de tal calaña que Alamanda se ruborizó solo de escucharlos.

La niña se apresuró a ponerse el sayo, aún húmedo, cuando vio que ese personaje hacía por entrar en terreno de la masía.

—¡Feliu, sinvergüenza, asoma tu fea cara, mamerto! —gritó la mujer, a pocas brazas ya del establo—. Te traigo cosas maravillosas esta vez y ¡ay de ti como no me compres nada!

Alamanda se asomó con cierta aprensión. Feliu le tenía dicho que se encerrase en casa con llave si algún extraño subía a la masía, que no debía fiarse de nadie, que había mucho malhechor por esos lares. La mujerona no parecía un bandido, pero ella debía ser precavida.

—¡Que me suban a un cerro y me despeñen! ¿Y quién eres tú, mi niña? —dijo, al verla asomar la cabeza por detrás de la esquina de la casa—. Eres demasiado joven para ser su manceba...

La mujerona era alta, desgarbada, de cuello eterno, pechos como odres de vino, caderas anchas, cortos perniles y grandes manos hombrunas que agitaba sin parar cuando hablaba. Uno tenía la tendencia a pensar en una yegua loca cuando la veía por primera vez.

Sonrió, y la niña pudo comprobar que le faltaban varios incisivos, lo que le hacía silbar de manera muy curiosa cuando pronunciaba las eses.

—Esto me pasa por no venir más a menudo. ¿Me vas a decir tu nombre, chiquilla?

—A... Alamanda.

—¡Alamanda! ¡Qué nombre más sonoro! —exclamó, moviendo las manos como aspas de un molino—. ¡Que me encierren en una bota de buen vino! ¡El cagalindes de Feliu se ha buscado una sirvientita! Yo me llamo Letgarda, preciosa. ¡Qué contenta estoy de conocerte!

La mujerona se abalanzó sobre ella y la hundió entre los pliegues de su piel. Alamanda creyó por unos instantes que iba a morir sofocada.

Letgarda resultó ser una buhonera a la que todos en la región conocían. O, al menos, así lo aseguraba ella. Vivía en su pequeño carro, entre trastos y cachivaches, y vendía sus remedios y abalorios por un poco de sopa de pan o un nabo hervido.

Enseguida se dio cuenta de que Alamanda se había manchado el sayo y, tras una mueca de dolor, adivinó enseguida cuál era su mal.

—¿Es la primera vez? —le preguntó, pillándola desprevenida.

Alamanda no supo a qué se refería. Letgarda se encogió de hombros y le dio un cazo de cobre para que pusiese agua a hervir.

—¡Ay, mi niña! Que yo todavía lo paso mal, no te me apures. Creo que tengo pinillo y hierbaluisa, pero vamos a necesitar ortiga blanca. Voy a buscarla, que esta es buena época.

La mujer le preparó un brebaje verdoso, después de poner el pinillo y la ortiga en decocción, y le hizo beber la tisana.

—Mira, niña, ya eres una mujer. Cada ciclo de la luna notarás dolores en el vientre. Es el pecado de Eva, que todas debemos sufrir. Ten a mano siempre hierbaluisa, y en verano recolecta pinillo, ¿ves? Como este. Y lo pones a secar. La ortiga la tendrás por aquí bastante a mano, pero guarda unas hojas en alguna vasija para el invierno.

Alamanda se sintió mejor casi de inmediato, y así se lo hizo saber a Letgarda.

La mujer vagabunda se quedó con ella cuatro días, sin pedir permiso. Llevaba colgada del cuello una figurita en forma de pez, que debía de ser de bronce y rebotaba contra sus senos en cada movimiento que ella hacía. A Alamanda le hacía mucha gracia ese pececillo entre sus carnes.

—Me lo regaló mi madre al entrar en el convento —le explicó—, o, al menos, eso creo, porque más bien me abandonó. Es lo único que conservo de ella.

Le enseñó a preparar compresas con trapos viejos y a fijarlas a la cintura para que no se moviesen al andar. Le explicó que podía machacar corteza de roble para hacer una pasta que, puesta a secar, servía para meter entre los trapos y absorbía el flujo mucho mejor. Además, resultó ser un pozo de conocimientos naturales, y sabía nombrar y describir el uso de todas las plantas, flores y bayas que crecían en la dehesa y en el bosque. Le regaló incluso un juego de pequeñas vasijas de arcilla en las que guardar las partes de cada planta que serían útiles para curar diferentes males o como condimentos de las comidas. Y, viendo su poca destreza con la aguja, le dio un dedal de madera de boj que era mucho mejor que los apaños de cáscara de avellana que usaba ella y le enseñó a remendar con doble punto para que quedase una costura perfecta.

Al atardecer del quinto día, cuando Letgarda ya había cargado el carro para irse y estaba dudando si despedirse de la niña, pues era de las que gozaban con los encuentros y aborrecían los adioses, llegó Feliu con sus discípulos.

—¡Maldito mangurrián, tragasantos casquivano! —gritó ella al verlo, con una sonrisa desdentada de oreja a oreja—. ¡Ya creí que no iba a ver tu sucia cara esta vez! ¿Habías olvidado que te dije que vendría a partir de la segunda semana de la cosecha?

—No lo había olvidado, vieja bruja. Simplemente, no quería oler tu sucio hedor y retrasé la vuelta para evitarte.

Alamanda habría jurado que percibió una mueca parecida a una sonrisa en el rostro de Feliu, si no fuese por el tono de sus improperios y porque su amo apenas sonreía jamás. Manfred y Alberic se miraron y compartieron una mirada de complicidad. Pidieron permiso para bajar al pueblo y desaparecieron tan rápido como habían regresado.

Feliu la mandó a buscar leña al cobertizo y, a su vuelta, se encontró sola del todo. Mató el tiempo preparando la cena. Supuso que Letgarda se quedaría a cenar con ellos, y para ello dobló la ración de garbanzos hervidos y puso un chorizo entero en el guiso.

Cuando ya anochecía, con esa calma moteada de dulces cantos nupciales de los vencejos de cada ocaso veraniego, Feliu reapareció por la puerta del establo, ajustándose la ajada camisola y luciendo una sonrisa que, ahora sí, era amplia y franca. Diríase que incluso cojeaba menos de lo que era habitual.

Letgarda entró en la casa al poco rato y dio un achuchón tan apretujado a la niña que esta, una vez más, temió desaparecer para siempre entre los pliegues de su piel. Algo había sucedido en las caballerizas que los había puesto de muy buen humor.

Al caer la noche, Feliu se sentaba a la mesa y encendía un cabo de vela de sebo que chisporroteaba mientras producía una inestable luz amarilla. Sobre la mesa extendía un rollo de papel, que alisaba con dos pequeños pisapapeles de piedra, y colocaba un bote de vidrio en el que mezclaba cuidadosamente agua, hollín, goma tragacanto y un chorrito de vino. Así producía un líquido muy negro que espesaba o aclaraba a su gusto durante unos minutos. Luego afilaba con un pequeño cuchillo un cálamo de ganso, probaba la agudeza de la punta contra su labio inferior, y lo sumergía en el bote de tinta. Rasgando el papel, con un sonido íntimo y placentero, se ponía entonces a producir maravillosos símbolos y ligaduras sobre este. Cuando lo hacía, siempre proyectaba la lengua hacia fuera y la mantenía asomándose por la comisura derecha.

Alamanda lo miraba, cada día con menos disimulo, hasta que Feliu le explicó que en esos rollos llevaba la contabilidad de su negocio. En ellos anotaba los pedidos, el nombre de cada cliente, lo que le debían, lo que le costaba la borra, el mantenimiento del batán y el beneficio final que obtenía.

—¿Ves? Aquí, por ejemplo —le indicó, señalando con el dedo una anotación reciente—, Pere Imbern, de Sant Fruitós, me debe siete reales y medio, y ya empieza a ser preocupante, porque me dijo que me pagaría esta semana la mitad y solo me ha hecho llegar dos reales de plata.

—¿Todo eso está escrito aquí? —preguntó ella, fascinada.

—Casi todo. Aquí está lo de los dos reales de plata, que reducen su deuda, ¿ves? Este, en cambio, Bonat Ferran, me ha pagado ya lo que me debía, y —añadió en tono de confidencia— con un florín de oro. También tengo clientas, como Maria Coloma, que me debe un real y cuarto, pero ella siempre paga a tiempo y no me preocupa.

La niña seguía el dedo de Feliu como hechizada, tratando de ver patrones en los garabatos. Algunas formas se repetían y entendió que cada pedazo representaba un sonido.

—¿Pere...?

Feliu la miró.

—No sabes de letras, ¿no?

Ella negó con la cabeza.

—Por supuesto. Me habría extrañado que supieses leer. Mira: voy a escribir tu nombre. Alamanda. Ya está.

Ella miró con los ojos muy abiertos esas líneas sinuosas que, según su amo, eran su nombre. Sabía que existía la escritura, pero nunca la asoció a los nombres propios. Y ese garabato, y solo ese, con esa forma, la describía a ella. Era fantástico, y lo admiró con la boca abierta.

—Quizá algún día pueda enseñarte el abecedario —le dijo Feliu, de pronto algo impaciente por seguir con su tarea.

Y lo hizo. Casi sin darse cuenta.

Alamanda aprendía con extrema rapidez; fijándose en los nombres y cifras que su amo le iba leyendo, pronto supo reconocer las diferentes letras y los números. Y, por aquellas cosas de la domesticidad, que diluye las fronteras entre los deberes de cada miembro de la casa, Alamanda acabó anotando ella misma lo que su amo le dictaba en aquellos rollos de pergamino viejo tantas veces reusados.

El otoño llegó con lluvias torrenciales, aguaceros que martilleaban impenitentes los campos y los ánimos. Los ríos y regatos de aquella zona montañosa bajaban bravíos, alborotados, con la urgencia de la juventud y el descaro de su fuerza. En el calvero de Feliu, el incesante diluvio se soportaba de manera desigual; el viejo tejado de la masía era sólido y resistía bien, pero en el establo los gemelos se quejaban de las goteras cada vez con más acritud.

Un anochecer en que el chaparrón arreció, los chicos se fueron al pueblo, cansados de achicar agua de su estancia, pensando que pasarían lo peor de la tormenta en alguna taberna y que luego dormirían en cualquier rincón seco por un par de piezas de cobre. Feliu los dejó marchar con desgana; no le apetecía que vagasen por ahí con ese temporal, pero hacía ya un tiempo que notaba que perdía el control sobre sus discípulos, que estos eran cada vez más independientes y descarados.

En la masía, el estrépito del agua sobre las tejas era constante, pero, en cierta manera, tranquilizador. Alamanda, tras comprobar que el fuego estaba bien alimentado y que duraría unas horas, se acurrucó en su lecho de paja y borra, ya casi convertido en una cama acogedora, y se embozó la manta hasta las orejas. No había más que hacer, pues, sin los mozos en casa, habían cenado pronto y ella había puesto el caldero fuera para que se llenase de agua y así poder limpiarlo por la mañana con toda facilidad. No había lana que cardar, porque el último fardo ya se lo habían llevado los dos hermanos aquella misma tarde a las hilanderas de Calders.

De pronto, cuando ya su mente empezaba a enturbiarse con las nieblas de los sueños, se oyó un crujido que le atravesó el cuerpo como si la hubieran golpeado. Se incorporó de golpe, y vio que Feliu lo había oído también.

—Mierda... —murmuró este, adivinando enseguida de qué podía tratarse—. ¡Por todos los santos!

Se puso el barragán y se caló encima la capa aceitada para salir a toda prisa de la casa. La niña lo siguió. Apenas alcanzó a verlo perdiéndose en la oscuridad valle abajo hacia el batán.

El farol no servía para nada. Tenía que orientarse por los destellos de luz azulada que provocaban los relámpagos. El sol aún no debía de haberse puesto del todo tras las montañas de poniente y clareaba algo el vientre de los nubarrones, porque había un poco de relumbre cuando sus ojos se acostumbraron a la noche.

Vio a Feliu apoyado contra una de las patas del enorme ingenio, constituidas cada una de ellas por una viga tan ancha que ni los hermanos con sus largos brazos eran capaces de rodearlas. El hombre tenía la cara transfigurada por el esfuerzo. Alamanda se dio cuenta de que el codal de apoyo se había partido debido a la presión del agua sobre la enorme rueda y Feliu estaba tratando, inútilmente, de meter la viga de nuevo en el agujero que había quedado al desprenderse la piedra. La fuerza del torrente era tan poderosa que el mecanismo entero amenazaba con desmontarse. El eje que sostenía la rueda y que, a través de unas levas, accionaba los dos mazos, se tambaleaba de atrás adelante, haciendo crujir las juntas.

—¡No vais a poder! —gritó Alamanda con todas sus fuerzas.

Feliu la miró, con una mueca de esfuerzo.

—Alberic... Manfred... Ve a buscarlos, ¡deprisa!

Pero no había tiempo. Alamanda se acercó y vio el codal

roto. Al partirse, había hecho saltar la losa de contención que lo fijaba al suelo.

—Si metemos el palo en el hueco... —explicó Feliu entre resoplidos— y lo calzamos de alguna manera..., ¡aguantará! ¡Trae a los mozos, por Dios!

La chica vio que tenía razón, pero bajar al pueblo, localizar a los muchachos, que probablemente estarían ya borrachos, y traerlos de vuelta, le llevaría más de una hora. Era imposible. Se fue corriendo cuesta arriba hacia la masía, cogió un par de cuerdas largas de las que usaban para izar los fardos con la polea y un mazo enorme que a duras penas podía arrastrar. Corrió después hasta el cercado de Mateu, el burro cárdeno, y le puso las alforjas de los mulos de tiro. Con un esfuerzo que tensó hasta el último de sus músculos, logró alzar el mazo hasta las sacas y meterlo allí.

—¡Vamos, rucio —le imploró, empujándole las nalgas—, no es el momento de hacerte el remolón!

El animal rebuznó un par de veces. Al contrario que a la mayoría de los burros, a él no le importaba la lluvia, y quería seguir pastando y que lo dejasen tranquilo. La chica fue a buscar una de las colleras de los mulos y trató de ponérsela a Mateu. Este se negó con un potente movimiento de su testa.

—¡Maldito cabezota! —le gritó Alamanda a la oreja—. ¡Deja que te ponga esto por una vez en tu vida! ¡Te necesitamos, diablos!

Quizá fue la vehemencia de la niña, o quizá fue que, por primera vez en su vida, había hecho mención al Maligno en voz alta. Fuese lo que fuese, el burro permitió que le colocaran la collera con cierta resignación, comenzó a andar y se dejó llevar con una docilidad desacostumbrada.

La situación en el batán era desesperada. Feliu había resbalado y, viendo lo inútil de su esfuerzo, luchaba ahora por arrastrar la losa de apoyo, que había saltado un par de brazas río abajo, con la vana esperanza de volver a colocarla.

Alamanda llegó y, sin decir palabra, pasó una cuerda por la pata del armatoste y ató ambos extremos a los eslabones de madera de la collera del burro. Pasó la otra cuerda por el mismo sitio y se la ató a la cintura. Iba a ordenar al animal que tirase cuando una súbita crecida rugió a escasas brazadas de donde se hallaba; a la par, un rayo de luz azulada iluminó el torrente y, por un espantoso momento, creyó ver los ojos de su madre en el lecho del río, implorando que la salvase. Se quedó paralizada unos segundos. La sacó de su ensimismamiento un grito agonizante de su amo.

—¡Vamos, tira, burro del demonio! —gritó entonces a pleno pulmón, sobre el rugido de la tempestad—. ¡Tira con todas tus fuerzas, bribón!

Feliu vio su empeño y corrió pendiente arriba para empujar él también.

—Amo, ¡la losa! —le gritó ella—. ¡Alguien tiene que fijar la losa de apoyo en el agujero cuando hayamos logrado meter la viga!

El hombre se dio cuenta de lo que pretendía la niña. Si el burro lograba encajar el tronco en el hueco, él podría utilizar la piedra como cuña para que resistiese la tormenta. El batán quedaría inclinado, algo torcido sin el codal, pero al menos no se iría torrente abajo. Reculó para recuperar la losa y la subió, resbalando varias veces en el barro, hasta el pie de la viga.

—¡El mazo! —le indicó Alamanda, casi sin resuello.

Feliu alcanzó el mazo de la alforja y dispuso la piedra para meterla en cuanto la columna de madera volviera a entrar en el hueco. Empujó él mismo desde abajo para ayudar al burro y a su astuta criada.

—Un esfuerzo más... —gritó él, con desesperación.

Miró con horror el balanceo descontrolado de los mazos, cada uno de los cuales pesaba más que el burro. El eje de la rueda estaba a punto de salirse; una vieja cincha de hierro oxidado era todo lo que lo unía ya a las patas, pues se había salido la pezonera que lo sujetaba a las vigas. Si no lograban estabilizar el armatoste antes de que cediese la cincha, estaría todo perdido; el batán se desmoronaría como un castillo de naipes.

—¡Un esfuerzo más...! —repitió, entre dientes, cerrando los ojos y empujando con todas sus fuerzas.

Mateu soltó un largo y angustioso rebuzno, azuzado por Alamanda, que le golpeaba las ancas con una ramita. Clavando las patas en el barro hasta que le cubrió por completo las pezuñas, tensó sus músculos y se echó con todas sus fuerzas hacia delante. Se oyó un crujido que hizo temer lo peor, pero justo entonces, el pie de la viga encontró su acomodo en el agujero y entró, vaciando el agua que se había acumulado dentro en un enorme chorro a presión que hizo recular a Feliu.

—¡La calza! —gritó la niña, aún en pleno esfuerzo.

Su amo se apresuró a meter la losa en vertical con ambas manos y, cuando la hubo fijado, elevó la pesada maza y le dio golpes hasta que dejó de moverse.

—¡Ya está! —dijo, con cierta admiración y alivio—. ¡Ya está, loado sea Dios!

El asno rebuznó de nuevo, dolorido por el esfuerzo, y dio un par de zancadas hacia atrás para destensar la cuerda.

Feliu miró su batán, comprobó la viga maltrecha con un brazo y concluyó que lo peor había pasado.

—¡Aguantará! Ya lo creo que aguantará. ¡Dios bendito!

Y soltó una carcajada que la niña no escuchó porque yacía al lado de Mateu, desvanecida por el esfuerzo y con la piel de la cintura y los hombros en carne viva allí donde la había mordido la cuerda.

Cuatro días después, mientras Feliu y los mozos trabajaban a destajo para reparar y estabilizar el batán, llegó Letgarda para atender a la niña, todavía dolorida por la odisea de aquella noche. Su amo había dado voz en el pueblo de que avisasen a la mujer si pasaba por allí, pues la necesitaba.

Tras asegurarse de que el ingenio hidráulico resistiría a la tormenta, Feliu había montado a la niña en el asno y se la había llevado a la masía. La cuidó noche y día durante dos jornadas, curándole las llagas de la piel con las mismas pomadas que ella había preparado para su herida del pie y calmando su tos con infusiones de tila y miel. Aquella muchacha había salvado su existencia. Perder el batán habría supuesto la ruina, pues era esa época del año en que Feliu había adelantado el pago del hilado y aún no había podido cobrar los pedidos, que llegaban en su mayor parte justo entonces, al empezar los fríos del otoño. Tras la cosecha venían los meses más cruciales para el negocio del enfurtido; lo que se ganaba o dejaba de ganar en esa época marcaba la prosperidad del año.

Por primera vez en su vida, Feliu experimentó una sensación que, de haber estado familiarizado con ella, habría sabido llamar ternura. Esa chiquilla, apenas un saco de huesos de nariz respingona y cabello cobrizo, había tenido la presencia de ánimo que a él le faltó. Tuvo la inteligencia de dar con la solución y el coraje de llevarla a cabo.

Letgarda se hizo cargo enseguida de Alamanda. La obligó a hacer gárgaras con una infusión de saúco, le hizo sorber un tónico de genciana que le provocaba náuseas de lo amargo que era, y le puso un ungüento aromático de buscapina sobre el pecho. Como tenía dolor de oído, le aplicó unas gotas de un frasco de espíritu de vino en el que se maceraba un ratoncito recién nacido, pues decía que era ese un remedio infalible para las infecciones auditivas. Se instaló en un jergón que se hizo ella misma con lana y paja y no se fue hasta que la niña se hubo repuesto de su catarro.

—¡Feliu! —lo llamó un día, cargando el carro—. ¡Que te lleven al averno mil demonios si no me haces caso esta vez! Te la he dejado sana como una flor. A ver si me la cuidas, que tienes en ella una joya, ¡mangurrián!

Y, tal como había llegado, la buena buhonera desapareció canturreando una vieja copla, acompañada del cascabeleo irregular de sus ollas, enseres y remedios para todos los males.

—Alamanda, prepara comida para dos días. Tú te vienes con nosotros.

La chica acababa de entrar en casa. Venía empapada, pues seguía lloviendo con fuerza un par de semanas después de la rotura del batán. Las nubes de otoño vaciaban con empeño sus vientres grises ahítos de lluvia. Los hombres de la masía, con la ayuda contratada de un carpintero de Viladecavalls, lograron reconstruir de nuevo el batán redoblando esfuerzos bajo el constante aguacero. Pusieron un codal de madera nueva y reforzaron los cimientos de los cuatro apoyos para que no volvieran a ceder en muchos años.

—Nos vamos todos a la feria de Gurb, así que apúrate a preparar lo que haga falta —la apremió Feliu, cuando la niña lo miraba sin comprender.

Puso el balde lleno de agua del pozo sobre el escañil junto al hogar, preparada para hacerla bullir con pedazos de hueso y unos puerros.

—¿Me... me voy yo de viaje con vuestra merced?

—Parece que el catarro te ha afectado al cerebro, hija—le dijo Feliu, ante su mirada incierta—. Sí, ya te lo he dicho. Salimos mañana al romper el alba. Vamos a quedarnos unos días y te necesito. Mi pie cada día me da más problemas.

—Pero, patrón... —protestó Alberic.

—No cabremos en el carro —terminó su hermano.

—Pues uno de vosotros irá en el burro.

Los gemelos la miraron con cierta hostilidad. Los días de feria, tras el mercadeo, solían disponer de tiempo para ir de jarana, sisando algunas piezas de bronce de su amo o escatimándole beneficios en algún trueque. Intuían que con la niña delante les sería más complicado.

Al final fue la chica la que montó el burro cárdeno, pues ella lo prefería a compartir carromato con esos chicos. El burro le tenía cierto cariño, lo cual sorprendía a los demás, pues era un animal que no se llevaba bien con nadie. Los muchachos, por su parte, preferían descansar por turnos bajo la tolda, sobre los fardos de lana. Habían aceitado bien la lona y tomado la precaución adicional de cubrir cada bala con pieles encurtidas, para evitar que se empapase la lana. La lluvia arreciaba cuando partieron y Alamanda, sobre Mateu, se hizo con un pedazo de tela engrasada que unió bajo su quijada con un par de puntadas y que cubría casi al animal entero. Estaba tan contenta de hacer el pequeño viaje que no le importaba mojarse ni pasar frío. Feliu le había comprado semanas atrás unas telas usadas en Navarcles y con ellas se hizo un sayo con tanta gracia como le permitió su inexperiencia, copiando malamente vestidos que había visto llevar a las chicas en el pueblo. Además, el patrón le permitió coserse un cálido zamarro con lana que hiló ella misma.

Así avituallada, se acomodó al vaivén cansino del animal y sonrió satisfecha para sus adentros. Llevaba ya más de medio año con Feliu y su vida había mejorado notablemente con él.

Había nacido en algún lugar del Pirineo. Esto lo sabía con certeza porque su padre, Gastaud el provenzal, solía decirle: «¡Diablo de *mainatge*! ¡Mal viento del Pirineo debió de torcer tu ánima cuando naciste, *porre*!».

Pero durante años habían malvivido de pueblo en pueblo en el centro del Principado, la Cataluña Vieja, de donde procedía su madre. Su padre era un hombre de carácter débil que solo era capaz de amar el vino barato que le servían en las pocas tabernas de donde todavía no lo habían echado. Cuando llegó a la comarca desde Occitania engañó a un campesino para que le entregase a su hija en matrimonio y una ternera flaca como dote. Al animal se lo comió al cabo de poco tiempo, con la excusa de que estaba enfermo y nunca daría buena leche, justo después de dejar embarazada a la joven, su madre, que contaba entonces apenas diecisiete años. Ella le contó que el primer hijo nació muerto, de color morado y con la cara arrugada, y Gastaud pretendía echarlo en un vertedero en vez de darle cristiana sepultura.

—Buen negocio hice contigo —le reprochaba a su mujer—. Ya me decían en el pueblo que no tenías caderas para la cría.

Tras el segundo embarazo, un año después, nació Alamanda,

una niña de piel muy blanca y cabello terroso que sobrevivió gracias a una tenacidad y cabezonería innatas. Los pechos de Miranda apenas producían leche, y si la niña no se murió de hambre fue porque un ama de cría de la población se prendó de ella y de su pelo cobrizo y le dio leche mientras amamantaba al hijo de su dueña.

Unos años más tarde, tras varios embarazos infructuosos, nació Mateu, el primogénito en el que Gastaud enseguida volcó las pocas esperanzas que podía tener de un futuro mejor. Visto con la distancia de esos meses alejada de ellos, Alamanda comprendía ahora que el hecho de que Mateu sobreviviese fue su condena; el provenzal ya tenía a su primogénito. Pero no culpaba al niño, el único rayo de luz que hubo para ella en su desdichada familia.

El recuerdo más constante que le quedaba de su infancia era esa sensación perenne de hambre atroz. En tiempos de cosecha sus padres acostumbraban a hallar trabajo en algún campo, y eran meses en los que la tripa no sufría tanto. Pero los inviernos eran terribles. Hubieron de mendigar en las puertas de las iglesias algunas veces. Alamanda se acostumbró a rapiñar lo que podía y a no desaprovechar nada.

Un día, de madrugada, cuando el agujero en el estómago no la dejaba dormir, salió del establo en el que se alojaba con su familia y bajó por la calle principal de ese pueblo del que nunca supo el nombre. Oyó ruido y voces tras una esquina, y vio algo de lumbre. Se acercó y reparó en unos mozos que preparaban las tablas sobre caballetes en las que expondrían la carne de las reses sacrificadas aquella noche y la caza del día anterior, ya despellejada y troceada. Un menestral del gremio vigilaba que las porciones que pondrían a la venta cumplían con lo establecido; examinaba cada pieza para comprobar que no fuese carne de perro o de cualquier alimaña.

La niña observó como los carniceros deshuesaban las piezas cortando con grandes cuchillos y apilaban los restos en una canasta. Se asomó y vio varias cabezas de conejo despellejadas y trozos sanguinolentos de animales sin determinar. Aprovechando la oscuridad, llenó su delantal de tantos como pudo y volvió al establo con el corazón acelerado. Ese día se dieron un festín; hicieron caldo con las cabezas de conejo y royeron los huesos con deleite tras ahumarlos. Pero ni su padre ni su madre mencionaron jamás su astucia ni le agradecieron nunca haber hallado una nueva fuente de alimento.

Un poco más tarde de aquella época, a finales de un mes de julio especialmente duro, se encontraron cerca de Manresa. Gastaud encontró trabajo en la cosecha de centeno. Las jornadas eran de sol a sol, y tan solo se cobraba si cada peón había recogido al menos siete libras de grano al anochecer. El padre de Alamanda solía cansarse pronto y desaparecía al mediodía, cuando el calor era más insoportable, a refrescarse en alguna taberna de la comarca. Entonces, madre e hija debían redoblar esfuerzos para cumplir la cuota si querían cobrar lo prometido.

Acabada la temporada, Gastaud decidió que se quedarían por allí algún tiempo más. Él aseguraba que tenía posibilidades de conseguir un trabajo estable, pues la cosecha había sido buena y las gentes de la región eran prósperas. La realidad era, como sospechaba Alamanda, que su padre había encontrado un figón de mala muerte en el que, en compañía de ladrones y malhechores, se gastaba lo poco que habían ganado en vino malo y ratafía a precio de saldo. No se le pasaba por la cabeza abandonar ese paraíso.

El tercer día de las fiestas que se organizaban para celebrar el buen fin de las cosechas, Alamanda abandonó el lecho de paja en el que dormía con Mateu y se fue hacia la plaza del pueblo, atraída por el jolgorio y la música de flautas, laúdes y chirimías que cubrían el horizonte como un manto sonoro. La noche era muy oscura y el viento desagradable, pero los paisanos tenían ganas de fiesta después del duro verano. El grano estaba ya a buen recaudo en los graneros comunitarios y querían emborracharse un poco antes de prepararse para el invierno.

La plaza estaba rodeada de teas encendidas. Había una gran

algarabía; Alamanda nunca había visto tanta gente en un mismo lugar. En el centro se alzaba un enorme tronco de al menos treinta pies que sostenía una tolda blanca fijada con estacas en sus cuatro costados. Bajo ella, una docena de largas mesas rebosaban de restos de comida y bebidas derramadas. La mayoría de los patronos, todos ellos hombres, tenían ya la panza llena y el cerebro aturdido. Los más jóvenes se apiñaban en grupos para cantar versos salaces o contarse bravuconadas. Las mozas de buen nombre en edad de merecer ya habían sido recluidas en sus casas para preservar su virtud cuando el vino comenzó a fluir con libertad.

Alamanda, que se había colado por debajo de la tolda evitando las entradas y salidas de los invitados, jamás había visto una escena similar. El instinto tomó el mando y se puso a arramblar con todo resto comestible que pudo coger. Algún aldeano borracho quiso hostigarla, pero ella era más ágil. ¡Aquello era un festín! No recordaba la última vez que se había llenado la tripa hasta la saciedad.

Fue entonces cuando lo vio. No fue tanto el hombre lo que le llamó la atención, sino los suntuosos ropajes de brillantes colores que lo guarnecían.

Era un caballero de barba blanca, barriga como un tonel y poderosa figura. Estaba sentado en una trona lujosa con respaldo alto. En la mano derecha, de gruesos dedos, lucían tres o cuatro anillos vistosos que resplandecían con luz propia. La izquierda la tenía oculta por un cáliz de plata del que bebía sorbo a sorbo un buen vino moscatel. Miraba la escena con satisfacción, mientras el senescal le comentaba algún asunto inclinándose hacia su oído.

Alamanda no había visto jamás a alguien tan ricamente vestido.

Arriesgándose a recibir un manotazo, se arrastró por la linde de la tolda hasta colocarse justo detrás del sillón. Se chupó la punta de los dedos para limpiarlos de mugre y alargó la mano para tocar la capa del noble, de un color azul violáceo, como de pétalos de aciano, que refulgía con la incierta luz de las antorchas. Era lo más suave que había tocado en su vida. Se atrevió a alargar un poco más el brazo para tocar las calzas acuchilladas del señor, de un amarillo más intenso que la rúcula, ribeteadas de un rojo amapola fascinante.

Justo entonces, una mano poderosa le atrapó la muñeca.

—¡Maldita ladronzuela! —le dijo el noble, más divertido que enfadado—. ¿Creías que estaba demasiado borracho como para enterarme?

El senescal le propinó una patada en las costillas. El dolor le hizo dar un salto hacia atrás, lo que libró su mano del agarre y le permitió escabullirse por debajo de la tolda. Sin pensárselo dos veces, se hundió en la oscuridad profunda, alejándose de la luz de la carpa.

Aquella noche no pudo pegar ojo. El dolor en las costillas remitió enseguida, pero no así la profunda impresión que le causó comprobar que los colores de las plantas se podían capturar en los tejidos. Le fascinó la idea de poder vestirse con pétalos de las más bonitas flores que la naturaleza había creado, y se preguntó cómo se conseguía transferir el color de las corolas a la tela.

Esa fascinación no habría de abandonarla nunca. Ahora, camino de la feria de Gurb, a lomos del temperamental Mateu, confiaba en ver de nuevo gentes nobles habilladas con ropajes de los más vivos colores.

¿Cuándo me sedujo el mundo de los colores, cuándo me atrapó? ¿Fue algo natural en mí, o fui aprendiendo a amarlos según crecía? ¿Fui siempre consciente de que mi labor en este mundo era imitar a la naturaleza y recrear los colores que Dios había creado?

Recuerdo que me sentaba a menudo en el prado de la masía, en primavera, tras haber cogido tantas flores diferentes como era capaz de encontrar. Les arrancaba un pétalo a cada una y trata-

ba de manchar mi sayo con su jugo. La mayoría no hacían más que añadir una mancha marronácea a mi ya mancillado vestido, y aquello me frustraba. No lograba entender cómo se teñían los tejidos, que siempre eran de color crudo, para confeccionar con ellos ropajes de colores intensos.

Una vez, recogí pétalos de ranúnculo, pues su color amarillo vivo me ha fascinado siempre. Machaqué las pequeñas hojas con unas gotas de aceite de oliva hasta lograr una pasta uniforme, como había visto hacer a Letgarda para preparar alguna de sus decocciones. Obtuve una pomada blanquecina que traté de aplicar a un retazo de tela blanca, pero no logré más que ensuciarla y apelmazarla.

Pregunté a la vieja buhonera en cuanto tuve ocasión, y ella se rio y me dijo que era cosa de la casualidad o del diablo que una chica como yo quisiera ser tintorera.

—¡Que me unten de brea y me prendan fuego! Es mi destino no librarme del oficio.

No entendí su comentario hasta años después, cuando supe que había sido novicia en la abadía de Santa Lidia, la de las monjas tintoreras, y aprendí de su amarga salida del convento. En todo caso, la buena mujer me mostró algunas técnicas elementales de entintado, me habló de los mordientes que se precisan para que el color se agarre a las fibras y hasta me enseñó a obtener algún pigmento de las plantas tintóreas más comunes. Fue tal mi entusiasmo por aquellos rudimentos recién aprendidos que hasta osé proponer a Feliu la posibilidad de entintar en la masía algunos retazos de lana. Mi amo recibió la proposición con sorna, no se la tomó en serio y me aconsejó que no hiciese caso a Letgarda, que tenía muy buen corazón, pero la sesera algo desviada.

No fui más allá, pues mis obligaciones diarias no me permitían demasiados devaneos en ese mundo. Pero algo nació en mí que habría de perdurar toda mi vida, hasta esta vejez que ahora me acompaña y solaza mis días largos y tranquilos. Aprendí, por vez primera, a cambiar el tono de un vestido; y aquello fue, para *mí, la mayor revelación que hube de sentir jamás. Dios me perdone, pero me llenó de orgullo ser capaz de imitar la Creación a modesta escala y mejorar el color del mundo retazo a retazo.*

Al llegar a Gurb, la villa estaba en plena preparación de la feria. Las lluvias no empapaban el ánimo de la gente, y las risas y los nervios recorrían las callejuelas como un relámpago. Al igual que en cualquier otra ciudad en día feriado, salían a las calles de todos los rincones bandas de vagabundos, cantores y bardos ambulantes, miserables tullidos y leprosos, buscavidas y candongos, bigardos holgazanes, soldados con viejas cicatrices y ganas de gresca, orates con cascabeles colgados del cuello para advertir de su presencia, curas simoníacos que vendían absoluciones sin penitencia por un poco de vino o de bizcocho, falsos mendicantes y mujeres de la vida que buscaban aligerar las bolsas de todos ellos con uno u otro ardid. Alamanda había presenciado esa algarabía otras veces, cuando su familia llegaba a los pueblos para ver si podrían rascar algo de tanto bullicio. Alargó la cabeza, feliz de súbito, con la vana esperanza de ver alguna cara conocida, si acaso la de su padre o, mejor, la del pequeño Mateu.

Se dirigieron de inmediato al almacén de Guillemon, su representante. La actividad era frenética; cada nueva remesa se separaba por fardos y se colocaba pieza a pieza en unos estantes de madera con rejilla de cuerda. Los anaqueles se apoyaban en una pared de barro cocido, detrás de la cual ardía una hoguera. Así se secaban las telas, que venían todas empapadas por el aguacero, sin llegar a ahumarse.

Después, dejaron a los animales en el establo comunal, a cargo de un vigía, y fueron a la hospedería del Quemado. Cuando un hombre de mediana edad con la parte izquierda del rostro acartonada y de color morado los recibió con la media sonrisa que le permitía su deformidad, Alamanda entendió de dónde procedía el nombre del establecimiento.

Allí conocían a Feliu y a los hermanos de años anteriores, y fueron bien recibidos. El Quemado alzó la única ceja que le quedaba cuando Feliu solicitó un catre adicional en la habitación para la niña, pero no dijo nada. Pensó que le pediría cuatro monedas más por noche al final de la estancia por el favor.

—Necesito que me ayudes con las cuentas, niña —le dijo Feliu, una vez instalados en la estancia—. Mi vista ya no es lo que era, y me equivoco de renglón con frecuencia. Luego debo rehacer los números para que me cuadren, y a algún cliente le he exigido dinero que ya me había pagado.

—Permitidme que os cambie el vendaje primero, amo, que el barro del camino os lo ha ensuciado.

Feliu se dejó hacer, alguien diría que con una lagrimita haciendo equilibrios en su párpado izquierdo, amenazando con resbalar mejilla abajo. Luego abrieron los libros de cuentas y, a la luz del candil, puntearon ambos cada entrada e hicieron cálculos sobre los beneficios que podía arrojar la mercadería que llevaban.

—Negociando bien podremos obtener un buen precio. No encontrarás ni un solo nudo en mi lana, lo he comprobado antes de partir. El secreto, hija mía, es tener género de la mejor calidad.

Alamanda abrió mucho los ojos sin mirarlo, con la vista fija en algún renglón del pergamino pero sin verlo; por primera vez, Feliu la había llamado hija. Aunque seguramente el hombre lo dijo sin pensarlo y sin atribuirle significado alguno, ella se ruborizó, se irguió de orgullo y, a la vez, se encogió por desazón. No habría sido capaz de describir en aquel momento qué sentía ella por Feliu, pues del hombre rudo y apestoso que la llenó de pavor al comprarla había evolucionado hacia una compleja figura de amo casi paternal. Desde luego, Feliu la trataba mucho mejor de lo que jamás Gastaud lo había hecho, y pensó que la vida es curiosa, pues, a veces, no eran los lazos de sangre sino los afectivos los que más unían a una persona con otras.

Siguieron haciendo cuentas hasta que al hombre lo venció el

sueño. Tras un sonoro bostezo y algún eructo mal disimulado, se echó en la cama y arrancó a resollar de inmediato.

Ella se acurrucó en el camastro que el Quemado había instalado en un rincón y, tras asegurarse de que la lumbre permanecería encendida largo rato, cerró los ojos y sonrió. Por primera vez en mucho tiempo se sentía feliz.

Un día, por San Eudaldo, después de la feria de ganado de Menàrguens, ya de regreso en la masía, Feliu permitió a los gemelos ir a la taberna de Navarcles a beber y disfrutar, pues el negocio había sido bueno. Los chicos tenían cuatro perras ahorradas y pretendían gastárselas en vino añejo.

Regresaron al calvero de madrugada, de improviso, cuando el comerciante y Alamanda hacía horas que se habían entregado a los brazos de un sueño reparador, él en su camastro de la esquina y ella en su cada vez más mullido lecho de paja; había aprendido a hervir el relleno y dejarlo secar para evitar chinches y pulgas, y lo cambiaba cada pocos días. Y para que fuera más suave, le añadía fibras de borra que, además, le daban calidez.

Los chicos tenían llave y entraron de manera brusca. En ese momento la lumbre estaba baja, los rescoldos apenas emitían un resplandor mortecino que delineaba los contornos de los muebles y enseres. La noche entró en la masía, a pesar de lo que su amo le había advertido muchas veces. «La noche es tu enemiga», le repetía una y otra vez.

Manfred la miró; la vio despierta y le hizo un saludo burlón con la mano. Alberic cuchicheó algo a su oído, y ambos se rieron por lo bajo. La miraban con una expresión que, en su inexperiencia, Alamanda no supo identificar como lujuria. Por instinto, se incorporó y apoyó la espalda contra la pared, asiendo la frazada con manos temblorosas.

Alberic fue el primero en lanzarse contra ella. A pesar de su borrachera, saltó como un felino y le agarró ambas muñecas con una sola mano. Con la otra hurgó sus calzas con precipitación mientras presionaba sus labios contra la boca de la niña. Alamanda no supo ni gritar; el muchacho sabía a humo, comida y vino. Sintió el peso del mozo aplastándola contra el suelo, con la cabeza encajada entre las losas y las piedras de la pared. Su hermano Manfred la agarró del pelo tras arrebatarle la manta. Durante unos instantes de forcejeo, en los que su mente todavía no comprendía lo que estaba pasando, los ojos cerrados se le llenaron de lágrimas de miedo y dolor. Sentía que tiraban de ella, de sus brazos, de sus piernas, de su cabello, que iban a descuartizarla con sus manazas callosas habituadas a cargar fardos y enfurtir lana.

Perdió la noción del tiempo, pero no debieron de ser más que unos segundos, pues de pronto se vio liberada del peso que la oprimía y pudo encoger las piernas para acurrucarse en una esquina. Cuando logró fijar la vista, en la penumbra dorada provocada por las brasas vio a su amo fustigando con violencia a Alberic, el cual trataba de cubrir su cabeza con las manos mientras emitía quejidos agudos y pronunciaba palabras incomprensibles. Su hermano, también en el suelo, no lograba reaccionar; tenía los ojos muy abiertos, como esperando que, en cualquier momento, Feliu descargase su furia sobre él.

Los hermanos huyeron en cuanto pudieron para refugiarse en su establo, doloridos y con el cerebro aún embotado. Feliu atrancó la puerta y se acercó, aún con la fusta en la mano, agarrada con tanta fuerza que sus nudillos blanqueaban. Resoplaba por la nariz, como si roncase, e, incluso en la media luz de la estancia, se apreciaba la rojez de sus mejillas.

Alamanda creyó que iba a ser golpeada también por haber permitido que la lumbre decayese, y se hizo una bola preparada para el dolor. Sin embargo, Feliu puso con cierto esfuerzo una rodilla en el suelo y le preguntó, con sorprendente dulzura, si había sido herida. Ella negó con la cabeza, a pesar de que no tenía muy claro qué había pasado.

Feliu se incorporó y, al hacerlo, trastabilló. Avanzó cojeando hasta el hogar y utilizó el badil para avivar los rescoldos. Alamanda se apresuró a ayudarlo, colocando algunos leños finos y astillados para que prendiese la llama de nuevo.

—La noche es tu enemiga —le dijo el amo, dejando la fusta de nuevo junto a su camastro—. No lo olvides nunca.

A partir de aquella noche, Alamanda atrancaba la puerta antes de irse a dormir, aunque con el tiempo y la desidia dejó de hacerlo, y ello tuvo consecuencias trágicas.

Una fría noche de noviembre, cuando la niña hacía ya dos años y medio que vivía en la masía, la puerta se abrió de súbito debido al viento. Alamanda, que estaba tratando de avivar el fuego, corrió a cerrarla.

—Amo —dijo—, los goznes están a punto de saltar y el pestillo anda suelto.

Feliu emitió un bufido por toda contestación. En aquella época tenía la llaga del pie más abierta y supurante que nunca y le dolía cada vez más, a pesar de los cuidados y el cariño de la niña. Cada paso que daba, cada movimiento de su cuerpo rechoncho, le suponía un esfuerzo sobrehumano. La inmovilidad y el mal tiempo de ese otoño acabaron de agriar su carácter.

La cosecha del verano había sido exigua. La gente de la comarca andaba escasa de recursos, y en las ferias los comerciantes apenas podían colocar parte de las mercaderías. Se comerciaba por trueque, pues las *taules* de los pueblos ya no recibían apenas oro y plata para cambiar por moneda local. A falta de dinero, los paisanos decidían pasar un invierno más con las ropas viejas, quizá remendando un desgarro o haciéndose con pedazos de tela para modificar alguna prenda. La lana se vendió mal; los tejedores no querían quedarse con existencias sobrantes. El almacén de Feliu seguía más lleno a esas alturas de la temporada de lo que debería estar, y su lana, adquirida antes de saber cómo sería la cosecha, corría el riesgo de echarse a perder.

La puerta volvió a abrirse con violencia. Creyendo que era el viento de nuevo, Alamanda se levantó, chasqueando la lengua y limpiándose las manos en el delantal. Se quedó helada a medio camino; bajo el quicio, Manfred la miraba con una extraña mueca en el rostro. Su hermano Alberic entró tras él y se dirigió hacia Feliu, que estaba echado en el catre, emitiendo bufidos de respiración pesada. Parecía haber estado esperándolos, pues no mostró sorpresa ante su entrada prematura; la comida aún no estaba preparada ni la mesa puesta, y nadie los había llamado para la cena.

—No insistáis —les dijo a los hermanos, con la mano extendida hacia ellos, antes de que estos pudiesen abrir la boca—. Mi respuesta sigue siendo la misma que esta mañana.

Se incorporó pesadamente sobre el almohadón relleno de borra para hablarles con mayor presencia y dignidad.

Alamanda puso los cinco sentidos en lo que estaba pasando, pues algo en el ambiente le aconsejaba permanecer alerta. Con disimulo, dio unos pasos hacia atrás, acercándose de nuevo al hogar, y se sentó en su escañil, como si fuese a continuar cocinando. Agarró el hurgón, un bastón de hierro que usaba para atizar la lumbre, y lo mantuvo sujeto a su espalda. Los gemelos parecían más nerviosos que nunca, con un obstinado gesto de determinación en la mirada.

—No creemos que sea justo, Feliu —dijo Manfred, siempre el más hablador—. Nosotros hemos batanado tanto o más que la temporada anterior. Si la lana no se vende, no es asunto nuestro.

—Si la lana no se vende —respondió el patrón, alzando la voz—, ¡no hay dinero! ¿Es que sois tan cortos de entendederas que no lo captáis?

Alberic dio un paso hacia delante, pero su hermano lo agarró del antebrazo.

—Mira nuestras manos, Feliu. Sentimos dolor constantemente. Se nos inflaman y agrietan los dedos, la piel nos sangra y se nos cae a tiras de tenerlas en remojo todo el día. Hemos enfurtido más de doscientas libras este verano, trabajando como esclavos. Merecemos nuestra recompensa por todo lo que hemos hecho.

—Os pago un sueldo más que decente, además de daros alojamiento y pitanza de balde. Os saqué de la indigencia y os he procurado un hogar y un oficio. ¿Qué más queréis? No es mi culpa si sois unos manirrotos que os gastáis todo el salario en vino y mujeres.

—¡Queremos lo que es justo! —terció Alberic.

—¡Lo que queréis es mi oro! Pero os aseguro que nunca pondréis vuestras zarpas en él. No he sabido educaros, ahora ya lo veo. Sois unos miserables que causáis problemas allí donde vais. ¿Cuántas veces he tenido que sacaros de algún apuro? Sois pendencieros y malandrines. Debí haberos disciplinado con mayor dureza cuando aún tenía fuerzas para ello. Pero supongo que habría sido inútil. El que nace lechón, muere cochino. ¡A saber quién fue el villano que os engendró!

A los hermanos se les revolvieron las entrañas al oír aquello. El viejo y grueso mercader, que ya había percibido el talante agresivo de sus protegidos, sostenía con la mano derecha, disimulada por la sábana, una fina daga de doble filo hecha de buen metal templado y con la empuñadura forrada de cuero que siempre conservaba bajo sus ropajes.

Todo sucedió tan rápido que Alamanda no pudo ni emitir el grito de pavor que se le atascó en la garganta. Alberic se lanzó sobre su amo blandiendo un cuchillo de doce pulgadas y recibió por su imprudencia un corte en la mejilla. Feliu era más ágil de movimientos de lo que parecía en su postración. El otro hermano, más prudente, se acercó por el otro lado y asió su brazo armado.

El comerciante, viéndose perdido, berreó como un cordero. Manfred lo tenía bien agarrado, a pesar de que se revolvía como un conejo atrapado en una trampa. Por instinto, cuando Alberic se abalanzó sobre él, soltó la daga en un vano intento de protegerse con las manos abiertas. Hubo un fugaz momento en el que sus ojos desorbitados por el pánico se clavaron en la niña, como implorando una ayuda que era imposible, y ella hubo de recordar aquellos ojos implorantes de su madre cuando la miró desde el cauce del río. Ni aquella noche ni ahora tenía ella la capacidad de acudir en auxilio de quien se lo pedía.

El cuchillo de Alberic hendió el vientre de Feliu y tanta fuerza le dio la ira, que le reventó el corazón. El hombre ya estaba muerto antes de que el mozo retirase el filo de sus entrañas.

La chica permanecía agazapada junto al hogar, con una mano sobre la boca y la otra a su espalda agarrando el hurgón. Dos lágrimas resbalaban por sus mejillas temblorosas, que habían perdido todo su color. Estaba lívida de miedo.

Hubo unos momentos de silencio. La sangre parecía borbollar del cadáver inerte de Feliu saltando a intervalos durante unos interminables segundos, como alegre de salir del cuerpo abotargado del mercader. De pronto, Alberic, con la mejilla abierta, pero sin sentir aún dolor alguno, soltó una carcajada histérica, enajenada, como si fuera un orate camino del patíbulo.

—¡Lo hemos hecho, Manfred! ¡Lo hemos hecho!

Su hermano miraba con terror al que había sido su dueño, el que los había librado del asilo de expósitos tantos años atrás, y aún se hacía cruces de que estuviese muerto. Observó la sangre viscosa resbalar gota a gota hasta el suelo, anonadado hasta que Alberic le dio una palmada nerviosa en la espalda.

—¡Lo hemos hecho! —repitió.

Manfred pareció volver en sí.

—Tenemos que buscar el oro —dijo.

Mientras removían muebles y enseres, Alamanda trató de alcanzar la puerta, pero fue agarrada por el cuello por Alberic. Notó su manaza enorme de piel agrietada cerrarse en torno a su garganta, y pensó que iban a matarla también.

—Átala hasta que lo encontremos —le ordenó su hermano.

Con algo más de saña de como lo hizo Feliu las primeras noches, Alberic le ató las manos a una argolla de la pared. Los gemelos seguían buscando, levantando tantas losetas y reventando tantos cantos de las paredes que la niña pensó que la casa se hundiría sobre sus cabezas. La frustración de los asesinos iba en aumento; el oro no aparecía por ningún lugar.

Nunca hallaron el escondrijo. Alamanda se dio cuenta de que lo tenían todo planeado cuando se la llevaron al carro y la ataron bajo la tolda sin decirse palabra. Mientras Manfred la vigilaba, Alberic prendió fuego al almacén de lana, que ardió como la yesca.

Esperaron un buen rato, con una expresión alocada en sus rostros idénticos, y, al cabo, cuando vieron que era imposible ya contener las llamas, Alberic se subió a un mulo para dar la alarma en el pueblo.

—Si cantas, te corto el cuello —le espetó Manfred.

A Alamanda se le heló la sangre. Para dar mayor énfasis a sus palabras, el muchacho presionó la hoja de su cuchillo contra el pecho de la niña. A través de la tela basta del sayo, probó la agudeza de su filo. Emitió un leve quejido cuando le causó dolor.

El chico sonrió, satisfecho por haberla asustado. Se acercó a la casa en llamas y agarró un tizón suelto, lo pisoteó para apagarlo del todo y usó el hollín para ensuciarse brazos y cara. Se acercó a Alamanda y le pasó la mano sucia por la frente y una mejilla.

—Así parecerá que llevamos rato luchando contra las llamas —le dijo.

Un rato más tarde, subieron algunos paisanos a ayudar. Manfred, al ver que llegaban, se puso a acarrear el balde del pozo lleno de agua, a jadear, en apariencia exhausto, y a vociferar como un poseso.

—¡Por Dios Santísimo! ¡Ayudadnos! —gritó a los vecinos—. ¡Feliu está dentro todavía!

Con gran sentido de la oportunidad, el tejado de la casa se hundió en ese preciso momento, levantando una nube incandescente de miles de pequeñas chispas y provocando un estrépito que parecía surgir de las mismas entrañas de la madre tierra. Manfred no tuvo que disimular, pues el sobresalto y la fuerza del aire encendido lo tumbaron de espaldas, derramándose el único cubo de agua que iba a arrojar sobre las asesinas llamaradas.

Nada se podía hacer ya por la casa, y así lo certificaron los paisanos que habían acudido a la llamada de socorro. Feliu había muerto, a ojos del mundo, en el desafortunado incendio de su almacén de lana. Esas desgracias ocurrían de vez en cuando. Los vecinos se descubrieron y santiguaron mientras observaban la masía arder.

—Pero ¿dónde diablos debe estar? —gritó Manfred, al día siguiente, de pura desesperación.

Tenía cara y brazos cubiertos de hollín que, al juntarse con su sudor, empezaba a formar sobre su piel una incómoda pasta que se metía por todas partes. Cuanto más se frotaba, más le escocían los ojos, tenía las narinas bloqueadas de ceniza y un regusto acre en los labios.

Los gemelos no lograron hacerse con el oro. Removieron cada piedra y levantaron cada losa de la masía, sin suerte. El astuto Feliu, que nunca llegó a fiarse de los hermanos a los que había acogido siendo niños, había escondido muy bien sus riquezas. Alamanda tuvo la inútil satisfacción de imaginárselo desde el Cielo mofándose a carcajadas de sus asesinos.

A ninguno de los dos se le ocurrió pensar que ella podría saber dónde estaba el escondrijo, aunque en poco habría cambiado su suerte de haberlo intuido.

Aquella tarde, después de enterrar los restos de Feliu en el camposanto de Navarcles y de recibir las condolencias de los paisanos, Alamanda intentó escapar. Se dio cuenta enseguida de que los hermanos iban a retenerla como esclava y que los vecinos lo verían lógico, pues los consideraban de alguna manera sus herederos. Saltó del carro cuando los tres ascendían ya hacia la masía y se adentró en el bosque. No tenía ningún plan concebido; tan solo sabía que debía alejarse de aquellos asesinos cuanto antes. Como conocía de sobra aquellos andurriales, pues exploraba regularmente la zona en busca de bayas, setas y hierbas con las que condimentar sus guisos, se creyó a salvo durante unos instantes y trató de llegar al río para seguir su curso hacia la costa. Pero los hermanos eran ágiles y fuertes, y, aunque no muy inteligentes, poseían la astucia que dan los golpes de la vida. Se imaginaron con acierto hacia dónde huiría la chica y dieron con ella enseguida.

Lloró de impotencia, pues intuía que su vida desde entonces iba a ser un calvario.

El abad Miquel se acabó el vino de un trago y dejó cuatro monedas de cobre sobre la mesa. Siempre pagaba de más, para estar a buenas con el tabernero y comprar su discreción. Sin despedirse, se ciñó el hábito y caló la capucha, ya que preveía que la noche sería fría. Y estaba en lo cierto; un viento helado lo sacudió como un bofetón en cuanto puso el pie en la calle. Había buena luna y las nubes habían escampado, con lo que no le fue necesario encender el farolillo.

Se dirigió al establo, donde le esperaba Llampec, su fiel alazán que tanto orgullo le producía. El caballo estaba nervioso.

—Calma, chico, calma. ¿Qué te ocurre? —lo tranquilizó, acariciándole el morro mientras lo embridaba.

—¡Miquel! —rugió una voz desde la oscuridad de las caballerizas.

Al abad se le erizó el pelo de la nuca y dio un respingo, dando con la cabeza al morro del animal, que, alterado como estaba, reaccionó alzando los remos delanteros.

—Letgarda... —dijo, en un suspiro, el religioso, cuando la mujer avanzó unos pasos y la luz de la luna tiñó su cara de color de plata—. Me has asustado.

—Y bien que te lo mereces, truhan. No quería interrumpir tus revolcones con quien quiera que sea tu preferida a día de hoy.

El abad Miquel amusgó los ojos. Aquella mujer sabía demasiado sobre su vida.

—¿Qué quieres? —le preguntó con impaciencia—. Debo irme.

—Sé que has estado esta tarde en la masía de Feliu.

—Sí. Una verdadera desgracia. Y los chicos deberán abandonarla; no podrán hacer frente a la *arsina*.

La mujer alzó las cejas, sin comprender.

—La indemnización que deberán pagar al señor de Navarcles por el incendio de la propiedad. Los muchachos no tienen nada ahorrado y, legalmente, al morir Feliu intestado, sus propiedades se dividen entre el señorío y la Iglesia. Nunca llegó a adoptarlos. Ni a la niña.

—¡De ella quería hablarte, hijo del diablo! —dijo Letgarda, avanzando hacia él.

—¿Qué sucede?

—Lo sabes muy bien. Esos malquistos abominables bastardos malolientes la tienen retenida como esclava sexual. Sé que la viste. No pudiste pasarla por alto.

Miquel apartó la vista y tiró de las bridas para que avanzase el caballo.

—Tan solo subí a ver si quedaba algo de género, si los chicos iban a continuar con el bataneo. Echo de menos la calidad de su lana. No me fijé en nada más.

—¡Embustero! ¡Viste a la niña, lo veo en tus ojos esquivos!

El abad se volvió hacia ella, enojado, con un gesto de rabia.

—¿Y qué quieres que yo haga? La niña era sierva de Feliu. A nadie extraña, pues, que los chicos la consideren suya.

—¡Es solo una chiquilla, por amor de Dios! —gritó Letgarda, provocando un relincho nervioso de Llampec.

—Baja la voz, te lo ruego —exhortó el abad, mirando a su alrededor.

—No resistirá mucho más, Miquel. Apenas le dan de comer para que no se les muera mientras utilizan su cuerpo para aberraciones propias del peor de los demonios. ¡Quiero que hagas algo!

—Está bien, está bien —siguió, alzando la mano para apaciguar a la mujer, a la que vio dispuesta a armar un escándalo—. Dime qué es lo que pretendes que yo haga.

—Sacarla de allí.

—¿Cómo puedo hacerlo? ¿Y por qué debería?

—¿Tengo que recordarte que me debes una, y muy muy gorda? Pues ha llegado el momento de cobrarme la deuda que tienes conmigo, ¡clérigo avieso!

El abad Miquel bajó la vista, con ambas manos sobre el lomo de su montura. Soltó aire por la boca y se dio por vencido.

—Está bien, mala pécora. Veré qué puedo hacer.

—No, hijo, no. Harás mucho más que eso. La llevarás a Santa Lidia, a darle un hogar y un oficio. Allí estará a salvo de los hermanos del demonio.

—Pero si no...

—¡Ya lo creo que sí!

—La abadesa es la que decide...

—¡La abadesa bebe los vientos por ti! —alzó la voz de nuevo la mujer.

El abad hizo un gesto instintivo con la mano para sosegar su ímpetu.

—Una novicia más no arruinará al convento —concluyó ella al cabo de unos instantes, de nuevo en voz baja.

El hombre guardó silencio y la miró largo rato. El frío intenso de la noche convertía su respiración en pequeñas nubes efímeras que se mezclaban con el calor vaporoso que emanaba de Llampec.

—¿Por qué abandonaste tú Santa Lidia? —le preguntó al final a Letgarda, con cierta gentileza—. Nunca me lo has explicado.

Ella se dio la vuelta para irse.

—Pues tú, más que nadie, deberías imaginártelo —le dijo, sin volver la vista atrás.

Salió del establo a la fría noche y el viento helado, se subió a lomos de su fiel mulo y se fue camino abajo, dejando tras de sí una estela de tintineos y sonidos metálicos que las gentes de la región asociaban ya ineludiblemente al carromato de la estrafalaria Letgarda.

La buena mujer le preparaba caldos de gallina, para recuperar fuerzas, decía, y le cortaba pedacitos de repollo hervido que, amorosamente, le iba metiendo en la boca uno a uno. Su cuerpo no respondía; había perdido las fuerzas para luchar por sobrevivir. Alamanda sentía su alma flotar por encima de su cuerpo, observaba como si fuese de otro su piel tensada sobre sus huesos, de color macilento, verdoso, con enormes ojeras enmarcando una mirada perdida.

—Pobre hija —murmuraba la mujer.

Letgarda la había llevado hasta aquella pequeña masía, al otro lado de Sant Fruitós, la noche anterior. Les había dicho a los payeses, un anciano matrimonio sin hijos, que la cuidasen hasta que se repusiese. Ellos habían aceptado por caridad cristiana y porque eran buenas gentes, aunque, a pesar de su rechazo, la buhonera insistió en pagarles la estancia de la niña. Con dinero que había sonsacado al abad Miquel, por supuesto.

Por la noche, cuando recuperó la capacidad de soñar, tenía horribles pesadillas. En ellas, los gemelos la tenían atada de pies y manos, apenas cubierta por cuatro andrajos, y abusaban de ella en cuanto se les antojaba, de noche o durante el día. Al principio pensaba que se cansarían, que agotarían las fuerzas para seguir sometiéndola, pero eran jóvenes y no tenían otra cosa que hacer, pues eran perezosos para mantener el batán. Ya no sentía ni miedo ni dolor, ya no sabía si uno de los dos estaba con ella o solo se lo imaginaba. ¿Cuándo dejó de sentir? ¿Cuándo dejó de importarle? No sabría estimar cuánto tiempo pasó, porque ya no le interesaba vivir. Se dijo que la muerte llega en el momento en que a uno deja de importarle la vida. Notaba que aquellos seres la obligaban a tomar agua y algo de comida a la fuerza, quizá para que les durase más. A ratos la desataban y ella se acurrucaba en un rincón con la mirada perdida, sabiendo que en cualquier momento volverían a reclamarla para solazarse, como usaban un leño para la lumbre o un cuenco para el guiso.

No fue consciente de la primera caricia amorosa de Letgarda, después de un buen rato de oír voces airadas fuera del establo. Alguien la alzó en brazos y la sacó de allí. El sol debía de estar alto, porque no podía abrir los ojos, deslumbrada tras tanto tiempo en la penumbra. La arroparon con frazadas y sintió el traqueteo tintineante que le resultaba familiar, pero su mente era incapaz de formular un solo pensamiento coherente.

La colocaron con cariño en un lecho mullido y la taparon con pesadas mantas, pero ella seguía tiritando. Tenía fiebre, y pocas ganas de seguir existiendo. Dormitó sin consciencia durante jornadas enteras, muerta en vida, con el corazón, tozudo, palpitando débilmente y mandando vida indeseada a cada rincón de su carne.

De pronto, un día se despertó. Abrió los ojos y vio un techado de madera; sintió el roce de las mantas sobre su piel. Movió primero un dedo, luego la mano entera, luego brazos y piernas. No le dolía ya nada; la temperatura de su piel había descendido. La habitación estaba vacía; se veía próspera, con un hogar bien surtido, una mesita al lado de la cama y una alfombra en el suelo sobre las frías losetas. Trató de incorporarse y se mareó. Se sentía ligera, pero no como un cabritillo, sino como una espiga sometida a los vaivenes de un viento caprichoso. Poco a poco pudo ponerse de pie; avanzó un paso, luego otro, y alcanzó la puerta. La asió por el pomo y notó que le costaba mucho esfuerzo tirar de ella. Apareció en una sala grande que hacía las veces de cocina y comedor, y una mujer de pelo cano soltó el puchero, se limpió las manos en el delantal y corrió hasta ella.

—¡Mi niña! ¡Estás levantada!

La hizo sentarse en un escañil bajo junto al hogar y le puso un chal sobre los hombros. De inmediato le dio agua tibia con miel y caldo de gallina con un poco de pan.

—Los sólidos poco a poco, hija, no vaya a ser...

Notó entonces que tenía un pequeño collar alrededor de su cuello con una figurita de pez, y supo entonces que había estado al cuidado de la buena de Letgarda, y que a ella debía su vida.

Al cabo de un rato llegó Arnau, el masovero, sin pelo en la cabeza avejentada, encogido, con cara de bonachón. Inquirió a su esposa con la mirada, y esta se encogió de hombros y sonrió. Se entendían con pocas palabras, después de toda una vida juntos.

Unos días después llegó Letgarda, la buhonera, con su carromato lleno de quincalla de extraña factura y procedencia. La buena mujer le explicó que, con ayuda del abad Miquel, habían conseguido arrancarla de las garras de aquellos diablos, pagando una buena suma por su manumisión, pues ellos la consideraban propiedad suya, y haciéndoles firmar un documento por el que renunciaban a derecho alguno sobre ella.

—No saben leer ni escribir, por supuesto, con lo que no sé si ese pedazo de papel va a servir de algo, pero no creo que te busquen ya más las cosquillas. En el fondo son unos cobardes.

Ella notó que le temblaba todo el cuerpo. Aún estaba débil, y la sola mención de Alberic y Manfred la sumía en el pánico. Ahora que veía luz en el mañana, volvía a sentir miedo.

Le explicó también que aquella buena gente la había acogido sin pedir nada a cambio con el compromiso de cuidarla hasta que estuviese repuesta del todo.

—Los conozco desde hace años, pues siempre han sido amables conmigo y hasta me compran algún cachivache que no necesitan para echarme una mano. No hay mejor gente, niña. Pero no son ricos o ya habrían pagado la *remença* para librarse de la servidud a su señor. Por ello, tu estancia aquí es provisional. Para dar tiempo al indolente de Miquel.

Alamanda se sentía débil. Pero tenía ya los cinco sentidos puestos en aferrarse a la vida y todo lo que la existencia había de ofrecerle.

—Por cierto —añadió riéndose la quincallera—, deberías ver quién ha sido capaz de encontrarte aquí, no me preguntes cómo. Pero está ahí fuera, esperándote.

Salieron ambas, la niña sujetada por la buena mujer, y allí, en un prado junto a un bosquecillo de hayas, pastaba con toda la calma del mundo el burro cárdeno al que ella llamaba Mateu. Alamanda esbozó la primera sonrisa desde la muerte de su patrón.

—Ya ves, niña, eres libre —dijo la mujer, sentándose en el pasto con esfuerzos y bufidos, y haciendo que la niña se sentase a su lado.

—Libre... —repitió ella con voz muy débil. Y aquella hermosa palabra fue la primera que pronunció en su nueva vida.

—Y, además —prosiguió Letgarda tras unos segundos—, tienes un animal de tu propiedad. No creo que nadie te discuta eso.

La muchacha notó que le temblaban las piernas. Miró con cariño y agradecimiento a su protectora.

—Tengo que devolverte esto —le dijo, ofreciéndole el colgante con el pececillo.

—¿Estás segura? Te lo puse para que sintieses que alguien cuidaba de ti. Puedes quedártelo si quieres.

—No. Prefiero... que lo lleves tú. Así me alegro cada vez que lo veo.

—Me parece bien.

Quedaron ambas en silencio un rato, Alamanda sumida en sus pensamientos, Letgarda observándola con discreción.

—Y... ¿qué va a ser de mí?

—Miquel está gestionando tu admisión al convento de Santa Lidia, una comunidad de monjas benedictinas sufragánea del monasterio de Sant Benet. Entrarás como novicia. Allí estarás segura, tendrás un techo sobre tu cabeza, comida tres veces al día y un oficio que aprender. Si luego quieres hacerte monja y pronunciar los votos podrás quedarte allí toda la vida sin preocuparte de nada. Si no, pues ya decidirás por ti misma. Lo importante es que te tengas en pie, que recobres la confianza y que disipes tus temores.

Alamanda no pudo reprimir más las lágrimas; lloró lo que debía haber llorado durante las siete semanas que duró su cautiverio. Letgarda la abrazó entre los pliegues de su carne y la meció sin decir nada, canturreando una tonadilla triste y besando su cabello. Ella se agarró al pequeño colgante con la figurilla de pez que la buhonera había devuelto a su cuello como un náufrago se agarra a una tabla. El pequeño pez de bronce era lo primero que había visto tras volver en sí. Estuvieron un rato quietas, abrazadas, hasta que el relente del ocaso las hizo regresar al calor de la masía.

—Libre... —dijo ella, justo antes de cerrar la puerta tras de sí.

II

Abadía de Santa Lidia, 1435

La abadía sorprendió a Alamanda por su tamaño. Se asentaba en un valle estrecho junto a la riera de Mura, tributaria del Llobregat, y aparecía a la vista tras un recodo del camino que provenía del monasterio de Sant Benet. Un segundo camino, al otro lado del río, unía la cartuja con la pequeña pedanía de Mallols, cuya feria de los jueves suponía la mejor oportunidad que tenían las monjas de hacer acopio de provisiones. La congregación poseía un pequeño rebaño de cabras, pastoreadas por un aldeano, que proporcionaban la leche para el queso y buena carne varias veces al año, y un huerto de considerables dimensiones dispuesto en tres terrazas junto al lecho del arroyo. Pero necesitaban comprar víveres cada semana para alimentar a las treinta y dos monjas, novicias y mujeres seglares que allí vivían.

Tras el arco de la entrada, cuyo portalón de doble hoja permanecía casi siempre abierto, se abría una corta avenida bordeada de chopos centenarios, que arrancaban con sus raíces las losetas del patio y hacían que el pobre asno trastabillase. A la derecha estaba el huerto, con algunas hermanas y un par de mozos faenando; más al fondo, las caballerizas, la acemilería y el cobertizo de las cabras. Enfrente se alzaban los edificios estanciales y, a su izquierda, la capilla, con el atrio apuntando al sol naciente como era preceptivo, y un camposanto lleno de pequeñas cruces en la parte de detrás, junto al muro. La iglesia se veía empequeñecida por la enorme construcción de piedra, madera y adobe de la fábrica de entintado, que se alzaba a su lado separada por una calle por donde llegaban los carromatos con los acopios.

La recibió la hermana Marina, una joven regordeta de sonrosadas mejillas y dedos cortos y embutidos, que abrió mucho la boca al verla descender del burro cárdeno.

—¡Qué guapa eres! —le dijo. Y alzó sus manos rollizas para tocarle la melena—. ¡Y qué pelo!

A Alamanda le hizo gracia, y le cayó bien de inmediato. Sor Marina debía de ser de su misma edad, quizá un par de años mayor, pero llevaba desde muy pequeña a cargo de las monjas y ya había pronunciado los votos.

—Aquí tendrás que llevarlo recogido y la cabeza cubierta, claro —le explicó—. Y cuando seas monja, te lo van a cortar. ¡Qué bonito es!

Alamanda se rio, algo más relajada. No las tenía todas consigo antes de llegar a la abadía. Una vida contemplativa no era lo que había previsto; ni siquiera sabía si tenía vocación o incluso si era una persona muy espiritual. De hecho, se sentía tan insignificante que no creía ni que Dios se hubiese enterado de su existencia. Pero aquellos muros altos le daban sensación de seguridad. Quizá no era la vida que había imaginado, pero al entrar en aquel recinto dejaba fuera un mundo de maldad. Y era libre; ya no era esclava de nadie. Eso debía de tener un valor, sin duda.

Guiando al burro por la brida, siguió a sor Marina hasta la puerta de la abadía, donde una novicia muy joven arrancaba malas hierbas junto al muro. Mateu, viendo pasto fresco, se desentendió enseguida de su ama y, de un cabezazo, la obligó a soltar la rienda. Ella se encogió de hombros y le dijo a Marina que el asno era temperamental y tenía voluntad propia, que ya se las arreglaría él solo.

En el patio empedrado, frente a la iglesia, Alamanda se detuvo un instante, contemplando el que iba a ser su hogar a partir de entonces. Aunque el conjunto de edificios le gustó y la muralla le hacía sentirse protegida, sintió en la espina dorsal un escalofrío al pensar que quizá permanecería entre aquellos muros hasta el final de sus días. Le llamó la atención un olor penetrante, un efluvio pungente que la brisa arrastraba hasta sus narices y que no supo identificar.

—Eh, ¡chica! —gritó de pronto la hermana Marina desde el umbral de la residencia—. ¿Te has quedado pasmada? Por aquí. Espabila, que van a tocar al oficio de nonas.

Alamanda se apresuró, arrebujándose las faldas con una mano para poder correr, el hatillo asido con la otra.

Las hermanas consagradas tenían derecho a celda, compartidas dos a dos, pero las novicias dormían todas juntas en un dormitorio frío de techo altísimo en catres de madera colocados junto a la pared de poniente. Marina llevó a Alamanda a uno de los camastros y le indicó que dejase su hatillo en el baúl desvencijado que había al lado.

—Mañana te daremos el hábito de novicia —le dijo, entregándole a la vez un rosario de cuentas de madera de boj con un crucifijo de latón en el extremo—, que todavía lo están cosiendo las hermanas. Eres mucho más alta que el resto de las niñas. Ah, y conserva el rosario, que es el único que te van a dar aquí.

Algunas novicias en labores de limpieza cuchichearon al verla y se rieron, lo que les valió una reprimenda por parte de una monja que las supervisaba. Estaban baldeando los establos con bruzas de gruesas cerdas y remojando las losetas con escobas hechas de ramas verdes, y se interrumpieron al ver llegar a la nueva chica.

Marina la llevó por la abadía, explicando con su graciosa verborrea qué era cada estancia y qué se esperaba de ella en cada lugar. Pasaron por el claustro, mucho más pequeño que el de Sant Benet, pero con un cierto encanto recoleto que la conquistó desde esa primera vez. La muchacha la abrumó con la retahíla de normas y obligaciones que debía aprenderse de memoria, pero, en lugar de turbarse, decidió seguirla con media sonrisa en los labios pensando que ya habría tiempo de asimilarlo todo.

—Vamos, niña, que hay mucho que enseñarte —oyó, a la mañana siguiente.

Sor Marina la apremiaba. Habían concluido la laude, la oración matutina que duraba hasta que salía el primer rayo de sol.

Aquella primera noche en su nuevo hogar, Alamanda pensó que era muy severa la vida en el convento. Ella había convivido siempre con ratones, e incluso con otras alimañas más peligrosas, cuando deambulaba de un lado para otro con su familia, pero la cantidad de diminutos roedores que rondaban por entre las camas de las novicias la impresionó. Las otras chicas ya estaban acostumbradas a ellos; los ratones no solían molestarlas a no ser que alguna se hubiese llevado algo de comida al lecho. Pero a ella sus escurridizos merodeos la tuvieron en vela hasta que sonó la esquila de la sala capitular. Cuando vivía con Feliu tenía la costumbre de levantarse un par de veces de su sueño para «evitar que la noche entrase en casa», azuzando las brasas como le pedía su amo, pero ahora la despertaban para maitines a las tres y para laudes al rayar el alba. Cada noche. Para toda la vida.

Apenas se hubo lavado la cara con el agua helada de la jofaina que compartía con las demás novicias, después de tragarse con prisa un frugal desayuno tras la oración consistente en un caldo tibio, pan y algunas almendras, cuando apareció la achaparrada Marina para comenzar su adiestramiento. De camino a la factoría, viendo desperezarse el nuevo día mientras la joven monja le contaba la historia del convento, pensó que lo bueno de despertarse antes del alba era que casi podía verse la mano de Dios poniendo la vida en marcha.

La abadía estaba consagrada a santa Lidia, una santa oriental, sin mucha devoción en Cataluña, que era la patrona de las tintoreras. La primera abadesa, Margarita de Montjou, hija de uno de los nobles de mayor raigambre en la comarca, había fundado hacía doscientos años la congregación de monjas, adscritas a la orden benedictina, para dar un hogar y un oficio a niñas huérfanas o de familias pobres.

Marina la llevó a otro edificio. El olor que había percibido el día anterior volvió a golpearle la nariz. Notaba un cosquilleo agradable en la tripa y, por primera vez en mucho tiempo, se sentía esperanzada: iba a aprender a tintar tejidos. Por su mente pasó el recuerdo del tacto de aquella capa azul que llevaba un noble en la fiesta tras la última cosecha con su familia, sus calzas acuchilladas de colores tan vivos, los ribetes de un rojo que haría palidecer a las más hermosas amapolas de los trigales. Recordó también las elementales lecciones de entintado que le dio Letgarda, y sintió que comenzaba su instrucción con algo de ventaja. Ella quería poseer aquel don, la capacidad de convertir telas bastas en maravillas policromadas que reyes y nobles se muriesen por llevar. Quizá Dios, en su infinita sabiduría, tenía, al fin y al cabo, un plan para ella, la última de sus criaturas.

—En general las novicias se encargan de los fuegos y de las labores de abastecimiento y limpieza —le explicaba sor Marina mientras entraban en el edificio—, no del tintado en sí. Pero me han dicho que tú serás la excepción. ¡No te envidio, chica, porque los olores, el bochorno y los vapores de aquí dentro son capaces de despertar a un muerto!

Alamanda se imaginó que la sensación de entrar en una colmena sería parecida a la que sintió cuando entraron en la nave de tintar, a la que llamaban *la farga*. Nunca habría sospechado que esa abadía albergase a tantas mujeres, tanto religiosas como seglares. Todas usaban un pañuelo en la cabeza, en vez del griñón del hábito benedictino o las tocas habituales de las campesinas. En ese edificio siempre hacía calor, pues algunos hornos permanecían encendidos todo el año. Las monjas solían llevar las mangas cortas o arremangadas y atadas por encima del codo.

—Aquí preparamos cuatro colores básicos y sus combinaciones: el rojo, el azul, el amarillo y el ocre. Vamos a empezar por la granza.

Marina la guio hasta una parte del almacén en la que se apilaba una enorme montaña de una sustancia en polvo de color indefinido. Unos mozos descargaban en ese momento la mercancía de un carromato, accediendo al almacén por una puerta lateral.

—Eso que allí ves es raíz de granza en polvo. La granza... Quizá tú la conozcas como *rubia* o *révola*, que es como la llaman en el Pirineo. Es una planta de flores amarillas que da un pigmento rojo muy intenso, aunque algo mate para mi gusto, que tiene la virtud de que no se torna anaranjado ni se oscurece con el uso.

La monja le señaló entonces una enorme cuba que dos mujeres removían constantemente con unas palas de madera, subidas a unos precarios escabeles altos.

—Primero se mezclan dos partes de polvo de granza con una de salvado en agua muy fría. Es lo que estás viendo allí. Ya irás aprendiendo todo esto, porque si te equivocas en algún paso puedes echar a perder una remesa entera. El salvado se usa para avivar el color, que, como ya te he dicho, sale con poco brillo.

Se asomaron las dos a la cubeta. Una persona habría cabido de pie en ella y su cabeza quedaría cubierta de agua. Se había formado ya una especie de pasta grisácea que las dos monjas seguían removiendo.

—Es para que no se apelmace, que el agua está muy fresca. Mira allí —dijo de pronto Marina—. Justo ahora están preparando las fibras que van a teñir.

Avanzaron unos pasos hacia una esquina donde cuatro monjas tenían ante sí otras tantas enormes cacerolas esmaltadas, las cuales, por el uso, presentaban desconchones en todo el borde. Las ollas estaban cada una sobre un pequeño horno, y unas novicias se esmeraban en recolocar los leños encendidos y remover las brasas resultantes con el badil para aumentar su temperatura.

—Tiene que hervir el agua —explicó—. ¿Ves aquellos cristales que mete en su caldero la hermana Antiga? Es alumbre. Cada hermana debe meter en el agua la cantidad exacta de alumbre y algo menos de la mitad de crémor tártaro, ese polvillo blanco que ves en esos sacos.

—¿Para qué sirve el alumbre? Y el... ¿no sé qué tártaro? —preguntó; pues, aunque la vieja buhonera le había explicado ya el proceso básico para entintar, nunca había oído hablar de esas sustancias.

Sor Marina la miró con el gesto que usan los maestros ante preguntas que consideran obvias.

—Son mordientes, por supuesto.

Le explicó que el pigmento, en la mayoría de los casos, no se agarra bien a las telas, ni aun después de desengrasarlas, que precisa de una sal metálica para que «muerda» las fibras textiles y se quede fijado en ellas.

—El alumbre viene del sur, de Sevilla. El crémor tártaro (crémor, sí, apréndetelo bien) de cualquier lugar donde se produzca vino. Es como un poso blanco que queda en el fondo de las barricas cuando fermenta la uva. Es mucho más barato que el alumbre, y por ello se combinan ambos como mordiente.

—¡Cuántas cosas que no sé! —murmuró Alamanda para sí, dándose cuenta con cierto desánimo de la precariedad de sus conocimientos.

Su compañera la oyó y se rio.

—Pues es solo el primer día, hija mía. Ya puedes ir guardando espacio en esa cabecita tuya tan hermosa, porque aquí vas a aprender muchas cosas. Mira, por ejemplo, estas hermanas deberán hervir las fibras..., creo que esto es lana... ¿A ver? Sí, lana enfurtida e hilada, que creo que tú la conoces bien.

Alamanda asintió.

—Deberán bañar la lana con los mordientes durante una hora exactamente, y eso coincidirá con la preparación de la pasta de pigmento de granza que hemos visto allí detrás. Luego, se dejará reposar hasta mañana. Entonces, si la hermana artesana da su aprobación, se sacarán las fibras de las cacerolas, se meterá en ellas la pasta de pigmento, y cuando esta esté a la temperatura adecuada se volverán a echar las fibras para mezclarlo todo.

—¡Qué complicado! —se admiró Alamanda.

—Pues espera, que aún no he terminado. Si las hermanas se equivocan y dejan calentar la mezcla un poquito más de lo adecuado, el tinte se volverá marrón, color de mierda de oca, para que nos entendamos, y habrá que tirar entonces tanto el baño como las telas. ¿Qué te parece? —le preguntó con una sonrisa, orgullosa con su simpleza mental de estar impartiendo sabiduría—. Y después de una hora, removiendo sin parar, suponiendo que todo haya ido bien, hay que elevar la mezcla hasta la ebullición. Y esto debe hacerse (lo de elevar la temperatura, digo) de manera muy rápida, y solo durante un par de minutos. Después, se deja enfriar un día entero y, para finalizar, se lava todo con jabón. Eso lo hacen las novicias, abajo en la riera. El jabón lo traen de una factoría que está en Manresa. Al acabar, la lana deberá tener el color firmemente fijado. ¡Verás qué rojo más maravilloso resulta de todo esto! Después se llevan las fibras a las hilanderas del pueblo, para poder vender las telas. Nos pagan un buen dinero si el proceso ha ido bien.

La chica, fascinada, silbó de admiración.

—¡Anda! ¡Si sabes silbar! Te irá bien cuando lleguen los mozos con los abastos, que esta nave es muy grande y hay que guiarlos hasta el sitio adecuado. Sígueme —le ordenó.

Avanzaron por la fábrica hasta la pared del fondo. El olor que tanto había sorprendido a Alamanda al llegar a la abadía adquiría allí una intensidad tal que se hacía difícil respirar; estornudó un par de veces y sintió que le ardía la garganta.

—Ya te acostumbrarás —le aseguró Marina con su risa alegre tan característica—. Yo ya ni lo noto.

La monja la llevó a las cubas de producción de pigmento azul, que se hacía a partir de hojas fermentadas de glasto, una planta que se cultivaba en la Provenza y que resultaba muy cara de obtener.

—Por eso las telas azules solo las llevan los nobles —le explicó.

—¿Y el mal olor?

—Hija mía, a él y a otros tantos deberás acostumbrar tus narinas, que con esa naricilla respingona que tienes se me antoja que deben de ser muy delicadas.

La fetidez procedía de una cuba casi tan grande como la de la granza. En ella se maceraban varias arrobas de hojas frescas de glasto sumergidas en orina.

—Cuida que no te cruces a malas con la madre abadesa, como esas pobres novicias que van llegando por allí. Son las encargadas de recolectar nuestros orines y verterlos en estos pozos. Te habrás fijado que las letrinas tienen una canalización. Se recoge todo el pis en un aljibe debajo del patio, junto al muro de poniente. A veces, cuando debemos entintar en varios turnos, se complementa con orina de caballo que algunas chicas van a comprar al pueblo. Y te voy a contar algo que te hará gracia: dicen que la hermana Magdalena se cayó siendo novicia en la cuba de fermentación —se rio Marina con estrépito—. Creo que si te acercas mucho a ella todavía notarás un cierto hedor.

Alamanda quería preguntar más, pero Marina ya tiraba de su brazo para ir a la siguiente sección.

—Vamos al amarillo, princesita. ¡Y deja de arrugar la nariz, que se te va a quedar cara de uva pasa!

El pigmento amarillo se obtenía de la gualda, una planta cultivada en zonas bajas de Cataluña y que se adquiría seca en cualquier mercado.

—El proceso de obtención del tinte es muy parecido al de la granza —explicaba ya su compañera—. ¿Te suena todo igual? No me extraña. Mira: granza para el rojo, glasto para el azul y gualda para el amarillo. Como te equivoques de planta causarás un desastre —se rio.

Pasaron junto a unas ollas de cobre de gran tamaño en las que estaban macerándose las plantas secas de gualda.

—Todavía no han empezado. Vamos a ver los marrones, que son algo más complejos.

Marina le explicó que el secreto de la tintorería era el dominio del fuego, saber controlar el calor y la temperatura para obtener un buen baño de tinte. Eso, afirmaba, se tardaba años en dominarlo, y no era sino bajo la estricta supervisión de la maestra tintorera, la hermana Brianda, que los baños recibían el visto bueno para el entintado.

—Recuerda, niña, si quieres ser una buena tintorera debes aprender a controlar la temperatura, y tan importante es la velocidad de calentamiento como la de enfriamiento. Yo todavía no lo controlo bien —reconoció Marina—, y eso que llevo siete años ya en la *farga*. Por eso no me dejan todavía supervisar la preparación de los baños, y me mandan a repartir los pedidos.

De repente se oyó una conmoción al fondo de la fábrica, en el lugar en el que entraba al edificio un acueducto de piedra. Desde este, mediante un intricado sistema de conductos y cañerías, se hacía llegar el agua limpia a las diferentes cubas y lavaderos. Unas monjas se encargaban de abrir y cerrar las compuertas para asegurarse de que todas las tintoreras tuviesen el agua necesaria para seguir con su actividad productiva. Estas hermanas debían memorizar el recorrido de cada cañería y prever los caudales para que todo funcionase sin problemas.

El agua que no se canalizaba se acumulaba en una alberca que ocupaba casi toda la extensión de la pared opuesta a la entrada. Sobre la alberca había una pasarela que daba acceso a los mecanismos de las compuertas de entrada, que controlaban la fuerza del caudal en épocas de mucha afluencia como la primavera, así como de la bomba de elevación que había que accionar en verano tras los meses de sequía para elevar el líquido de la alberca a las tuberías.

Acueducto arriba, una gran compuerta, accionada por unas ruedas dentadas de hierro, se abría o cerraba según la cantidad de agua que se desviaba del río. Ese mecanismo lo accionaba un hombre, Albant, algo simple de cabeza pero fuerte como un roble. Albant tenía cierta afición por el vino, que le producía ataques de somnolencia de los que ni un trueno lograba sacarlo. Ello provocaba pequeños accidentes cada vez más frecuentes.

—¡Riada! —gritó alguien en ese momento.

Las hermanas que estaban sobre la pasarela se apresuraron a bajar de ella, pero el aviso no llegó con suficiente antelación. El caudal del acueducto creció de repente y, como un bofetón, golpeó a una de las monjas, que fue a parar a la alberca.

Otra monja, de nombre Almodis, que no hacía ni un año que había pronunciado los votos, corría por la pasarela cuando la ola la levantó. Cabalgó durante unos instantes sobre el flujo de agua y aterrizó de panza sobre el duro suelo del local, deslizándose unas cuantas brazas hasta los pies de Alamanda.

—¿Te has lastimado? —preguntó esta, ayudándola a levantarse.

—¡Maldito inútil! —gritó la chica, como respuesta—. ¡Estará durmiendo la mona, como de costumbre!

Almodis, joven y de pelo claro, de fuertes brazos, piernas algo arqueadas y talle recto como una tabla, agradeció con un gesto la ayuda de Alamanda y le preguntó quién era con una mirada algo inquietante, porque no la había visto nunca por allí. Pero se desentendió de la respuesta, chorreando como estaba, para unirse a las hermanas que iban a regañar al causante del trastorno.

—Te ha echado el ojo, niña —le dijo Marina—. Tú sabrás, pero yo me cuidaría.

Alamanda no entendió la admonición de Marina, pero no pudo preguntarle porque era urgente arreglar el desaguisado del obrador. Las monjas mandaron a uno de los mozos a cerrar la compuerta mientras ellas despertaban a Albant. La actividad se paralizó durante un día mientras las hermanas secaban el lugar y recuperaban lo perdido por los estragos que causó el torrente. La sección de la gualda había sufrido daños al inundarse los hornos, y una de las cacerolas esmaltadas se había partido.

Albant recibió doce azotes y fue apartado de su puesto durante una semana, lo cual implicaba que no recibiría la ración de pan, alubias con conejo y almendras con las que cenaba cada noche en su cabaña. Visiblemente arrepentido, juró por el Altísimo que no volvería a catar el vino.

—Hasta mañana, cuando al mediodía vuelva a tener sed —le dijo sor Marina a Alamanda al oído.

Algo más tarde pasaron al refectorio para preparar las mesas, pues les tocaba servicio aquel día, y comentaron entre risas el incidente.

—Ese Albant es una desgracia —intervino la hermana Anna, una mujer de unos cuarenta años con un rostro dulce y mirada algo ausente—. Ya se lo digo yo a la madre abadesa, que no sirve ni para lo que se le pide. Que mira que es fácil, abrir y cerrar las compuertas según baja más o menos agua. Pero ni así.

Anna era de esas personas que tendían a hablar para llenar silencios, no con el propósito de comunicar nada relevante. Era amable con todo el mundo, aunque no desdeñaba la oportunidad de criticar algún comportamiento cuando la persona censurada no se hallaba cerca.

—Bah, tampoco vamos a dejarlo morir de hambre —terció Marina, colocando las escudillas metálicas con una rapidez y precisión que solo se alcanzaban con años de experiencia—. Lleva merodeando la abadía desde que era un mozalbete.

Anna iba a seguir hablando cuando entró la abadesa en persona, Ermessenda de Montjou. Era una mujer alta, de movimientos elegantes y deliberados, cara redonda y talle estrecho, con unos labios gruesos y muy rojos que se movían con vida propia aun cuando no hablaba. Se acercó a ellas, que se quedaron mudas de repente, con pasos largos y la mirada fija en Alamanda. Esbozó una tenue sonrisa, subiendo la comisura derecha de la boca, luego la izquierda.

—Así que tú eres Alamanda. El abad Miquel me ha hablado mucho de ti.

Ella no supo si debía hacer una reverencia o permanecer quieta, si debía hablar o no decir nada. Decidió inclinar la cabeza con modestia y mirar humildemente a los pies de la abadesa.

—He querido darte la bienvenida antes, pero no me ha sido posible hasta ahora.

—Muchas gracias, reverenda madre —respondió ella sin alzar la vista.

—Siento gran curiosidad por saber qué vio Miquel en ti para terciar y pagar por tu manumisión. Me parece un gesto extraordinario, tan fuera de carácter que me pregunto si...

Se acercó entonces a ella, puso dos dedos en su barbilla y le levantó la cara para que la mirase. Después, dio una vuelta a su alrededor y Alamanda se sintió como cuando Feliu la inspeccionó el día en que fue vendida por su padre.

—Dime, niña, ¿tú crees que eres bonita?

La pregunta sorprendió tanto a la chica que se ruborizó cual amapola en un trigal.

—N... no, madre. No lo creo.

—Ya eres una mujer —le dijo, todavía observándola como a un lechón en una feria—. Capaz de tentar a un hombre. Tú sabes ya que tu cuerpo es instrumento del Maligno, hija, y que debes cuidar muy bien de no mostrarte ante los hombres.

Alamanda sufrió un escalofrío al recordar el suplicio que había pasado a manos de dos hombres hasta hacía unas semanas. ¿Por qué se lo recordaba ahora la madre abadesa? ¿Debía sentirse ella culpable de lo que le había sucedido? Pensó que quizá había provocado a los gemelos sin ser consciente de ello, que quizá los había tentado como el diablo a Jesús tras sus cuarenta días de ayuno.

—Dime, niña, ¿has conocido varón?

Marina se llevó la mano a la boca para ahogar una exclamación. Sor Ermessenda, como consciente por primera vez de su presencia y de la de Anna, les hizo un autoritario gesto con la mano y ambas se apresuraron a escabullirse por la puerta del fondo, la que daba al claustro, cerrándola tras de sí.

—¿Te sorprende que te haga esta pregunta? —insistió la abadesa ante su prolongado silencio—. Si algún día quieres pronunciar los votos, deberás ser pura como la nieve recién caída. Debo estar segura de que en mi rebaño no haya ovejas descarriadas. Las hemos tenido en el pasado, lo confieso, y no ha sido agradable.

La abadesa se movía a su alrededor con elegancia y buen porte. Ella se sentía insignificante, miserable y pecadora. No era pura e inmaculada como la Virgen María, y ello, quizá, de alguna enrevesada manera que aún no lograba comprender, era culpa suya. Pero, a pesar de su terrible experiencia a manos de los gemelos Manfred y Alberic, Alamanda era ignorante en temas amorosos, y no comprendía bien la pregunta de la madre superiora, aunque intuía su propósito.

—No me has contestado —insistió la abadesa con algo más de severidad—. ¿Has conocido varón?

—Sí, madre —dijo, finalmente, con un hilo de voz—. Creo... que... debo confesarme.

Ermessenda abrió mucho los ojos y algo parecido a la ira asomó en su mirada. Proyectó los labios hacia delante, y luego los mordió entre sus dientes.

—Tendrás tu confesor, por supuesto. Y tus pecados serán secretos. Mas la penitencia te la supervisaré yo misma.

Y, dejándola acongojada a sus espaldas, la madre abadesa salió del refectorio con la barbilla alzada y los ojos como brasas.

La casa abacial de Ermessenda es austera si la comparamos con el castillo de los Montjou, donde se crio, pero tiene tapices en las paredes para preservar el calor del hogar y las sábanas son de algodón. Se lo digo muchas veces para hacerla rabiar, cuando me molesta con alguna de sus escenas de celos. Dios Misericordioso sabe que busco enderezar mi vida; que en casi todos los aspectos de mi existencia soy justo entre los justos. Pero que mi carne es débil. Me impongo penitencia y mortifico mi cuerpo para expiar mis faltas, que son muchas, pero por más que mi alma tienda a la luz, los pies se me hunden en el fango.

—La niña poco menos que admitió haber yacido contigo, ¡ca-

nalla! —me dijo la abadesa en cuanto llegué. Era noche cerrada y, como en cada encuentro, mi criado Efrem la había advertido de mi visita aquella misma tarde. Si Efrem volvía de la abadía con un pañuelo azul, quería decir que sería bien recibido. Por ello me sorprendió aquel reproche nada más llegar.

Estaba hablando de la niña Alamanda. Cuando Ermessenda está celosa, cosa que últimamente sucede con frecuencia, se muerde el labio inferior, y aletea las narinas como un perro cansado. Es altiva, elegante, y esos ojos profundos me cautivan; me reconozco prisionero de sus encantos, por más que me esfuerzo en librarme de ellos. No soy capaz, como me dice mi confesor, el buen Rulfo, de ver en ella a un instrumento del diablo, pues más me parece a mí su cuerpo un templo celestial.

Yo vacilé un segundo, debatiéndome entre lo absurdo de su acusación y el recuerdo de ese momento de turbación que experimenté cuando la chiquilla me abrazó con lágrimas en los ojos en agradecimiento espontáneo por haberla sacado de su infierno. Yo había ido con Letgarda a recogerla a casa de aquellos buenos payeses sin hijos, a cuyo cargo la dejé semanas antes mientras arreglaba lo de su ingreso en la abadía. La niña apareció muy repuesta y hasta con algo más de sustancia sobre sus huesos, nada que ver con el espectro humano que rescaté de las garras de los infernales gemelos. El cariño y una buena pitanza pueden hacer milagros.

—Pero... ¿de qué me estás hablando? —protesté.

Ermessenda interpretó mi titubeo como una admisión de culpa. Ella me conoce bien y sabe que, Dios me perdone, soy incapaz de resistir la llamada de la carne. Pero Alamanda es una niña, ¡por Dios! ¿Cómo puede pensar que yo sería capaz de aprovecharme de su fragilidad?

Sentí entonces que mi ira ascendía y que la sangre se me agolpaba en las mejillas. Ella continuaba lanzándome improperios, acusándome de mil vilezas, entre lágrimas y borbotones de saliva. Estaba histérica, y hube de golpearla en la mejilla para que no siguiese armando bulla.

El gesto nos encendió a ambos. Aún enojados, nos despojamos de los hábitos con impaciencia, nos empujamos, se juntaron nuestras bocas, me mordió el labio hasta provocarme sangre, me atizó un bofetón cuando le pellizqué las nalgas con demasiado brío, y caímos enzarzados sobre sus sábanas de algodón. Alcanzamos el culmen ambos con lágrimas derramándose por nuestras mejillas; ella lloraba de frustración, de amor, de placer; yo lloraba maldiciendo mi flojera, mi poca resistencia ante las tentaciones, sabiendo que cada encuentro con el cuerpo de aquella mujer me alejaba un poco más del ideal de santidad que me había impuesto, de ser capaz de emular las vidas de los santos que con tanta fruición y, sí, con algo de envidia, leía yo en el libro La leyenda dorada, *el que narra las vidas de los santos, escrito por Santiago de la Vorágine para iluminación de los hombres.*

Nos acurrucamos el uno contra el otro cuando el frío de la noche venció al fuego de nuestras entrañas, perdidos cada uno en nuestros pensamientos sombríos. Cada vez eran menos alegres nuestros encuentros, y yo diría que nos embrutecían un poco más. Pero ni ella ni yo parecíamos capaces de renunciar a ellos. Tomé la decisión, en ese momento, de imponerme una severa penitencia. No valía ya con una confesión con el bueno de Rulfo; debía mortificar mi cuerpo para vencer al Maligno. Peregrinaría a la cueva de San Baudilio y allí ayunaría durante siete días, rezando y martirizando mi carne con cilicios y flagelos.

Aquella noche leí y releí el tormento de Santiago el Interciso, ese amigo del rey persa al que este quiso hacer abjurar de su fe en Dios de la manera más cruel. Ordenó que sus verdugos le amputasen uno a uno todos los dedos de la mano y de los pies. Con una fe admirable, el buen Santiago seguía alabando al Señor tras cada corte. «Cuando le cortaron el séptimo dedo, dijo: "¡Siete veces cada día debo, Señor, alabar tu santo nombre!". Cuando le amputaron el octavo, comentó: "Al octavo día de nacer Jesús fue circuncidado".» Así siguió hasta el final, bendiciendo al Señor y llorando de alegría a medida que troceaban su cuerpo, hasta el punto de que su verdugo, impresionado por su fe, se apiadó de él y le cortó la cabeza para acabar con su martirio. ¡Qué fe, Dios mío! ¡Qué templanza! ¡Ruégote, oh, Todopoderoso, que llenes mi miserable cuerpo de la misma devoción, de ese inquebrantable espíritu de sacrificio que reconoce que cada minuto de sufrimiento es un paso más hacia el disfrute de la Gloria a tu lado, después del Juicio Final!

Alamanda se había percatado de que algunas de las novicias, en cuanto la hermana Clarita apagaba los candiles, se metían de a dos en una cama entre risitas apagadas y roces de sábanas. Supuso que eran juegos de niñas, pues casi todas eran más jovencitas que ella, hasta que un día, entrando ya su mente en el delicioso duermevela que precede al sueño reparador, notó que alguien se metía en su camastro. Sintió un cuerpo caliente y duro contra su espalda, y se alarmó en cuanto vio que no era un sueño. Giró la cabeza y vio a Almodis, la monja más joven, a la que ella había ayudado cuando se cayó en la *farga* tras la riada provocada por Albant.

—No hagas ruido, bonita —le susurró al oído.

Ella quiso darse la vuelta, pero los brazos casi hombrunos de la monja se lo impidieron. La rodeaba con ellos y empezó a masajear sus pechos. Una de las manos se deslizó hacia su entrepierna y ella se revolvió como una gata.

—Calma, niña —murmuró Almodis entre jadeos sordos—, que enseguida acabo. Verás como te gusta.

La monja era más fuerte que ella, pero su indignación y su sorpresa le dieron fuerzas. Echó a Almodis de un empujón al suelo y se organizó un pequeño escándalo. Muchas de las novicias se reían, plenamente conscientes de lo que estaba sucediendo, pues habían pasado ya por los brazos de aquella muchacha, como un rito de iniciación.

Desde el pasillo, la hermana Clarita pidió silencio. Almodis se incorporó junto al camastro; al relumbre de una pequeña lámpara que siempre permanecía encendida en una hornacina junto a la puerta, Alamanda vio pasmo e incomprensión en su rostro.

—¿Se puede saber qué te ocurre? —le preguntó la monja. E hizo por volver a meterse entre las sábanas.

Alamanda se puso de rodillas sobre el jergón y la amenazó con un dedo.

—Ni se te ocurra volver a tocarme o te arranco los ojos.

Debió de decirlo con tanta convicción que alguna novicia se llevó la mano a la boca y Almodis, tras dudar unos segundos, desistió de intentarlo de nuevo.

Se retiró en dirección a la puerta, aún confundida, pues nunca una novicia había rechazado sus toqueteos. Alamanda observó que una de sus compañeras, seguramente viendo una oportunidad, llamó su atención y le hizo un hueco bajo su frazada.

Nunca más volvió a meterse nadie en su cama, pero Alamanda notó que tanto las novicias como algunas de las hermanas la miraban con cierto recelo, como si hubiera roto un pacto secreto de fraternidad. Ella se encogió de hombros mentalmente; estaba acostumbrada a la soledad y a valerse por sí misma. La única que no pareció cambiar su actitud hacia ella fue su cada vez más amiga Marina.

La hermana Brianda era la maestra tintorera de la abadía y, como tal, la única que poseía la capacidad de preparar las fórmulas secretas de los mordientes y de dictar las cantidades exactas de pigmento para el entintado. Tenía un laboratorio anejo a la *farga* desde el que dirigía las operaciones y su voz era la autoridad. Incluso la abadesa se cuidaba de contradecirla en cuestiones textiles.

Era una mujer de avanzada edad que se mantenía activa con unas infusiones de menta y majuelo que se preparaba cada mañana. Tendía a elevar la voz cuando hablaba y raramente sonreía. Sin embargo, los que la conocían mejor sabían que su espíritu era generoso y compasivo. Su inteligencia y su prudencia habían hecho prosperar el negocio de la abadía, cuya viabilidad estaba en declive desde los tiempos de la gran peste del siglo anterior.

Alamanda empezó a interesarse por sus actividades en el misterioso laboratorio en cuanto hubo aprendido los pormenores del proceso de entintado. Su inquisitiva mente le había hecho preguntarse sobre las sustancias que se echaban a los baños antes del color para preparar las telas, y así llegó a trabar conversación con Brianda un día que ella la sorprendió fisgoneando en su estancia. Al principio se enfadó; y con razón, pues las novicias no podían entrar en el laboratorio y mucho menos tocar frascos y alambiques. Pero, con el tiempo, Alamanda la convenció con su insaciable curiosidad y su evidente inteligencia.

—El cártamo, el pastel, la rubia, el liquen orchilla, el azafrán, la carrasca —le decía un día Brianda a su pupila—. Todas estas plantas poseen reconocidas propiedades tintóreas. Todas se utilizan para teñir tejidos de los más diversos colores.

—¿Cuál se usa para el color verde?

—Ah, hija mía. Mira que abunda el verde en la naturaleza, mas no se ha dado todavía con la manera de transferir ese color de Dios a las telas que nos visten. Un misterio, la verdad. Se puede obtener mediante mezclas, por supuesto, pero muchos tintoreros se niegan a mezclar tintes.

—¿Por qué razón?

—Porque dicen que no son colores puros, que las mezclas las hace el diablo. ¡Qué se yo! Soy muy ignorante en cuestiones de teología, hija. En fin, todos los demás colores, o casi todos, sí que se obtienen directamente. Pero sin los mordientes, nada se lograría, pues los tintes no saben agarrarse a las fibras si estas no han sido preparadas antes.

—¿Y cuáles son los mordientes que más se utilizan?

—Uf, hay muchos, por suerte. Cada uno de ellos tiene propiedades diferentes y reacciona de manera desigual con los colores. Están el alumbre y el crémor, que ya conoces, la orina, tanto humana como animal. Pero también la bilis vacuna, las grasas de diversos animales y hasta la sangre. También se usan, según los casos, las pieles de la granada, que son muy astringentes, cáscaras de avellana o de nuez machacadas, el fruto del altramuz y las cortezas de pino, roble, abedul, tilo o fresno. Las agallas de roble también son buenas, así como la vaina de acacia. Y luego tienes sustancias como el vitriolo, muy peligroso, la melanteria, la calcita, el cinabrio, la cal... En fin, niña, que ya ves que las recetas son numerosas y solo un verdadero maestro las conoce todas. Yo, modestamente, me considero buena tintorera, pero me temo que no llego en sapiencia ni a las suelas de los zapatos de algunos de los grandes maestros de los gremios de las ciudades.

—¡Me queda tanto por aprender! —exclamó Alamanda.

Lo dijo con entusiasmo, con la alegría de saber que el camino sería largo y lleno de descubrimientos asombrosos, pero la monja creyó que se quejaba.

—¡Ay, mi hija! Que yo llevo más de cuarenta años en esto y no he hecho más que rascar la superficie de todo lo que hay que saber. La tintorería es una industria milenaria, una de las primeras artes que desarrolló el hombre. O, mejor, la mujer, que siempre fuimos nosotras las que teñimos; como la misma santa Lidia, nuestra patrona. No te extrañe, pues, que sea una ciencia tan compleja que no baste con una vida para aprenderlo todo.

—¡Qué fascinante!

La mujer, espoleada por el arrebato de la chiquilla, fue entonces hacia un anaquel repleto de volúmenes viejos y extrajo un pequeño librillo de tapas enceradas de color marrón.

—Mira, niña, te voy a enseñar algo que muy pocas personas han visto: mi cuaderno. En él he anotado todo el saber que he ido acumulando desde que empecé de aprendiz de sor Leocadia, mi predecesora. Aquí están las fórmulas básicas que utilizamos en la *farga*, con algunas mejoras que he ido incorporando con los años, además de algunos modestos experimentos que, con sumo cuidado y buen tino, he podido realizar en este humilde laboratorio. Muchos de ellos no me han llevado a nada de provecho, pero siempre creí que era mi obligación tratar de perfeccionar las técnicas de nuestro obrador, para poder competir con los talleres de las ciudades, mucho más expuestos a novedades y progresos. Te aconsejo que, si en verdad estás interesada por el arte de la tinción, te hagas de inmediato con un cuaderno semejante para anotar tus progresos. Ya me han dicho que sabes de letras, debes aprovechar ese conocimiento para consolidar lo que vayas estudiando.

Así fue como Alamanda, casi sin proponérselo, devino aprendiz de la buena y sobria sor Brianda; y se hizo con un cuaderno, un hermoso librillo muy bien cosido de hojas apergaminadas que le regaló Letgarda en cuanto ella se lo pidió.

—Mira qué color, Marina. ¿No te parece extraordinario?

Estaban ambas chicas tumbadas junto al muro exterior de la nave de tintado. Alamanda estaba mostrando una hoja recién aparecida aquella primavera en la rama de un fresno. Hacía muy buen tiempo esa mañana; el sol calentaba el mundo de manera agradable, sin la agresividad del verano, y soplaba una leve brisa que era casi una caricia. Habían salido a descansar unos minutos durante un pequeño receso, mientras las novicias más jóvenes preparaban el horno para calentar suavemente unas brazadas de lino ya tintadas de azul. Para obtener un negro oscuro e intenso, primero se sometía a las telas a un tintado con glasto y después se teñían con polvo de agalla de nogal. De esta manera, el negro obtenido era brillante, intenso, y resistía mucho mejor el agua, el sol y el paso del tiempo.

Marina se encogió de hombros, mirando con poco interés la hoja en forma de punta de lanza que le mostraba su compañera.

—Verde —dijo—. Es de color verde, como el de la hierba.

—¡Exacto! ¿Y no te parece extraordinario que un color tan abundante en la naturaleza no seamos capaces de reproducirlo en la *farga*?

—Sí que podemos. Mezclamos el glasto y la gualda y tenemos un verde maravilloso. Hemos teñido miles de brazadas de lana de ese color.

—¡Pero es una mezcla! No somos capaces de producir el tinte. ¡Es frustrante!

—Hija, lo que importa es cómo queda, ¿no?

—El verde que hacemos acaba perdiendo intensidad. Alguna cosa sucede al mezclar ambos pigmentos. Pierden fuerza. Además, las mezclas son impuras. Lo dice sor Brianda, que algunos sacerdotes afirman que, según las Sagradas Escrituras, cualquier mezcla es antinatural y contraria a las leyes divinas.

Marina la miró con las comisuras de los labios hacia abajo y una ceja alzada, con escepticismo.

—Bueno, yo no sé de estas cosas —prosiguió Alamanda—, pero algunas gentes consideran que confundir la singularidad creada por Dios es ir contra su voluntad. No sé si es cierto, pero me frustra que no sepamos producir algunos colores sin recurrir a mezclas.

Le dio la vuelta a la hoja varias veces. El haz era de un color brillante, vivo, refulgente; el envés, más discreto, matizaba su brillo con una pátina blanquecina, pero era hermoso igualmente. En ese momento, una mariquita se posó en una brizna de hierba junto al pie de Alamanda. Esta observó su vestido rojo moteado de negro, esos colores brillantes que con tanta naturalidad aparecían cubriendo los más diminutos insectos. Miró al frente y vio una mariposa de tonos morados, de alas casi traslúcidas, en su errático vuelo de flor en flor, vestida con un polvillo de un color que ni el mejor de los tintoreros era capaz de reproducir.

—¿Por qué no podemos producir tinte de color verde?

Marina se encogió de hombros nuevamente.

—¿Por qué no logramos tintes de color rosado, violeta, anaranjado...? ¿Por qué nuestros rojos no son tan brillantes como el de esta mariquita? La naturaleza nos lleva mucha ventaja. Mira las flores que empiezan a surgir por todas partes. No somos capaces de emularlas. ¿No te aburre tratar siempre con el amarillo, el rojo, el azul y unos cuantos tipos de marrón?

—Hija mía —le contestó Marina, con un suspiro, adoptando el tono con el que las monjas veteranas hablaban a las más bisoñas novicias—, la naturaleza nos lleva ventaja porque la naturaleza es obra de Dios. Nosotros bastante hacemos con haber aprendido cómo reproducir algunos de sus colores. No pretendas ir más allá, que puede ser hasta sacrílego. Y, además, acabas de empezar, ¡por Dios! ¡Y ya dices que te aburres! Yo llevo siete años aquí, hija mía.

Esta vez fue Alamanda la que, dudosa, se encogió.

—Quizá tengas razón... Pero no puedo entender por qué Dios nos ha dado capacidad de entender algunos de sus colores, mas no otros. Quizá no estamos siendo discípulos aplicados.

Marina se levantó. Estas conversaciones que se salían de los aspectos más prácticos de la vida la abrumaban, y se cansaba enseguida de ellas.

—Yo de ti —dijo, resoplando por el esfuerzo de levantar su rollizo cuerpo del suelo— hablaría con el padre Martí, el confesor. Él sabrá responder a tus dudas divinas, niña. ¡Ah! Y tendrás que conocer en breve a santa Lidia. Tal vez ella te ilumine, hija mía. Por de pronto, yo solo sé que tenemos un montón de telas tintadas de glasto que hay que oscurecer, y ya se nos ha pasado el rato de asueto. Venga, en pie, haragana. ¡A trabajar!

—Bueno, Mateu, creo que el camino a partir de aquí ya lo conoces.

El burro cárdeno movió la testa un par de veces y dobló los belfos, mostrando unos incisivos perfectos, manchados de sarro amarillento, pero no dijo nada. Su paso era deliberado, tranquilo, con frecuentes pausas para arrancar algún pedazo de hierba fresca o para desviarse hacia alguna fuente para abrevarse. Alamanda no tenía prisa. El tiempo era ventoso, aunque no hacía frío. Gozaba de llevar la cabellera descubierta tras tanto tiempo de confinamiento bajo la toca. Aún lo llevaba más corto que de pequeña, pues así se lo exigían en la abadía, pero las suaves caricias de los cobrizos mechones en la frente y las mejillas le daban sensación de libertad.

El camino hacia la masía estaba más lleno de brozas que de costumbre. Supuso que ninguna rueda de carro había hollado las trazas desde la muerte de Feliu. Eso la tranquilizó. La noche anterior, tomada ya la decisión de subir a la masía de Navarcles, soñó que se encontraba con los aborrecibles gemelos en un recodo del camino. Se despertó temblando y cubierta de sudor frío.

Llevaba más de un año en el convento y ya le empezaban a insinuar las monjas que debía prepararse para pronunciar los votos de la orden, aunque ella no estaba convencida de querer que ese fuera su futuro. En el fondo, no tenía la vocación adecuada; a pesar de todo ese tiempo como novicia, Alamanda no acababa de confiar plenamente en la oración. Se sentía demasiado insignificante como para que Dios le hiciera caso. Con la de cosas de importancia que le deben de pedir cada día, pensaba ella, ¿cómo puedo pretender que me escuche a mí, una niña pobre y abandonada? Por si fuera poco, se sabía impura, pues, como le recordaba con cierta malicia la madre superiora cada cierto tiempo, ella había conocido varón, aunque fuese a la fuerza y sin mediar su voluntad. Por todo ello, no se creía digna de lucir el hábito de las benedictinas.

Esos pensamientos turbaron su ánimo. Para calmarse, sacó el rosario y se puso a rezar una novena. El rítmico rumor de las plegarias murmuradas le devolvió la paz enseguida.

Lo primero que se veía al doblar la última vuelta era el establo, donde antaño dormían Manfred y Alberic y donde la retuvieron a ella aquellas infames semanas o meses que quisiera borrar de su memoria. Sintió un estremecimiento a pesar de que se había hecho la promesa de ser fuerte.

Unos pasos más adelante, divisó por fin las ruinas calcinadas del que había sido su hogar durante tres años. Pensó en Feliu, cuyos restos quizá yacían todavía allí. Nunca supo qué enterraron los hermanos tras el asesinato, en aquel despreciable acto ficticio de dolor y pesar.

Se apeó del burro, al cual se veía feliz de volver a su antiguo prado, ahora más verde y exuberante que nunca. El animal soltó un par de rebuznos de alegría y se desentendió de ella al instante.

Alamanda se acercó a los restos de la masía. Identificó sin problemas ambas estancias, el hogar y el rincón donde ella hacía cada noche su lecho con borra y paja. La chimenea se había derrumbado con el fuego y sus piedras yacían inalteradas sobre la hierba, que crecía en cualquier resquicio. Del resto de la casa quedaba el esqueleto carbonizado de las vigas más gruesas, pero todo lo demás era hollín viejo mil veces empapado por las lluvias y removido por los vientos. El conjunto era de un color gris muerto, aunque la vida se abría paso en medio de la desolación en forma de zarzamoras, ortigas y hasta algún arbusto de genista.

Un reflejo metálico llamó su atención. Se acercó con curiosidad y escarbó en la costra de ceniza y astillas carbonizadas.

—¡Dios mío! —murmuró para sí, al reconocer el objeto.

Había desenterrado la daga con la que Feliu se había defendido de sus atacantes, la que siempre llevaba en el cinto y, por las noches, guardaba bajo su almohada. Era un cuchillo de hoja recta de doble filo, acabado en una punzante aguijada, con el mango de bronce antes forrado de un cuero repujado con motivos silvestres que se había consumido en el incendio. Probó el filo y se dio cuenta de que necesitaba un afilado. Limpió la hoja con un paño hasta que brilló de nuevo. Se santiguó pensando en el muerto, se metió la daga en el bolsín interior del sayo de montar y luchó para que las lágrimas no desbordasen sus párpados.

Con un suspiro, miró a su alrededor, atenta durante unos minutos, y no oyó más ruidos que los propios del campo en aquella época primaveral. Se acercó de nuevo a Mateu y sacó de su alforja un atizador de hierro que pensaba utilizar como palanca.

Se dirigió al pozo, cuya estructura de madera aún se tenía en pie. Pensó que luego tomaría un trago; siempre le había gustado el agua fresca que daba ese manantial. Los soportes de la viga que sostenía la polea estaban reforzados por dos pequeños muros de roca, a cada lado del hoyo. Alamanda miró de nuevo por encima del hombro, a ambos lados, y escogió una de las piedras, cuyo color era más rojizo que el resto. Probó su consistencia con la mano y comprobó que estaba tan encajada que no se movía. Aquello también era buena señal.

Los estúpidos gemelos habían levantado, una a una, todas las losas de la masía, incluso las de debajo del hogar, con la esperanza de hallar el oro escondido de su patrón. Pero solo ella sabía dónde lo guardaba Feliu en realidad, pues lo sorprendió una noche con talante furtivo y lo siguió. A la mañana siguiente se acercó al pozo con disimulo y se percató de que la piedra rojiza parecía haber sido movida recientemente. Aprovechando una de las numerosas veces en que se quedaba sola en la masía, le pudo la curiosidad y arrancó la loseta del muro del pozo. Había un hueco detrás de ella y, cuando metió la mano, sus dedos toparon con una bolsa de cuero. Le dio un respingo el corazón al notar el tintineo de las monedas en su interior, y aprecié su peso sin necesidad de extraerla del hoyo. Nunca tuvo la tentación de sisar, pues tampoco necesitaba el oro para nada, pero le excitaba conocer aquel secreto de su amo.

Ahora, con el corazón acelerado y la daga de Feliu en su cinto, clavó el atizador en la comisura entre las piedras y presionó con fuerza. La piedra rojiza cedió con facilidad; rodó por el prado un par de palmos.

Allí, delante de ella, se abría el pequeño hueco por el que apenas cabía su mano. Tratando de controlar el temblor de sus dedos, introdujo la mano y tanteó en su interior, esperando sentir la mordedura de una culebra o de cualquier otra alimaña. Con un súbito instante de pavor, tan solo agarró el vacío y pensó que alguien antes que ella había dado con el oro. Metió el brazo hasta el codo y, justo al final, encontró algo flexible. Asió con la punta de los dedos una cosa escurridiza que ofreció mucha resistencia. Hubo de agrandar algo más el hueco, que se había llenado de barro y arenilla con las lluvias, para poder meter mejor el brazo y agarrar el objeto. Por fin logró sacarlo; era una bolsa de cuero muy bien atada con una cuerda. Pesaba mucho más de lo que ella recordaba, o quizá era que los nervios que sentía avenaban la fuerza de sus músculos.

Con los latidos en las sienes y las manos agitadas, deshizo el nudo, que se le resistió hasta que mordió uno de los extremos de la cuerda. Se le llenó la boca de arena, pero la ligadura cedió. Abrió la saca y vio un fulgor dorado que le quitó el aliento. Allí estaba todo el oro de Feliu, todos los florines que había acumulado a lo largo de años de buen negocio y austeridad.

Y ahora..., ¿le pertenecía? ¿Podía decir en verdad que aquel tesoro era suyo? Antes de contar lo que allí había la asaltaron mil remordimientos. El dinero de un amo nunca pasa al esclavo a no ser que haya sido manumitido y esa fuera la última voluntad del finado. Feliu murió intestado. ¿Qué le daba derecho a ella, que fue adquirida de su padre por unas míseras monedas y un cesto de fruta, a reclamar la propiedad de esa riqueza? Le había contado su madre que Jesucristo siempre estaba mirando desde el Cielo y que conocía todas sus motivaciones y pensamientos. ¿Era pecado mortal quedarse con algo que no era suyo? Además, aquellas tierras eran ahora, por derecho, del señor de Navarcles, al haber muerto Feliu sin testar. ¿Estaba robando ella a un noble? ¿Se convertiría en una vulgar ladrona si se llevaba aquel dinero? Si la pillaban, le esperaba el calabozo; o la horca.

—¡Eh! ¿Qué haces en mi pozo?

Un escalofrío recorrió el espinazo de Alamanda. Se le erizaron los cabellos de la nuca y, del susto, soltó la saca, que quedó apoyada contra una piedra. Se dio la vuelta, aún en el suelo, y se aupó con la espalda contra el muro de piedra, aterrada.

Vio a un hombre pigre, de brazos escuálidos y manazas enormes, con barba desaliñada atravesada por una fea cicatriz, el pelo sucio y con una rara calvicie a cachos, como la de un perro con sarna. Llevaba la ropa hecha jirones y una botella de arcilla en la mano de la que bebía sorbos de vez en cuando, casi sin ser consciente de ello. Por los tumbos que daba y lo incierto de sus pasos, Alamanda vio que estaba borracho. Lejos de tranquilizarla, eso la inquietó aún más.

—¡Niño, aléjate de mi pozo, maldito cabrón!

Sin duda, por su pelo corto, rostro lampiño y ropas de viaje, la había tomado por un chiquillo. El hombre se iba acercando, dando rodeos.

—No es que me guste demasiado el agua —se rio, mostrando una boca casi sin dientes—, pero lo que es mío, es mío, ¡qué diablos!

La chica estaba paralizada. No debía haberse puesto de pie sin asir la bolsa de cuero. Ahora no quería atraer la atención del beodo agachándose de nuevo. Miró al burro, que pastaba indiferente en su prado. Calculó que podía correr más que ese hombre, pero para alcanzar al asno debía pasar muy cerca de donde él estaba dando tumbos. No era capaz de predecir lo ágil que sería él. Decidió deslizarse lentamente, sin dejar de encararlo, hasta alcanzar con la mano la bolsa, y luego echaría a correr.

El vagabundo avanzó de pronto unos cuantos pasos y la miró haciendo una mueca grotesca.

—Espera un momento... Tú no eres un chico. No... ¿Cómo? ¡Que me aspen vivo si lo que veo es cierto!

Se golpeó el muslo con la mano que tenía libre y soltó una gran carcajada. Después se frotó los ojos llenos de legañas y volvió a mirar a la chica fijamente.

—¡Que me ahorquen si no eres la furcia a la que desfloré! —volvió a reírse—. ¡Esta sí que es buena! ¡Por todos los demonios del Infierno!

Como una ola rompiendo contra un acantilado, la certeza de la identidad de aquel desecho humano golpeó a Alamanda con violencia. De pronto le fallaron las piernas y acabó sentada sin darse cuenta sobre la bolsa de cuero. Ese borracho era uno de los gemelos...

—¿Has venido a por más? —seguía el hombre—. A todas las putas os gusta, ¡no podéis negarlo!

Se reía con grandes aspavientos, derramando el líquido de la botella, y comenzó a hacer escarnio de Alamanda con su verborrea procaz.

A ella se le vino el mundo encima. Todas las inseguridades, miedos, asco y vergüenza que sintió aquellos días en que estuvo prisionera de los hermanos volvieron a agolparse en sus entrañas; creyó que iba a vomitar allí mismo.

El muchacho se abalanzó sobre ella, pero cuando Alamanda cerró los ojos, temiendo lo que iba a suceder, él se sentó pesadamente a su lado y dio un largo trago hasta casi apurar la botella.

—¡Menuda sorpresa! Alamanda... Alamanda. Aún recuerdo tu nombre. Mmm, huelo tu maravilloso aroma —se sonrió, mostrando su falta de dientes y cubriéndola de un hálito apestoso—, ese olorcillo de niña que tanto me gustaba. En el fondo... En el fondo siempre supe que te gustaba. Manfred aseguraba que no, que eran bobadas, que tú te dejabas hacer porque estabas aterrorizada. Puede ser... Pero algo en mí me decía que un rinconcito de tu corazón sentía algo por mí. ¿Estoy equivocado? ¡Ni en sueños! La prueba está en que has vuelto. Y te has traído al maldito burro... ¿No habrás venido con un poco de pan, por casualidad? Tengo hambre, creo...

Con bufidos y esfuerzos, se incorporó de nuevo y le ofreció la mano.

—¿Dónde quieres que retocemos, aquí fuera? Hace buen tiempo —añadió, mirando al cielo—. Sí, empecemos aquí al lado, que el pasto es fresco. Y ya veremos hacia qué rincón nos empuja la tarde.

Alamanda seguía petrificada, notando el oro bajo sus nalgas. Estaba haciendo un esfuerzo sobrehumano para no romper a llorar.

—Tienes razón, qué estúpido soy, no te muevas de donde estás. Vamos... a empezar por lo básico —dijo, tambaleándose y echando un trago de nuevo.

Arrojó la botella al suelo con indolencia y se limpió los morros con lo que le quedaba de manga a su ajada camisola. Entonces, con una fuerza inesperada, la agarró del pelo con la mano izquierda.

—Te preguntarás dónde está Manfred —iba diciendo Alberic, mientras trataba torpemente de que Alamanda se pusiera en pie—. El muy imbécil se hizo matar el año pasado en una pelea en un establo. Y ¿sabes lo más gracioso? No lo mató un paisano, sino la coz de una yegua —soltó de nuevo una carcajada con un deje de tristeza—. Ni siquiera pude vengarlo. ¿Cómo iba a matar a un caballo?

Alamanda había recobrado algo de presencia de ánimo y lo empujó con las manos, tratando de desasirse. Pero el chico, aun borracho, era mucho más fuerte que ella. Sus abotargadas manazas eran garras de las que parecía imposible soltarse.

—Desde que te fuiste esto ha sido un desastre. Ya nadie quiere enfurtir su lana aquí. Y dicen que estas tierras no me pertenecen. ¡Bah! Que vengan a echarme si se atreven. Pero ¿qué demonios te pasa, si puede saberse? ¡Levántate, que se me está acabando la paciencia!

Acompañó su orden con un soberbio manotazo que estalló contra su rostro con la fuerza de un martillazo. Alamanda quedó aturdida y Alberic lo aprovechó para arrastrarla unos pasos hacia un trecho de hierba que parecía verde y mullida, sin duda con muy malas intenciones, pues ya desataba la cuerda con la que mantenía las calzas en su cintura. Ella sintió que zozobraba, que su vida se hundía de nuevo sin esperanza como cuando la retuvieron como esclava. Sintió que se ahogaba, que su alma humana se alejaba de su cuerpo, que no era más que un pedazo de carne aún con vida, y estuvo a punto de desear la muerte como tantas veces la había deseado en ese mismo calvero.

Pero algo en ella había cambiado. Ya no era la niña asustada y sin esperanza de entonces. Había sobrevivido y se estaba labrando un futuro, que pasaba por recrear la magia de las flores en los tejidos y hacerlo mejor que nadie. Tenía un propósito que bullía en su interior y eso le dio fuerzas para rebelarse por fin ante su enemigo.

Que sea lo que Dios quiera, pensó. Y, con un gesto rápido y audaz, lanzó un golpe al costado de su atormentador, el cual, por un momento, no cejó en sus empellones, asida aún la chica por su cabello cobrizo. De pronto, notó que se le empapaba la pierna de un líquido viscoso. Su mente nublada por el alcohol acertó a ver que se trataba de su sangre.

—Pero ¿qué...?

Sin dejar que reaccionase, Alamanda lo golpeó de nuevo, esta vez directo al vientre, y Alberic, ya consciente del dolor, la soltó y reculó un par de pasos. Ella sintió arcadas de miedo y vomitó presa del terror que acababa de pasar. Pero una chispa de desafío feroz centelleaba en su mirada. En la mano derecha sujetaba la daga que había sido de su amo con tanta fuerza que los nudillos los tenía completamente blancos. La hoja del puñal, sin embargo, brillaba a la luz de la tarde con la misma sangre fresca que, años atrás, había derramado cuando Feliu se defendió abriendo la mejilla del hombre que ahora la había atacado.

Alberic trastabilló, sus calzas resbalaron hasta sus tobillos y se cayó de espaldas sobre la hierba, tratando de entender qué podía haber pasado. Apretaba la mano con fuerza contra su costado, pero la sangre se escapaba a borbotones por entre sus dedos. Alamanda se incorporó y el hombre vio un odio tal en su mirada que, por primera vez, sintió terror.

—Niña, por Dios, que somos casi hermanos...

La muchacha se puso en pie, limpiándose la boca con el dorso de la mano. Le escupió con rabia mientras blandía el espadín ensangrentado. Amusgó los ojos hasta que se tornaron dos líneas negras, grietas que emanaban rencor y refulgían como ascuas, que liberaban por fin todos los miedos con los que había vivido. Vio la patética figura del hombre que la había atormentado, con los calzones bajados y su hombría fláccida y absurda, y se avergonzó de haberle tenido miedo alguna vez.

—¡Soy libre! —le gritó entre dientes.

—Ayúdame, niña... Alamanda, por favor, que se me va la vida...

Alberic seguía desangrándose con rapidez. Alamanda se dio la vuelta, recogió la bolsa de cuero y la vació ante sus ojos. Cayeron de ella varias docenas de florines de oro a los pies del desdichado.

—Pero, pero...

—Tú y tu hermano, ¡malditos seáis mil veces! —dijo ella, con toda la rabia de que fue capaz—. Espero que cuando te reúnas con él en el Infierno le cuentes que vivisteis durante años sobre un tesoro colosal y fuisteis tan imbéciles que no lo supisteis encontrar.

—O... oro... —murmuró Alberic, alargando la mano con codicia, a pesar de su precaria condición, para alcanzar alguna moneda.

Alamanda le pegó una patada, se arrodilló ante él y lo asió con ambas manos de la camisa, poniendo su cara a un par de pulgadas de la de él, oliendo su hálito alcoholizado y el pavor de su respiración entrecortada.

—Dicen que una puñalada en el costado es mortal si no se trata.

Antes de que el hombre pudiese reaccionar, embotado aún su cerebro de licor y de dolor, la muchacha lo dejó caer, empujándolo con violencia.

—¡Ya no me das miedo! —le gritó por encima del aullido de su víctima.

Y se puso a recoger una a una las monedas de oro, metiéndolas en la bolsa de nuevo, regodeándose del tintineo que producía cada una al chocar con sus hermanas, mientras aquel desecho humano agonizaba, dando berridos como un cerdo en el matadero.

Murió justo en el momento en que ella metía el último florín en la bolsa.

Aquella tarde, tras sacar agua del aljibe para lavarse a fondo y limpiar la sangre del puñal y de su vestido, decidió que aquel tesoro le pertenecía por derecho. Arrojó el cadáver al pozo, pensando que, en el peor de los casos, alguien que merodease por allí tardaría años en encontrarlo, y echó la vista atrás sin rencor. Había cerrado aquella etapa de su vida como quien pone un corcho a una botella de vino agriado y la esconde en un rincón de la bodega para olvidarla. Lejos quedaron sus escrúpulos y remordimientos por quedarse con las monedas de Feliu. Ahora había cometido un pecado mucho mayor como para preocuparse de aquello.

—A fe mía que me pertenecen el oro y la daga en buena ley —le dijo a un indiferente Mateu cuando se acercó a él para montar en su lomo—, pues he tenido que matar a un hombre para obtenerlos. Y ese era el precio que hube de pagar por mi libertad.

La hermana Marina era la encargada de recoger las telas preparadas para tintar en casa de los principales patronos. Viajaba dos o tres veces cada semana con su carreta tirada por un mulo joven y brioso para acopiar fardos de lana y otros tejidos del monasterio de Sant Benet, de la casa señorial de Mallols, de la hermandad de tejedores del Bages y de dos o tres clientes más de la abadía a quien se ofrecía este servicio.

—Ayúdame a cargar, niña —le dijo a Alamanda ese brumoso día de otoño.

Iba a aprovechar el viaje para entregar en el monasterio unos zamarros de lana teñidos de ocre de agalla de nogal, para llevar sobre el hábito en las plegarias durante el invierno, pues hacía siempre frío en el oratorio. No se permitía encender hoguera alguna en la capilla más allá de los cabos de vela, porque el coro era todo de madera vieja y ya hubo algún incendio en el pasado.

—Cuidado con esta traviesa, no vayas a lastimarte —advirtió Alamanda.

Marina estaba subida sobre el vetusto carromato colocando los fardos. Uno de los adrales de la baranda estaba astillado, roto por la mitad tras años de uso y poco empeño en repararlo.

El aire estaba extraño, envuelto en una quietud intrigante.

Aunque no era más que mediado el mes de octubre, el relente se notaba con un vigor inusual. Los gorriones parecían no querer volar y se arracimaban sin piar alrededor de la hermana Anna, que tenía la costumbre de recoger en el delantal las migas de pan que sobraban del desayuno y se las daba a los pájaros.

—Todos somos criaturas del Señor —decía, aun cuando nadie la hubiese interpelado—. No debemos menospreciar a ningún ser lleno de vida. Y, por supuesto, el pan divino no debe echarse a perder, ni siquiera la última miguita.

Había llovido la noche anterior, las losas del patio estaban resbaladizas y las migas se esponjaban y reblandecían con el agua acumulada en los canalillos. El viento era racheado, incómodo, y tanto rugía enfadado de repente, revolviendo la bruma, como se quedaba quieto, mudo como un muñeco, vencido por la tenacidad de aquellas insólitas nubes bajas. Alamanda estaba cargando el último fardo de zamarros, el sudor perlando su frente y empapando sus axilas, y no pudo ver lo que ocurrió. En uno de los silencios, solo turbado por la voz queda y aguda de la monja Anna hablándoles a los pájaros, oyó un golpe seco, notó que los gorriones alzaban el vuelo todos de pronto, piando del asombro, y, tras unos aletazos histéricos, volvían a posarse en el suelo a por las migajas, decididos a no intentar el vuelo en esa niebla.

Alamanda se percató de que Marina estaba en el suelo, junto al mulo que la miraba con cara de indiferencia. No parecía ser capaz de moverse.

Se acercó a ella con rapidez y la vio aturdida, tumbada, con un hilillo de sangre que se juntaba con el agua caída en los regatos.

—¡Dios mío, Marina! ¿Estás bien?

—El maldito burro... —musitó ella, algo desorientada.

—¿Qué ha pasado?

—No lo sé... Se debe de haber resbalado, el muy inútil. Mi cabeza...

Alamanda trató de incorporarla, pero la hermana lanzó un

grito angustioso. Tenía una esquirla de madera de un palmo clavada en el muslo, debajo del faldón del hábito. La baranda del carro se había acabado de quebrar al caer Marina sobre el costado, desequilibrada por un súbito movimiento del animal, y el adral roto y afilado se había alojado en su carne.

—No te muevas, Marina. Intentaré sacarte la astilla.

La muchacha trató de protestar, pero antes de poder pronunciar palabra, Alamanda le había arrancado limpiamente el pedazo de madera.

—Presiona aquí con todas tus fuerzas —ordenó—. Voy a buscar a la enfermera. Hermana Anna, ¡venid, os lo ruego! Asistid a Marina mientras vuelvo.

La enfermera era la hermana Eutimia, una monja mayor que siempre estaba de mal humor y no veía la hora de retirarse de sus obligaciones y hacer vida contemplativa en alguna celda alejada del mundo. Vendó como pudo la herida de Marina y le aplicó una pomada de árnica en el chichón de la cabeza. Sus conocimientos no llegaban a mucho más y así lo hizo saber para que no la importunasen más con nimiedades.

—Tendrás que ir tú al monasterio —le dijo Marina, una vez instalada en uno de los camastros del hospital—. Hay que entregar los zamarros y recoger los fardos para entintar.

—Pero yo no...

—Sí, niña, ve tú, que las hermanas están todas ocupadas —expuso; y en voz baja añadió—: Y tampoco me fío de muchas de ellas.

—No sé si...

—Debes preguntar por Miquel.

—¿El abad Miquel?

—No, niña, Miquel Cabra, un monje de mediana edad, bastante espabilado, con una joroba como un cerro. Fácil de reconocer. Le entregas los zamarros y le pides los nuevos fardos, que sin ellos nos quedamos paradas. Que te especifique bien cómo los quiere, no vaya a ser que luego haya querellas. ¡Ay!

Una punzada de dolor la interrumpió. Soltó algunas maldiciones no muy habituales en una abadía de benedictinas y usó el nombre del Maligno para culparlo de sus males.

En ese momento sonó la esquila que llamaba al refectorio.

—Sal ahora, que es buen momento —le ordenó Marina—. Mejor que no te vean algunas de las más chismosas y te hagan preguntas. Las novicias no deben salir del convento sin permiso de la abadesa, pero no hay tiempo que perder.

Solapada entre los árboles estaba la vieja cabaña del pastor, como le había indicado Marina. Alamanda suspiró de alivio, pues hasta ese momento, con la niebla tan espesa, no estaba segura de no haber tomado un desvío equivocado en alguna de las numerosas encrucijadas. Ahora sabía que estaba en el buen camino.

La bruma amortiguaba el ruido de los cascos, el crujir de los cambones y el traqueteo de las llantas. Todo era íntimo, recoleto, como si estuviera manejando el carromato dentro de un baúl. En las cuestas, el mulo a veces se paraba, pues el peso de los fardos tintados era considerable. Lo azuzaba con una ramita de abedul, pero no quería lastimarlo. En un par de ocasiones, hubo de bajarse y tirar de la collera para convencer al animal, recordando aquella vez que hubo de hacer lo mismo con el terco Mateu bajo la tormenta para ayudar a su amo con el batán.

Al alcanzar el ápice de una pequeña loma, descubrió, apareciendo como un espíritu incorpóreo entre la bruma, a una figura que caminaba unos pasos delante de ella. De pronto, vio que trastabillaba, caía de rodillas y acababa con la frente en el suelo. Alamanda se bajó del carro y se acercó. Era un vagabundo, cubierto con una saca de tela basta de color terroso atada por un simple cordón en la cintura. Llevaba los pies descalzos y llenos de pequeños cortes.

—Buen hombre —dijo Alamanda, poniéndole suavemente una mano en el hombro—. ¿Estáis herido?

Notó los huesos de su espalda y pensó que debía de estar pasando hambre.

—¿Queréis algo de comer? Puedo compartir con vos lo que llevo en el zurrón.

El hombre giró la cabeza, aún postrado en el suelo, y la miró con una sonrisa. Tenía la barba y el pelo sucios bajo la capucha, pero muy negros; era más joven de lo que había supuesto.

—Por el Altísimo que no esperaba verte aquí, niña —exclamó.

Ella tardó aún unos instantes en reconocer en aquel pordiosero al abad Miquel.

—¡Paternidad! ¿Qué os ha sucedido?

El hombre se incorporó, ayudado por Alamanda, y se sacudió el sayo lleno de polvo.

—¿Qué me ha sucedido? ¿Por qué lo preguntáis?

—Bueno... Os habéis tropezado. Y se os ve escuálido y... desaliñado.

—Pues raras veces he estado mejor, hija mía —le aseguró el religioso—. Llevo siete días de penitencia y ayuno en la cueva de San Baudilio, allí arriba, en el monte. Ahora voy de vuelta a mi cofradía. Y no sufras, que no me he caído; cada siete pasos me arrodillo y me postro para rezar. Me temo que habéis interrumpido un avemaría.

—Oh, lo siento. Yo...

—No te azores, niña, que tu corazón es bueno. Has tratado de asistir a un desvalido, como el buen samaritano con el judío malherido. Otros han pasado por mi lado sin preguntarme siquiera si andaba bien.

—Entonces..., ¿estáis bien?

—Oh, sí, de maravilla. Hago esto al menos una vez al año, aquí o en Montserrat. Una especie de purga espiritual, que sabe Dios que me conviene.

—Pero si vos sois bueno.

—Ay, hija mía. Una cosa son las intenciones, y las mías, déjame que te lo asegure, son puras como la nieve recién caída. Pero otra cosa es el desempeño. Me temo que no estoy libre de tentaciones y, por mucho que lo intento, a veces sucumbo a ellas... Dios me perdone.

Alamanda no podía creer que alguien a quien ella tenía por santo se impusiese una penitencia tan dura. Recordó el terrible crimen que había cometido en la masía de Feliu y se sintió miserable y pecadora. Sufrió un escalofrío al pensar que ella iba derecha al Infierno, y tuvo la intención por un fugaz momento de confesarse allí mismo con el abad.

—¿Me permitís llevaros hasta el monasterio? —le preguntó, pensando que así tendría tiempo de hablarle de sus culpas.

El abad miró a un horizonte que no se veía debido a la espesa niebla y sonrió de nuevo.

—Sí, ¿por qué no? Ya he cumplido con creces con lo que me había impuesto. Un par de novenas menos no me van a condenar.

Alamanda lo ayudó a subirse al carro, pues tras siete días de ayuno le flaqueaban las fuerzas, y avivó al mulo para reemprender la marcha entre la bruma.

Mientras ella se debatía sobre si confesarle su crimen, él se puso a canturrear una melodía. Creyó que era un salmo, pero pronto cayó en la cuenta de que era una tonadilla jocosa que alguna vez había oído en las tabernas al ir a buscar en ellas a su padre o a los gemelos de Feliu.

—Y dime, niña: ¿no me habías ofrecido algo de comer que tenías en el zurrón?

Ella le dio el mendrugo de pan, el huevo duro, el medio nabo hervido y la tira de lacón que le había dado Marina.

—Me temo que no es mucho...

—Más que suficiente —le aseguró el hombre—, que en mi vida he visto mejor manjar. ¿Te importa si le pego un buen mordisco a todo ello?

Terminó zampándoselo todo, cosa que no importó a Alamanda, pues no tenía hambre, y aquel hombre había pasado siete días de privaciones.

Cuando acabó, le preguntó si tenía algo de vino y, ante su negativa, se encogió de hombros y dijo que el agua fresca de la alcarraza le serviría. Bebió un largo trago, de pronto repuesto de su santa penitencia, para posar después su mano en la rodilla de Alamanda, donde, distraídamente, mientras hablaba, la dejó todo el camino.

Le habló de la abadesa Ermessenda de Montjou, del gran empuje que había dado a la abadía de Santa Lidia, en franca decadencia cuando ella llegó. La zona había sufrido mucha despoblación durante la peste del siglo anterior, y el convento quedó al cuidado de un par de monjes hasta que se pudo formar una nueva congregación de monjas benedictinas. Casi una década atrás se había nombrado a Ermessenda priora del convento y allí todo cambió. Era la *pubilla* del barón de Montjou, familia de la fundadora de la comunidad, unos señores de extensa raigambre en la comarca. Fue educada en Cervera y poseía una gran inteligencia, erudición y sabiduría. La *farga* volvió a funcionar a pleno rendimiento, incorporando máquinas nuevas y nuevas canalizaciones. Y tuvo especial relevancia el desempeño de la hermana Brianda, la maestra tintorera, pariente lejana de los Montjou y de gran pericia en el arte del entintado. La prosperidad atrajo a novicias de todo el país y ya se reconocía la calidad de sus tejidos hasta en Barcelona, cosa que había causado algún malestar en el Gremio barcelonés.

—Una gran mujer, la madre abadesa, sin duda —concluyó el abad Miquel—. Pero, en fin, no debo hablar más, porque, si no me equivoco, al volver aquel recodo que ahora empezamos a vislumbrar, veremos ya la entrada de Sant Benet. Creo que es mejor que me apee aquí. No quiero que crean que me tomo la penitencia a la ligera. No sería un buen ejemplo.

El abad Miquel aún tenía muy presentes los celos de la priora y, para evitar rumores necios, no podía permitir que nadie en el cenobio lo viese llegar con una chiquilla de buen ver.

El monasterio benedictino de Sant Benet de Bages era el mayor complejo religioso de la región. Antaño había sido el centro de la cultura y el conocimiento más importante de la Cataluña Vieja, lugar de encuentro de sabios y pensadores de toda la cristiandad. Sus abades eran reconocidos hasta en Roma. El conjunto monumental que ahora admiraba Alamanda por primera vez reflejaba esa importancia. La iglesia, magnífica en su robustez, se alzaba a levante. Era un edificio bello, elegante y bien construido que constaba de una nave central y dos capillas laterales junto al altar. Antes de llegar al ábside, unas escaleras bajaban hasta la cripta, donde se reunían los monjes para los oficios en los días de más frío. Por encima de los arcos de la iglesia se elevaban dos torres, el campanario al oeste, robusto y oscuro, y una pequeña torre de dos pisos sobre el transepto, cuyas ventanas a los cuatro vientos estaban rematadas con arcos de medio punto. El claustro era pequeño y hermoso, con un jardín cuadrangular en el que se oía el canto de una fuente y el piar de los pájaros. La galería rodeaba el jardín y estaba separada de él por una columnata de tres arcos por sección, coronada por capiteles labrados de las más fantasiosas formas. Algunos representaban escenas bíblicas, como la Natividad o la Anunciación, mientras que en otras se apreciaban animales y plantas muy diversos.

En el año 1348, con la comunidad ya en declive, el azote de la Peste Negra acabó por arruinar la preponderancia de la abadía. Diez de los doce monjes que moraban en el monasterio murieron a causa de la epidemia; los menestrales, novicios, pastores y otros seglares que vivían a costa de la comunidad se marcharon a Manresa u otras ciudades. El cenobio fue medio abandonado y solo gracias a los esfuerzos del joven abad Arnau sa Coma se conservó algo de su riqueza. Este religioso se hizo cargo del conjunto de edificios y de las reliquias de san Valentín hasta su muerte en 1374, y logró dotar a la abadía de una comunidad de monjes más o menos estable. Pudo, además, preservar su biblioteca, que, dicen, se vio hasta completada con alguna aportación de abadías extranjeras por aquella época. Pero el monasterio ya nunca volvió a ser el centro de sabiduría que había sido en siglos anteriores, pues la pujanza de las universidades seglares en las villas hacía redundantes aquellos centros religiosos que, antaño, tras la noche del milenarismo, habían sido luz en las tinieblas.

El abad Miquel de Rajadell, actual prior, a duras penas lograba mantenerlo viable. Los gastos no paraban de aumentar y los diezmos no llegaban. Los señores de Sant Fruitós, Navarcles y la baronía de Manresa eran codiciosos, y ahora que, después de la peste, se habían quedado sin el derecho a ser enterrados en él, no mostraban ningún interés por su suerte. Miquel no tenía el coraje ni los medios para enfrentarse a ellos o exigirles apoyo. Las tierras benedictinas del Bages se reducían de manera lenta pero inexorable, y con ellas, las rentas que percibía el monasterio. El comercio textil que Miquel había iniciado, en colaboración con Santa Lidia, les permitía mantener una comunidad de ocho monjes y dar de comer a treinta y siete familias de manera directa o indirecta. Algunos criticaban la mercantilización del lugar sagrado y recordaban que Jesús expulsó del templo a los mercaderes, augurando una suerte similar a la abadía. Pero Miquel argüía que las pocas tierras que quedaban en su propiedad no daban de comer ni a los ocho monjes residentes, y se mostraba orgulloso de haber hallado fuentes de ingresos alternativas para mantener vivo aquel magnífico lugar de adoración del Señor.

Como parte de ese comercio, Alamanda entregaba ahora los zamarros tintados a uno de los monjes, el llamado Miquel Cabra, a quien en verdad fue muy fácil localizar por su manera de caminar encogido bajo la loma de una monumental joroba. El hombre llamó a dos mozos para que los descargasen y pareció sorprendido por el pedido de nuevas telas para entintar, pero la muchacha dijo que no se iría de allí sin ellas.

—Pues deberás esperar un buen rato, niña, que no tenía prevista la entrega y aún debo preparar los fardos.

Ella dijo que no tenía prisa y pidió permiso para visitar el monasterio.

Entró en la iglesia, vacía excepto por una mujer que baldeaba la zona del coro con un lampazo de ramas secas. El altar principal estaba dedicado a santa María y quedaba elevado sobre una plataforma que cubría una cripta menor, que se usaba para las misas diarias de los monjes. La chica se arrodilló y se santiguó con devoción y modestia, para luego adentrarse en el templo a contemplar su hermosura. Estaba muy bien iluminado, pues, a pesar de la bruma, la luz entraba abundante por las tres ventanas que circundaban el ábside y las dos laterales del transepto.

Pasó después al claustro y su magnificencia le quitó el aliento. Solo se oía el gorgoteo alegre de una fuente en una de las esquinas. La niebla persistente apagaba cualquier otro sonido. El claustro era un cuadrado casi perfecto con una columnata a su alrededor de dobles columnas, cada una de las cuales estaba coronada por capiteles de las más variadas formas. No había dos iguales. Alamanda se entretuvo admirándolos uno a uno hasta que oyó una voz a sus espaldas que la sobresaltó.

—¡Qué sorpresa! No esperaba que estuvieses todavía por aquí.

Era el abad Miquel, con ropas limpias, el pelo alrededor de la tonsura bien lustroso y zapatillas de badana atadas con correas nuevas. Aún se lo veía delgado, pero su rostro había recuperado cierto color.

—Ya estoy mucho mejor —le informó—. No hay nada como un ligero desayuno después de una semana sin probar bocado. Bueno, y reconozco que el vino también ayuda. ¡Me siento como nuevo!

—Perdonad, padre —se justificó Alamanda—. Estoy esperando que preparen los fardos para entintar y...

—Ah, muy bien. Me dice Miquel Cabra que la calidad de los zamarros es bastante buena. Felicita a la maestra tintorera de mi parte. Ahora los venderemos por la región, que acecha ya el invierno. ¿Te gusta? —preguntó de pronto, dirigiendo la mirada al claustro, adivinando que ella lo había estado admirando.

—Es magnífico. Se siente... paz, aquí.

—Sí, es cierto. A veces vengo cuando no hay nadie, incluso de noche, para meditar. Uno se siente muy cerca de Dios entre estos muros, a cielo abierto, alejado de ruidos y trasiegos. Dime —añadió, tras una pausa contemplativa—: ¿te gustaría visitar el cenobio? Me refiero al conjunto de edificios. Has visto ya la iglesia, supongo.

Ella asintió y se dispuso a seguirlo, pues el abad iba ya camino del refectorio, al que se accedía por una puerta en la pared opuesta a la que daba a la iglesia.

—Voy a mostrarte otro lugar al que voy cuando quiero estar solo. Creo que te va a gustar.

Subieron unas escaleras en espiral, muy estrechas, de escalones tan altos que la chica debía apoyarse con la mano en la rodilla a cada paso para alzar su cuerpo al siguiente. Llegaron a un estrecho corredor, al fondo del cual había una puerta de apariencia vieja y pesada.

—Este es mi lugar secreto —le dijo—. Ninguno de mis hermanos gusta demasiado de leer. Y es una lástima. Cuando yo llegué había todavía un copista, un viejo monje que se pasaba la vida en uno de los *scriptoria* copiando códices y biblias. Pero su arte se ha perdido, hija mía. Ahora ya solo interesan los salmos para las oraciones y de vez en cuando se acerca algún profesor de alguna universidad a copiar algún pasaje de algún volumen escondido. El saber se enseña en las ciudades; aquí no viene casi nadie —aseguró, con cierta tristeza.

Abrió la puerta con una llave que llevaba, junto con otras, colgada del cinto, y que justificaba el tintineo metálico, amortiguado por el hábito y la sobrepelliz, que producía el monje a cada paso.

El lugar estaba oscuro y olía a polvo y abandono. Miquel encendió una lámpara que sacó de una hornacina a la izquierda de la entrada y dejó pasar a la chica. La estancia estaba llena de estantes de suelo a techo, repletos de libros, pergaminos y materiales de escritura. Al fondo se abría un espacio, junto a la única ventana, en el que se hallaban cuatro escritorios altos. Solo en uno de ellos había una banqueta para sentarse y un libro sobre la tabla inclinada. Los otros parecían en desuso.

—Aquí tienes la otrora famosa biblioteca de Sant Benet, la que contiene volúmenes antaño consultados por sabios y peregrinos de todo el mundo, la que posee la mayor colección de biblias miniadas del Reino. Los monjes recibían aquí manuscritos en depósito y los copiaban minuciosamente en esos pupitres. La colección que ves en este lugar rivalizó en su momento con las mayores bibliotecas de la cristiandad. Hoy en día, sin embargo, ya casi nadie aparece por aquí —repitió con un suspiro resignado—. Apenas hay monjes escribientes. Ahora son los seglares los que copian manuscritos en las universidades de las ciudades. De vez en cuando se acerca alguno y permanece una temporada en el hospital de peregrinos para consultar algún tratado o compilar un volumen sobre medicina, astrología o botánica, qué sé yo. Muy rara vez viene un doctor de la Iglesia a ilustrarse con obras sagradas. Yo, modestamente, trato de mantener las ratas y las polillas fuera, para preservar tanta riqueza intelectual, pero me temo que a nadie le preocupa mucho ya el saber que aquí se guarda.

La chica se había quedado petrificada, sin palabras. Había visto libros alguna vez, y en la abadía había algunos volúmenes en el laboratorio de la maestra tintorera. Pero no sabía que existiera tal cantidad de letra escrita en el mundo. Estaba maravillada. Miquel le mostró algunos de los libros, cogidos al azar, y le permitió que curiosease largo rato al apreciar su fascinación. Aquellos anaqueles guardaban docenas de volúmenes de escritos, algunos de ellos, los más antiguos, hechos de vitela. Cogió uno de estos y lo abrió; sus páginas desprendían un olor intenso y dulzón, como de leche recién ordeñada. La niña cerró los ojos y se enamoró profundamente y para siempre de los libros.

—Mira —le dijo, al cabo, el prior, sacándola de su ensoñación—, te voy a mostrar la obra que más me fascina, que leo y releo con fruición —siguió, señalando un libro de considerable tamaño que yacía abierto sobre uno de los *scriptorium*—. Se llama *La leyenda dorada*, del gran Santiago de la Vorágine, que versa sobre las vidas de los santos. ¡Oh, cómo anhelo tener el coraje y la sapiencia de algunos de nuestros padres! Déjame que te lea un pasaje cualquiera —añadió, pasando un par de páginas—, y verás lo que quiero decir.

»Este, por ejemplo, del martirio de san Vidal tras su respuesta a un juez romano:

»"Y respondió san Vidal: 'Eres un necio si piensas que yo, que he animado a otros y los he exhortado a permanecer fieles a Cristo, voy a renegar de Él por mucho que me atormentes'.

»Oído esto, el juez Paulino dijo a sus soldados: 'Amarradlo bien, llevadlo con vosotros y obligadlo a que adopte a nuestros dioses. Y, si se negare a ello, cavad un hoyo profundo, hasta que encontréis agua, y enterradlo en él vivo y boca arriba'.

»Los soldados cumplieron a la letra las órdenes del juez: san Vidal fue enterrado vivo, en tiempos del emperador Nerón, que comenzó su reinado hacia el año 52 de la era cristiana".

»¿No es maravilloso? Qué fortaleza de carácter, qué valentía, qué desapego por el mundo de la carne tenían esos primeros cristianos, los Padres de nuestra Iglesia. ¡Es inspirador! Pido a Dios cada día que me conceda ser una veinteava parte de lo santos que fueron ellos.

Alamanda se subió al taburete, abrumada por la curiosidad y la fascinación. Las historias de santos, y las leyendas y epopeyas quizá también, no solo se transmitían de palabra por juglares y pregoneros, o a la vera de los lavaderos municipales por comadres chismosas, o junto al fuego en noches de tormenta. Esas historias estaban recogidas, palabra por palabra, en aquellos libros. Solo Dios sabía cuánto conocimiento humano permanecía guardado en aquella biblioteca.

Osó tocar una de las páginas y la alzó como si fuera pan ácimo, con extrema dulzura, creyendo que podía resquebrajarse en cualquier momento entre sus dedos. Ante el asombro del abad, leyó con cierta dificultad el encabezamiento de una de las páginas, que versaba sobre la vida y milagros de san Eustaquio.

—¡Sabes leer! —se admiró Miquel—. Esto sí que no lo esperaba.

—No muy bien. Mi amo me enseñó las letras y los números para llevar las cuentas. Pero no comprendo estas palabras.

—Están en latín, la lengua de Dios.

—Lo suponía. Es la lengua de los rezos.

—Exactamente. ¿Te han explicado las hermanas lo que significa *Vita dulcedo et spes nostra*, o *Panem nostrum cotidianum da nobis hodie*?

—No. Yo lo rezo porque me han enseñado a hacerlo, pero, aunque intuyo el significado de algunas palabras por su semejanza a nuestra lengua, reconozco que no sé muy bien qué estoy diciendo.

El abad Miquel se rio, pues le agradaba la abierta franqueza de aquella chica que, aunque de humildísima cuna, tenía la fortaleza de carácter, sin embargo, para hablar con cierto aplomo.

—Yo podría enseñarte la lengua latina, si quisieras. Sabiendo leer, no te costaría mucho.

Al decir aquello, posó una mano con suavidad sobre la espalda de la chica, moviéndola poco a poco de arriba abajo, en un gesto que tenía algo más que una cierta familiaridad entre un sacerdote y una chiquilla feligresa. Alamanda se irguió imperceptiblemente y tensó los músculos.

—¿Y esa puerta? —preguntó de improviso para romper el trance, señalando un portalón de madera vieja y tiras de hierro forjado cerrado al fondo de un largo pasillo, apenas vislumbrado entre los *armaria* repletos de códices y pergaminos.

—Ah —dijo él, retirando culpablemente la mano—, en esa pequeña sala no entro ni yo. Es la de los libros prohibidos.

—¿Prohibidos?

—Sí, los libros profanos, los que no están hechos a mayor gloria de Dios. Son códices de temas escabrosos, judaizantes o sobre supercherías heréticas. El anterior abad evitó que fuesen destruidos. Yo me resisto también, pues son bellos objetos como los de aquí. Pero los mantengo cerrados siempre con llave, porque su poder de corrupción de las almas es infinito.

—¿Puedo... verlos?

Miquel sopesó unos segundos, y decidió que se los iba a mostrar, por qué no. No le haría mal alguno ver los lomos de aquellos volúmenes que trataban de los más diversos temas seculares.

—Está bien —dijo, avanzando ya por el corredor—. Lo único que puede pasar es que la vieja cerradura se haya atascado. Hace años que no entro allí.

La puerta rechinó como una vieja protestona, y una vaharada de polvo y humedad los golpeó con fuerza. Aquella sala tenía poca luz, tan solo unos tenues rayos que penetraban a través de un ventanal de poniente, cubierto por un cristal amarillento y traslúcido cortado al bies, como si al otro lado coincidiese la abertura con algún tejado. Pero bastó pasar un trapo por la sucia cristalera y encender otra lámpara para que apareciesen a su vista centenares de volúmenes deliciosamente encuadernados de todas las medidas y tamaños.

—Reconozco que, años ha, he hojeado yo mismo algunos de estos códices. Mira, fíjate en este —dijo, de pronto, agarrando un gran libro de tapas renegridas de uno de los anaqueles—. Observa qué belleza de miniaturas.

Página tras página, entre los escritos hechos de garabatos incomprensibles para ambos, docenas de coloridos dibujos ilustraban el texto, y eran de una factura tan bella, de un trazo tan minucioso, de unos colores tan vivos, que Alamanda no pudo menos que contener la respiración durante un buen rato. Las ilustraciones mostraban súcubos informes, grifos alados, mantícoras de cola de serpiente, perros de tres cabezas y engendros semihumanos cuyo aspecto tan grotesco debía de provocar risas en algunos y, en otros, arcadas.

—Ya ves por qué me resisto a destruirlos —dijo Miquel, pensativo, sintiendo aquella mezcla de admiración y repudio cada vez que abría aquellos libros.

—Por favor, no lo hagáis nunca —suplicó la niña—. Son maravillosos...

Contemplaron con asombro alguno más que el abad osó descubrir, ambos en silencio, arrebatados por la hermosura de aquellas creaciones paganas.

La campana del ángelus sonó en ese momento y, con la niebla y la distancia impuesta por los muros, pareció lejana.

—Ah, hora del rezo —dijo el abad Miquel, en cierto modo aliviado por la interrupción—. Me temo que tengo que acompañarte al patio.

Cerraron con llave la puerta de la sala de los libros prohibidos, hicieron lo mismo con la de la magna y desusada biblioteca, y caminaron sin decirse nada por el corredor, escaleras abajo y a través del claustro y la iglesia, hasta salir al atrio enlosado por la puerta de poniente. Alamanda vio que los fardos y estofas habían sido ya cargados en el carromato, aunque de tan mala manera que algunos carecían de estabilidad y debía recolocarlos para el trayecto.

—Paternidad —dijo la niña, cuando el hombre ya se iba a la sala capitular—. Gracias por mostrarme la biblioteca. Me ha impresionado.

El abad sonrió.

—Me... gustaría aprender a leer en latín —añadió.

Él la miró con cierta expresión inescrutable en el rostro. Luego asintió y dijo que estaría encantado de enseñarle algún día. Dio media vuelta y se fue.

Antes de partir, Alamanda comprobó que Miquel Cabra no estaba en el patio y lo buscó para que le diese las instrucciones de cómo quería las telas entintadas.

La herida de Marina no mejoraba. La malhumorada Eutimia le cambiaba los vendajes dos veces al día, pero la segunda tarde, tras las vísperas, las vendas salieron llenas de pus y los bordes de la llaga estaban negros. Ella decía que se encontraba bien, que no era nada, y quiso levantarse. Su frente estaba ardiendo y le temblaba la voz de la tiritona que le daba cada vez que se destapaba. Además de ella, en el hospital había solo un par de monjas ancianas y una novicia con fiebre. Alamanda le trajo su propia frazada y la arropó tan bien como supo. Después pidió un poco de aceite de sebo a la despensera, con la excusa de que necesitaba dejar una lámpara junto a la enferma, y lo usó para engrasar los goznes de la puerta de su dormitorio.

Aquella noche, una hora después de la oración de completas, cuando todas las novicias dormían, Alamanda se levantó, se frotó la cara con agua de la jofaina para desperezarse, y se puso los botines de cuero y un mantón sobre los hombros. Con sigilo, caminó hacia la puerta del dormitorio y puso la oreja contra la madera. Le tocaba vigilia de nuevo a sor Clarita, una monja perezosa y algo díscola que odiaba a las novicias. Alamanda habría preferido otra guardiana, pero no podía esperar más.

No se oía ni un alma en el pasillo; tan solo los correteos apresurados de los ratones, alarmados por una presencia humana con la que no contaban. Abrió la pesada puerta, que no hizo ningún ruido gracias al sebo que ella había untado, y sacó la cabeza para otear a ambos lados. Debía llegar a la pequeña cancela herrada que daba a los chiqueros antes de ser descubierta, y de allí, llegar al establo sin que las cabras alertasen a la congregación con sus balidos. Supuso que sor Clarita estaría en la sala común, una pequeña estancia que separaba el dormitorio de las novicias de las celdas de las monjas con un pequeño y recoleto hogar. Si salía por la puerta lateral, la evitaría; aunque si la pillaban fuera sería más difícil justificar su merodeo.

La cancela rechinó, un chirrido agudo e histérico que le heló la sangre. Se detuvo con el corazón en la garganta, pero, al no escuchar sonido alguno, siguió adelante. Su estrecho cuerpo se escurrió por la pequeña abertura, pues no osó abrirla más.

Las cabras dormían, fingían hacerlo o les era todo indiferente; llegó a los establos sin novedad. Allí estaba el burro cárdeno Mateu, en una esquina, algo molesto porque no se le permitía campar a su aire por el prado desde que una noche se comió los repollos del huerto. Aceptó de buen grado las caricias de Alamanda y sus susurros que le indicaron que la acompañase.

Cabalgó sobre sus lomos durante más de una hora. Calculaba que llegaría a tiempo para maitines, pues quedaban aún más de cinco horas para que sonase la esquila de la sala capitular. El animal iba a su ritmo, al de siempre, y ella sabía que era inútil azuzarlo, pues solo conseguiría enfadar al temperamental burro.

La niebla intensa de los últimos días se había levantado y dio gracias al Cielo por ello, pues, al menos, el resplandor azul de la luna creciente le permitía entrever el camino.

Al llegar al cruce de Navarcles, al pie del mojón que marcaba la vía, Alamanda guio a Mateu hacia la derecha, por un sendero estrecho y embrozado en el que apenas penetraba la luz de las estrellas. Algunas ramas, invisibles en la noche, rasgaban los flancos del animal y las piernas de la chica, acechándolos como manos de muertos en una pesadilla.

—Dios mío, que sea capaz de encontrarla —murmuró.

Alamanda no solía rogar a Dios por favores o peticiones, pues creía que era demasiado insignificante como para que el Altísimo le prestase atención. Pero estaba en juego la vida de Marina, quizá la única persona en el mundo a la que podía llamar amiga. ¿Quería salvarla por egoísmo? Tal vez, pero no por ello dejó de rezar, ya que sus oraciones, de ser escuchadas, beneficiarían a otra persona, y creyó que eso la redimía de pecado ante el Padre Celestial.

Después de media hora de hollar la trocha llegó a un pequeño calvero en el que la luz de la luna permitía distinguir algo. Al fondo vio una sombra y, detrás de ella, un tenue resplandor rojizo le indicó que allí había ardido una fogata aquella tarde. Al acercarse, algo se movió. Un ligero cascabeleo metálico rompió el silencio de la noche.

—Letgarda —musitó quedamente.

Vislumbró una tolda que debía de hacer las veces de cabaña y supuso que la mujer estaría durmiendo allí. Agitó la tela y repitió su llamada antes de que un formidable ronquido la atravesase como un trueno.

—¿Quién anda? —dijo la mujer, desperezándose—. Si eres un bandido, llévate lo que te dé la gana, pero déjame dormir. No tengo nada de valor —añadió, tras un sonoro bostezo—, así que tú mismo.

—Letgarda, soy yo: Alamanda.

—¿Quién?

—Alamanda, de... de Santa Lidia.

—Alamanda, hija mía, ¿eres tú? —preguntó, incorporándose y frotándose los ojos para tratar de ver algo—. ¿Estoy soñando? ¿Qué haces aquí a estas horas? ¿Te has fugado?

—Necesito que vengas conmigo a la abadía. Se trata de Marina.

Tardó unos instantes en hacer comprender a la buhonera que pretendía que la acompañara porque su amiga sufría fiebres muy altas y su herida se estaba gangrenando. El cerebro de Letgarda aún estaba embotado por el sueño. Se alzó pesadamente, soltando gases por arriba y por abajo, ajustándose el saco con el que cubría los pliegues de su fláccida piel, y produciendo un estrépito de mil demonios al sonarse con un pedazo de retal que luego lanzó al interior del carromato.

—Deja que me haga una infusión de tomillo y enseguida estoy contigo —dijo, bostezando de nuevo y agitando las pocas brasas que quedaban para que prendiese la llama de nuevo.

—¡No hay tiempo! —la apremió Alamanda.

—Siempre hay tiempo, niña. Anda, engánchame el mulo ese tan cabezota que tengo al carro y saldremos en un rato.

Dos horas más tarde llegaron al convento. Rodearon el muro abacial para entrar por la zona de establos, pues Alamanda sufría por si el repique de los cachivaches de Letgarda despertaba a alguna de las monjas. Llegaron a la verja exterior y la chica descabalgó para llevar a Mateu de la brida de vuelta al establo. Pidió a Letgarda que dejase su carromato allí fuera y la siguiese, pero para su sorpresa, esta se negó.

—Me voy a quedar aquí fuera un ratito —le dijo—. Este lugar me sigue dando escalofríos, y más aún de noche.

—Pero, Letgarda, ¡no hay tiempo que perder!

—Por lo que me has contado —le fue diciendo mientras montaba la tolda entre un nogal y unos setos—, la muchacha está aún en fase de fiebres. Lo peligroso es lo que yo llamo primera remisión, que no suele acontecer hasta cuatro o cinco días después de que se infecte la herida. Entonces baja de súbito la temperatura del cuerpo, y ahí es donde se da uno cuenta de que ya es demasiado tarde. Eso es que el propio cuerpo ha dejado de luchar. Al día siguiente, la fiebre vuelve con más fuerza y ya no hay quien la evite hasta el camposanto.

—Pero...

—No te preocupes, niña. Voy a echarme un rato, que estoy molida. Con la luz del día, después de que hayáis rezado dos o tres veces y hecho esas cosas que hacéis las religiosas, subiré a ver a tu amiga. Creo que tengo lo que necesito casi a punto. Es una suerte; tuve la vista de dejar que ese mendrugo se estropease en vez de hacerme unas sopas con él. Lo llevo en el zurrón. Venga, buenas noches, niña.

Alamanda no entendía una palabra de lo que le decía Letgarda. ¿Será verdad que la soledad la ha vuelto loca?, pensaba.

Logró escabullirse hasta su camastro sin llamar la atención de sor Clarita, asustando a los ratones que andaban buscando migajas entre sus sábanas. Pero no logró pegar ojo pensando en su amiga Marina, que yacía en el hospital.

Pasó las oraciones sin darse cuenta de lo que hacía y ni siquiera fue al refectorio para el modesto ágape de la mañana. Salió por la puerta de los establos y tuvo que despertar de nuevo a Letgarda, que seguía roncando con bufidos dignos de un jabalí en celo.

—Sigue sin gustarme meterme entre estos muros —dijo la mujer mientras Alamanda la guiaba hacia el hospital.

Ella debería estar en la *farga*, pues tenía que preparar un baño de granza con el que tintar docenas de brazadas de lino; se iba a arriesgar a una reprimenda por la salud de Marina.

La chica tenía la fiebre altísima. La frente, completamente cubierta de perlas de sudor helado, ardía, sin embargo, al tacto. Apenas reconoció a Alamanda cuando esta la acarició con dulzura. Se revolvió como asustada con el contacto y balbuceó algunas palabras inconexas que su amiga acalló con un susurro.

—No te canses, Marina. Tranquila, cielo.

—A ver esa herida —dijo Letgarda, adelantándose a Alamanda y descubriendo las sábanas.

La pierna estaba fuertemente vendada y las vendas supuraban por todos lados. Se apreciaba una inquietante hinchazón debajo de la tela.

—Malditos inútiles. Apuesto a que no han cambiado estos vendajes desde ayer. Mira qué horror —espetó. Y se agachó para husmear—. Huele a huevos podridos. Le quedan tres días a tu amiga, a juzgar por el olor.

—Pero...

—No te apures. Como te dije, no ha tenido aún la primera remisión, y eso es lo que marca el punto sin retorno. Todavía está agarrada al árbol de la vida, niña. No sufras.

Y, volviendo a taparla, se dio media vuelta y se encaminó hacia la puerta.

—Letgarda —la llamó Alamanda.

Pero la mujer salió sin más, quizá tarareando una de sus canciones salaces, a las que tanta afición tenía. Regresó al cabo de unos minutos con un zurrón, cuando la joven ya empezaba a creer que se había ido del convento.

—Buf, este lugar me horroriza —dijo la vagabunda—. Me juré que no volvería a entrar aquí, y ya ves.

—¡Eh! ¿Se puede saber qué hacéis aquí?

Alamanda se volvió, asustada. Era sor Eutimia, la enfermera rectora del hospital y de la botica de los remedios, como siempre malhumorada.

—Eutimia —dijo Letgarda, sin ni siquiera darse la vuelta ni inmutarse—, agarra a tus caballos antes de que salgan desbocados. Dame cinco minutos y me marcho para que no volvamos a vernos jamás.

La hermana cruzó la sala y se plantó ante ella.

—¿Letgarda? ¡Será posible! ¡Tú, que trajiste la deshonra a este lugar sagrado, tú...!

La buhonera la fijó con la mirada, y la religiosa se quedó petrificada como si le hubieran clavado las espartillas en el suelo.

—¡Aparta!

Sor Eutimia se apartó, algo acobardada. Letgarda abrió su

zurrón y sacó de él un pedazo de pan cubierto de moho, de un verde intenso que en los bordes se tornaba blanquecino. Con gran cuidado, rebanó con un cuchillo la capa de moho y la aplicó a una venda en la cual había untado previamente algo de pomada de cera y aceite de almendra. Luego le puso con dulzura la venda sobre la herida a la delirante Marina, que no percibía ya lo que ocurría a su alrededor. Después le dio a beber una pócima que había preparado aquella noche a base de saúco, col silvestre y jugo de llantén colado para bajar la fiebre.

—Ya está —dijo la mujer en cuanto hubo asegurado de nuevo el vendaje—. Habrá que estar atentas los próximos dos días. Mañana le bajará la fiebre, pero eso no es lo importante, porque puede ser remisión. Niña, cuando le cambies la venda, no antes del ángelus, observa si la inflamación ha disminuido. Los bordes de la herida deberán haber pasado del negro al violáceo. Si es así, vamos por buen camino. Aplícale otra venda con la pomada que te daré y un poco de este moho verde. Si todo va bien, en un par de días estará dándole a las palas en la *farga*.

—Esto... es muy peregrino... —se atrevió a murmurar Eutimia, a la que Letgarda imponía mucho respeto—. Deberé informar a la abadesa.

La mujer se encogió de hombros, indiferente, mientras se limpiaba las manos con una pastilla de jabón que se había fabricado ella misma en la jofaina de las enfermas.

—Niña, cambia el agua cuando puedas, y cuida de tu amiga. Yo ya he hecho todo lo que podía hacer por ella. Y ya me voy, ¡vieja cascarrabias! —añadió, a beneficio de la hermana.

Se organizó un pequeño escándalo cuando corrió la voz de que Letgarda había estado en la abadía. Las monjas que la conocían de su etapa en el convento cuchichearon durante horas ese día, entre fascinadas y escandalizadas. La abadesa les prohibió en el ágape vespertino hacer mención de la mujer caída en desgracia, pero los rumores volvieron con más fuerza cuando, al cabo de dos días, se vio a Marina caminando por el atrio con cierta cojera pero una inmensa sonrisa de felicidad en los labios.

Algunas hablaron abiertamente de hechicería; las más crédulas, de milagro. Y todas creyeron que Alamanda tenía la culpa, de un modo u otro, de lo que había pasado.

La abadesa Ermessenda de Montjou la llamó a capítulo con toda su pompa e imponencia. Flanqueaban su trono dos monjas veteranas, Eutimia y Clarita, esta última como responsable de las novicias. Alamanda fue reprendida por haber salido de la abadía sin permiso durante la noche y por haber requerido la ayuda de alguien proscrito en el convento.

—Pero ¿por qué está proscrita Letgarda? Es buena persona —protestó ella tímidamente, dando muestras una vez más de su compostura y fortaleza de carácter.

Ermessenda la instó a que guardase silencio en presencia de sus superioras, y le dijo que ya entendería a su debido tiempo la sombra de desgracia que el pecado de aquella mujer había echado sobre la comunidad religiosa. Fue condenada a servicios de letrinas y limpieza estabularia durante quince días, los cinco primeros de los cuales su dieta quedaba reducida a pan y agua, y le estaba prohibido abandonar el recinto abacial.

Solo varios años después llegó Alamanda a comprender por qué Letgarda había abandonado el convento y cuál fue la razón de su caída en desgracia. Una monja moribunda a la que le tocó cuidar un día le aseguró que Letgarda, de joven, había sido hermosa. Ella se rio, pues la noción de belleza se le antojaba improbable asociada a su destartalada amiga, pero la monja le contó que, además de bella, era pizpireta, y que a alguien debió de seducir, pues quedó embarazada justo antes de pronunciar los votos de la orden. Fue expulsada de inmediato y, en su infortunio, enfermó y perdió el bebé nonato. Nadie sabía muy bien cómo había logrado sobrevivir, sola y sin recursos.

Alamanda supo enseguida, como por revelación, que el supuesto seducido y causante de la desdicha debía de ser, sin duda, el abad Miquel. De ahí la inquina que, por celos, Ermessenda le tenía a la buena buhonera.

Llegó el invierno, y sobre su lomo cabalgaron las heladas. Dos de las hermanas fallecieron tras los primeros días de frío a causa de la consunción, una de ellas anciana, la otra, sor Clarita. La *farga* trabajaba a pleno rendimiento y las chicas agradecían estar allí dentro, a pesar del hedor, porque la temperatura era siempre agradable. El negocio iba bien, aunque los proveedores tardaban en llegar con los abastos a causa del mal tiempo y, a veces, la producción debía detenerse.

Pasado el castigo, se permitió a Alamanda, de vez en cuando, acompañar a Marina, que aún cojeaba ligeramente y sentía dolores, a repartir los pedidos de clientes importantes. Los trayectos eran miserables y duros, pues se les helaban la punta de la nariz y los dedos, y apenas podían hablar. Las manos, acostumbradas al agua caliente o tibia de las cubas de tintado, se resquebrajaban dolorosamente, a pesar de las cataplasmas de matalahúga que les daba Letgarda para que se untaran dos veces al día.

En esos viajes conoció a los señores de Mallols y a la hermandad de tejedores del Bages, clientes importantes de la cartuja. Pero tenía un especial interés en ir con su amiga en el carro cuando debía visitar Sant Benet. La primera vez ocurrió a principios de diciembre, en vísperas de la fiesta de la Inmaculada Concepción. Llegaron al patio del convento muertas de frío, y pidieron entrar en el refectorio antes de descargar los fardos para calentarse a la lumbre del hogar y ponerse a tono con un traguito de vino caliente.

Alamanda esperaba cruzarse con el abad Miquel, porque seguía intrigada por la biblioteca del monasterio, pero este no apareció. Acabado el pequeño receso, y con prisas para volver, habían ya cargado los fardos y azuzado al mulo cuando Alamanda saltó del carro de improviso y gritó a Marina que la esperase un momento, que había olvidado algo importante.

—Niña, ¿adónde vas?

Pero ella no la oyó. Corrió hacia el claustro, accediendo por la cancela de poniente, y lo cruzó a toda prisa, ganándose la reprimenda de un monje que llevaba unas velas a la iglesia. La chica entró de nuevo en el refectorio y buscó la cocina, pues sabía que el cocinero, un hombre mayor de buena disposición, era amable con todo el mundo.

—Maestro —dijo la niña, sin aliento—, ¿habéis visto al abad Miquel? Es muy importante.

—Sí, acaba de pasar por la bodega y lo he visto subir, supongo que a la sala capitular. Lo pillarás todavía en el pasillo.

El buen hombre tenía razón. Alamanda subió los escalones a la carrera y antes de llegar al rellano vio su gallardo caminar unos pasos más adelante. Llevaba una pequeña garrafa de vino y se dirigía al corredor de la biblioteca.

—¡Abad Miquel!

El hombre se dio la vuelta, sorprendido.

—Paternidad, perdonad mi osadía —dijo Alamanda, sin resuello—, pero esto no puede seguir así. No puedo depender de encuentros casuales cuando el azar cruce nuestros caminos. Quiero aprender a leer libros. Quiero descubrir qué cuentan los tratados antiguos de la maestra tintorera, que tiene muchos y muy llenos de polvo y telarañas. Ella nunca los lee, sospecho que porque tampoco domina el latín, y yo quiero aprender sus secretos, pues estoy convencida de que hay otras maneras de obtener colores.

¿Qué luna tuvo esa noche que la hizo diferente? El aire estaba tan limpio que se diría que crujía, como hecho de una fina capa de hielo. Recuerdo ahora que la víspera no pude dormir, abrumada por sudores y una luz en el horizonte de mis ojos cuando entornaba los párpados que me inquietaba. ¿Fue una visión, una premonición, quizá, de que iba a producirse un hecho que, aunque pueda parecer insignificante a cualquier otra persona, adquirió una importancia capital en el lienzo de mi vida?

Sí, debo contar cómo me hice con el libro que ha marcado mi destino, el Libro de la púrpura, o Liber purpurae. *Aunque ya me confesé en privado con Dios Nuestro Padre Misericordioso en oración, y considero que no hice mal a nadie sustrayéndolo, pues nadie acude ya a esa biblioteca excepto el abad Miquel para leer sobre los santos que tanto admira, se queda más tranquila mi conciencia si lo pongo finalmente por escrito.*

La biblioteca de Sant Benet de Bages fue, quizá, el lugar de este mundo que más me fascinó, aunque luego he visto almacenes de libros mucho mayores y mejor surtidos, lugares donde el saber sigue vigente y no se conserva solo por los esfuerzos insuficientes de un monje casquivano. He contemplado, además, maravillas de la cristiandad como la iglesia de Santa Sofía de Constantinopla o la basílica de Santa María la Mayor, donde reside el Santo Padre en Roma. Pero ese rincón de la Creación, ese espacio oscuro y polvoriento, que huele a orines de ratas y cadáveres de polillas, es hacia donde vuela mi imaginación cuando, en sueños, busco un refugio de paz para solaz de mi alma.

Durante dos de los cuatro años que duró mi noviciado, el abad Miquel tuvo la santa paciencia de enseñarme a leer, a comprender los giros del latín clásico, a distinguir los diferentes tipos de caligrafía. Me adiestró también en el arte de la escritura, desde preparar el pergamino ablandándolo con yeso hasta la confección de la más oscura tinta, con agallas de roble u hollín mezclado con goma y un poquito de vino, como hacía Feliu, mi patrón de antaño. Me pasaba horas leyendo con él en voz alta las vidas de los santos de La leyenda dorada, *y algún pasaje de la Biblia, en especial del libro del* Apocalipsis *del que la biblioteca poseía una antiquísima copia, miniada con figuras fantásticas que más de una pesadilla provocaron a mis sueños de adolescencia y cuyos colores admiré extasiada.*

La hermana Clarita, la encargada de las novicias, me insistía, antes de su prematuro deceso, en que debía prepararme para pronunciar los votos, pero yo le daba largas y me resistía. No tenía claro que mi vocación fuera ser monja, y sentía escalofríos cuando pasaba por el camposanto de la abadía y veía las lápidas con los nombres de las hermanas allí enterradas. Imaginaba toda una vida entre esos muros y me estremecía de angustia. Pero, por otro lado, tampoco sabía qué alternativa tenía si resolvía abandonar la vida monástica, pues, aunque contaba ya con el oro bien ganado que había sido de Feliu, una singular fortuna que yo tenía a buen recaudo, seguía siendo una chiquilla sin familia y apenas sabía cuatro cosas sobre el entintado de tejidos. ¿Qué sería de mí si algún día me decidía a dejar el convento?

Dios, en su infinita sabiduría, me allanó el camino al dotarme de un propósito superior.

Preocupada por los pocos progresos que se hacían en la farga con el teñido, cuyos procesos eran en extremo repetitivos y donde la tradición era mantenida como algo sagrado, pregunté al abad Miquel si no habría algún texto sobre tintorería en la biblioteca. Me miró con cara dudosa y me dijo que, en la parte posterior, en aquella zona tras la puerta con herrajes que siempre permanecía cerrada, entre los libros profanos o prohibidos creía recordar que había alguno. Debí de abrir los ojos como manzanas, porque el abad sonrió y me dijo que la curiosidad me llevaría algún día por el mal camino. Pero, tras algún titubeo, accedió ante mi insistencia a abrirme de nuevo la estancia secreta de la biblioteca para que pudiese echar un vistazo por si había algún volumen que me interesase.

Sorteamos los scriptoria de los monjes, tan poco usados ya, y el laberinto de anaqueles polvorientos hasta llegar a la pared del fondo de la magna estancia, donde una puerta cerraba el acceso a la sala prohibida bajo un arco de medio punto dovelado que casi era demasiado bajo incluso para mi menguada talla. El prior rebuscó entre el manojo de llaves hasta dar con la que correspondía y abrió. Nos golpeó una vez más el olor vetusto, macilento y sin vida, pero, sin embargo, tan lleno de promesas. La luz era mucho más intensa que la primera vez que entré en aquella estancia, pues habíamos quitado algo de polvo de la cristalera del ventanuco. Ahora que conocía mejor el monasterio supuse que nos hallábamos junto a la iglesia.

—Como ves, si poca gente frecuenta ya la biblioteca, aquí no entran más que ratones y arañas —dijo el abad—. Ya te comenté que yo solía hojear estos libros cuando era más joven, pero descubrí que algunos no eran buenos para mi fe y mi conciencia. Aquí hay libros que no hablan ni de Dios, ni del alma ni de Cristo, sino de máquinas de guerra, animales y plantas y hasta de las artes amatorias. Los hay, incluso, que alaban a Lucifer y describen con todo detalle ritos para su adoración, como el osculum infame por el que seduce a las mujeres para convertirlas en brujas. Si quieres que te diga la verdad, albergo serias dudas sobre si debo permitirte entrar aquí a tu albedrío; la letra escrita puede ser tan peligrosa como un ejército preparado para el combate, como me dijo, con mucha razón, el anterior prior, el bueno de Valentí. Aquí hay textos lascivos, heréticos y paganos. No creo que tengas la madurez suficiente para leerlos sin que peligre tu alma, hija mía.

—Pero, padre, solo quiero ver si hay alguno que verse sobre el arte del entintado. No pretendo contaminar mi mente con libros peligrosos.

Miquel la miró unos segundos.

—Posees una inteligencia que he visto en pocos hombres, y no eres más que una chiquilla. Me pregunto por qué Dios te ha dado tanta capacidad de raciocinio a ti, precisamente, y, en cambio, hay tantos nobles y obispos que son más duros de mollera que un tocón de roble. En fin —añadió con un suspiro—, quizá por ello, porque veo algo en ti que me intriga, estoy dispuesto a franquearte la entrada a este rincón que casi diría que es propiedad del Maligno. Venga, vamos a ver si hay algo que pueda ser de tu interés.

Ese día no encontramos nada. El cuartucho, aunque pequeño comparado con la biblioteca, debía de contener varios centenares de códices, algún millar de rollos de pergamino y multitud de hojas sueltas que alguien debería ordenar, pero que a nadie importaban lo suficiente. El desbarajuste era absoluto, como si se hubiesen metido allí todos aquellos escritos de manera precipitada al decidirse que eran nocivos para la conciencia de buen cristiano. Así que hubimos de abrirlos uno a uno para ver de qué trataban. Algunos estaban en griego, o incluso en árabe, con lo que ni el abad ni yo pudimos determinar sobre qué versaban.

Tuve que marcharme, pero le arranqué la promesa de que me abriría esa sala las veces que hiciese falta para comprobar si había algún códice de tintorería. El tercer día que pude acceder a los anaqueles de los libros prohibidos fue la noche de la que he hablado hace un rato: fría, limpia, sagrada como el paño que cubrió el rostro de Nuestro Señor. Era un crepúsculo temprano de marzo, apenas agotado el día. Subí a Sant Benet con el carro de los fardos para entregar un pedido de glasto. Hallé al abad Miquel algo nervioso, pues a la salida del oficio de vísperas se habían enterado de que el abad cocinero estaba indispuesto y no había comida alguna para cenar. Dos novicios estaban preparando un potaje de alubias, o eso creí entender. El caso es que le importunó mi visita y me pidió que me marchara. Mas yo insistí y le aseguré que ya me quedaba solo una fila de estantes que revisar, que después de aquello no lo molestaría más. Con reticencia y algo de enojo, me llevó a la biblioteca y abrió el cuarto.

—Y recuerda lo que te digo cada día —me advirtió—: no leas más que el título y la primera página de cada libro, pues ello te bastará para saber si es lo que buscas sin menoscabo de tu virtud. Jesucristo Nuestro Señor te estará observando, aunque yo no esté.

Tras esta admonición severa, le aseguré que así lo haría, y esa era mi intención, a Dios pongo por testigo. Mas a los pocos minutos de hallarme sola entre aquellos textos sucedió el milagro. Recuerdo el repique de las cinco, que me sobresaltó, como siempre que daban las horas estando yo allí, pues el campanario estaba apenas al otro lado del muro. En ese último anaquel cogí un libro de tamaño mediano. No era el primero de la estantería, ni el de mayor volumen ni el mejor encuadernado. No sé si fue Dios quien guio mi mano pero algo en mí se estremeció al tocar el lomo de piel de oveja de aquel códice desconocido. En vez de abrirlo para leer la primera página, observé la tapa, incluso la acaricié, y busqué el escañil para sentarme. No sé, quizá al verme sola me dio la impresión de que tenía más tiempo y libertad para curiosear.

Acomodé el candil en un estante a mi espalda para que su luz se derramase sobre el libro. En el lomo, en unas letras oscuras apenas distinguibles de la mugre de las tapas, podía leerse LIBER PVRPVRAE. Abrí por un folio cualquiera y al instante, sin producir sonido alguno, se escurrió hasta mis rodillas un retazo de seda que aquellas páginas habían alojado durante quién sabe cuánto tiempo. Y en ese mismo momento, como por acto milagroso, el último rayo de sol de ese día penetró de súbito por el ventanal y se posó sobre el pedazo de tela que yacía en mi regazo. Juro ante Dios que perdí la conciencia, pues el color que surgió de aquella combinación de tonos y luces y que golpeó mis ojos fue tan maravilloso que hasta creí escuchar salmos cantados por ángeles del Paraíso.

Cuando volví en mí, tras apenas unos segundos que me parecieron siglos, cogí entre ambas manos ese trozo de tela y lo dispuse para que capturase la menguante luz del ocaso. No había flor alguna en la naturaleza que poseyera ese color. Se trataba de la púrpura, un tono carmesí y morado iridiscente de una intensidad insólita y una profundidad que ni el mismo mar océano debía de poseer. Hube de posar una mano en mi pecho para comprobar si latía mi corazón, y a fe mía que lo hacía, desbocado como un caballo al galope cabalgando sin pausa hacia el horizonte. Nada había igual en este mundo, estaba convencida. Fue la visión de más pura belleza que en mi vida he contemplado.

Tenía ante mí la prueba de que Dios nos ha dado la capacidad de crear los más bellos colores e iluminar con ellos los tejidos que nos cubren. Si alcanzar esa perfección con la púrpura era posible, yo debía ser capaz de reproducirlo. Ese iba a ser mi propósito, mi destino, para mayor gloria de Nuestro Señor.

Sonaron las seis, sin yo darme cuenta del tiempo que había transcurrido, y me dije que los monjes ya habrían acabado de *cenar. En un arrebato de inconsciencia, metí el libro entre los pliegues de mi hábito, guiada, quizá, por la mano del diablo, y me lo llevé de aquel lugar. Agarré el candil, cerré con precipitación y, tras ocultar el objeto de mi delito en el carro bajo unos pedazos de lona, corrí a devolver las llaves al abad Miquel, que pareció contrariado de verme por allí a esas horas. No le di tiempo a protestar, pues me fui corriendo, todavía nerviosa por lo que había hecho y, sobre todo, extasiada por la revelación que Dios había tenido a bien preparar para mí.*

La buhonera regresaba aquella tarde a su calvero en el bosque después de vagar durante más de una semana por el otro lado de Manresa, cerca del macizo de Montserrat, trocando unas baratijas por otras, intentando siempre obtener un buen trato. Llegó a Navarcles por el camino del sur, cruzando el Llobregat por el puente de piedra de Vilomara.

Hacía unos días que le dolía el costado y pensó que tomaría una infusión de camomila con semillas de mirto. Vio, a cierta distancia, el monasterio de Sant Benet de Bages y se preguntó qué estaría haciendo el bribón del abad Miquel. No le guardaba ya rencor, a pesar de tanto mal como le había hecho.

—La vida es demasiado corta para atesorar resentimientos —se dijo en voz alta.

Ella había llegado a la abadía de Santa Lidia siendo una jovencita de unos doce años. Sus padres eran unos campesinos de Berga con pocos medios para los que la oportunidad de colocar a una hija en un convento suponía una bendición. Por toda dote le dieron un diminuto colgante de bronce en forma de pez que años más tarde, a las puertas de la muerte, regalaría a modo de herencia a Alamanda. Letgarda había sido una chiquilla alegre, alta y espigada, de cuello largo y brazos lánguidos, con una cierta tendencia a la redondez en la zona de las caderas, pero atractiva y sensual a su manera. Tenía una ligera propensión a la indisciplina, aunque no por malicia, sino por su carácter algo disperso. Pero se hizo enseguida con los entresijos del entintado de telas y su desempeño era inmaculado.

Pronto gozó de la confianza de una recién llegada abadesa Ermessenda, a la sazón una joven de extremada belleza, con unos labios mullidos muy rojos y una piel blanca sin mancha alguna. La abadesa era de familia noble y ello se notaba en su porte, siempre elegante, con la espalda muy recta y el mentón algo elevado. Le hacía gracia el cierto descaro de Letgarda con el que escandalizaba a las hermanas mayores y por ello la acogió en su círculo de confianza. Y así fue como, en una de sus correrías amorosas con Ermessenda, Letgarda conoció al abad Miquel.

Era este un joven apuesto y dinámico, a quien el entonces prior, el abad Valentí de Cruanyes, un anciano inteligente y medio ciego, encomendaba los asuntos más importantes del monasterio, pues lo veía capaz y sabía de su prudencia y buen hacer. Casi sin darse ella cuenta, el joven religioso la sedujo, y yació con él una tórrida noche de verano en el cobertizo de las cabras, entre estofas de lana desechada. Cuando un par de semanas más tarde no sangró, no le dio importancia, contenta de no sufrir los dolores de la menstruación. Pero pronto percibió la hinchazón del vientre y otra hermana fisgona sospechó la verdad. La priora Ermessenda enseguida se percató de quién era el culpable y ello exacerbó su ira. Letgarda fue expulsada sin miramientos, abandonada a su suerte, y cuando acudió, hambrienta y descalza, a la puerta del abad Miquel, este bajó la vista y se desentendió de ella tras humillarla aún más con una pequeña saca de monedas de plata. Así pretendió ese hombre débil acallar su conciencia.

La vieja buhonera recordaba ya sin inquina aquellos tiempos duros, y hasta era capaz de sonreír y encogerse de hombros, aceptando con bonhomía su destino. Le gustaba, en cierto modo, la vida que llevaba ahora, pues era libre en todos los sentidos de la palabra. Pasó por el mercado, cobijado bajo unos soportales cerca de la plaza de la iglesia, pero no debía comprar nada y, además, solía rehuir los lugares atestados. Sin embargo, pensó entrar en la tahona a por una hogaza de pan. En el zurrón llevaba el mendrugo habitual cubierto de moho, y en algún lugar del carromato debía de tener pan seco para sopas. Pero había adquirido un enorme chorizo que había cambiado por una lámpara de aceite recién bruñida y quería darse un buen banquete aquella noche.

En la entrada del pueblo, cerca de la picota, vacía ese día, la adelantó al galope el corcel del abad Miquel, el cual la saludó sin volverse alzando la mano, pues reconoció el carro cargado de cachivaches de Letgarda. La mujer sacudió la cabeza, molesta, con una mueca de desaprobación.

—Hablando del diablo, helo aquí... —dijo, con cierta socarronería.

Descabalgó resoplando por el esfuerzo de movilizar su abundante cuerpo y entró en la tahona.

—Hola, Guillem —saludó al panadero—. Ponme una de payés de cuatro onzas, la más grande y esponjosa que te quede.

—Buenas tardes, Letgarda. Ya sabes que a estas horas poco tengo —se justificó el hornero—. Y espero que tengas dinero esta vez.

—Desconfiado —sonrió ella, pasándole una moneda de vellón—. Aquí tienes.

Salió con la hogaza bajo el brazo tarareando una cancioncilla sobre un sastre avaricioso que había escuchado en Olesa, cansada, pero satisfecha con su desempeño de los últimos días. Vio entonces que unos chiquillos estaban subidos a su carro removiendo con algazara sus pertenencias y tirando alguna al suelo.

—¡Malditos mequetrefes! ¡Vais a ver como os pille, que no os va a reconocer ni vuestra madre!

Tres o cuatro mozalbetes saltaron del carromato, haciéndole cuchufletas. Uno de ellos se llevó un títere de madera roto que Letgarda había cambiado por una pequeña olla de cobre hacía un par de meses. La mujer llegó junto a su mulo con inusitada rapidez y les lanzó un canto grande, más como acto de rabia que para herir. Uno de los chicos se volvió en ese momento y la piedra le abrió la frente.

Allí se organizó una algarabía de enormes proporciones. La madre del chiquillo instigó al pueblo entero contra ella, pues le tenía malquerencia a la buhonera porque sospechaba que su marido la veía a escondidas en el bosque; lo cual no era cierto, porque Letgarda nunca se acostaba con hombres casados. Los guardias municipales acudieron a los ruegos de la plebe y apresaron a la mujer, mientras esta protestaba que los chicos le estaban robando y que el rapaz apenas debía de tener un rasguño en la frente, que ella podía sanarle en un santiamén si se lo permitían.

La muchedumbre empujó literalmente a los guardias hasta el calabozo y allí echaron a Letgarda. Por el camino había perdido su hogaza de pan y ganado algún que otro moratón.

—Han llamado al obispo Jordi, de Vic.

—¿Para el proceso?

—Así es, paternidad. La acusan de herejía; de adorar al Maligno.

—Pero... ¡eso es absurdo!

—Hay testigos. Afirman que la piedra que lanzó se desvió en el aire hasta dar con la cabeza del chiquillo. La Regualda dice que le echó mal de ojo una vez que su hijo se cruzó ante su carro. Y una de las monjas de Santa Lidia asegura que la buhonera llegó no se sabe cómo al hospital e hizo magia para sanar a una hermana que se hallaba a las puertas de la muerte. La monja sostiene que mientras lo hacía parloteaba en una lengua indescriptible.

El abad Miquel se atusaba el cabello, caminando nerviosamente de un lado a otro, mirando al suelo, las manos sudorosas y el aliento forzado. El panadero Guillem se mantenía delante de él, en su cámara de recepción, con la gorra sujeta con ambas manos.

—He creído que debíais saberlo, ya que sois la máxima autoridad eclesiástica de la comarca.

—Es absurdo —repitió el monje—. Esa mujer es inofensiva.

—El alcalde no vio necesario advertiros, padre. Pero pensé que si llegaba el obispo querríais estar preparado.

—¡Dios mío! Se veía venir. ¡Si no fuese tan testaruda! —añadió, golpeando la puerta de la sala con el puño.

El abad pensó durante un buen rato, incomodando al hornero, que tenía prisa por volver a su negocio.

—Si van a involucrar al obispo no puedo hacer nada, Guillem. Tengo las manos atadas. Lo comprendes, ¿no?

El hombre, con el bonete aún en la mano, asintió dubitativo. No esperaba conocer lo que iba a hacer el religioso; tan solo creyó que debía comentárselo.

—Vamos a esperar, Guillem. Yo diré que no sé nada cuando vengan a buscarme. Lo siento por Letgarda, pero... No puedo ayudarla, tengo las manos atadas.

Y agachó la cabeza, vencido por su propia debilidad.

Algunas jornadas más tarde, una monja y una novicia se escabulleron del convento una hora después del oficio de completas. La noche era oscura, la luna nueva y el aire estremecedor. Habían dejado a los dos mulos al otro lado de la tapia para no tener que abrir la escandalosa cancela de las caballerizas. Cabalgaron con apremio, camino arriba, primero, hasta llegar al mojón de Sant Just, allí donde se bifurcaban los caminos. Cogieron el más ancho, el que bajaba a Navarcles, abandonando a la derecha el que las habría llevado al monasterio de Sant Benet. Ambas conocían de sobra esos caminos, por lo que su marcha era firme y resuelta.

De vez en cuando, Marina murmuraba advertencias, tratando sin éxito de disuadir a su amiga, sabiendo que era inútil, y temblando por el relente nocturno y el miedo.

—Deberíamos dejar esto en manos del abad Miquel. Él sabrá qué debe hacerse.

—El abad Miquel duda, ya lo has visto. Es buena gente y no cuestiono que hará lo correcto, pero quizá cuando mueva un dedo ya sea demasiado tarde. Albant me ha dicho que se disponen a arrojarla a la hoguera mañana al amanecer, que ya ha visto el cadalso preparado.

La administración de justicia nunca era tan expeditiva por aquellos lares, pero a Letgarda, como a todos los espíritus libres, le tenían ojeriza muchos paisanos y, bien por maldad, bien por superstición, habían presionado al obispo para que dictase auto de condena.

Alamanda mantenía la mirada fija en el horizonte, decidida a rescatar a su amiga a quien tanto debía, impertérrita ante los aullidos de algún perro salvaje o el ulular intenso de las lechuzas. Una zorra se cruzó en su camino, sobresaltada por aquella presencia inusual. Las ramas crujían, dobladas por el viento, y hasta los mulos piafaban nerviosos cuando creían percibir algún peligro.

Las primeras luces del pueblo las recibieron justo cuando las campanas de la iglesia de Santa María tocaban las nueve. La calle estaba desierta; apenas se oía alguna conversación amortiguada por los muros en el interior de alguna vivienda. Llegaron a la casa consistorial, frente a la iglesia, y se dirigieron a la izquierda, al pequeño edificio de una sola planta y sótano que servía de calabozo. Desmontaron sin hacer ruido y Marina asió ambas bridas.

—¿Estás segura...? —preguntó en un susurro a su amiga, en un último intento de disuadirla.

Alamanda asintió. Revisó su cesta una vez más; la tinaja de vino y los cuencos seguían intactos. Confiaba en que lo que tenía pensado diese resultado. Dentro de la prisión se oía una conversación desganada, algunas risas, un grito ahogado y murmullos indescifrables.

—¿No te habrás pasado? —le preguntó Marina, observando el frasco a la tenue claridad que alumbraba la plaza desde las ventanas.

Ella se encogió de hombros. Sabía que el beleño negro era un veneno, pero que en la dosis adecuada era un potente somnífero. La propia Letgarda se lo había enseñado hacía tiempo. Las flores secas, recogidas al inicio de la floración, se sometían a un proceso de decocción lenta para que soltasen su ponzoña; luego, se dejaba enfriar y se añadía al vino, pues este hacía que el sabor del beleño fuera inapreciable.

—Debí haber prestado más atención para aprenderme las dosis, pero ahora es demasiado tarde. Confío en haber acertado.

—¿Crees que dará resultado? No quiero que te encierren a ti también.

Alamanda se vio a sí misma aquella tarde, cuando había concebido el plan, ante el espejo de la casa abacial. Había mirado su cuerpo como nunca antes lo había hecho, pasando las manos por su cintura, alzando las faldas para observar sus piernas desnudas, sobándose los pechos que habían crecido hasta ser más grandes que sus puños. Su figura se había transformado en el último año, casi sin que ella misma se hubiese dado cuenta. Era una mujer y lo que veía reflejado en la plancha de estaño pulido era lo que los hombres deseaban. Era por esa piel fina de leche impoluta, por aquellas piernas de carnes suaves y prietas, que Alberic y Manfred la habían forzado, que el abad Miquel la miraba con una lascivia impropia de su condición, que algunos hombres rudos del campo la perseguían a veces o le lanzaban silbidos e improperios. Era un señuelo indeseado que Dios le había dado y que hasta entonces no le había causado más que problemas e incomprensión. Esa tarde se dijo que, por vez primera, iba a utilizar la maldición de su belleza para ayudar a una persona que lo necesitaba, y rogó a Dios, en una plegaria que más tuvo de desafío que de devoción, que la perdonase, pues Él, en su inmensa sabiduría, le había dado ese cuerpo, y ella no haría más que valerse de un don del Creador.

Decidida, miró a su amiga y le dijo que no se preocupase. Marina le preguntó entonces si quería que entrase con ella y, para su alivio, su amiga le dijo que no, que mejor que se quedase fuera vigilando las monturas. La instó a que se ocultase tras la esquina, llamó con los nudillos y carraspeó.

Una lumbre generosa calentaba la estancia, quizá en demasía, pues el ambiente era cargado, opresivo y sudoroso. Los dos hombres la miraron como quien ve entrar un trasgo en su morada. Ella se había quitado la toca y lucía su cabellera cobriza, aún corta pero exuberante. Sabía que a las mujeres de mala vida se las reconocía por llevar el pelo suelto y ahora quería hacerse pasar por una de ellas. Lucía un gonete de cuello redondo de color mostaza que había tomado prestado de la casa de la abadesa, a quien casi igualaba ya en altura. Pensó que no lo iba a echar de menos, pues se veía viejo y algo descuidado, aunque era quizá la mejor ropa que ella había vestido jamás. Forzó la sonrisa, tratando de que el gesto no desvelase sus nervios, y zarandeó las caderas como veía hacer a las comadres solteras en el fregadero cuando se acercaban los mozos a mirarlas. Colocó la cesta sobre la mesa y se sentó en un taburete con la desidia de quien se aburre en su propia casa.

—No sé qué ocurre esta noche que las cosas me van tan mal —dijo, mirando a uno de los hombres con intención.

Se fijó luego en el otro, deliberadamente, con sonrisa pícara, la cabeza algo humillada y las pestañas aleteando con picardía, y cruzó las piernas como sabía que hacían las meretrices.

—¿Quién te manda, mujer? —preguntó el más corpulento de los guardias, con suspicacia.

Era un hombre de cara redonda como la de un toro, nariz bulbosa, ojos legañosos y costras en las manos.

—Me manda el abatimiento, soldado. Anda, ven, que te sirvo un cuenco.

El que parecía más joven, que seguía sentado junto a la mesa, soltó una breve carcajada y le dijo algo lascivo que ella no alcanzó a comprender. Se dio cuenta de que ya habían bebido aquella noche para matar el tedio de la guardia. Echó una fugaz mirada al fondo, donde, detrás de una escalera que descendía al sótano, había dos celdas enrejadas de las que procedían, de vez en cuando, algunos quejidos, murmullos o ronquidos.

Vio que el soldado corpulento sospechaba de ella, que aquello no iba del todo bien. Se levantó y, con pasos deliberados, rodeó la mesa hasta sentarse en el regazo del más joven, rodeando su cabeza con el brazo, pero mirando al otro.

—Venga, chicos, no me echéis todavía —les dijo con una mueca que quiso ser seductora—. Solo quiero un poco de compañía y... si vuestras mercedes tienen a bien agasajarme con unas monedas para comprarme una saya nueva, sabré agradecérselo —añadió con tratamiento burlón.

Aunque el corazón le palpitaba aceleradamente y temía ser encerrada por su descaro, aquella treta funcionó. Las sospechas de los hombres se desvanecieron en cuanto les pidió dinero; no debía de ser raro que alguna mujerona ofreciese sus encantos a aquellos guardianes.

Pero el más corpulento, quizá no tan embriagado, seguía haciendo preguntas.

—No te conozco. ¿De dónde vienes?

—De Manresa, buen mozo —respondió ella, aparentando calma—, donde somos muchas y pocos los hombres atractivos. Por eso debe una buscarse la vida de vez en cuando por los alrededores. Me ha pillado el ocaso sin darme cuenta con la garrafa de vino aún repleta, y no veo ningún rincón acogedor en este pueblo en el que una mujer decente pueda pasar la noche.

—¿Mujer decente? —se rio el joven.

—Hay muchos peligros allí fuera —le dijo ella, simulando miedo y abrazándolo con más fuerza.

Observó que el joven le miraba los pechos con lascivia. Su primer instinto fue encogerse, avergonzada, pero cambió de idea y enderezó la espalda para proyectarlos hacia fuera. El muchacho hundió su rostro babeante en ellos y Alamanda soltó una carcajada forzada. Hubo de vencer el miedo y el asco para no salir del trance de un salto. Las imágenes de los gemelos

Manfred y Alberic violentándola se agolpaban en su mente. Respiró llenando al máximo los pulmones para dominar el pánico.

—Espera, bellaco, que antes quiero invitaros a un trago. Me muero de sed, ¿vosotros no?

Se levantó sin prisas y acudió a su cesta. Un hilo de baba resbalaba por su escote; se lo limpió con disimulo sin desvelar su repugnancia. Llenó dos cuencos y se los dio a los guardias.

—¿Tú no bebes? —preguntó el grandullón, todavía de pie.

—Vuestras mercedes primero, por favor —respondió ella haciendo ver que los honraba con una reverencia.

El joven se bebió el vino de un trago y lanzó el cuenco al suelo, agarrándola por la espalda con violencia y postrándola de bruces sobre la mesa. Alamanda no pudo reprimir un grito, sabiendo lo que pretendía. Apretó los dientes con fuerza y cerró los ojos, revolviéndose para oponer algo de resistencia y dar unos segundos más a la ponzoña.

—¡Eh, que aún no hemos hablado del precio! —insistió ella, en un vano intento de ganar tiempo.

El soldado era fuerte y estaba henchido como animal en celo; le levantó el faldón del gonete y dejó sus posaderas al aire mientras ella se revolvía. Notaba su excitación y sus bufidos, sus torpes empellones a sus espaldas, y sintió una rabia inmensa por ser mujer en ese mundo de hombres.

—¡Al diablo el precio, furcia! —masculló entre resoplidos—. Estate quieta si no quieres que te lastime.

Enfrente vio la cara grotesca del otro soldado que le sonreía con deseo. El hombre dejó el cuenco de vino sobre la mesa, junto a la cabeza de ella; no había bebido nada. Alamanda se preparó para lo peor, pero buscó con la mano la daga de Feliu que llevaba, como siempre, en un bolsillo interior, por si debía usarla si el beleño no surtía efecto en el más joven antes de que comenzara a abusar de ella.

De pronto percibió que el ímpetu del soldado a sus espaldas decaía. Lo oyó trastabillar y caer al suelo con gran estrépito.

—Maldito borracho —murmuró, entre risas, su compañero.

Este ya se estaba desabrochando las calzas y trató de agarrar a Alamanda del pescuezo. Pero ella, aprovechando la distracción, saltó como una gata, rodeó la mesa daga en mano y embistió al hombre con inmensa ira en la mirada. Le puso la punta afilada del cuchillo contra el gaznate y le advirtió entre dientes que no moviese un músculo si no quería morir. El hombre, con los calzones descolocados, alzó las manos con terror; la sonrisa burlona y abyecta había desaparecido de su rostro. Su nariz bulbosa se llenó de brillantes gotitas de sudor y enrojeció aún más.

—¡Bebe! —le ordenó la chica, ofreciéndole con la mano izquierda el cuenco que él no había probado.

El guardia se tragó el vino aderezado con beleño negro y después transcurrieron unos minutos de ridícula espera en los que ella presionó la navaja con más fuerza hasta hacerlo sangrar, pues el pánico había vuelto a hacer mella en su ánimo. Por fin, el hombretón cayó redondo y la muchacha respiró aliviada entre lágrimas. Se las enjugó con la manga del gonete, cogió las llaves que colgaban de un clavo junto a la puerta y se adentró en el pasillo del fondo para buscar a Letgarda. La halló en la primera de las celdas, junto con otras dos mujeres que dormían echadas sobre algo de paja en el suelo. El hedor era horrible, pero Alamanda se sobrepuso por las prisas y la alegría de ver a su amiga. Se abrazaron al franquear la reja, pero Letgarda la apartó y la miró con profunda tristeza.

—Oh, hija mía...

Entonces Alamanda se dio cuenta de que, desde la celda, habría observado toda la escena y sintió mucha vergüenza. Agachó la cabeza para ocultar su rubor y murmuró que había hecho lo que debía, que había que salir de allí a toda prisa. Al acceder a la sala de guardias, a la luz de la hoguera, advirtió que Letgarda había sido maltratada. Tenía magulladuras en todo el rostro y restos de sangre seca en la espalda. Lanzó una imprecación entre dientes y la empujó con urgencia hacia la puerta.

En el exterior, una aterrorizada Marina las esperaba con los dos mulos. Subieron a Letgarda sobre el del convento y ella y Alamanda montaron sobre Mateu, el burro cárdeno que había sido de Feliu.

Avanzaron en silencio durante media hora, escabulléndose del pueblo sin ser vistas, cada una de ellas enfrascada en sus propios pensamientos. Al cabo, fue la buhonera Letgarda la que rompió el silencio.

—No deberías haberlo hecho, hija mía. No merezco ese sacrificio.

Alamanda sonrió con cariño y le puso una mano en el antebrazo.

—Debía sacarte de allí —dijo, tras una pausa.

—Pero si no soy más que una pordiosera, un alma ambulante sin hogar ni familia alguna. No debería preocuparte mi destino. Ya había hecho las paces con Dios.

—No podía dejar que te hicieran más daño, Letgarda. Tú me salvaste una vez, ¿recuerdas?

—Tú eras una niña con una vida por delante. Yo no soy nadie.

—Eres mi amiga...

Letgarda la miró con los ojos vidriosos, llenos de estrellas. Apenas se veían los rostros en la oscuridad sin luna de la noche.

—¡Tener que revivir aquella pesadilla...! ¡Por mi culpa! Tras estos años confiaba que quizá lo hubieses superado; y ahora...

—Letgarda, olvídalo, por favor. No han llegado a hacerme nada.

—Pero es que yo pasé por eso, hija mía, y sé lo duro que puede ser. No sé si sabes que el abad Miquel...

Alamanda se rio con tristeza ante la mención del monje, y Letgarda comprendió y guardó silencio, pensativa.

—¿Qué ocurrirá si aquellos hombres te identifican? —preguntó Marina.

—Nunca imaginarán que la meretriz que los engatusó pueda ser una religiosa. Buscarán entre las mujeres de mala vida; a nadie se le ocurrirá jamás buscar bajo una toquilla de novicia benedictina.

—Tiene razón, Marina —terció Letgarda, al cabo, ya más fría la mente—. Dados mis antecedentes, preferirán creer que ha sido cosa de brujería, de hermandad siniestra o algo así, antes que sospechar de una novicia de Santa Lidia. ¿Beleño negro? —preguntó entonces, con media sonrisa, a Alamanda.

Esta asintió.

—Espero no haberme excedido con la dosis.

—No pases ansiedad —dijo la buhonera—, que necesitarías una dosis elevada para matar a hombretones como aquellos guardias. Puede que sufran dolores durante cierto tiempo y que les quede un cosquilleo en los dedos para toda la vida, pero dudo que esto los lleve a la tumba.

Llegaron por fin al mojón de Sant Just, desmontaron para dar algo de descanso a los animales y se arrimaron a unos arbustos, algo apartadas del camino, para despedirse. Letgarda se iría en dirección a los Pirineos, al norte, alejándose para siempre de aquellas tierras. Allí no la conocía nadie, las tierras eran prósperas y tenía la esperanza de que sus habilidades de curandera y buhonera le permitieran ganarse el sustento.

—Te confío a Mateu —le dijo Alamanda, alcanzándole la brida—. Él sabrá cuidar de ti.

—Oh, no, yo no podría...

—Letgarda, no protestes, que no tenemos mucho tiempo. El otro animal es propiedad de la abadía, y solo faltaría que te acusaran de ladrona.

La buhonera aceptó, pues estaba muerta de miedo y deseaba huir cuanto antes. Alamanda se despidió del burro cárdeno y le susurró al oído que cuidase de su amiga. El asno resopló, dobló los belfos y le dio un cariñoso cabezazo. Se despidieron con premura y emoción de la buena Letgarda, sabiendo que muy probablemente nunca más volverían a verse. Ninguna debía ya nada a la otra.

Había una pequeña estancia, junto al dormitorio de las novicias, que antaño debía de haber sido un cuartito de abastos, donde se guardaban las sábanas y frazadas cada mañana en unos estantes de madera. En los pilares de las estanterías había siempre ramitos de lavanda para espantar a las polillas y una jarrita de lampazo hervido para ahuyentar a los roedores. Era uno de los pocos lugares de la abadía que siempre olía bien. Uno de los lados era algo más largo que el otro y era curvo en el extremo, pues se apoyaba contra la panza de la escalera de caracol que iba del dormitorio a las celdas del piso de arriba y creaba un pequeño rincón en el que se habían ido acumulando retazos de sábanas o mantas viejas que nadie quería.

Al poco tiempo de ir por última vez a las ruinas de la masía de su antiguo patrón, Alamanda pidió permiso para limpiar aquella esquina, desembarazó el suelo, colocó allí una pequeña silla que halló en las caballerizas, reparó el espaldar con retales de lana y pidió al carpintero que sellase el hueco que se formaba entre el suelo y los escalones más bajos de la escalera con la excusa de que por allí se meterían los ratones. Pidió al hombre que dejase una abertura entre los tablones por si había que limpiar. Después tapó la madera con mantas viejas apiladas, empujó la silla contra ellas y dio un par de pasos atrás para vislumbrar el efecto. A nadie se le ocurriría echar un vistazo allí detrás, pero para mayor disimulo se hizo con algo de masilla y emparedó el tesoro de Feliu contra la pared detrás de las tablas.

Algunas noches, cuando sus compañeras dormían y la hermana en vigilia rondaba los pasillos exteriores o se calentaba las manos en la salita común, Alamanda se cubría con la manta y se iba al pequeño cuarto con un cabo de vela. Con sumo cuidado, apartaba la silla y las mantas y extraía del escondrijo el *Libro de la púrpura*, su otro tesoro, para ponerse a leer.

El códice estaba dividido en una larga introducción y tres libros. En el prefacio, el autor, un tal Bonagrazia da Padova, monje benedictino que había vivido hacía unos cien años en un monasterio del Véneto, escribía con grandes circunloquios sobre el sentido divino y a la vez infernal del oficio de la tintorería. Hablaba de la pureza de los colores primarios, de la aberración de las mezclas, de la aversión que sentía por aquellos artesanos que corrompían la voluntad de Dios combinando pigmentos puros. A Alamanda le costó horrores avanzar por aquellas primeras páginas de alabanzas, elogios, advertencias y amenazas, en parte por su todavía deficiente dominio del latín y en parte por los elevados conceptos teológicos que el monje utilizaba para tratar del tintado de las ropas.

Después, Bonagrazia describía la púrpura como el color que más se parecía a Dios, el que más placía a su bondadosísima mirada. Loaba su tono, su profundidad, su luminosidad, la riqueza de sus matices, admiraba el laborioso proceso por el que se obtenía aquel color tan perfecto, cantaba alabanzas al Señor por haber permitido que el ojo humano hubiese podido ver cuán grande era su magnificencia por habernos dotado de la capacidad de reproducir una pequeña parte de la Perfección Celestial mediante el pigmento púrpura. Aseguraba que escribía aquel compendio, en el que recopilaba textos de la misma santa Lidia, para devolver el color púrpura a la dignidad que Dios Nuestro Padre había deseado, para condenar los sucedáneos baratos y copias imperfectas, prueba, decía él, de la corrupción del alma humana, siempre dispuesta a sucumbir a la tentación de lo fácil antes de ganarse la Gloria con el esfuerzo y el sudor de la frente. Aseguraba que la púrpura era tan valiosa que, en la antigüedad, únicamente los reyes, emperadores y santos padres podían llevarla, y bien estaba ello, pues así se daba mayor gloria a Dios, pues solo los ungidos por su Gracia eran dignos de vestirse de ese color.

En el primero de los tres libros, una vez vencido el luengo prólogo, cambiaba el estilo y se hablaba del origen del tinte. El texto contaba la historia de cómo, durante el reinado de Fénix de Fenicia, hijo de Agénor, el filósofo Eri Aku de Tyrum estaba paseando por la playa con su perro cuando este, jugando, trituró unos caracoles marinos y acabó con el morro tintado de un color púrpura muy vivo. Se hablaba también de los *purpurarii* romanos, de las leyes suntuarias promulgadas por los diferentes emperadores, de los mejores obradores de púrpura del Imperio, destacando el de Tyrum, que ella dedujo, en su rudimentario latín, que era una ciudad costera de algún país lejano. En aquel lugar se siguió la tradición del perro de Eri Aku y se decía que de allí procedían las mejores telas teñidas de púrpura de la Antigüedad. Alamanda se preguntó dónde estaría aquella misteriosa Tyrum, si sería una leyenda o si existiría todavía.

El segundo libro versaba sobre las fuentes primarias: los volúmenes *De architectura* de Vitrubius, que describía con detalle la elaboración de pigmentos y los clasificaba entre naturales y artificiales, las descripciones en textos mágicos de Anaxilaus de Larissa, tildado de hereje por Ireneus, la magna *Naturalis historiae* de Gaius Plinius Secundus, los *De diversis artibus*, de Teophilus, y *De coloribus et artibus romanorum*, de Heraclius, menciones en *De materia medica* de Dioscorides, en sus dos versiones en latín, la *Dioscorides lombardeus* y la *Dioscorides vulgaris*, el anónimo *Compositiones ad tingenda musiva*, una traducción latina de un antiguo compendio de técnicas, las citas en Diogenes Laertius o algunos de los textos del mismo Aristóteles, como su *Historia animalium*. Se hablaba también de un misterioso volumen de recetas llamado *Mappae clavicula*, de autor desconocido, y un códice más moderno de Michael Psellus, el filósofo y humanista griego del siglo XI, que se acercó a la púrpura en sus tratados sobre medicina y remedios.

Pero de estos dos primeros capítulos poco entendía Alamanda, pues el latín era técnico y lleno de nombres que desconocía, y siempre los pasaba con premura; a ella le fascinaba el tercero de los libros. En él, en un estilo directo y con cierto aire vetusto, se describía el proceso por el cual se obtenía el pigmento. Había una lámina con un dibujo extraordinario de dos conchas de caracol marino, de formas puntiagudas, de elegante esbeltez. Alamanda pasó los dedos con suma caución por encima de los moluscos, fascinada por descubrir que el origen de aquel color tan maravilloso estaba en unos animalitos tan extraños.

Y llegó, por fin, al pedazo de tela teñido de púrpura, que ella creía seda por su suavidad y que se escurrió entre las páginas del cuadernillo aquel primer atardecer hasta su regazo. Incluso en ese rincón, a la luz de un mísero cabo de vela pegado a un estante, el color refulgía con vida propia, absorbiendo la titubeante luz y reflejándola con mil matices irisados, de poderosos tonos, de inigualables tornasoles.

—¿Seré capaz algún día...? —se preguntaba en voz baja.

Desde que había descubierto ese tinte, las telas que teñían en la *farga* le parecían bastas y sin vida, los colores apagados, insulsos. Y eso se notaba en su trabajo; más de una vez, en los últimos días, la hermana Brianda había debido llamarle la atención por descuidar algún aspecto de su labor, cosa que no pasaba en los primeros meses, cuando su buen desempeño merecía incluso algún elogio de la sobria maestra tintorera.

Durante meses leyó y releyó aquellas páginas, comprendiendo mejor el significado de las palabras, haciendo grandes progresos en latín, aprendiéndose de memoria pasajes enteros sobre la confección y fijación del color. Pero percibía que no estaba completo, pues, en el lugar donde se encajaba el paño púrpura, parecía faltar alguna página, arrancada, tal vez, para dar cabida a la muestra. El libro era de pergamino alisado con yeso y doblado en cuartillas, y notaba que en ese lugar la separación entre folios era mayor, aunque quizá fuese el producto de la deformación provocada por el grosor de la tela. En todo caso nada permitía saberlo, pues las hojas no estaban numeradas y justo allí se empezaba a hablar del mordentado ideal para fijar el pigmento púrpura.

Una noche, tras leer de nuevo el *Liber purpurae* y comprender al fin cuál era su misión en la vida, sintió un arrebato casi místico que la forzó a escurrirse entre las sombras para postrarse ante la diminuta imagen de santa Lidia, una talla de madera policromada que alguien había traído de Oriente hacía más de un siglo. Allí, en la casi completa oscuridad y azotada por el frío que moraba entre esos muros, hizo a la santa la solemne promesa de resucitar para la cristiandad las técnicas que, en tiempos remotos, habían permitido crear ese tinte púrpura tan excelso, ese pigmento que simbolizó lo más sublime de la creación humana y los vínculos sagrados entre el hombre y su Creador.

Regresó a su camastro justo antes de laudes, con lágrimas en los ojos, dolor de garganta y una inmensa paz interior.

In principio erat Verbum, et Verbum erat apud Deum, et Deus erat Verbum.

Al principio existía la Palabra... El Evangelio según san Juan, Dios Padre Misericordioso, que siempre me acompaña y con él empiezo mis plegarias. Vos sabéis, Sapientísimo Padre, que mi alma es pura y tiende a la santidad. Mas me habéis dado un cuerpo débil, y por ello, por mis pecados carnales, os debo penitencia. A Vos ofrezco mis siete días de ayuno en esta cueva, a Vos imploro que oigáis mi dolor, pues necesito vuestro perdón. Yo siempre he anhelado ser como aquellos santos cuyas vidas inspiraron e inspiran aún a tantos buenos cristianos. ¡Cómo querría parecerme a san Primo, que se tragó plomo fundido como si fuera agua fresca, sin pronunciar voz alguna contra sus torturadores y alabando a Jesucristo! ¡Qué no daría yo por tener la fortaleza de san Valentín, que se tumbó él mismo en la parrilla, a la hora de afrontar su martirio! O el temple de santa Águeda, de quien su torturadora dijo que más fácil era pulverizar una piedra y convertirla en arena que hacer vacilar a esa doncella de su fe cristiana... Hoy en día ya no hay mártires. Me habéis hecho vivir en unos tiempos en los que ser cristiano no es un acto de valentía, sino una condición por defecto. Sufro y agonizo por saber cómo podría yo emular el arrojo y la fe infinita de los primeros cristianos, pero nunca di con la que debía ser mi santa misión. Hasta que pusisteis en mi camino a Alamanda. En ella creí ver mi salvoconducto a la santidad.

Hoc erat in principio apud Deum. Omnia per ipsum facta sunt, et sine ipso factum est nihil quod factum est.

Al principio estaba junto a Dios...

Otras veces ponéis ante mí a un demonio en forma de mujer, pero esta vez me mandasteis a un ángel. La chiquilla Alamanda es inteligente y vivaz como un sabio, inquisitiva como un doctor. Además, y por ello creí al principio que era otro diablo tentador, es bella como un día de abril. Ya sabéis de la debilidad de mi carne, oh, Dios mío, mas creí que iba mejorando con el tiempo y la prudencia que aportan los años. Creo que soy un administrador juicioso, que me desvelo por el monasterio y que trato de elevarlo a las cotas de gloria que alcanzó antaño. He sido humilde y renuncié a la casa abacial, que hice preparar para acogida de peregrinos, y me instalé en una celda no mucho mayor que las de mis hermanos; como, bebo y comparto mi pan con ellos, y no me importa echar una mano en las tareas más ingratas. Cuido con mimo a mis monjes, me desvivo por la comunidad, hago lo que buenamente está en mis manos por aliviar el sufrimiento de las gentes, y ayuno y me mortifico para purgar mis pecados.

In ipso vita erat, et vita erat lux hominum, et lux in tenebris lucet, et tenebrae eam non conprehenderunt.

En ella estaba la vida...

He optado por la vía del flagelante para llegar aquí, pues quiero extirpar de mi corazón de una vez la tentación del pecado. Os ofrezco, Padre Amantísimo, mi espalda cubierta de sangre, mis pies en carne viva y el dolor de mi piel jironada. Ochocientas veinticuatro veces he entonado el Pie Jesu *para purificación de mi alma, y solo os pido, humildemente, que escuchéis las súplicas de un mísero pecador.*

Erat lux vera, quae inluminat omnem hominem, venientem in mundum.

La Palabra era la luz verdadera...

Estuvo mal lo que le hice a la chiquilla, por supuesto que lo sé. Venía cada semana a leer conmigo y a aprender latín. Yo le enseñé con verdadera fruición, pues torcidos son los renglones con los que el Señor escribe nuestras vidas y, aunque siempre pensé que enseñaría a un novicio inteligente, en todos estos años no he visto más luz en mente alguna que la que vi en Alamanda. Por alguna razón, aquella niña llegó a mí y creo sinceramente que, aun siendo mujer y, por tanto, hija de la pecadora Eva, tuve el deber de instruirla. Sus avances eran espectaculares; me sorprendía su capacidad de retención, sus preguntas astutas, su insaciable curiosidad. Además de la lengua sagrada la adiestré en astrología, retórica, álgebra y caligrafía, adquirí para ella un pequeño cuaderno y le enseñé a hacer tinta mejor y más negra que la que ella obtenía para que anotase en él sus progresos y ejercicios. No había disciplina alguna en la que su desempeño no fuese excelente. Sentí que Dios había puesto a ese ser extraordinario a mi cuidado por alguna elevada razón que todavía no comprendía.

Confieso mi debilidad cuando alguna vez, en medio de alguna lección, posaba yo mi mano sobre su rodilla, sobre su brazo desnudo, sobre su cuello, justo donde la toca de novicia dejaba paso a pequeños jirones de vello cobrizo que escapaban a su censura. Admito que, a veces, acercaba mi nariz a su oreja para oler ese tierno aroma de mujer que empezaba a adivinarse en su piel. Pero nunca permití que mis veleidades carnales afectasen a su instrucción. La niña fue creciendo en sabiduría bajo mi protección. Y sabe Dios lo que hube de pelearme con la abadesa Ermessenda por culpa de mi empeño.

Ermessenda es el pecado que llevaré grabado a fuego cuando me presente ante Dios Todopoderoso, pues no logro sustraerme a sus encantos ni ella a los que yo pueda tener. Pero con Alamanda era diferente, pues mi ardor era más espiritual que físico. En mi atracción por la chiquilla pesaba más el intelecto que la carne, juro ante Dios que así era. Y creí que sería capaz de controlar mis impulsos, de mantener mi herramienta de pecado escondida, por el bien de la obra que estaba moldeando yo en ese ser inmaculado. Bien sabía yo que no era virgen, pues debió de ser violentada por esos infames hermanos en la masía de Feliu. Y quién sabe si por el propio Feliu, aunque esto no lo puedo imaginar. Pero era tal su pureza de ánima que, por algún milagro divino, pare-

cería que la niña estaba intacta, impoluta, sin mácula alguna en ese cuerpecillo esbelto y compacto a la vez que se movía con la gracia de una cierva.

Pero, ¡ay!, soy más débil de lo que jamás pude pensar. Mis penitencias pasadas y mis buenas intenciones no han sido un dique lo bastante alto como para frenar las oleadas de lujuria que me invaden.

Y llegó el día nefando. Quizá me pasé con el vino en el refectorio, o puede que, tal vez, el diablo acechó mi alma con mayor inquina esa tarde. Cuando vi a Alamanda algo rebulló en mi corazón y recordé cómo me turbaban los destellos de oro de su pelo, que parecía refulgir con vida propia a la luz de las antorchas. Saltó de su burro con aquella sonrisa alegre, franca, sin doblez, y a mí se me encendieron las entrañas. En la biblioteca la acorralé tras un anaquel de la esquina de oriente y pude ver esa cara de asombro e incomprensión que todavía me asalta ahora en mis peores sueños. Allí, en el polvoriento suelo del desusado repositorio de sabiduría humana, la hice mía, Dios me perdone. Pasados unos minutos, no me opuso resistencia alguna; se limitó a saetearme con esos ojos de miel, algo amusgados, acusadores luceros del arcángel san Gabriel, y hube de cerrar los míos para culminar mi gran pecado. Después lloró quedamente, sin reproches, sin protestas; se arregló la saya y se dirigió con cierto titubeo hacia la salida. Allí, apoyada al quicio, me miró y me dijo que no estaba preparada para la lección de ese día, que, con mi permiso, regresaría a la semana siguiente. Y a mí se me partió el corazón. Quise arrodillarme ante ella, quise pedirle mil veces perdón, quise besarle las manos y los pies para humillarme. Mas no hice nada; me quedé quieto mientras ella alcanzaba el patio, se subía al asno con alguna mueca de dolor y se iba del monasterio sin echar la vista atrás.

Lloré como solo lloran los hombres débiles. Me impuse el cilicio aquella noche y oré de rodillas hasta maitines, temiendo haber estropeado irremisiblemente la gran obra santa de mi vida.

Al día siguiente tomé una decisión. Por el bien de la niña, y por mi propio bien, debía alejarla de mí y del monasterio. Yo le había enseñado todo cuanto podía enseñarle y, de hecho, hacía tiempo ya que alargaba las lecciones con la sensación de que era yo el que iba quedándome atrás. Además, ella me había hablado alguna vez de su interés por conocer cosas nuevas más allá de lo que la abadía podía mostrarle. Tenía amplios horizontes, eso siempre lo supe, y no la veía enclaustrada de por vida entre los muros del convento.

Cuando llegó con su burro a la semana siguiente, no desmontó con una sonrisa, sino con un gesto severo y a la vez resignado que me hizo maldecirme por mi blandura. Había herido a lo que más quería en este mundo, y no sé si habrá penitencia que me permita reparar ese mal.

No me la llevé a la biblioteca ese día. Le dije que creía que ya había aprendido todo lo que yo podía enseñarle, que quizá preferiría aprender en otro lugar y con otro maestro. Ella comprendió de inmediato que mis intenciones eran puras y que estaba arrepentido del mal que le hice, y se permitió hasta sonreírme levemente, un tenue rayo de sol entre las nubes negras de mi espíritu. Me habló de su promesa a santa Lidia, de su afán por ser la mejor tintorera de la historia, por descubrir los secretos de los colores que Dios, el Creador, había puesto sobre la tierra, de iluminar con su arte la vida de los cristianos. Yo me decepcioné un poco, pues esperaba cosas más elevadas de ella y que siguiese, por supuesto, en el ámbito de la vida consagrada. Pero me di cuenta de que esa chica no estaba hecha para permanecer en esta tierra nuestra de barones y campesinos, y que quizá los colores eran el camino que le tenía Dios reservado para su gloria.

Hablé con Ermessenda, porque ella tenía parientes que podrían echarle una mano, y dispuse que viajase a Barcelona para seguir su formación de tintorera. La abadesa hizo todo lo que estuvo en su mano para que Alamanda partiese cuanto antes, pues, como me conoce bien, había adivinado mi obsesión por la niña y estaba celosa, ya que me quería solo para ella. Logramos que entrase en uno de los mejores talleres como aprendiza, pues esto era lo que ella deseaba y yo debía saldar mi deuda. Se complicó un poco la cosa cuando su amiga Marina quiso irse con ella y Alamanda insistió. Hubo de renunciar a los votos benedictinos para liberarse de su compromiso con la abadía y tuvimos que convencer al gremio de Tintoreros de Barcelona para que aceptasen a dos aprendizas en vez de a una. Pero todo se dispuso y ella partió.

Me despedí de ella con la vista baja, mirándome la punta de los pies, avergonzado en el patio del monasterio, junto a los huertos. Ella me sonrió con afabilidad y sin rencor, me pareció, y hasta me agradeció lo mucho que le había enseñado. Me dijo que me recordaría toda la vida y me dio un beso en la mejilla. Entonces, en un arrebato impensado, le pedí que esperara un momento, subí raudo a la biblioteca y bajé una copia de La leyenda dorada, el libro de las vidas de los santos escrito por Santiago de la Vorágine que tantas veces habíamos leído juntos. No sé si, como prior del monasterio, tenía la potestad de enajenar uno de los volúmenes de la biblioteca, pero nadie iba a echarlo de menos. Y, además, disponíamos de otra copia mejor, la miniada por el gran maestro Gunifredo de Vercors, que era la que me gustaba leer a mí. Pero ella se emocionó con el regalo, y hasta se ruborizó un poco; trató de rechazarlo, pero yo vi que le hacía ilusión y no había nadie en la comarca que mereciese más poseer un libro que ella. Le pedí que lo guardase como si fuese un tesoro, que en verdad lo era, y ella entonces me abrazó, yo creo que perdonándome el daño que le había hecho.

Mas si ahora estoy aquí, en esta cueva, con la espalda y los pies ensangrentados, es porque yo todavía no he sido capaz de perdonarme a mí mismo por el mal que le hice a una persona tan pura. La vi por última vez hace dos días, ella y su amiga Marina subidas al carromato de aquel carretero que no paraba de mascar bayas de enebro, con sus hatillos y un pequeño baúl con sus cosas y el libro. Estaba alborozada e inquieta, ansiosa por iniciar una vida nueva en la gran ciudad. A mí se me desgarró el corazón al verla partir tan alegre. Regresé a mi celda del monasterio a empezar la expiación de mis pecados, y dispuse las cosas para venir a esta cueva y pasar catorce días de ayuno y penitencia.

Tal vez, alejándola de mí, he estropeado mi gran oportuni-
dad de realizar una obra santa en esta vida. ¡Qué difícil es ser
santo, Dios mío, en estos tiempos que me ha tocado vivir! ¡Ilu-
míname, Señor, y dime qué camino debo seguir para sentarme a
tu derecha con los justos cuando llegue mi hora!

In principio erat Verbum...

Dios sabe que la echaré de menos...

III

Barcelona debía de ser la mayor ciudad del universo, sin duda. Cuando advirtieron las murallas, desde el camino de Olesa, vieron que se alzaba hasta el cielo tanto humo que parecía que la villa entera estaba en llamas. Les dijo el carretero que había cuarenta mil almas metidas entre esos muros, más de diez mil fuegos, y esa debía de ser la razón de tanta humareda.

Llegaron a ella por el camino de poniente, que, cerca de las murallas, bordeaba unos viñedos tristes a mano derecha y unas dehesas donde pastaba el ganado a mano izquierda. Entraron por la Puerta del Ángel, sin más trámites que una mirada desinteresada del guardia, y enseguida se vieron en una calle estrecha con altas viviendas a ambos lados.

Las dos chicas miraban a las alturas boquiabiertas, y se daban codazos y se reían señalando las cosas curiosas que veían. La muchedumbre abría el paso a los carros con desgana; el mulo avanzaba unas pocas brazas de a una y luego el carretero debía detenerlo porque alguien o algo les impedía el paso.

—¡Mira, mira! ¡Dios mío! —gritó Marina, señalando con un dedo uno de los balcones de la calle del Ángel.

En él, una mujer despeinada tendía la ropa en camisa, sin ropa de acuerpo, mostrando al mundo las arrugas y recovecos de su ajada piel, con dos pechos que se bamboleaban con cada movimiento de sus brazos. La mujer tenía un enorme hoyo donde debería haber estado su ojo izquierdo.

En el mismo portal, junto a la puerta, estaba sentado un pordiosero al que un carro había destrozado la cadera una noche que durmió al raso tras una borrachera. El hombre las miró y esbozó una sonrisa maliciosa, sin duda reconociendo en ellas a dos pueblerinas inocentes a las que la ciudad amenazaba con comerse.

Alamanda había visto mucha miseria en su vida, pero su primera impresión fue que, entre aquellas murallas, se hacinaba lo peor del ser humano, y un escalofrío le recorrió el espinazo. Allí dentro, el mundo salvaje había sido brutalmente domesticado. Era un espacio en que el hombre se aglomeraba malamente a cambio de seguridad contra las fuerzas de la naturaleza.

El carretero, como respondiendo a su pensamiento y sin dejar de mascar bayas de enebro y escupir a cada palabra, les explicó que todos los ciudadanos que allí veían eran libres.

—¿Creéis que son miserables? ¿Los veis sucios y desharrapados? Pues eligen vivir aquí porque todos los ciudadanos de Barcelona son libres por privilegio real. No están sujetos a las *remences* ni a los malos usos señoriales. No pertenecen a nadie, a ningún señor le deben tributo. Tienen sus propios órganos de gobierno y sus propias instituciones. Y eso bien vale algo de miseria y suciedad, digo yo.

—¿No hay un señor de Barcelona? —preguntó Alamanda, para quien la palabra *libertad* significaba tanto.

—El conde de Barcelona —se rio el hombre—, que no es otro que el mismo rey Alfonso, y este se pasa la vida en Nápoles, así que no molesta mucho. Pero los ciudadanos tienen sus propias instituciones, como el Consell de Cent y las Cortes, que a veces incluso someten al mismísimo rey. De hecho, ahora andan en querellas por decidir si el rey debe pedir permiso a las instituciones catalanas para entrar en Barcelona. Aquí son muy celosos de su libertad y no quieren señor que los domine.

Al cabo de un corto trayecto, llegaron a la plaza de Santa

Ana, que era larga y estrecha, como un ensanchamiento sin más de la callejuela por la que habían entrado. El carretero se detuvo ante el convento de las dominicas de Santa María de Montesión y les indicó que habían llegado a su destino. Las ayudó a descargar sus baúles, los dejó ante una pequeña puerta lateral y se marchó.

—Bueno —dijo Marina, poniendo los brazos en jarras y mirando la frenética actividad que bullía a su alrededor—, así que esto es Barcelona.

Alamanda usó la aldaba de bronce para llamar a la puerta, con timidez al principio, y con mayor fuerza después, en vista de que nadie acudía a abrirles.

—¡Ya va, ya va! —gritó alguien desde dentro—. ¡Que no soy sorda!

Abrió la portezuela una monja vieja, de ojos como puntas de alfileres y la nariz dilatada, con algún pelillo en la punta. Antes de distinguirla en la penumbra de la recepción ya habían olido su fétido aliento. Al verlas, sin embargo, sonrió, creando en su rostro más arrugas de las que era posible que cupiesen en una cara humana.

—Ah, sois las tintoreras —dijo—. Me habían advertido de vuestra llegada, pero os esperaba más tarde. Pasad, pasad. Voy a pediros que os descalcéis, no sea que me pongáis las losetas perdidas.

La anciana monja iba descalza, y ellas se quitaron los escarpines tratando, a la vez, de cargar con ambos baúles. La siguieron hasta su celda, aseada como todo en el convento y con un ramito de lavanda seca colgada del quicio. Alamanda no esperaba aquella pulcritud después de contemplar la inmundicia que parecía invadir lo poco que habían visto de la ciudad.

—Después del rezo de sextas os recibirá la priora, sor Eulalia. Ella es la que tiene tratos con el Gremio y os dirá qué acuerdo han cerrado. Debéis de ser muy buenas en vuestro oficio, porque la abadesa Ermessenda no se moja con tanta vehemencia por nadie.

Sor Eulalia era una monja sorprendentemente joven y bella.

Era prima lejana de los Montjou y aceptó la sugerencia de acoger a las chicas hasta que estuviesen bien instaladas en el taller. Apareció en el refectorio cuando estas tomaban un pequeño refrigerio consistente en sopa de ajo con migas de pan, dos sardinas asadas y una loncha de tocino. La priora se plantó delante de ellas sin abrir la boca. Con los carrillos llenos de comida, se pusieron de pie apresuradamente por respeto a la superiora.

Su cara formaba un óvalo perfecto enmarcado por la toca, que en las dominicas era del tipo llamado griñón. El velo lucía de un blanco inmaculado y el escapulario de color negro intenso, teñido sin duda con nuez de agalla con un toque de crémor tártaro. Tenía la piel muy clara y sin imperfección alguna. Un mechón de pelo castaño sobresalía por descuido de la toca y trazaba un rizo sobre su frente.

—Tenemos una cierta ascendencia sobre el Gremio —empezó la priora, casi sin preámbulos—. Uno de los maestros se ha quedado en pocas semanas sin sus dos oficiales. Ha habido fiebres en la ciudad, debéis saberlo.

Hablaba con voz melódica, como si cantase un salmo, pero ni miraba a los ojos ni parecía esperar respuesta alguna a su perorata.

—Trabajaréis para él, primero a prueba. Si el Gremio os acepta, pasaréis a ser aprendices. Tenéis suerte de que los gremios textiles son los únicos que admiten a mujeres como aprendices. Y, con un poco de habilidad, con mucha paciencia y los años, seréis oficiales.

—Llevamos mucho tiempo ya en el negocio del tintado —intervino Marina, con cierto descaro—. No creo que debamos aprender nada.

Sor Eulalia ni se inmutó, pero Alamanda vio en sus ojos, que por vez primera se clavaron en una de ellas, un destello de algo parecido a la indignación.

—Marina, querida —dijo, sin apartar la mirada de la priora—, siempre hay cosas que aprender. Esto es Barcelona; seguro que el Gremio usa técnicas que en Santa Lidia no conocíamos.

La chica se encogió de hombros. Sentía hambre, a pesar de la pequeña refección, y era muy consciente de que quedaban cuatro horas para la comida después de vísperas.

Sor Eulalia giró la cabeza lentamente hasta fijar la vista en Alamanda. Ambas mujeres eran de la misma altura y se miraron sin pestañear durante largos instantes. Las interrumpió un movimiento al fondo, cerca de la puerta que daba al claustro. Ambas miraron en esa dirección y vieron a la anciana monja que las había recibido entrando con cierta torpeza para retirar sus platos.

—Todas las prioras me dan escalofríos —le dijo Alamanda a su amiga, cuando ambas volvían ya a su celda a instalar sus escasas posesiones.

—¿Sor Eulalia? —preguntó Marina, alzando una ceja con sorpresa—. ¡Es bellísima! ¿Te has fijado? Como una princesa.

—Se nota que es pariente de los Montjou...

—¡Dicen que es hija ilegítima del mismísimo Joan Fiveller, el primer consejero! —le susurró al oído con gran excitación—. Y a fe mía que con ese porte lo parece. ¡Qué nobleza!

Las instalaron en una modesta celda pulcra en extremo, y allí vivieron los primeros meses en la gran ciudad, fascinadas por ella, felices por su nueva vida e ilusionadas por su trabajo en un taller del gremio de Tintoreros.

Bonaventura Rispau era un hombre de rostro serio y afilado, de extrema delgadez, con apéndices, nariz, orejas y nuez, todos ellos prominentes. Tenía los ojos de color muy claro, entre verdes y azules, y unas manos de tono marrón por una vida de contacto con una gran variedad de tintes.

Las recibió en su taller de la calle Blanqueria, justo en la linde del *Rec Comtal*, esa arteria de agua fresca que llevaba vida a la ciudad amurallada desde los cerros de Montcada. Unos pocos pasos más abajo, el *rec* se unía con la cloaca del Merdançar y a partir de ese punto sus aguas eran inutilizables. Por ello, las casas de la calle Blanqueria eran tan codiciadas y motivo de disputas permanentes entre los gremios de los Tintoreros, los Tejedores y los Curtidores. Estos últimos fueron los primeros en instalarse en ese barrio, más de dos siglos atrás, y fueron seguidos por otros ramos del cuero, como correeros, guanteros, guadamacileros, albarderos y zapateros. A la sazón, esa zona quedaba fuera del centro, y fueron enviados allí en el año de 1225 tras las protestas vecinales por el mal olor que sus actividades desprendían. Ahora estaban todos arracimados a ambos lados de la calle Assaonadors, y el arroyo Merdançar, que antaño servía para limpiar las pieles, era actualmente una hedionda corriente de heces y deshechos, tan putrefacta que las únicas ratas que se atrevían a acercarse eran las que estaban a punto de morir. Los curtidores quisieron mudarse unas calles más al norte, pero para entonces ya estaban allí los tintoreros, costureros, blanqueadores, frazaderos, pañeros y tejedores y al barrio lo llamaban ya la *Pellisseria*, o distrito textil.

El obrador de Bonaventura, uno de los once del oficio de tintorería que poseía la ciudad, constaba de un amplio patio rodeado de edificios de diferente uso y naturaleza. La puerta de entrada estaba enmarcada por un arco de gruesas dovelas. Era tan bajo que hasta los paisanos de mediana estatura debían humillarse, pues fue construido durante la época de la Gran Peste del siglo anterior, en la creencia supersticiosa de que a la muerte le costaría más entrar por una entrada diminuta. Se accedía por ella a un atrio techado, donde se dejaban los acopios antes de ser distribuidos a los almacenes. El atrio estaba abierto al patio, que solía bullir de actividad cuando se estaba produciendo algún tinte. La vivienda se situaba sobre dicho atrio, dando a la calle, distribuida en dos pisos de modestas dimensiones, el segundo de ellos abuhardillado. En el primer nivel se hallaban la cocina a mano izquierda, el comedor a la derecha, y, en el centro, un gran hogar abierto a ambas estancias. Al piso de arriba se accedía por una empinada escalera de madera de nogal, que crujía con cada paso. Allí estaban el dormitorio de Bonaventura y el de sus oficiales, ahora vacío este último tras el deceso de los dos mozos por las fiebres.

Los aprendices dormían en el almacén, en estrechos catres de caña, pues una de sus labores era cuidar los abastos, vigilarlos contra los robos y asegurar las existencias.

A la izquierda del patio estaba el cobertizo, que daba cobijo a la alacena y al trastero, cuarto estrecho donde se dejaba provisionalmente todo aquello que no se sabía dónde guardar. Más allá, se accedía al almacén de abastos, estancia amplia y perfectamente ordenada, con la materia prima metida en cajas, tinajas o cubetas. Al fondo, junto al *rec*, se alzaba la tintorería propiamente dicha, con ocho cubas enormes para los baños de color, los hornos y las bañeras de lavado de las piezas. A un lado, se hallaba el diminuto excusado, una simple tabla de madera agujereada desde donde se echaban las deposiciones a un canal de aguas negras que el Gremio había construido para conservar el agua del *rec* algo más pura. Una parte del otro extremo estaba ocupada por el cuarto del maestro, donde Bonaventura Rispau creaba sus mezclas y formulaba los mordientes en cantidades exactas para un mejor entintado. Ese cuarto, lleno de estantes con frascos de todo tipo, rollos de papel y libros de anotaciones, más parecido a una oficina de boticario que a un lugar de trabajo, estaba vetado a los aprendices y se cerraba con llave.

En la parte de la derecha estaba el sotechado de piedra con los aljibes de maceración, cada uno de ellos con sus poleas y tornos para las telas, y las tinas para el tinte en frío de los baños con pastel. Por último, junto a la calle, un pequeño establo con un viejo mulo y una carreta daba a la calle por una puerta de doble hoja que solía estar siempre cerrada.

Ese primer día, Bonaventura las recibió en el almacén. Uno de los mozos les indicó quién era. Lo vieron agachado sobre una caja de madera, vaciando su contenido para luego restregar los tablones con un cepillo. Pareció sorprendido de verlas, como si no supiese quiénes eran; pero luego, de forma distraída, cayó en la cuenta.

—Tengo un cargamento de alumbre en el muelle de la Fusta —les dijo a las chicas, con su voz profunda y mirada fría, sin apenas darles la bienvenida—. Coged la carretilla de mano que está en el cobertizo, junto a las cubas de macerado. Preguntad por Perot Sarroca y le mostráis el recibo y la carta de comanda. Ya pagué por anticipado.

Las chicas navegaron como pudieron por las estrechas y abarrotadas callejuelas, más o menos en dirección al puerto. De súbito, tras doblar la esquina de la calle Montcada hasta el Pla de Palau, llegaron al muelle, donde los estibadores cargaban y descargaban mercancías sin parar de las galeras, los marinos jugaban a los dados con envite para tomarse un respiro y las fulanas acechaban a los hombres sedientos de sexo para ganarse unas monedas.

—¡Mira, niña, el mar! —gritó Marina, entusiasmada.

Ninguna de las dos había estado nunca tan cerca del mar. Olía a pescado y a sudor, pero también a aventura y a independencia. La brisa de levante traía perfumes de otros lares, de remotas tierras y culturas diversas. Alamanda llenó los pulmones de ese aire de libertad y absorbió por sus poros, aunque sin ser consciente de ello, el ansia de ver más mundo.

—Vamos, no te entretengas, que luego se nos hace tarde y no nos dan de comer —la apremió su compañera.

Localizaron a Perot tras un buen rato de preguntar, recibiendo befas y chascarrillos procaces como pago de su osadía por parte de los marineros ociosos. Cargaron los cristales de alumbre y emprendieron la marcha de regreso al taller. Se perdieron un par de veces, pues aún no conocían bien el barrio y todas las calles les parecían iguales.

Aquellos primeros tiempos su trabajo parecía consistir, únicamente, en cumplir con los recados que les mandaba Bonaventura. Este, abrumado aún por la pérdida de buena parte de la mano de obra de su obrador pocos meses atrás, se hallaba en un estado de sopor perezoso que le hacía posponer las tareas que requerían mayor esfuerzo mental. Algunos pedidos se perdían por su desidia y el almacén, antaño tan pulcro y organizado, empezaba a dar muestras de desaliño.

Bonaventura Rispau se había casado a una edad avanzada, como a veces sucedía con los menestrales que dedicaban su juventud a ascender en los escalafones de los gremios. Su mujer provenía de Mataró y era hija de unos modestos terratenientes venidos a menos cuya dote para casar a la pequeña apenas permitió algún desahogo al recién nombrado maestro. Su esposa nunca se adaptó a la vida entre murallas ni a la austeridad innata de su marido, y se encerró en sí misma hasta que perdió la razón. No le dio hijos, a pesar de las pócimas y remedios que le recetó la comadrona del barrio. Bonaventura cargó incluso con el dispendio de consultar a un médico, pero ni el ungüento que, pacientemente, extendía cada noche sobre las partes pudendas de su pasiva esposa antes del coito, ni el elixir a base de raíz de mandrágora, raspaduras de plata y tomillo que le hacía tomar justo después dieron resultado.

Acabó encerrándola en el conventillo de orates, junto a las murallas del sur, más allá de las Atarazanas Reales, cuando su comportamiento se volvió tan errático que en el propio Gremio era motivo de censura. Y, aunque se impuso ir a visitarla al menos una vez al mes, hacía años ya que no la veía.

Tomó mucho cariño a Sebastià, un mozo al que acogió de aprendiz de pequeño y que demostró tener cabeza para ser un buen tintorero, llegando a oficial a la temprana edad de dieciséis años. Bonaventura confiaba secretamente poder adoptarlo para que fuera su sucesor.

Al otro oficial, Bonat, lo contrató cuando parecía que el negocio prosperaba, pues ninguno de los dos aprendices que tenía en ese momento sabían lo suficiente como para confiarles la confección de tinte alguno.

Por alguna razón, las fiebres que se llevaron a sus dos discípulos se ensañaron especialmente con los gremios textiles y era raro el taller que no había perdido mano de obra. Pero ninguno fue tan cruelmente golpeado como Bonaventura Rispau. Lloró la muerte de Sebastià como se llora la de un hijo, y solo el apremio de la hermandad le hizo dar por terminado el duelo y reabrir el negocio tras diez días de tristeza.

Al mismo tiempo, Bonaventura era, ese año, clavero del Gremio, cargo que se decidía por sorteo entre los maestros y que lo hacía responsable de las cuentas de la institución. Se oía ya, cada vez con más insistencia, algún rumor que pedía su destitución por dejadez, hecho inédito que supondría la vergüenza para el obrador.

Había recibido a las dos mozas aprendizas casi por descuido, sin reparar demasiado en lo que le proponía el *prohom* del Gremio. La competencia por hacerse con los servicios de personal adecuado era feroz, y el Gremio había aceptado la sugerencia de la priora Eulalia, del convento de Santa María de Montesión, cliente importante y persona de cierta influencia en la ciudad, de contratar a dos chicas con experiencia. No era la primera vez que se admitía a alguna mujer en los talleres, pero no era una costumbre que se incentivase.

El acuerdo estipulaba que las chicas vivirían en el convento de la plaza de Santa Ana hasta que Bonaventura pudiese prepararles unos aposentos adecuados, separados de los otros dos aprendices para evitar tentaciones. Cada día, pues, Alamanda y Marina se levantaban para el oficio de maitines y se apresuraban, después de un desayuno de coles hervidas y un chusco de pan con longaniza o manteca de cerdo, para cruzar la ciudad en dirección al taller. Una vez allí, Bonaventura las miraba casi con sorpresa, como si hubiera olvidado al despertar que trabajaban para él. Entonces les encargaba algún nimio recado para deshacerse de ellas.

—Esto no puede seguir así, Marina —dijo un día Alamanda a la altura de la Porta Ferrissa, después de haber ido a la Boquería a comprar rábanos, puerros y algo de fruta—. ¡Somos tintoreras, no criadas!

—Sí, es una lástima —contestó su amiga, comiendo con avidez una jugosa pera que había sisado de la compra.

—¡Cada vez recibe menos pedidos! Y no me extraña, puesto que los muchachos no sirven para tintar. No dan una a derechas.

Se refería a los dos aprendices de Bonaventura. Pastor era el mayor, pues contaba unos dieciséis años, y su cuerpo desgarbado estaba en plena efervescencia adolescente. Las chicas lo habían pillado masturbándose en alguna esquina en más de una ocasión. El más joven, quizá de un año menos que el otro, se llamaba Cassià. Era simple de cabeza y tenía la nariz permanentemente obturada por los mocos, que sorbía con inhalaciones espasmódicas que elevaban sus hombros, produciendo un sonido parecido al gruñido de un cerdo, o se los arrancaba con los dedos sin ningún pudor.

Ninguno de los dos iba a ser jamás un maestro tintorero. Cumplían con lo que se les ordenaba y eran lo bastante dóciles y trabajadores como para no causar problemas. Pero no se les podía dejar a cargo de ninguna operación, pues apenas distinguían entre el polvo de glasto o las agallas de roble molidas.

Esa tarde, Alamanda se plantó ante Bonaventura, mientras este calentaba con cierta indolencia la pasta de gualda que necesitaba para teñir unos fardos de lana.

—Maestro, creo que es hora de que nos vaya dando más responsabilidades a Marina y a mí —le dijo, sin preludio—. Somos tintoreras capaces con mucha experiencia, y aunque no pretendemos conocer el oficio como vuestra merced, le aseguro que somos mucho más hábiles que sus otros aprendices.

El hombre la miró con sus ojos lánguidos verdeazulados. La prominente nuez de su garganta subió y bajó varias veces. Pero no pronunció palabra.

—Bien, ya veo —siguió la chica, sacando genio y empuje—. Pues le voy a decir qué vamos a hacer: cuando llegue el veedor del Gremio con el próximo pedido, lo recibiré yo. Y nosotras dos nos encargaremos de tratar con los proveedores para los abastos y prepararemos el tinte. Por supuesto, vuestra merced puede intervenir en cuanto lo crea conveniente, pues estamos deseosas de ampliar nuestros conocimientos, pero esta desgana no puede continuar, maestro Bonaventura. Debéis retomar las riendas de vuestro negocio. Ayer escuché a un mozo del obrador de Jaume Pons decir a un cliente que se olvidase de nosotros, que estábamos a punto de cerrar.

Lo que no le dijo fue que el mozo había aducido como evidencia del declive del obrador de Bonaventura Rispau el hecho de que había contratado a dos muchachas como aprendizas. Ese detalle le había reconcomido las entrañas y dotado de mayor determinación. Y la convenció, asimismo, de que no solo debían hacer bien su trabajo, sino que deberían ser excelentes y superar a la competencia si querían sobrevivir.

—Y no se preocupe vuestra merced —siguió la chica, al ver que su patrón dudaba—, que no le pediremos sueldo de oficial, aunque trabajemos como si lo fuéramos. Es decir, que no tendrá que registrar con el Gremio nuestro cambio de categoría... de momento.

Algo pareció despertarse en Bonaventura Rispau con la toma de control de las dos chicas sobre su negocio. De pronto, la calidad de los entintados volvió a ser como antes de las fiebres que se llevaron a la tumba a sus dos oficiales, y los pedidos, poco a poco, empezaron a aumentar. El maestro volvió a involucrarse con cierta alegría en el negocio, viendo con interés los progresos de sus nuevas aprendizas. Pastor y Cassià, contagiados también por el nuevo desempeño, arrimaron el hombro como en las mejores épocas. Incluso pareció que Pastor relegaba los impulsos sexuales para sus ratos de ocio, y diríase que dejó de echarles miradas lascivas, como reconociendo su ascendencia en el oficio.

Gregori Fumanya era *prohom* del gremio de los Tintoreros y cónsul ante el Consell de Cent en representación de los gremios textiles. Era un hombre importante en Barcelona, y un orgullo para los talleres de la calle Blanqueria que uno de los suyos hubiese llegado a tan alta dignidad. Su presencia era arrogante, imponente, con su encumbrada faz, siempre seria, siempre circunspecta. Era un hombre vanidoso, elegante, que se perfumaba con abelmosco y se ungía la piel con pomada. Rivalizaba con Bonaventura Rispau en altura, que no en delgadez, pues la buena comida era abundante en su mesa y su panza describía ya una curva hermosa. Se hacía afeitar cada mañana por su esclavo personal, dejándose una perilla de cabra, y llevaba las patillas rasuradas por encima de las orejas, como afirmaban que era moda en Italia.

Los sombreros, siempre de ala ancha doblada por un lado y de copa achatada, se los hacía traer de Borgoña, pues decía que los sombreros catalanes, los *barrets*, no se hacían a su testa. Vestía jubones rígidos con faldetas rasgadas para revelar la calidad de sus camisas, unidos a las calzas con agujetas de plata, y, en invierno, un abrigo de vellón con mangas abullonadas y ribetes de hilo dorado. En las piernas, largas y esbeltas, lucía polainas de fina seda rematadas con botines de punta, normalmente de cuero rojo, que cada día, al regresar al hogar, una doncella le quitaba y se encargaba de limpiar.

Fumanya era un hombre formado a sí mismo, que había empezado como humilde aprendiz y se había hecho acreedor de las distinciones de las que gozaba a base de esfuerzo e inteligencia. Su falta de educación la suplía leyendo cuanto caía en sus manos. Había aprendido latín y era muy redicho, por lo que solía soltar libremente citas de autores clásicos cuando creía que ello causaría buena impresión, aun cuando la sentencia en cuestión no tuviese nada que ver con lo que se estaba hablando.

Apareció por el obrador de Bonaventura para fisgonear un domingo por la mañana, tras oír misa en Sant Cugat del Rec. Tenía curiosidad por conocer a las dos religiosas que habían dejado los hábitos para entrar de aprendizas en un taller del Gremio. No era la primera vez que un maestro tintorero barcelonés admitía a una mujer como bracera, pero la inusual historia de esas dos jóvenes se había comentado en todo el barrio. Se conocía la intercesión de la priora de Montesión, emparentada con los Montjou, y muchos especulaban sobre qué debía de haber visto tan poderosa dama en aquellas insignificantes chiquillas para haberles conseguido el puesto.

—Honorable maestro Fumanya, ¡qué sorpresa!

Bonaventura Rispau bajó de sus aposentos al ser avisado por su criado. Normalmente habría coincidido en Sant Cugat del

Rec con la mayoría de los maestros de las hermandades locales, pero desde la muerte de sus oficiales se había retirado un poco de la vida gremial y no gustaba tanto de socializar con sus iguales, por prevención a sus muestras reiteradas de conmiseración. Prefería oír misa después del ángelus en la pequeña capilla de la Virgen de la Guía, frecuentada por los curtidores y tenderos del barrio, con los que no tenía tanto trato.

—He venido a ver cómo andáis, maestro Rispau. ¿Han empezado ya a trabajar vuestras nuevas aprendizas?

—Eh... sí, claro, hace ya ocho semanas si no me falla la memoria. Bien, bien, se desenvuelven bien. Hacen lo que les digo sin protestar, son diligentes, limpias y trabajadoras.

—Es de esperar, si estaban en un convento. La vida abacial las habrá adiestrado. No debo recordaros, por supuesto —prosiguió, de pronto, entrando de lleno en la cuestión que quería abordar—, que se trata de un arreglo un tanto peculiar. Dadas las circunstancias, no había más remedio, pero en cuanto las cosas vuelvan a la normalidad, deberéis buscaros nuevos mozos.

—Ah... No lo había pensado.

—Sí, en efecto. El Gremio os concede esta gracia, pero tiene un buen nombre que guardar. Vos sois el clavero, por ende, puesto de la más alta dignidad. Debéis no solo serlo, sino parecerlo, como decía Julio César al repudiar a su mujer. *Mulier Caesaris non fit suspecta* y todo lo demás. Plutarco, ¿sabéis? Bien, pues lo dicho. El taller de Pons acaba de admitir a un chiquillo como aprendiz, aún demasiado joven, quizá, pero espabilado y de buena familia. Quiero decir con esto que tengáis los ojos bien abiertos, pues vuelve a haber mano de obra por las calles, y os convendrá no dar lugar a habladurías.

—Pero, maestro Fumanya, si las chicas son... muy buenas y decentes.

—¡Expulsadas de un convento!

—Se... se fueron por voluntad propia —protestó Bonaventura.

—¡Ah! Eso es todo lo que se sabe y se comenta, en todo caso.

Recordad a Hipócrates, amigo mío: *Ars longa, vita brevis*. No perdáis el tiempo con escrúpulos que no os hacen ningún favor. Dicho lo cual, debo irme. Tengo asuntos que tratar.

Y abandonó el obrador satisfecho, con el mentón alzado y la panza campante. Bonaventura Rispau se quedó estupefacto. No era un hombre osado, y sentía un respeto reverencial por el Gremio y sus *Ordenances*. Pero aquella intromisión en los asuntos internos de su taller lo había pillado por sorpresa.

Aquellas dos chicas estaban dando un nuevo empujón al obrador. Eran diligentes y astutas, su desempeño impecable y su ambición estimulante. Gracias a su brío, había logrado superar el sopor indiferente en el que había estado sumido desde que la desgracia se abatió sobre su empresa. Quizá si el *prohom* lo hubiera visitado el mes anterior le habría hecho más caso, pero ahora, con su renovada pujanza, que diríase incluso que había rejuvenecido su cuerpo y su mente, la sugerencia poco velada de Fumanya le indignó y encendió en él una chispa de rebeldía ante el conservadurismo sofocante de la hermandad. Resuelto, acudió a su laboratorio, pues sabía desde hacía un tiempo que las chicas acudían a él para aprender, hacer anotaciones en sus cuadernos y consultar obras de referencia, y suponía que los domingos, después de misa, como en el taller no se trabajaba, estarían trasteando entre sus cosas. Él lo toleraba, ya que, aunque los aprendices no podían entrar en el cuarto del maestro sin el permiso y la presencia de este, las chicas eran resueltas y no hacían mal a nadie.

Las sorprendió con la cabeza literalmente metida en un saco de lágrimas de almáciga, una resina amarillenta extraída del lentisco por incisión que se usaba tanto como mordiente como para quitar el mal olor de la maceración, e incluso como mástique para aromatizar el aliento. Rispau había comprado aquella semana un par de arrobas de esa sustancia a un mercader que procedía de la isla de Quíos, en Oriente, y las chicas de inmediato se interesaron por sus propiedades.

—¡Oh, maestro...! —balbuceó Marina, la primera que lo vio—. Creímos que estaríais descansando...

Bonaventura las miró con gesto severo y ellas se prepararon para recibir una reprimenda.

—He decidido haceros oficiales a ambas —dijo al fin el patrón—. Mañana os inscribiré en el registro del Gremio y pagaré las tasas. Pasaréis a cobrar según la escaleta profesional.

Y dio media vuelta y se volvió, sin esperar respuesta, a sus habitaciones. Cuando ya subía por las escaleras de nogal oyó los gritos de alegría de las muchachas y se permitió una sonrisa. La primera en mucho tiempo.

Un día de finales de agosto, uno de aquellos en que el calor sofocante tornaba la ropa pegajosa como la brea, Alamanda estaba refrescándose con el agua de uno de los botijos que siempre mantenían llenos cerca del cobertizo, junto al almacén. Con un movimiento resuelto, aplastó un mosquito que se había posado sobre su antebrazo. Oyó entonces un ruido de cascos contra el empedrado de la estrecha calle Blanqueria que se detuvo justo ante la diminuta puerta del taller, y por curiosidad salió a ver quién podría ser. Los clientes en esa época del año eran escasos, y más si venían a caballo. Además, no podían ser cobradores, pues ya habían pagado la semana anterior las tasas y gabelas al Gremio y las facturas a los proveedores.

Agachándose para no darse contra el arco de piedra de la puerta, entró una mujer con un pañuelo perfumado con aceites sobre la nariz, seguida de un criado que llevaba una tela doblada bajo el brazo.

—¿Puedo servirla en algo, señora? —preguntó ella, solícita, con una sonrisa.

La mujer se descubrió la cara e hizo una leve mueca de disgusto. A Alamanda siempre le sorprendía no darse cuenta del olor que despedía su obrador, acostumbrada como estaba a los efluvios de la actividad tintorera. Ni siquiera notaba ya casi el hedor de los curtidores, unas travesías más abajo, que llegaba hasta ellos cuando el viento soplaba de levante. Pero comprendía que los visitantes de otros barrios arrugasen la nariz al entrar en la *Pellisseria*, pues recordaba la fetidez aguda que la golpeó casi con violencia la primera vez que entró en la *farga* de la abadía.

La mujer preguntó por el maestro. Ella le dijo que estaba descansando, que con esta calima no era prudente despertarlo. La señora insistió.

—Yo puedo ayudaros, señora —le aseguró—. Soy oficial del gremio de Tintoreros, y capacitada, por tanto, para tomar pedidos y llevar a cabo las tareas.

La mujer la miró entonces con cierto escepticismo, pero no quería permanecer allí mucho tiempo, con ese bochorno y el olor insoportable. Indicó entonces a su criado que mostrase la tela que llevaba.

—Mira, niña, y juzga tú misma, si es que ya te han enseñado algo del oficio.

La tela era una saya de color amarillo cuya tintura presentaba una zona de color muy vivo y otra completamente descolorida.

—Oh, ha perdido color.

—¡A fe mía que lo ha perdido! Mi criada lo puso a secar al sol ayer y mira qué ha sucedido. ¡Es inadmisible!

—El sol se ha comido el tinte... —dijo Alamanda, más para sí que para la clienta.

—¿Y eso es mi culpa? ¡Yo pagué por una falda amarilla, y ahora tengo una tela de dos colores que no puedo ponerme ni para ir por casa!

La muchacha no respondió; ni siquiera volvió a mirar a la mujer. Con la vista fija en la tela, se fue a la tintorería, en la parte de atrás, preocupada.

—Niña. ¡Niña! —chilló la señora—. Pero ¿dónde se cree que va? ¡Niña!

—Marina —decía ella, mientras tanto—, ¿recuerdas qué mordiente pusimos en la gualda? Esto debe de ser de hace un mes, supongo. La última remesa, ¿no?

—Oh, ha perdido color —exclamó Marina, repitiendo, sin saberlo, las palabras de su compañera.

La clienta seguía gritando en el patio, tratando de llamar la atención de alguien, pero ellas ni la escuchaban, absortas como estaban con el fallo en su desempeño. La excelencia, para Alamanda, era una actitud. Se entregaba en alma y corazón con cada pieza de tejido que sometía a un baño de color. No con fines crematísticos ni para satisfacer a la clientela, sino porque dotar del color de las flores a la ropa que se ponía la gente constituía para ella casi un acto de amor. Era su juramento a santa Lidia, su compromiso con la santa, que tanto la había ayudado en su propósito vital, el que daba sentido a su existencia. La vida humana tendía a la mediocridad, a la insignificancia cromática. Iluminar a la gente, aproximarla a la intensidad de los colores de la naturaleza, era elevarlos por encima del resto de los seres vivos; era acercarlos al Creador, que había querido que su obra fuese colorida, y para ello había creado el arco iris, para recordar a los hombres que había algo maravilloso más allá de la grisura de las nubes que constituían el día a día de la existencia humana. Por esa razón había desnudado Dios la piel humana, la había desprovisto de vestido natural, como incitando a sus criaturas a ser creativos.

—Dios Nuestro Señor quiere que cubramos nuestros cuerpos de colores vivos —le decía, de vez en cuando, a Marina—. Nos ha dado la piel desnuda, única entre los animales, y ha creado los colores para que nos acerquemos a Él.

—No sé, niña —decía Marina, mucho más terrenal—. A mí me gusta lo que hacemos, pero no sé ver en nuestro trabajo una misión tan elevada, chica.

Cada vez que lo producido no era excelente, la asaltaban dudas sobre su valía, no ya como tintorera, sino como el instrumento divino que al cabo, decían los teólogos, eran todos los seres humanos.

—¿Seguro que no lo hizo Pastor? —sugirió Marina—. Ya sabes que el chico a veces...

—No lo creo. La gualda es compleja. ¿Tú lo ves capaz de preparar un baño y entintar él solo? No, chica, creo que fuimos nosotras.

—Quizá no se añadió suficiente alumbre.

—Es posible. Y la creta que últimamente hemos recibido para blanquear las telas me ha parecido algo grasienta. Creo que ya lo comentamos.

—Cierto.

—De todos modos, esto es claramente un fallo de fijación. No lo hemos hecho bien, Marina.

—Pero la mezcla de mordentar nos la prepara el patrón. Yo diría que la aplicamos con el mismo esmero que en otros casos. ¿Estás diciendo que el maestro se equivocó?

Alamanda estuvo pensando un cierto rato. El alumbre era caro, y solía mezclarse con crémor tártaro u otro componente para confeccionar un mordiente adecuado que preparase las fibras para que el tinte se agarrase bien a ellas. La idea era hallar una mezcla con menor cantidad de alumbre que fuese tanto o más efectiva que este. Pero era muy difícil dar con las proporciones adecuadas. Cada maestro guardaba sus recetas bajo llave, y solo las transmitían a sus hijos o a los discípulos más leales.

—Algo ha fallado —murmuró Alamanda, comparando la parte descolorida con la que había permanecido a la sombra y que todavía conservaba el intenso color amarillo—. La gualda era de excelente calidad. La que usamos no enrojece ni pierde color con el sol. No estaba bien fijada, está claro.

En ese momento entró Bonaventura empapado en sudor y con el ceño fruncido.

—¿Qué demonios hace esa mujer gritando en mi taller? —preguntó de malos modos—. ¿Por qué la habéis dejado allí? ¿Qué es eso de una saya que le habéis quitado?

Lo habían despertado de la siesta, esa tarde de agosto bochornosa, en la que lo único que apetecía era echarse una cabezadita a la sombra con un botijo de agua fresca a mano.

—Mirad, maestro —le mostró Alamanda—. El sol se ha comido la gualda.

Bonaventura agarró la tela y la inspeccionó con detenimiento unos instantes.

—No está bien fijada. Esto significa que habéis preparado mal el baño de tinte. ¡No se puede confiar en vosotras!

—Con su permiso, maestro —dijo Alamanda—, hicimos lo mismo que hacemos siempre. ¿No podría ser que el mordiente no fuese el adecuado?

—¿Acaso insinúas que no sé hacer mi trabajo? ¡Maldita insolente! ¡Estás hablando con un maestro del Gremio de la ciudad más importante del Reino! Quizá me equivoqué al desafiar al *prohom* para haceros oficiales. Debería echaros ahora mismo, ¡por inútiles!

Salió entonces hecho una furia con la saya en la mano para tratar con la clienta insatisfecha, dejando a las chicas con la boca abierta. Bonaventura Rispau no era la persona más amigable del mundo, pero rara vez perdía los estribos.

—Supongo que el calor, el hecho de que le hayan interrumpido la siesta y darse cuenta de que se equivocó lo han hecho saltar.

—¿Crees de verdad que se ha equivocado? —preguntó en un susurro Marina.

Alamanda se encogió de hombros.

—Por supuesto. Es la única explicación. Marina —añadió, mirando de repente a su compañera—, debemos encargarnos a partir de ahora de encontrar el mejor mordiente para cada tinte. Creo que el maestro se está haciendo mayor.

—Pero... ¡si las fórmulas son secretas!

—Pues hallaremos las nuestras. Vamos a experimentar a partir de lo que sabemos.

—¡No pretenderás enredar con las fórmulas del maestro!

—Haremos lo que debamos hacer. De momento voy a comprar un nuevo cuaderno para anotar nuestros progresos, que en el mío ya no cabe una letra más. Debemos evitar a toda costa que el sol, el agua o el tiempo dañen nuestros colores. ¡Y a fe mía que lo vamos a conseguir!

Marina sentía cierta aprensión, pero a la vez estaba excitada, como aquellas noches en que se citaba con su amiga en el viejo cuarto de la maestra tintorera de la abadía, la hermana Brianda, y repasaban una y otra vez los viejos y gastados manuales para ver si encontraban alguna técnica ignota, olvidada por los años en algún rincón de aquellas hojas.

Gracias a un viejo manuscrito de un tal Abdó de Guissona, compilado en un códice al que le faltaban más hojas que a un álamo en invierno, aprendieron a confeccionar un tinte verde, por vez primera. Se hicieron con una pequeña placa de cobre de un ollero y la sumergieron en aguardiente durante dos semanas, poniéndolo en el fuego de cuando en cuando para acelerar la reacción del licor con el metal. Después, secaron la placa ahumándola y rascaron la costra verdegrís que se había formado encima. Guardaron el polvillo de un color indefinido en un saquito y se fueron a dormir alborozadas. Aquella noche vomitaron las dos y les salieron sarpullidos en la boca y los ojos. El maestro Bonaventura creyó que era otro brote de fiebre y las mandó al convento de Montesión hasta que se repusieron.

—Está claro que la caparrosa verde es ponzoñosa, Marina. Debemos manipular siempre el polvillo con una mordaza y guantes aceitados.

Ya restablecidas, tiñeron un paño de hilo con el polvillo y consiguieron darle un tono verde bastante aceptable. Su alegría fue inmensa y el placer por descubrir nuevas técnicas no hizo más que aumentar su curiosidad.

Probaron con diferentes proporciones de otros mordientes para fijar los pigmentos. Hallaron que, con polvo de cuajada, obtenido cortando la leche con vinagre, los pigmentos se espesaban y se agarraban mejor a las fibras de algodón. Con la lana, que era más basta, funcionaba mejor el alumbre mezclado con crémor tártaro, pero descubrieron también el polvo de melantería, que funcionaba muy bien y era más barato que los cristales de alumbre. Experimentaron con la cáscara de diferentes frutos machacada y mezclada con vinagre, y advirtieron el buen color que se obtenía al utilizar la piel de la granada con el tinte de granza.

Probaron con sal de estaño, que obtuvieron de un alquimista judío del viejo *call* de Barcelona, la judería, ya desmantelada el siglo anterior durante los disturbios que se cebaron con ella tras la peste, y vieron que, en pequeñas dosis, era un buen sustituto para la orina macerada de caballo que era costosa y farragosa de obtener. Obtuvieron corteza de pino y de roble, y ensayaron con posos de vino. Cada una de aquellas sustancias tenía propiedades diferentes, y tras cada experimento anotaban cuidadosamente sus impresiones y resultados. Marina, bajo la esmerada atención de su amiga, había aprendido a leer y escribir hasta alcanzar un cierto grado de solvencia, pues era requisito saber de letras para acceder a la maestría en el Gremio.

—A ver, léeme los ingredientes que hemos usado ya para aclarar la gualda —decía Alamanda un día, por ejemplo, que nunca se cansaba de anotar.

—¿Para anaranjarla?

—Bueno, dímelos todos, a ver si me he dejado alguno.

—Gres de vidrio y verdegrís para darle tono; sal gema y de compás, salitre, goma arábiga y tragacanto, alcanfor, cristales de alumbre, alumbre de Lupay, sosa, rejalgar, acije, vinagre y corteza de pino.

—¿Para el ruano? —preguntaba otro día.

Marina resoplaba y se secaba el sudor de la frente con el dorso de la mano, pero nunca protestaba cuando se trataba de trabajar.

—Una *pugesa* y media de glasto, una pizca de granza y siete *pugesas* de creta. Aquí vimos que funcionaba mejor el vinagre que el tártaro. El cuajo de buche de ternero también funciona.

—Cierto. Tenemos que obtener la mejor lejía. Se me han ocurrido diseños manchados que podemos hacer con el glasto.

—Cuatro libras de ceniza de madres en agua caliente...

—Sin hervir.

—Sin hervir; solo hasta que duela y debamos retirar la mano. Se mezcla con gres de vidrio, una libra, y otra de sal gema; se remueve media hora y se deja reposar. Allí metemos la urchilla...

—Si podemos obtenerla, pues no tenemos licencia.

—Conociéndote, hija mía, la obtendremos seguro, como siempre. La cocción de la ceniza debe ser completa antes de meter tres cazos de polvo de urchilla.

Muy pronto, su pequeño cuaderno bullía de nuevas fórmulas, nuevas mezclas, atrevidas emulsiones y mordientes de su propia invención. A espaldas de su patrón empezaron a utilizar sus hallazgos en algunos tejidos que les encomendaban tintar, y, poco a poco, pasaron los meses y las estaciones, y la gente empezó a darse cuenta de que los tejidos que salían del taller de Bonaventura Rispau tenían algo diferente, eran un poco más bonitos, duraban un poco más, caían más elegantes. De vez en cuando, Alamanda se despertaba sobresaltada durante la noche y encendía un cabo de vela con el pedernal para anotar alguna ocurrencia, que probaba luego en el taller en cuanto tenía ocasión. Así, las dos muchachas llegaron a compilar tres cuadernos de fórmulas que guardaban como oro en paño disimulados en los anaqueles de libros de recetas y menestrales del laboratorio de su patrón.

El maestro Gregori Fumanya, *prohom* y cónsul del gremio de Tintoreros, atendía los sábados por la tarde las súplicas de los talleres del Gremio. Tiempo atrás, tan solo los maestros podían hablar en estos cónclaves con el *prohom*, pero hacía ya un par de generaciones que cualquiera, hasta el último aprendiz, estaba capacitado para pedir ser escuchado.

Los agraviados en esa ocasión eran dos maestros que tenían los talleres en la calle Flassaders. Venían acompañados de un oficial cada uno y habían pedido expresamente ser oídos a la vez.

—Utilizan tintes prohibidos —decía Jaume Pons, uno de los maestros.

—Me aseguró el oficial Pastor, de su obrador, que han corrompido un pedazo de cobre para teñir un paño de color verde —corroboró su oficial, un joven pelirrojo llamado Andreu.

—¿Lo sabe Bonaventura? —preguntó Fumanya.

—Creemos que no, honorable. Esas mujeres son arpías. No dudan en probar las mezclas más extrañas. Dicen que experimentan con vitriolo, entrañas de vacuno, cáscaras de avellanas e incluso su propia orina.

—Que lo mezclan todo y no siguen lo que dictan las *Ordenances*.

—¡Que incluso han adquirido granza!

—¿Qué licencias tiene el obrador de Rispau?

—Amarillo y azul, honorable. Y solo glasto, o pastel, aunque vuestra merced ha sido tolerante con ellos cuando han usado índigo.

—Y derivados de estos colores, que también son duchos en verde mezcla y celeste. Sí, por supuesto, ya lo sabía. Esto es grave.

El *prohom* se irguió y se agarró la barbilla de cabra con el índice y el pulgar, pensativo.

—Traedme pruebas de que han adquirido tintes prohibidos y hablaré con Rispau. Se enfrenta al cierre de su negocio si no mete en vereda a esas muchachas. *Vires acquirit eundo*. La fuerza se adquiere andando, como decía Virgilio. Así pues, id y hallad esas pruebas. Ahora, dejadme, por favor.

A las puertas del Casal del Gremio, Jaume Pons conversó un rato con su colega y luego departió con Andreu, su oficial y hombre de confianza.

Al día siguiente, Andreu acudió a la *lleuda* del puerto y pidió a uno de los escribientes la relación de los obradores que adquirieron el último cargamento de granza, la planta de la que se extraía el pigmento para entintar de color rojo.

Me llamo Andreu. Soy ese oficial del taller de Jaume Pons al que reconoceréis porque mi pelo es del color de la calabaza y mi cara pecosa, lo cual me ha valido infinidad de mofas y vejaciones desde que tengo uso de razón. Me han llamado pelopaja, pastanaga *y todo tipo de motes y malos nombres, pero ya me acostumbré a ello tiempo ha, y debo decir que, como soy fuerte y avispado, a más de uno he puesto en su sitio a base de golpes, que, en esta vida de perros, si no te haces respetar, se te comen como a un hueso roído.*

Mi maestro, al que respeto porque siempre me ha tratado con deferencia, me ha pedido que espíe a la nueva oficial del Gremio, aquella chica soberbia y bella de nombre Alamanda que se cree más lista que nadie pero no es más que una mujer impura y despreciable. ¡Por Dios, cuánto la odio!

Cuento veintidós años desde que nací. La vida de oficial es tan exigente que no deja tiempo para amoríos; exige una dedicación absoluta para aprender lo mucho que hay que saber y devenir un día maestro, que es lo que todos ambicionamos, pues es cuando fluye de verdad el dinero para hacerse rico. Mas comento mi edad para que comprendan vuestras mercedes que mi condición de hombre adulto me exigía adueñarme ya de una mujer para formar mi propia familia. Yo confieso que amé a Alamanda, que pasé noches en vela suspirando por su piel, y que quise, como es lógico, convertirla en mi esposa. Mas ese amor se tornó odio cuando me humilló, cuando hirió mi orgullo de hombre. Juzgarán vuestras mercedes si no habrían actuado de igual manera.

La muchacha era de sobra conocida por todos en el Gremio. Fue una sorpresa cuando llegó, junto con su amiga, y mayor sorpresa todavía cuando su maestro, Rispau, las hizo oficiales al cabo de tan solo unos meses. Sabíamos que la muchacha era ambiciosa, y que no se conformaba con seguir las Ordenances sino que pretendía usar y manejar sus propias fórmulas y mezcolanzas. Mi maestro, a instancias del prohom, *me pidió, pues, que hallase pruebas de actividades clandestinas para poder pararle los pies y restablecer el equilibrio en la cofradía.*

Aquella noche la seguí. Salió del obrador cuando ya anochecía, con un fanal en la mano, apagado, pero en previsión de necesitarlo a su vuelta. Creí que se dirigiría al puerto, para comprar alguna sustancia prohibida, pero para mi sorpresa se encaminó hacia el call, *la antigua judería, por la calle de Banys Nous. Miró* a ambos lados varias veces, como si temiese ver caras conocidas, lo que me llevó a abundar en la idea de que estaba haciendo algo ilícito.

La vi entrar en una casa encalada de puerta baja de color azulado tras llamar con los nudillos un par de veces. Esperé unos minutos, mas me pudo la impaciencia; me acerqué a la portezuela y llamé yo también. Me abrió una vieja de pelos ásperos en el bigote y me miró unos instantes.

—Hombres a la izquierda. Agua fría una pellofa, templada una y media. Se paga por adelantado.

Pagué, pues pudo más en mí la curiosidad por saber qué era ese sitio. Enseguida me di cuenta de que era una casa de baños, lo cual me sorprendió. Me metí en el vestuario de hombres y la vieja me dejó tras darme unos trapos para secarme y media pastilla de jabón. El lugar estaba muy limpio y olía a perfume. Un señor de aspecto distinguido, por su barba bien rasurada y el gesto altivo, se cruzó conmigo sin mirarme, completamente desnudo y empapado como una sopa. Había pagado por un baño de agua templada y estuve tentado de meterme, pero quise aprovechar que estaba solo para espiar a Alamanda, pues no lograba entender por qué una chica de pocos medios se permitía esos lujos innecesarios. Seguía convencido de que algo raro estaría haciendo.

Me metí en un pasillo estrecho y me crucé con una esclava de tez morena y cabeza cubierta por un pañuelo que llevaba un balde de agua humeante. Me informó que el baño de hombres era al otro lado. Se lo agradecí, haciéndome el despistado, y la seguí, al cabo, sin que se percatase de ello. Vi como subía unos peldaños y preparaba, junto con otra chica, una cuba de aguas perfumadas. Me escondí en la penumbra y observé sus preparativos unos minutos. Cuando ya me disponía a irme de allí, vi llegar a Alamanda, envuelta en una camisola que la esclava le quitó deshaciendo los lazos de sus hombros.

El corazón me dio un vuelco. La muchacha estaba ante mí como Dios la trajo al mundo, ignorante de que mis ojos la estaban contemplando, con su piel de nácar y su melena cobriza, sus gestos plácidos y sensuales, su sonrisa placentera mientras las dos mujeres le pasaban unos paños perfumados por todo el cuerpo antes de ayudarla a meterse en la cuba. Resbaló ligeramente en uno de los peldaños húmedos, y vi sus pechos firmes y blancos bambolearse graciosamente, mientras ella se reía por su torpeza. Observé aquellos rizos castaños de la entrepierna dibujando un fino vértice que desaparecía hacia sus nalgas, prietas. Admiré su porte elegante cuando se sumergió con el pelo recogido en el agua vaporosa y cerró los ojos. Las esclavas hicieron su trabajo, lavándola con jabón y aplicando afeites y pomadas sobre su piel, canturreando mientras tanto una dulce cancioncilla en una lengua para mí desconocida, y ella se dejaba hacer, con un gesto de paz en el rostro. Y yo creí haberme muerto y estar en los Cielos en presencia de un ángel, tal era mi turbación.

Hube de huir de allí en cuanto salió del baño y cubrieron su glorioso cuerpo con toallas, pues me di cuenta de que mis ojos estaban llorando, ahítos de lágrimas de gozo, y tenía un nudo en la garganta que me impedía respirar. Al volver al fresco de la calle me puse a toser durante un buen rato, apoyado en la pared, mareado hasta arrojar lo comido, esclavo para siempre de la belleza celestial que había contemplado.

Aquella noche no pude pegar ojo; ni la siguiente; ni las que siguieron a la siguiente. Dejé de comer, mi desempeño en el obrador decayó y fui reprendido por ello por mi maestro. No podía quitarme de la cabeza la visión del cuerpo desnudo de aquella mujer, ese ser divino al que pude contemplar en toda su perfección. Resolví que debía ser mía y preparé con esmero mi proposición. Me dije que una chica sin familia ni fortuna, en edad de merecer, saltaría ante la oportunidad de unirse en matrimonio a un joven oficial, con buenas perspectivas de devenir maestro en pocos años, de medios aceptables, buena salud y dientes sanos. Pensé hasta en la posibilidad de crear nuestro propio obrador y prosperar juntos, marido y mujer, hasta que la aparición de descendencia la hiciesen retirarse de la vida profesional para cuidar de mis hijos.

Acudí a ella en un día soleado para hacerle el amor, con un ramo de violetas y una cesta de huevos bendecidos en la parroquia de Santa Clara, y pedí permiso a su maestro, Bonaventura Rispau, para cortejarla. La encontré en plena faena, con un pañuelo cubriendo su cabello y una camisola de trabajo algo suelta en el escote. Me turbé en su presencia al recordar aquellos senos cuya memoria me había acompañado tantas noches y, de manera algo torpe, le propuse matrimonio. Supuse que la chica necesitaría algo de tiempo para madurar mi propuesta y le concedí graciosamente cuatro días. Pero ella, repuesta de la sorpresa inicial, estalló en carcajadas y me dijo que no la importunase.

No quiero atosigar a vuestras mercedes con lo que aconteció en días siguientes. A pesar de mi enojo, no cejé de cortejarla durante semanas, hasta que tuvo la osadía, una noche, de echarme de su taller blandiendo una daga afilada que se sacó del refajo. ¡Nunca vi insolencia semejante en una mujer!

Me hirió en lo más sagrado que posee un hombre: el orgullo. Me humilló frente a mis compañeros y pronto fui la comidilla del Gremio. Otros oficiales, y hasta algunos aprendices, hacían cuchufletas a mi paso y empezaron a llamarme Corazón Roto. Me propuse desde entonces que no cesaría hasta destruirla. Se convirtió en mi obsesión, de manera similar a como me había ofuscado antes el amor por ella. Hacerle daño era mi único propósito, lo primero en lo que pensaba cada mañana al despertarme.

La suerte estuvo de mi lado, pues poco después obtuve de un contacto la prueba de que había adquirido rojo de urchilla, para lo que su obrador no tenía licencia. Me hice con el recibo y la firma de su puño y letra, pues la muchacha sabía de letras. Fui con ese documento al tribunal del Gremio y se preparó la orden de detención para llevarla a juicio.

Al noreste de la *Pellisseria*, más allá del puente de Campderà que cruzaba el *rec* aguas abajo, se hallaba la barriada de Molins de la Mar. Era un lugar que había crecido desordenadamente donde antes había huertos, y hasta allí habían llegado aquellos habitantes de la ciudad a los que nadie quería cerca, como braceros y jornaleros sin oficio, prostitutas, leprosos y epilépticos, ciegos y orates, viejos pescadores pobres, antiguos soldados tullidos, clérigos errantes, judíos expulsados del *call* el siglo anterior, esclavos libertos, adivinos, curanderas y quiromantes, y extranjeros desterrados o fugitivos de algún señor. Eran unas callejuelas siempre mal iluminadas cuando caía la noche y peligrosas como la boca de un lobo hambriento.

Alamanda estaba fascinada por la ciudad y recorría las calles hasta perderse en cuanto tenía algo de tiempo libre. El barrio de Molins le atraía especialmente, pues se sentía algo incómoda, debido a sus pobres vestidos, cuando debía ir a la zona de palacios señoriales cerca de la Porta Ferrissa o hacia Santa Maria del Mar, por la calle Montcada. Ese día, el sol estaba alto, y aunque el aire que llegaba del mar era fresco y la humedad calaba hasta el tuétano, era agradable pasear sin rumbo por aquellos pagos. Llegó sin pretenderlo al puente, y vio el *rec* ya teñido de oscuro por los tintes de su Gremio y hediondo por las aguas del Merdançar, que vertían su inmundicia en él un poco más arriba. Unos niños harapientos jugaban en las márgenes, tirándose piedras de un lado a otro para salpicarse. Más adelante, junto al pozo de la Figuera, mujeres con criaturas pegadas a sus sayas conversaban todas a la vez sobre el precio del pan y las ratas que invadían sus casas desde la riera. Al otro lado del puente un carnicero estaba recogiendo ya los pedazos que no había logrado vender para llevárselos al charcutero y hacer budines y salchichas. Las ordenanzas municipales especificaban que había que trocear la carne por la noche, colocarla sobre las tablas antes del alba y retirar la no vendida al mediodía, pues se creía que la carne estropeada era la causante de fiebres y cólicos.

De pronto, en una bocacalle en la que se resguardó un momento para dejar pasar a un carromato, creyó escuchar su nombre. Pensó que eran fantasías suyas, porque, al fin y al cabo, casi nadie la conocía en la ciudad; pero entonces lo oyó otra vez, su-

surrado desde atrás. Se adentró por el pasaje de Cabot, muy poco transitado, y vio, tras un recodo, que no tenía salida. Las casas allí eran de madera y barro, hechas con aire provisional, algunas de ellas sin ventanas y con el techado hundido. Al fondo había un árbol raquítico del que colgaba el cadáver de un gato, ya poco más que la piel y los huesos, con los ojos vacíos y la lengua negra asomando entre sus colmillos. Estaba cubierto de moscas que producían un inquietante zumbido.

—¡Qué tontería! Lo habré imaginado —se dijo en voz alta.

Se disponía a dar media vuelta cuando una puerta se abrió a su izquierda y alguien tiró de su brazo, cerrando el portón justo después. Se encontró en una habitación maloliente cuya luz provenía de las múltiples grietas que surcaban la pared. En una esquina, había una camilla soportada sobre dos palos en cruz a cada lado y un paño de lino tensado rasgado y remendado entre dos traviesas. En una hornacina en la pared había una olla y algunos artilugios desordenados. Una figura se movía y resoplaba en una esquina, como dudosa en las sombras, sin llegar a descubrirse.

—¿Quién sois? —preguntó Alamanda, alarmada—. ¿Qué me queréis?

La sombra soltó un pequeño grito y se abalanzó sobre ella. La abrazó con fuerza antes de que pudiese reaccionar. Era un pellejo de persona, pero poseía una energía inusitada. Alamanda se dio cuenta de que, fuera quien fuese, la estaba besando y llorando a la vez. Algo había en ella que le resultaba muy familiar, y pronto se percató del pececillo de bronce colgado de una tira de cuero que se hallaba encajado entre ella y la otra persona.

Aun así, le costó reconocer en la penumbra a Letgarda. La persona que tenía delante, cuando la observó tras zafarse de sus garras, era un despojo de mujer, escuálida y envejecida, sin atisbo de la vitalidad y bonhomía de antaño.

—¡Hija mía! —exclamó la mujer—. ¡Mi niña!

Su voz era rasgada y tersa como la tela de la camilla, apenas un resto de resuello de bestia agotada.

—¡Letgarda! ¿Tú? ¿En Barcelona?

—¡No dejes que me atrapen, niña! ¡Llévame contigo!

Se sentaron las dos en el humilde catre. La mujer lloraba sin lágrimas, lamentando su desdicha, aterrada por su porvenir. Le contó con frases entrecortadas que, tras escapar del calabozo de Navarcles gracias a ella, se encontró proscrita en los pueblos de la Catalunya central, que había intentado irse al Pirineo, al Urgel o a la Cerdaña.

—Pero enseguida se me murió tu burro, hija, siento mucho decírtelo. Pilló una infección tras comer hierbas ponzoñosas en un descuido mío y se le hinchó el vientre hasta que le reventó por dentro.

—Oh, pobrecillo Mateu... —murmuró Alamanda, apartando de su mente mil recuerdos y tratando de disimular el dolor que le producía la noticia para seguir centrada en su amiga.

—Y al poco, mientras deambulaba de pueblo en pueblo, fui asaltada una noche por unos bandidos a la salida de Berga. Me encontré de nuevo desahuciada y perdida, mi hija. ¡Que hasta mis raídos escarpines me robaron!

Alamanda la miró con lástima infinita. Cuando se supo que había escapado, hubo un cierto revuelo en la región, pero no duró mucho tiempo, pues la acusación de hechicería no dejaba de ser un poco ridícula vista con cierto desapego. Quien más quien menos, todos habían tenido tratos con la buhonera y respetaban sus conocimientos y su cháchara informal. En el obispado no estaban muy por la labor de abrir proceso alguno, y la cosa se olvidó muy pronto.

—Quizá, pasado un tiempo, el abad Miquel o incluso alguien de la abadía podía haberte socorrido, Letgarda.

—De la abadía nada podía esperar, hija mía. La abadesa Ermessenda, enterada de mi pasado, de que el causante de mi caída fue el propio Miquel, siempre quiso deshacerse de mí. Ya le vino bien que desapareciese de la región, aunque hacía tiempo que sabía que mi ajado cuerpo ya no atraía más que a guitones desesperados. Pero aquella mujer, la priora, está tocada de locura, hija mía; de locura de amor. A ti te habría destruido también si no llegas a partir, pues sin duda sospechó siempre que Miquel estaba prendado de ti.

Letgarda le explicó que el abad Miquel estaba carcomido por la culpa de sus pecados, que sus penitencias eran cada vez más duras y exigentes, que su cuerpo empezaba a no tolerar tantos días de ayuno seguidos de impenitentes comilonas al regresar a Sant Benet. Y que, sin embargo, no lograba sustraerse al influjo femenil de la abadesa.

—Y de alguna que otra novicia, Dios lo perdone. Está condenado, hija mía. Se obsesiona con la santidad y su cuerpo lo traiciona. Murmura en voz alta y habla para sí cada vez con más frecuencia. Quiere parecerse a los santos ascetas de los primeros tiempos del cristianismo, pero peca de gula y de lujuria.

En la penumbra de la estancia, Alamanda observó que Letgarda tenía una hinchazón enorme en la parte derecha del cuello.

—Estoy muriéndome, hija mía. Dios me ha castigado por mis pecados y estoy pudriéndome por dentro —dijo, con infinita tristeza, pero cierta calma. De repente, se agitó mucho y empezó a hablar de modo aturullado—. ¡Pero quiero morir en paz, dormir y no despertar más! ¡No dejes que me prendan!

—Pero ¿quién iba a prenderte, Letgarda?

La mujer tenía sujeta a Alamanda por ambos brazos y se debatía entre la confesión y el secreto.

—Debes saber... Debes saber que no tenía otra elección. Que me vine a Barcelona cuando me estaba muriendo de hambre, pues nadie se apiada de una pordiosera fea y sin blanca vagando por los caminos. De perdularios harapientos los hay a miles en los caminos, y ya ni siquiera las órdenes mendicantes se hacen cargo de ellos. Así que tuve que venirme a la ciudad. Los guardias me pegaron una paliza y se aprovecharon de mí. Rapiñé lo que pude durante unos días, pero yo sabía, en el fondo, lo que debía hacer, lo único a lo que podía dedicarme para mantener cuerpo y alma unidos. Un mercenario tullido me alquila este cuartucho y yo le pago la mitad de lo que me dan a mí... Y eso me permite comer. Hay hombres tan miserables y desesperados que pagan porque yo les haga sentir un rato de placer. No me obligues a contarte detalles, ¡te lo ruego! Pero lo peor —añadió, interrumpiendo las protestas de Alamanda—, lo peor, hija mía, es que...

Dudó todavía unos segundos. Una lágrima, la primera que lograba verter en mucho tiempo, resbaló por su mejilla, creando un surco blanco entre la mugre.

—He... he matado a un hombre.

Le explicó que muchos de sus clientes eran viejos, o paralíticos, y simplemente estaban tan débiles y ella tan horrenda que no lograban ni excitarse. De sus tiempos de buhonera, Letgarda conocía remedios para todo, incluso para la impotencia. Obtuvo un frasquito de pasta de cantárida, sustancia muy venenosa que se extraía de unos escarabajos rojos y que, en pequeñas cuantías, produce priapismo durante unas horas, y así satisfacen hasta los más lisiados las ansias de la carne.

—Pero una noche bebí más vino del que debía y me equivoqué con la dosis —siguió, con un hilo de voz—. O quizá es que el hombre ya estaba de camino al Purgatorio. Cuando empezó a sentir dolores, traté de deshincharle el miembro con higos secos y harina de trigo, todo ello hecho un emplasto con aceite de oliva, que eso siempre viene bien para rebajar calenturas del pene, pero no hubo manera, hija. El caso es que se me fue entre vómitos y diarreas. Hube de sacarlo de aquí por la noche a escondidas, pero un muchacho me vio y dio la voz de alarma. Pude escapar porque estaba oscuro y nadie se aventura aquí de noche, pero no van a tardar en aparecer. Darán conmigo tarde o temprano. Te lo suplico, mi niña: ¡no permitas que me apresen!

—Por supuesto que no, Letgarda. Has sido una madre para mí. Deberías haber acudido a mí en cuanto llegaste a Barcelona.

—No quise ser una carga, hija. Supe que viniste porque corrió por la ciudad el rumor de que el gremio de Tintoreros había admitido a un par de chiquillas que provenían de un convento, y tuve el convencimiento de que una de ellas tenías que ser tú. Confieso que te espiaba de vez en cuando, y te veía feliz. Y eso me solazaba un tanto. Y cuando te he encontrado esta tarde, escondida como estaba yo tras la esquina por si veían los guardias..., ¡mi corazón ha dado un vuelco! Nunca quise imponer mis desgracias en ti, que bastante tienes con labrarte el camino que siempre has buscado, pero no he podido resistir la tentación de llamarte.

—¡Por Dios, Letgarda, que has hecho bien! ¡Qué tonta has sido de no haber acudido antes a mí! Te vendrás a vivir conmigo y seremos una familia. Tengo algo de dinero. Si mi patrón exige pago por tu estancia, yo lo pagaré, no te preocupes. Además, parte del dinero puede que hasta, en justicia, te pertenezca. Era de Feliu, y me quedé con él cuando lo mataron. Ya ves, yo también tengo cosas que confesar.

La buhonera la abrazó, estrujándola de nuevo contra su piel hecha un pellejo, y ese bulto ominoso del cuello que Alamanda dijo que habría que tratar.

—No hay nada que tratar, hija mía. He probado cataplasmas de ranúnculo, emplastos de hiedra con vísceras de rana, me he dado friegas con orina de muchacho virgen (sí, también los hay por aquí, aunque no tarden en perder la condición), he conjurado el mal rezando tres veces el ensalmo de Salterio sin parar de hacer la señal de la Cruz, ese verso que dice: *Propterea Deus destruet te in finem, evellet te, et emigrabit te de tabernaculo tuo, et radicem tuam de terra viventium*, y todo ello en vano. Mi tumor no ha hecho más que crecer.

—Buscaremos al mejor médico, ya verás —afirmó ella, con más optimismo del que sentía—. Vámonos al obrador y te prepararé una buena cena, que debes de estar hambrienta. ¿Cuánto hace que no comes?

Letgarda retrocedió un par de pasos.

—No puedo salir a plena luz del día. Por aquí me conocen. ¡Me darán presa! —dijo, con una expresión tal de terror en la cara que Alamanda se compadeció. Pensó, al verla, en aquella frase de Olegario de Salamanca que afirmaba, en su códice *De spiritualia*, que incluso los seres sin esperanza se aferran con violencia a lo que les queda de vida.

Decidió que iría a prepararle un lugar donde quedarse en el obrador, que convencería a Bonaventura con oro, si hacía falta, y le cocinaría una buena cena. En cuanto terminase ya estaría a punto de anochecer; entonces iría a buscarla.

Justo antes de despedirse de ella, la mujer la llamó y le puso algo en la mano.

—Es mi colgante con la figurita del pez, ese que tanto te gustaba cuando eras niña. Quiero que lo tengas tú para que me recuerdes siempre.

Algo más tarde, camino del obrador, Alamanda se dio cuenta de que aquellas palabras habían sonado a despedida para siempre. Se liberó de esos pensamientos funestos y apremió el paso.

Al llegar a la calle Blanqueria ya supo que algo andaba mal. Algunos paisanos miraban hacia su obrador con curiosidad, interrumpiendo sus quehaceres diarios por alguna distracción fuera de lo común. Alguien la señaló al verla y, de inmediato, salió un guardia por la diminuta puerta que daba acceso al atrio del taller de Rispau y la agarró del brazo.

—¡Soltadme, pedazo de bruto, que me hacéis daño! —se quejó ella.

Vio a su maestro salir agachado y con la boca abierta, la frente sudada y algo desconcertado. Estaba enfermo de consunción desde hacía unas semanas y tosía y resoplaba como un viejo fuelle de herrero. Otro guardia salió después con Marina del brazo, pero tuvieron que agarrarla entre dos porque la muchacha se resistía.

—Dios mío, niña —le dijo Bonaventura con una voz entrecortada, entre toses—, ¿qué has hecho?

Alamanda no entendía nada, pero sospechó de qué iba el asunto cuando vio, asomando por una esquina, el rostro pecoso y el pelo naranja de ese muchacho del obrador de Pons que la había acechado de manera tan insistente. La última vez que lo rechazó, el mozo, echando espuma por la boca, le había jurado que se vengaría de ella. Lo que estaba ocurriendo ahora debía de ser, sin duda, su revancha.

Las llevaron a las dos, de mala manera, a los calabozos del veguer, unas calles más al norte. A medida que avanzaban iba aumentando el número de curiosos que seguían a la comitiva, chiquillos alborozados, hombres ociosos y matronas con cestos de ropa que iban a lavar al *rec* o a la fuente de la Figuera. Todos ellos dejaban por unos instantes sus labores para seguir el inusual espectáculo de la guardia municipal arrestando a dos mujeres tintoreras.

Alamanda tuvo la presencia de ánimo de no resistirse, pues intuía que sería inútil. No así su amiga y compañera, que recibió un par de dolorosos manotazos al intentar zafarse de los soldados. Las metieron en una celda ya abarrotada y cerraron la pesada puerta de madera con goznes de dos palmos. Alamanda quiso interesarse por el ojo de Marina, que ya empezaba a hincharse por el golpe, pero estaba muy angustiada por la suerte de Letgarda, que la esperaba en su inmundo cuartucho de Molins de la Mar.

—¿Qué nos ocurrirá, Alamanda? ¿Es por lo de la urchilla?

Ella asintió, aunque no estaba segura del todo. Habían adquirido de manera ilegal el pigmento, pero no para comerciar con él, sino tan solo para experimentar.

—Me temo que sí. Alguien nos ha delatado.

Su cabeza no estaba en ese calabozo, sino en la estancia mugrienta donde yacía Letgarda. Rogaba a Dios que, fuera lo que fuese que les iban a hacer, lo despachasen pronto, pues temía por la suerte de su buena amiga.

Pasaron un día entero allí dentro, soportando un hedor tan horrible que hacía que los efluvios de la *Pellisseria* parecieran perfumes, comiendo sopa aguada con piezas de algo duro y marrón flotando, apartando las cucarachas y siendo infestadas de inmediato por chinches y piojos. Alamanda se dio cuenta de que los guardias la miraban con media sonrisa en los labios, pues no debía de ser muy habitual encerrar a una chica sana y de buen ver en aquellas mazmorras, y se acordó de la vez en que rescató a Letgarda en Navarcles. ¿Cómo me veo ahora de nuevo en esta tesitura?, se preguntó. Eligió al que parecía más joven, un soldado regordete cuya panza escondía el cinto de cuero. Se acercó a él cuando entró a por las escudillas y le puso una mano en el brazo.

—Perdonad, mi señor —le dijo; era la primera vez en la vida del muchacho que alguien se dirigía a él de aquella manera—, estoy muy preocupada y tengo miedo. ¿Qué me va a pasar?

Lo dijo con tal expresión de congoja en el rostro que el guardia se turbó.

—No... no os preocupéis, señora. Seguro que a una dama como vos no la tienen aquí mucho tiempo.

—Es que...

Fue interrumpida por el alguacil, que bramó para que los guardias abandonasen la celda para cerrarla. Antes de irse, el muchacho la miró con expresión resuelta e hizo un breve gesto de asentimiento que ella no supo interpretar, pero que esperaba que fuera una buena señal.

Un rato más tarde oyó que alguien, en la rejilla, trataba de llamar su atención. Era el guardia.

—He cogido de la alacena un poco de chorizo para vos, mi señora. Me dicen que vos y vuestra amiga seréis llevadas ante un tribunal mañana al alba. No temáis, mi señora, que aquí no os ocurrirá nada si tenéis un poco de paciencia con las chinches y las cucarachas.

—¿Cómo os puedo agradecer tanta amabilidad, mi señor? —dijo ella, tocando sus dedos a través de la rejilla por la que él había metido los pedazos de chorizo—. ¿Cómo os llamáis?

—For... Fortuny, señora. Para serviros.

—Fortuny. Qué nombre tan bonito. No sabéis lo que esto significa para mí. En cuanto me liberen...

Dejó la frase sin terminar. Él asintió con gesto grave. Jamás se había sentido tan importante.

—Estoy preocupada... —se aventuró a decir.

El joven soldado iba a decir algo, pero ella le aseguró que no era por su suerte, sino por la de una amiga. Y le empezó a contar la historia de Letgarda. El guardia empezó a sudar, pues estaban llamando la atención de la gente y de los otros guardianes. Ella decidió no presionarlo para no perder su favor. Se agachó y le besó la punta de los dedos por entre la rejilla. Fortuny se turbó visiblemente al sentir el contacto de aquellos labios, balbuceó alguna incoherencia y se largó.

Al día siguiente, tras una noche penosa, las sacaron del calabozo con las manos atadas y las escoltaron a través de pasillos malolientes hasta el patio del veguer, donde las esperaba un carro. En todo el trayecto, por más que lo buscó, no vio el rostro redondo de Fortuny. Necesitaba hablar con él para saber de Letgarda. Quizá podría convencerlo mediante el pago de algunas monedas para dar aviso a Pastor, o a Cassià. Quería pedir a los aprendices que trasladasen a la mujer al obrador, donde estaría a salvo.

Las llevaron hasta el Tribunal de las Cofradías, donde se vieron frente al cónsul, el honorable Gregori Fumanya, y dos *prohoms* más del Consell de Cent de la ciudad. Con gran ceremonia y pretendida elocuencia, acusaron a Alamanda y a Marina de haber experimentado con caparrosa verde sin tener licencia para ello, de haber usado granza para teñir algunos paños cuando la licencia de su obrador era de azules y amarillos exclusivamente, y de haber usado fórmulas no sancionadas por el Gremio y ni siquiera por un maestro. En este punto, Alamanda se dio cuenta de que su patrón, Bonaventura Rispau, estaba sentado a sus espaldas, entre el público. Se llevaba un pañuelo al rostro a menudo, pues su tos se había agravado. Sus miradas se cruzaron y el hombre hizo un leve gesto de negación.

—Pero, como afirmaba el insigne poeta romano Marcial —seguía hablando Fumanya, henchido de importancia, con las manos abiertas, los ojos entrecerrados para escucharse mejor y el mentón alzado—, *Ille dolet vere qui sine teste dolet*. O sea, que solo siente verdadero dolor el que lo sufre sin testigos, y ello podría extenderse a que solo el que actúa de manera ilícita sufre si no hay testigos, pues su culpa le corroe, y es por ello que hemos creído conveniente no actuar hasta contar con testigos fehacientes de la inquina de estas dos mujeres, a las que el Gremio acogió con manos abiertas, por compasión cristiana, cuando fueron expulsadas del convento...

—¡Qué poca vergüenza! —estalló Marina, todavía con el ojo amoratado.

—... y que han traicionado nuestra santa confianza —proseguía el *prohom*, sin tan siquiera dignarse a admitir la interrupción—. Y ahora, *ciutadans honrats*, magistrados y maestros de mi Gremio, tenemos la prueba de su delito, y el testigo que declarará haber visto como estas mujeres adquirían polvo de urchilla, pigmento de alto valor que solo los maestros que han obtenido licencia para ello pueden usar.

Abrió mucho los ojos en ese instante, satisfecho de su dicción y con aura de triunfo. Alamanda estaba furiosa; no le importaba la posible sanción, pues consideraba a aquellos hombres caducos y sin autoridad moral. Suponía que debería pagar una multa o hacer frente a una leve condena. Nada de ello le preocupaba en exceso, pero temía por la vida de Letgarda y deseaba de todo corazón que aquella pantomima terminase.

Llamaron a Andreu, el mozo oficial del taller de Pons, de anaranjada cabellera, para que testificase que había visto en persona como Alamanda y Marina habían adquirido cuatro libras de polvo de urchilla de un mercader corso hacía un par de meses. Su momento de gloria llegó cuando fue capaz de mostrar al tribunal el recibo que la propia Alamanda había firmado. Mintió, además, cuando afirmó que ella le había confiado que en el laboratorio de Rispau probaba con fórmulas nuevas y con recetas no sancionadas por las *Ordenances* gremiales, llegando a sugerir, para zaherir a la acusada, que él había rechazado los avances amorosos de ella por pudor y buen tacto, que la muchacha había tratado de seducirlo para obtener de él sustancias prohibidas del obrador de su patrón.

Se decidió que el tribunal deliberaría aquella tarde y se reunirían todos a la mañana siguiente para dar su veredicto.

—*Nunc est bibendum* —sentenció Gregori Fumanya—. Ahora hay que beber, como decía Horacio.

Aquello recabó algunas risas de sus acólitos. Alamanda y Marina fueron llevadas de nuevo al carro para volver a los calabozos del veguer.

Esa noche, tras recoger las escudillas en las que les entregaban un líquido al que llamaban sopa de pan con longaniza, Alamanda escuchó que alguien chasqueaba la lengua para llamar su atención. Con los ojos acostumbrados a la oscuridad, vio que algo se movía tras la rejilla de la puerta y se acercó.

—Mi señora, no tengo mucho tiempo... —masculló un azorado Fortuny. Alamanda notó que introducía los dedos por la rejilla, con la esperanza, quizá, de que ella los volviese a besar.

—¡Fortuny! ¿Sabes algo de...?

—Han apresado esta mañana a una vieja meretriz. Dice responder al nombre de Letgarda.

—¡Dios mío, es ella!

—La acusan de haber matado a un hombre. Es todo lo que os puedo decir —añadió con prisas. En el calabozo, alguna de las prisioneras empezó a quejarse.

Alamanda le agarró la punta de los dedos.

—No os vayáis todavía, Fortuny. ¿Qué va a ser de ella?

El soldado miró a derecha e izquierda, muy nervioso. Llevaba un fanal apagado en la otra mano. Al fondo del pasillo se oían algunos ruidos.

—La han encerrado en el sótano, con los reos de sangre. No sé nada más.

—¿Qué harán con ella?

—¡No sé nada más! —gritó en susurros, muy excitado.

Alamanda se dio cuenta de que no iba a obtener más información. Aunque el corazón le latía desbocado de temor y preocupación por su amiga, decidió sonreír en la penumbra y volver a besar los dedos del muchacho, confiando en que así volvería con más noticias en otro momento.

—Y he aquí que, *Sine ira et studio*, es decir, sin odio y sin parcialidad, como decía Tácito, el tribunal ha decidido, según lo definido en las *Ordenances*, condenar a las oficiales Alamanda y Marina, del obrador Rispau, a ser expulsadas del Gremio.

Gregori Fumanya hizo una pausa dramática para observar el impacto de sus palabras en la audiencia. Hubo quien tragó aire, quien pronunció algún *Dios mío*, y quien incluso esbozó una sonrisa de triunfo.

—Esto es una broma, ¿no? —bramó Marina. Hubo de ser sujetada por un peón del alguacil para que permaneciese en su sitio, en el estrado de reos—. ¿Expulsadas? ¿Con qué derecho? ¡Quítame las manos de encima, rufián!

Alamanda se llevó la mano a la cara, su cerebro tratando todavía de procesar lo que acababa de escuchar. Había oído los tediosos procedimientos judiciales sin prestar excesiva atención, con la mente puesta en la suerte de su amiga Letgarda, que se enfrentaba a la horca por haber causado la muerte de un hombre. Creía que ese proceso no era más que una comedia escenificada por el odioso *prohom* para hacer valer su autoridad. Nunca pensó que pudiese ir más allá de alguna pequeña sanción o una multa. De repente se hundía el mundo bajo sus pies; si perdía su puesto en el obrador de tintorería nunca sería capaz de aprender ni poner en práctica las técnicas del oficio.

—Así pues —prosiguió Fumanya—, ruego al secretario que haga constar en acta que...

—¡Un momento, honorable!

El grito había procedido de la primera fila de asientos, detrás del estrado de los reos, seguido de una retahíla de toses y expectoraciones que no hacían presagiar nada bueno. El *prohom*, irritado ante la interrupción, arrugó el entrecejo y trató de fijar la vista en el causante del revuelo.

Bonaventura Rispau, largo y enjuto, con los ojos enrojecidos y la nuez subiendo y bajando por su cuello como si fuese un animal con vida propia, se puso en pie, sofocando las toses, y pidió indulgencia para dirigirse al tribunal.

—Honorable, he... he estado mirando las *Ordenances* y veo que la expulsión de un oficial solo la puede sancionar su maestro, a no ser que haya robo, estafa o delito de sangre, que no es el caso.

Fumanya torció el gesto y miró de soslayo al secretario, quien, con un leve movimiento de cabeza, confirmó que así era.

—¿Y bien? Vos habéis sido el principal perjudicado por la actividad de vuestras oficiales. Se ha puesto en entredicho la honorabilidad de vuestro obrador.

Rispau tosió algunas veces más y su palidez se cubrió de rubor.

—No veo... no veo motivo alguno para expulsar de mi obrador a estas dos chicas. No han usado la urchilla para comerciar con ella, con lo que podría afirmarse que no han contravenido ordenanza alguna. Por lo demás, su trabajo ha sido siempre digno de encomio.

Todos los presentes miraron al *prohom*. Este resopló, unió pulgar e índice sobre el puente de la nariz, cerrando mucho los ojos, y dejó entrever un abrumador hastío en sus palabras.

—Honorable Rispau, por el aprecio que os tengo... Comprendo que vuestro obrador se vería mermado con la pérdida de cuatro brazos, como lamentablemente os sucedió ya en el pasado. Pero tenéis a dos aprendices que ya conocen bien el oficio, y podéis seguir contando con las muchachas como mera mano de obra, sin salario, pero con alojamiento.

—No, honorable —de pronto, la voz del tímido Bonaventura Rispau sonó fuerte y con decisión—. No voy a sancionar la expulsión de Alamanda y Marina del Gremio; siguen siendo oficiales y, como tales, cobrarán, tendrán derecho a optar a la maestría y se les hará lugar en las ofrendas de san Mauricio, nuestro patrón. Voy a aceptar una sanción de parte de sus emolumentos para purgar su culpa, pues han hecho algo que puede interpretarse como ilícito; mas considero leve su falta y no puedo ponerla a disposición arbitraria de este tribunal. Exijo que se las libere de inmediato..., por favor —añadió al final, temiendo haber ido demasiado lejos.

El *prohom* consultó, irritado, con los demás miembros del tribunal en voz baja. Rispau estaba en lo cierto, pero él no iba a dar su brazo a torcer. Ante el murmullo que comenzaba a elevarse en la sala, Gregori Fumanya se levantó y pidió silencio con la mano.

—Sigue siendo la encomienda de este tribunal que las oficiales sean expulsadas, mas ello depende, como bien se ha dicho, de la sanción de su propio maestro, el cual ha dejado claro que no procederá a refrendar lo recomendado. Por ello, se impondrá una pena monetaria a las culpables por actos que contravienen las *Ordenances*. En tres días anunciaré mi decisión. Guardias, mantened a las oficiales del Gremio bajo custodia hasta entonces.

—¡Tres días! —gritó Alamanda, cuya sonrisa de triunfo se borró de su faz, para morbosa satisfacción del maestro decano de la cofradía—. ¡No podéis encerrarnos tres días! ¡No tenéis derecho!

—*Possunt quia posse videntur* —gritó Fumanya con los dientes apretados—. Puedo, porque parece que puedo, como dijo Virgilio, ya lo creo que sí.

Entre las risotadas del honorable y el alboroto ya generalizado en la sala, los soldados agarraron a las chicas, que se resistían con indignación. Alamanda no podía dejar de pensar en la suerte de Letgarda. Trató de llamar la atención de Cassià, que por allí rondaba, pero no logró acercarse lo suficiente a él antes de ser arrastrada hasta el carromato por un fornido hombre de armas.

Corrió por las calles, sorteando transeúntes, comadres y animales, tan rauda como le permitía el anquilosamiento de sus piernas tras cuatro días encerrada. La venganza del *prohom* del Gremio había sido mantenerlas en el calabozo sin justificación alguna durante tres días adicionales en el castillo del veguer. Por fin, el día anterior, Fortuny había llegado con noticias, aunque fueron terribles: Letgarda sería ajusticiada en la horca junto con otros dos reos. El muchacho, muerto de miedo, le informó de que su amiga y los otros condenados serían sometidos al paseíllo de la vergüenza, llamado en Barcelona *passar Bòria avall*, pues recorría de arriba abajo la calle de Bòria, montados en acémilas con la espalda desnuda para que la gente pudiese azotarlos con cualquier cosa a su paso.

—¿A qué hora? ¡Dime, por Dios, a qué hora la sacarán del castillo del veguer! —había preguntado, con acero en su voz, a un atemorizado Fortuny.

—De... después de laudes, mi señora.

Alamanda sufría por la soledad de su amiga, por su desamparo.

—¡Decidle que estoy aquí, que estoy muy cerca!

—No... no puedo, mi señora. Yo...

—¡Os lo ruego!

—¡No puedo!

Había tanto miedo en su voz que Alamanda vio que iba a perderlo. Había decidido aflojar la presión, pero, cuando fue a besarle la punta de los dedos a través de la rejilla, Fortuny los apartó y se fue sin decir nada más.

Aquella misma mañana, ella y Marina habían sido llevadas de nuevo ante el tribunal, donde pasó una angustiosa hora atendiendo a peroratas absurdas hasta escuchar, por fin, la sanción de doce florines de oro que les impuso Fumanya a cada una y la obligación de dedicar los siguientes cuatro domingos a trabajos comunitarios después de la misa de la mañana, así como la prohibición de realizar ofrendas a san Mauricio, patrón de los tintoreros, en el inicio del próximo otoño. En cuanto hubo aceptado la sanción, salió corriendo sin ni siquiera decirle nada a Marina, que se quedó sola soltando improperios al *prohom*.

A medida que se acercaba al Pla d'en Llull, donde se ajusticiaba a los reos, la multitud se iba espesando. En una bocacalle que daba a la bajada de la Font se quedó atascada, sin poder avanzar por el gentío. Alzó la cabeza cuanto pudo y vio que los tres condenados avanzaban penosamente calle abajo a lomos de tristes mulas, con la espalda descubierta y ya lacerada por los azotes de los vecinos, que sacaban cuerdas y escobillas de sus casas para fustigar a los desdichados entre risas, befas y burlas. Algunos les lanzaban excrementos de caballo, y muchos escupían.

—¿Por qué tanta saña, Dios mío? —se preguntaba, en murmullos, Alamanda.

No lograba ver los rostros de los condenados entre la algazara de brazos y cabezas. Empujó con todas sus fuerzas para avanzar algo más. Algún paisano le lanzó un improperio al verse desplazado, pero ella alargaba el cuello hasta donde le alcanzaban los tendones para descubrir si Letgarda estaba en aquel desgraciado desfile.

Al final, logró verla. Estaba encorvada y macilenta, y el pelo mugriento y alborotado, con mechones prematuramente grises, le cubría el rostro. Tenía llagas sangrantes en la espalda y en los brazos, y parecía a punto de caerse de su montura en cualquier momento. La reconoció por el bulto ominoso que brillaba en el costado de su cuello, signo de una enfermedad que la estaba consumiendo por dentro.

Jamás en mi vida he sentido una tristeza tan cruda, una aflicción tan profunda, como cuando vi a mi desdichada Letgarda a lomos de ese burro viejo y deslomado, siendo vejada por el gentío, la cabeza derrotada, muerta en vida camino del cadalso. Reconozco a vuestras mercedes que, tras el abatimiento, me rebelé contra el Creador, que Dios Misericordioso me perdone, pues no entiendo como alguien de corazón tan puro puede ser tan maltratado por la vida como lo fue la pobre Letgarda.

La multitud se agolpaba alrededor de la callejuela de la Font, desde la Bòria, por donde bajaban a los condenados hacia las horcas preparadas en el Pla d'en Llull. Allí, junto al muro de poniente, vi entre la gente la disposición del patíbulo con tres cuerdas de cáñamo anunciando la muerte de infortunados. No era habitual que hubiese tres ejecuciones en un mismo día y la gente estaba excitada. Los chiquillos correteaban, jugando a esconderse entre las piernas de los curiosos. Algunas mujeres vendían ramitos de romero y de genista; otras, avellanas o garbanzos tostados, como si fuese un día feriado. A mí se me revolvía el estómago de presenciar aquello.

Me abalancé hacia delante sin resuello, pretendiendo llegar antes que los burros, para poder abrazar a Letgarda, para que no se sintiese tan sola, quizá con la esperanza fútil de que, por algún milagro, la liberasen en el último instante. El mundo debía conocer las injusticias que con ella se habían hecho, desde que fue desflorada siendo una niña en la abadía hasta que fue acusada de brujería en Navarcles, pasando por los años de supervivencia sin un hogar y en completa soledad. ¿Podría salvarla, como ya lo hice unos años atrás? ¿Podría liberarla de su destino? Me aferraba a esa loca idea mientras, a codazos, seguía escurriéndome entre la muchedumbre. Llegué, por fin, al pasillo que se iba abriendo al paso de los mulos, pero allí era donde más alboroto había, pues los ciudadanos libres de aquella ciudad querían solazar sus penas cotidianas con el abuso intemperado a un semejante caído en desgracia. Vi a una mujer anciana sacudir con un bruzo de ramas verdes una de las espaldas, provocando las risas de sus vecinos y la suya propia, desdentada y pestilente. Vi a unos niños arrojar boñigas que recogían tras los propios burros a la cara de los condenados.

Letgarda iba la última y me abalancé sobre su montura cuando pasó a mi lado. No sé si me vio, porque recibí de inmediato un golpe en la frente que me dejó aturdida, pues los soldados que acompañaban la comitiva no permitían que nadie se acercase demasiado. Caí a los pies de la gente y me costó unos instantes levantarme de nuevo. Cuando lo hice, los tres mulos estaban ya en el Pla y al primer reo lo estaban descabalgando para subirlo al estrado.

Grité, grité su nombre y me desgañité, mostré con la mano alzada el colgante de bronce con forma de pez que me había regalado hacía unos días, pensando que tal vez lo reconocería y sa-

bría que yo estaba allí. Pero entre todo el bullicio y el gentío no podía oírme. Me puse a derramar lágrimas de desesperación por no poder acudir en ayuda de mi amiga, por ni tan siquiera lograr que me viese para que no se sintiese tan sola. La subieron al cadalso y la cubrieron con un saco de tela basta, pues sus ropas, al igual que su espalda, estaban hechas jirones. Entonces levantó la cabeza y miró al frente. Me costó reconocer en aquellas mejillas hundidas, las cuencas de los ojos oscuras y la boca exangüe, a mi querida Letgarda. Ladeaba el rostro, pues el bulto en la parte izquierda de su cuello era ya enorme. Vi tristeza y resignación en su mirada, pero juro que ni una pizca de odio. No dijo nada; no lloraba, quizá porque no le quedaban lágrimas tras una vida miserable; simplemente elevó la vista al cielo y sus labios trémulos se movieron al son, quizá, de una última plegaria.

Quise llamar su atención mientras el alguacil leía sus condenas, pues en ese momento la algazara solía disminuir. Alguien me hizo callar de un manotazo, mas yo seguí agitando los brazos y gritando. Quería que me viese, que supiese que alguien que la quería iba a estar con ella. Andaba yo preocupada por acercarme, con mis frenéticos aspavientos, cuando mi amiga fue empujada por el verdugo y la cuerda quebró su cuello, para jolgorio de la multitud. Creo que vomité de asco y de pena, y debí de perder el conocimiento entre los empellones de la multitud, pues me sorprendió una pareja de soldados, ya tras el ocaso, que hacían la ronda con sus fanales. Creyeron que era una ramera y me echaron a patadas de la bocacalle en la que me hallaba. Los cuerpos ajusticiados seguían en el Pla d'en Llull, pues solían dejarlos hasta el día siguiente. Al alba pasarían a recogerlos para enterrarlos en la fosa de los pobres. Me acerqué a Letgarda, tras asegurar a los guardias que era mi hermana mayor, y cerré sus ojos, y volví a llorar, abrazada a su cuerpo exánime. Una mujer atendía a otro de los cadáveres con actitud resignada, quizá una esposa, quizá una madre.

Antes del amanecer, me hice acompañar por Marina y Cassià y pagué unas monedas a los guardias para que me dejasen llevarme el cuerpo. Era ilegal, pero, por la cantidad de oro que les ofre-

cí, ambos decidieron correr el riesgo de ser reprendidos. Enterramos a mi pobre amiga en el cementerio de Sant Pau del Camp. Pensé sepultar con ella el pececillo de bronce que me había regalado, mas no fui capaz. Lo conservaría siempre alrededor de mi cuello en memoria de tan buena persona.

Lo que más me duele todavía es que murió creyendo que yo la había abandonado...

Cuando llegó a Pia Almoina, frente a la catedral, tragó saliva. El oidor real la guio con decisión hacia el Palacio Real Mayor, un imponente edificio junto a las antiguas murallas romanas donde se iba a jugar su futuro. Como siempre que estaba nerviosa, buscó sobre su pecho el pececillo de bronce y alzó la vista al cielo para mirar hacia Letgarda. Sin ser consciente de ello, ralentizó los pasos y fue atropellada por los dos guardias reales que los acompañaban, los cuales siguieron con la vista al frente y sin aminorar la marcha ni por un instante, como si ella no estuviera allí. Tuvo que dar un par de apresurados saltitos para ponerse de nuevo a la altura del oidor y no ser arrollada.

Llevaba bajo el brazo la tela teñida de azul índigo, fijada con la nueva técnica que ella misma había inventado. El hecho de haberse negado a entregársela al criado real era todo un desafío, pero necesitaba ver a la virreina en persona si su plan había de funcionar. Bonaventura estaba cada vez más débil; tosía sangre cada mañana. A pesar de los cuidados de un médico judío al que Alamanda hacía acudir casi todas las tardes con gran dispendio, era previsible que no llegara a la primavera. Y algunos maestros tintoreros que ambicionaban ampliar su negocio revoloteaban como buitres sobre un animal moribundo con los ojos puestos en el taller, la casa, el negocio y sus licencias de amarillo y azul. Debía conseguir el apoyo real para poder ponerlo todo a su nombre. No podía confiar en el Gremio, que ya de por sí era el más débil del sindicato y que se resistiría como gato panza arriba a tener a una mujer entre sus maestros.

Los guardianes de la entrada del palacio eran aún más formidables que los que los acompañaban. Cada brazo de aquellos hombres era más grueso que la cintura de Alamanda. Franquearon la entrada al oidor y subieron ambos al primer piso por unas escaleras estrechas a la izquierda del vestíbulo. Pasaron luego por un largo corredor, con puertas cada veinte pasos que el hombre iba abriendo y un soldado cerraba detrás, en una coreografía de movimientos que debía de ser muy habitual a juzgar por la rapidez con la que avanzaban.

Llegaron por fin a un saloncito con las paredes cubiertas de tapices de lana merina y un hogar encendido con un par de sillas de brazos a ambos lados.

—Siéntate y espera —le ordenó el oidor, sin siquiera mirarla.

El hombre andaba con la mosca detrás de la oreja, pues no era muy habitual que un mero oficial de un gremio (¡y, encima, mujer!) osase negarse a un mandato de un funcionario real. Si había accedido a llevarla hasta allí era porque Alamanda había amenazado con destruir la tela y sabía cuánto anhelaba la virreina aquel vestido. Además, Su Alteza había expresado en diferentes ocasiones su voluntad de conocer a la joven tintorera cuya fama empezaba ya a extenderse por Barcelona. Sabía que doña María de Castilla estaba en el Palacio Real a aquella hora, ya que en breve sería tiempo de audiencias. En aquellos momentos debía de estar con el médico, para la sangría semanal.

Alamanda se sentó junto al fuego. Hacía frío en la ciudad y su maestro decía que probablemente nevaría pronto. Sintió un estremecimiento doloroso al notar el calor del hogar en sus pies helados. Abrazó el paquete que llevaba y repasó con la mente lo que quería decirle a la virreina, si es que llegaba a verla.

Para su sorpresa, mientras dudaba sobre cómo dirigirse a ella, pues olvidó preguntarle al oidor por el protocolo correcto, una dama de compañía, casi una niña, elegante y pizpireta, apareció en el saloncito y le pidió que la siguiera. Le ofreció la mano y ella se la dio. La niña dama caminaba por los pasillos con rapidez, dando saltitos, y ella seguía como podía. Llegaron por fin a una puerta de doble hoja, más alta que las demás, que la chica golpeó suavemente con los nudillos antes de entreabrirla para meter su cabecita en el interior.

Sin soltar la mano de Alamanda, abrió más la puerta y entró. Se vio de pronto en el dormitorio privado de la virreina y cayó en la cuenta, avergonzada, de que iba muy pobremente vestida. Tanto la niña dama como incluso la criada que atendía a María de Castilla llevaban ropas de mejor calidad, más limpias y distinguidas. Sus mejillas se arrebolaron antes incluso de posar en ellas su mirada la virreina.

El oidor estaba en la estancia y, al verla entrar, susurró algo al oído de su señora.

—Así que tú eres la tintorera que me tiene a los gremios soliviantados —dijo la gran señora desde su lecho—. Eres muy joven.

Arrodillado frente a la cama estaba el doctor Sarriba, médico personal de la virreina, quitando las sanguijuelas que había aplicado hacía unos minutos en un brazo y una pierna para aliviar el dolor de las articulaciones y restablecer el equilibrio de los cuatro humores. La mujer se sometía a ese tratamiento una vez por semana, pues su salud era delicada y tendía a un exceso de bilis negra, que le producía ataques de melancolía.

Alamanda no sabía si debía contestar alguna cosa y se limitó a encogerse muy levemente de hombros, aún consciente de lo inapropiado de su atuendo. María de Castilla, incluso en paños menores, vestía con mucha mayor elegancia que ella en su mejor día.

La dama de compañía que la había guiado hasta allí ayudó a la virreina a incorporarse, le arregló las arrugas de la camisa y le puso las zapatillas. María de Castilla era una mujer no demasiado alta, delgada, con las caderas anchas, a pesar de que su dificultad para concebir era la comidilla en todos los mercados del Reino, y la cara marcada por los estragos de la viruela, que ahora por la mañana, antes de aplicarse los polvos de solimán y los afeites, se veían más pronunciados. La niña dama la acompañó de la mano hasta el tocador, junto al hogar, donde se sentó con elegancia para someterse al peinado y maquillado diario. Sobre la mesa había doce frascos de perfume, cuatro tarros con ungüentos, un botecito de incienso, veinticinco peines de hueso o marfil de las más variadas formas y tamaños, dos cepillos de madera de boj con mango de plata, un espejo de bronce pulido, un joyero con una docena de pendientes, un collar con cuentas de oro y un colgante con una perla verdosa, dos abanicos y dos búcaros con flores que, en aquella época del año, solo podían ser blancos ciclámenes, seguramente recogidos aquella misma mañana de algún jardín del palacio.

La señora llevaba una elegante camisa larga y suave, de amplias mangas, con los puños abrochados sobre las muñecas con botones de nácar, un ribete de seda amarilla en la gargantilla y un manto oscuro afiligranado que la cubría con modestia. Sobre el armazón de alambre la esperaba el ajustador que ceñiría su talle rematado con botones de hueso de ballena, la saya ahuecada de un discreto color verdoso con bordados azulados y el corpiño de brocado de un azul velado con festones de añil.

—Me dice mi oidor que te has negado a entregarle la tela que pedí —le dijo sin mirarla.

Tenía la voz cansada, algo triste, y pronunciaba el catalán con fuerte acento castellano. Se había casado a los catorce años con el entonces infante Alfonso y su matrimonio no había sido nunca feliz. El rey partió a Nápoles en cuanto tuvo ocasión, dejando el gobierno de los territorios peninsulares de la Corona a su esposa. Eran tiempos inciertos a causa de la lucha por el poder entre la Casa Real y la aristocracia barcelonesa, con la Generalitat, las Cortes Generales y el Consell de Cent a la cabeza. El rey tenía el apoyo de los gremios y de los ciudadanos más modestos, mientras que la Iglesia, los nobles y los campesinos ricos apoyaban a las instituciones catalanas. Bajo su regencia se formaron dos partidos: la *Busca*, que unía a campesinos, mercaderes, artesanos, menestrales y pequeña burguesía y quería abolir los malos usos señoriales, y la *Biga*, la facción de los nobles y los terratenientes, apoyados por las altas esferas eclesiásticas, que querían que el rey acatara sus usos y costumbres y que, por ejemplo, tuviese que pedirles permiso para entrar en Barcelona o se sometiese al escrutinio de las Cortes. María de Castilla era una mujer inteligente y sensata y lograba con su mediación mantener la paz entre ambos bandos. Pero el esfuerzo la desgastaba y, a ojos de los súbditos reales, ella no era más que una autoridad provisional, con capacidad y prudencia, pero sin imperio efectivo.

Además, estaba la cuestión del dinero. La Corona era pobre y dependía de los créditos de la nobleza y el clero para guerrear en conquista o en defensa. Tres años antes, en el año de Nuestro Señor de 1436, el rey Alfonso había sido capturado en Nápoles y trasladado a Milán. Su rescate había movilizado a nobles y plebeyos por igual y se habían recaudado fondos para pagar por su liberación. La poderosa curia eclesiástica anunció enseguida al tesorero real que podía anticipar trescientos cincuenta mil florines y la aristocracia barcelonesa contribuyó con unos ochenta mil, todo ello a sumar a lo que ya debía el rey en préstamos anteriores para financiar sus campañas italianas. Esto hacía que la virreina se viese en una posición de sumisión permanente ante los levantiscos prohombres de la ciudad.

Alamanda hizo una torpe reverencia, que provocó una risita ahogada por parte de la dama de compañía e hizo que sus mejillas se tornasen de color de tinte de granza.

—Pido humildemente perdón, vuestra ex... —de repente se dio cuenta de que *excelencia* era el trato episcopal—, vuestra majestad. Era un encargo tan importante para mi tan modesto taller que he pensado que debía entregároslo yo en persona.

La virreina ladeó un poco la cabeza para mirarla. Un esbozo de sonrisa apareció en sus labios enjutos. La criada seguía alisándole el pelo, escupiendo sobre el cepillo para humedecer sus rizos rebeldes.

—Si tan importante era para vosotros, ¿cómo es que no ha venido el maestro en persona y, acaso, ha mandado a una oficial?

—Ruego que lo perdonéis, vuestra majestad, pero el maestro

tintorero Bonaventura Rispau, mi patrón, se halla muy enfermo de consunción. Dicen los médicos que no llegará a la primavera.

—Ah. En fin, pues lo siento. Siempre es triste cuando una ciudad pierde a uno de sus buenos menestrales. Vuestro gremio es pequeño. ¿Cuántos maestros lo componen?

—Once, mi señora... ¡vuestra majestad!

La niña dama se rio de nuevo, esta vez con menos disimulo, lo cual le valió una mirada de reproche del oidor.

—No te apures, mujer —le dijo la virreina—. Todo el que me conoce sabe que no le doy mayor importancia al protocolo. De hecho, me aburre. No hay nada más tedioso que escuchar una inauguración de Cortes, en la que se repasan los títulos y honores de todos los presentes, y luego se discute hasta la saciedad con el secretario si algún detalle no ha sido exacto, y se consulta el heraldo y los archivos para comprobar si el ofendido lleva razón o solo quiere aparentar. Hasta el tercer o cuarto día no se empieza a hablar de gobierno. En fin, que me estará todo bien mientras no me trates de *excelencia*, o, peor, de *magnífica*, que es como se hacen tratar los llamados *ciudadanos honrados*, esa casta de gallos engreídos sin más mérito que grandes bolsas de oro colgadas del cinto.

El doctor Sarriba pidió permiso para retirarse, una vez hubo recogido sus enseres y puesto las valiosas sanguijuelas, ahítas de sangre real, a buen recaudo. La criada aplicaba ahora alfileres al moño para mantenerlo en su sitio y que quedase bien recogido en la cofia.

—Bueno —siguió la virreina—, ¿puedo ver ya entonces la tela?

—Oh, sí, por supuesto, vuestra majestad —contestó ella, adelantándose y desdoblando el fardo.

María de Castilla cogió el vestido con ambas manos y lo extendió en un gesto súbito que descolocó su cofia, aún en manos de la criada. Abrió los ojos como naranjas y sonrió de admiración.

—¡Qué... maravilla!

El añil índigo, mordentado con la mezcla que la propia Alamanda había ideado y con un toque de salvado mezclado en una clara de huevo para avivar el tono, refulgía a la luz del hogar y de la lechosa claridad invernal que se colaba por las ventanas del palacio. Hasta la vivaracha dama de compañía postergó sus burlas para adelantarse y admirar la obra de arte que Alamanda les mostraba. El oidor, ceñudo hasta entonces, se inclinó hacia delante para ver la tela en todo su esplendor, olvidando en un instante la ofensa que la tintorera le había hecho aquella mañana. La criada interrumpió el peinado de su señora para llevarse una mano a la boca y ahogar un grito de asombro.

Ninguno de ellos había contemplado antes un tejido de un color tan rico.

—Nunca... nunca había visto un azul así —dijo la virreina, con genuino embeleso.

Alamanda seguía sujetando el extremo del vestido, aún insegura, pero con una tenue sonrisa en la boca. Ese índigo tan profundo, tan brillante, era su mejor obra hasta entonces.

—Podéis felicitar a vuestro maestro de nuestra parte —dijo la virreina—. Estoy muy satisfecha con el cumplimiento del encargo. No me equivoqué al escoger vuestro modesto taller, a pesar de que mi consejero de ajuar no vio la idea con buenos ojos, pues no dispone de sello de abastecedor real. Pero había oído de vuestra incipiente fama y esto la justifica con creces.

—Si me permitís, vuestra majestad... —empezó Alamanda, tras carraspear.

Ese era su momento. Para ello se había arriesgado a desafiar al funcionario real y por ello había insistido casi con insolencia en visitar a la virreina en el palacio.

—¿Bien?

—Mi maestro, al que tengo en gran estima... —dudó Alamanda—, no sabe que vuestro encargo llegó y ya está terminado.

La virreina enarcó una ceja.

—Está muy enfermo, vuestra majestad. Si le llego a comunicar que la orden provenía del Palacio Real habría querido levantarse, y aún debe guardar cama, pues está muy débil. No habría resistido el esfuerzo de hacer un buen trabajo.

—Entonces, ¿quién tiñó mi vestido?

—Yo misma lo hice, vuestra majestad. Veréis —añadió, ya decidida y con confianza—, he ideado un método por el que el índigo se fija mucho mejor a la lana, y, además, añado al baño de tinte una mixtura de mi invención que da brillo al entintado y lo preserva mejor.

Alamanda notaba que las palabras se le agolpaban en la lengua ante el silencio de la virreina, que la miraba con una mezcla de incredulidad y admiración. Explicó que en la abadía de Santa Lidia había observado que el salvado aumenta el fulgor del tinte una vez fijado, y que encontró algunos libros clásicos en la biblioteca de Sant Benet de Bages en los que se hablaba de técnicas que habían caído en el olvido.

—¿Sabes leer? —preguntó la soberana.

—Sí, vuestra majestad... Aprendí de letras y números de muy pequeña. Tardé un poco en entender el latín, pero un monje tuvo a bien enseñarme a leerlo.

La virreina, fascinada ya por la joven, conversó con ella durante más de media hora, preguntándole cosas sobre su vida, que Alamanda contestó lo mejor que pudo, obviando episodios comprometidos. La gran dama, genuinamente feliz de conversar con una plebeya sin ínfulas de asuntos mundanos, andaba descuidando su acicalado personal y poniendo muy nervioso al oidor, que trató de recordarle en varias ocasiones que tenía otros asuntos que resolver aquella mañana.

—¡Qué historia tan fascinante! —dijo, al fin, la virreina—. ¿Y qué piensas hacer cuando te quedes sin maestro? No faltarán talleres en el Gremio que quieran tener una oficial como tú.

Ella volvió a enrojecer, pues esa era su única oportunidad, pero temía estar cruzando de la desenvoltura a la ofensa.

—Majestad, yo había pensado que...

—¿Sí? —apremió María de Castilla ante su pausa prolongada.

—Veréis, tengo ahorrado el dinero suficiente, os lo aseguro. He hablado con el tribunal del Gremio y puedo optar al título de maestro. Ningún artículo de las *Ordenances* del Gremio prohíbe que haya una mujer maestra, lo he comprobado. Tengo intención de adquirir el taller y llevar yo el negocio.

—¡Ridículo! —exclamó el oidor, que no pudo reprimirse.

La virreina giró ligeramente la cabeza, pero sin llegar a mirarlo.

—Y ¿por qué es ridículo, si puede saberse?

El oidor tartamudeó, pillado desprevenido.

—Bien... En fin, una mujer... —Soltó una risita nerviosa—. Va contra los usos y costumbres... No sé, habrá que consultarlo con alguien.

—¿Consultarlo? ¿Acaso no soy la máxima autoridad del Reino en ausencia de mi marido?

Esta vez fue el oidor el que se sonrojó. Sus mejillas agrisadas se avivaron con el color de la sangre que le subía a borbotones al rostro por primera vez en muchos años. Decidió recular.

—Por supuesto, majestad. Os pido disculpas.

La virreina, María de Castilla, mujer a cargo de un reino convulso y dominado por hombres orgullosos enfrentados unos a otros por nimiedades, como niños peleándose por un sonajero, sonrió para sus adentros, pues veía en aquella joven muchacha la encarnación de sus sueños de infancia, truncados cuando tan solo con siete años fue prometida a Alfonso de Castilla, su primo, en virtud de unos acuerdos políticos que entonces no llegó a comprender. He aquí una chica con sed de libertad, se dijo. No seré yo quien la prive de su sueño.

—¿Tienes el dinero, dices? ¿Y cómo es eso?

—Mi padre adoptivo —mintió, notando como el sudor empezaba a acumulársele en las axilas—, que murió en un incendio, dispuso de una cantidad de oro para mí y otra para la abadía de Santa Lidia, donde quería que entrase como novicia. Al... al abandonar el convento, la madre abadesa, que es una santa mujer, me ofreció lo que quedaba de su donación, que era más de lo que yo esperaba. Con eso y lo que he podido ahorrar, pues llevo una vida austera...

—Bien, si es suficiente o no, lo decidirá el Gremio, supongo. Me alegra tu resolución y empuje. Esta ciudad necesita más personas como tú y menos intrigantes y cortesanos.

Pero había algo más. Su instinto le decía que la chica aún esperaba algo de ella.

—Y, sin embargo, aun teniendo mi bendición, sigues ahí plantada —le dijo, al cabo—. Sospecho, pues, que el hecho de que estés aquí en esta fría mañana, en vez de haberte quedado al cálido abrigo de los fuegos de tu taller, tiene algo que ver con un favor que deseas pedirme.

Alamanda abrió los ojos y luchó contra el rubor que amenazaba con volver a delatar su inseguridad.

—Así es, vuestra majestad. Tengo ciertas dudas de que, aunque logre superar el examen y convertirme en maestra, se me otorgue el acceso a la propiedad del negocio.

—¿Cómo pueden hacer eso?

—Simplemente retrasando la fecha de mi prueba. El tribunal puede decidir no convocarse hasta después de que muera Bonaventura Rispau, mi maestro. Si su óbito se produce antes de que yo acceda al grado de maestro, por ley el negocio saldrá a subasta y no podré pujar, pues solo un maestro titulado puede hacerlo. Alguno de los otros diez se quedará con el taller y con mis fórmulas.

—¿Y por qué creéis que podrían haceros eso?

—Porque el Gremio es muy tradicional, majestad. No quieren ver a una mujer maestra, tratando al *prohom* como a un igual.

Alamanda no mencionó que la inquina de los notables del Gremio no solo se debía a que fuese mujer, sino al hecho de que había violado las ordenanzas y costumbres cuando se puso a experimentar a espaldas de su patrón. Pero necesitaba que María de Castilla la apoyase, y esa era la única posibilidad de convencerla.

La virreina sopesó aquello un rato. La joven tintorera le estaba pidiendo que mediase en un asunto interno de uno de los gremios de la ciudad. Cierto era que el de los Tintoreros no era, ni mucho menos, el más poderoso, pero los otros podrían ver en su injerencia una amenaza y crearle problemas que Dios sabía que no necesitaba en ese momento.

Por otro lado, los menestrales de la *Busca* apoyaban a la Corona, pero dudaban de la efectividad de su mando. Quizá aquello le estaba dando la oportunidad de hacer sentir su autoridad en Barcelona y el resto del Principado.

Y, por último, estaba el hecho de que Alamanda era una mujer en un mundo de hombres, como ella; si no la ayudaba, nadie lo haría. Echarle una mano ahora era apoyar a todas las mujeres con iniciativa sofocadas por la dominación masculina.

—Te diré qué voy a hacer, Alamanda —comenzó, nombrándola por su nombre por primera vez—. Buscaré la manera de que el tribunal convoque el examen cuanto antes. Yo me encargo de eso. Pero debes prometerme una cosa.

—¡Lo que sea, majestad! —dijo ella, con el corazón desbocado por la euforia.

—Cuando llegue el día, por Dios y por todos los santos que espero que produzcas la mejor obra maestra que la ciudad haya visto en sus mil años de historia. Si me defraudas y no pasas la prueba, mi autoridad ante los hombres notables de Cataluña se verá seriamente dañada.

Aquello sonó más a una amenaza que a un espaldarazo, pero Alamanda estaba en una nube y solo percibió que se le daba la oportunidad que había estado buscando.

La virreina, de pronto cansada pero decidida a hacer frente a sus obligaciones de gobierno, se dio la vuelta hacia el tocador y ordenó a su criada que siguiese con el maquillaje.

—Ahora vete —le dijo con un gesto de la mano—. Confío en ti.

La virreina cumplió lo prometido y los exámenes se convocaron para el 14 de febrero, festividad de San Valentín. Se anunció, como era costumbre, por un bando gremial que recorrió los once talleres. Bonaventura Rispau llamó entonces a Alamanda a su habitación.

—Me han dicho que vas a presentarte —le dijo, tras sofocar un ataque de tos. Ella no pudo evitar observar las gotitas de sangre que salpicaron el pañuelo con el que pretendió taparse la boca.

—Así es, maestro. Con vuestro permiso.

—Sabes que no lo necesitas. Cualquier oficial reconocido por el Gremio puede presentarse sin necesidad de recabar autorización alguna. ¿Crees que estás preparada?

—Lo estoy, maestro. Sé que lo estoy.

—El examen constará de dos partes —prosiguió él, tras otro ataque—. En la primera te pedirán que produzcas un tinte del color que se les antoje. Te presentarán un pedazo de tela y el color debe quedar lo más parecido posible al que ellos te muestren. Y debe quedar bien fijado, pero solo es necesario que lo esté para el día de la prueba y te suelen preparar de antemano el pedazo de tela. ¿Me entiendes?

—Sí, maestro. Queréis decir que no me preocupe demasiado del mordiente en esa fase.

—Exacto. La segunda prueba será al día siguiente, sin límite de tiempo. Un juez te acompañará día y noche hasta que entregues tu *obra maestra*. ¿Has pensado qué harás?

—Sí, maestro. Utilizaré índigo.

Bonaventura tosió un par de veces, expectorando de tal manera que parecía que los pulmones iban a emerger por su boca.

—Eso es... ambicioso —dijo, al cabo, con un hilo de voz—. ¿Usarás aceite de vitriolo? Sabes que es extremadamente peligroso, ¿no? Un pequeño salpicón en tu piel puede horadarte la mano.

Alamanda lo sabía bien. Había leído sobre el ácido en los textos de Avicena, en la biblioteca de Sant Benet, y copió los párrafos más relevantes en su cuaderno de notas. El vitriolo podía causar severas quemaduras en la piel y ceguera permanente si una sola gota salpicaba los ojos. Además, reaccionaba con el agua, y al hervir esta en contacto con el ácido, tendía a saltar a gran distancia. Pero estaba dispuesta a probarlo; solo un gran maestro sería capaz de dominar ese método.

Bonaventura le dio su bendición y le deseó buena suerte.

—Esos buitres del Gremio van a ir a por ti, Alamanda. Tú representas todo lo que ellos odian: eres mujer, joven, ambiciosa y no dudas en saltarte la tradición para probar cosas nuevas. Eres una amenaza para el orden establecido durante siglos.

A duras penas podía seguir hablando sin que la tos lo venciese. A ella le daba lástima y se acercó para colocarle bien la almohada y llenarle el vaso de agua.

—Te confieso —prosiguió él, haciendo un gran esfuerzo— que yo pensaba como ellos cuando Marina y tú vinisteis a mi taller. No te acogí del todo bien al principio, hija; yo andaba distraído y no hallaba motivación alguna en mi oficio. Pero tú me devolviste la ilusión y el tiempo me ha demostrado que tú serás la mejor maestra tintorera que esta ciudad haya visto jamás.

—Gracias, maestro. Me emocionan vuestras palabras. No sabéis lo mucho que significan para mí.

El criado de Bonaventura acudió en ese momento para darle la tisana de lúpulo que le aliviaba las toses y Alamanda se retiró con su permiso.

El día catorce, al alba, en medio de una intensa lluvia helada que convertía el pavés en una superficie deslizante, se presentó en la Casa del Gremio al rayar el alba, muerta de frío y con los pies calados hasta el tuétano. Fue a inscribirse a la prueba, como era preceptivo, ante el secretario, que esperaba sentado tras una mesa con un libro de actos abierto en una página en blanco.

—¿No tienes nombre de familia? —le preguntó.

Ella no lo sabía. De su padre solo recordaba el nombre, Gastaud, y de su madre, que su familia provenía de una pedanía junto al puente de piedra de Vilomara.

—Alamanda Vilomara, pues —anotó el secretario.

Vio que eran dos los candidatos, pues además de ella, se inscribió un hombre llamado Ricard Bendit, que contaba más de treinta años y era oficial del taller de los Busquet, de la misma calle Blanqueria, y había decidido también que ya estaba preparado para el examen. Le explicó que pretendía llevarse el título de maestro del exigente gremio de Barcelona y montar su propio taller de entintado en Gerona, de donde era oriundo.

—Allí solo hay tres maestros tintoreros —le dijo—. Seguro que hay sitio para uno más, con todos los tejidos que llegan de Francia y más al norte.

Alamanda ni lo escuchaba, pues sentía unas terribles ganas de ir de vientre. Le dolía la tripa, suponía que a causa de los nervios, y apenas había dormido en toda la noche, esperando despierta a oír las seis campanadas de la torre de Sant Cugat del Rec. María de Castilla, la virreina, le había advertido que debía superar la prueba con honores o su autoridad se vería menoscabada. Por otro lado, sabía que los jueces examinadores no serían especialmente benévolos con ella; primero, por ser mujer en un mundo de hombres; segundo, por haberse visto obligados a convocar la prueba por presiones de las más altas instancias.

El presidente del tribunal era, como se esperaba, Gregori Fumanya, cuyo primer comentario al ver a los candidatos fue que la chica era demasiado joven para aspirar al grado de maestría.

—No hay ninguna regla en las *Ordenances* del Gremio que fije la edad mínima, honorable —le advirtió otro de los examinadores, Albert Muntallat—. Tan solo se aconseja que hayan pasado siete años de aprendizaje, y la chica estuvo antes en el obrador de la abadía.

—Pues quizá deberíamos incluir alguna norma al respecto —protestó el *prohom*—. No me gusta perder el tiempo, y menos con este frío. En fin, *Audentes fortuna iuvat*, como decía el gran Virgilio; la diosa Fortuna ayuda a los que se atreven, así que concluyamos cuanto antes.

El tercer juez era Miquel Martí, propietario y maestro del obrador de la esquina de las calles Blanqueria con Carders, y uno de los aspirantes a quedarse con el taller de Bonaventura Rispau, pues solo poseía licencia para el tintado en rojos y ocres. Alamanda tragó saliva y su tripa se quejó con el rumor de un trueno; dos de los tres examinadores eran claramente hostiles a su candidatura. El otro, Muntallat, era una incógnita.

Según las reglas de las *Ordenances* gremiales, el título de maestro se otorgaba por unanimidad. Pero la denegación de la licencia también requería un acuerdo unánime. Si los tres examinadores no se ponían de acuerdo, un tribunal, que podía involucrar a cualesquiera de los otros maestros, examinaría la obra maestra para decidir. Y entonces valía con la mayoría simple, aunque seguían contando los votos iniciales de los tres examinadores.

La *obra maestra* era esa pieza de artesanía que probaba que el aspirante a maestro era capaz de producir con la calidad exigida sin la guía de nadie. Era un requisito que demandaban todos los gremios para acceder al grado supremo de sus cofradías.

Se entregaron las vitolas que señalaban que Alamanda y Ricard estaban en proceso de examinación y no podían recibir ayuda alguna, ni siquiera entablar conversación con nadie sin consentimiento de los jueces. Fumanya mostró entonces una bolsa de cuero en la que había dos bolas, cada una de ellas con el nombre de uno de los examinadores auxiliares. Alamanda bendijo su suerte cuando vio que había sacado la bola con las iniciales A. M. Martí se fue con Ricard al taller de los Busquet, y ella fue acompañada, bajo el aguacero, por Muntallat.

Una vez en el taller de Rispau, el criado del maestro excusó que su patrón no saliese a recibir al ilustre colega, pero su estado de salud era ya muy precario y el mal tiempo desaconsejaba que abandonase su estancia. Muntallat lo comprendió y deseó una pronta recuperación a su buen cofrade. Sí que salió Marina, que agarró la mano de su amiga para desearle suerte, aunque parecía más nerviosa que la propia Alamanda y no paraba de soltar pequeños bufidos entrecortados que hacían temblar sus mejillas.

—Bien, muchacha, en este cartapacio tengo dos trozos de tela. Uno de ellos está tintado; el otro es tela cruda mordentada. Deberás igualar ambos tejidos de manera que no se note la diferencia entre uno y otro cuando sean examinados por mis colegas. ¿Comprendes esta primera prueba?

Alamanda asintió, tragando saliva de manera ruidosa.

—Bien. Tienes hasta las cuatro, pues debo llevar la prueba de tu desempeño a la Casa antes del anochecer —añadió el examinador, dándole el paquete—. Y, si superas esta prueba, mañana deberás empezar a producir tu obra maestra, ¿has comprendido?

Ella abrió la carpeta de cuero asintiendo y con el corazón encogido. Ya no había vuelta atrás; ese era su gran momento. Extrajo primero la tela cruda y después, la tintada. Inspiró aire con fuerza y se le aceleraron aún más los latidos. El pedazo estaba teñido de un maravilloso color verde esmeralda, un tono irisado que tendía del amarillento al azulado según le diese la luz. No existía ningún pigmento verde, más allá de la caparrosa de cobre, de la que se obtenía un tono mate y argentado como el envés de las hojas del olivo. Pero en cualquier caso no tenía tiempo de meter una placa de ese metal en orujo para producir el polvillo verdoso, pues era un proceso que duraba semanas. Además, la caparrosa verde en ningún caso producía un entintado de tal riqueza de matices como el que le habían dado para imitar. No; debía obtener el color mezclando dos de los principales tintes vegetales.

Alamanda no tenía manera de saber si al otro candidato le habían dado el mismo pedazo de tela, pero no quiso perder tiempo especulando. Tenía unas ocho horas hasta las cuatro de la tarde, y la lluvia no iba a facilitarle las cosas. Como no existía el pigmento verde, debía crearlo mezclando gualda con azul. Decidió al instante que no utilizaría el índigo, pues ese iba a usarlo después para su obra maestra. Para el azul, prepararía tinte de glasto, o hierba pastel. No tenía tiempo de fermentar las hojas, así que lo dispondría todo a partir de sus reservas de hojas secas.

Pero antes de empezar, cerró los ojos para controlar su respiración. Impertérrita al ruido incesante del aguacero sobre las tejas de barro cocido y a las miradas de impaciencia de Marina, se mantuvo completamente quieta durante un par de minutos. El juez Muntallat estuvo a punto de intervenir, temiendo que a la chica le hubiese dado un vahído inhabilitante.

De pronto, abrió los ojos, esbozó una sonrisa y dijo:

—Bien, pues vamos a ello, que tengo una tela que tintar.

En el laboratorio, sin pausa, pero sin precipitación alguna, puso en una cubeta una libra medicinal de glasto, que pesó cuidadosamente en las romanas, calculando que sería suficiente para el pedazo de paño. Añadió otras dos de gualda, para la que se necesitaba más cantidad, pues la planta contenía menos pigmento. Metió también goma de tragacanto, ocho onzas de cal apagada y dos palitos de creta. En un impulso postrero, añadió también una pizca de granza, a escondidas del juez, que departía con Marina mientras ella hacía los preparativos. No sabía si iba a utilizarlo, pero había notado un ligero tono carmesí que subyacía en el tornasolado del pedazo de muestra y decidió que podía probar con añadir unos granitos de pigmento rojo. Y lo hizo a escondidas, porque las reglas de la prueba especificaban que debía que debía usar los tintes autorizados para su obrador, y el rojo no era uno de ellos.

Pasaron después al taller de tintorería, donde enseguida puso la gualda a macerar en agua fría. A la vez, empezó a hervir cuatro porrones de agua del *rec* en una olla de cobre sobre una de las lumbres. Metió en ellos el glasto y, una vez arrancó el hervor, retiró la olla del fuego para que se enfriase poco a poco.

Buena parte del proceso de entintado consistía en saber esperar. Los tintes llevaban sus tiempos, que no debían acelerarse. Así pues, Alamanda tenía ante sí unas horas en las que debía sentarse y tragarse su impaciencia, ya que los procesos químicos seguirían solos a su aire. Había decidido teñir primero de azul y después de amarillo. Pensó que, si lo hacía al revés, quizá la mayor intensidad del glasto se comería literalmente a la gualda.

Alamanda medía el tiempo con la campana de la iglesia de Sant Cugat del Rec, que daba los cuartos y las horas con bastante precisión. Esperó a que pasase una hora para volver a colocar la olla de cobre en fuego lento y mantener así la temperatura del agua y evitar que se enfriase demasiado.

Un par de angustiosas horas más tarde comprobó que el glasto había empezado a burbujear. Añadió entonces con una cucharilla de cobre la cal apagada, exactamente ocho onzas, y removió la mezcla con una pala de madera, muy despacio, para dejar que el tinte se hermanase con la cal. Normalmente, la remoción la llevaban a cabo Pastor o Cassià, porque era una tarea pesada que requería fuerza y aguante. Pero ahora tenía que hacerlo ella sola y debía menear la pala durante casi tres horas para evitar que la mezcla se apelmazase. Cuando la campana marcó las once, Alamanda ya casi ni sentía los brazos de cansancio, y a la media empezó a sentir calambres en los músculos.

En ese momento llegó el *prohom* Gregori Fumanya y se enzarzó en animada conversación con Albert Muntallat sin quitarle ojo de encima a su denuedo. Ha venido a ver mi fracaso, pensó Alamanda, sin dejar de remover. Pues se quedará con un palmo de narices, se dijo, redoblando esfuerzos.

—Ay, niña, me gustaría ayudarte —se ofreció Marina, ante sus resoplidos.

Ella sonrió, agotada y agradecida, y se secó el sudor de la frente con el dorso de la mano. Ambas sabían que eso invalidaría la prueba. Ni siquiera debía contestarle, pues no le estaba permitido hablar con nadie durante el examen.

Por fin sonaron las doce y Alamanda pudo tomarse un respiro. Cogió con las pinzas un trozo de lino preparado para teñir que tenía en el taller y lo sumergió en el baño. Comprobó con satisfacción que el tinte tenía buena pinta; como siempre ocurría con el pastel, salía primero de un color verdoso y, al secarse, adquiría el color azul que andaba buscando. Tomó entonces el pedazo de tela cruda que le había dado el examinador y lo introdujo en la mezcla con prudencia. Lo agitó suavemente unos segundos y después lo extrajo. Para su horror y consternación, el tinte no se había agarrado a las fibras y resbaló por él como una gota de agua sobre el lomo de un cisne.

Marina soltó una exclamación y se tapó la boca. Alamanda se dio la vuelta sin comprender, al borde de las lágrimas de frustración, y pilló el gesto petulante de Fumanya mientras la miraba de soslayo. Iba a protestar, pero al ver la mueca de satisfacción del *prohom* le pudo la ira. Le lanzó con rabia la tela caliente y empapada.

—Sostenedme esto mientras voy a por el alumbre, ¡*honorable*!

Había pronunciado la última palabra casi como un insulto mientras salía sin protección alguna contra la lluvia a buscar el mordiente.

Muntallat se dio cuenta enseguida de que el pedazo de lana no había sido tratado con mordiente.

—Debemos cancelar la prueba, honorable —le dijo a Fumanya, recogiendo el retal húmedo que se había caído al suelo—. No tendrá tiempo de mordentarlo.

El *prohom*, todavía sacudiéndose con un pañuelo las salpicaduras que le había producido Alamanda al arrojarle la lana, no dijo nada hasta que ella regresó.

—Es evidente —dijo entonces— que ha habido un fallo lamentable. Pero esto no debería impedirnos juzgar su desempeño en la confección del color.

—¡Pero si no se puede entintar! —protestó el otro juez.

—Puede intentarse. El jurado valorará las dificultades añadidas y, como medida de gracia, podemos concederle una hora más para finalizar la prueba. Niña, tienes hasta las cinco. Agradece la magnanimidad del Gremio, porque esto, que yo sepa, no se había concedido jamás. Ah, y recuerda conservar la mente serena en los momentos difíciles, o, como dice Horacio, *Aequam memento rebus in arduis servare mentem.*

Alamanda lo miró con los ojos como saetas envenenadas. Su mirada cruzó el taller como un rayo joviano, sobresaltando por un momento a la imponente figura del honorable cónsul de los gremios textiles.

No había tiempo que perder. Metió seis onzas de cristales de alumbre a hervir en una olla esmaltada mientras seguía removiendo la mezcla de glasto. En una decisión audaz, salió un momento hasta la alacena y regresó con una botella de vino. Añadió un chorrito a la mezcla, pensando que ello retrasaría el apelmazamiento, porque precisaba ahora cuatro brazos para preparar ambos colores y el mordiente a la vez.

Recortó el tiempo de preparación de la tela a menos de una hora, confiando en que fuese suficiente. Mientras tanto, siguió removiendo el glasto y poniendo a calentar la gualda, aunque sabía que era prematuro y que quizá no se hubiese transferido todo el pigmento de la planta seca al baño. Sonaron las dos en la iglesia de Sant Cugat; le quedaban tres horas para acabar de preparar ambos tintes, teñir primero de azul, dejar secar y después aplicar el tinte amarillo, suponiendo que el tratamiento con alumbre surtiese efecto. No habría tiempo para corregir; si no salía bien a la primera, suspendería el examen y, con ello, se esfumarían sus esperanzas de adquirir el negocio de su patrón, pues era difícil que el bueno de Rispau sobreviviese hasta la siguiente convocatoria.

—No lo va a conseguir —murmuró Muntallat a su colega—. Sigo pensando que, tal vez...

—Yo creo que lo está haciendo bastante bien, maestro —lo interrumpió el *prohom*—, para ser una mujer... —añadió.

—Si me permiten, ilustres señores —intervino Marina, tras volver con algo de almuerzo para su amiga—, no me parece justo que deba probar su valía en estas condiciones. ¡No hay manera de mordentar un tejido y teñirlo el mismo día, por Dios!

—¿Y tú quién eres, si puede saberse?

—Marina, oficial del gremio de Tintoreros de Barcelona, magníficos señores —contestó, alzando el mentón en actitud de orgullo.

—¿Así que tú eres la otra monja tintorera?

—Ya dejé los hábitos años ha, excelencia.

—Llámame *honorable* cuando te dirijas a mí, ignorante.

—Puede que sea una ignorante —masculló Marina, la sangre

agolpándose en sus mejillas de repente—, pero sé lo que es justo y lo que no. ¡Algún día, cuando Alamanda sea la mejor maestra tintorera del Reino, se avergonzarán vuestras mercedes del trato que le dispensaron!

Sin esperar respuesta, se fue resoplando de rabia y con la mirada ardiente, dejando a los dos maestros algo turbados.

Alamanda, ajena a todo aquello, estaba añadiendo un poco de tragacanto a la gualda para fortalecer su brillo, volvió corriendo al glasto, acabó de remover y se decidió a intentar el tintado en ese punto. Esta vez, el retal de lana salió del baño con un color verdoso oscuro, tono normal en el glasto antes de secarse, y ella lanzó un grito de triunfo. El mordiente había actuado sobre las fibras y por fin el tinte se había agarrado a ellas.

Sin tiempo que perder, puso la tela sobre una rejilla un par de brazadas por encima de uno de los hornos. Normalmente no lo haría, por si el tejido se ahumaba, pero tenía prisa por secarlo y nadie había dicho nada sobre cómo debía oler el tejido entintado. Por otro lado, debía controlar muy bien la humedad del paño, pues si se secaba demasiado el glasto no mezclaría bien con el amarillo de la gualda y no conseguiría dar con el deseado color verde.

La campana marcó las tres y media. El pigmento amarillo estaba ya preparado, pero la experiencia recomendaba hervir la tela durante dos horas en el baño de tinte para que la coloración fuera más intensa. No había tiempo para ello. Cuando creyó que el retal estaba lo bastante seco, lo sacó de la rejilla y comprobó aliviada que el color se había tornado azul, como debía ser, y que aún conservaba suficiente humedad. Lo trató entonces con un poco de vinagre para darle más brillo y lo sumergió en el baño de gualda. Mientras lo llevaba al hervor, disolvió los dos palitos de creta en una cazuela de agua fría.

La torre de la iglesia parecía acelerar las campanadas. Sonaron de pronto las cuatro y, al rato, los tres cuartos, y a Alamanda le dio un vuelco el corazón. Seguía removiendo el baño, pero la tela parecía tan azul como cuando la había sumergido en él, hacía ya más de una hora.

Los dos jueces, que en todo ese rato se habían hecho traer unas cómodas butacas, algo de comida y un garrafón de vino, se miraron y negaron con la cabeza, uno de ellos con satisfacción, el otro con desabrimiento.

Cuando quedaban unos minutos para que sonasen las cinco campanadas, Gregori Fumanya se levantó, se sacudió unas migas del jubón y fue a buscar su gabán. Allí dentro hacía calor, pero fuera todavía arreciaba el temporal y era pleno invierno. El frío siempre húmedo de la ciudad en esa época era capaz de meterse hasta el tuétano de los huesos.

—¡Y bien! Voy a esperaros en la Casa del Gremio. Confío, muchacha, que me llevarás allí la tela en cinco minutos. Juzgaremos tu desempeño en el salón de actos.

Jadeante por la carrera y calada hasta la camisola interior, Alamanda presentó ambos retales sobre la mesa, colocándolos encima de un mantel blanco en el que había dos cubetas de madera, una en la que se leía «Examen» y otra en la se leía «Muestra», ambos en grandes letras rojas. Puso el pedazo que debía ser examinado en la cubeta de examen y dejó el otro en la de al lado. Comprobó sin sorpresa que el pedazo de tela que había debido copiar el otro aspirante, Ricard Bendit, era un simple rojo de granza, mucho más sencillo de realizar, pero a esas alturas ya no le importaba nada más que el veredicto.

Se retiró unos pasos del estrado y se quedó de pie, en medio de la sala, con las manos entrelazadas a su espalda, con el corazón desbocado. Marina estaba a la puerta del salón rezando una novena por su amiga, diríase que más nerviosa que ella, haciéndose un hueco a codazos ante la muchedumbre que quería presenciar el dictamen. La mayoría de los maestros tintoreros de la ciudad estaban en el salón, así como muchos de sus oficiales y aprendices y algunas docenas de curiosos de otros gremios textiles, pues había corrido la voz sobre el examen instigado por la virreina, y el hecho de que una de las candidatas fuese una chica joven de la que comenzaba a hablarse estimulaba la curiosidad de los ciudadanos.

La tela que tenían ante sus ojos los tres examinadores estaba húmeda todavía. Su color verde era hermoso y parecía bien fijado. La unión de ambos tintes estaba equilibrada, lo que le daba al verde la intensidad del azul y la luz del amarillo. Se pasaron el retal de uno a otro, examinándolo en silencio durante largos minutos, poniéndolo a contraluz, separando las fibras con las uñas, acercando la mirada a escasas pulgadas.

En conclusión, cuchichearon entre sí un buen rato, gesticulando con alguna vehemencia, negando y asintiendo con la cabeza. El *prohom* alzó las manos al final y pidió silencio.

—Es evidente que la candidata posee los conocimientos rudimentarios del entintado. Aunque con algunos minutos de retraso, y después de habérsele concedido un período de gracia de una hora —e hizo una pausa innecesaria en este punto para que el gentío apreciase su magnanimidad—, ha presentado su trabajo ante este tribunal. El color es verde, en efecto, mas se aprecia que no tiene ni el brillo ni la profundidad de la muestra que se le dio, y que aquí les expongo.

El *prohom* alzó la muestra en la mano izquierda, mientras sostenía la tela de Alamanda en la derecha.

—Como quizá lleguen a apreciar vuestras mercedes en la distancia, si es que no tienen la cabeza embotada por una cena abundante, siendo la hora que es, pues ya dice el viejo Séneca que *Copia ciborum, subtilitas impeditur*, el color de la tela que muestro aquí —dijo, alzando la mano izquierda— es vivo, ardiente, natural. En cambio, el que tengo aquí —alzando ahora la derecha— es rudo, deslustrado, carente de vida. Pueden parecer similares, pero un maestro, un auténtico maestro del gremio de Tintoreros que tengo el honor de presidir, sabe distinguir un buen color de otro mediocre.

Albert Muntallat se revolvió en su estrado, visiblemente incómodo, evitando fijar su mirada en la chica.

—Así pues —continuó Fumanya—, es la opinión unánime

de este tribunal, que la candidata Alamanda Vilomara no ha logrado imitar con suficiente maestría la muestra de color que se le proporcionó.

Un murmullo de decepción y alguna risa apagada recorrieron la sala.

—Por ello... —quiso continuar.

—Con la venia, honorable —interrumpió, de pronto, Alamanda.

Gregori Fumanya, visiblemente contrariado, pretendió seguir, pero Muntallat le tocó el brazo con discreción.

—Todo candidato tiene derecho a explicarse, honorable —le dijo.

—Está bien. Pero sé breve, que ya es muy tarde —le advirtió el *prohom*.

—Señores maestros. Dicen que el color que sostiene vuestra merced en su diestra es «rudo, deslustrado y carente de vida», ¿es así?

—Así es.

—Y que el de la izquierda es «vivo, ardiente y natural», ¿cierto?

Fumanya asintió, cada vez más hastiado. Un rumor empezó a alzarse en la sala, ya que aquello era inusual.

—Pues me place informar a vuestras mercedes que coloqué adrede la muestra que me dieron en la cubeta de la derecha y el retal que yo tinté en la de la izquierda, de manera que el que sujeta el honorable en su mano izquierda, ese que tanto ha alabado, es el mío.

El rumor de la sala se tornó en un guirigay. El *prohom* miró confundido ambos pedazos de tela y por su expresión de sorpresa era evidente que no sabía distinguir uno del otro. Se oyeron gritos de asombro, algunas risas, protestas y palmadas. Marina soltó un chillido agudo y se puso a aplaudir. Algunos quisieron ver las telas de más cerca y los que habían quedado fuera del salón, al oír la conmoción, empujaron para entrar y poder ver qué sucedía.

Albert Muntallat soltó una carcajada. Fumanya se tornó de un color más rojo que la mejor de las granzas y Alamanda a duras penas pudo reprimir una sonrisa de triunfo.

Cuando el alguacil del Gremio logró restablecer el orden, Fumanya acusó a la muchacha de duplicidad, de mezquindad, de querer burlarse de los siglos de tradición gremial que la precedían. Ella aguantó el chaparrón impertérrita. Luego fue acusada de mentirosa, pues ¿cómo iba a saberse si era cierto que ella había colocado mal los pedazos de tela? A ello contestó Muntallat, con una gran sonrisa.

—Amigo honorable —dijo, alzándose y poniendo una mano en el hombro de Fumanya—, es irrelevante si la chica dice la verdad o no. El solo hecho de que no sepamos diferenciar la muestra que le dimos de la que ella ha teñido es prueba suficiente de que ha logrado replicar el color a la perfección. Maestros tintoreros, creo que convendréis conmigo en que Alamanda Vilomara ha superado esta prueba con suma distinción.

Mientras el *prohom* se dejaba caer sobre el escaño con tanto enojo que alguno de los testigos afirmaría después que salían nubes de humo negro de sus orejas, la mayor parte de los curiosos se alzó en vítores y Marina, obviando el protocolo y sorteando al alguacil, corrió a abrazarse a su amiga con tal ímpetu que casi da con su figura en las frías losas del salón de actos.

Aquella noche, derrengada como estaba, Alamanda tuvo la satisfacción de recibir a un lacayo real que le traía un mensaje de felicitación de la misma virreina, a oídos de la cual había llegado ya la noticia de su astucia.

Una semana más tarde, sentada a solas en el salón comedor del palacio, María de Castilla estaba terminando, con cierto placer y algo de hastío, un guiso de torcaz con almendras confitadas y ajos tiernos que su cocinero favorito le había preparado. Poco después, cuando el sol hacía un par de horas que se había escondido por detrás de Collserola, llegó a sus aposentos acompañada de Juana, segoviana como ella, la dama de compañía joven y pizpireta que había escoltado tiempo atrás a Alamanda hasta ese mismo lugar. Estaba muy cansada, después de un día de batallar con el protocolo de las Cortes. Aquel año de Nuestro Señor de 1439 había convocado, a instancias de su marido ausente, otra sesión de Cortes en Barcelona. Algunos barones y eclesiásticos mostraban signos de rebeldía contra el poder real y debería tomar medidas contra ellos.

La jornada había transcurrido en interminables deliberaciones sobre protocolo y ceremonias que para ella carecían de sentido, pero que comprendía que daban entidad y solemnidad al órgano de gobierno. Sin embargo, odiaba profundamente las rencillas absurdas entre los tres brazos de la institución, el militar, el eclesiástico y el real, cada uno de los cuales era idéntico en su terquedad y pocas veces miraba por el bien común. Si por ella hubiese sido, habría llenado las Cortes de mujeres diputadas, que a buen seguro serían mucho menos cerriles que los hombres.

Tenía sobre la mesa el tema de las *remences*, la cantidad que debían pagar los siervos de la gleba para librarse de las servitudes abusivas que les imponían los nobles rurales. Los terratenientes pretendían limitar la posibilidad de liberación del vasallaje y aumentar sus privilegios, con medidas como la libre disposición de las masías y tierras abandonadas por los campesinos pobres, los derechos de apropiación en caso de *intestía*, es decir, que el campesino muriese intestado, o la llamada *cugucia*, por la cual un señor se quedaba con un tercio de los bienes de su vasallo si la mujer de este le había sido infiel. Y lo peor era que, aunque los nobles urbanos se oponían, los señores feudales tenían el apoyo de la Iglesia, que afeaba a los campesinos su «injusta demanda de libertad». ¿Podían ser injustos los anhelos de libertad?, se preguntaba ella. ¿Era pecado el libre albedrío? La Iglesia argumentaba que Dios había creado a algunos hombres para mandar y a otros para servir, y que subvertir ese orden era ir en contra de la voluntad divina. ¿Y las mujeres?, quería inquirir ella a veces. ¿Para qué había creado Dios a las mujeres? ¿Tan solo para que su cuerpo sirviese de solaz a los hombres y su vientre para la procreación? Ella se hacía cruces del egoísmo de unos y de la cerrazón de los otros.

—Os han preparado vuestra tisana, majestad —dijo Juana, presentándole la bandeja de plata con la infusión de tila y tomillo con regaliz, salvia, hojas de sauce, hinojo y pimienta, cuya función era aliviar las dolencias estomacales crónicas de la virreina—. ¿Queréis que os la fortalezca hoy?

—¡Qué bien me conoces, Juanita! —sonrió ella, sentándose en la banqueta frente al tocador—. Sí, dale con un chorrito de aguardiente, que hoy lo necesito.

La criada entró mientras Juana le añadía vigor al brebaje. Hablaban entre ellas en castellano, su lengua nativa, pues les era más fácil y cómodo que el cortante y sincopado idioma catalán que habían debido aprender en aquella Corte. La chica se afanó enseguida en la tarea de despeinar a su ama, quitando uno a uno los alfileres del tocado y deshaciendo después el intricado moño. Después comenzó a quitarle los polvos de solimán con un paño húmedo y a preparar los afeites para la noche.

Llamaron a la puerta y asomó la cabeza el oidor de la Corte.

—Perdonad, majestad, pero tengo noticias del gremio de Tintoreros.

—Ah, sí, por supuesto. He estado esperándolas estos días. ¿Por fin ha presentado la chica su obra maestra?

—Así es, majestad —siguió el oidor, entrando en el dormitorio—. La ha presentado esta mañana.

—¿Y bien?

—Dicen los que la han visto que es excepcional, que nunca ha habido obra tan superlativa en ese gremio.

La virreina sonrió, satisfecha. Había tenido dudas sobre si debía interferir en los asuntos internos de la cofradía, porque los gremios barceloneses eran muy celosos de su independencia. Pero si la chica había triunfado, habría valido la pena. E incluso puede que su autoridad se hubiese visto algo reforzada, lo cual podía venirle muy bien, pues los mercaderes, artesanos y campesinos eran los grandes apoyos con los que el poder real contaba en Barcelona.

—Relatadme, pues, cómo fue.

—Veréis, majestad. Tras la primera prueba, de cuyo resultado ya tuvisteis noticias, cambió el ambiente entre los maestros tintoreros. No hace falta que os recuerde la hostilidad con que fue recibida su candidatura al grado de maestría. Y cuando percibieron que su intención era quedarse con el taller de su patrón, de a poco no se sublevan. Pero a casi todos cautivó la astucia con la que probó su valía. Cuentan que cuando hoy ha presentado la obra maestra, el salón de actos del Gremio estaba a rebosar de curiosos, y era tal el fervor y cariño por la chica que ni el más duro de los examinadores se habría atrevido a darla por fracasada. Sin perjuicio, claro está, de que el tejido de algodón que presentó, dicen que entintado de un azul como jamás se ha visto en la ciudad, era una maravilla. En verdad, una obra maestra que hace honor a su nombre.

—Me alegro. Así pues, ¿debo entender que Barcelona cuenta, por primera vez en su historia, con una maestra tintorera?

—En efecto, majestad. Y todo, gracias a vos.

—No, no. No me halaguéis innecesariamente. Todo se debe al empuje y buen hacer de esa chica excepcional. Yo solo le allané un poco el camino en cuanto estaba en mi mano hacerlo.

El oidor, tras excusarse, se marchó, cerrando la puerta tras de sí. Había entrado ya la doncella de cámara, dispuesta a desvestir a su señora.

—Aquí tenéis, majestad —le dijo la dama de compañía, ofreciéndole la tisana embravecida.

La virreina tomó un largo sorbo, antes de levantarse para someterse al desvestido, y se sintió bien de inmediato.

—Al final no va a acabar tan mal después de todo este día de San Eleuterio. Me alegro por la tintorera, y sobre todo por la cara que se le debió de quedar al *prohom* cuando se vio superado en astucia por una chica.

Juanita se rio. Comentó que se veía que Alamanda era muy lista.

—Y muy audaz —prosiguió la virreina—. A veces yo debería serlo más...

—Vos sois una estrella que guía al Reino, majestad. Como el lucero que guio a los Hombres Sabios hacia el Niño Jesús.

—Eres muy dulce, Juana.

La mujer estaba ya en paños menores, tras entregarse con paciencia al tedioso proceso de desabrochado del corpiño, el refajo, los zaragüelles y las enaguas. Era un misterio cómo podía siquiera caminar con todo aquello puesto. Indicó a la doncella que le preparase el camisón de algodón blanco y sencillo con el que gustaba dormir. Mientras tanto, había vuelto la criada, que le lavó las axilas y la entrepierna con una esponja de mar empapada en agua con aceite de rosas y le aplicó un ungüento de malvavisco y caléndula para suavizar su piel siempre áspera. Después esperó a que la doncella de cámara le pusiera el camisón y se sentó de nuevo en el tocador para que la criada le cepillase el pelo antes de echarse en la cama.

—Aséate, Juana —le dijo entonces a la joven—. Hoy no me apetece estar sola.

La dama de compañía dio unos saltitos de alegría y batió las palmas un par de veces. Se fue a su recámara a acicalarse para su reina y volvió justo cuando ella se acababa de acostar, ya despedidas las sirvientas. Extinguió las lámparas de aceite, se quitó las pantuflas y la camisola y, a la luz íntima y temblorosa del hogar, se acurrucó a su lado bajo las sábanas, dispuesta a servir a su señora como nadie más era capaz de hacerlo.

Gregori Fumanya caminaba en círculos, atusándose la barba con dos dedos, como siempre hacía cuando estaba preocupado por algún asunto. Al otro lado de la mesa, de pie, con las manos sobre el respaldo de una de las sillas, esperaba Miquel Martí, maestro tintorero de la calle Blanqueria con licencia para rojos y ocres. Sentado, a su derecha, estaba Jaume Pons, un maestro de la calle Calders que siempre había sido hostil a Alamanda.

—Ha tenido la desfachatez, como primera providencia, de solicitar permisos para teñir en colores que no pertenecen a su obrador —dijo.

—Ya los juzgamos y multamos por ello —contestó Martí.

—Sí, pero cuando no era maestra, sino oficial. No pudimos probar que Bonaventura, que en paz descanse, supiese nada del tema. Es más, él nos aseguró que la iniciativa era de las dos muchachas, mas luego abogó por evitar su expulsión. ¡Incomprensible!

—Por supuesto que no sabía nada. Era esa muchacha, por su cuenta y riesgo.

—Es un peligro.

—¡El diablo en persona!

Fumanya seguía sin decir nada.

—El mes que viene hay que elegir a un nuevo *prohom* —dijo, de repente—. Debemos maniobrar para que escojan a alguien en quien podamos confiar.

—E influir.

Gregori Fumanya lo miró con disgusto. Se daba por supuesta la independencia de criterio del *prohom*, quien recibía el título de honorable, y la sola insinuación de que podía maniobrarse para intervenir su voluntad estaba fuera de lugar.

—Dicen que Muntallat será el candidato esta vez.

—Eso es precisamente lo que me preocupa. A Muntallat le cae bien Alamanda. Es posible que vea con buenos ojos otorgarle la licencia de rojos, así, sin más.

—¡No sería capaz!

—Dicen que tiene ideas renovadoras y eso puede ser el fin de nuestro monopolio. Imaginaos qué ocurriría si, de súbito, se permitiese a los tejedores, o a los curtidores, o, Dios nos libre, a los comerciantes de tejidos, teñir sus propias telas... Imaginaos a un ropavejero haciendo negocio con viejos trapos entintados de mala manera en un rincón de su casa. ¡Dónde iremos a parar!

—Debemos ser astutos —dijo Fumanya, sobándose aún los pelos de la barba— y presentar de manera sutil un candidato alternativo. Jaume, tú eres el más veterano entre nosotros. Creo que deberíamos empezar a promocionarte como futuro *prohom*. Darás un paso al frente y meteremos tu nombre en la bolsa para el sorteo. No es habitual que haya más de un candidato en un gremio pequeño como el nuestro, pero por otra parte demostramos así que es una cofradía vibrante y llena de vida.

El interpelado, que, secretamente, albergaba esperanzas de presidir la hermandad, alzó las cejas y no pudo evitar una sonrisa.

—Como *prohom* saliente, yo seré el encargado de sacar la bola de la bolsa. Ya me encargaré de elegir la que realmente nos convenga.

El pleno se celebró a principios del mes siguiente. Gregori Fumanya, que se había excedido esa mañana con la esencia de abelmosco e iba dejando un rastro de perfume a su paso, inauguró la sesión renunciando formalmente a dirigir la cofradía una vez extinguido el plazo de su presidencia. Iba a mantener su dignidad de cónsul de los gremios ante el Consell de Cent, pues ese era un honor que concedía a título personal la institución de gobierno. Preguntó, entonces, como era menester, si algún maestro quería dar el paso adelante para presentarse como candidato a presidir el gremio de Tintoreros de Barcelona.

Albert Muntallat, al que habían persuadido otros colegiados para que se presentase, dio el paso al frente con una sonrisa modesta. Alamanda, con un cosquilleo en la tripa por ser el primer cónclave al que asistía como maestra, aplaudió mentalmente su gesto.

—¿Alguien más? —preguntó Fumanya.

Muntallat alzó una ceja, pues hacía décadas que el *prohom* se elegía por consenso, con un único candidato que contaba, en teoría, con el apoyo unánime de los demás maestros. Para sorpresa de muchos, Jaume Pons avanzó.

—Bueno, pues parece que vamos a tener que proceder a un sorteo —dijo Fumanya, con evidente satisfacción—. Hace mucho que esto no ocurre en nuestro gremio. Bien, convengamos de nuevo en esta sala en, digamos, media hora. Tendré para entonces preparada la bolsa con las dos bolas y extraeré una para decidir el candidato. El buen Dios sabrá guiar mi mano para dar con el que más convenga al Gremio, sabiendo que ambos son dignos de toda confianza.

Media hora más tarde, un satisfecho y excitado Fumanya blandía un saquito de tela de color azul y pidió al secretario que pusiese en ella las dos bolas, una con las iniciales A. M. y otra con las letras J. P., tras mostrarlas a la audiencia. El *prohom* hizo gran alarde de apartar la vista cuando el secretario mostraba las bolas de madera, para que todos los maestros apreciasen su ecuanimidad.

Los dos candidatos estaban de pie en primera fila, algo nerviosos por lo inusual de la ceremonia. Con discreción, sin que nadie se percatase de ello, Miquel Martí se acercó por la espalda a Joan Pons y le dijo que todo estaba preparado.

Gregori Fumanya empezó a describir lo que iba a hacer, con grandes circunloquios, como le gustaba hacer.

—He practicado una muesca en la bola de Muntallat —susurró Martí a la oreja de Pons—. Es muy notable al tacto.

Jaume Pons abrió los ojos con alarma. Balbuceó algo y volteó la cabeza para mirar a su compañero. Tan solo Alamanda, que sospechaba que no sería un proceso limpio, se apercibió de que algo raro estaba pasando.

—¡La muesca iba en la mía! ¡En mi bola, por Dios! —masculló entre dientes.

—No —lo contradijo Martí—, quedamos que en la de Muntallat, para que el honorable no se confundiese.

—¡Que no, maldita sea!

La imprecación fue lo suficientemente audible como para que Fumanya interrumpiese su discurso y arrugase el entrecejo un breve instante.

—Como iba diciendo, procedo, pues, en este solemne momento, a extraer una de las bolas. Secretario, si me hacéis el favor...

El hombre sostuvo la bolsa abierta en alto, a la vista de todos, y, con gran parsimonia, el *prohom* introdujo la mano, revolvió las dos bolas y extrajo una de ellas con una sonrisa de satisfacción. Jaume Pons movía los labios mientras su frente se perlaba de sudor, reconcomido por una terrible sospecha. Fumanya pasó la bola al secretario y este anunció, con voz neutra, mostrando las iniciales escritas en la madera, que el nuevo *prohom* del Ilustre Gremio de Tintoreros de Barcelona era Albert Muntallat.

Tan solo Alamanda observó el mohín de absoluta sorpresa de Gregori Fumanya, que trocó de inmediato en una sonrisa forzada para felicitar a su sucesor. Y tan solo ella advirtió que Jaume Pons soltaba una colleja insólita a su cofrade y amigo Miquel Martí.

—¿Y por qué decidiste hacerte tintorera? —preguntó Albert Muntallat, después de tragarse un buen pedazo de rodaballo con salsa de miel, orégano, ajo picado y limón.

Estaban degustando un ágape vespertino en el comedor de Guspira, un figón de calidad anejo al Gremio que solían utilizar los maestros para finalizar reuniones o agasajar a alguna persona importante. Guspira era un cocinero del Ampurdán especializado en pescado cuyos platos y salsas contentaban a los paladares más nobles, y cuyos precios arruinaban a los bolsillos más profundos. Era la primera vez que Alamanda comía allí y estaba disfrutando de lo lindo de su *bruixa* con puerros y salsa de almendras amargas. De vez en cuando pensaba con asombro cómo era posible haber dejado atrás aquellos tiempos de su infancia en que debía rapiñar la comida, que siempre era escasa, y rezar para tener algo con lo que llenar la panza; aquella época en la que rogaban al Cielo por que algún señor celebrase una boda o un bautizo, pues solían acompañar el feliz evento con un reparto de pan entre los pobres. Recordó de pronto aquella vez que, tras dos jornadas sin comer, a su madre se le ocurrió cocer heno sustraído de unas caballerizas, lo cual les provocó al día siguiente un severo dolor de tripa. Ahora comía lo que se le antojaba y siempre de buena calidad, a pesar de que conservaba un cierto espíritu de frugalidad y le hacía mal saciarse, con lo que moderaba los ágapes y la bebida.

Ante la pregunta del *prohom*, se encogió de hombros.

—La vida me ha llevado hasta aquí.

Había recibido aquella mañana con sorpresa la invitación de Muntallat. Aceptó de inmediato, por supuesto, porque tenía sobre la mesa el tema de la licencia para tintar de rojos y marrones, y supuso que el *prohom* querría hablar de ello. No lo consideró buena noticia, porque si la respuesta fuera favorable, habría bastado con una comunicación oficial. Temió que la invitación a cenar fuese una manera suave de darle la negativa.

—Permíteme que no te crea —dijo él, sacudiendo la cabeza—. La mayoría de los que nos dedicamos a esto lo hacemos porque nuestros padres fueron tintoreros antes que nosotros. Algunos los hay que están en el oficio tras haber empezado de aprendices porque esa ha sido la única oportunidad que han tenido y se han aferrado a ella. Pero tú... Veo en ti una pasión diferente, una llama interna que te empuja, que te hace vencer todos los obstáculos que los demás han puesto en tu camino.

Alamanda bajó modestamente la cabeza. Le contó, creyendo que el hombre iba a reírse de ella, la promesa que le había hecho a santa Lidia, cómo decidió, tras un suceso que cambió su vida, dedicar lo que le quedara de ella a dar luz y color a los tejidos.

—¿Y cuál fue ese suceso que cambió tu vida?

Ella bajó la cabeza. Si a alguien podría confesar alguna vez el robo del *Liber purpurae*, ese era, sin duda, Albert Muntallat, pues era tintorero, con pasión por su oficio, y sabía ser ecuánime y comprensivo. Estuvo tentada de contárselo todo, pero en el último instante se contuvo.

—Una vez... una vez vi un tejido de un color púrpura tan maravilloso que me transfiguró.

Muntallat bebió un sorbo del vino que Guspira les había recomendado y se secó los labios con un pañuelo. Sospechaba que

Alamanda le estaba ocultando algo, pero quiso respetar su intimidad y cambió de tema.

—¿Sabes cómo llamaban a los tintoreros los antiguos romanos? Los había de dos categorías, los *tinctores* y los *infectores*. *Infectores*; ¿te das cuenta? Los que infectan. Se puede traducir por impregnar o recubrir, pero también por contaminar o corromper. Siempre hemos sido una profesión sospechosa, muy cercana a la alquimia, a la magia, a la herejía.

—Pero ¿por qué?

—Porque mezclamos. La mixtura de sustancias siempre ha sido sospechosa para los puristas y los teólogos. La Biblia aborrece las mezclas. Parece que usar algo puro, supuestamente creado por Dios directamente, para diluirlo en otro y obtener algo nuevo es sospechoso.

—He oído antes esa teoría, pero empiezo a pensar que es una mera estulticia.

Muntallat se rio con cierta perversidad.

—¿Así lo crees? Yo opino que el recelo a las mezclas está muy arraigado en todos nosotros. Observé, cuando hiciste la prueba para devenir maestra, que no mezclaste los baños de gualda y glasto para teñir de verde, sino que superpusiste el amarillo sobre el azul para que la propia transparencia del primero, hábilmente graduado por tus sabias manos, dejase entrever el glasto subyacente y así dar impresión de verde. ¿O me equivoco?

Alamanda sintió cierto rubor al quedar en evidencia una actuación suya de la cual no había sido ella demasiado consciente.

—Es cierto —reconoció.

—En efecto. Incluso tú, que eres joven y un poco irreverente, sentiste un terror irracional a mezclar dos tintes puros para obtener un tercero. La gente nos ve como alquimistas, nigromantes, en cierta manera, y cuando hay algún problema afloran los prejuicios. Nuestra profesión es muy necesaria y por ello nos toleran, pero no te engañes: no somos apreciados. De hecho, y esto te va a encantar —añadió con una risita—, hubo una época en la que se consideraba que solo las mujeres, por ser medio pecadoras y hechiceras por naturaleza —en este punto Alamanda alzó una ceja, haciéndose la ofendida con media sonrisa burlona—, podían dedicarse a teñir las ropas. Así que, ya ves, no eres la primera tintorera que ha visto el mundo.

—Lo sé. Mi patrona santa Lidia era *purpuraria*, la mujer de la púrpura, la mejor tintorera de la antigüedad. Por ello la abadía de la que provengo está consagrada a ella. Y supongo que ha habido muchas después de ella.

—Para compensar, los tintoreros escogimos un santo mártir, el autor de un gran sacrificio: san Mauricio, oficial romano de la Galia Helvética que prefirió la muerte antes que perseguir a los cristianos o celebrar ritos paganos. Con él murió toda su legión, la Tebana, tras convertirse al cristianismo para seguir su ejemplo, lo cual indica que se trataba de un cabecilla carismático y juicioso. Y existe, además, un párrafo en uno de los evangelios que la Iglesia considera apócrifos, pero que fue escrito muy poco después de la muerte de Nuestro Señor Jesucristo, en el que se describe a Jesús niño como aprendiz de un maestro tintorero en Galilea, junto al lago Tiberíades. Creemos que el episodio fue silenciado en los evangelios canónicos *a posteriori*. Como ves, Alamanda, nuestro oficio se defiende como puede.

—¡Qué apasionante historia! Sabía de san Mauricio porque su vida aparece en *La leyenda dorada*, libro del que poseo una copia.

—¡No me digas!

—Me lo regaló el abad Miquel, prior de Sant Benet, que me enseñó a leer y escribir cuando yo era novicia en una abadía sufragánea.

—Nunca dejaré de sorprenderme contigo —se rio Muntallat, cogiendo de nuevo la botella de vino y llenando, solícito, la copa de Alamanda, que se había quedado vacía—. ¡Una mujer que posee libros! Entiendo que necesites los manuales de tintorería, volúmenes sobre la obtención de pigmentos, y quizá algún librillo de oraciones. Pero confieso que nunca he conocido a mujer alguna que tuviese otros libros en su casa.

Ella hizo un gesto de modestia y estuvo tentada una vez más de hablarle del *Libro de la púrpura*, pero se contuvo. Seguía intrigada por el motivo de la invitación.

—Vais a hacer que beba demasiado, honorable.

—Dudo que haya alguien que pueda obligarte a hacer algo que tú no quieras, Alamanda —se rio él, como espantando una mosca con la mano—. En fin, que quería decirte con todo esto que yo también siento pasión por el oficio, al que creo nobilísimo, y que pienso que tu irrupción en el Gremio, que ha supuesto un terremoto en muchos aspectos, ha sido muy positiva para sacudir los cimientos de una profesión que se estaba quedando anquilosada bajo el peso de la tradición y las ordenanzas.

—¿Qué tal la *bruixa*, mi señora? —preguntó Guspira, acercándose a la mesa para interesarse por el pescado que había cocinado para ella.

—Excelente, muchas gracias.

El hombre les recomendó una sopa de coles con jengibre para cerrar el manjar, pasó un trapo de color indefinido para limpiar algunas gotas derramadas de vino y retiró los platos de la mesa.

—Alamanda —dijo Muntallat, tras un rato de silencio—, estoy dispuesto a apoyar tu petición de licencia para rojos y marrones, porque creo que el Gremio se está quedando atrás. De hecho, muchos de nuestros obradores siguen conformándose con teñir fustanes de baja calidad para forrar prendas, sin la ambición de ir más allá.

Ella abrió mucho los ojos, pero frenó su alegría desbordante por respeto al *prohom*.

El Gremio, desde su creación en el año 1320, había impuesto unas reglas terriblemente estrictas y no permitía que un tintorero utilizase pigmentos para cuyo uso no tenía permiso. En los documentos oficiales todavía se usaban las antiguas denominaciones latinas para cada licencia, como las *flammarii* para el rojo, *cyanarii* para el azul, o *crocearii* para el amarillo. Ella consideraba que las *Ordenances* había que actualizarlas a los tiempos modernos, que el Gremio no se podía quedar anclado en el pasado. Confiaba en que con la ampliación reciente de su obrador para incluir una cuba nueva le darían la autorización. Estaba dispuesta incluso a comprar el privilegio a uno de los tintoreros de granza que, según le habían dicho, podría estar interesado en vender.

—Hace unas semanas —proseguía Muntallat— llegaron al puerto unas estofas procedentes de Bamberg, en Sajonia, teñidas de unos tonos rojos, azules y verdes como nunca he visto yo en Barcelona. Tengo a mis oficiales tratando de averiguar qué técnicas se usaron, que mordientes, qué pigmentos... Es un trabajo de una calidad encomiable. No sé si ninguno de nosotros aquí puede producir algo tan bello. Sospecho que solo tú lo lograrás. Por ello, cuenta con la ampliación de licencias.

Abrumada por la felicidad, no pudo ya contenerse y se abalanzó sobre el maestro para abrazarlo, para gran consternación de este y de todos los parroquianos de Guspira.

Toda mi vida he debido remar contra corriente, río arriba, en un torrente de maledicencias e intrigas masculinas en las que mi condición de mujer ha supuesto una rémora y, a la vez, un estímulo. ¿Es difícil de entender? Vivimos en un mundo diseñado para los hombres, en el que las mujeres apenas contamos para nada más que para recreo de los hombres y para perpetuar la estirpe humana. Así fuimos creadas y así somos concebidas. Pero Dios Nuestro Señor cometió un error: nos dio alma como a los hombres, cerebro para pensar y boca para hablar. ¿O quizá no fue un error? ¿Pues no es el mundo más rico porque haya voces diferentes, aunque no sean, de cotidiano, escuchadas? Yo creo que fue designio divino que las mujeres fuéramos creadas también imago Dei, *a imagen de Dios, pues ¿acaso no dice el Génesis:* Et creavit Deus hominem ad imaginem suam; ad imaginem Dei creavit illum; masculum et feminam creavit eos? *Dios nos creó macho y hembra a su imagen; y seguro que con la intención de dotarnos de la misma dignidad.*

Cuando murió mi patrón, Bonaventura Rispau, tras meses de

agonía por la consunción, los buitres del Gremio se lanzaron sobre su taller. Por suerte, los estatutos gremiales, las Ordenances, otorgaban preferencia a los herederos del maestro, que, o bien eran sus hijos o parientes cercanos, o bien los maestros asociados al taller, en este caso, yo. Al no ser descendiente de Bonaventura, hube de hacer frente al pago de la renovación de licencia. Los maestros que querían adquirir mi tintorería contaban con que una chica como yo, joven y sin riqueza familiar, no sería capaz de pagar el precio estipulado a pesar de haber ganado el título de maestra, y por ello se preparaban para la subasta gremial. Unos días antes de finalizar el plazo, viajé a la abadía de Santa Lidia, con la excusa de que quería consultar alguna cosa con la ya anciana y casi ciega hermana Brianda, la maestra tintorera. En cuanto pude, subí al cuarto de las novicias y busqué mi antiguo refugio bajo las escaleras de caracol, con cierta ansiedad por si alguien había merodeado por allí. Hallé el escondrijo intacto, bien oculto tras los pedazos de tela descartados de antiguas frazadas que nadie se preocupaba de ordenar. Con un buril, rompí la masilla de la esquina y extraje, intacto, el saco de mi tesoro. Me había llevado a Barcelona cien florines de oro y allí quedaban los ciento cincuenta y siete restantes, dineros que fueron míos desde que fui a buscarlos aquella infame tarde a la masía de Feliu. Regresé a Barcelona en cuanto consideré que mi partida apresurada no atraería preguntas incómodas.

El bueno de Albert Muntallat, que poco después sería elegido prohom, era a la sazón clavero del Gremio; había sustituido a mi maestro cuando este, por razón de su enfermedad, no pudo seguir en el cargo. Como era menester, por su atribución de tesorero, a él hice entrega de los ciento treinta y dos florines de oro, equivalentes a unos mil cuatrocientos sesenta sueldos, o cuatro años de trabajo, para satisfacer el precio de la licencia, asombrando a los que no creían que tuviese tal fortuna. Hubo incluso alguno que me calumnió e instó al cónsul de los gremios a investigar la procedencia de mis fondos. Confieso que pasé noches de angustia, pensando que, tal vez, si alguien se pusiese a husmear, trazarían el origen de mi oro hasta el difunto Feliu, que en paz descanse, y hasta mi gran pecado cometido con Alberic, que el diablo lo confunda. Pero hacía ya muchos años de aquello y nada apuntaba a que mi crimen hubiera sido descubierto. Era una suerte para mí que aquellos infames hermanos careciesen de amistades y parientes, pues no parecía que nadie se hubiera preocupado por ellos en cuanto desaparecieron.

Los primeros tiempos fueron difíciles, pues muchos clientes recelaban de un taller regentado por una mujer. Pero yo los convencí siendo la mejor; las telas entintadas que salían de mi casa, fueran lana, hilo, algodón, lino o, incluso, algunas raras veces, seda de Calabria, lucían los mejores y más estables colores del Reino. Los pedidos aumentaron, recibí visitas de barones y señores, siempre con un pañuelo perfumado bajo la nariz, que querían ver en persona mis técnicas, llegué a un acuerdo de representación con un pequeño comerciante cuyo establecimiento estaba cerca de la Porta Ferrissa, para que los señores y las damas de los palacetes no tuviesen que aventurarse en el hediondo barrio de la Pellisseria, y, por primera vez en mi vida, empecé a acumular más dinero del que era capaz de gastar. Adquirí dos aprendices más, hice oficiales a Pastor y Cassià en recompensa por su lealtad, pues, a pesar de sus deficiencias técnicas y sus vicios perdonables, eran trabajadores y honrados, y contraté a un contable tesorero, mi buen Enric, para gestionar mis crecientes riquezas, pues nunca quise entender de corredores de comercio ni de corretajes, ni quise hacer cálculos para los pagos del vectigal o de las lleudas que en Barcelona grababan todas las mercaderías desembarcadas en el puerto. Y también quise preparar para la maestría a la buena Marina. Y aprobó el examen con una muy buena obra maestra, convirtiéndose en la segunda mujer maestra en la historia del gremio de Tintoreros de Barcelona. Y además, otro acontecimiento marcó ese año para ella como uno de los mejores de su vida.

Había un oficial guadamacilero muy joven en la calle Flassaders al que, a los pocos meses de llegar a Barcelona, llevé mi vieja daga para ver si me podía reponer el mango de cuero que se había quemado en el incendio de la masía de Feliu. Desde que la recuperé de las cenizas, no tenía más cogedero que una ruda tranca de hierro que yo había cubierto de manera provisional con un paño de lana cosido bien prieto para no herirme la palma cuando hubiere de usarla. Como quiera que le tenía un apego especial a aquel cuchillo, decidí gastarme dos dineros en dotarla de un mango de cuero repujado.

El mozo respondía al nombre de Benet Joan. Era flaco, de abultada nuez y pelo crespo, ensortijado, muy negro. Tenía una cara permanente de sorpresa que a mí me hacía mucha gracia, pues no podía juntar los labios en virtud de sus grandes incisivos superiores. Poseía unas manos largas y fuertes, a raíz de trabajar en la confección de elaborados guadamecíes; el repujado del cuero requiere fuerza y precisión, con lo que también era un poco corto de vista. Quizá por ello gustó de una mujer voluminosa, para hallarla siempre en una multitud. Aunque estoy siendo poco caritativa con los dos. El caso es que se presentó con mi cuchillo, una pequeña obra maestra que me gustó de inmediato, con su atildada efe de Feliu, el dibujo de un batán, el retrato de Mateu, el burro cárdeno, y la A más grande y ornada de mi nombre. Al hallarme yo ocupada en ese momento, Marina lo atendió. No sé yo qué azares dispone la vida para esos momentos ni qué hechizos pueden unir a dos almas en su primer contacto, pero el caso es que quedaron ambos prendados el uno del otro y, desde aquel día, Benet Joan no paró de hacerle el amor; casi a diario recibíamos flores y esquelas del mozo cortejador. Yo tenía que escribir las modestas respuestas de mi amiga, pues ella recelaba de su habilidad con la pluma, y aquello me abrumaba, pues era como meterme en una cámara privada a la que no pertenecía.

Marina, que había estado casada con Jesucristo y causó revuelo al descasarse, tomó entonces un marido terrenal y se fueron a vivir al almacén que el patrón de Benet Joan dispuso como vivienda para ellos. Tuvieron un hijo y después otro, el Benet y el Joanet, a los que conocí a mi vuelta de ver mundo, y ambos me llaman tía ahora y me recuerdan con sus visitas que nunca seré *madre. Pero no me entristece mi suerte, pues no creo que en la vida que he llevado hubiera cabido descendencia.*

Mis colegas del Gremio me recibieron bien, casi todos, pero noté enseguida que mis éxitos causaban envidias. Cuando llegué al acuerdo con el comerciante de la calle del Duc, cerca de la Porta Ferrissa, muchos protestaron porque lo consideraron competencia desleal. Enjutos juristas de pelo cano revisaron las Ordenances y nadie encontró nada en ellas que prohibiese mi innovación comercial. Lo mismo se repitió cuando, con ayuda de mi inestimable secretario Enric, hombre sobrio y aburrido, pero con don de lenguas y muy eficaz en sus quehaceres, monté mi propia red de representantes comerciales en algunas ciudades extranjeras, como Marsella, Venecia y Brujas. Hasta entonces era costumbre que los tintoreros usasen a los corredores del Gremio para exportar sus tejidos, con lo que ya se encargaba el prohom de turno de ensalzar los precios para que cupieran en ellos comisiones y prebendas. Yo vendía mayor calidad a menor precio, con lo que no tardé en acopiar pedidos y hube de ampliar un poco el obrador. Para recuperar el favor de mis colegas, desvié algunos de mis pedidos a otros obradores e incluso ayudé a un par de maestros más jóvenes y ambiciosos a mejorar sus técnicas.

Pero tuve al Gremio dividido en dos, casi por la mitad: aquellos que me veían con buenos ojos y aquellos que me habrían eliminado de la faz de la tierra; y a fe mía que casi lo logran. Entre estos últimos, por supuesto, estaba Gregori Fumanya; en una ocasión pronunció un acalorado discurso, colmado de latinajos como siempre, en el que se pedía a los clientes y proveedores que tuviesen a bien favorecer con su patronaje a los talleres más tradicionales, los de «toda la vida», como si el mío hubiese nacido ayer (por cierto, que seguía conociéndose como obrador Rispau, con lo que, a pesar de que yo estaba registrada en el Gremio como Alamanda Vilomara, algunas gentes empezaron a referirse a mí como señora Rispau; yo solía presentarme como Alamanda de Cal Rispau).

Por suerte para mí, el dinero tiene buen gusto y la gente de posibles no hizo caso a las proclamas del cónsul y siguió prefiriendo los colores de mis telas a los de otros talleres «más tradicionales». Y los proveedores, que debían ser todos sancionados por el Gremio antes de comerciar con los obradores, protestaron cuando se les quiso poner trabas a mis compras. Tuve algunos apoyos importantes, como el de Albert Muntallat, que devino algo parecido a un tío consejero para mí. Y tuve la suerte, además, de que fuese elegido prohom del Gremio al cabo de medio año de devenir yo maestra, ya con mi presencia en el cónclave, con lo que, desde entonces, mis relaciones con los asuntos gremiales mejoraron sensiblemente.

Sin embargo, cuanto más prosperaba mi obrador, más inquietud sentía yo en mis entrañas. Nunca dejé de pensar que me faltaba un color por conseguir, la técnica perfecta que dominar. Se me revolvían las entrañas cuando un cliente importante me pedía consejo y yo sabía que lo que le impresionaría sería un gonete purpurado, o una capa del precioso color imperial cuyo secreto se había perdido con los siglos. Así que, frustrada por no poder avanzar más, empecé a trazar planes por aquel entonces para embarcar con rumbo a Venecia. Quería ir a Padua, a buscar más pistas sobre la elaboración de la púrpura, allí de donde parecía provenir mi preciado Liber purpurae. Pretendía dejar el obrador en buen funcionamiento a cargo de Marina, pues la veía ya preparada y era prudente, trabajadora y capaz para llevar el día a día con buen tino. Contaría, por supuesto, con la ayuda inestimable de Enric, que se encargaría de que a mi amiga no la defraudasen con los precios y las tasas. Empecé, además, a acumular una cierta cantidad de oro para emprender mi viaje, que no sabía cuánto podría durar. Confiaba en ser capaz de dar con el secreto de la púrpura y poder traerlo de vuelta a mi obrador en un par de años, pero no podía estar segura de hallar las respuestas a todas mis preguntas. A mi libro le faltaban unas páginas cruciales y no se decía de dónde provenían las caracolas marinas que parecían ser el origen del pigmento ni cómo fijar el color, que debía de ser muy volátil, en la tela.

Tenía previsto iniciar mi viaje en algo más de un año, al comienzo de la siguiente primavera, tras haber asegurado la licencia de ocres y rojos y haber podido empezar su elaboración de manera regular. Confiaba en ser capaz de convencer al Gremio de mi capacidad para ampliar la gama de colores sin menoscabo de la calidad de ninguna de mis creaciones.

Mas la providencia quiso que me tocase evaluar una prueba de acceso a maestría al poco tiempo de ser yo maestra y aquello puso en marcha la desgracia. Y tuve yo la culpa, lo admito. El tribunal se decidía por sorteo, excepto el prohom, que siempre presidía, y, aunque los maestros más bisoños solían ceder sus puestos si les tocaba y yo estaba dispuesta a hacer lo mismo, decidí no hacerlo cuando vi que uno de los tres candidatos era Andreu, del taller de Jaume Pons, el pelirrojo que me había acechado durante meses con absurdas propuestas de matrimonio y que luego me denunció al Gremio por haber comprado un saco de granza. Sé que Dios nos pide que perdonemos setenta veces siete a nuestros deudores, pero yo no soy una santa y nunca pretendí serlo; no olvidaba que, por culpa de esa denuncia, no pude proteger a la buena Letgarda, que fue apresada y ahorcada, acusada de haber matado a un hombre, cuando yo le había prometido darle cobijo. Su cara azulada y agonizante, con aquellos ojos generosos llenos de lágrimas de incomprensión, me acechaba todavía por las noches, como años antes y durante tanto tiempo me había acosado la mirada suplicante de mi madre desde el lecho del río. Ocupé mi lugar en el tribunal e impedí que Andreu el Pastanaga deviniese maestro. Su obra maestra era mediocre, pero los otros dos examinadores se inclinaban por aprobarlo. Yo voté en su contra y él lo supo enseguida. Que Dios me perdone, pero consideré justa mi venganza, aunque no me dio satisfacción alguna. Y hube de pagar por ello...

En aquellos tiempos emergió en Barcelona una de esas bataholas periódicas en las que algunos ciudadanos se embarullan cada cierto tiempo. Los batallones de la Biga se levantaron en armas contra los barrios de la Busca, el partido de los menestrales y comerciantes a los que apoya la Casa Real. Algún grupito exaltado de la Busca robó unos caballos del barón de Cervera, a la sazón de visita en la ciudad, y allí se armó todo el lío.

Ese día estaba yo faenando a la luz del ocaso con mi esclava Canela, una sarracena de piel de oliva a la que adquirí en pago de una deuda de un cliente de Porta Ferrissa porque el hombre no podía pagarme en oro y yo tenía necesidad de manos en el obrador. Era una chica tímida y fea, de escasos dientes, grandes caderas y pechos caídos, pero buena y muy trabajadora. Enseguida se ganó mi confianza y yo la trataba bien, pues nunca he perdido de vista que yo también tuve dueño tiempo atrás. De pronto, oímos un gran estrépito, como un trueno; después, un silencio ominoso, seguido pronto de gritos y correrías. Salí a la calle y vi un aciago fulgor rojizo y el aire se llenó de cenizas que llovían sobre mi cabeza. Llamé a Pastor, el más fuerte de mis mozos, y los dos nos fuimos corriendo hacia la plaza de la Llana. Se trata de una plazoleta estrecha, con unos soportales a poniente, donde se arracimaba una muchedumbre con palos y cadenas. Un hombre de desaliñada condición clamaba subido a un barril contra la Iglesia y contra la Biga. En la confusión me pareció entender que un piquete de brutos al servicio de la Generalitat había incendiado los almacenes de la plaza del Blat, donde se almacena casi todo el trigo que llega a la ciudad, con la intención, supuestamente, de hacer subir los precios y provocar el descontento de los ciudadanos contra el rey.

Los ánimos estaban cada vez más exaltados. Yo estaba por irme, pues no quería verme mezclada en tumultos, cuando de repente noté que alguien me agarraba de la manga y tiraba de mí. Era Canela, exhausta y sin aliento, que me hacía gestos para que apurara mi paso, pues algo muy grave estaba pasando. Llegué a la calle Blanqueria, mi calle, y vi de inmediato que me había golpeado la tragedia, que mis planes de futuro no se iban a realizar tal y como yo los había diseñado.

Los primeros años de la década de 1440 estallaron disturbios en Barcelona, revueltas que se repetían cada cierto tiempo, prólogo de la guerra civil que estallaría veinte años más tarde entre los partidarios de la *Busca* y los de la *Biga*, dos maneras distintas de entender el gobierno de la ciudad y del Principado. Los mercaderes y comerciantes favorecían un poder real más fuerte, un control de los precios y de la moneda, aranceles de importación y despojar de privilegios a los nobles y a la Iglesia. Por el otro lado, la aristocracia y la curia recelaban del monarca, querían que se respetasen sus prerrogativas históricas y pedían gobernarse ellos mismos sin depender de las veleidades del rey de turno. Estos últimos estaban apoyados por los terratenientes y por los burgueses ennoblecidos, los llamados *ciudadanos honrados*, exentos de tributos y tratados de *magníficos*.

El gremio de Tintoreros, como los demás de la ciudad, estaba nominalmente adscrito a la *Busca*, pues debía pagar numerosas *lleudas* e impuestos municipales, y buscaba protegerse de la inestabilidad de los precios. Pero algún maestro enriquecido aspiraba a la condición de *ciudadano honrado* para no pagar impuestos, con lo que su fidelidad al partido estaba, a veces, en entredicho. Alamanda no quería saber nada ni de unos ni de otros; la política no le interesaba más que cuando debía defender lo que le parecía justo. Por ello nunca participó en los cónclaves de mercaderes de la *Busca* que se reunían en algún almacén u obrador para proponer a las autoridades devaluaciones de la moneda, reducción de tasas y control de precios.

Un grupo de los más fanáticos, cuando vieron alguna propuesta tumbada por la intervención maliciosa del barón de Cervera, decidieron que privarían al noble y a su séquito de medio de transporte, robando sus monturas en las caballerizas del campo de Trentaclaus y liberándolas fuera de las murallas. En represalia, batallones de la *Biga* habían incendiado los almacenes de grano de la plaza del Blat, causando un fuego que se propagó con celeridad a las casas vecinas. Los voluntarios bomberos de los gremios faenaban sin descanso, cerca del ocaso, para controlar el incendio, mientras un tal Francesc de Verntallat agitaba a las masas contra la Iglesia y la nobleza. Alamanda había acudido a la plaza con uno de sus mozos cuando su esclava Canela fue a buscarla.

Su obrador estaba en llamas.

Marina y Cassiá estaban en la calle, muertos de miedo, tratando de organizar a los sirvientes y esclavos para salvar de la quema lo que pudiesen. Abrieron el pequeño establo para dar salida a los mulos. Algunos voluntarios y vecinos acarreaban baldes de agua desde el *rec*, y Enric trataba de sacar los libros contables y el pequeño cofre con el dinero.

—¡Alamanda, loado sea Dios! —gritó Marina, echándose a sus brazos.

—¡Dios mío! ¿Qué ha pasado?

—Alguna chispa, qué sé yo. Por suerte estábamos todavía despiertos y en buena disposición. Estamos todos fuera y bien. No ha habido que lamentar...

—¡Enric! —gritó Alamanda, desasiéndose de su amiga al ver salir al tesorero cargado de libros y enseres.

—Mi señora —dijo este entre toses y lágrimas—, lo he puesto todo a salvo. Los libros, la arqueta...

—¡Mis libros!

Alamanda entró como una exhalación por la diminuta puerta de la entrada y fue golpeada de inmediato por un intensísimo calor. El obrador, al fondo del patio, era ya un infierno incontrolable. Cassiá había intentado accionar la bomba de agua con la que abastecían las cubas desde el *rec*, pero había desistido. Las llamas se habían propagado a gran velocidad, pues muchos de los mordientes y aceites eran altamente inflamables. Miró a la derecha, al laboratorio, y vio que si sus cuadernos de fórmulas seguían allí dentro, no sería posible ya recuperarlos. Entonces estalló algo en el interior y el infierno mismo salió por sus ventanas, como un puño de llamas serpenteantes. El susto y el calor la hicieron retroceder; Marina la cogió del brazo y estiró hacia fuera.

—¡No seas loca, niña, sal de ahí!

—El obrador, el laboratorio, la alacena, todo... —balbució Alamanda, al borde del llanto.

—Vámonos, hija, que esto puede desplomarse en cualquier momento. Hay que ayudar a los vecinos. Nosotras ya estamos perdidas.

Los voluntarios se arracimaban ya con cierto orden a ambos lados del taller, coordinando los esfuerzos por contener las llamas. Las bombas portátiles del Gremio habían llegado y se afanaban en echar agua del *rec* sobre los edificios colindantes, que ya empezaban a sentir las traicioneras caricias de las lenguas de fuego.

—Mis libros... —repitió Alamanda.

De pronto, algo cambió en su mirada. Marina lo percibió y la agarró con más fuerza. Alamanda rasgó un pedazo de su saya y se la puso como mordaza.

—¡No lo hagas, niña...!

Pero ella ya estaba dentro de nuevo. Subió como una exhalación por la escalera de nogal hasta sus aposentos, forcejeó con la puerta de su dormitorio, hinchada por el calor, y buscó entre el humo asfixiante su baúl. Las llamas todavía no habían llegado a esa estancia, pero cuando abrió la ventana para alzar el baúl con la intención de tirarlo a la calle Blanqueria, la corriente de aire actuó como una bomba de succión y atrajo las llamas desde el almacén. La cama prendió en un instante, como yesca seca, sus maderas recalentadas por el calor; las vigas del techo ardieron abrazadas por los lametazos de las llamas. Alguien chillaba desde la calle, pero ella hacía mucho rato que apenas podía abrir los ojos. Tensó todos los músculos de su cuerpo para alzar el baúl con sus pertenencias más valiosas hasta el alféizar, notando el ardor del averno a sus espaldas.

En ese momento se hundió el techo del almacén contiguo a la vivienda. La habitación se llenó de ardientes centellas que le hirieron la piel como millares de alfileres. Ahogándose por el humo, logró de un empujón echar el baúl por la ventana, pero era incapaz de ver nada. No había ya manera de volver por la escalera, pues parecía la puerta de los Infiernos que custodiaba el perro Cerbero, con sus tres cabezas en forma de mutantes dragones de fuego. Debía saltar, debía salir de allí, pero estaba desorientada y a punto de perder el conocimiento.

La pared que daba a la calle, hecha con piedra de mayor grosor, parecía resistir todavía, sujetando las vigas que formaban la techumbre, envueltas ya en llamas. Una de ellas cedió, y en su caída partió los tablones del suelo y se apoyó en el piso de la entrada, bloqueando la pequeña puerta. Otra traviesa parecía a punto de correr la misma suerte, aguantada aún en precario equilibrio sobre una dovela del arco principal. Alamanda se sentó en el alféizar y alzó una pierna para saltar, pero era demasiado tarde. Su mente, asfixiada por la falta de oxígeno, abandonó la conciencia y ya no pudo alzar la otra. Un tizón en llamas, grande como una sandía, se precipitó desde el techo y le golpeó la cara, chamuscando su oreja izquierda y prendiendo fuego a su hermoso pelo. Su cuerpo cayó hacia fuera, quedando tronco, cabeza y brazos a la vista de los aterrorizados vecinos, que no podían hacer nada para sacarla de allí. Su pelo seguía en llamas; parecía una diosa caída del Olimpo atravesada por un rayo furioso de Zeus.

Fueron tan solo unos segundos, pero a Marina y a los demás testigos les pareció que el tiempo se había detenido. Otra de las vigas se desprendió de súbito, golpeando la pared con violencia y el cuerpo inerte de Alamanda salió despedido. Algunos brazos valientes detuvieron su caída y, en una confusión de gritos, correrías y empujones, lograron sacarla de allí con rapidez y llevarla a un lugar seguro para comprobar si seguía con vida.

Despertó dos días más tarde, con terribles dolores en la mitad izquierda de la cabeza y la sensación de tener la boca llena de arena. Se hallaba en el hospital del convento de Santa María de Montesión, aquella cartuja de monjas dominicas donde había estado la lejana primera noche en que llegó a Barcelona con Marina, excitadas y nerviosas por la nueva vida que iban a emprender en la gran ciudad.

Una hermana le dio de beber agua fresca, sujetándole la nuca con cariño y pronunciando palabras impersonales de consuelo, asegurándole que tenía suerte de estar viva y alisando las sábanas una vez más. Alguien mandó aviso a Marina de que estaba consciente y esta apareció por allí esa misma tarde. Su cara estaba toda tiznada, aunque había tratado de limpiarse en alguna jofaina, y se le veía hollín en las comisuras de los ojos, en las orejas y bajo las uñas. Tenía los ojos encarnados, quizá por el llanto, tal vez por la mugre, y parecía extenuada.

—Hija mía... —dijo, con gran emoción, al verla con los ojos abiertos. Quiso abrazarla, más se detuvo en el último instante—. Dios mío, niña, ¿estás bien?

Alamanda quiso asentir, pero, al hacerlo, un espasmo de dolor le recorrió el cráneo, desde la quijada al ápice de la cabeza, por la parte izquierda. Se dio cuenta de que tenía media cara cubierta por una venda muy ceñida.

—No hables, niña. No te esfuerces.

Marina se fue a buscar un escabel de tres patas y se sentó a su lado, junto a la cabecera de la cama.

—¡Menudo desastre! Me temo que nada ha quedado de nuestro obrador —dijo, mientras se le saltaban las lágrimas—. Tan solo la parte del establo se ha mantenido en pie, mira tú qué cosas...

Alamanda trató de decir algo, pero la garganta no respondía a sus esfuerzos. Su amiga le cogió la mano y la apretó suavemente.

—El Gremio nos ha cedido un viejo almacén para que metamos allí lo poco que ha podido salvarse. ¡Qué mala suerte hemos tenido! ¿Puedes creerte que hemos sido el único obrador de la *Pellisseria* devastado por el incendio? La plaza del Blat sí que ha sufrido daños; no queda un solo edificio en pie, y el fuego se extendió hacia el norte y hasta afectó a uno de los muros del castillo del veguer, allí donde estuvimos nosotras aquellos desgraciados días, y se dice que escapó algún preso. Hubo otros incendios por toda la ciudad y muertos de ambos bandos por los disturbios. Un horror. La guardia no pudo restablecer el orden hasta que se tocó a somatén y salieron las coronelas a la calle. La mayoría de los tumultuosos eran jóvenes impetuosos de uno y otro partido, y se habla de varias docenas de cadáveres. ¡Oh, hija mía! —siguió, persignándose—. ¡Adónde iremos a parar! Dicen que la virreina salió de palacio y que el obispo fue a su encuentro. Ay, que yo ya temía una guerra cuando me lo contaron. Pero parece que la virreina quería ofrecer paz y diálogo. Recibió a representantes de la *Biga* y de la *Busca* y trató de hacerlos entrar en razón. Se ha perdido buena parte del grano almacenado, pero, en un gesto de buena voluntad, la Iglesia va a aportar veinte mil florines para abastecer de pan a la ciudad, y las arcas reales y los mercaderes aportarán lo que haga falta para que no suba el precio. ¡A nadie interesa ahora que se subleve el pueblo porque tiene hambre!

Alamanda alzó una mano, porque quería decir algo. Su amiga acercó el oído.

—¿Qué? ¿Los libros, dices? —Marina sonrió por vez primera, ese gesto franco y carente de malicia que tanto gustaba a Alamanda—. No pases apuro si eso es lo que preocupa a tu cabecita. Supe enseguida que arriesgaste tu vida por esos dos volúmenes a los que tienes tanto aprecio, aunque nunca entenderé por qué son tan valiosos para ti. En fin, que cuando lanzaste el baúl por la ventana, antes incluso de ver si ibas a saltar, me hice con él, con la ayuda de Cassià, claro, que eso pesa un quintal, y no sé muy bien cómo pudiste alzarlo hasta el alféizar tú solita, niña. Nunca dejarás de sorprenderme. En fin, que lo metimos en la casa de los Escaig, que son tan buena gente y te tienen en tanta estima, ya sabes. El baúl estaba roto, astillado por la caída, pero aún se mantenía lo bastante firme como para contener tus tesoritos. No te preocupes —añadió en un susurro, acercándose a la enferma—, que sustraje la bolsita con el oro. La tengo a buen recaudo aquí, en el convento. Pensé que eso sí que era una tentación demasiado jugosa incluso para los beatos de los Escaig. Los libros, en cambio, dudo que los quieran para nada, y allí seguirán. ¡Ah!, y tengo otra sorpresita para ti —dijo, alcanzando un cartapacio de cuero que había dejado a los pies del camastro y bajando la voz nuevamente—. ¡Salvé los cuadernos con nuestras fórmulas! Fue lo primero en que pensé cuando vi el peligro, que harto nos han costado. En cuanto empezó el fuego me acerqué al laboratorio y saqué de allí cuanto pude, empezando por estos tres libritos. He dejado los otros, los que eran de Rispau y alguno más que teníamos por allí, en el baúl con los Escaig. ¿A que soy lista? Ya puedes estar orgullosa de mí. Claro que —añadió, cambiando de nuevo de humor— estamos arruinadas, hija. No tenemos obrador ni dinero para construir uno nuevo. Tendremos que ver si podemos vender el solar por alguna cantidad, digo yo...

—Ha sido...

Alamanda intentó hablar y apenas consiguió que su laringe, acartonada de ceniza y flemas resecas, emitiese sonido alguno.

—¿Cómo dices?

—A... agua...

Marina le acercó el vaso y Alamanda bebió de golpe hasta provocarse un ataque de tos, se incorporó con violencia y salpicó las sábanas hasta empaparlas. Le dolió el cuerpo como si una espada la hubiese atravesado de arriba abajo, pero consiguió desatascar la garganta.

—Hija mía, no...

—Ha sido sabotaje, Marina —gritó de golpe.

La amiga la miró con incomprensión.

—Piensa, Marina. El fuego se originó en la plaza del Blat, a poniente. Dices que el viento se llevó las llamas hacia el norte. Ninguna otra casa de nuestro alrededor resultó afectada.

—Pudo haber sido una chispa, niña. Se ha dado el caso muchas veces.

—El fuego no se originó en Blanqueria, sino por detrás, por el *rec*, por el lado opuesto a donde estaban las llamas originales, por donde era más difícil que alguien lo detectase a tiempo. Nuestra calle es muy estrecha. ¿No te parece raro que los edificios de enfrente, que son más altos y tienen más madera, no ardiesen?

—¿Estás diciendo que...?

—Sí, mujer, eso estoy diciendo. Alguien del Gremio nos ha jodido, Marina.

Nunca se aclaró si el incendio del obrador Rispau había sido intencionado o no. Su caso llegó hasta la oficina del veguer, el cargo de mayor importancia de la ciudad, pero este tenía otros asuntos más importantes sobre la mesa y decidió no pronunciarse.

Alamanda siempre sospechó de Andreu, el oficial pelirrojo del obrador de Jaume Pons, pues desde que el tribunal le negó la maestría por su voto desfavorable, sabía que había jurado desgraciarla. Además, estaba el hecho de que desapareció de la ciudad tras el incendio, y ella estaba convencida de que era por temor a que se descubriese su autoría; las gentes sabían ya de su inquina y las circunstancias eran sospechosas.

Muchos creyeron que la mujer se daría por vencida, que nunca sería capaz de hacer frente a la reconstrucción del taller y al cese del negocio durante los meses que durase la obra. Aún en el hospital, había recibido la visita de Pere Gubern, dueño de una tenería de la calle Assaonadors, ofreciéndole casi ocho mil sueldos por las ruinas de su obrador. Esto equivalía a más de setecientos florines de oro y a cerca de cuatrocientas libras. Pero ella lo rechazó sin apenas escucharlo; no iba a darse por vencida.

Con el aval de unas cartas de crédito de bancos de Amberes y Venecia, que garantizaban pagos por valor de cuatro mil florines contra entrega de pedidos el año siguiente, Alamanda fue con su tesorero Enric a hablar con una *Taula*, una Mesa de Cambio que ofrecía dinero a crédito. Solían estar regentadas por financieros ligures o toscanos, que dominaban el negocio del préstamo en el Reino desde la quiebra de los banqueros catalanes con la peste del siglo anterior. Enric presentó las cartas de crédito y llevó al descuento algunas letras de cambio que debían cobrarse por pedidos ya entregados, que sumaban poco menos de doscientos florines. Entonces empezó a construir el obrador más moderno y bien dotado de la ciudad.

—Habrá que tirar este tabique —le dijo el oficial de albañilería a Alamanda—. Y para hacerlo hay que construir un arco por debajo que soporte la estructura. No creo que se pueda colocar una viga sin derruir antes toda la estancia.

Primero habían hecho reconstruir los aposentos, pues tanto ellas como los oficiales y aprendices precisaban dormir bajo techo cuanto antes. Después, aprovechando las obras, había comprado la pequeña casa colindante a su taller, para ampliar el obrador e instalar en ella su biblioteca. Poseía ya más de treinta volúmenes, que había ido adquiriendo con paciencia desde que el abad Miquel le regalase *La leyenda dorada*, que aún ojeaba de vez en cuando, y ella sustrajese el *Liber purpurae* del monasterio de Sant Benet. Había leído docenas de veces el proceso de fabricación del pigmento; se lo sabía de memoria y, aunque le faltaba descubrir cómo fijarlo a un tejido, tenía la certeza de que algún día ella sería capaz de replicar la confección de ese tinte, para asombro y admiración de la cristiandad entera. Así lo había jurado ante santa Lidia. Y ya no cabía esperar mucho más, pues la juventud iba quedando atrás.

—¿Cuánto me costará? —preguntó al oficial de la obra.

El hombre se rascó la barbilla mal afeitada y calculó que necesitaría el trabajo de dos peones durante diez días.

—O sea, veinte sueldos de obra más mis honorarios. Veintisiete *croats* de plata en total.

Cada *croat* equivalía a un sueldo y cada sueldo a doce dineros. Ella no se creía que un peón cobrase doce dineros al día y así se lo hizo saber.

—Estoy convencida de que vuestros honorarios ya los incluís en los sueldos diarios, oficial. Os pagaré veinte *croats* de plata si lo tenéis terminado en una semana.

El hombre se quejó, pero acabó aceptando porque era un precio justo. Toda Barcelona conocía ya la capacidad negociadora de la maestra tintorera; ella siempre pagaba precios que le parecían justos, pero nadie lograba sacarle una pieza de bronce más de lo necesario.

Bien. Solo le quedaba ya un pequeño asunto por resolver y creía tenerlo bien encaminado. Lo primero que hizo tras asegurar financiación para reconstruir el taller fue pedir una nueva ampliación de licencias, asombrando una vez más a los que creían que ni siquiera iba a abrir de nuevo. Sí, no solo reabriría el obrador Rispau, sino que lo haría más grande y con capacidad de teñir en negro, que era un color al que le veían mucho potencial desde que repararon en un jubón flamenco de un negro muy diferente al que usaban en Barcelona. Estaba dispuesta incluso a comprar el privilegio a uno de los tintoreros de negro que, según le habían dicho, podría estar interesado en vender. Marina y ella habían hecho pruebas ya y, usando una base de índigo, añadiendo polvo de agalla en vez del negro de hollín, que siempre griseaba y era feo y apagado, y avivando el color con crémor tártaro, obtuvieron un tono cálido, profundo y uniforme. Ambas estaban convencidas de que podían introducir una nueva moda por el negro en la alta sociedad barcelonesa. Pero antes, debían obtener la licencia.

—¿Crees que te la van a dar? —le había preguntado su amiga, cuando ella le informó de su solicitud.

—No veo por qué no —respondió Alamanda—. Muntallat es el *prohom*. Seguro que cuento con su voto, como cuando pedimos licencias para rojo y ocre.

—Pero no sé si contamos con muchos más. Los otros obradores están cansados de que les arrebates clientela.

—Exageras —se rio Alamanda con orgullo.

El secretario le guiñó el ojo nada más verla entrar. Era un hombre ya mayor, soltero, dedicado en cuerpo y alma a los asuntos burocráticos de la cofradía desde que le habían ofrecido el puesto tras fracasar en su examen de maestría. Idolatraba al *prohom*, Albert Muntallat, que siempre lo había apoyado. Y, por extensión, adoraba a Alamanda. El gesto al verla quiso significar que las noticias eran buenas. Le habían concedido el permiso de entintar en negro, por el que debía abonar cincuenta florines de oro.

Arreglado el asunto, fue aquella noche a orar a Sant Cugat del Rec para solazar su ánimo, pues la decisión que estaba a punto de tomar no la entendería nadie y ella misma tenía dudas que quería disipar.

Al día siguiente, a primera hora, cuando el día era fresco todavía y la luz clara y templada como leche recién ordeñada, Alamanda se llevó a Marina de paseo, hacia el barrio de Trentaclaus. Anduvieron conversando de cosas intrascendentes durante unos diez minutos. Se sentaron finalmente a la sombra de una higuera, en la plazuela del Mirador, una frente a la otra, y Alamanda cogió las manos de su amiga entre las suyas.

—He tomado una decisión —empezó, tras un suspiro para calmar los latidos de su corazón.

Le contó su obsesión por hallar el pigmento púrpura, de cómo sustrajo el libro de la biblioteca de Sant Benet, de la promesa que le hizo a santa Lidia aquella noche en la capilla de la abadía.

—Lo que ha ocurrido con el obrador debe de ser una señal divina. No puedo seguir posponiendo mi destino. Debo ir en busca de lo que he deseado toda la vida. Por ello... Por ello, he decidido embarcarme este mismo otoño y partir hacia Oriente.

—¡Oh!

Marina se llevó la diestra a la boca, pillada por sorpresa. ¿Partir? ¿Embarcar? ¿Qué sería de ella y de su obrador? Precisamente ahora que volvían a empezar y que estaban tan endeudadas...

—Sí, Marina, precisamente ahora. La pérdida del taller me ha demostrado que no puedo postergar más mi decisión. El éxito de nuestra empresa me estaba obnubilando el propósito. Corría el riesgo de acomodarme a la vida en la ciudad, a acumular riquezas y envejecer sin cumplir mi cometido. Quizá, hija mía, esta desgracia ha sido una advertencia lanzada por Dios con la intercesión de santa Lidia.

Lloraron ambas abrazadas una a la otra, atrayendo la curiosidad de los transeúntes, como si fuesen a despedirse ese mismo día. Todavía quedaban algunos meses hasta la partida de Alamanda, pero de pronto sintió que dejaba todo en buenas manos y que, una vez más, era libre para proseguir su vida.

El murmullo de la plegaria apenas retumbaba en las paredes de la cueva de San Baudilio. Tras cada avemaría sonaba una vez el chasquido del flagelo, duro y seco. El abad Miquel, con la espalda en carne viva, sudaba con profusión a pesar del frío húmedo que invadía la caverna. En un rincón, bajo una losa enorme de granito, había dos lámparas encendidas, una a cada lado del jergón de ramitas, hojas verdes y hierba que se había hecho hacía catorce días, cuando subió a ayunar y hacer penitencia.

Su ajado cuerpo no podía aguantar mucho más. La expiación de sus pecados carnales le exigía cada vez mayores sacrificios, y el otrora orgulloso y zalamero prior se veía prematuramente avejentado y consumido por la culpa.

—Catorce días he cumplido —pronunció en voz alta, cuando acabó la última cuenta del rosario—. Catorce días que consagro a ti, oh, Padre Todopoderoso. Ten piedad de un pobre pecador y perdona mis pecados...

Se levantó con mucho esfuerzo. Las piernas no querían ponerse rectas después de horas de hinojos y tuvo que apoyarse en su báculo. Apagó las lamparillas, se puso una vieja camisola torciendo el gesto cuando la tela se adhirió a sus llagas y una esclavina con capucha para no pasar frío. Se calzó unas simples sandalias de esparto, bebió un sorbo de agua y comió dos nueces para darse algo de fuerza y poder emprender el camino de regreso.

A la entrada de la cueva se detuvo unos instantes. Nadie habría reconocido en aquel esqueleto andante con andrajos y barba agrisada al monje de imponente figura que solía cabalgar su alazán por los pueblos de la comarca poco tiempo atrás.

Unas semanas antes, tras un embrutecido encuentro sexual

con la abadesa Ermessenda en una de las capillas de la iglesia de Santa Lidia, asqueado consigo mismo, volvió a Sant Benet dispuesto a mortificar su carne y acabar de una vez por todas con sus tentaciones. Pero quiso Dios que unos quehaceres urgentes apartasen de su mente la expiación de sus pecados unos días y que, una noche, ocurriera lo impensable.

Amat era un novicio de catorce años recién llegado al monasterio. Era un chiquillo débil, de carnes prietas y largas pestañas, que entró al servicio del prior como criado de cámara. Dormía en la celda de Miquel, echado en el suelo, sobre un jergón de lana que colocaba él mismo a los pies del prior cada noche después de barrer. Esa noche, muy avanzado el otoño, lo vio temblando y se apiadó de él; lo llamó para que se echase en su cama para compartir frazada y sus intenciones fueron puras. Pero el calor del chiquillo y su culo turgente, que notaba contra su panza, encendieron en el abad Miquel unos instintos imperdonables y lo amó contra natura.

A la mañana siguiente, abrumado por el peso de su culpa, partió hacia San Baudilio, sin tan siquiera advertir de ello a la comunidad. Se llevó *La leyenda dorada* para leer, una vez más, las vidas y martirios de aquellos santos a los que él tanto admiraba.

—¡Ayúdame, Dios mío! —imploraba, con lágrimas en los ojos, tras cada azote que propinaba a su maltrecha espalda.

Cuando emprendió el camino de vuelta al monasterio, el día se tornó oscuro, la luz tamizada por unas nubes grises de imponente presencia. Era media tarde, pero su paso cansado lo hacía avanzar muy despacio. El viento soplaba helado del norte y pronto desapareció la luz que le quedaba al día. Pero él no se daba cuenta.

—¿Qué debo hacer, Dios mío, para alcanzar la Gloria de tu Reino? —iba murmurando en voz alta—. ¿Cómo puedo igualar a aquellos santos que me ilustran con su martirio? ¡Mándame, oh, Padre, una señal! ¡Pídeme el sacrificio que tú quieras y yo, tu humilde servidor, te lo ofreceré! No espero más de la vida...

Nunca fue consciente de que varios pares de ojos lo miraban desde el bosque que lindaba con la vereda. Hacía un rato que lo seguía una familia de lobos, tan escuálidos y desesperados como él en aquella tierra de vallas y cercas, en la que el ganado estaba muy bien custodiado por sus dueños.

De pronto, uno de los machos saltó al camino, unos pasos por delante del abad, y mostró sus dientes agachando la testa. Miquel reculó unos pasos, pero pronto se dio cuenta de que estaba rodeado. Su primer instinto fue agarrar el báculo con ambas manos dispuesto a defenderse, aterido de miedo. Pero entonces surgió del horizonte el último rayo de sol que le quedaba al día y su cuerpo se iluminó. El abad se dio cuenta de que aquella debía de ser la señal que había estado implorando del Padre. Se irguió, entonces, y alzó la vista al cielo.

—Así sea, Padre Todopoderoso —gritó, con el ánimo cercano al éxtasis místico, arrebatado por su ardor glorioso, sonriendo como un orate ante lo que era inevitable—. Que estas alimañas sean para mí las bestias del circo, los verdugos persas, los emperadores paganos. A ti entrego mi vida.

Cayó de rodillas, soltó el bastón y abrió los brazos en cruz. Cuando el poderoso macho que primero había aparecido saltó para hincarle los caninos en el cuello, él sonreía, pues por fin iba a ser liberado de aquel cuerpo pecador, sabiendo que aquella noche, gracias a su sacrificio absoluto, iba a cenar con los santos y los ángeles en presencia de Jesucristo.

SEGUNDA PARTE

IV

Barcelona, Palermo, Venecia y Padua, 1445

El rostro embozado apenas reflejaba la tenue luz plateada de la luna que lograba penetrar en la estrecha callejuela. La bruma marina, que en esa época empezaba ya a reclamar las calles de la ciudad, sus jirones subiendo desde el puerto como culebras silenciosas, formaba efímeros remolinos tras sus pasos. Al doblar la esquina, la cola de su capa trazó un arco y envolvió sus pies apresurados. Pasó por debajo de los soportales de Bufanalla y advirtió un bulto negro que se movía y gruñía en una esquina, probablemente un borracho al que el sueño había sorprendido lejos de su hogar. Para darse seguridad, se llevó la mano al costado y sintió la forma alargada de la daga que siempre llevaba bajo la saya y que un día fue de su amo.

En una fachada algo preñada por el peso y los años halló la portezuela que le habían indicado, bajo una viga de madera, con una tosca aldaba de hierro. Después de mirar furtivamente a ambos lados y no ver a nadie, entró sin llamar. La taberna exudaba un olor acre, mezcla de orines, sudor y comida en mal estado; pero ella ni se inmutó. Toda Barcelona olía igual y su barrio, el de los gremios textiles, al que llamaban la *Pellisseria*, estaba situado junto a la cloaca abierta del Merdançar, con lo que hedía aún con más intensidad. Tenía la nariz acostumbrada al tufo agresivo y constante.

Su presencia en el umbral de la puerta, tras haber apartado la sucia y pesada cortina que mantenía el calor en la sala, provocó muchas miradas de curiosidad. Las únicas mujeres que se atrevían a entrar en aquel local de marineros y malhechores eran las desdentadas furcias que cobraban una pieza de bronce por un rato de intimidad. Era evidente, a ojos de los clientes de la taberna, que Alamanda no era una de ellas.

Llevaba una capa oscura de raso ribeteada de organdí con capucha y calzaba unos borceguíes del mejor cuero. Se descubrió al entrar en la sala, dejando ver su inusual melena cobriza debajo de la toquilla. Los patronos, más avezados a la miseria que al oro, adivinaron de un vistazo la riqueza de los ropajes que la capa permitía entrever. Aun a la titubeante luz de los candiles se apreciaba que la túnica estaba teñida de un color muy vivo. Ellos apenas vestían raídas esclavinas de campesino sobre camisolas con desgarros o capas de color indefinido que les servían tanto en verano como en invierno. Aquella mujer tenía más dinero que cualquiera de los allí presentes.

Bajo miradas avariciosas y algo burlonas, la mujer se encaminó con decisión hacia una de las mesas. Se sentó en un extremo, donde había una banqueta vacía, junto a un borracho que dormía la mona con la cabeza derrumbada entre los brazos.

—¡Eh, princesa! Y vos, ¿cuánto cobráis? —gritó alguien desde la mesa del fondo, jaleado por un coro de risas.

Alamanda lo ignoró. Localizó con la vista al tabernero, un hombretón de brazos como muslos, que la miraba desde hacía rato con desconfianza, y le hizo un gesto para que se acercara.

—Busco un barco —le dijo, sin preámbulos, en cuanto el hombre se hubo acercado y apoyado los puños sobre la mesa.

—Aquí encontraréis vino rancio y cerveza buena —sonrió el hombre con una mueca de sarcasmo—. Los barcos los hallaréis flotando en el mar, señora.

El hombre habló en alto buscando audiencia y miró a sus clientes satisfecho de su ingenio. Muchos se rieron, pues andaban con la oreja puesta en la conversación, curiosos por saber qué hacía aquella dama en un antro de tal ralea. La mujer, que ya se esperaba reacciones de ese tipo, continuó impasible.

—Debo ir a Venecia —informó.

Un marinero que había estado observándola desde que había entrado se levantó y fue hacia su mesa. Mientras tanto, el tabernero seguía queriendo hacer reír a los comensales a costa de Alamanda.

—¿Una dama como vos quiere embarcarse? —dijo—. ¿Y por qué venís a este nido de piratas? ¿Es que acaso no sentís aprecio por vuestra vida?

—Por supuesto que aprecio mi vida. Por eso no probaré vuestra comida.

Algunos clientes estallaron en carcajadas cuando vieron la cara de contrariedad del propietario del local.

El marinero intervino, anticipándose a la respuesta del tabernero.

—Quizá yo os podría ayudar, señora.

Era un hombre ya mayor, bordeando la cuarentena, con un ojo de mirada extraña por culpa de una cicatriz que desde la frente le cruzaba el párpado y alcanzaba la nariz. Su fisonomía, a pesar de ello, era elegante, y su porte altivo indicaba que era alguien de cierta posición. La ropa, en cambio, aunque se veía que en otro tiempo había sido buena, colgaba de su figura con desgana, mal encajada y sin aliño.

—¿Y bien? —dijo ella, alzando una ceja, tras evaluar su figura—. Os escucho.

El hombre se sentó frente a Alamanda. El tabernero comenzó a balbucir algo, todavía contrariado, pero el marinero lo hizo callar de un solo gesto y consiguió que se volviera a la trastienda con el rabo entre las piernas. Alamanda quedó impresionada por la autoridad de aquel extraño.

—Sois dama de buena posición, eso está claro.

Ella no hizo ningún gesto, esperando a que continuara.

—He oído que queréis viajar a Venecia. Mi barco, la *Santa*

Lucía, zarpa dentro de cuatro días, último viaje antes de que se cierre la mar por el invierno.

Era impracticable viajar en galera en época de frío, pues los remeros iban casi al descubierto y empapados, con lo que las condiciones de boga se hacían insoportables. Ningún armador quería perder a media tripulación; todos preferían hacer la baja mar o atracar los barcos en alguna atarazana y prepararlos con mimo para la primavera.

—¿Vais a Venecia?

—Casi. A la República de Ragusa, en la costa dálmata.

—No me sirve.

—No me habéis dejado terminar. Carezco de contrato para la vuelta. Mi patrón me da libertad para gestionármela, lo que significa que le importa muy poco si pierdo dinero... Si vos pagáis bien, mi señora, en cuanto haya entregado la mercancía en Ragusa os llevaré a Venecia.

Alamanda meditó sobre la propuesta de aquel marinero, mirándolo fijamente a los ojos. Él no apartó la vista. El hombre tenía unos magníficos ojos verdes que irradiaban seguridad en sí mismo. Era capitán de navío, sin duda, pero ella intuía por sus circunstancias que era poco más que un bandido; si no conseguía contrato para el retorno, a buen seguro que debía de dedicarse al pillaje.

—Lo haremos de modo diferente —dijo ella, al cabo, tras meditar largos segundos—: iremos primero a Venecia, donde yo desembarcaré, y luego podéis descargar lo que llevéis en Ragusa a la vuelta.

El hombre se rio.

—El Adriático es mar de piratas, mi señora. No quiero adentrarme en él cargado hasta los topes más tiempo del necesario o, con toda seguridad, perdería mi mercancía a manos de los corsarios otomanos. Lo cual, dicho sea de paso, podría resultaros muy caro.

Ella se acercó más a la mesa y apoyó los brazos.

—El dux tiene a los piratas controlados, capitán. El puerto de

Espalato sigue siendo propiedad de la Serenísima República y sus galeras controlan las vías marítimas. El comercio por mar es la sangre de Venecia. No tratéis de jugar conmigo, que no soy una de vuestras putas ignorantes.

El marinero comprendió que la mujer era inteligente, y muy buena negociando. Seguro que hasta sabía leer y escribir, pensaba el hombre con cierta admiración. Tras una pausa, decidió pasar a hablar del precio.

—Seiscientos *croats*, pagados por anticipado.

—Cuatrocientos —contestó ella—. Cien al embarcar, cien cuando llegue a Venecia y el resto os será entregado aquí cuando regreséis, en florines de oro, por alguien de mi confianza, que os exigirá a cambio una carta firmada por mí y sellada por las autoridades de Venecia como prueba de que no me habéis arrojado al mar a medio camino.

El hombre abrió los ojos como naranjas. De repente, tras una pausa de sorpresa, estalló a reír con gran estrépito. Algunos de los clientes borrachos se rieron también, sin saber muy bien de qué.

—Buena pieza estáis hecha, mi señora. Lo tenéis todo muy bien pensado, ¿eh? Dejémoslo en ciento cincuenta *croats* mañana por la noche y ciento cincuenta más en Venecia. Y, por supuesto, necesitaré garantías de recibir los doscientos que me corresponderán a mi regreso. Si decís que sí, tenemos un trato.

Ella sonrió por vez primera desde que entró en el local.

—Eso suma quinientos *croats*. Os he dicho que os pagaré cuatrocientos. Y no paséis apuro; mañana os mostraré el oro que os esperará hasta vuestro regreso. Por cierto, ¿tenéis nombre, o es que debo llamar vuestra atención con un silbido, como a los perros?

—Capitán Eliseu —contestó él con una sonrisa, visiblemente cautivado por la audacia de la dama—. ¿Y vos sois la señora...?

—No os hace falta conocer mi nombre todavía. Mañana al anochecer, después de la misa de seis, id a la parroquia de Sant Cugat del Rec y buscadme a la salida. Os presentaré al honorable Albert Muntallat, *prohom* del gremio de Tintoreros de Barcelona. Él guardará en depósito el dinero que os deberé hasta vuestra vuelta.

Y, sin despedirse, Alamanda se levantó y salió de la taberna, seguida por las miradas de admiración del capitán Eliseu y de los pocos borrachos que aún tenían el cerebro lo bastante despierto.

Albert Muntallat, *prohom* del gremio de Tintoreros desde hacía algo más de un año, seguía siendo uno de los pocos valedores de Alamanda y de sus arriesgadas técnicas de tintado. Quería modernizar el oficio, estableciendo algo de flexibilidad en las *Ordenances*, las normas que lo regían desde su fundación, hacía más de doscientos años, pero se daba de bruces con la dura oposición de la mayoría de los miembros de la cofradía, aferrados a las costumbres y técnicas que mantenían su monopolio bajo control.

—¿Estás segura de lo que vas a hacer, Alamanda? —le preguntó aquella tarde, mientras caminaban por la calle Blanqueria hacia la iglesia de Sant Cugat del Rec. Era la parroquia a la que solían ir todos los que vivían en el barrio de la *Pellisseria*, la zona de la ciudad donde se juntaban los gremios textiles.

—Muy segura, honorable —contestó ella con una sonrisa. Ya habían tenido aquella conversación varias veces.

—Es que... parece muy arriesgado. Aquí eres respetada y próspera, y volverás a ser rica en cuanto tu obrador recupere el ritmo de antes del incendio, pues todo el Reino está esperando vuestras telas. Y tienes el aprecio y la admiración de la ciudad entera. Vamos, que por los libros que me mostró el clavero del Gremio el otro día, el tuyo era el obrador más provechoso de Barcelona antes de la desgracia. Incluso exportas tus telas directamente, cosa que nadie había hecho antes que tú. ¿Estás dispuesta a poner todo eso en riesgo?

—Honorable —suspiró ella—, ya lo hemos hablado...

—Lo sé, mujer, y perdona. Pero siento que es mi obligación advertirte una vez más. Y, no te creas, lo hago también por egoísmo; el Gremio perderá a su mejor maestro.

—Me halagáis. Pero ya sabéis que debo hacerlo. Debo embarcar. Mi vida no tendrá paz si no intento al menos averiguar el secreto perdido de la púrpura. Ya os he hablado de ello. Y no temáis, que el obrador Rispau queda en buenas manos; Marina quizá sea menos aventurera que yo, pero es muy diestra en su oficio.

Albert Muntallat suspiró. Se dijo que aquella era la última vez que intentaba disuadirla. De hecho, estaba casi tan ilusionado como ella con la perspectiva de un viaje fantástico hacia el Oriente, tan lleno de aventura e incertidumbre. ¡Y lo iba a emprender una mujer!

—En todo caso, no deberías embarcar tú sola, Alamanda —le sugirió finalmente, dándose por vencido.

—Quizá, honorable, pero ¿quién queréis que me acompañe?

Por un momento, Alamanda pensó que Muntallat le estaba proponiendo acompañarla él mismo, pues era viudo y estaba claro que la compañía de ella era de su agrado. El hombre lo vio en sus ojos y se echó a reír.

—Ay, hija mía, ¡ya me gustaría! Tal vez si contase yo veinte años nada más... ¡Ver mundo! ¡Cuántas veces he pensado cómo debe de ser conocer otras gentes, otros pueblos de Dios!

El maestro miró al cielo, perdido por un fugaz instante en sus sueños de juventud.

—No, Alamanda —matizó enseguida con energía—, lo que digo es que deberías dejarte acompañar de un varón, de alguien que, si lo requirieren las circunstancias, podría hacerse pasar por tu marido.

—¿Mi marido?

Esta vez fue Alamanda la que se rio, pero con un matiz de tristeza en su mirada. Una mujer sola, en aquella sociedad, lo tenía muy complicado para prosperar. Ella lo había hecho y su éxito como tintorera había sorprendido a más de uno. Era respetada en Barcelona, pero algunas veces se había preguntado si no debería contar con un hombre. No sentía ninguna necesidad de casarse y compartir su duramente ganada riqueza con un marido, y las veces en que el cuerpo le pedía algo más que una mirada o una caricia furtiva su fuego se extinguía de inmediato al recordar el daño que le habían infligido algunos hombres de su pasado.

En cualquier caso, un varón a su lado le habría hecho la vida más fácil en los tratos comerciales, pero mucho más complicada en todos los otros aspectos de la vida. Además, a sus veintiséis años era ya mayor para que alguien se acercase a ella con fines serios. Que no era doncella lo sabía toda la urbe, pues corrió la noticia de que había sido amancebada siendo niña, rumor que esparcieron con inquina unos comerciantes envidiosos de su éxito. Tan solo su oro podía atraer una propuesta formal, pero precisamente por ello las había rechazado todas en el pasado. Ahora ya a duras penas recibía insinuaciones de asociación comercial, más que carnal, por parte de algún viudo desdentado de rancias costumbres. Nunca de Albert Muntallat, pues él era demasiado noble para ello; por esta razón, confiaba ciegamente en él y oía sus consejos con avidez, ya que siempre eran desinteresados.

El espejo de su alcoba reflejaba todavía un rostro joven y apuesto, una figura femenil muy atractiva, y ella sabía sacar provecho de ello con ajustados corpiños que ensalzaban su busto turgente. Sabía que los hombres la miraban aún con deseo y que al entrar en la lonja muchos le ofrecían buenos precios por el placer de tenerla cerca. Pero también era consciente de que la edad de merecer ya la había dejado atrás, perdida entre aquellos años en los que pugnaba por hacerse un hueco en el mundo del comercio textil, desde que entró como aprendiza hasta que adquirió su propio obrador.

—Ya es demasiado tarde para pensar en estas cosas, honorable.

—Bien, mujer, tú sabrás. Espero que sepas lo que haces.

Entraron en la iglesia y se despidieron bajo el portal con una leve inclinación de la cabeza, pues ella debía irse a los bancos de las mujeres, en la parte delantera, y él y los otros maestros se sentaban detrás, junto al coro.

A la salida, después de la misa, vio, con placer y media sonrisa, que el capitán Eliseu la esperaba en la puerta con el sombrero entre ambas manos y el gesto algo cohibido.

El capitán subió a bordo, mirando con orgullo su nave. Era pequeña, pero rápida y fiable. Era su medio de vida y estaba satisfecho de haber apostado por su adquisición a pesar de que algunos le advertían de que se acercaban tiempos difíciles. Cierto que la obtuvo justo después de que, por privilegio real, el puerto empezase a cobrar derechos de anclaje en 1439 para financiar las obras de ampliación, pero quizá por ello el precio que hubo de pagar fue más ventajoso, pues nadie quería comprar en ese momento.

Los estibadores cargaban ya la mercadería desde hacía unas horas: cincuenta y siete toneles de trigo castellano, ocho y medio de sal, doscientos fardos de cuero, ciento doce barricas de vino y un par de barriles repletos de valioso azafrán. Embarcaron además dos grandes cajones de rejalgar y una docena de ánforas de trementina de pino, que en Oriente se vendían ambos a buen precio como remedios para diversas enfermedades. Después subieron los víveres para los oficiales, que incluían tocino, un par de ovejas vivas para la leche y la carne, vino, avellanas, dulce de membrillo y arroz. Los esclavos y condenados se conformaban con una ración diaria de potaje de garbanzos y bizcocho. Cargaron finalmente tres docenas de barriles de agua dulce. Los mozos, siguiendo las órdenes del maestre Jofre, distribuían la carga en la bodega para evitar la escora.

El cómitre, el vasco Sebastián de Tolosa, instruía desde la crujía a los nuevos remeros que iban a integrar la tripulación, veintitrés hombres libres con contrato de uno o dos viajes que complementarían la dotación habitual de siervos, esclavos y condenados que componían la chusma. Estos últimos, llamados galeotes, solían llegar el mismo día de la partida desde los calabozos del Consulado de Mar, vigilados por el alguacil de turno, que los acompañaría en el viaje para evitar problemas. En origen, los condenados remaban solo en galeras reales, pero cuando había exceso en las cárceles, algunos comerciantes privados se beneficiaban de sus servicios. Eran baratos, pues a cambio de su manutención durante el trayecto, Eliseu proveía a las autoridades una vía para que expiasen sus delitos. Además, la Corona les proporcionaba ropa para el viaje, que incluía un par de camisolas, dos pares de calzones, un capote sayal y una almilla coloreada para el relente, un bonete que solía ser de color rojo y zapatos de cordobán. La mayoría, sin embargo, vendían los atuendos a algún ropavejero y los zapatos a marineros libres, y guardaban las monedillas de cobre que obtenían cosidas en un dobladillo. Algunos de ellos, una vez cumplida la condena, volvían a la boga a cambio de un salario si no encontraban otro trabajo.

El alguacil se encargaba de llevar el libro general de forzados, en el que apuntaba todas las incidencias que acontecían durante el viaje a cada uno de los bogas. Junto al nombre de cada uno de ellos se anotaba con meticulosidad su condena, su condición física y el nombre del padre, si era este conocido. Los galeotes que se comportaban bien ascendían a la denominación de «buen boya», con lo que percibían desde entonces raciones adicionales, algo de tocino e incluso un poco de vino de vez en cuando.

La galera, bautizada como *Santa Lucía*, era relativamente pequeña, de dieciocho bancadas para remeros, remando a terceroles: el bogavante, que era el que remaba más cerca de la crujía central, el postizo y el tercerol. Este último era el puesto menos codiciado y estaba reservado casi siempre a reos, pues era el más expuesto a los elementos, y los *buenasboyas*, italianismo que se usaba para definir a los que eran hombres libres, escogían el puesto de bogavante, que, aunque de mayor recorrido de brazos, era más resguardado. La nave tenía un solo palo de vela latina que proporcionaba un bienvenido respiro cuando el viento soplaba empopado. Medía treinta y ocho alnas de eslora y tan solo ocho de manga, cosa que la hacía rápida y ágil, aunque menos estable que otras de mayor calado en caso de mala mar.

La cubierta era incompleta para aligerar el peso, con lo que desde arriba se veía a los terceroles, expuestos a la lluvia, y disponía de un solo camarote, llamado garita, en la popa, normalmente reservado para el capitán, además de un pequeño cuarto a su lado, más quizá un camastro cubierto, que usaba el maestre para echarse a descansar. Los remeros y el cómitre dormían en las bancadas, que disponían de cubiertas de cuero rellenas de estopa para aliviar la dureza de la madera y cuyos extremos se podían desplegar para cubrir del viento a los que dormían en las peañas. Estas eran traviesas a nivel del pie que los boyas usaban para anclar los pies y darse fuerza en la remada, y que servían también para amarrar a los condenados mediante una cadena de doce eslabones acabados en la calceta que se ceñía al tobillo más cercano a la crujía. El resto de la tripulación, que incluía a dos oficiales, un piloto, cuatro ballesteros, un calafate, un tonelero, un remolar y dos carpinteros, además de ocho marineros, proeles y alieres para las maniobras, y dos grumetes, dormían en cubierta en tiempo bonancible, o en la bodega, hacinados en algún rincón entre la mercadería, si el relente o la lluvia arreciaban.

Eliseu observó toda la operación de carga y puesta a punto sin dar orden alguna, pues sus hombres lo conocían ya y él a ellos; llevaba muchos años navegando con la mayoría y sabía que eran competentes. Inspeccionó la vela, bien remendada, los cabos y sus cinchas. Bajó a la crujía, agachando la cabeza, echó un vistazo a las postizas y golpeó con los nudillos alguno de los escálamos, donde se apoyaban los remos, pues a veces se soltaban. Todo parecía en buen orden.

El día convenido, Alamanda se acercó al puerto a inspeccionar la galera. El capitán Eliseu la vio llegar desde el puente. No lo habría admitido jamás, pero hacía rato que escudriñaba los accesos al muelle con cierta ansiedad, desde que los primeros albores del amanecer le permitieron distinguir quién andaba por allí.

—Bienvenida, mi dama —gritó el capitán con una sonrisa, al ver que Alamanda se acercaba, apoyándose sobre la balaustrada.

Ella, que había ido hasta el puerto acompañada de su secretario Enric, tardó unos instantes en descubrir quién le dirigía la palabra. Los rayos lechosos e inciertos de levante dejaban a la sombra el rostro de Eliseu.

—¿Esta es la *Santa Lucía*? —preguntó ella, desviando la vista del marinero para ojear el bajel.

—Por supuesto. No tengo por costumbre cargar barcos que no son míos.

Ella soslayó el tono irónico de su comentario y endureció el gesto.

—Es pequeña. Y se ve vieja.

Eliseu miró su nave como un padre mira a su primogénito, con orgullo. Hinchó el pecho, palmeó la regala y después le dio con los nudillos.

—Es la galera más sólida que encontraréis en este puerto, señora. Puede que tenga ya unos años, pero es robusta y fiable. Ha cruzado el Mediterráneo occidental diez docenas de veces, superando temporales, ataques de los berberiscos y hasta un conato de incendio. No podíais haber elegido mejor.

Ella se encogió de hombros.

—Ya veremos.

Lo cierto era que no había pegado ojo en toda la noche. Embarcarse la aterraba. Nunca había puesto los pies en un barco, ni siquiera en un bote para cruzar un río o un estanque. El agua le daba miedo desde que vio a su madre morir ahogada en el lecho de aquel torrente, poco antes de que su padre la vendiera. Cuando se enfrentaba a un cuerpo de agua, creía entrever los ojos suplicantes de Miranda que le reclamaban ayuda. Por ello le daba pavor la idea de hallarse sobre un pedazo de madera a cientos de leguas de la costa, meciéndose a merced de las impredecibles olas.

Mil veces esos días había decidido cancelar su acuerdo con el capitán Eliseu, y mil veces más había decidido mantenerlo.

¿Qué demonios hago yo encerrándome durante semanas en ese patache cochambroso con docenas de hombres toscos e ignorantes para ir a un país que me es extraño?, se preguntaba en sus horas de desvelo. Tengo un buen negocio aquí en Barcelona; soy lo bastante próspera para llevar la vida que quiero. Mis clientes aprecian mis telas. ¿Para qué...?

Pero entonces bajaba los brazos de su mente y sucumbía a su destino, pues sabía que la obsesión por hallar el origen de la púrpura sería siempre más poderosa que sus miedos. Su destino la arrastraba hacia levante, a buscar la fuente de su desvelo más allá del horizonte. Rezó varias novenas a santa Lidia, su patrona, para darse fuerzas, y decidió espantar de su mente las dudas y los miedos.

Ahora, con un nudo en el estómago y la boca reseca, inspeccionaba la que iba a ser su morada en las próximas semanas. Quería aparentar confianza y tranquilidad, para no dar el gusto a ese hombre de verla humillada, pero tuvo que carraspear un par de veces antes de ponerse a hablar de nuevo.

—¿Cuándo podré embarcar? —preguntó.

—Esta noche, si os place, mi señora —le contestó Eliseu—. Los mozos habrán acabado de distribuir y asegurar la carga a media tarde, si todo va bien. Podéis subir a bordo al anochecer, una vez hayamos embarcado a los galeotes. Parece que habrá bonanza mañana y, si así es, partiremos en buena hora.

Alamanda había decidido hacer el viaje sola, para enorme alivio de Enric, su tesorero, a quien aterrorizaba el mar. Necesitaba a alguien de confianza a cargo del obrador y, además, no veía ninguna ventaja a pagar doble pasaje. Habría agradecido la compañía, pero Enric no era el tipo de persona que una se imaginaba a su vera en momentos de soledad. En cuanto a Marina, por supuesto que habría deseado embarcarla con ella, pero la chica tenía ahora un devoto marido y, más importante desde su punto de vista, iba a hacerse cargo de la nueva factoría y necesitaba que se quedase en Barcelona. En cualquier caso, su decisión ya estaba tomada; al día siguiente empezaba una nueva vida, sola, rumbo a lo desconocido.

Eliseu insistió para que la dama visitase la galera, ahora que estaba todavía vacía de hombres y carga, pues era su mayor orgullo y quería presumir de sus prestaciones. Le explicó cómo debía fijarse la carga para evitar la escora, cómo se sincronizaban los remeros para no entorpecer la boga, qué diferencias había entre los hombres libres y los reos, y algunas características técnicas de la nave que, para su sorpresa, interesaron vivamente a Alamanda. Aún se sentía muy nerviosa de confiar su vida a ese ingenio de madera, lo único que la separaba de una muerte por ahogamiento como la de su madre, pero las explicaciones del capitán tenían un efecto relajante y se encontró inquiriendo sobre aspectos que nunca antes habría considerado dignos de atención.

Eliseu la llevó a la proa, donde el casco se estrechaba hasta terminar en la cuña que hendía las olas, llamada tajamar. Antes de llegar a la arrumbada y a los braseros de esa zona, dieron con un extraño artilugio de madera y hierro y una forma indescriptible. Iba montado sobre ruedas pequeñas y sólidas, y una palanca unida a una tira elástica sobresalía de la parte trasera de la estructura.

—¿Y esto qué es? —preguntó ella.

Eliseu sonrió con satisfacción.

—Esto, señora mía, es parte de lo que quería mostraros. Es mi pequeño onagro, mi mulo coceador. Es capaz de mandar una piedra de cuatro libras a doscientas brazas. Y permitidme que os asegure que una de estas bolas es capaz de provocar una vía de agua incapacitante. ¿Os gusta? Se lo gané tras el último viaje de la temporada pasada a un pesquero de Tarragona.

—¿Se lo ganasteis? ¿Habláis de juegos con envite? ¿Naipes o dados?

Alamanda no quería dejar traslucir juicio alguno en sus palabras, pero algo debió de notar Eliseu, pues se mosqueó un poco.

—Señora, en el puerto se hacen negocios de muchas maneras. No espero que lo comprendáis.

—No, no me malinterpretéis. Solo preguntaba por curiosidad —reculó ella—. Y, decidme, ¿os ha sido útil este aparato alguna vez?

—Bueno, la verdad es que nunca he tenido ocasión de probarlo. Es un arma algo antigua, pero me aseguran que mucho más efectiva que los falconetes que veis allí —dijo, señalando dos pequeñas armas de fuego colocadas en la baranda de proa.

—Parece una antigualla. ¿Estáis seguro de que funcionaría?

—¡Pues claro que sí! ¡Para qué lo llevaría si no!

—De acuerdo, capitán, no os sulfuréis. Mas espero que no os moleste si os digo que prefiero no verme en situación de depender de la fiabilidad de este trasto en nuestra travesía.

Eliseu se caló la gorra algo molesto. ¿Por qué diablos cuestionaba esta mujer todo lo que él decía? Al fin y al cabo, demonios, ¡no era más que una mujer! ¡Qué sabría ella de nada! ¿Por qué no se dedicaba a lo que se debían dedicar todas las mujeres y dejaba los asuntos importantes a los hombres?

Dieron por concluida la visita. Se despidieron fríamente ante la pasarela del muelle y ella se fue a su obrador, algo turbada por el intercambio, a acabar de prepararlo todo.

Como habían acordado durante la inspección del barco, Alamanda llegó para instalarse y hacer noche a bordo. Fue al puerto acompañada de nuevo de su tesorero Enric, que alumbraba sus pasos con el fanal, y un mozo de su factoría arrastrando su baúl. En él llevaba, además de sus atavíos y afeites, y el *Libro de la púrpura* bien embalado, copias de sus cuadernos de recetas, varias muestras de telas tintadas que debía llevar a su representante en Venecia, así como cartas de presentación de la maestra Marina para ayudarla en el arranque del nuevo obrador con los clientes de ultramar.

El capitán Eliseu había dispuesto la estancia de Alamanda en su propio camarote, un pequeño espacio bajo el tendal de popa, y él se instaló en el reducido compartimento de su maestre Jofre, pues casi nunca descansaban al mismo tiempo y podían compartir camastro.

—Pensé que vendríais más cargada —le dijo Eliseu, desde la regala de babor, mientras Enric y el criado subían la valija.

—¿Ah? —contestó ella desde el muelle, fingiendo desinterés.

—Por ser una mujer...

—Pensáis que debería llevar un par de carros con ropa y perfumes, ¿no es así?

—Bueno, en mi experiencia...

—Vuestra experiencia con prostitutas no me interesa lo más mínimo, capitán. Ahorraos el esfuerzo.

Algunos marineros se rieron al oír esta respuesta y el propio Eliseu esbozó una sonrisa, sorprendido una vez más por aquella fascinante mujer de pelo cobrizo. Se rascó de manera distraída la cicatriz de la ceja y sacudió la cabeza, convencido de que Alamanda iba a estar siempre un paso por delante de sus chanzas.

Cuando la mujer subió a bordo, Eliseu le mostró su camarote, algo nervioso, esperando, sin ser consciente de ello, su aprobación. Había ordenado limpiarlo y perfumarlo, y en el camastro dispuso un nuevo colchón de lana merina y almohadones de plumas, todo lo cual le había costado un dinero que no le sobraba. Pero quería satisfacer a la dama que iba a ser su pasajera, pues, aunque nunca lo habría reconocido, se sentía hechizado en su presencia.

—Bueno, no es un palacio, pero servirá —dijo ella. Y sonrió por vez primera—. Os habéis esmerado en hacerlo presentable para mí, y os lo agradezco.

Eliseu se turbó un poco ante este cambio repentino de tono.

—Bueno, yo...

—Pero también os digo —interrumpió ella, borrando de su faz la sonrisa— que habría dormido igual de bien en la bodega con los remeros y las ovejas. No tenéis por qué hacer nada fuera de lo habitual por mí, capitán. Tan solo os exijo que cumpláis vuestra parte del contrato y me llevéis sana y salva a Venecia.

Dicho esto, salió del estrecho compartimento para dar instrucciones a su criado sobre la colocación de sus enseres, dejando al capitán más confuso que nunca. Este, que empezaba a mosquearse, decidió que, en adelante, evitaría a esa mujer tan impertinente todo lo que pudiese. Ella se instaló en su camarilla y despidió con cierta emoción a su secretario. Había dicho adiós entre copiosas lágrimas a su querida Marina hacía unas horas en el obrador. No quería llorar frente a los marineros, y por ello les pidió tanto a ella como a Muntallat que no acudiesen al muelle a verla partir.

A la mañana siguiente, apenas apuntada el alba de ese día de finales de septiembre, el mar amaneció abonanzado. Tras asegurarse de que todos estaban en sus puestos, los alieres empezaron muy pronto la compleja maniobra de desatraque, guiados con pericia por el primer proel. Los remeros, avezados al esfuerzo de poner la galera en marcha, tensaron sus músculos y sincronizaron sus movimientos a las órdenes del cómitre Sebastián, que hacía chasquear el rebenque en el aire para dar énfasis a sus gritos. El capitán tenía previsto desplegar la vela a pocas leguas del puerto, pues soplaba buen poniente y quería aprovecharlo.

Jofre daba las órdenes y todos se ponían en marcha. Eliseu miró por la borda la línea de flotación, preocupado por si las olas llegaban a las postizas de los remos y podía entrar agua en mala mar. Debido a lo pesado de la carga, iban más bajos de lo habitual.

Salieron del puerto de Barcelona sin novedad. Los remeros, al ritmo que marcaba el cómitre, pronto se hicieron con el ritmo de boga y hundían los remos en el agua con precisión. El piloto colocó la proa apuntando al sol naciente, apantallando la vista con su mano izquierda mientras sujetaba el pinzote con la diestra. Eliseu decidió que en una hora izarían la vela, pues calculaba que para entonces podrían aprovechar el viento.

Alamanda salió a cubierta con la tez algo pálida y la frente sudada y fría. Avanzó extendiendo las manos para no caerse ante el desacostumbrado vaivén de los maderos bajo sus pies. Iba tocada con una cofia plisada de paño blanco que no ocultaba completamente su cabellera, y vestida con un sencillo brial de mangas bobas, sin puño y ensanchadas a partir del codo, muy a la moda de Barcelona, teñido por ella misma de un discreto añil de glasto matizado con blanco de creta. Se cubría del frío con una zamarra de lana sin teñir sobre los hombros. Observó que el capitán se había puesto traje de faena, trocando los anchos zaragüelles de la víspera por unos calzones muy ajustados que marcaban sus musculadas piernas. Supuso que la ropa suelta podía interferir con el trabajo en alta mar. Instintivamente, movió ambos antebrazos hacia arriba en dos rápidos gestos para retraer las excesivas mangas y dejar las manos al descubierto, pensando que tal vez no vestía muy adecuada para la navegación.

—Ah, mi dama —dijo Eliseu al verla—, me temo que os habéis perdido el desatraque. Es una maniobra de lo más interesante. Si alguno de los remos...

Hubo de interrumpirse, pues la chica se abalanzó sobre la balaustrada de popa y, tras un atronador eructo, arrojó la pitanza de los últimos días como si fuera un Vesubio desatado.

—¡Por Dios, que creí que nos atacaban los piratas! —se rio el capitán.

—Podéis reír lo que gustéis —logró decir Alamanda entre jadeos y escupitajos—, que ya no me importa en absoluto... A fe mía que...

No pudo acabar la frase, pues una nueva arcada la dobló sobre la regala.

—No vayáis a caeros por la borda, mi dama. Aunque, bien pensado, estamos tan cerca de la costa que podríais volver a nado.

Los pocos marineros que había en cubierta la miraban divertidos. Alguno hizo un comentario procaz al ver su trasero alzado cada vez que vomitaba. Ella pensó, en su suplicio, que todos los hombres eran unos cerdos, y, casi por instinto, tanteó con la mano el sayo para sentir el tranquilizante bulto de la daga que siempre llevaba en el cinto interior.

El capitán Eliseu vio las chanzas de sus hombres y sintió lástima por ella. Arrepentido de haber favorecido la burla, gritó un par de órdenes con más rabia de la necesaria y mandó a un grumete que pusiese un catre sobre el tendal. Él mismo la acompañó a echarse y pidió paños fríos para su frente.

—La primera vez que se navega parece que el alma quiera dejar nuestro cuerpo —le dijo, con sorprendente dulzura—. Eso le pasa a todo buen cristiano, no tenéis de qué avergonzaros. Os aseguro que en un par de días ya os sentiréis en plena forma.

—Un par de días... —murmuró ella con horror; no podía soportar la idea de padecer aquellos mareos ni un minuto más.

Dos días más tarde, al amanecer, Alamanda tomó un poco de leche tibia y unas gachas de avena y logró por vez primera retener algo de lo comido en su estómago. Se levantó del catre con sensación de alivio, aunque era consciente de que había tenido que soportar la humillación de que aquellos hombres la vieran regurgitar, defecar y delirar. Tuvo que aguantar que un esclavo le lavase el pelo, que se le había quedado tieso con el vómito seco, y vio como sus compañeros miraban luego su vestido con la esperanza de que el agua hubiese transparentado la tela. Pero se sentía tan mal, tan próxima al averno, que todo le daba igual.

—Buenos días, mi dama —la saludó un marinero.

Su primera intención fue ignorarlo. Era un hombre de avanzada edad, barba rala y mirada astuta. Llevaba una gorra de paño de tipo flamenco que en algún tiempo fue azul oscuro, y mascaba constantemente raíces de regaliz. Alamanda no recordaba haberlo visto antes a bordo, pero tampoco era extraño dado el estado en el que había permanecido desde que zarparon.

—Veo que os habéis levantado —siguió el hombre.

Ella hizo por no mirarlo y mantuvo la vista fijada en el horizonte.

—Me alegro —continuó—. Yo llevo muchos años cruzando mares y aún se me desajustan las tripas de vez en cuando. No es en absoluto agradable. ¿Me permitís que os ofrezca un poco de regaliz? Encuentro que viene bien para que la comida se quede en la panza y desista de querer salir de nuevo por donde entró.

Algo en la mirada de aquel hombre hizo que Alamanda aceptase el palo dulce que le ofrecía. Lo mordió y notó enseguida que su jugo anisado le hacía bien. Sonrió al marinero y le agradeció el gesto con un leve movimiento de cabeza.

—Me llamó Josué, para serviros a vos, mi señora.

La chica vio que era sincero en su saludo.

—Mi nombre es Alamanda.

—Lo sé, mi dama, lo sé. Todo el mundo a bordo lo sabe. Y diría que toda Barcelona os conoce. Cuando me dijeron que la *Reina del Tinte* iba a embarcar con nosotros no me lo podía creer. ¡En este barco apestoso! ¡Quita, quita! ¡Cómo va a ser posible que una gran dama, con esa clase, la que se codea con nobles y príncipes, embarque con unos pordioseros como nosotros! —se rio Josué—. ¡Y aquí estáis, al fin y al cabo!

—Aquí estoy, desde luego. ¿La *Reina del Tinte*?

El marino cambió de expresión.

—Perdonad, quizá os importuno —dijo, reculando un par de pasos, tentativamente.

—En absoluto —le aseguró ella, ya más relajada—. Es agradable tener a alguien con quien conversar después de dos días de solitario retiro.

Josué era calafate. Se encargaba de untar con pez caliente las juntas de las cuadernas para hacerlas estancas, asegurar que no entraba agua por el genol o el cabrestante y sellar con estopas de cáñamo untadas en brea cualquier fisura que pudiera producirse en alta mar. La parte más dura de su trabajo se llevaba a cabo en tierra, cuando recostaban la nave en seco para prepararla para un nuevo viaje. En una travesía con bonanza, como estaba siendo aquella, no tenía mucho que hacer. Alamanda encontró en él un buen confidente. El hombre era discreto y poseía esa sabiduría reflexiva que solo proporcionan los golpes y los años. Casi sin darse cuenta, pasaba con él buena parte de las horas muertas del día, que eran muchas una vez se hubo acostumbrado su cuerpo al vaivén del navío.

El capitán Eliseu, que se había apartado un poco del contacto diario con Alamanda al principio para evitar sus desplantes y su lengua afilada, los miraba ahora con una sensación que, en otro contexto, podría haberse definido como celos. Al fin y al cabo, era la primera vez que llevaban a bordo a una mujer de cierta clase y cultura, y verla departir amigablemente con un marinero, ni siquiera uno de los oficiales de mayor rango, mientras que a él apenas si le daba los buenos días por la mañana, lo mortificaba un poco.

El enano Barnabas esculpía un tocón de madera con su navaja, distraídamente. Estaba echado sobre un montón de viejos trapos en un rincón, junto a los pañoles de popa, oculto tras unos barriles donde creía que nadie lo buscaría. Ese era su escondite, el único en el que se sentía seguro, con la espalda dada a los tablones que lo separaban del castillo de popa y su cuchillo en la mano.

Había aprendido a defenderse de muy niño, cuando su padre le daba palizas por haber sido la causa de la muerte de su madre, y también por la frustración de que su único hijo varón fuese deforme.

Nació en un pueblo de pescadores a la vera del Egeo, cerca de Salónica, en una esquina de la plaza del mercado. Su madre, la Dorotea, lo colocó, aún con el cordón sin anudar, sobre unos restos de carne, huesos y vísceras, y su cuerpecillo quedó sepultado por centenares de moscas que buscaban en él carne podrida que comer. La menuda Justiniana, aquella niña coja que ayudaba a su madre envolviendo los pedazos de vacuno en papel aceitado, vio algo que se movía entre los desechos y pensó que era una rata. Cuando iba a patearla con su pierna buena vio su manita y, sorprendida, tiró de ella.

—Justiniana, no te me distraigas —le gritó la Dorotea.

—Es un niño —dijo ella.

—¡Ya sé que es un niño! ¡Y muy feo, además, que me ha salido de culo, el muy sinvergüenza! ¡Por Dios, que no paro de sangrar! Ya no me quedan telas limpias para compresas… Alcánzame ese paño, niña.

La Justiniana se lo alcanzó, y mientras su ama se alzaba las faldas para cambiarse las telas de los calzones, ella agarró al niño, lo limpió con un poco de agua y lo arrebujó con su propio delantal. En un momento de calma en el mercado, la niña se acercó al puesto de Filomena, la cabrera, y logró sonsacarle un poco de leche de cabra. Así evitó que el niño muriese a las pocas horas de nacer.

—Es muy feo —le dijo la cabrera. Y se rio.

Sus brazos y piernas eran como muñones acabados en diminutos dedos, y su frente descollaba hacia delante en vez de iniciar la redondez del cráneo. Los ojos, aún cerrados, apenas eran un jirón de piel apresado en una extraña nariz prominente, de grandes huecos, y los labios dibujaban una media luna hacia abajo.

Las risas de la cabrera atrajeron a otras comadres, por lo que Justiniana se alejó de allí, algo abrumada por la vergüenza. Cuando llegó al puesto de la Dorotea vio que un grupo de gente se arremolinaba a su alrededor y se enteró por los curiosos de que su ama había muerto. Entre la muchedumbre tan solo acertó a ver a la mujer echada sobre los restos con una enorme mancha de sangre en sus faldas que no paraba de crecer.

Justiniana llevó al niño a bautizar a la capilla de San Demetrio, y tuvo que dar una moneda de vellón al párroco porque este se negaba a echarle el agua bendita.

—Si más parece un engendro de Satanás... —dijo al verlo, desnudo y sucio.

Le pusieron Barnabas porque era el santo del día, vencida al fin la reticencia del sacerdote, y Justiniana se lo llevó a la casa de su amo, al cual ya habían dicho que la Dorotea había muerto. Su padre le ordenó que lo echase en el cubo de las sobras, que no quería saber nada de él, que ni siquiera tenía conocimiento de que su mujer había estado encinta, pero la niña lo escondió y lo crio, tratándolo con algo parecido al cariño.

—Mi pobre Justiniana... —murmuró Barnabas, afilando su navaja en su rincón de la galera—, ¿qué habrá sido de ti?

—Y este, al que todavía no conocéis, es Barnabas, nuestro engendro remolar.

El enano salió de su ensoñación, interrumpido de súbito por el capitán en persona y aquella dama misteriosa a la que llevaban de pasajera, y que no parecía ni ramera ni esposa de ningún oficial. Se puso de pie como accionado por una palanca y dejó caer la navaja para descubrirse.

—Un placer —dijo ella. Y lo miró directamente a los ojos con calidez.

Barnabas se turbó y no acertó a balbucear palabra alguna antes de que Eliseu se diese la vuelta. Vio que la mujer aún lo miraba y le hacía un gesto amable con la mano, también algo sorprendida por la brevedad del encuentro.

—¿Por qué lo tratáis de engendro? —le preguntó al capitán, en cuanto se alejaron del hombre.

—¡La pregunta! ¡Pues porque lo es! ¿No habéis visto lo feo que resulta?

—Sois muy cruel —le espetó Alamanda, de pronto enfadada.

—Mi dama, yo...

—¿Cómo podéis tratar mal a la gente? ¿En condición de qué lo tenéis a bordo?

—¿Mal...? Es... es maestro remolar, muy bueno con la madera, capaz de hacer un remo en una jornada de un pedazo de madera. Pero...

—¿Veis? Todo el mundo, hasta el último esclavo, tiene alguna bondad. Haríais bien en tratar bien a la gente, o quizá algún día la Providencia os haga pagar por ello.

Eliseu volvió a enfurecerse, pues media tripulación estaba escuchando el rapapolvo y temía perder autoridad.

—¿Pero es que vos, oh, gran dama, no habéis tratado nunca mal a nadie? ¿Es que vos encontráis siempre bondad en todo el mundo?

Y ella se rindió en este punto, pues recordó su odio hacia los hermanos Manfred y Alberic y la muerte de este de su mano, con crueldad innecesaria. Se acordó también de su venganza contra Andreu, aquel oficial que la había denunciado, impidiéndole el acceso a la maestría y, posiblemente, arruinando su vida. No era ella la que debía arrojar la primera piedra.

—Tenéis razón, capitán —reculó—. Disculpad mi impertinencia.

Eliseu se quedó de nuevo sin palabras y se enojó aún más, aunque esta vez consigo mismo. Esos cambios de humor de las mujeres no los entendería nunca.

—Pues ya continuaremos con las presentaciones en otro momento, que ahora tengo mucho que hacer.

Barnabas había escuchado el final del intercambio y torció el gesto, pensativo. Josué se acercó a la señora con media sonrisa y sacudió la cabeza.

—El capitán no es mala gente, mi dama. Nos trata bien. No lo juzguéis en alta mar con criterios de tierra firme.

Alamanda suspiró.

—Tenéis razón, amigo mío. Debo aprender a no juzgar, o seré juzgada yo también. Lo que ocurre es que aquí estoy completamente fuera de mi ámbito y tengo mucho que aprender. El mar me aterra todavía. Estoy con los nervios a flor de piel.

Un rato después, Alamanda se disculpó con elegancia, con lo que ablandó de inmediato el corazón del capitán. Él murmuró algo referente a no menoscabar su autoridad ante los hombres que ella casi no entendió, pero su furia se había aplacado por completo. Se quedaron ambos un momento en silencio, mirando la línea del horizonte, sintiendo el rítmico vaivén de la galera, el aire en la cara, el salitre en los labios.

—¿Por qué le pusisteis *Santa Lucía* a vuestro barco? —preguntó ella de pronto.

Eliseu sonrió. La observó aún con algún desconcierto, como sopesando sus intenciones. Dio dos golpecitos a la regala y miró con orgullo su navío.

—Mi hermosa *Santa Lucía*... —dijo, pensativo.

Alamanda se rio al cabo de unos instantes, la tensión de momentos atrás ya olvidada.

—Nunca podréis querer a una mujer, capitán. Vuestro corazón ya está ocupado.

Él la miró entornando los ojos, como tratando de ver si había algo más en sus palabras o era un simple comentario para llenar el silencio.

—¿Veis esto? —preguntó, al cabo, tocándose suavemente la cicatriz que hendía su ceja izquierda y seguía debajo del ojo por encima del pómulo—. Me lo hizo un hombre al que yo había ofendido.

—¿Hay algún hombre en este mundo al que no hayáis ofendido? —se atrevió a decir ella, pasando de nuevo por el filo de la navaja de los cambios de humor en su incipiente relación.

—Muy aguda... Pero tenéis razón. Nunca he sido de trato fácil y la lengua se me suelta en los momentos más inoportunos. Como habéis comprobado hace un rato.

Alamanda lo miró con cierta dulzura. El hombre rudo, el marinero arrogante, el pirata mal hablado, tenía capacidad de arrepentimiento y autocrítica.

—Seguid, pues, con vuestra historia. Os escucho.

—No hay mucho que contar. O quizá es que el tiempo y el vino han limado algunos detalles de lo que me aconteció.

Y tiene verbo fácil, pensó Alamanda con una sonrisa discreta.

—Yo era muy joven —prosiguió el capitán—, quizá no tanto como vos, pero ya sabéis que los hombres tardamos más en alcanzar la madurez. Quiero decir con eso que era un insensato, y un arrogante, como suelen ser los jóvenes. Raras veces medía las consecuencias de mis actos.

—Hubo una chica de por medio, ¿no es cierto?

Eliseu sonrió, en un gesto sobrio y franco que no afeaba la cicatriz que cruzaba su rostro.

—Sois muy perspicaz.

—No hace falta serlo para saber la principal razón por la que un muchacho joven y arrogante se mete en problemas.

El hombre miró al horizonte, recordando viejos tiempos.

—Sí. Había una mujer. Se llamaba Simona. Era rubia y de tez clara, como las gentes de otras tierras. Tenía el talle tan estrecho que casi podía rodearlo uniendo ambas manos. Me volvía loco su risa, que era fresca y sonora como un manantial. La conocí en el puerto de Salou, donde vivía. Yo era paje del capitán de una galera comercial. Hacíamos la baja mar por la costa, desde Valencia hasta Marsella. Era un trabajo fácil y muy bien pagado para alguien sin dispendios como yo.

»Simona era la mujer de un rico prestamista que financiaba buena parte del comercio de la zona y con quien mi patrón tenía tratos frecuentes. A mí me llevaba a su oficina de cambio porque yo sabía de números y podía anotar las cuentas y evitar que nos timase. Así conocí a Simona, y pronto se tornó una obsesión para mí. Ella no era más que una chiquilla, pero estaba casada ya con un hombre que había enviudado dos veces y le doblaba la edad. No digo que fuera infeliz, pues me consta que su marido la adoraba y le concedía todos los caprichos, pero se le iban los ojos hacia los varones jóvenes y apuestos...

—Como vuestra merced.

—Como yo —se rio Eliseu—. Bueno, como cualquiera con un rostro sin arrugas y los dientes en su lugar, más bien diría. Era pizpireta y algo atrevida, y me engañó en mi bisoñez como supongo que antes había engañado a otros. Solo que, en mi caso, de a poco no lo pago con mi vida.

»Una noche de verano recalamos en Salou. El capitán me pidió que lo acompañase, pues el prestamista quería agasajarnos con un ágape de celebración. Habíamos vendido un cargamento de ballestas, gorguces y espadines de Guipúzcoa en Valencia, y la operación había dado grandes beneficios al financiero. No recuerdo qué comimos, pero todo era de primera calidad y de gran abundancia. Sí recuerdo el buen vino que, desde el aperitivo, regó nuestros gaznates. Bebí demasiado y por ello fui temerario. Simona, sentada frente a mí, se quitó la zapatilla a media cena y empezó a masajearme la entrepierna... Perdonadme, no debo dar detalles de asuntos salaces a una dama.

Alamanda soltó una breve carcajada.

—¡Por Dios, capitán, que, aunque estuve en una abadía unos años, no soy ninguna beata!

—Bien, baste decir que la niña me provocó, que yo llegué al licor digestivo en un estado de gran excitación. Por ello, cuando en el salón de baile asió mi mano, me susurró al oído que su alcoba era la segunda puerta de la derecha en el piso de arriba y anunció en voz alta que se retiraba, me volví loco y me precipité. Aduje que estaba mareado y que quería volver a la galera. Pero no debí de ser yo el primer doncel al que sedujo para llevarse a la cama la bella Simona, y el marido estaba sobre aviso. Creo que dejó que me hiciese ilusiones, o tal vez quiso esperar a pillarme cuando no hubiese duda alguna de mi fechoría. El caso es que me hallaba yo ya entre las enaguas de la damisela, tratando de... en fin...

—¿De deshacer los nudos del corpiño, quizá? —preguntó Alamanda, divertida por la historia y con ganas de provocar embarazo en el marino.

—Sí..., entre otras cosas. Hay que decir que la vestimenta femenil parece diseñada para desanimar al más fogoso.

—¡Pues para eso debe ser! —se rio ella.

—Bueno, ni siquiera oí la puerta. Noté que alguien me agarraba del cuello y me arrojaba al centro del dormitorio. Simona lanzó un grito, pues su marido, aunque mayor y más grueso que yo, tenía arrebatos de hombre joven y blandía una espada de considerables dimensiones cuya punta colocó contra mi frente.

»Si hubiese tenido presencia de ánimo y algo más de sensatez, habría pedido disculpas y me habría ido con el rabo entre las piernas. Pero había bebido demasiado, como queda dicho, era joven y me sentía invencible. En posición claramente desventajosa, cometí la imprudencia de desenvainar mi corto espadín. No quiero ni pensar en mi figura en ese instante: en paños menores, casi sin tenerme en pie y con una daga corta que más parecía de las que usan los niños para jugar, enfrentándome a un marido despechado, furioso y bien armado.

»El hombre esquivó mi acometida con facilidad y, cuando me di la vuelta, me lanzó un cintarazo que me alcanzó en pleno rostro. Uno de mis ojos recibió parte del impacto y tuve la mala suerte de que una esquirla de mi hueso nasal se incrustó en el otro.

»Supe después que solo la intervención de mi patrón me salvó la vida. Simona, la joven dama casquivana, huyó de la habitación y se desinteresó de mí al instante. Incluso me acusó más tarde de haber tratado de forzarla en sus propios aposentos. Tuve que someterme a juicio, con los ojos vendados y convencido de que había perdido la vista para siempre. Sufrí cuatro meses de calabozo, sin ver la luz, recibiendo los torpes cuidados del barbero de la prisión, que me cambiaba los vendajes y me ponía un ungüento que picaba como el demonio.

»Yo nunca he sido muy religioso ni fui devoto de ningún santo. Pero el capellán me dijo que rezase a santa Lucía si quería recuperar la vista. Recé y recé, con escepticismo al principio y desesperación al final, hasta que, por fin, bajo la negrura de mi venda, noté un fogonazo de luz, una efímera chispa que quebró mi oscuridad. Y me hice devoto. Llegó al poco tiempo el día de Santa Lucía, el 13 de diciembre. Ese día pedí al barbero, en presencia del capellán, que me quitase la venda. Antes de abrir los ojos, me confesé, y juré que, si recuperaba la visión, peregrinaría a pie hasta la parroquia de Santa Lucía de Cartagena. El resto, ya os lo podéis imaginar.

—Qué historia más bella —dijo Alamanda, al cabo de un rato.

Puso su mano sobre la de Eliseu, que estaba apoyado en la balaustrada, y se miraron durante unos instantes.

—Gracias por habérmela contado.

Se quedaron ambos un rato quietos, diríase que sin respirar apenas, sintiendo en ese leve contacto como fluía una energía que cosquilleaba su piel y hendía el espinazo hasta producirles escalofríos. Las miradas se entrelazaron; ninguno de los dos podría haberse liberado de su atadura de haberlo deseado. El mundo se descompuso a su alrededor.

Con gran renuencia, Eliseu deshizo el vínculo aduciendo que debía supervisar al cómitre antes del anochecer, pues los hombres habían realizado un sobresfuerzo por falta de viento y debían mesurar sus fuerzas para no reventarlos antes de culminar la primera etapa.

Ella se quedó un rato más en cubierta, pensando en Simona, preguntándose qué tendría para haber capturado el corazón del capitán de aquella manera, que tantos años después aún la recordaba con mirada soñadora.

La galera hizo escala en Palermo, como estaba previsto. El capitán Eliseu aparentaba estar allí como en su casa. El puerto era un bullicio de personas, animales y mercaderías, y Eliseu saludaba a todos con bonhomía y suficiencia. Era un personaje conocido por aquellos lares y Alamanda, observándolo desde el puente, se admiró de pensar que alguien pudiese contar con amigos en diferentes partes del mundo, pues ella apenas los tenía en los lugares en los que había pasado toda su vida.

—Ahí va el capitán —comentó el bueno de Josué a su vera, acercándose a la balaustrada—. Le encanta este puerto.

—¿Ah, sí?

—¡Uf! Apenas atracamos, salta a tierra. Conoce a más gente aquí que en Barcelona.

—¿No era este puerto de bandidos y piratas?

—Y gentes de la peor ralea —se rio Josué con una gran carcajada—. ¡Por eso está como en su casa!

La mujer lo miró y el marino temió haber cometido una indiscreción.

—Disculpad, mi señora, no he querido decir eso... El capitán no es como esos tipos. Yo...

Esta vez fue el turno de Alamanda de reírse.

—No te apures, Josué, que sé perfectamente qué querías decir.

Miró de nuevo hacia tierra firme y, por un efímero instante, vio a Eliseu enfilar una de las callejuelas perpendiculares al muelle y perderse entre el gentío. En un impulso impropio de su ser, Alamanda asió a Josué del brazo y se lo llevó hacia la pasarela.

—Vamos a ver qué tiene esta ciudad de atractivo.

—Pero, señora... —protestó el hombre—. No creo que sea seguro que...

—¿Quieres ganarte un par de *croats* de plata? Pues sígueme y aparenta ser mi escolta. ¿Vas armado?

—Siempre llevo el espadín conmigo, sí. Pero...

Bajaron ambos al muelle entre los mozos que, con los bolsillos llenos, salían a pasar un buen rato en las tabernas de marineros. Todos los hombres libres a bordo podían tomarse un pequeño permiso por turnos. Estaba previsto que la escala durase un día entero, pues iban bien de tiempo y no hacía falta apurar esfuerzos. Los remeros agradecían el respiro, incluso los condenados, a los que no les estaba permitido bajar del barco; a muchos de ellos, los más problemáticos, ni siquiera se les concedía librarse de los grilletes por unas horas. Alamanda tenía claro que prefería vagar por calles desconocidas que quedarse a bordo con un puñado de facinerosos y unos cuantos marineros frustrados por tener que esperar para gozar de su asueto. Y, además, era la primera vez que pisaba tierra extranjera; no iba a dejar pasar la oportunidad de visitar aquella ciudad.

Entre la confusión y el gentío, no advirtieron que también puso pie en tierra el griego Barnabas, el cual, tras mirar a derecha e izquierda, se embozó la capucha del capazo y se escabulló con paso resuelto por un callejón anejo.

Enfilando la vía por la que había visto desaparecer a Eliseu, Alamanda apuró el paso, de pronto excitada por la aventura. Unas cuantas travesías más adelante, con el ánimo apresurado y las advertencias abrumadas de Josué a sus espaldas, se dio cuenta de que se había perdido y que no veía al capitán por ninguna parte. Estaban en el corazón del Borgo Vecchio, el barrio de pescadores, buscavidas, pendencieros y malhechores que, de manera lícita o ilícita, vivían a costa del tráfico en el puerto.

—Bien, Josué, me he metido en un lío —dijo, con cierto tono de diversión en su hablar, como un niño reconociendo orgulloso una travesura—. Espero que sepas cómo volver al muelle.

Josué la miró sin pronunciar palabra. Admiraba a aquella mujer tan resuelta. Decían las habladurías que fue abandonada de niña y que no solo había logrado sobrevivir, sino que, con su tesón, esfuerzo e inteligencia, se había vuelto una de las mujeres plebeyas más ricas de Barcelona.

Él no era cristiano viejo. Sus abuelos eran hebreos, inmigrantes de Djerba, en el norte de África, y vivían en la judería de Barcelona. Pronto se convencieron de las ventajas de convertirse al cristianismo, para evitar las campañas de exterminio que, de manera periódica, diezmaban a su pueblo, y también para tener la capacidad de acceder a cargos públicos. Josué tenía la tez más oscura que la mayoría de los barceloneses y por ello, tras algunos incidentes de juventud, decidió hacerse a la mar. Se casó con una moza de humilde condición y tuvo una hija a la que amaba con todo su corazón. Pensó en dejar la marinería y buscarse un oficio decente en la ciudad para no tener que separarse de ellas. Pero en uno de los últimos viajes que tenía contratados sucedió la tragedia: su familia sucumbió a las fiebres que se propagaron por Barcelona, las que también mataron a los oficiales de Bonaventura Rispau, el maestro tintorero. Cuando llegó a puerto, no pudo ni enterrar a sus seres queridos, pues sus cuerpos ya habían sido incinerados por las autoridades de la ciudad. Volvió a la mar como su último refugio, deseando con fervor que una tempestad se lo llevase a pique.

Con el tiempo había aprendido a sobrellevar el dolor, pero no a olvidar. Algo en él se había conmovido al ver a Alamanda, que le recordaba por algún gesto a la hija que había perdido.

—Puedo hacer algo mejor que devolveros al barco, mi señora —le dijo entonces—. Puedo llevaros allí donde estará el capitán, si tanto interés tenéis en sus quehaceres.

A la chica le encantó la idea. Él se regocijó de su entusiasmo.

—Pero os encarecería —siguió el marinero— que no lo juzguéis por lo que veáis. La vida en el mar es muy dura y solitaria. Los hombres buscan amparo y consuelo allá donde pueden.

La mujer hinchó el pecho, pues se dio cuenta de que tenía suficiente mundo como para saber a qué se refería el marinero y no escandalizarse por ello.

—No sufras, Josué. Que no nací ayer.

El marino la llevó por unas calles que le recordaban a las del barrio de los marineros de Barcelona. Pasaron prostíbulos y tabernas, tiendas de abarrotes y casas señoriales, todo ello apiñado sin orden aparente, en un batiburrillo de vida y suciedad que la habría abrumado de no haber vivido tantos años en la Ciudad Condal. En un momento determinado, Josué se desvió a la izquierda, metiéndose por un callejón tan estrecho que una persona gruesa habría tenido problemas para pasar. Llegaron de pronto a una plazoleta cuya única entrada, aparte de la del callejón, era el arco de madera de un soportal que daba a una calle posterior, cerrado por una cancela. En una de las esquinas, un carretero cargaba en una carreta de mano heces de animales a golpe de pala, desde un cúmulo de estiércol que emitía un olor pungente y dulzón. En el otro extremo, un paisano mascaba pedacitos de queso que iba cortando con un cuchillo de hoja curvada. Los miró con atención, sus ojos hechos apenas dos fisuras bajo el sombrero de ala ancha. Con un gesto del cuchillo les indicó que podían continuar, aunque se incorporó un poco para ver pasar a Alamanda.

Accedieron a un antro hediondo, curiosamente iluminado por un tragaluz rodeado de pequeños espejos que proyectaban los rayos de sol en mil direcciones. Al fondo, en una zona más oscura, había mesas llenas de patronos de toda condición y mujeres de mala vida que aspiraban a aligerar sus siempre menguados bolsillos. Unos esclavos moros iban y venían de la trastienda con cerveza y una bebida turbia que contenía zarzamoras, nueces verdes y cáscaras de limón maceradas en aguardiente. Si alguien tenía hambre, la comida consistía en un potaje de lentejas con pedazos de pescado hervido y hojas de menta, o en rebanadas de pan con aceite de oliva y lonchas de un embutido de color grisáceo a base de mondongos de cerdo.

Josué le señaló una mesa del fondo con un leve movimiento de la cabeza y una sonrisa nerviosa. Eliseu estaba sentado con una moza en cada rodilla y una jarra en la mano. Las chicas soltaban risas exageradas y el capitán se reía también, pero quizá con un deje de cierta melancolía. De vez en cuando se perdía su vista en algún rincón privado y las muchachas debían darle una juguetona palmadita en las mejillas para que volviese a ellas.

Alamanda y Josué se colocaron en una esquina sombría para escapar de la luz y poder verlo mejor. Ella lo observó durante un rato, con una mezcla de sentimientos. Su nuevo papel de mujer de mundo la forzaba a discernir la escena con diversión y desapego, admirando el corpiño revelador de las meretrices, los aceites perfumados para camuflar el mal olor o la suciedad de tantos hombres que por ellas habían pasado, y su cara maquillada con algún sucedáneo de los polvos de solimán, para blanquear su piel y librarla de imperfecciones. Por otro lado, su pasado en la abadía le hacía rehuir el estilo de vida de aquellas mujeres que vendían su cuerpo para solaz de los marinos. Pero también se resistía a juzgar a una chica que, en ese mundo de hombres, se buscaba el sustento como mejor podía. Muchas de ellas debían de haber sido desfloradas por algún hombre, con engaños o a la fuerza, y no podían acceder ya a un matrimonio adecuado. Los únicos destinos que la vida reservaba a las mujeres eran los de esposa, monja o puta. Ella era la excepción, pero reconocía que, además de su ingenio, había gozado de oportunidades que otras no habían tenido, o no habían sabido aprovechar.

Pero había algo más. Aquel fugaz momento en la cubierta de la *Santa Lucía*, cuando él le contó su tragicómica historia con la casquivana Simona, cuando sus manos se habían tocado... ¿No había sentido ella una chispa que encendió algo en su seno que, hasta entonces, creía tener apagado para siempre? ¿No había advertido en esa piel masculina, avezada a mil penalidades, algo de una ternura que, en el fondo, ella anhelaba con toda su alma? ¿No vio en esos ojos, quizá, un poco de admiración y hasta de deseo? Sí; aunque la avergonzase, debía reconocerse a sí misma que, en la soledad y la estrechez de su camarote, había pensado en el capitán Eliseu de manera diferente a como lo había visto hasta entonces, y eso le dio miedo, incluso llegado el punto de querer apartar esos pensamientos de su cabeza en un inútil esfuerzo consciente. Sin embargo, verlo ahora con una de esas mujeronas de trato fácil en cada brazo... Un pinchazo de absurdos celos cruzó su mente por un instante.

—Bueno, mi dama, ya lo habéis visto —dijo, tímidamente, Josué—. ¿Qué os parece si regresamos al barco?

El viejo marino temía que su capitán se enojase con él por haber llevado a su pasajera hasta allí. Además, su presencia no había pasado desapercibida, pues era la única mujer bien vestida de la taberna, y algunos hombres se daban codazos para indicarse unos a otros que una dama había entrado. Por ello osó asirla del brazo con suavidad para sacarla del lugar.

En ese instante, una de las muchachas soltó una carcajada y resbaló de la pierna de Eliseu hasta el suelo, volcando una copa de aguardiente sobre un beodo y provocando la hilaridad de los comensales. El capitán hizo un gesto para incorporarse y evitar que se le derramase el contenido de la jarra, y justo entonces la vio. Ella se azoró, pero de inmediato decidió hacerse cargo de la situación y avanzó hacia él con más aplomo del que sentía y una sonrisa en los labios.

—¿Qué hacéis aquí?

El capitán se debatía entre el godeo, la humillación y la cólera, y esa mezcolanza de sensaciones lo confundió hasta tal punto que se puso colorado.

Alamanda decidió que seguiría en el papel de mujer de mundo y, aparentando una seguridad que no sentía, se acomodó delante de él, en una banqueta.

—No iba a quedarme sola en el barco mientras vos os divertíais.

—Este no es lugar para... para...

—He estado en sitios peores. ¿No recordáis ya la madriguera inmunda en la que os conocí?

Eliseu la miró con esa mirada extraña por culpa de la cicatriz, y entornó los ojos todo lo que le permitía su párpado izquierdo rasgado.

—Este no es lugar para una dama como vos —repitió con más aplomo, casi lanzando una acusación.

Alamanda se puso a la defensiva. El ambiente entre ellos había cambiado.

—Soy una mujer libre. Puedo hacer lo que me plazca.

—Pues haced lo que os plazca, pero no me importunéis.

—Ah, ¿os importuno? Ya me sabrá perdonar Su Majestad por alterar la vida de palacio.

—No tiene ninguna gracia.

Josué se movía nervioso unos pasos más atrás, con la gorra en la mano, dudando sobre si debía intervenir para llevarse a Alamanda y maldiciendo la ocurrencia de llevarla hasta allí.

—No pretendía tenerla —dijo ella, levantándose—. Voy a conocer la ciudad. Habría esperado de vos cortesanas con más clase —añadió, señalando a las meretrices con un gesto despectivo.

—¡Eh, niña! ¡Un poco de respeto! —gritó una de ellas—. ¡Aquí, la gran dama, que se trae unos aires...!

La mujerona habló en un perfecto catalán con algo de parla siciliana. Desde que el año anterior, en 1442, el rey Alfonso había conquistado el reino de Nápoles, anexionándolo a la Corona de Aragón, todo el sur de Italia se había llenado de emigrantes catalanes en busca de oportunidades, desde comerciantes de maderas, cuerdas y tejidos hasta despojos variopintos de los séquitos que acompañaban a todos los ejércitos en cualquier campaña.

Alamanda se dio la vuelta con la intención de alejarse de allí. Se sentía ya profundamente turbada por su propia reacción, por haber perdido el dominio de sí misma, esa disciplina mental de la que tanto se enorgullecía. El capitán, también confuso, se alzó tras dejar de golpe la jarra sobre la mesa. Iba a decir algo, pero un grito desde el fondo de la sala lo dejó helado.

—¡Eliseu, viejo pirata baboso! —se oyó de pronto—. ¡Que me aspen si no eres tú!

Un hombre se adelantó con paso deliberado y una sonrisa de triunfo bajo el bigote.

—Ladouceur... —dijo Eliseu, volviendo a sentarse; o mejor, a dejarse caer pesadamente sobre el banco. Y en su cara se reflejó la derrota.

—Vaya, vaya, ¿quién está por aquí en tan buena hora? —respondió el recién llegado, con un acento que a Alamanda le recordó al de su padre—. ¡Qué casualidad encontrarte en Palermo, amigo mío!

—Sabes que no es casualidad, bellaco. Alguno de tus espías te habrá informado.

—¿Tú crees? En todo caso, me alegra que por fin podamos sentarnos a charlar como viejos amigos, después de todo este tiempo.

El capitán Eliseu se volvió hacia Alamanda con tristeza en la mirada.

—Es un pirata con el que tengo viejos pleitos —explicó, ante los ojos inquisidores de la chica.

Ladouceur reparó entonces en ella; se acercó y le tocó el pelo con sus pulcras manos. Olía a pachulí y otros afeites que Alamanda no supo identificar. Sus ropas eran caras, aunque se veían usadas y hasta pasadas de moda. El jubón era de un vivo color azul, seguramente índigo de Oriente, los calzones de color crudo y la camisola, de anchas mangas y puños cerrados con alfileres de plata, de un blanco impoluto.

—Y, ¿a quién tenemos aquí? Yo que creí que vuestras putas eran todas viejas y feas... —dijo—. ¡Me habéis sorprendido una vez más, Eliseu Floreta!

Alamanda, que no estaba para más emociones, amusgó los ojos con rabia y, de un golpe, apartó el brazo del francés. Este se sorprendió, alzó las cejas y estalló en una carcajada atronadora, mostrando sus dientes descompuestos. Quiso taparse la boca con un pañuelo de hilo blanco, pero la joven ya había visto lo que más lo avergonzaba.

Era un hombre bajo, fibroso, de cierto atractivo, con unos ojos del color del hielo que destellaban con inteligencia. Calzaba botines de tacones alzados para parecer más alto y perfumaba el hedor de su hálito mascando hojas de menta.

—Así que la niña tiene carácter —se rio, con el pañuelo ante la boca—. Me gusta, me gusta. Y además es bellísima. ¿Sabes? —añadió, volviéndose hacia Eliseu—, estoy tentado de dar por saldada parte de tu deuda quedándome con la puta.

De pronto Alamanda se abalanzó sobre él y le puso la nariz a escasas pulgadas de su pestilente boca.

—Vaya vuestra merced con tiento de no tratar de puta a una mujer decente —amenazó, apuntando con el índice entre los ojos del marsellés, la mirada echando fuego, dispuesta a defender su honor. Sentía una rabia inmensa, que el insulto no justificaba por sí solo.

Hubo unos instantes de indecisión ante lo inusual de la escena. Uno de los acompañantes de Ladouceur hizo intención de avanzar hacia ellos. Este, en cuyos ojos brilló por un fugaz momento una chispa de asombro y desconcierto, se relajó, de un ademán pidió calma a sus hombres y apartó con firmeza el dedo de la mujer, soltando una nueva risotada.

—¡Mi señora! —dijo, descubriéndose ante ella y haciendo una reverencia—, os pido humildemente disculpas. No ha sido vuestra apariencia la que me ha confundido, sino vuestra compañía. Veo que sois una dama y yo me declaro desde ahora mismo vuestro más humilde servidor.

Alamanda dudó, mirando de soslayo al capitán Eliseu, convencida de que aquel grotesco personaje de acento francés se estaba mofando de ella.

—Pero permitidme que me presente —siguió el personaje—, soy capitán de navío de Su Graciosa Majestad de Francia, el Gran Carlos el Victorioso, y mi nombre es monsieur Rémi Ladouceur, también conocido como Rémi el Dulce, pues mis modales son dulces como la miel. Señora, a sus pies.

—No le hagáis caso, señora —terció Eliseu, aún sentado y con cara de melancolía—. No es más que un pirata de la peor ralea.

Ladouceur se volvió hacia él con violencia y un espadín que nadie vio cómo desenfundaba en la mano.

—¡Te recuerdo, imbécil, que no estás en condiciones de mostrarte altivo!

El capitán Eliseu alzó las manos para frenar el ímpetu vehemente de Ladouceur y Alamanda vio en sus ojos algo de miedo.

—Vámonos, mi dama, os lo ruego —la apremió Josué, tirando de su brazo con cierta urgencia.

Pero Alamanda no estaba dispuesta a irse.

—Bien —dijo Ladouceur, de pronto impaciente—, ya hemos charlado amistosamente durante demasiado rato. Como no confío en que lleves encima los trescientos ochenta florines de oro que me debes, vamos a tener que saldar cuentas de otro modo.

—¿Trescientos ochenta florines? —exclamó Alamanda. Le parecía una cantidad fabulosa, incluso para ella, que era ya una mujer rica.

—Algo menos de esa cantidad, para ser exactos —expuso, tímidamente, Eliseu.

—¡Silencio! ¡Cada día que paso sin recibir lo que se me debe aumenta tu deuda!

Casi sin darse cuenta de ello, la tensión había aumentado en la taberna hasta tal punto que las dos meretrices se habían escabullido sin hacer ruido alguno y muchos de los patronos se quedaron en silencio.

—Te diré lo que vamos a hacer —prosiguió Rémi el Dulce, bajando la voz, con el espadín aún en la mano—: me vas a acompañar a mí y a mis hombres a tu miserable galera. Allí veremos las mercancías que traes, que deben de ser las habituales chucherías sin valor que transportas para tus patronos, y me quedaré con lo que me plazca. Incluso puede que con la galera entera, si me apetece. Después de eso veré qué demonios hago contigo.

Alamanda observó al capitán Eliseu y vio su alma como no había logrado verla ni siquiera cuando le contó la historia de la bella Simona. El temor que había percibido en sus ojos no lo desmerecía, sino que lo humanizaba. Descubrió, por fin, a un hombre menos seguro de sí mismo de lo que quería aparentar, como, en su experiencia, era el caso de la mayoría de los hombres. Ese miedo fugaz desenmascaró sus inseguridades y eso hizo que se sintiese mucho más cercana a él de lo que había estado desde que lo conoció en aquel inmundo tugurio del barrio de pescadores de Barcelona.

—¡En pie, fantoche! —le ordenó Ladouceur.

—Señora, vayámonos —susurró Josué al oído de Alamanda—. Esto va a ponerse muy feo y sufro por vos.

La mujer miró a su alrededor y se dio cuenta de que Eliseu había caído en una emboscada. Seguramente aquellos piratas conocían su afición por aquel antro y habían colocado allí a unos cuantos hombres. Al llegar Eliseu, debieron de haber avisado a Ladouceur, el cual compareció justo después que ella. Al menos había media docena de hombres armados en diferentes puntos de ese lugar. El capitán no tenía escapatoria.

—¿Vas a abandonar a tu patrón? —recriminó ella a Josué en un cuchicheo.

—No podemos hacer nada, mi dama...

Josué se había mantenido en la sombra y no solo sufría por ella; también él debía una cierta cantidad de oro al pirata usurero, y temía ser descubierto en cualquier momento.

—¡Hay que ayudarlo! —masculló ella, disgustada por su desánimo—. Pero hay que estar preparados. Escabullíos antes de que os vean y preparad nuestra huida. Saldré de aquí con el capitán de una u otra manera.

La mujer lo dijo con tanta convicción que el marino obedeció casi sin pensar, sin caer en la cuenta de lo improbable de lo que le pedían.

—¡Ladouceur! —gritó ella de pronto, una vez Josué se hubo marchado, silencioso como un gato—. ¿No os da vergüenza?

¿A cuántos hombres os habéis traído de escolta para batallar contra uno solo?

El marsellés se dio la vuelta. En su mirada no quedaba nada de la supuesta galantería fingida de hacía unos instantes. Ese hombre inspiraba terror y él lo sabía muy bien, y debía de utilizarlo para salirse con la suya. No era su fortaleza física, pues era de constitución más bien endeble. Pero a través de sus ojos se adivinaba un alma corrupta, implacable; su mirada no ardía, sino que era puro hielo, cálculo y precisión. Alamanda vio en ella una falta total de humanidad, de escrúpulos morales, y se estremeció en lo más hondo de su ser, con un escalofrío que le recorrió la espalda de arriba abajo, como si le estuvieran abriendo la piel con unas tijeras. El bandido levantó el espadín con parsimonia y colocó su aguda punta a media pulgada del cuello de la chica.

—Quizá (y digo quizá, porque se me ocurren otros usos para vos) os venda como esclava de algún harén. En Argel sé de un cadí que pagaría mucho oro por una mujer como vos. Le gustan las cristianas de tez clara.

A pesar del terror que sentía, que se traducía en un malestar físico a la altura del vientre, Alamanda apartó de un manotazo el arma y se hizo un corte con la afilada hoja. No permitió que el dolor la forzase a cambiar la expresión de dureza.

—Dejad a la dama, Ladouceur —intervino Eliseu, de pie entre dos hombres del francés—, que nada tiene que ver con lo que hay entre nosotros.

—Yo diría que sí tiene que ver. Tal vez os salve la vida, pues cada vez estoy más convencido de saldar una parte de vuestra deuda quedándome con ella. *Les hommes! Prenez-le!*

A sus órdenes, Eliseu fue asido con fuerza de los brazos y desarmado. Alamanda, restregando la sangre de su herida contra el sayo, buscó el bulto de su daga oculta para darse confianza. Tenía a Ladouceur al alcance de su brazo, de espaldas a ella, hablando al capitán y mofándose de su impotencia. Con un arrojo que surgía más del pánico que del valor, Alamanda le puso desde atrás una mano en la frente y la otra, armada con su daga, apuntó a su cuello al mismo tiempo. Fue tan rápido su movimiento que media pulgada de la afilada hoja penetró en la piel del francés, de cuya herida manaron unas gotas de sangre que resbalaron hasta el cuello blanco de su jubón.

—Os sugiero que no mováis ni un músculo, pirata —le advirtió con una voz que partía de su estómago, más que de su garganta—. Mi mano no responde ya a mis órdenes y temo que pueda hundir el cuchillo hasta la empuñadura en vuestro pescuezo.

El primer instinto de Ladouceur fue bregar contra su atacante, pero el buen sentido le hizo desprenderse del espadín y abrir los brazos, a pesar del dolor agudo que sentía. Sus hombres se habían quedado pasmados; ella aprovechó su indecisión para recular con su rehén hacia la puerta, apoyando la espalda contra la pared para evitar sorpresas. Era casi más alta que el marsellés, con lo que podía seguir sujetándolo sin dejar de observar a los que tenía enfrente.

—Ordenad a vuestros hombres que suelten a mi capitán. Y hacedlo rápido, bellaco, que me estoy quedando sin paciencia y ya me tiembla la mano. Recordad —añadió Alamanda a su oído con ironía— que no soy más que una frágil mujer.

Percibía bajo la palma de su mano el sudor frío en la frente de Ladouceur, y vio con alivio como este ordenaba a sus hombres con un gesto que soltasen a Eliseu. El capitán barcelonés, aún aturdido por la situación, tardó unos segundos en reaccionar.

—Capitán —lo apremió ella—, Josué nos espera fuera.

Eliseu se movió con rapidez, recuperó su espadín y avanzó de un salto hasta Ladouceur. Recularon ambos con él, paso a paso, sin perder de vista a sus sicarios. En cuanto se vieron fuera de la taberna, Alamanda soltó a su presa de un fuerte empujón y gritó a Eliseu para que corriese.

—¿Cuál es el plan ahora? —le preguntó el capitán a media carrera.

—¡Se me han agotado las ideas, demonios! ¡Corred!

Se dirigieron a la única salida de la plazoleta, la bocacalle estrecha por la que habían llegado al lugar, mientras a sus espaldas oían al marsellés lanzar órdenes e imprecaciones en su dialecto portuario. Eliseu vio por el rabillo del ojo como los hombres del pirata iniciaban ya su persecución, espadas en mano. Alcanzaron la callejuela y de pronto escucharon un estrépito sobre el adoquinado de la plaza y un aullido de emoción. Josué se había hecho con la carreta de excremento que un paisano estaba llenando y tiraba de ella a toda velocidad hacia la salida de la plazoleta tras ellos.

—¡Mi señora, allá voy! —gritaba excitado, con el carro de mierda traqueteando a su espalda.

La carreta quedó encajada entre los dos muros que formaban la bocacalle, Josué se cayó de espaldas al ver frenada su loca carrera y una montaña de estiércol resbaló hasta su rostro. Lo ayudaron a ponerse en pie y siguieron la huida hacia el puerto. Detrás de ellos, los hombres de Ladouceur trataban de desencajar la carreta y superar la montaña de excrementos para proseguir la persecución.

—¡Qué gran idea, Josué! —gritó Alamanda, casi sin resuello.

—Eso los mantendrá ocupados unos minutos.

Vieron la galera al salir del Borgo Vecchio y, al instante, el capitán se puso a bramar órdenes.

—Pero, señor... —protestó el piloto—, no hemos cargado los víveres, y muchos de los hombres están de permiso.

—¡Por tu propio pellejo, Bertrand, más te vale que ordenes maniobra de desatraque cuanto antes!

Partieron a los pocos minutos, faltos de hombres y de provisiones, pero azuzados por la amenaza de aquellos otros que ya disparaban sus ballestas desde el muelle. Sus acciones llamaron la atención de la guardia portuaria y Eliseu, Alamanda y Josué, resoplando todavía desde el puente, vieron con satisfacción que los sayones del marsellés eran apresados.

—¡Lo hemos logrado! —gritó, eufórica, Alamanda.

—No sabéis cómo os agradezco lo que hoy habéis hecho por mí —le dijo Eliseu, mirándola a los ojos con admiración—. Mas lamento contradeciros, mi señora. Esto no ha hecho más que empezar.

—¡Pero si han sido detenidos!

—Los soltarán enseguida —terció Josué—. Reyertas de estas las hay cada día y no cabe ya gente en ningún calabozo.

—¿Queréis decir que se lanzarán a por nosotros?

—Sin duda —respondió Eliseu—. Aunque quizá les llevemos unas horas de ventaja. No he visto su galera, la *Inverecunda*, varada en el puerto. Supongo que debió de atracar en Addaura, al otro lado de la colina, para evitar ponerme sobre aviso. Pero no lo dudéis, mi dama: ese bribón nunca olvida una ofensa. Lo tendremos a nuestros talones toda la travesía.

Luego se volvió a su calafate para darle las gracias y a la vez reprenderlo por haber llevado a Alamanda a ese antro, pero en lugar de eso arrugó la nariz.

—Por Dios, Josué, has sido un valiente, pero tendremos que atarte a un cabo y pasarte por la quilla a ver si desaparece este hedor a mierda. ¡Apestas!

Horas más tarde, acostumbrada al monótono ritmo de boga, Alamanda salió a cubierta tras haber descansado un poco.

—Si logramos cruzar el estrecho de Messina estaremos salvados —le dijo el capitán nada más verla a su lado, con más convicción de la que sentía.

Sus hombres habían bogado toda la tarde, diezmada la tripulación debido a la merma de los que no pudieron ser hallados en el momento de la intempestiva partida. Veintidós galeotes y dos oficiales se habían quedado en tierra, entre ellos el maestre Jofre, sin el que Eliseu se sentía manco.

—Para colmo hay viento de poniente —se quejó Josué, que se había aseado y se detuvo también a su lado.

—Eso es bueno, ¿no? Aliviará el esfuerzo de los hombres.

Ambos marinos la miraron con aire condescendiente.

—Josué se refiere a que el viento también empujará la galera de Ladouceur. Y la suya es de tres palos. Con viento en contra habríamos dependido solo de la fuerza de nuestras tripulaciones.

Estaban los tres en la popa, junto al timón de codaste que manejaba Bertrand, el piloto, mirando con ansiedad hacia atrás por si entreveían en el horizonte las velas del pirata.

—¿Cuánto falta para el estrecho?

—Llegaremos al alba si no desfallecemos. Una vez superado, en mar abierta es más difícil que nos pueda sorprender. Lo que no logro entender —añadió— es cómo ha dado conmigo. Es la primera vez en la temporada que hollamos esta ruta. Parecía saber exactamente cuándo iba a arribar a puerto.

—¿Puede haber sido casualidad?

Eliseu sonrió con tristeza.

—No creo en casualidades, mi señora. Ese pirata, que vive del pillaje y de la usura, suele hacer cabotaje por las costas del golfo de León, y de allí hasta Génova y Cerdeña. Últimamente llegaba a Mallorca, según tengo entendido, pues se amistó con los berberiscos de Argel. Pero rara vez se aventura tan al sur, pues no conoce estas aguas y desconfía de los napolitanos.

—O sea, ¿que quizá alguien lo puso sobre aviso?

El capitán se encogió de hombros. ¿Tenía un traidor entre su tripulación? Los únicos que conocían la derrota eran el maestre, el piloto, el cómitre y un par de oficiales más. Quizá también el tonelero y el cocinero, y puede que el remolar y el calafate, pues debían hacer cálculos de los acopios. No más de siete u ocho hombres, a lo sumo. ¿Uno de ellos lo habría traicionado?

—Ladouceur me dio miedo —reconoció Alamanda, cambiando de tema.

—¡Pues disimulasteis muy bien! —sonrió el capitán—. Creo que también le disteis miedo vos.

—Había algo... diabólico en él.

—Es mala persona... Nunca debí mezclarme con ese tipo de gente.

—¿Me contaréis algún día el origen de vuestra deuda?

El capitán sonrió con cierto mohín de tristeza y se encogió de hombros. Ella sabía que en ese momento no le diría nada.

—¿Qué pasará si nos da caza en alta mar?

—No penséis en ello. Llevamos una cierta ventaja, pues no creo que su galera estuviese a punto de partir. Pero lo cierto es que me preocupan mis hombres. No pudimos completar la dotación y algunos bogas que estaban de permiso se han quedado en tierra.

Como si lo hubiese oído, el cómitre Sebastián de Tolosa subió con el rebenque en la mano y cara de malas noticias.

—Los bogavantes están reventados, mi capitán. Un palomero y un par de terceroles se me han desmayado ya. Tened en cuenta que debían haber descansado un día entero en Palermo y solo han estado unas horas ociosos. Los estamos llevando a boga arrancada desde que hemos zarpado. Y, encima, faltan brazos.

El capitán tomó entonces la decisión de buscar una rada resguardada para pasar la noche.

—Decidles que remen una hora más, a ritmo pausado, hasta el anochecer. Que premiaremos su esfuerzo con vino para todos, incluidos los reos, y buenas raciones de tocino para reponer fuerzas.

—Quiero poneros sobre aviso, capitán —susurró entonces Josué a su oído—, de que no hemos podido hacer acopio de provisiones como estaba previsto. La bodega no anda muy preñada.

Eliseu asintió. Era más que consciente del complicado trago en el que se hallaban. Aun en el caso de que no reventase a los hombres en esa loca huida, de que lograsen hollar el estrecho y evitar ser abordados por Ladouceur, era harto dudoso que consiguieran llegar a Venecia en aquellas condiciones. Debían hacer escala en algún puerto y ello significaba gastos y peligros con los que no contaban. Pero lo debo todo a mi mala cabeza, se reprendió internamente.

Decidió contarle a Alamanda, mientras arribaban a la ensenada que buscaban, el porqué de su deuda con el marsellés. No le había ahorrado detalles ni lo había tratado de disfrazar con excusas o justificaciones. Se abrió a ella con total sinceridad, esperando su reprimenda, y, en lugar de ello, Alamanda había guardado silencio y le había acariciado la mejilla con una dulzura tal, que se turbó profundamente, y hubo de ocuparse en asuntos de marinería al instante para no desfallecer.

En aquella época yo solía recalar en el puerto de Agda, en Occitania. Era una comuna agradable, donde siempre hacía buen tiempo y el viento permitía una navegación poco esforzada. Era octubre, casi al final de la temporada, y había sido un mal año. Me hallaba arruinado y había debido empeñar mi galera para obtener un empréstito de un banquero genovés. Mi última cargazón había sido un pedido importante de cañamazo para cuerdas y fardos de barraganes con destino a Niza. Pero me golpeó la desgracia y, primero por un conato de incendio, y después por una tempestad, se echó todo a perder.

Volvía yo con angustia e hice noche en Agda para dar descanso a una tripulación deprimida. En una de las tabernas que solía frecuentar, hallándome solo a la sazón por mi voluntad de no charlar con nadie, se me acercó un personaje al que yo creí hidalgo por su vestimenta. Me dijo que se llamaba Rémi Ladouceur y que sabía, pues corrían los rumores, que me hallaba en situación desesperada. Aseguró que tenía la solución a mis problemas, si estaba dispuesto a un último viaje antes de hibernar mi nave. Desesperado, me agarré a cada palabra suya como si fuera un náufrago asido a un tablón. Como muestra de buena voluntad, me adelantó cuarenta florines para gastos de aprovisionamiento y me citó en Orán al mes siguiente. Yo nunca había estado en ese puerto, pero me explicó que debía preguntar por Mustaf al-Rahmi en la Casa de la Mar, que él me proporcionaría la mercancía que luego tendría que llevar a Valencia y que, tras entregarla, se me pagarían doscientos veinte florines de oro. Parecía un negocio fácil, pero me maldigo por no haber sospechado, pues

¿quién promete tanto oro a un desconocido por un negocio que puede hacer cualquiera? Mas mi cabeza, abrumada por las dificultades, no supo ponderar los peligros de tal proposición.

Me presenté en Orán y allí vi que la mercancía eran esclavos cristianos liberados por los que alguna orden mercedaria había pagado rescate. Pero estaban todos tan enfermos que yo diría que a alguno lo embarcamos ya cadáver. Hube de hacinarlos en la bodega, pues eran varios cientos. Mis hombres protestaron por lo inusual del cometido y la incomodidad de la situación, mas les aseguré que el trayecto a Valencia iba a ser cuestión de un par de días y que aquello nos permitiría saldar deudas y acabar el año sin pérdidas.

Mi Santa Lucía llegó a Valencia como la barca de Caronte, llevando ánimas condenadas más que personas. Hubo peleas, pues nadie había previsto alimento alguno para los desdichados, y la mayoría fallecieron, tan débiles como estaban.

Un caballero me recibió, mas al ver los despojos humanos que desembarcamos, las condiciones en las que estaban y que más de dos tercios se hallaban ya en el otro mundo o muy cerca de él, ordenó que me dieran preso. Pasé una semana en los calabozos, hasta que fui liberado por sorpresa. En el alcázar me esperaba un sonriente Ladouceur, que me hizo firmar unos documentos en los que reconocía mi deuda con él, pues adelantó el oro que necesitaba yo para salir de ese aprieto.

No solo dejé de cobrar lo prometido, sino que fui proscrito por muchos armadores y tripliqué mi deuda, ahora toda en manos de un pirata usurero. Cuando él cayó en desgracia, dejé de pagarle, confiando en que tuviera problemas mayores y se despreocupara de mí. Pero nunca olvidó lo que yo le debía y, según lo que hube firmado, el montante de mi deuda crecía cada año.

Desde entonces, he vivido siempre con esa espada sobre mi cabeza, esperando el día en que deba caerme encima y yo abandone este mundo. Espero que sea sin excesivo sufrimiento.

Aquella noche, resguardados en las aguas calmas de una bahía recoleta de la isla de Vulcano, a pocas leguas de Sicilia, los hombres pudieron, por fin, descansar. Se menoscabaron las existencias para restaurar sus fuerzas y se vaciaron de vino los toneles. Hubo un mínimo conato de motín por parte de alguno de los reos, cuyos tobillos estaban en carne viva debido al movimiento de los grilletes. Alamanda, que empezaba a conocer bien a los hombres, se ofreció para poner a los heridos la pomada de caléndula con que se trataban las heridas menores en alta mar. Eliseu protestó, pero ella bajó a la crujía sin pronunciar palabra y se arrodilló ante uno de los presos para ponerle el remedio, con toda la dulzura de que fue capaz. En la bodega se hizo el silencio. Alguno se puso a rezar, creyendo ver a un ángel que, en la penumbra, curaba sus heridas.

La mujer, venciendo el temor y el asco por el hedor que emanaba de aquella bodega, sanó heridas y apaciguó ánimos. Aplicó el ungüento a más de veinte galeotes y dedicó una sonrisa a cada uno de los condenados. Alguno de los remeros de paga también requirió con timidez de sus servicios. Ni uno solo de aquellos rudos hombres de mar dijo palabra grosera alguna o le faltó al respeto. El silencio fue como el que se vivía en una catedral cuando el cura alzaba el Cuerpo de Cristo.

—Es... admirable lo que habéis hecho esta noche, señora —le dijo Eliseu, cuando ella limpiaba sus manos con agua de mar y jabón en una pequeña jofaina de metal en su estrecho camarote, y tras llamar educadamente a la puerta—. Os habéis ganado el respeto y la admiración de unos hombres a los que yo no fiaría ni una *pellofa* de hojalata. Parece que no hago más que acumular deudas de gratitud con vos...

Ella sonrió, secándose las manos.

—Os he traído... —continuó el capitán, con cierto embarazo, mostrando una botella de fino—. He pensado que tal vez... Aunque no sé si una dama como vos...

—No será la primera vez que bebo vino fuerte, os lo aseguro.

—Pues si os apetece, aquí os la dejo.

Se adelantó un par de pasos, cruzando la estrecha estancia, y dejó la botella y un vaso de madera en el alféizar, sobre el catre que, en un viaje normal, sería el suyo.

—Señora —dijo entonces, saludando para despedirse.

—¿No vais a beber conmigo?

—Bueno, yo...

—Ya. Tenéis mucho que hacer, ¿no es eso?

—No, no. En realidad, no hay nada que hacer hasta el amanecer. Los hombres están dormidos, el mar está en calma. Debemos partir antes del alba, pues los barcos ajenos no son bienvenidos en estas islas. Y entonces será una carrera a muerte con Ladouceur.

—¿Creéis que nos perseguirá?

—Estoy seguro de que sí. Es como un perro de presa. La humillación a la que le habéis sometido ante sus hombres le habrá dolido más que mi deuda, os lo aseguro. En fin, pensándolo bien, quizá sí que tome un traguito antes de retirarme.

Eliseu se sentó en el escañil tras alcanzar la botella y llenar el vaso de la mujer. Ella hizo lo propio en su camastro. Brindaron por la buena suerte y por haber escapado del pirata.

—¿Cómo tenéis la herida de la mano? —preguntó él, al cabo de un silencio algo cargado de intenciones no declaradas.

—Bien, no era más que un rasguño. El espadín parecía limpio. He lavado la herida con jabón un par de veces. No es nada profunda.

—Hay que cuidar estos cortes en alta mar. Dejadme ver.

Le agarró la mano con ternura; la piel era suave, a pesar de que la vida de tintorera les daba un matiz más oscuro que el resto de su cuerpo. Ella se las cuidaba con mimo cada día, incentivada por el recuerdo de las manos abotargadas de los infames gemelos de Feliu.

Las manos de él, en cambio, estaban ajadas y llenas de callos, producto de años de tirar de ásperos cabos y blandir espadas y gorguces. No obstante, poseían una cierta elegancia. Tenía los dedos largos y huesudos, con poco pelo en el dorso, las uñas cortadas al ras y todo lo limpias que cabía esperar.

Lo miró a los ojos, a aquella mirada sesgada que tanto la confundía a veces, y vio nobleza en ellos. Había observado el miedo en su rostro, y la compasión, y un cierto ensoñamiento espiritual cuando tenía a su disposición a las dos meretrices en la taberna.

—¿En qué pensáis? —le preguntó él.

Ella se arreboló un poco y sonrió.

—Pensaba en cuando os vi sentado en la taberna con una prostituta a cada lado.

Ahora fue él el que se sonrojó. Bajó la vista.

—No debíais haber visto eso... No creáis...

Ella le puso el índice de su mano libre sobre los labios para acallarlo. La otra seguía entre las del capitán.

—No debéis justificaros, mi capitán. Creo entender los impulsos de los hombres, y vos pasáis mucho tiempo sin el solaz de una mujer en alta mar.

—¿Comprendéis, entonces, que quiera... restañar los ardores de mi cuerpo, aunque sea en pecado?

Ella asintió.

—Empiezo a comprenderlo. Sigo sin entender qué os empuja a los hombres a lanzaros a ello sin atisbo de cordura, pero entiendo que esa es una cruz con la que cargan todos los de vuestro género. Además, todos somos pecadores. No debemos juzgar a nuestros semejantes sin antes haber sido purificados.

Las palabras eran cada vez más quedas, su sentido de menor importancia, los rostros cada vez más cercanos. Alamanda estaba tan cerca que Eliseu podía sentir el cálido aliento de su boca entreabierta y se dio cuenta de que la mujer estaba respirando con premura. Él sentía su corazón agitado y por ello se lanzó sin pensarlo demasiado a ese océano profundo de cobriza corona que lo atraía con despiadada fruición. Ella lo recibió con urgencia, con atrevida sorpresa, pues no acertaba a comprender la atracción que ese marino a quien apenas conocía ejercía sobre su ser. Apartó dudas y demonios de su mente y dejó que, por una vez, su cuerpo tomase el control de su vida. Él se acercó y su mano quiso desprender la toca que cubría su cabeza, pero ella lo frenó, de pronto apagada la llama y encendido el rubor de sus mejillas.

—¿Qué os ocurre? —preguntó él, alarmado—. ¿He hecho algo mal?

Ella trató de sonreír, pero hubo de bajar la vista.

—Veréis... Hace unos años tuve... un accidente. Un incendio. De resultas del cual, conservo una deformidad que me afea —dijo con la voz tan firme como pudo lograr, volviendo a mirarlo a los ojos, casi desafiante—. Temo que no os guste lo que veáis debajo de esta toca y me rechacéis.

Su reacción fue inesperada.

—Mi señora —se rio de pronto—, ¿acaso no habéis visto mi cara? ¿No os habéis dado cuenta de la cicatriz que surca mi rostro y me hace un adefesio? ¿No debería avergonzarme yo, en vez de vos, que a fe mía parecéis un ángel del Cielo?

Ella lo miró unos largos instantes en silencio; solo se oía el manso chapoteo de las olas contra el barco, el crujir de las cuadernas doloridas del casco y alguna voz lejana de unos hombres agotados que pugnaban por dormirse. Después, de modo deliberado y lento, alzó la mano y recorrió con el dedo mayor la cicatriz de Eliseu, siguiendo su curso de arriba abajo, notando su rugosidad, apreciando su calidez.

—Una vez leí en un tratado que el rostro de una persona se construye con los años —murmuró ella—, que es como un libro abierto en el que cada arruga, cada cicatriz, cada lunar cuenta una historia. La belleza no está en la piel, capitán, sino en el alma que la habita.

Y, acto seguido, se quitó ella misma la toca y mostró su oreja izquierda, cuyo extremo superior ya no existía, y la piel rugosa desde allí hasta el hombro, y esa parte de su cuero cabelludo, grande como un florín de oro, en la que ya no crecía pelo alguno. Luchó por mantener la mirada posada en el capitán mientras él acariciaba con suma suavidad esa parte de su cuerpo, desde la media oreja hasta el hombro, y una vez allí siguió descubriendo más piel, ahora blanca y lisa, suave como un tejido de seda oriental, y ella no vio atisbo de asco ni de vergüenza. Se detuvo en un extraño colgante en forma de pequeño pez de bronce que destacaba sobre la blancura de la hendedura de su busto. Ella le explicó en susurros que había pertenecido a una mujer buena que siempre cuidó de ella, y el capitán agachó la cabeza para besar el pececillo.

—No os lo quitéis, por favor. Os favorece.

Y, besando el pez de bronce, acabó por descubrir sus pechos, firmes y rosados, y ella sintió que su deseo de abrazarlo y de fundirse con él llegaba a dominarla de nuevo por completo. Y, por vez primera en su vida, se sintió en paz con su cuerpo de mujer.

Se despertó sobresaltada por un grito. Eliseu no estaba ya a su lado. Se cubrió con las sábanas por modestia, a pesar de hallarse sola, se pasó la lengua por los labios para recordar el sabor de su amante y miró por el ventanuco. Era noche cerrada todavía, pero se adivinaba un halo lechoso por oriente. En una hora habría amanecido, y para entonces debían haber salido de la rada.

Los hombres trajinaban por toda la galera, levando anclas, colocando a los remeros, preparando el cómitre sus instrucciones, el piloto dispuesto en el timón de codaste, las velas a punto de ser desplegadas por si el viento acompañaba en mar abierto. Nadie la importunó mientras ella se aseaba y se vestía con cierta parsimonia. Estaba deseosa de salir a cubierta, pero no quería entorpecer las maniobras. Y pretendía disfrutar de aquellos minutos de soledad para meditar sobre lo que había pasado aquella noche.

Siempre pensó que su belleza era una maldición. Las mujeres la envidiaban y los hombres se sentían atraídos por ella. Al no tener marido o dueño, cualquier hombre se atribuía el derecho de poseerla, y ella temía sus avances. Con Eliseu, sin embargo, no había habido agresión; por primera vez en su vida había deseado yacer en brazos de un hombre y aquello la confundía.

Siempre se había vanagloriado de tener un firme control de sí misma. La noche anterior, sin embargo, había renunciado voluntariamente a la potestad sobre su cuerpo.

Antes de ajustarse el corpiño, se miró los pechos, firmes todavía a pesar de contar con veinticinco o veintiséis años. Le había fascinado la devoción con que el capitán los mimaba y el mucho tiempo que dedicó a su caricia. Y a ella le había gustado. No; *gustado* no era la palabra. Había perdido por completo la cabeza en respuesta a los pellizcos de su amante. ¡Qué misterios escondía su cuerpo! Soltó una leve carcajada, divertida consigo misma, aunque todavía algo aturdida, y acabó de acicalarse. Al colocarse la toquilla se palpó la oreja deformada; por primera vez desde el incendio de su obrador no le produjo disgusto, y hasta sonrió al tocar los ya conocidos recovecos de su piel cicatrizada.

Cuando salió a la cubierta se preguntaba cómo reaccionaría el capitán al verla. Pero el hombre estaba tan ocupado dando instrucciones que apenas reparó en su presencia. Ella se hizo a un lado, discreta, intentando no sentirse ofendida por la falta de atención.

Los remeros tensaron sus músculos al ritmo que marcaba el cómitre, en una perfecta coreografía, y la galera se puso en movimiento con algún crujido de queja, como desperezándose ella también. El alba los sorprendió ya a pocas leguas de Messina, a la vista del cabo Peloro. Eliseu seguía mirando nerviosamente en todas direcciones, buscando las tres velas de Ladouceur y su estandarte azul. Algún barco pesquero faenaba por la zona, ya a punto de volver a puerto, y vieron una galera muy parecida a la suya que venía en dirección contraria. Pero ni rastro del francés.

—¿Creéis que hemos escapado? —preguntó Alamanda, acercándose a la regala de popa y sobresaltando al capitán.

Él no la miró más que por un fugaz instante, lo cual sentó a la mujer como si le hubiesen clavado un alfiler.

—No lo creo. Estará al acecho en cualquier rincón. Le debo

demasiado oro y, encima, se siente herido en su orgullo. No nos soltará con facilidad.

Alamanda miró sus manos, apoyadas en la balaustrada, aquellas mismas manos que horas antes habían recorrido su cuerpo, y sintió un escalofrío de emoción, un ligero cosquilleo en la garganta. ¿Era aquello el amor? ¿Sentía ella algo semejante al elevado sentimiento espiritual que glosan los juglares? ¿O, quizá, era algo más parecido a las canciones procaces que cantan los peones y carreteros? ¿Se estaba enamorando? ¡Qué absurdo! ¡A su edad!

Sin que nadie se percatase de ello, se ajustó la toca para cubrir un poco más sus arreboladas mejillas y pugnó por apartar aquellas ideas irracionales de su mente. Ambos tenían cosas más preocupantes en las que pensar que el recuerdo de unos retozos juveniles en un estrecho camarote en alta mar.

La galera se adentró en el estrecho bajo el hábil manejo del piloto. Los galeotes fueron instruidos para rebajar el ritmo de boga, pues el tráfico de embarcaciones entre tierra firme y Sicilia era ya intenso a aquella hora. Pasaron por el puerto de Messina sin hacer escala; tampoco allí vieron rastro alguno del marsellés.

—¿Veis ese promontorio? Allí delante, a babor. Es la punta Pellaro. Desde allí se abre el estrecho y entramos en mar abierto. Ladouceur esperará que bordeemos la costa, pues vamos muy cargados y las corrientes de los dos mares son fuertes. Pero voy a arriesgar mi navío y mi tripulación. Ordenaré al piloto que ponga rumbo sur unas leguas más. Tardaremos quizá un día más en llegar a nuestro destino, pero es la mejor manera de esquivar al francés.

Aunque el día era agradable, el mar estaba algo picado con el persistente poniente de los últimos días. Las crestas de las olas, incluso en mar abierto, estaban coronadas de espuma blanca. Desde la cubierta se oían los esfuerzos de los bogavantes más abajo, y ello añadió más preocupación al atribulado capitán. Escaseaban las reservas de agua, vino y comida. Si seguía exprimiendo a sus remeros se arriesgaba a una rebelión.

Pasaban las horas, el sol se elevaba en el inmaculado cielo azul y Alamanda empezó a pensar que, tal vez, la pesadilla había quedado atrás. Justo entonces, el vigía gritó desde la cofa que una galera de tres mástiles con pendón azul se acercaba por detrás a gran velocidad.

A diferencia de muchos adolescentes en pleno paso turbulento de la niñez a la hombría, Rémi sabía identificar con precisión el momento en que se hizo adulto. Era un sofocante día de principios de julio, en Marsella, junto a la abadía de San Víctor, en un barrio oscuro y maloliente lleno de vicios inconfesables. Su madre, la Dulce Ninette, volvía a estar en sus aposentos con Monsieur de Lapalme, ese fantoche perfumado con aires de marqués, modales de rufián y rizos apelmazados alrededor de la calva. Oyó sus risotadas obscenas al entrar en casa, y estuvo tentado de largarse, pero olió los restos de guiso de alubias en el anaquel de la chimenea y el hambre pudo más que su disgusto.

Mientras comía con avidez, se abrió la puerta de la única habitación de la vivienda, allí donde su madre recibía a sus cada vez más escasos clientes. Iba desnuda de cintura para arriba, mostrando con desvergüenza sus pechos, dos colgajos que lucían como odres de vino vacíos. Estaba limpiándose la boca con el dorso de su mano y gritando que necesitaba un trago. Lapalme respondió desde dentro que era una mujer insaciable, que si tanta sed tenía él le daría otro trago si esperaba unos minutos. Ninette se rio hasta que vio a su hijo.

—¡Está aquí el bastardo! —gritó a su compañero, poniendo gesto serio de repente.

—¿Rémi? Dile que pase. ¡A ver si me complace más que tú, vieja loca! —se mofó Lapalme desde la habitación.

—¿No te he dicho que no hay comida para ti en esta casa? —amonestó Ninette, dirigiéndose al muchacho.

—Madre, tengo hambre...

—¡Maldito inútil! Tienes catorce años. Ya puedes valerte por ti mismo. ¡Da gracias a Dios que te permito dormir a cubierto, ingrato!

El hombre salió de la habitación ciñéndose las calzas. Era un hidalgo arruinado y barrigón, violento y chancero, que se ganaba el sustento timando a jóvenes lampiños de familias burguesas con inversiones en fantásticas empresas que solo existían en su turbia mente. Hacía un par de años que mantenía a Ninette, meretriz venida a menos del barrio de Saint Victor, porque era la única que se prestaba a todo lo que él le pedía. El hijo era un inconveniente menor, e incluso le permitía una vía de escape a su agresividad cuando algún negocio le iba mal o la guardia lo encerraba en el calabozo. Rémi sabía que si el hombre resoplaba y se sobaba la oreja bajo los rizos era que estaba irascible y tenía ganas de bulla, y debía huir antes de que su manaza lo agarrase o, de lo contrario, le esperaba una buena tunda. Una vez le partió un brazo, y otra lo dejó tan maltrecho que oyó entre las sombras de su mente a Ninette decir con indiferencia que, si lo había matado, debían buscar la manera de deshacerse del cadáver, que ella no quería líos en su casa.

Ahora, Lapalme se plantó delante de él con una sonrisa cruel, las piernas abiertas y los pulgares en el cinto. No era alto, pero Rémi había crecido poco y era endeble para su edad. El hombre le preguntó si sabía quién había pagado aquel guiso. Rémi contestó con un hilo de voz que sí lo sabía. Vio en el índice de la mano izquierda del hidalgo un anillo basto de hierro con la inicial L en relieve entre hojas de helechos que el hombre usaba como sello y se estremeció. A Lapalme le gustaba golpearle con esa mano cerrada para que las aristas del anillo le produjesen espantosos y profundos cortes.

—No me lo sangres demasiado —dijo su madre, subiéndose el corpiño para salir con la botija a buscar agua a la fuente—, que luego debe una limpiarlo todo.

Lapalme cerró la puerta de la casa tras marcharse Ninette y se quedó mirando al hijo de esta como si lo viese por primera vez.

—¿Catorce años? —le dijo—. Eres como una niña.

Le atusó el pelo con la mano del anillo.

—Como una niña... —repitió—. Hoy no me apetece pegarte. Vente conmigo a la habitación.

Lo agarró del cabello y se lo llevó al catre siempre sucio en el que su madre lo había concebido tantos años atrás, cuando uno de los profilácticos de víscera de oveja falló en un día fértil.

—Bájate las calzas —le ordenó.

Rémi imaginó lo que iba a suceder. Lapalme era un depravado; le había visto hacer cosas a su madre que era incapaz de verbalizar incluso en la soledad de sus paseos por el puerto. En las nubes de su pánico nació un fuego de rebeldía, que prendió en aquel mar de frustraciones como la yesca. Cuando Lapalme lo agarró por la cintura, el chico irguió la espalda con toda la furia de que fue capaz y golpeó con el occipucio el rostro del hidalgo. Este se tambaleó, tropezó con un escañil y se cayó de espaldas, dándose con la nuca en el escalón de piedra del hogar.

El hombre sufrió un par de espasmos y sacó baba por la boca mientras el suelo se llenaba de una sangre oscura y viscosa que parecía emanar de sus rizos; después se quedó completamente quieto. Rémi se acercó, y creyó que estaba muerto. Le pegó una patada suave en el costado y Lapalme no reaccionó. Luego vio su anillo, el de hierro con la letra L entre helechos, y le alzó la mano para quitárselo. Hubo de emplear sebo de ganso, porque el dedo del hidalgo había engrosado desde que decidió adornarlo con el aro.

Cuando lo tuvo, lo contempló un momento. No era una joya, pero era el objeto de mayor valor que jamás había tenido en su mano.

De repente, Lapalme abrió los ojos y trató de hablar. Sus labios temblaban, pero no lograba articular palabra alguna. La mirada enloquecida se movía de un lado para otro, buscando algo a lo que asirse. Estaba paralizado por el golpe; se había roto el espinazo al caer.

Rémi se dio cuenta entonces de lo ridículo que resultan los hombres poderosos cuando están indefensos y muestran sus vergüenzas al mundo con los calzones por los tobillos. Le pareció que crecía un palmo en ese instante; irguió la espalda, sus músculos se tensaron, la quijada se endureció y sus ojos adquirieron el brillo del hielo. Lentamente, con determinación y sin dudas, fue a buscar un cuchillo romo de los que usaba su madre para la cocina, lo afiló durante un buen rato en la tira de cuero y se lo mostró con una sonrisa cruel a monsieur de Lapalme, cuya mirada, enloquecida de terror, empezaba a nublarse por lágrimas oscuras y legañosas. Balbuceó alguna cosa, pero Rémi solo oyó sonidos guturales que salían de su garganta. Con cierto aplomo y pulso firme, comenzó a hincar la hoja de la navaja en el cuello de aquel hombre indefenso, y la satisfacción que sintió al notar cómo el filo hendía la carne grasienta mientras le arrebataba la vida, mirándole sin cesar a los ojos, le produjo una erección formidable que hubo de aplacar después en un acto frenético de onanismo.

Al rato llegó la Dulce Ninette. Al ver el cadáver del personaje que procuraba su sustento se cegó de ira y lanzó la botija contra su hijo con toda la furia de la que fue capaz; pero no le dio. Rémi, hecho hombre de repente al haber matado a un semejante, esquivó el embate y se plantó ante su progenitora con el cuchillo aún cubierto de la sangre de Lapalme. Sin mediar palabra, con mirada de odio, le rebanó el cuello a Ninette y, ya muerta, le clavó el cuchillo con saña varias veces. Después, alzó la loseta del suelo y extrajo del hueco un pequeño saco de cuero con algunas monedas de plata, misérrima fortuna que suponía la única herencia que iba a recibir de su madre.

Aquella noche buscó a una ramera en el puerto, de las de a dos piezas de bronce, y acabó en un lecho seboso de una jovenzuela morena de nariz chata y huesos angulosos. Al finalizar el acto, cuando ella le reclamaba el pago, acercó el anillo de Lapalme a la llama de la lámpara y, cuando estuvo al rojo, marcó con la L a la desdichada en el interior del muslo derecho como si fuese un ternero, tapándole la boca con la otra mano para atenuar sus gritos.

—Alégrate, imbécil —le dijo a la muchacha, que sollozaba—, tienes el honor de ser la primera conquista de Rémi Ladouceur, Rémi el Dulce. Recuerda mi nombre, porque pronto se pronunciará con terror en toda la villa.

Durante horas vieron a la galera de tres palos acercarse palmo a palmo, en una persecución lenta y agónica. A veces parecía que eran ellos los que ganaban terreno, pero era solo un espejismo; pronto empezaron a reconocer los rostros de la tripulación del francés. Eliseu había decidido virar todo a levante, perdida ya la esperanza de despistar a Ladouceur yendo por mar abierto. De vez en cuando veían la costa del reino de Nápoles a babor, pero la tierra firme tampoco ofrecía refugio alguno.

El cómitre subía cada vez con más frecuencia y decía alguna cosa al oído del capitán. Este asentía, con gesto de profunda preocupación. Alamanda vio que varios bogavantes eran retirados de las bancadas, exhaustos, desfallecidos o moribundos por el esfuerzo. Cada vez tenían más bajas, y el progreso del marsellés se hacía más evidente. Pronto pudo leer la inscripción MOLLIS AC LEPOREM, escrito en letras doradas sobre el pendón azul de Ladouceur.

De repente sonó un trueno, un estruendo que los sorprendió como un golpe de aire en la cara, seguido de un silbido, una exhalación ominosa. Al instante se levantó una columna de agua justo tras la popa de la *Santa Lucía* que, con el viento todavía de poniente, llegó a salpicarlos.

—¿Qué ha sido eso? —preguntó ella, alarmada, sujeta a la balaustrada de popa, justo encima de la camarilla donde habitaba.

—Una bombarda. Y bastante más grande que nuestros dos falconetes de una libra.

El trueno estalló un par de veces más, pero el proyectil no llegó a impactar en su galera. Además, notaban que después de cada disparo, la del francés perdía terreno y les costaba media hora volver a ponerse a su cola.

—Esas armas modernas de gran calibre meten una gran tensión a las cuadernas —explicó Eliseu, sin optimismo—. Su retroceso es tan fuerte que corren el riesgo de irse a pique. Van a esperar a estar más cerca.

Durante una hora vieron como Ladouceur seguía acercándose poco a poco, sin disparar, hasta que pudieron distinguir de nuevo sin dificultad las caras de los tripulantes del otro navío.

—Ya están muy cerca —dijo, al cabo, Alamanda, presa de los nervios en ese macabro juego del gato y el ratón—. ¿Por qué no disparan?

El capitán señaló hacia el sol sin mirarlo.

—Están esperando a que descienda el sol por poniente. Con nuestro rumbo noreste nos va a dificultar ver sus maniobras. Pero no me preocupa eso, sino que estoy reventando a los boyas y, aunque lográramos zafarnos del pirata quedaríamos a merced de las corrientes, pues ya casi no hay viento.

De pronto, Eliseu golpeó con el puño sobre la regala.

—¡Maldito traidor! —musitó.

—¿Perdón?

—Mirad, allí, a la derecha. Ese diminuto engendro humano es el que me ha traicionado, el que puso sobre aviso a Ladouceur, no sé cómo, de nuestra escala en Palermo.

Alamanda entornó los ojos y divisó al enano Barnabas apoyado en el cabrestante de proa, tallando como siempre algún pedazo de madera con su cuchillo.

—¡Ahí tenéis mi recompensa por haber aceptado a bordo a un medio hombre, a un ser que solo serviría de maldito bufón en alguna corte venida a menos! —exclamó Eliseu, sintiendo una rabia inmensa que debía dirigir contra alguien—. ¡Para que luego me deis lecciones de humanidad!

Alamanda no se podía creer que el capitán aventase su enfado con ella.

—¡Pues quizá si le hubieseis tratado con esa humanidad de la que habláis no os habría traicionado!

Iban a enzarzarse en una discusión absurda, pero fueron interrumpidos por un cañonazo. La bala de seis libras pasó silbando por encima de la cubierta y golpeó al bies la balaustrada de proa, cerca de la arrumbada de estribor. El crujido de la madera al quebrarse fue aterrador.

—¡Ballesteros, a popa! —gritó el capitán—. ¡Todo a babor!

El piloto se apoyó en el pinzote con todas sus fuerzas y el timón de codaste se inclinó unos grados. El ruido del impacto de la bombarda había desorganizado la sincronización de los remeros, y había cierto caos en las bancadas. El remo a tercerol exigía una coordinación perfecta entre los bogavantes, y ahora, con el pánico, algunos habían perdido el ritmo, con lo que los remos se entrelazaban y estorbaban entre sí. Sebastián de Tolosa juraba y maldecía, amenazando con el rebenque, tratando de restablecer la cadencia de remada.

Alamanda se encontraba extasiada, agarrotada por el peligro al que estaba expuesta y fascinada por el estruendo de una batalla en alta mar. Otra bombarda restalló, y la bala pasó esta vez de largo, pues la torpe maniobra de la *Santa Lucía* había frenado su progreso. Cuatro hombres cargaban sus ballestas y se ponían a disparar prematuramente, tal era su nerviosismo, aun a sabiendas de que los marineros de la *Inverecunda* estaban fuera de su alcance. Josué, a su lado, trataba de tirar de Alamanda para llevársela a la proa, donde estaría más segura, pero ella se resistía.

—Capitán, ¿no tenemos armas de fuego nosotros? —preguntó.

—Dos falconetes, pero no tuve tiempo de cargar pólvora en Palermo, no sé si lo recordáis.

Eliseu daba órdenes con algo de desesperación. Sonó otra explosión y esta vez, en lugar de una bala compacta, llovió sobre ellos una lluvia de metralla incandescente. Dos de los ballesteros cayeron en medio de gritos, con la carne humeante donde habían recibido los impactos. Otros dos hombres resultaron también heridos, y abajo, en la bancada, se oyeron gritos de dolor entre la chusma.

—¿Qué es esto? —preguntó Alamanda.

—Metralla, esquirlas de metal —le contó Josué—. Las bolas de seis libras pueden hundir el barco, pero estos pedazos de hierro causan estragos entre la tripulación. Mi señora, debéis poneros a cubierto, por Dios.

Se oyó la voz de Ladouceur, gritando algo contra el capitán y agitando los brazos. Se veía muy alegre, con esa risa espasmódica de los orates, y sus hombres, sedientos de sangre, vitoreaban sus palabras.

—¡Dios mío! ¿No podemos arrojarles nosotros nada? —preguntó Alamanda con desesperación, tras un nuevo disparo. La segunda descarga de metralla había dado de lleno en las bancadas de babor, pues la *Santa Lucía* se hallaba ya con la proa apuntando casi al norte.

—Ya habéis oído al capitán, mi señora. No tenemos explosivo para lanzar las piedras. Acompañadme, os lo ruego.

—¡El onagro! —gritó ella, mientras los ballesteros seguían disparando con poco acierto—. ¡La mula coceadora! Acompáñame a la bodega, Josué. ¡Algo habrá que podamos lanzar!

—Mi señora... —protestó el marino.

Pero Alamanda corría ya escalas abajo. Eliseu la miró con cierto fastidio, pensando en ese instante si debía rendirse y perder la galera y la libertad para al menos salvar su vida y la de sus hombres.

—¡Ayúdame, Josué! —dijo ella, cuando el hombre llegó a la bodega.

—¿Qué buscamos, señora?

—¿No decía el capitán que su onagro podía mandar una piedra a cien brazas? Busca algo contundente para lanzarles, algo con capacidad de atravesar el casco de su galera. O, mejor —añadió, de pronto inspirada—, ¡algo que arda! ¿Qué hay en estos barriles?

—No hay más que vino, sal y azafrán, mi señora.

—¿Aceite? ¿Nafta? ¿Qué llevamos que sea combustible?

De pronto Josué abrió los ojos, cuando la chispa de una idea surgió en su cabeza.

—He oído decir que...

Alamanda le apremió con las manos. En ese momento sonó otra explosión de la bombarda y una bala de seis libras reventó los bacalares de babor y salieron volando los arbotantes que sujetaban los remos de esa sección en las postizas.

—¡Por Dios, que no hay tiempo que perder! —chilló ella, excitada por el pánico.

—He oído decir, señora mía, que la trementina de pino que llevamos es altamente inflamable. Se vende como medicina en Oriente, y a buen precio, pero...

—¿Dónde está?

—Son esas tinajas de allí detrás, pero...

—¡Ayúdame a subirlas!

Sin osar contradecirla, el calafate Josué se vio cargando tinajas de cuatro en cuatro hasta la cubierta. Alamanda ya estaba en ella, dando órdenes a los marinos para que trasladasen el onagro a popa, como si fuese la capitana. Eliseu trató de dar una contraorden, pero vio de pronto que sus hombres obedecían y no cuestionaban la autoridad de la mujer. El capitán se debatió entonces, entre la admiración y el enojo, una cierta sensación de extraña euforia combinada con bilis amarilla que le enardecía el humor. ¿Qué se habrá creído?, se preguntaba. Pero, a la vez, la fascinación que sobre él ejercía aquella muchacha de pelo cobrizo le impedía actuar con la diligencia que se suponía de un capitán de galera.

Entre cuatro hombres subieron la singular catapulta al tendal de popa, sin saber muy bien por qué, encendidos todos por el arrojo en combate de aquella mujer que los tenía a todos embelesados. Desde abajo, la chusma gritaba, también frenéticos los bogas, reos y libres, por el combate naval, los ánimos encrespados, los músculos al límite, el corazón galopante.

Alamanda ordenó cargar una de las tinajas en el ingenio y tensar la cuerda de cáñamo con la palanca. En ese momento, un nuevo disparo de la *Inverecunda* atronó la mar.

—¿Puede saberse qué pretendéis? —le gritó Eliseu, al fin.

—Me dijisteis que este burro coceador era capaz de mandar un proyectil a doscientas brazas, ¿no? ¡Pues ahora vamos a probar si es cierto!

Una nueva salva de metralla arrancó el brazo a uno de los ballesteros y llenó de heridos las bancadas de remeros de popa.

—¡No hay tiempo que perder! ¿Quién demonios sabe cómo usar este armatoste?

Dos de los ballesteros tomaron la iniciativa; apuntaron a la otra galera y accionaron el mecanismo. La tinaja salió despedida y trazó un perfecto arco sobre las aguas, pero se quedó muy corta.

—¿A doscientas brazas, decíais? —gritó Alamanda—. ¡Esto no tiene la fuerza suficiente!

—Estas tinajas pesan quince libras cada una; las piedras cuatro. ¿Pero puede saberse de una vez qué pretendéis, aparte de arruinarme echando por la borda mi carga más valiosa?

—Hay que dejar que Ladouceur se acerque más —le ignoró Alamanda—. ¡Sebastián! —gritó, dirigiéndose al cómitre.

Eliseu la agarró por la muñeca.

—¿Qué os habéis creído? ¡Nadie en este barco da órdenes a un oficial excepto yo! ¡Si seguís menoscabando mi autoridad os echaré yo mismo al mar!

La mujer vio en sus ojos que estaba loco de furia, que cumpliría su amenaza si ella seguía por ese camino.

—Tenéis razón, mi capitán —reculó, tras unos instantes—. Os ruego que me perdonéis.

En ese momento, el cañón de la *Inverecunda* lanzó una pesada bala de piedra que astilló buena parte de la balaustrada de estribor, atravesó la cubierta y se alojó en algún lugar de la bodega. Los gritos de los heridos eran atroces.

—Os explico mi idea, mi capitán —dijo ella con premura, viendo que debía someterse a la autoridad de Eliseu si quería salir con vida de ese trance—. La trementina es muy inflamable. Mi idea es empapar su madera de la sustancia y prenderle fuego con una flecha ardiente. ¡Es la única manera de detener al pirata!

El piloto maniobraba con habilidad, esquivando cuanto podía los cañonazos del enemigo. Pero los remeros estaban agotados y apenas eran capaces de mantener un buen ritmo de boga. La *Inverecunda* les estaba ganando terreno, y ya se distinguían a la perfección las muecas y burlas de los piratas a bordo. En cuestión de pocos minutos serían abordados y pasados por las armas.

Eliseu, que seguía echando chispas con la mirada y asiendo con fuerza el antebrazo de Alamanda, empezó a darse cuenta de la astucia de la mujer. Lo sorprendió la tentación de tomarla en sus brazos y darle un beso. En lugar de eso, la soltó y se puso a dar órdenes al maestre, al piloto, al cómitre y a los ballesteros que manejaban el onagro. Había pretendido que los destraleros lanzasen sus hachas para tratar de cortar cabos en la *Inverecunda* cuando esta estuviese lo bastante próxima, pero el plan de aquella mujer era mucho más sagaz.

La segunda tinaja, ya con la otra galera mucho más cercana, estalló contra los remos de babor. La tercera se quebró nada más salir de la catapulta, esparciendo la trementina por las olas.

—¿Qué pretendes, Eliseu Floreta? —gritó Ladouceur encaramado el palo de proa—. ¿Quieres remojarnos con aguardiente? ¡Espero que sea del bueno!

Sus hombres se reían y lanzaban aullidos, sedientos ante la proximidad de una presa, con el ánimo enfervorecido de un cazador que se sabe a punto de cobrarse una pieza de valor.

El proyectil siguiente estalló en la cubierta enemiga, más el contenido se esparció tanto que, cuando los ballesteros lanzaron varias flechas ardientes, apenas duraron unos segundos encendidas y no causaron daño alguno.

—¡No funciona! —se quejó entre dientes, el capitán—. Vuestro plan no funciona.

En la otra galera, los hombres seguían gritando, enloquecidos por la proximidad de la sangre, pero Ladouceur había dejado de sonreír. Se acercó al líquido esparcido por su cubierta, lo tocó y se llevó los dedos a la nariz para olerlo. Comprendió entonces qué pretendían.

—¡Virad a babor, deprisa! —gritó a sus oficiales—. Vamos a ponernos a su altura, ¡rápido! ¡Que los hombres redoblen esfuerzos allí abajo, *merde de chien*! ¡Artificieros, fuego sin tregua! ¡Apuntad a la catapulta y a los que la manejan! ¡Destruid el tendal! ¡Ballesteros, disparad sin cesar!

Alamanda vio que estaba todo perdido si no hallaban la manera de incendiar la *Inverecunda*. Cogió una de las tinajas y agujereó con su daga el lacre endurecido que sellaba su boca. Esparció algo de trementina en un paño que arrancó de su manga y, completamente empapado, lo insertó en el agujero de la embocadura.

—¡Soldado, prende esto! —pidió a uno de los ballesteros, pensando que, si andaba errada en sus instintos, podía convertirse ella misma en una bola de fuego.

El paño se encendió, y ella colocó la vasija sobre la cuchara del aparato. Agarró del brazo al hombre que parecía más ducho en el manejo del ingenio y, mirándole a los ojos, le imploró, por todos los Santos y por la Virgen, que no errara el tiro. El hombre, un rudo marino ampurdanés curtido en varias batallas y con unos brazos más gruesos y recios que el tronco de un árbol, asintió con convicción y tensó la cuerda de tendones con la palanca para disponerse a disparar.

La *Inverecunda* se había situado ya algo a babor, resuelta a ponerse junto a la *Santa Lucía* para preparar el abordaje. El ballestero corrigió él solo la posición del onagro, calculó la trayectoria y soltó la palanca. La tinaja trazó un arco perfecto, dando vueltas sobre sí misma, y la llama no se extinguió. Estalló en la base del palo mayor, en el mismo centro de la cubierta, y, como había intuido Alamanda, el líquido prendió al instante con violencia. Varios hombres fueron engullidos por las lenguas de fuego. De inmediato, la madera del navío se vio abrazada por llamas azuladas que la hicieron crujir. Los remeros, confusos, dejaron de remar en coordinación; algunos recibieron una lluvia de gotas ardientes sobre sus cabezas y aullaron de dolor. La galera viró hacia estribor por efecto de todo ello y su espolón de proa pasó a escasos pies del tendal de popa de la *Santa Lucía*, tan cerca estaban ya ambos navíos.

Como si se hubiera detenido el tiempo, Alamanda y Eliseu vieron a Ladouceur pasar por delante de sus miradas con cara de perro perdido; su mente aún no había procesado que, sin saber cómo ni por qué, había sido vencido por segunda vez por aquel mercader insignificante y su misteriosa dama de cabello cobrizo.

La *Inverecunda* quedó atrás, sumida en llamas. Su tripulación, que hacía unos minutos ansiaba capturar un botín, luchaba ahora con denuedo por extinguir el incendio, por sobrevivir. La *Santa Lucía*, por su parte, prosiguió su renqueante singladura en silencio, todos sus hombres todavía ensimismados por seguir con vida, sin llegar a comprender, la mayoría, lo que acababa de ocurrir.

Durante un par de horas vieron el humo de la otra galera achicarse junto al horizonte, mientras a bordo se atendía a los heridos y reparaban los estragos causados por la artillería de Ladouceur.

Eliseu, en un respiro después de organizar la marcha tras el encuentro con el enemigo, se acercó a Alamanda, que lo recibió con una sonrisa cansada.

—Nunca más —le dijo entre dientes.

Alamanda se sorprendió, pues esperaba, quizá, alguna palabra de halago.

—¿Cómo decís?

Eliseu la miro con una expresión inescrutable, amalgama de sensaciones que ni él mismo era capaz de comprender.

—Nunca más oséis poner en entredicho mi autoridad a bordo de este barco u os mandaré azotar.

Y se alejó sin esperar su respuesta, dejándola con la boca abierta y sin saber qué decir.

Al día siguiente, calmadas ya las aguas tanto a bordo como en el Mediterráneo, fue el propio Eliseu el que se acercó a Alamanda y le comentó que los hombres murmuraban con admiración sobre su iniciativa en combate. Ella sonrió, algo avergonzada, y descartó los elogios como algo sin importancia.

—A mí solo me interesa lo que pensáis vos —le dijo, con cierta intención.

El recuerdo de la noche que habían pasado juntos estaba muy fresco en su mente, y algo rebullía en su interior cuando pensaba en las manos toscas y a la vez expertas del capitán recorriendo cada rincón de su cuerpo.

Eliseu la miró, pero no hizo comentario alguno. Debe de estar todavía resentido, pensó ella; los hombres son muy orgullosos, especialmente cuando se cuestiona su poder o su autoridad. Decidió cambiar de tema.

—¿Vais a contarme alguna vez por qué os tiene tanta inquina ese pirata? Esa deuda por sí sola no justifica el esfuerzo por prenderos.

Eliseu apoyó los antebrazos en la regala y miró al horizonte.

—Es un mal bicho —dijo.

Alamanda esperaba más. Lo miró con intensidad, aún excitada por el conato de batalla naval que había vivido, y le exigió respuestas sin pronunciar palabra.

—¿Os habéis fijado en el anillo negro que lleva en el índice de la mano izquierda? Es un sello, la L de Ladouceur labrada en hierro. ¿Sabéis cómo lo utiliza? Marca con él los muslos de las mujeres con las que yace.

—¿Cómo?

—Así es. Se trata de un loco peligroso. La mitad de las putas de Marsella llevan la marca nefanda en el interior del muslo derecho. La gente lo sabe, y hace que muchas sean repudiadas, con lo que acaban sin clientes y arruinadas. Otros, en cambio, buscan chicas marcadas, porque eso les excita, y las más afortunadas consiguen unas monedas más tras ser señaladas, como si fuese una marca de honor. Es todo ello una locura.

—¡No me lo puedo creer!

—Pues eso no es lo peor que hace. ¿Habéis oído hablar de los conejos crucificados? Muchos de los que han visto uno han muerto a los pocos días. Es su señal, su aviso a enemigos. ¿Qué hay más suave que la piel de un conejo? Pues eso, Ladouceur; es el símbolo de su crueldad. El bellaco clava conejos sobre toscas cruces de madera y los manda como aviso de condena. No sé si os habéis fijado en la leyenda de su estandarte: MOLLIS AC LEPOREM; Suave como un conejo. Yo recibí unos de esos conejos crucificados el año pasado. Tengo suerte de seguir con vida. ¿Os escandalizo?

—He visto muchas cosas terribles en mi vida, capitán, pero una no pierde la capacidad de asombro ante la depravación de los hombres.

—Cuentan que hubo de marchar de Marsella cuando perdió el favor del rey de Francia. Ladouceur montó un pequeño imperio de facinerosos a sueldo a los que pagaba en oro obtenido del robo y la extorsión. Con sus supuestos modales, se ganaba la confianza de gente adinerada y los desplumaba luego con amenazas y violencia. Sí, y con algún que otro conejo crucificado de por medio. Actuaba siempre igual: sometía a sus víctimas al chantaje y, si se negaban a pagar, de repente se encontraban un buen día en su alcoba un conejo clavado en una cruz. Un espectáculo espantoso, mi señora, os lo aseguro. El que veía esa señal se pasaba dos, a lo sumo tres días mirando por encima del hombro, en cada esquina, con la mano en la daga, con sus guardaespaldas en alerta, hasta que, inevitablemente, sucumbía a los hombres de Ladouceur de la manera más horrorosa, siempre con mucha sangre y vísceras de por medio. Además, durante años fue respetado y temido por la aristocracia provenzal, pues los chantajeaba con chismes de dinero o de alcoba que hacía llegar a oídos de Su Majestad. Como os podéis imaginar, Carlos el Victorioso estaba encantado de contar con un espía entre la levantisca nobleza y el clero rebelde del sur de sus dominios. Pero parece que se fue de la lengua en algún turbio asunto; no conozco los detalles. En cuanto se supo que el monarca dejaba de respaldarle, se lanzaron a por él como lobos sobre una oveja. Se echó a la mar con su fortuna intacta y sus hombres de confianza. Va de puerto en puerto, dedicado al pillaje, a la extorsión y al préstamo con usura.

Eliseu dio un golpecito sobre la baranda y se incorporó.

—¿Sabéis cómo se hizo con la *Inverecunda*, su hermosa galera, para devenir el pirata cristiano más temido de estos mares?

Ladouceur, que odia a todo el mundo, me tiene a mí especial inquina. Y no es por la deuda en oro, que reconozco y me avergüenza, sino porque soy de los pocos que conoce su peor secreto. Y teme que lo vaya contando por allí. Me quiere ver muerto, en pocas palabras.

Pero yo no se lo he contado nunca a nadie, quizá porque espero que algún día me sirva si lo necesito. Los secretos solo son poderosos si siguen siendo secretos; en cuanto los conoce mucha gente, pierden valor.

A Alamanda se lo cuento ahora, porque merece saberlo. El francés estará ya convencido de que ella lo sabe, en cualquier caso, y, después de la humillación a la que lo sometió en Palermo, la querrá ver muerta también. Por si le sirve de algo, debo contárselo.

Ladouceur odia a las mujeres; a todas; sin excepción. Cuando se acuesta con alguna de ellas y no las mata, las deja marcadas de por vida con su infame anillo. He oído decir, además, otras cosas horribles que les obliga a hacer en el lecho, pero no seré yo quien esparza rumores de los que no tengo certeza.

Hace unos años tuve un buen amigo, un muchacho algo más joven que yo, hijo de un próspero comerciante valenciano, llamado Marcial Seva, que poseía dos enormes galeras de tres palos y que labró su fortuna con el comercio de la sal de Abisinia, que recogía en Alejandría y repartía por todo el Mediterráneo occidental. El chico se llamaba Cristóbal; era alto y guapo, con ese porte un poco afeminado de los jóvenes demasiado bellos, de nariz estrecha, ojos verdes, cabello de rubios tirabuzones y un ho-

yuelo en el mentón. Trabé amistad con él a raíz de un negocio que hice con su padre por el que me vi obligado a viajar por tierra como su compañero desde Barcelona hasta Sevilla. Debíamos asegurar una cargazón de alumbre que Seva embarcaría en una de sus galeras en Sanlúcar, mas como estaban ambas a la sazón en otro puerto y mi Santa Lucía no tenía la capacidad adecuada, debimos acudir por caminos de jamelgos como mercaderes de tres al cuarto. El caso es que hicimos buenas migas, él y yo. Era jocoso y amante del buen vino, y, como tenía fortuna, nunca escatimaba en lujos ni en buen yantar. Los mejores figones del camino recibieron nuestra visita, y en las casas de postas nos recibían con alborozo. Debo decir que fue una de las semanas más agradables de mi vida, a pesar del dolor de espalda que adquirí por el trote cansino de mi montura.

Desconozco cómo entabló relaciones con el marsellés, pero sé que cuando yo caí en su trampa y pasé a deberle todo ese oro, Ladouceur ya se había metido en el círculo de confianza de Cristóbal Seva y de su padre. Lo que sí sé es que el francés malinterpretó su alegría, gallardía y donaire por algo que no era. Mi amigo Cristóbal era pizpireto y zalamero, y bromeaba y adulaba tanto a mujeres como a hombres. Ladouceur se prendó de él, y creyó ser correspondido. El conejo dulce se enterneció por un semejante, y bajó la guardia como nunca antes lo había hecho. Hasta que ocurrió lo inevitable, y Cristóbal, siempre ajeno a las emociones y sentimientos que despertaba en los demás, se mofó de él en público cuando advirtió que el pirata estaba cayendo en su telaraña amorosa. Lo hizo sin inquina, me consta, y su risa fue genuina, pues siempre le producía sorpresa verse objeto de deseo. Pero para el marsellés fue la mayor de las afrentas. Ni el robo de una galera ni el asesinato de un hijo podían haber herido tanto a Ladouceur. Y como el amor y el odio son las dos caras de la misma moneda, que tanto cae de un lado como de otro cuando se lanza con desapego, en las entrañas de Ladouceur nació un rencor tan abismal hacia mi amigo que este, ajeno a todo, podía darse ya por muerto.

Lo secuestró una noche de primavera, cuando el joven salía

de una taberna con unos amigos. Yo había estado con él, y de vez en cuando pienso si podría haber evitado su suerte escoltándolo hasta su casa. Mas yo estaba más borracho que él, debo admitir, y preferí, además, apurar mi copa de ratafía, que una pieza de a dos me había costado.

Lo tuvo en su poder durante doce días, a bordo de una vieja galera varada en algún lugar de Córcega, donde gentes como él hallaban santuario, y solo Dios sabe qué hizo con el muchacho. Pretendió negociar con su padre, el viejo Marcial Seva, por su liberación. El mercader estaba desesperado, pues Cristóbal era su único hijo, y, con lágrimas en los ojos, le escribía misivas implorando piedad. Ladouceur nunca tuvo intención de soltarlo, pero hizo creer a su padre que sí. Su condición fue que le vendiese la Inverecunda, una magnífica carabela de tres mástiles recién botada por una minucia. Cuando la tuvo a su nombre, trajo a su cautivo a Barcelona.

De lo que ocurrió a continuación, no escatimé detalles a Alamanda. Es ella mujer fuerte como ninguna, y tan astuta, que sabría al instante si yo trataba de endulzarle el relato.

—Lo que hizo después con el pobre Cristóbal os lo voy a contar —le dije—, porque ello os permitirá saber con qué engendro desalmado hemos de enfrentarnos si alguna vez nos lo volvemos a cruzar, Dios no lo quiera. Y, además, porque me obligó a ser testigo de la ignominia, supongo que como acicate para saldar mi deuda, porque quería aterrorizarme y porque sabía que yo era de los pocos que conocía su secreto. Y a fe mía que aún tengo pesadillas por lo que aquel día presencié.

Lo sometieron al «paseo por el árbol», método de tortura que, según dicen, aprendió de los bandoleros de la Camarga. Atado de pies y manos, acostaron al desdichado en una carretilla y hendieron un cuchillo en su vientre, en un costado. Asieron entonces un extremo de su intestino y lo clavaron a un árbol. Entre risas y burlas, un hombre se puso a dar vueltas al árbol empujando la carretilla, con lo que el pobre Cristóbal iba destripándose más a cada giro. Sus gritos eran atroces.

—Es inverosímil la cantidad de tripas que caben dentro de un ser humano —le dije a Alamanda, en un hilo de voz, reviviendo con horror lo que me tocó presenciar aquel día.

Cuando acabaron, ataron al muchacho al árbol, sobre sus entrañas, y allí lo dejaron toda la noche. Las hormigas, cucarachas, cuervos y ratas dieron buena cuenta, mordisco a mordisco, del desgraciado. No puedo ni imaginar la agonía ni el dolor que debió padecer mi desventurado amigo... Y así se lo conté a Alamanda.

—Me tiene especial inquina, porque yo soy de los pocos que conozco su terrible secreto. Ese día me dejó marchar, supongo que confiado en recuperar su oro. Pero sé que ahora me quiere muerto, pues ya recibí el conejo crucificado. Y es posible que a vos también, mi dama; sospechará que os he contado la historia.

Alamanda aguantó el gesto, pero vi lágrimas en sus ojos y un ligero temblor en el labio que me conmovió. Quise, de pronto, protegerla de todo mal, de la mezquindad que campaba por este mundo, de la violencia insensata y gratuita de malhechores como Ladouceur. La abracé y la apreté contra mi pecho. Ella se mantuvo rígida, fuerte como un soldado, sin dejar aflorar su condición de mujer ni la natural tendencia femenina al llanto y a la depresión. Y la admiré por ello aún más.

La *Santa Lucía* llegó cuatro días después renqueante al puerto de Ragusa, a la que los locales llamaban Dubrovnik en la lengua eslava. Tras la batalla, habían evaluado los daños, y vieron con desazón que no había manera de llegar a Venecia con la tripulación diezmada. Veintidós remeros se habían quedado en Palermo mientras disfrutaban de su permiso, seis habían fallecido por la metralla y otros quince estaban tan malheridos o enfermos que no era concebible que pudiesen hacer su trabajo. Esto reducía la tripulación de boga a cincuenta y tantos hombres capaces, la mayoría de los cuales estaban demasiado agotados como para echar una sola palada más. Y eso sin contar que la bodega iba casi vacía de comida, y que solo quedaban cuatro barriles de agua fresca.

—Nunca llegaremos a Venecia si no paramos antes en algún puerto —le había dicho Eliseu.

Alamanda había comprendido que le estaba pidiendo permiso para parar en Ragusa, su destino original, contraviniendo el acuerdo al que habían llegado en aquella oscura taberna de Barcelona.

—Vayamos directamente a vuestro puerto de destino —le dijo ella, resuelta—. Pero con una condición.

Ya estamos, pensó Eliseu; esta mujer es mejor que yo negociando.

—Quiero que sacrifiquéis la carga de vino y la repartáis entre los hombres.

—Pero... ¡esto es imposible! —protestó él—. Ese vino ha sido pagado ya por el comprador. Tengo una carta de crédito que...

—Los comerciantes compran a riesgo —lo interrumpió ella—. Asumiréis vos la pérdida o la asumirán ellos. Pero estos hombres, reos y libres, os han salvado el pellejo y a vuestro querido barco. No hay casi comida y nos moriremos de sed antes de repostar. Es lo mínimo que debéis hacer.

Así fue como repartieron parte de las ciento doce barricas de vino que cargaban entre la tripulación, lo que les dio ánimos y fuerzas para seguir hasta el puerto de Dalmacia. Alamanda asistió con mimo a los heridos y Josué se encargó de que todos supiesen que gozaban del vino gracias a su insistencia, con lo que su popularidad entre aquellos rudos hombres alcanzó cotas inimaginables. Alguno la tenía por santa, y otros lloraban de emoción cada vez que ella les atendía.

El puerto de Ragusa imponía respeto con su torre semicircular guardando la bocana y los arrecifes provocando espuma blanca en la cresta de las olas a ambos lados. Los proeles, que desconocían el puerto, hubieron de maniobrar con cautela para enfilar la galera y no topar con algún escollo. Además, el día estaba revuelto, y el tráfico de entrada y salida era constante. Tras los pertinentes trámites portuarios y después de pagar las tasas, se les permitió descargar la mercadería. El capitán llevó después el barco a la atarazana, a reparar los agujeros del casco. Los dos oficiales se encargaron de acopiar los víveres necesarios para llegar a Venecia y contratar a dos docenas de remeros más.

El capitán andaba cabizbajo porque los gastos habían sido mayores de lo esperado y apenas obtendría beneficio de la travesía. Ese era el último viaje de la temporada, que no había sido buena en general, y no sabía si tendría dinero suficiente para hibernar la *Santa Lucía* en Barcelona y ponerla a punto para la primavera.

Partieron al octavo día, con los primeros fríos invernales ya acechando. Llenaron la bodega de leña e instalaron un fogón adicional desmontando dos bancos libres. Como la nao iba vacía, el esfuerzo de los hombres era mínimo a pesar del oleaje nervioso del otoño adriático. Alamanda se paseó un par de veces por la crujía, para alborozo de los bogavantes, que la adoraban como a una diosa. Ella tenía siempre alguna palabra amable para todos, incluso para los reos, algunos de los cuales la habrían seguido aun sin cadenas.

Entraron en la laguna veneciana el 29 de octubre, con mal tiempo y una decisión importante que tomar.

—Debo regresar inmediatamente a Barcelona si no quiero verme atrapado por el invierno. Los hombres no querrán bogar si hace demasiado frío —le dijo Eliseu mientras el piloto maniobraba para atracar—. Las manos se embotan y agrietan con el relente y la sal, y la piel se queda pegada a los remos. Es muy doloroso.

Ella asintió con cierta resignación. Ni siquiera habían pisado tierra y ya se estaban despidiendo. La escena de la isla de Vulcano, surtos en la recoleta ensenada mientras Rémi Ladouceur los acechaba, no se había repetido, y ella estaba ansiosa por saber si había hecho algo mal, si había dicho algo errado; si no le habría gustado su cuerpo, ¡por el amor de Dios! Por primera vez en su vida quería estar junto a un hombre, sentir su piel sobre la suya, notar su aliento en sus mejillas. Después de Ragusa, cada una de las cinco noches había esperado en su camarote a que el capitán llamase a su puerta, deseándolo y temiéndolo a la vez, pensando qué diría, qué haría si Eliseu la invitaba de nuevo a una copa de vino fuerte en la intimidad de la estrecha estancia. Pero no ocurrió ni una sola vez.

Durante el día, él se mostraba cordial, pero distante. Se hizo el ofendido por su papel en el embate con Ladouceur, aunque después elogió veladamente su iniciativa. Pero desde entonces díriase que había tratado de evitarla, esquivando sus acercamientos dando alguna orden urgente o comprobando la consistencia de las jarcias con el piloto. No hizo ni una sola referencia a la noche que compartieron lecho, y ello, al cabo de los días, la ofendió profundamente. Alamanda tenía su orgullo, y se dijo que no iba a mendigar una sonrisa o una buena palabra de aquel hombre, que, al fin y al cabo, era ahora su empleado. Sí, quizá el capitán andaba preocupado por las pérdidas que cosecharía en ese viaje, el último de la temporada, pero ello no debía impedirle compartir con ella algún pequeño instante de intimidad, un roce intencionado o una sonrisa cómplice.

Ahora, mientras un proel fijaba los cabos en el atraque, tras la maniobra de plegado de los remos de babor, le estaba hablando sin siquiera mirarle a los ojos, como si estuviera comentando algo para sí en voz alta.

—Debo cargar provisiones esta misma noche, no puedo esperar más. Hablaré con el jefe de estibadores para que me dirija al abastecimiento más adecuado.

Ni una palabra para ella, ningún comentario ni pregunta alguna sobre qué haría ella en Venecia. ¡Maldito bastardo!

Su representante en el Véneto, el signore Domenico Borgato, le dio la bienvenida en la misma dársena con los brazos abiertos y una sonrisa exagerada, habiendo recibido la esquela que ella envió desde Ragusa por la vía del puerto de Spalato, territorio veneciano. Era Borgato un hombrecillo muy elegante, pero de menguada figura, con unas piernas finas como dos palillos enfundados en medias azules, calzón del mismo color atado a la altura de las rodillas, coquilla añil oscuro, y, bajo el chaquetón acuchillado, una camisa de lana algo más clara en la que el ojo experto de Alamanda creyó adivinar un entintado de su propio obrador. Llevaba el pelo muy negro y brillante, partido a media cabeza y con grandes tirabuzones a ambos lados por debajo de las orejas. Iba perfectamente afeitado y olía a ámbar gris.

—¡Ah, signora Alamanda! ¡Qué inmenso placer!

A pesar de sus tribulaciones sentimentales y su nerviosismo por hallarse en tierra extraña, no pudo más que sonreír ante el saludo efusivo de aquel hombre tan bien acicalado. Hablaba con música en los labios, moviendo con gracia el cuerpo entero en cada frase. Le explicó que sus tejidos se vendían bastante bien, que los cargamentos habían llegado desde Marsella por última vez hacía cuatro meses, y que deberían tener suficiente para las comandas del invierno. Le ofreció su conmiseración por el incendio que había sufrido su obrador, del cual había tenido noticias con ese postrero cargamento, y le puso tal emoción a su voz que diríase que había perdido él mismo a un ser querido. De inmediato la invitó a conocer su modesto almacén, cosa que ella, educadamente, rechazó hasta el día siguiente, pues necesitaba descansar.

—¡Desde luego, signora! Me he permitido acomodar unas habitaciones para vuestra merced en mi humilde *palazzo*. Espero con sinceridad que se halle como en su propia casa.

El «humilde *palazzo*» era una casa de dos alturas con atracadero propio cerca de la Giudecca. Llegaron a ella por medio de una barcaza de cuatro remos. Había empezado a lloviznar, por lo que Borgato ordenó a sus sirvientes que dispusiesen una lona para proteger a la signora. La casa era agradable, estucada en blanco, de altas ventanas y tejado de teja roja, con un pequeño jardín con naranjos en la parte trasera. Enfrente, al otro lado del canal, se veían los almacenes de su compañía, con lo que, afirmaba Borgato con una gran sonrisa y muchos aspavientos: «Incluso durante el desayuno puedo observar lo que allí está sucediendo».

Nada más llegar, unos esclavos moros se afanaron en llevar sus enseres hacia sus cuartos mientras Borgato le explicaba cosas sobre sus negocios. Le habló de las guerras casi permanentes con el Milán de los Visconti, y de cómo aquello afectaba a sus exportaciones al norte de Europa. Aunque de una exquisitez intachable en sus modales, el hombrecillo le hizo saber de soslayo que ella representaba una parte ínfima de sus negocios, por lo que, en el fondo, le estaba haciendo un gran favor acogiéndola en su morada y habiendo ido a buscarla personalmente al puerto.

—Mas, cuando supe que la bizarra maestra de Barcelona venía a mi ciudad, me morí de ganas por acogeros y saber más de vuestra merced, pues hasta aquí llegan noticias de vuestro audaz desempeño.

—Solo serán unas semanas —le aseguró ella, algo cohibida—. Deseo hacer algunas averiguaciones sobre un libro que versa de técnicas de entintado cuyo rastro se perdió en la abadía de Praglia, a las afueras de Padua, hace poco más de cien años. ¿Creéis que sería posible encontrar acomodo unos días en aquella ciudad? No es que no aprecie vuestra hospitalidad, ¡al contrario! Estoy abrumada por vuestra amabilidad hacia una modesta maestra tintorera como yo...

—¡Por descontado, signora! En la propia abadía admiten a peregrinos, pero vos sois mujer y no os permitirán pernoctar allí. Mas yo tengo unos parientes en Padua que estarán encantados de recibiros y acogeros el tiempo que sea necesario.

—Oh, no, no me refería a eso. Puedo pagar de mi bolsillo unas habitaciones en cualquier posada de buena reputación. No quiero imponer mi presencia a nadie más.

Borgato hizo un gesto con la mano para quitarle importancia y cambiar de tema.

—Me he permitido asignaros un criado personal que os acompañará en todo lo que necesitéis mientras permanezcáis con nosotros. Es el eunuco Cleofás, tan dócil como fuerte, de mi más absoluta confianza y que, además, habla vuestra lengua, o algo parecido, pues me lo trajo un banquero genovés del reino de Murcia. Ahora, si me permitís, signora, debo irme a mis almacenes a atender unos asuntos, que mañana llegarán unas mercaderías importantes para mí. Volveré tarde, así que no esperéis verme a la hora del desayuno, pues me temo que haré la *grasse matinée*, como dicen los franceses. Ya me disculparéis.

Aquella noche, acomodada en una lujosa estancia que era mucho más grande que sus aposentos en el obrador de Barcelona, y después de que Cleofás le hubiese encendido el hogar, Alamanda se echó sobre la mullida cama y miró al infinito.

—Bueno, pues aquí estoy... —murmuró para sí.

Una vez más, se admiró de haber cruzado el mar y hallarse sola tan lejos de su hogar; y una vez más le asaltaron las dudas recurrentes sobre su alocada aventura. Una vocecilla inquietante le decía que había tirado por la borda años de esfuerzos y desazones para construir un negocio próspero, admirado y de buena reputación; que lo había logrado contra todo pronóstico, de manera brillante y con inteligencia.

Entonces, como hacía casi siempre que estos pensamientos la abrumaban, fue a su baúl y desenvolvió con mimo el *Liber purpurae*, que llevaba siempre consigo cubierto en una funda de seda carmesí, para releerlo, para preguntarse por el misterioso abad Bonagrazia da Padova, de cuyo origen se hallaba ya tan cerca. Y, sobre todo, para tener de nuevo entre sus manos ese pedazo de tela teñida de púrpura, de ese tinte tan imperecedero, tan profundo, tan vital que le hablaba de la gloria de Dios y del poder de los hombres, de ese tono algo irisado que absorbía la luz y la devolvía convertida en un himno a los ángeles, que le elevaba el espíritu hasta tocar el Cielo con la yema de sus dedos; y se decía, una vez más, que era su sagrada misión, su juramento ante santa Lidia, devolver aquel regocijo al mundo, a la cristiandad, rescatar del olvido la capacidad humana de asemejarse un poco al Creador, pues Dios había creado al hombre *imago Dei*, con la capacidad de imitarle, dentro de sus muchas limitaciones y sus pecados, y porque no había color en el mundo que pudiera compararse con la púrpura.

Manoseando el viejo trozo de tejido, soltó una imprecación.

—¡Maldito mastuerzo, hijo de la perra del Maligno!

Se levantó y dio un puñetazo contra el dosel de la cama, cuyos cortinajes vibraron con furia. Se sentó ante el espejo del atril de la jofaina y se quitó el tocado. Su oreja maltrecha se le apareció en su grotesca deformidad. Se la acarició con suavidad mientras una lágrima se derramaba por la mejilla, reflejando las llamas del hogar como si un pedazo de luz se estuviera escurriendo de su mirada.

El capitán Eliseu la había tratado como a una de sus putas de puerto, una noche de sexo sucio y zafio y a por otra hembra con la que satisfacer sus instintos. ¿Había caído ella en su seductora trampa? ¿Era posible que no viese en Alamanda más que otro cuerpo de mujer como el de tantas otras? Si no era así, ¿cómo se explicaba su actitud? Pero, sin embargo, por otro lado, ¿por qué le había contado aquella historia de Simona? ¿Por qué había abierto su alma con ella? ¿Quizá porque creía que era la única manera de acostarse con ella? ¿De verdad era tan cínico? No se lo podía creer...

En fin, ahora ya era irrelevante, se dijo con cierta resignación y mucha tristeza, porque mañana por la mañana zarparía de nuevo hacia Barcelona, con la intención de pasar allí el invierno, gastándose en bebida y mujeres lo ganado durante la temporada.

En ese momento llamó el esclavo Cleofás a la puerta, y entreabrió para pedir permiso para pasar de nuevo. Era un hombretón muy alto, de espaldas anchas y un pecho prominente que parecía un barril. Tenía las piernas curiosamente delgadas, fibrosas y de buen talle, unos brazos largos acabados en manos anchas y callosas. Poseía un rostro feo y amable como el de un mono amaestrado, de cejas prominentes y mejillas lampiñas, y el pelo muy oscuro y desordenado.

—Perdonad, mi señora —dijo, con timidez, sobando el bonete de paño azul con ambas manos—, no sé si debo...

Ella alzó una ceja, animándole a seguir.

—Ha... venido un caballero que dice que quiere veros. El signore Borgato no está, y el mayordomo dudaba si debía echarle o permitirle el acceso... Me ha ordenado que os pregunte a vos.

—¿Un caballero, dices? No conozco a nadie en la ciudad.

—Creo que es de vuestra tierra.

Alamanda arqueó los labios en un gesto de incomprensión, y dijo que le dejasen entrar.

Minutos más tarde, con la cabeza gacha, el sombrero de ala estrecha entre las manos, apareció ante la puerta de sus aposentos el capitán Eliseu.

—Los oficiales me han reprochado que pensase dejaros aquí sola, mi señora —empezó, sin preámbulo alguno, a justificarse—. Me han dicho a gritos que cómo íbamos a abandonaros aquí; y los hombres, pues claro, los bogas a quien tan dulcemente habéis tratado, que no podíamos irnos, que a saber si llegada la primavera podíamos volver o el comercio nos llevaba a otras tierras, y que qué haríais vos, una mujer sola, en esta tierra extranjera, que no era de recibo, y hasta los reos se me rebelaron, ¿os lo podéis creer?, cuando les dije que partíamos al alba, y no porque no quisieran bogar, sino por vos, mi señora, que os tienen por un ángel, y...

Dejó la retahíla en el aire y la miró por vez primera. Ella no salía de su asombro, pues no esperaba verlo ya nunca más; permanecía abobada, con la boca abierta, junto al dosel de su cama.

Él sonrió con tiento, esperando ver su reacción.

—Pero lo que os digo son excusas, mi señora —prosiguió, ante el silencio pasmado de ella—. El caso es que, desde esa noche en la rada de Vulcano no he podido pensar en otra cosa más que en vos, en vuestro cuerpo entre mis brazos. Os confieso que no duermo por las noches, que mi cabeza da vueltas y que un temor me invade: temor de que todo haya sido un sueño, que una mujer como vos no haya sido nunca mía... ¿Os... os parece ridículo?

Ella se lanzó contra él con tanto ímpetu que Eliseu creyó que lo iba a golpear. Juntó sus labios contra los de él y, del impulso, el capitán retrocedió y cerró la puerta con la espalda, vencido por el empuje de aquella inescrutable dama.

Por segunda vez durmieron juntos, esta vez en una cama ancha de sábanas frescas y limpias. Compartieron lecho como Dios los trajo al mundo, piel contra piel, tan solo con el pececillo de bronce entre ambos, saboreando uno del otro cuanto había en ellos de amable, hollando por fin incluso aquellos rincones escondidos de sus cuerpos que la primera noche, por pudor y timidez, no osaron descubrir.

Al día siguiente, el signore Borgato le aseguró a Alamanda que había sido un honor acogerla en su morada, pero le pidió con firmeza, y también con cierto reparo y embarazo, que, en adelante, se buscase alojamiento en alguna posada de categoría de las muchas que había en la región, que aquella era una casa cristiana y que comprendiese que no podía permitirse, en su posición, dar pie a habladurías y rumores. Ella se disculpó, matizado su azoro por la euforia irracional de los enamorados, y dispuso las cosas para trasladarse unos días a una pensión antes de organizar su visita a Padua.

—¿Qué harán vuestros hombres todo el invierno? ¿Y los reos, qué será de ellos? —preguntó Alamanda.

Iban camino de Padua en un carro cubierto, con Cleofás azuzando las mulas y seguidos por una reata de dos jamelgos viejos que les había regalado un avergonzado Borgato en compensación por la brusca retirada de su hospitalidad. El veneciano había mandado a un criado aquella misma mañana para arreglar su estancia en una casa de huéspedes propiedad de una viuda joven de muy buena reputación, y les aconsejó con discreción que se presentasen como marido y mujer para evitarse problemas.

Iban los dos sentados en una bancada, cogidos de la mano como dos adolescentes enamorados, todavía con cierta sensación de ridículo por sentir lo que sentían el uno en presencia del otro, conscientes del calor y la emoción que emanaba de sus cuerpos en cada movimiento.

—He manumitido a unos pocos, en virtud de mis atribuciones como capitán de galera. El cómitre, el maestre y el alguacil me han ayudado a elegir a los que podíamos nominar como buenos boyas para liberarlos. El resto partirán en una barcaza rumbo a Nápoles, donde los retendrán todo el invierno en los calabozos del rey Alfonso. Sin duda, los usarán en galeras reales en cuanto se abran las rutas.

—¿Y vuestros hombres?

El capitán se encogió de hombros.

—He debido licenciar a la mayoría. Mantengo a sueldo a Josué y a dos de sus hombres para la hibernada. Fue un varapalo perder al maestre Jofre en Palermo. Le he escrito porque quiero conservarlo para la temporada que viene, aunque no sé nada de su paradero ni sus intenciones.

—Os habrá costado todo ello mucho dinero...

—Los beneficios de media temporada —se rio Eliseu.

—Lo siento.

—No lo sintáis, mi señora. Estoy justo donde quiero estar.

Y le dio un beso en la mejilla. Avanzaron unos minutos más en silencio por la antigua calzada romana, hasta que, en lo alto de una loma, avistaron las primeras casas de Padua, sus murallas y torreones, las enormes ruedas de molino que empujaba el río y las torres de sus iglesias. En el centro se alzaban imponentes las blancas cúpulas de la basílica de San Antonio, recortadas contra el cielo anaranjado de poniente, rodeadas de bandadas de estorninos que desafiaban los aires fríos del otoño con sus acrobacias.

—Me pregunto, capitán —dijo, de pronto Alamanda con una sonrisa desafiante—, si, después de lo que ha pasado ya entre nosotros no deberíamos tutearnos.

Él soltó una breve carcajada.

—Así sea, Alamanda. Desde hoy, ¡yo te tuteo!

La casa de huéspedes de la viuda estaba en el barrio de Santa Rita, una zona de burgueses comerciantes adinerados de calles adoquinadas con regatos de desagüe. Su nombre era Chiara Silveria, y era una mujer de unos treinta años, poco agraciada, pero de cierta elegancia, que vivía en el piso de abajo con sus dos hijas adolescentes. Era una casa decente y muy limpia, que les fue recomendada por Borgato una vez que, por discreción, rechazaron amablemente la propuesta que este se vio forzado a hacerles de alojarse con sus parientes. Alamanda y Eliseu se presentaron como marido y mujer, y, aunque la dueña alzó una ceja sorprendida por la aparente diferencia de clase social entre los supuestos cónyuges, no puso reparo cuando se empeñaron en pagar con oro por anticipado. La viuda pesó cada una de las monedas, como era costumbre, pues los florines extranjeros solían ser de menor ley que los de Florencia, y el precio se fijaba en función del peso, no del número de monedas. Añadieron una pequeña cantidad en plata para asegurarse de que Cleofás y los animales fueran bien cuidados, alimentados y cobijados las noches que hiciese falta.

Las habitaciones que les asignó la dueña estaban en el piso de más arriba, un cuarto abuhardillado con hogar propio, un salón con escritorio y material para escribir cartas y una habitación con una cama vieja y pesada, pero muy cómoda en apariencia, a cuyos pies se hallaba un baúl en el que habrían cabido los dos si hubiesen necesitado esconderse. En una esquina había una mesilla triangular con una jofaina y un aguamanil de loza blanca decorada con motivos florales de tonos azules. En la única ventana, unas cortinas de color crudo también ornamentadas con flores daban un toque casi femenino a la estancia.

—Aquí estaremos muy bien, muchas gracias —dijo Alamanda a la dueña de la casa.

Chiara Silveria les rogó que dejasen cada noche los botines en la puerta, pues una sirvienta se encargaría de limpiarlos y se los entregaría por la mañana.

—¿Los señores están en la ciudad por negocios? —preguntó.

Contestó Alamanda, a pesar de que ella se había dirigido a Eliseu. Donna Chiara alzó la ceja de nuevo, preguntándose por qué parecía ser ella la jefa en aquella extraña pareja.

Cuando la viuda los dejó solos, ella saltó sobre Eliseu y se colgó de él, como una niña traviesa. Estaba feliz, excitada, en plena aventura vital con un compañero a su lado, alguien a quien amar y por quien ser amada, sin temores, sin peligros, sin deudas, con un mundo de posibilidades que se abrían a su paso. Se dio cuenta, por contraste, de la tremenda soledad que había sufrido como condición normal de vida desde que murió su madre, tan solo restañada en ocasiones por la calidez de su amistad con Letgarda o Marina. Ahora tenía alguien que la acompañaba, con quien poder conversar, a quien expresar sus miedos e ilusiones.

Yacieron juntos sin apenas quitarse la ropa, sin refrescarse después del polvoriento viaje desde Venecia, con ansia, impaciencia y ardor, como un par de jovenzuelos casquivanos que se enamoran en primavera y juntos descubren todo lo prohibido en el amor.

Cuando bajaron a yantar, al filo de las seis, apenas podían contener unas risas de complicidad, absurdas y pueriles, y la viuda, pensando que no estaban demasiado bien de la mollera, prefirió no hacer preguntas mientras les servía un guiso de alubias con chirlas y camarones.

A la mañana siguiente, apenas hendida la oscuridad por los primeros rayos blanquecinos de oriente, Alamanda se lavó con el agua fría de la jofaina, se vistió, desayunó algo de pan con queso y un tazón templado de leche de oveja y pidió a Cleofás que la llevase a la abadía de Praglia. Era esta algo mayor que el monasterio de Sant Benet, pero ambos eran parecidos en cuanto a construcción. Fue recibida en el atrio por el joven monje Francesco, que se admiró de recibir a una dama de Barcelona y se interesó vivamente por sus hermanos de Sant Cugat, monasterio con el que Praglia mantenía una cierta relación. No conocía, en cambio, el monasterio de Sant Benet, ni, por supuesto, al abad Miquel.

Unos meses antes de partir, Alamanda había ido a encontrar al prior de Sant Benet para hablarle de su viaje, y le preguntó si le podría dar alguna referencia en la afamada abadía italiana, pues quería consultar su biblioteca y, a ser posible, conversar con algún monje que conociese bien la historia del lugar. El abad Miquel, al que vio avejentado y canoso, no había sabido ayudarla, pero le dio una carta de presentación encabezada por el escudo heráldico de la orden y firmada como Miquel de Rajadell, *Ordo Sancti Benedicti*. Esta misiva era la que ahora blandía Alamanda para ser recibida por el prior.

Francesco la acompañó por el luminoso claustro, cuya fuente central había dejado ya de manar en previsión de las primeras heladas. Subieron a través del refectorio hasta los dormitorios y, por un amplio pasillo de abovedado techo, llegaron a los aposentos del prior. Estos constaban de dos grandes habitaciones, en la primera de las cuales recibía el superior a los visitantes y le servía de lugar de trabajo. Una de las paredes estaba cubierta por altos anaqueles en los que el monje guardaba sus códices y rollos de pergamino, y, como siempre que entraba en un lugar con libros, Alamanda experimentó un gran gozo interior.

El abad, Cosimo Maria da Volterra, era un hombre de avanzada edad, de escasos pelos grises rodeando la tonsura y multitud de arrugas surcando su expresivo rostro. Mostraba cierta dificultad al caminar, como si una pierna fuese algo más corta que la otra, y lo compensaba con un balanceo exagerado de los brazos; cuando estaba parado, sin embargo, frotaba sus apergaminadas manos sin parar, produciendo un sonido denteroso como el crujir de la gravilla. Era sagaz y hablador, curioso y preguntón, y enseguida se interesó vivamente por la historia de Alamanda, sus experiencias como novicia en Santa Lidia y su viaje por mar desde Barcelona.

—Me interesa vuestra biblioteca, reverendo padre. ¿Creéis

que sería posible investigar en ella y consultar, quizá, algunos códices?

El abad Cosimo la miró alzando una ceja y causando más arrugas en su frente. Con un aspaviento, expresó su admiración por una mujer culta, que no solo sabía leer, sino que pretendía consultar obras de saber erudito.

—Fueron tiempos convulsos para la abadía —le explicó Cosimo, gesticulando con exageración—. La peste de aquellos años diezmó a la comunidad; de veinticuatro hermanos y ocho novicios apenas quedaron seis religiosos que hubieron de emigrar a monte Maria, porque no eran capaces de mantener este convento. Debéis tener en cuenta que, para su funcionamiento, precisamos de la ayuda de más de cuarenta seglares, además de los religiosos. No fue hasta finales del siglo pasado cuando se volvió a establecer aquí la comunidad benedictina.

Alamanda se dio cuenta enseguida de que al abad Cosimo le apasionaba la historia de su abadía. Y, lo que era más importante, le entusiasmaba aún más hablar de ella. Le había preguntado por la época en que el abad Bonagrazia habría vivido en el convento, pues quería saber más sobre él y sobre sus fuentes de conocimiento sobre la púrpura.

—Supongo que habrá registro de ese monje que os interesa —dijo el prior, cuando un novicio les trajo un volumen de considerable tamaño y lo dispuso sobre uno de los *scriptoria*—, así como de aquellos libros en los que trabajó. ¿Veis? Aquí, por ejemplo. Este era un lugar de trabajo, de transmisión del saber. Veamos... Debió de ser por el año... ¡Ah! Aquí está. Bonagrazia da Padova. ¡Oh! Pero me temo...

—¿Sí, padre?

—¿Veis esta marca roja junto a su nombre, al lado de la cruz? Me temo que Bonagrazia fue... purgado en sus pecados por la Inquisición.

—¿Queréis decir, padre, que era un hereje?

Cosimo estuvo callado unos segundos, examinando los nombres de los monjes de aquella época. Muchos de ellos tenían la marca de la cruz en los años de 1348 y 1349, víctimas, sin duda, de la plaga. Pero ninguno más tenía el borrón de la hoguera. Había cuatro novicios junto a cuyos nombres se escribieron las iniciales ASC, *Absentis sine causa*, señal de que habían desaparecido sin que se supiese más de ellos. Probablemente, huyeron de la pestilencia, pensó el prior, sacudiendo la cabeza.

—Eso parece, hija mía —respondió al fin.

—¿Y sus libros...?

—Sus tratados habrán sido pasto del fuego también —dijo, pasando unas cuantas páginas—, a no ser que Bonagrazia fuese un mero copista. Mira, aquí está la relación de libros en los que trabajó cada escribiente mientras estuvo aquí, con la signatura de su lugar en nuestra biblioteca. Y..., en efecto, todos estos que están tachados llevan las iniciales B. P.

—¿Pone los títulos? ¿Alguno sobre tintorería? No veo más que abreviaturas que no comprendo.

Se les pasó la mañana yendo y viniendo por la vasta biblioteca, sacando libros de los anaqueles, buscando referencias en catálogos, ojeando códices miniados sobre temas divinos y profanos. El prior Cosimo diríase que disfrutaba más de la experiencia que la propia Alamanda, correteando con una energía inusitada por los pasillos emparedados de volúmenes, subiendo y bajando escalerillas, con la frente perlada de sudor, sus gesticulaciones exageradas y una sonrisa de niño en el rostro.

Alamanda tardó un par de días en decidirse a mostrarle el *Liber purpurae* al abad, reconcomida todavía por sentimientos de culpa. Tras admirarlo ambos durante una tarde, dieron por fin con un rollo de pergamino arrinconado en un estante polvoriento en el que, el propio Bonagrazia, de su puño y letra, escribía una epístola dando razón de lo que dispuso el día antes de ser aprehendido por la turba fanática. En la carta reconocía ser circunciso y converso, pero juraba su amor por Dios, la Virgen y la fe verdadera. Justificaba su acceso a la vida consagrada por su fe, y rozaba la blasfemia al asegurar que el propio Jesús era circunciso como él. Se proclamaba en paz con el Cielo, tras haberse confesado, y detallaba lo que había dispuesto para que sus libros no fueran devorados en la hoguera una vez condenado su autor.

—¡Dios mío! —exclamó Alamanda, con el corazón desbocado desde que hallaron el manuscrito—. ¡Así que por esa razón llegó el *Libro de la púrpura* a Sant Benet!

—Eso parece.

Contemplaron ambos el códice, que un siglo atrás había salido de aquella misma biblioteca y ahora volvía a ella. Alamanda lo sostenía con reverencia, y, aunque sabía que era su propia agitación la que la hacía temblar, hubiera dicho que el libro vibraba con la emoción del retorno.

—La pestilencia desató el desvarío de las masas —siguió, al cabo, el abad—, y me temo que los judíos, a los que con razón llaman pueblo maldito, pagaron con sus vidas. Me fascina que la comunidad benedictina, en aquellos tiempos, hubiese admitido a un converso. Incluso a día de hoy me resultaría difícil que uno de ellos fuese aceptado en el noviciado.

—Pero no se indica si había otras copias —añadió ella, con cierto desánimo—. Ni siquiera si trabajó en otros libros sobre tintorería.

—No, no lo dice. Supongo que el *Libro de la púrpura* es el único en el que trabajó sobre ese tema. Como ves, sus intereses eran muy variados.

Alamanda bajó los hombros con resignación. Había confiado encontrar las páginas que faltaban y alguna otra pista sobre el origen del pigmento y su producción actual.

—He llegado hasta aquí para nada... Más me valdría haberos mandado un mensajero con una esquela.

El abad Cosimo la miró con simpatía. Le cogió una mano entre las suyas y la invitó a sentarse.

—¿Qué es exactamente lo que buscáis, señora?

Ella se encogió de hombros. ¿Por qué había emprendido ese viaje? ¿Qué esperaba encontrar al otro lado del mar? ¿Qué la empujaba a tierras extranjeras, en pos de algo que no sabía siquiera verbalizar?

—A mí me parece —prosiguió el anciano prior— que buscáis solazar vuestra alma, que la inquietud que os impele nace en vuestro interior, que buscáis iluminación, no riquezas ni saberes. Y eso os hace buena, hija mía. El afán de perfección, sea como fuere que se representa en sus formas externas, es lo que nos acerca a Dios. Decidme: ¿sois la misma persona que antes de partir de Barcelona?

—¿Cómo?

—¿No habéis aprendido nada?

Alamanda pensó en la travesía hasta Palermo, en el amor carnal y espiritual que había nacido en ella y compartido con el capitán Eliseu, en Ladouceur, en la batalla naval y en la breve estancia en Venecia. Y se dio cuenta de por dónde la estaba llevando el sabio prior.

—En efecto —sonrió este, al ver su expresión transfigurada por la epifanía—, el viaje es lo importante; no el destino ni lo que en él se halla. Es más, puede que nunca lleguéis al que creéis vuestro destino, pero en vuestro periplo os habréis acercado a Dios, a la perfección imperfecta a la que un ser humano puede aspirar en este mundo y que no se redondea hasta después de la muerte, que es el tránsito gozoso hacia la Gloria. Dicho lo cual —añadió, tras unos instantes de pausa—, no cejaremos hasta dar con todo lo que esta vieja biblioteca tiene para ofreceros.

Con la ayuda del viejo abad, Alamanda, con renovados bríos, logró localizar varios tratados sobre tintorería. Alguno de ellos le resultaba familiar, pues copias o compendios de ellos los había leído ya en Santa Lidia o en el obrador de Barcelona. Pero otros le permitieron aprender nuevas técnicas y nuevos compuestos, y pidió permiso para copiar algunos textos.

—Oh, no perdáis el tiempo en estas cosas, señora —le dijo Cosimo—. Decidme qué necesitáis y haré que algún novicio lo copie para vos. No os prometo la mejor caligrafía, pero sí que me aseguraré de su exactitud. ¡Sigamos buscando, que esto es apasionante!

—No sé cómo podré pagaros lo mucho que os deberé, padre.

—No me debéis nada, hija mía. ¡Vuestra presencia aquí me ha rejuvenecido veinte años! Las pesquisas, el misterio, el descubrimiento... ¡Sigamos!

—Me interesa conocer, sobre todo, la técnica de tinción. Según el tratado de Bonagrazia, el tinte más preciado se obtenía de unos curiosos caracoles marinos, pero no dice ni dónde encontrarlos ni cómo obtener el color.

—¿Caracoles marinos, decís? Qué curioso... Venid conmigo.

El prior ordenó a un mozo que preparase dos mulos y el viejo carromato para ir a las termas de Abano, a pocas leguas de la abadía. Cosimo le explicó que, en una de las casas de baño de la villa, el propietario había querido ampliar y había hallado unas curiosas estancias enterradas con cubetas de piedra y restos de conchas extrañas.

—¿No lo adivináis? —dijo, con la felicidad astuta de un rapaz—. Debe tratarse de un antiguo obrador romano de algún *purpurarium*. ¡Se me acaba de ocurrir al escuchar vuestro comentario sobre el libro de Bonagrazia!

No les fue difícil obtener permiso del dueño de las termas y pudieron inspeccionar el antiguo taller romano. Alamanda reconoció enseguida las diferentes cubetas para los baños de tinte, la tina de agua fría para aclarar con el canalón que llegaba de fuera, los hornos para calentar, y hasta las estanterías de piedra para secar los paños mientras se asentaba el color.

—¿Y decís que todo esto estaba enterrado?

—Así es, señora —respondió el hombre—. Lo hallé al horadar bajo la acequia de lodo. Pensé que era un antiguo depósito de aguas, como tantos que hay por la villa, hasta que me di cuenta de que era un obrador.

—¿Y las conchas?

El propietario les enseñó un blanco montón de restos de conchas de animales marinos, apiladas en una especie de pozo enorme perforado en el suelo. Alamanda se agachó, y, tras rebuscar un rato, extrajo una concha de caracol marino casi intacta.

—Así pues... ¡es cierto! —dijo, con emoción.

—¿Creéis que habéis dado con vuestros murex? —preguntó el abad.

Ella extrajo de una bolsa su *Liber purpurae* y lo abrió por la página de los grabados. El dibujo del libro de Bonagrazia era idéntico a la concha que ella sostenía en la mano.

—¡Es cierto! ¡Es verdad lo que dice el *Libro de la púrpura*! ¡El tinte se extrae de estos animales!

Temblaba tanto que la concha resbalo de sus dedos y se quebró. Buscó otra entre los restos y acabó hallando dos más en perfecto estado. Pidió permiso al propietario para quedárselas, y le dio unas monedas de plata en agradecimiento.

—Lo curioso del caso —dijo el abad, de camino de vuelta— es que no hay caracoles de este tipo en nuestras costas.

—¿Estáis seguro?

—Segurísimo. Yo me crie en Chioggia, en la costa. Allí se vive de lo que da la mar, no la tierra. Y créeme que conozco cada molusco y cada bicho que habita el Adriático. Siempre he tenido un interés especial por los seres vivos, que me han llevado al estudio de las ciencias naturales desde Plinio hasta nuestros días. Te aseguro que estas conchas provienen de muy lejos. ¿De dónde? Ah, eso ya no te lo sé decir. Quizá hallemos respuesta en algún tratado.

En los días posteriores, Alamanda siguió desenterrando pequeños tesoros en la biblioteca de la abadía que aumentaban sus conocimientos.

—Bonagrazia menciona en su libro que hay otros métodos de obtención de la púrpura, el morado o cárdeno. Me gustaría conocerlos, si es que ese saber se halla escondido en algún rincón de la biblioteca.

Indagando, hallaron recetas interesantes que utilizaban como materia prima las semillas de tornasol, el llamado crotón de los tintoreros. Alamanda sabía que algunos obradores producían con ellas un pigmento llamado *folium*, o *morella*. Las semillas, recogidas en agosto, eran machacadas para obtener un jugo de color carmesí, que luego se aplicaba sobre las telas. Estas se dejaban secar durante nueve días en unas rejillas dispuestas sobre cubetas poco profundas llenas de orina humana. Los vapores de la urea al descomponerse en amoníaco impregnaban entonces el tinte hasta transformarlo en morado. Finalmente, se destemplaba la tela con el color ya fijado en agua y el proceso había concluido.

Otra receta sugería el uso del palo brasil, árbol de las Indias, obtenido en las rutas comerciales de Oriente, para el teñido del cuero de color morado, en combinación con ceniza, vinagre, alumbre y sal, y algún texto mencionaba también el uso de la alholva y el incienso para fijar este pigmento.

Alamanda se hizo copiar todo este recetario y unas docenas de textos más, con los que llenó un volumen de considerables dimensiones que luego un artesano encuadernador de la propia abadía convirtió en un libro para ella.

—En cualquier caso —dijo— no sabré si con estas recetas obtendré el color que busco hasta que no lo pruebe en mi obrador. Y sigo sin avanzar en el tema del origen de los caracoles.

—¡Ah! Sobre este particular, quizá yo pueda ayudaros, señora —anunció una voz casi femenina a sus espaldas.

Ambos se volvieron, sorprendidos, y vieron el rostro lampiño, ruborizado y dubitativo de Paolo, un jovencísimo novicio de aceptable caligrafía que había copiado parte de los textos que Alamanda requirió.

—¿Paolo?

—Veréis, mi señora... Sentí curiosidad por la temática de los textos que hube de copiar y... y recordé que, tiempo atrás, había leído un tratado traducido del griego sobre el comercio con Bizancio. Uno de los productos más mencionados era el de la seda... tintada con púrpura de Tiro.

—¿Púrpura de Tiro? —preguntó ella.

—Sí... Mirad, si me permitís —dijo el muchacho, desapareciendo tras unos anaqueles sin esperar la indulgencia de Alamanda o del prior.

Regresó al cabo de unos segundos con un pequeño libro de tapas bastas sin adorno alguno y lo abrió por una página que tenía marcada.

—Ayer estuve rebuscando este librillo, al acabar de copiar vuestro texto, y di con él. En esta página, ¿veis?, se habla de las fabulosas cantidades que se pagaban en Constantinopla hace unos siglos por las sedas que llegaban de Oriente tintadas del color que vos andáis buscando. Más atrás se dice que Tiro es una ciudad fenicia de la costa donde se recolectaban unos caracoles a los que llaman murex, y que allí se producía el tinte con el que teñían las telas que causaban asombro en los mercados griegos.

—¡Oh, Dios mío! —gritó, de pronto, Alamanda.

—¿Qué sucede, hija mía? —preguntó el prior.

Ella se apresuró a buscar su libro y a pasar hojas con rapidez, hasta que dio con lo que buscaba.

—¡Lo sabía! ¡En el tercer libro! ¡Tiene que ser esto, a la fuerza!

Mostró a los dos hombres el párrafo en el que Bonagrazia hablaba de la leyenda del perro de Eri Aku, el que se manchó el hocico de morado tras triturar unos caracoles en la playa de un lugar que en latín era llamado Tyrum.

—Tiene que ser esto —repitió—. Sin duda, Tyrum es el Tiro del que habláis, el origen de la púrpura. Y decíais que es una ciudad fenicia; mirad aquí: «*In regno Phoeniciem Phoinix*». ¡Durante el reinado de Fénix de Fenicia!

El chico se ruborizó con más violencia al darse cuenta de que aquella extraña mujer extranjera lo estaba mirando fijamente con una expresión alarmante y los ojos abiertos de la euforia. Desvió su atención entonces hacia el prior, como pidiendo disculpas por su atrevimiento, pero fue interrumpido, cuando empezaba a balbucear algo, por el brío con que Alamanda se lanzó hacia él y le dio un estrecho y voraz abrazo. El joven sintió el cuerpo de aquella bella mujer apretujado contra el suyo y creyó que iba a desmayarse; nunca había tenido contacto alguno con mujer que no fuese de su familia.

Revisaron el pequeño códice y hasta dieron con algunos libros más que trataban del comercio textil en Constantinopla. Esa ciudad, sin duda, escondía la clave de la confección y del comercio de la púrpura; allí debía de haber obradores que aún conocieran las técnicas antiguas, y allí podría ella aprender a replicar ese fabuloso color.

—¡Debo partir de nuevo hacia Oriente, padre! —exclamó Alamanda, una vez hubieron constatado que, en efecto, esa ciudad era el epicentro del comercio de la púrpura en la Antigüedad—. Allí hallaré el rastro de este maravilloso color y podré, Dios mediante, aprender a replicarlo con ayuda del *Libro de la púrpura*. Espero y confío que el conocimiento de su producción no se haya perdido del todo; si queda alguien que conozca el secreto de la púrpura, estoy segura de que vive en Constantinopla.

Aquella tarde, cuando regresó a la posada de Chiara Silveria, eufórica por su decisión de proseguir hacia el Oriente, se encontró con Eliseu borracho y de peor humor que un perro lleno de pulgas. Hacía días que la alegría por el amancebamiento había decaído, el ardor amoroso había perdido lustre, sustituido, en el caso de ella, por la excitación de sus descubrimientos y abatido, en el de él, por el tedio de la espera. Mientras Alamanda disfrutaba de sus días en la biblioteca de la abadía, departiendo con el abad Cosimo, Eliseu se sentía abrumado por las horas que pasaban sinsentido en aquella ciudad extraña, encerrado en una pensión o paseando sin rumbo por aquellas calles de gentes retraídas, sin la alegría ni el bullicio de las ciudades portuarias en las que él se sentía a gusto.

Y, quizá porque el ocio es el taller del diablo, se puso a discurrir sobre su situación, exagerando sus desgracias y despreciando sus gracias hasta hacerlas nimias. Por las mañanas, en cuanto Alamanda se iba con Cleofás a la abadía, desaparecía la única razón por la que se hallaba en tierra. Encerrado en sí mismo, sin nadie con quien departir, durante el día creía ser la persona más desdichada de este mundo; una bruma negra como el polvo de hollín cubría sus pensamientos mientras caminaba, y tan solo se aclaraba si, al caer la noche, su amada acudía con algo de brío para ofrecerle amor. Pero ella llegaba cansada, con ánimos solo de contarle con entusiasmo los pormenores de sus hallazgos. Eliseu la escuchaba fascinado los primeros días, relamiéndose en los sutiles movimientos de sus cejas, la viveza de su mirada y la vitalidad de sus labios rojos; la novedad enseguida se volvió rancia, y él trataba de acallarla con torpes besos que ella rechazaba por no hallarse de humor.

Día a día ahondaban sus oscuras reflexiones, hasta que ese anochecer no pudo ya ni forzar una sonrisa a su llegada. Por ella había sacrificado la temporada entera, los beneficios de todo un año. Los gastos de hibernar en Venecia, de haber tenido que licenciar a muchos de sus hombres, de haber pagado el transporte a Nápoles de los reos no manumitidos y de tener que contratar a otra tripulación en primavera en un país que no era el suyo, iban a suponer la ruina a no ser que la temporada siguiente fuese excepcional. ¿Valía la pena todo el sacrificio por esa mujer? No la conocía desde hacía más que unas semanas, cuando se presentó en aquella inmunda taberna y pidió un barco. ¡Qué absurdo!

Como sucede a veces con las pasiones humanas más intensas, de un extremo pasó al otro en pocos días; de la adoración ensimismada más embriagante, pasó a un resentimiento lóbrego. Se sentía utilizado por aquella mujer; su vida había dado un vuelco impensable por razón de las veleidades de Alamanda, quien tenía sus propios objetivos y ambiciones que en nada coincidían con los de Eliseu.

—¿Qué te sucede, amor mío?

La pregunta les sonó extraña a los dos. Era la primera vez que Alamanda lo llamaba así, tal vez cansada, quizá extasiada, por los acontecimientos del día. Y el rudo marinero estalló como la bombarda de Ladouceur. Se levantó hecho un volcán y, con aspavientos exagerados, le echó en cara sus frustraciones, su propia decisión de hibernar en tierra extraña y la imposibilidad de cerrar la campaña con beneficios. Le gritó que se sentía impotente como el eunuco que ahora la acompañaba a todas partes, y pasó entonces a temas más íntimos para lastimarla a conciencia.

—¿Cómo te atreves a mencionar la palabra amor cuando ambos sabemos que nuestro deseo es solo carnal? ¿Qué tenemos en común una dama adinerada de alocadas ideas y destinos con un honrado marinero que lo único que sabe hacer es tratar de ganarse la vida llevando mercancías de un puerto a otro? Ya tenemos edad de no hacernos ilusiones vanas ni imaginarnos protagonistas en baladas de trovadores, ¡por Dios!

Y consiguió zaherirla, tras desconcertarla completamente.

Su primer instinto fue rebelarse, rebatir con saña sus argumentos, como habría hecho con cualquier desacuerdo mercantil. Pero en el terreno sentimental se sentía bisoña, torpe y llena de inseguridades. Se le inundaron los ojos de lágrimas y se derrumbó sobre la cama, de pronto perpleja y exhausta.

Aquellas gotas plateadas rompieron a Eliseu. Su enojo se quebró como un pedazo de cristal. Balbució alguna incoherencia mientras la mujer se desplomaba sobre el lecho y hundía su cara entre sus manos. Los miedos y las dudas de ambos afloraron en aquella buhardilla amplia que tanto placer les había dado compartir. El marino sintió náuseas, como la vez que recibió el conejo crucificado de Ladouceur, y tuvo que sentarse para no perder el equilibrio.

Yacieron juntos consolándose el uno al otro, con movimientos lentos y deliberados, pidiendo perdón con cada beso, ella por haberle arrastrado a su loca aventura, él por haber tratado de herirla con sus palabras. Y se saltaron el ágape vespertino por yacer juntos otra vez. Y luego otra, hasta que el amanecer los sorprendió sudados y exhaustos, brazos y piernas entrelazados, dormidos de puro agotamiento, los cuerpos calientes y viscosos, los ánimos calmados.

Pero algo se había roto aquella noche, y ambos lo supieron de inmediato.

Alamanda pidió a la viuda un barreño de agua tibia para lavarse, y Eliseu se ofreció a subir los cubos hasta el piso superior. Le lavó el pelo cobrizo con mimo, y ella insistió luego en lavar el de él. Tardó casi una hora en desenmarañar el pelo negro y fuerte del capitán, curtido por el salitre y la intemperie, aceitado por óleos baratos que de vez en cuando se aplicaba al visitar algún puerto.

Se rieron, pero con un deje de tristeza. Se vistieron uno frente al otro, con la familiaridad de un matrimonio añoso, y se sonrieron con la mirada cansada y una gran incertidumbre sobre el futuro que debían esperar.

Ese día Alamanda no fue a la abadía. El tiempo era fresco pero agradable, con una brisa de levante cargada de humedad que a Eliseu le puso enseguida de buen humor. Pasearon por la vieja Padua sin prisas, admirando sus iglesias, las ruinas de los baños romanos, la catedral de San Antonio. Oyeron misa juntos en una pequeña capilla cerca del puente de Torricelle y recibieron las miradas de los fieles poco acostumbrados a gentes de fuera.

Al volver a la pensión, comiendo unas curiosas trenzas hechas de sémola de trigo, hervidas con agua salada y aderezadas con guisantes y pedazos de tocino fritos en aceite de oliva, Alamanda dio por fin el paso y le expuso con cierta prevención su plan de viajar hacia Oriente, a Constantinopla.

—No espero que me acompañes —añadió, ante la mirada llena de perplejidad de él—. Tendré que buscar pasaje...

—¿A Constantinopla? ¿La ciudad imperial?

—Estoy segura de que allí encontraré por fin los secretos del tintado de púrpura. En Occidente hace tiempo que se perdió ese conocimiento, y no hay nada más para mí ni en Padua ni en Venecia.

—Pero el invierno acecha. Deberéis esperar a la primavera antes de...

—El comercio veneciano nunca se detiene. Es cierto que hay menos movimiento, pero estoy segura de que sabré hallar pasaje a bordo de algún navío. No puedo esperar tres meses a que reabran las rutas. Me moriría de aburrimiento.

Él quiso responderle que llevaba casi un mes soportando el tedio de aquel otoño lluvioso en tierra extraña mientras ella disfrutaba con sus pesquisas, pero no quiso abrir la caja de los truenos otra vez. Sentía que brotaba de nuevo en él la furia que lo había hecho estallar la noche anterior, y por ello se dio cuenta de que, a pesar de haber hecho las paces, las cosas no iban bien en su relación con Alamanda, pues algo rebullía en su interior que más parecía odio que amor.

Acabaron de comer en silencio, cada uno enfrascado en sus pensamientos. Al romper la tarde, Alamanda explicó que se iba a la abadía a despedirse del buen abad Cosimo da Volterra, pues ya no tenía más que hacer allí y pretendía volver a Venecia a sondear qué posibilidades tendría de embarcar cuanto antes.

Aquella noche, a su regreso, Eliseu le dijo que había decidido acompañarla, que el viaje era una locura, pero que no soportaba la idea de quedarse todo el invierno en aquella tierra y prefería echarse de nuevo a la mar.

—Y que sea lo que Dios quiera.

—¿Por qué pedís mi opinión, señora? No soy más que un esclavo.

—Oh, pero Cleofás, jamás osaría arrancarte de esta vida si tú no lo deseases. Por Dios, que antes que esclavo eres un hombre creado a imagen y semejanza del Todopoderoso.

Estaban de vuelta en Venecia, preparando el viaje hacia Oriente. Eliseu, aún refunfuñando, había accedido a buscar una tripulación ante el inminente invierno. La República veneciana era el lugar adecuado para hallar hombres rudos capaces de bogar en cualquier época y clima. Y, por otro lado, la idea de hacerse a la mar, aunque fuera en aguas desconocidas y en invierno, lo atraía mucho más que las cuatro paredes de la pensión de Padua. Además, Alamanda había prometido cargar con todos los gastos de la expedición, y para probar que podía permitírselo, le mostró una carta de crédito que, por mediación de Borgato, un banquero veneciano le proporcionó.

Había vuelto a instalarse en el *palazzo* del mercader en la Giudecca, esta vez sola, mientras el capitán buscaba aposentos cerca de las atarazanas. Se había dado cuenta de que se sentía mucho más segura con alguien como Cleofás a su lado, y el hombre le había caído en gracia. No era muy inteligente, pero parecía fiel como un cachorro. Y lo más importante era su fortaleza y la imponente figura que presentaba ante cualquier peligro; la daga de Feliu era buena protección, pero sospechaba que en el Oriente se enfrentaría a peligros para los que no estaba preparada. Borgato le aseguró que Cleofás era ducho con el cuchillo, y que, si se le trataba bien, su fidelidad estaba asegurada. Sondeó al mercader veneciano para saber si estaría dispuesto a desprenderse de él por un precio justo, aunque antes de cerrar el trato tuvo la inusitada deferencia de preguntar al esclavo si estaba de acuerdo con cambiar de dueño y de aires.

Su respuesta fue mesurada y prudente, cosa que agradó a Alamanda. Le dijo que la tenía por buena ama y que, si era su voluntad, la serviría con devoción y respeto.

La transacción se saldó con el pago de ocho florines, una fortuna. Pero Borgato era hábil negociando y puso muchos reparos a perder tan valioso siervo. Alamanda no regateó, pues sabía que se hallaba en desventaja; quería contar con Cleofás fuera como fuese.

Cuando se lo comunicó, Cleofás se encogió de hombros y no dijo nada. Llevaba toda la vida perteneciendo a alguien, y había llegado a aceptar esa situación como normal. De ahora en adelante serviría a aquella extraña dama extranjera, y lo haría con la misma dedicación con la que había servido siempre a sus señores. La única novedad, en el presente caso, era que se trataba de una mujer.

Zarparon con buen viento y mala mar, rumbo sur por el Adriático, la galera reparada con buen tino, las bodegas llenas y una chusma renovada con remeros de todos los reinos de la cristiandad y de las tierras mahometanas. Alamanda se hizo cargo de los gastos, e hizo una provisión de fondos generosa para dotar de beneficios al capitán. El banquero ligur que atendió sus asuntos en Venecia, a instancias del signore Borgato, le previno que su crédito se estaba agotando, pues su obrador todavía no había mandado cargamento alguno y los clientes eran reacios a emitir cartas de comercio sabiendo que ella ya no regentaba el negocio. Además, tampoco parecía que sus ventas locales fueran lo que habían sido antes del incendio. Preocupada, escribió una breve nota a su tesorero Enric, con palabras para Marina e instrucciones para que, desde entonces, mandasen la correspondencia al representante de Borgato en Constantinopla.

Eliseu estaba nervioso. Nunca había navegado más allá de Dalmacia y le habían advertido de las traicioneras corrientes del Egeo en esa época del año. Por suerte, su fiel Jofre, el maestre, que se había quedado en Palermo el día de su huida precipitada, había llegado a Venecia tras seguir el rastro de su capitán en Ragusa. También convenció a Josué, al piloto Bertrand y a algún otro oficial de interrumpir su invernada y embarcar con él. Tuvo que contratar a un nuevo cómitre, pues Sebastián de Tolosa había partido hacía semanas en una galera napolitana. Hasta diecinueve hombres aceptaron bogar en su tripulación de nuevo tras saber que Alamanda iría a bordo.

Aun así, aquellas aguas eran desconocidas para todos ellos, el rumbo incierto y las condiciones muy duras. Como no llevaban carga comercial, equiparon las bancadas con braseros cada cuatro filas, reduciendo el número de bogadores a sesenta y seis. Así resultaba más barato, y tampoco tenían por qué romper brazos en singladuras demasiado largas.

Borgato les dio un par de cartas de visita para enlaces comerciales de sus negocios y les recomendó que buscasen alojamiento entre los venecianos o cerca de la judería de Vlanga, donde estaban las tenerías y talleres de entintado.

—No se os ocurra meteros en el Gálata, signora, al otro lado del Cuerno del Oro. Allí viven los genoveses, que son todos traicioneros por naturaleza. Me fío más de los asesinos de Cristo que de aquellos hijos de Satanás.

—La competencia por el comercio que viene de Oriente es feroz entre Venecia y Génova —le explicó, más tarde, el capitán Eliseu—. Aunque hablan el mismo idioma, unos y otros no se pueden ni ver.

Navegaron sin novedad durante seis días, soportando el relente y la humedad, siempre cerca de alguna lumbre de las muchas encendidas en la galera para desentumecer los dedos. El frío era atroz, y se permitía a los remeros realizar pausas para calentar sus manos cada dos horas. Hicieron una escala de repostaje en Brindisi, a la sazón un hervidero de napolitanos, aragoneses, catalanes, venecianos y griegos, y reanudaron la navegación al día siguiente con el alba. Un marinero heleno se unió a la tripulación como proel, pues conocía bien el Egeo, y les advirtió de que el viento del norte podría traer tempestades en un par de jornadas.

La mar embraveció nada más doblar la punta meridional de Citera, isla bajo soberanía veneciana, y se tornó de color de plomo. Las olas coronaban sus crestas con espuma gris, y el viento del norte, racheado y feroz, golpeaba las bancadas de babor. El capitán dispuso las velas para navegar dando bordadas y mandó recoger los remos terceroles para dar descanso por turno a sus hombres y permitir que la sangre volviese a sus extremidades. Bertrand, el piloto, necesitó la ayuda de dos hombres en el timón de codaste para mantener el rumbo hacia levante.

—Esto no me gusta nada —le confesó Josué a Alamanda en cuanto empezó a diluviar.

Ella lo miró con curiosidad. No había experimentado ninguna tormenta en alta mar, y, aunque las olas empezaban a elevarse más de lo acostumbrado, le pareció que la galera las hendía con cierta gallardía, cabeceando un poco, pero sin encabritarse. Y su tripa debía de haberse acostumbrado al vaivén, pues no sufría de momento los mareos que la habían martirizado al inicio del viaje. Observó al capitán, que no le había dirigido la palabra desde que zarparon más que por obligada cortesía. Notaba cómo tensaba los músculos de la quijada y cómo emblanquecían los nudillos de sus manos cuando agarraba la balaustrada. Aunque nadie hablaba, la tensión era espesa como un baño de glasto.

De pronto, una batiente se elevó por encima de la proa y estalló en cubierta. La nave cabeceó y se hundió de cara ante la siguiente ola, que crecía por encima de la arrumbada. Un trueno estalló en sus oídos, parido en las entrañas de alguna nube, y la lluvia arreció de repente.

—Mi señora, os aconsejo que os metáis en la camarilla de popa —le advirtió Josué—. Esto se va a poner muy peligroso.

Ella dijo que quería quedarse allí por si podía ser de utilidad en algún momento; la realidad era que prefería ver qué estaba ocurriendo a encerrarse y no saber. Cleofás, a su lado sufría por su nueva ama.

Bertrand pidió que lo atasen junto al timón de codaste para no ser barrido por alguna ola mientras trataba de mantener el rumbo; abajo, en las bancadas, el nuevo cómitre se esforzaba por mantener la disciplina y el ritmo de boga con ayuda de los espardeles, sus dos marinos de confianza que de frente a los demás, se encargaban de marcar el ritmo que él ordenaba. Pero algunos terceroles, ateridos de frío y temerosos de ser arrastrados por encima de las postizas, habían abandonado el remo y se encaraban con el oficial.

Todo se desató en unos instantes. Eliseu ordenó arriar la vela y recoger los remos postizos, los de segunda fila, dejando solo los de los bogavantes, que remaban más a resguardo para que tratasen de mantener el rumbo. Así resultaba más fácil la coordinación y había brazos sobrantes para ayudar en la boga. El casco de la *Santa Lucía* empezó a crujir con cada embate; la proa se elevaba hasta ponerse casi vertical, apuntando a las nubes, y caía de súbito en el valle entre las olas. Cleofás, mostrando una iniciativa que no se le suponía, agarró con fuerza a Alamanda y se la llevó a rastras hasta el camarote, toda vez que el peligro de caer por la borda era ya muy real. Ella no protestó, pues empezaba a temer por su vida ante el cariz de la tempestad. El esclavo, en cuanto dejó a su patrona salva, salió y se dobló sobre la regala a vomitar.

Desde el confinamiento de la estrecha estancia, Alamanda sintió el rugido del aguacero y el soplo afilado del vendaval. Oyó crujir las cuadernas, el griterío de los hombres y las órdenes desesperadas de los oficiales. No tardó en darse voz de hombre al agua, y se hizo varias veces. Ella lloró de miedo en su pequeña celda y rezó por todos ellos a su patrona santa Lidia.

Sobre el tabladillo, Eliseu se desgañitaba por mantener la disciplina de una tripulación presa del terror. Alguno de los marineros se arrodillaba y se encomendaba a su santo patrón entre lágrimas; un par de hombres trataron de desasir el batel con la absurda idea de que estarían mejor en un frágil esquife que en aquella recia galera, pero una ola los arrastró al mar antes de que algún oficial pudiera disciplinarlos. El pañolero subió desde la bodega para advertir, con la voz rota, que un genol se había desencajado y el barco hacía aguas. El capitán ordenó al calafate y a los carpinteros que bajasen a ver qué se podía hacer. Uno de los remos, mal sujeto, se dobló hacia el interior con furia, empujado por un golpe de mar, y arrancó la cabeza a uno de los curulleros de proa. Su compañero empezó a gritar como un orate antes de ser acallado por el azote inesperado de un cabo suelto, que le cruzó la espalda y lo marcó para siempre.

Es ese instante se quebró el palo mayor, pues la vela se había soltado y aleteaba histérica sin que los hombres pudieran hacer nada por controlar sus latigazos. El crujido se escuchó por encima de la bataola del temporal; Alamanda creyó que se le había partido un hueso, tan dentro de sí llegó a sentirlo. Cleofás, con la cara desencajada por el mareo, que no por el miedo, entró para abrazar a su ama y protegerla con su enorme cuerpo de eunuco. Mientras el mundo se deshacía en pedazos a su alrededor y el agua parecía invadirlo todo, ella se sintió segura entre aquellos brazos inmensos totalmente desprovistos de pelo.

Nueve horas duró la brega; nueve horas en el Infierno, reclamados por el abismo de Neptuno y asidos de la mano de Dios. Siendo negra noche ya, pareció que amainaba. El silencio a bordo devino entonces horripilante, doblegados los ánimos de los supervivientes por la crueldad de la mar.

La galera llegó renqueante al puerto de Teodosio, al sur de la ciudad imperial. Las gentes de otros navíos y de los muelles observaron con asombro la masa de tablones flotantes en que se había convertido la *Santa Lucía*. El andrajoso velamen yacía desparramado en la cubierta, varios de sus cabos arrastrados en desorden por el agua. Tan solo unos veinte remos por banda, algunos enderezados con tablas claveteadas, daban algo de empuje al navío. Los rostros de los tripulantes que quedaban a bordo reflejaban, sin excepción, el horror vivido y la cercanía de la muerte.

El día era desapacible y gris, pero había abonanzado y el mar estaba relativamente quieto. Abajo, en la bodega, media docena de exhaustos marineros accionaban sin parar las bombas de achique para no zozobrar, y alguno colaboraba al desaguado con un balde de madera.

Josué, el calafate, y el único carpintero que quedaba a bordo, trabajaban sin descanso para tapar vías de agua. Los heridos, que daban gracias a Dios por seguir con vida, se amontonaban en la crujía, alguno de ellos más cerca del Paraíso que de sus hermanos. Habían perdido a treinta y siete marineros, algo inusitado en un navío que no se había ido a pique. El capitán Eliseu, a quien una batiente barrió de la toldilla de popa y solo sobrevivió porque pudo agarrarse a una de las batayolas, tenía los ojos enrojecidos y la mirada perdida. Su querida *Santa Lucía* estaba herida de muerte; no había atarazana en el mundo que pudiese repararla; sería menos costoso construir una nueva galera que reparar aquella.

Alamanda, aún temblorosa y con algo de fiebre, se acercó a él y posó con delicadeza su mano sobre la del capitán. Este la retiró de inmediato, como accionado por un resorte, sin tan siquiera mirarla.

Atracaron con la línea de flotación rozando los bacalares. El proel ató el cabo al muelle y los hombres pusieron pie a tierra con premura. Eliseu ordenó vaciar la bodega y todos los enseres, y en buena hora lo hizo, pues aquella misma tarde, sin manos que achicar el agua, la mar reclamó por fin a la vieja *Santa Lucía*, que se hundió allí mismo, junto al malecón, muerta tras una última singladura de espanto.

El capitán fue el último en desembarcar. Observó con gesto serio la desaparición de su amada nave, oyó sus quejidos de madera vieja y el dolor de unas cuadernas que habían llevado a puerto a su amo sin desfallecer hasta verlo sano y salvo en tierra firme. Alamanda lloraba en silencio unos pasos más atrás, con Cleofás a su vera. Se le acercó Josué, encanecido prematuramente, con las manos en carne viva y atufando a pez caliente.

—No debisteis obligarlo a emprender este viaje —le dijo, con agria aspereza en su voz.

—Pero si yo no... no lo obligué —protestó ella, sorprendida por la hostilidad de aquel hombre al que consideraba, si no un amigo, sí alguien en quien confiar.

—Vos habéis sido su condena, mi señora, y perdonad que os lo diga. Perdió la sesera por vos como nunca había visto a un hombre hacerlo por mujer alguna. Deberíamos estar gastándonos los provechos de la temporada en una taberna de Barcelona en vez de hallarnos perdidos y sin blanca en este rincón del mundo. Estamos arruinados, mi señora, y vos sois la causante de nuestra ruina. Solo Dios sabe cuánto tiempo nos va a costar salir de aquí para poder regresar. Quizá no vuelva a ver mi casa nunca más. Esta locura no tiene ni pies ni cabeza...

Antes de que ella pudiese responder, el agotado calafate dio media vuelta y fue a perderse en aquella ciudad extranjera con los demás oficiales, todos ellos convertidos en vagabundos sin rumbo ni esperanza.

Alamanda comprendió entonces que Eliseu debía estar pensando lo mismo, que él y todos aquellos marineros la culpaban a ella de su desdicha. Y, de repente se sintió muy sola de nuevo.

Sola, y en tierra extraña.

V

Constantinopla, 1446

Sola. Completamente sola en esta ciudad bulliciosa y chocante, donde la gente viste con suntuosidad mas no tiene qué comer al día siguiente.

Constantinopla mejor podría llamarse Babel, pues se hablan en ella mil lenguas que desconozco. Los griegos son arrogantes, engreídos y tocados por la mano de Dios. Se creen inexpugnables tras las formidables murallas que, se dice, han resistido mil años de asaltos. El Imperio es eterno, se oye en las calles. Quizá sea cierto...

Hice bien en instalarme en la Propóntide nada más llegar, pues, aunque los efluvios de las tenerías llegan hasta allí, estoy cerca del puerto y de la judería, lo cual ha sido una bendición para mí. Quién me iba a decir que hallaría solaz entre los asesinos de Cristo, esa raza maltratada de la que yo solo tengo cosas buenas que contar.

Arruiné al capitán Eliseu con mi apremio, con mi alocada idea de venir a la ciudad imperial en pleno invierno. Lo sé, y me arrepiento de ello. Entiendo que no quiera saber más de mí, pues su modestamente próspera vida de comerciante ha quedado destrozada por mi insensatez. Me lo echó en cara de la manera más cruel, buscando las palabras para herirme en lo más profundo. Me llamó «arpía ambiciosa», «serpiente del Paraíso» y alguna que otra lindeza soez. Me acusó de haberlo seducido y haberlo arrastrado a una vida de indigencia. Lo peor, aquello que no creo que pueda perdonarle jamás, es que intentó venderme una noche como si fuese una meretriz de su propiedad, lo que revolvió en mi memoria recuerdos de la vez que me vendieron como esclava, y Dios sabe que hube de contenerme para no rebanarle el cuello allí mismo con mi daga.

Cierto es que las cosas ya no iban bien entre nosotros desde aquella noche en Padua, en la pensión de la buena Chiara, cuando quiso zaherirme para airear sus frustraciones. Y yo no lo obligué a acompañarme; fue él quien saltó ante la oportunidad de hacerse de nuevo a la mar, aunque fuera en mala época y hacia tierra extraña. La tempestad que casi acaba con nosotros le rompió el ánimo, y acabó con lo que más quería en esta vida: su hermosa Santa Lucía, su orgullo, su pasión. Me culpa a mí de su destrucción, y tal vez esté en lo cierto. Nunca podré olvidar su mueca de desprecio la última vez que lo vi, cuando, después de una agria discusión, me dijo que esperaba no volver a verme jamás...

Lloré durante semanas enteras por todo ello, mientras una espesa capa de nieve blanca y silenciosa como las plumas de un cisne cubría toda la ciudad, como para protegerla de los golpes de la vida. Casi por inercia, con todos los sentidos embotados, busqué y hallé habitaciones en Amastriana, cerca del Foro de Teodosio, justo detrás de la judería de las colinas de Vlanga. Alquilé cuatro estancias amplias y más o menos limpias, y dispuse uno de los cuartos para Cleofás, mi eunuco. Este, que nunca en su vida había dormido en una cama, optó por echarse en el suelo las primeras noches sobre un poco de paja o retazos de lana, hasta que lo convencí de que estaría mejor sobre el colchón de borra. Creo que le da vergüenza que lo trate como a un hombre libre, como a un criado, pero ya le he dicho muchas veces que lo dejaré en libertad cuando me lo pida, que solo debe seguirme si así lo desea. Yo también fui esclava de niña, aunque me da apuro contárselo y no lo he hecho todavía; pero quiero decir con ello que sé cómo se rebelaba mi espíritu ante tal condición.

En cuanto me repuse suficientemente y volví a tomar las riendas de mi destino, escribí a Barcelona para asegurarme que los negocios en el obrador iban bien. Había notado que mi crédito disminuía, que los cambistas eran reticentes a aceptar mis letras, y ello se debía, según supe, a que el obrador todavía no era capaz de servir pedidos a mi red de representantes, y quise saber por qué. En primavera recibí respuesta de Enric; al parecer, mi buen amigo Albert Muntallat, el prohom del Gremio, había enfermado de gravedad, y algunos maestros tintoreros habían aprovechado la circunstancia para sabotear mi taller. Me informaba Enric que Marina, con brío y fuerza, había revertido la situación con la ayuda de Muntallat, cuando este se recuperó, y que podía esperar que todo volviese a la normalidad en unos meses. Me alegré, pues no sabía yo cuánto tiempo iba a quedarme en aquella ciudad, y necesitaba disponer de algo de dinero.

Ese primer invierno fue muy duro. La nieve apenas me dejaba salir de mis aposentos; la ciudad estaba paralizada, y yo estaba tan aturdida que no sabía qué estaba haciendo en ese rincón del mundo ni a qué había venido. Una noche, por desidia, me quedé sin leña para el hogar, y se me congeló el agua de la jofaina. Yo apenas contaba con un par de frazadas y pensé que iba a morir congelada. El bueno de Cleofás debió sentir el repiqueteo de mis dientes, porque entró en mi habitación sin pedir permiso y me envolvió con su inmenso cuerpazo hasta formar un capullo, en el que, como crisálida, dormí caliente y segura. Empecé a sentir afecto por el bueno de Cleofás, y me congratulé por haber tenido la vista de adquirirlo en Venecia. No hablaba mucho, pero yo le contaba mis frustraciones y desvelos. Creo que tener a alguien que escuche es ya de por sí un remedio contra la tristeza.

Por fin se retiraron las nieves y la ciudad imperial volvió a la vida. Por fin espanté las brumas de mi mente y me hice con el control de mi vida. Por fin supe que emprendí ese viaje con un único objetivo y me dispuse a afrontar mi destino.

A pesar de que Constantinopla es una ciudad tan vasta, enseguida supe orientarme en ella, pues está construida en forma de

espina de pez, con la avenida Mese (literalmente, «la de enme-
dio») haciendo de columna vertebral. Todas las calles importan-
tes desembocan en la Mese, con lo que, si una se pierde, es bas-
tante fácil reencontrar el camino. Aquellos primeros días, tras el
deshielo, sintiendo el aire fresco del mar Negro por el norte, an-
duve sin rumbo para conocer la villa. Cleofás me seguía, unos
pasos por detrás, aunque yo nunca se lo pedí. Se había convertido
en mi ángel guardián, y reconozco que me daba mucha tranqui-
lidad saber que estaba allí, a mi espalda, cuidándome. Visité el
Gran Palacio, o lo que queda de él, sombra de lo magnífico que
debió de ser en tiempos pretéritos, junto al hipódromo, en el cual,
me informaron, diversos equipos de la ciudad competían feroz-
mente por la Copa del Emperador animados por docenas de mi-
les de fieles seguidores que, en más de una ocasión, llevaron la
rivalidad más allá de lo aconsejable hasta organizar escaramu-
zas, revueltas y destrozos. Vi la estela del Milion, el punto desde
el que se miden todas las distancias del Imperio, y paseé hasta la
indescriptible Santa Sofía, la mayor iglesia de la cristiandad, tan
elevada, tan etérea, tan luminosa, que parece construida por án-
geles del Cielo. Aunque toda la ciudad tiene un cierto aire deca-
dente, pues el Imperio ya no es tan poderoso como lo fue antaño,
la sola presencia de Santa Sofía en la ciudad proclama al mundo
que Constantinopla merece ser considerada la ciudad más prodi-
giosa del universo, el punto de unión entre Oriente y Occidente,
el cruce de caminos de tantos peregrinos a uno y otro lado del
mar.

Era evidente a primera vista, sin embargo, que Constantino-
pla era ya una ciudad cuyos mejores momentos yacían en la me-
moria del pasado. El poder imperial se mantenía solo dentro de
las murallas; en su interior, la diezmada población habitaba ba-
rrios deslavazados que lindaban con pastos, campos y huertas
salpicados por ruinas de antiguas mansiones. Los bizantinos es-
taban a la sazón amenazados por los belicosos búlgaros por el
norte y por los otomanos en los otros tres puntos cardinales. Estos
eran musulmanes a las órdenes del joven sultán Mehmet que ya

ocupaban buena parte de los Balcanes, dividiendo en dos a los cristianos. Los bizantinos vivían en su mundo cerrado e irreal, de lujo extravagante y ceremonias milenarias, creyéndose elegidos por Dios y confiando que serían capaces de hacer frente a cualquier invasor como habían hecho en los últimos mil años. La ciudad estaba bien protegida del exterior, con sus impresionantes murallas dobles, abundancia de comida producida en sus huertos y campos y las enormes cisternas con agua potable que se mantenían siempre llenas. Pero la vida en la compleja urbe nunca era fácil; buscavidas y rufianes de la peor ralea acechaban en sus calles y rincones, dispuestos a desplumar al más incauto y a matar por un puñado de oro. Los prostíbulos eran casi espectáculos públicos que yo siempre vi muy concurridos, y se comerciaba sin pudor en las iglesias. Algunas veces, se organizaban en la urbe espectáculos grotescos por su extravagancia, como aquella vez en la que pude admirar animales que yo creía fantásticos, pero que existían en realidad, como los inmensos elefantes, las jirafas de cuellos imposibles y los rinocerontes con un cuerno en la nariz. Pero todo estaba teñido de una pátina de abatimiento, de añoranza de tiempos pasados, como si la propia ciudad fuese una vieja abuela contando a sus nietos lo guapa que era de joven y cuántos mozos la cortejaban.

En cualquier caso, Bizancio era también un hervidero comercial. Cada día se hacían y se deshacían inmensas fortunas, pues todo el comercio del mundo conocido pasaba por sus puertas; seda, pimienta, jengibre y perfumes de Oriente; armas, plata, lana y cuero de Occidente; y, de África, sal, esclavos, maderas y animales exóticos en jaulas de oro. En la ciudad habitaban gentes de todos las razas y tribus del mundo, y se hablaba en griego, latín o árabe sin distinción. Me vivificó ver el bullicio que animaba los mercados y, aunque el dinero escaseaba en muchos bolsillos, se cerraban siempre jugosos tratos fuera cual fuese la mercancía ofrecida.

Con esos bríos, quise visitar obradores de tintorería, para ver si eran prósperos y aprender de sus técnicas. Muchos de ellos estaban en la judería o cerca de ella, pues usaban las aguas del río Lycos que cruzaba la ciudad de norte a sur. En ese tramo, desde la antigua muralla de Constantino hasta su desembocadura en el puerto, el río ha sido soterrado y transcurre por un túnel, por lo que cada taller tiene su propio ingenio para extraer el agua, algunos realmente astutos. La mayoría usan lo que llaman el tornillo de Arquímedes, pero los hay que han construido complejos sistemas de bombeo para hacer subir el agua hasta las tinas. El hecho de que el río esté cubierto hace que sus aguas estén bastante limpias, porque las fecales se echan al mar por cloacas construidas en paralelo.

A través del hombre de confianza del signore Borgato, un atildado veneciano llamado Domenico Piatti, me recibieron en el que decían que era el mejor taller de tintorería de Constantinopla, el obrador Zimisces.

—Y de toda la cristiandad, me atrevo a decir —afirmó Piatti, al que enseguida tuve por pomposo y poco de fiar.

Me mostraron sus técnicas, que no diferían mucho de las nuestras, y pregunté después por el color púrpura. Se me paró el corazón cuando me contaron que allí producían el mejor tinte púrpura que se había visto jamás, que era un proceso caro y muy laborioso y que me lo mostrarían al día siguiente, cuando debían preparar uno de los baños.

Pasé esa noche en vela, ansiosa por lo que iba a ver al día siguiente. ¿Era posible que, por fin, fuese a descubrir el secreto que encerraba el Libro de la púrpura? ¿Iba a hallar tan pronto lo que anduve buscando desde que encontré el libro del abad Bonagrazia en Sant Benet de Bages?

Fui recibida por el maestro del obrador, Ioannes Zimisces, un hombre bastante joven, solo unos años mayor que yo, de ojos claros y barba afilada, que quiso conocer de mí y revisó mis credenciales. Vi que se mostraba reticente a desvelar sus secretos a una desconocida, a pesar de ir acompañada de su mejor cliente, el veneciano Piatti, y aquello me agradó: yo habría sentido la misma desconfianza si a mi taller se hubiera presentado un extranjero pidiendo conocer mis recetas. Mas pronto me gané su confianza al comentarle algunas técnicas que yo consideraba novedosas y que él entró a debatir conmigo. Vi que conocía muy bien su oficio y que poca cosa podía aportarle, lo cual elevó mi ánimo.

—Me dice el signore Piatti que os interesa la púrpura —hablaba un perfecto latín, mucho mejor que el mío—. Precisamente hoy vamos a preparar un baño de tinte. Será un honor para mí que sigáis el laborioso proceso si os place, mi dama.

Me llevaron a una sala de techos bajos, soportada por columnas y arquivoltas de ladrillo cocido, mucho más amplia que la farga del convento de Santa Lidia. El hedor era pungente, hiriente al inhalarlo, y me costó algunos minutos superar las náuseas que, de pronto, sentí al entrar. La estancia se ventilaba con unas aspas de molino puestas en cada extremo que accionaba la fuerza del agua y que proveían de una brisa constante al taller. En una esquina, pusieron a hervir ocho arrobas de fibras de algodón en lejía y ceniza durante unos minutos, y, tras enjuagar y secar, las remojaron en un licor macerado de salicornia mezclado con excrementos de oveja y aceite de oliva. Este proceso lo repitieron tres o cuatro veces. Yo me estaba preguntando cuándo vería los caracoles marinos para el tinte, pero entendía que aquello era el proceso de preparación previa de las fibras y quise verlo hasta el final.

Tras la última inmersión de las fibras, añadieron crémor tártaro a la mezcla y repitieron el proceso tres veces. Me di cuenta de que preparaban los tejidos con más paciencia y empeño que nosotros, y me pregunté si aquello ofrecería mejores resultados con el tiempo. Pedí permiso para hacer algunas anotaciones en mi cuaderno, porque no quería olvidar nada.

En cuanto estuvieron secas las fibras, se trataron con polvo de nueces de agalla, con lo que las oscurecieron. Las volvieron a lavar y secar, y después las sumergieron en alumbre y cenizas de fresno. Otro lavado, otro secado, esta vez sobre una plataforma de barro cocido dispuesto sobre unas brasas, y, por fin, llegó la hora de mi gran decepción...

Con consternación, vi que no usaban caracoles marinos para el tinte, sino, simple y llanamente, extracto de rubia, o granza, la misma planta, quizá de una variedad diferente, que usábamos nosotras en el obrador de Barcelona para obtener el color rojo. Observé, a pesar de que me daba vueltas la cabeza, que añadían un poco de sangre de oveja al baño de tinte, lo cual, unido al tratamiento con ceniza y agallas dio como resultado un color escarlata de cierto interés, pero muy alejado del tono púrpura que yo andaba buscando. Me aseguraron con mucho orgullo que el propio emperador Juan lucía telas tintadas de ese tono del obrador de Zimisces.

Traté de disimular mi decepción, alabé como pude su desempeño y me retiré a mis habitaciones con un pedazo de paño rojo todavía húmedo que me obsequiaron en el taller.

Si eso era lo más parecido a la púrpura de mi libro que iba a encontrar en aquella ciudad, mi misión iba a ser un fracaso.

Casi todas las iglesias de la capital decían misa según el rito griego, pero Alamanda averiguó que en Santa Brígida, una iglesia latina cerca del Foro de Constantino, un religioso oficiaba siguiendo la liturgia romana. Le gustaba sentirse cerca de casa acudiendo a celebraciones religiosas en latín, pues, aunque se empeñaba en apartar de su mente la tristeza, sentía cierta añoranza de Barcelona y sus gentes, de Marina, Enric, Albert Muntallat y el *mossèn* viejo y encorvado que le daba la comunión siempre con una sonrisa en la ermita de Sant Cugat del Rec. Pero, sobre todo, muy a su pesar, echaba de menos al capitán Eliseu, a aquellas noches de Padua que dormía acurrucada y desnuda entre sus brazos, sintiéndose feliz, exultante en su aventura.

Subió por la Mese hasta la Segunda Colina, admirándose de nuevo de estar paseando por aquella ciudad imperial tan exótica y lejana, como una vecina más, y sintió cierto orgullo falaz por su osadía y ambición. Era consciente de que todavía no había logrado nada, pero el solo hecho de haber iniciado el periplo, de hallarse tan lejos de casa, sabiendo desenvolverse sola, la llenaba de fe en sí misma y se sonreía.

Mientras pensaba en la tierra que había dejado atrás, oyó una conversación en su lengua materna, ya a las puertas de Santa Brígida, y se volvió con la respiración algo agitada. Eran dos jóvenes soldados del cónsul catalán Joan de la Via, que subían desde la colonia. Ella los interceptó, de pronto sedienta de hablar con compatriotas, invadida por la nostalgia. Conversaron algunos minutos, contándose mutuamente el porqué de su presencia en Constantinopla, ellos expresaron admiración por la audacia de ella y le informaron de que eran unos trescientos catalanes en la colonia, casi todos arremolinados en torno a la residencia del cónsul, cerca del puerto Juliano.

Uno de los chicos se disculpó al cabo, porque tenía prisa para volver, pero el otro, un jovencito de buen ver al que apenas asomaban unos pelos desordenados de color pajizo en la barba, anunció que se llamaba Bernat Guifré y estuvo encantado de escoltar a tan bella dama al interior de la iglesia. En la penumbra del atrio se despidieron; ella se fue hacia la zona delantera, la de las mujeres, y él, al que no se veía muy devoto, se quedó discretamente en una esquina por si le entraban ganas de largarse.

Animada al comprobar que no estaba tan sola y que tendría con quien hablar de vez en cuando, Alamanda se sumergió de lleno en la liturgia para dotar de algo más de paz a su espíritu convulso. La iglesia emanaba un agradable olor a incienso, de una variedad más dulzona que el que se usaba en las de Barcelona cuando había existencias. El altar estaba rodeado de cientos de lamparitas de llama titubeante y velas de la cera más blanca, de manera que el retablo de preciosos dorados parecía temblar ante sus ojos. El sacerdote, un joven de Dalmacia que había huido de su tierra ante el avance turco por los Balcanes, lucía una casulla de color crudo con ribetes plateados y negros, más audaz en su diseño de lo que un cura de su tierra habría usado jamás. Tenía una voz potente y melódica. Sus salmos eran un bálsamo, pues poseía un tono arrullador y una dicción impecable de la lengua latina.

Alamanda observó que eran pocos los hombres que asistían a la misa. Por ello le llamó la atención un monje de hábito negro, espesa barba del mismo color y una toca redonda de paño cubierta por un pañuelo también negro. Se movía por un lateral, con las manos escondidas bajo la sotana, mirando nerviosamente a los feligreses. Sus sandalias frotaban el suelo produciendo un ruido incómodo con la gravilla esparcida que disminuía el placer acústico de los salmos. Algunas de las mujeres de otras bancadas lo miraron también. De pronto, se volvió hacia el confesionario y pareció cuchichear con alguien. Al mismo tiempo, del lado de la nave en el que estaba Alamanda, apareció otro monje vestido igual, pero de aspecto mucho más joven. Pudo ver sus ojos azules del color del hielo y el ceño fruncido. Algo brilló entre los pliegues de sus ropajes oscuros, y, sin saber por qué, Alamanda aproximó su mano derecha al bolsillo interior en el que siempre llevaba el preciado puñal de Feliu.

Una anciana mujer, sentada en un lateral, se levantó de pronto y gritó algo en griego hacia el primer monje. Este trazó un arco con su mano y la mujer cayó al suelo como un fardo de ropa. En la media luz, Alamanda vio que una mancha oscura se extendía por el suelo alrededor de la vieja, pero no identificó lo que era por unos segundos, pues el monje se puso a berrear en griego interrumpiendo la misa.

—*Aíresi! Aíresi!* —gritaba, como poseído por el mismo diablo—. ¡Herejía! ¡Herejía!

El joven sacerdote interrumpió sus cantos y se dio la vuelta. No vio a su espalda, abalanzándose sobre él, al monje de ojos claros, y nada pudo hacer para evitar ser apuñalado. Su preciosa casulla se tiñó de un oscuro carmesí mientras él repetía, de hinojos y con la vista alzada, *Pie Deus, Pie Deus*, ya herido de muerte.

De las capillas laterales surgieron más monjes y algunos ciudadanos seglares, todos armados, gritando *Herejía*, en griego, y voces que Alamanda no entendía, pero que pedían la muerte del filósofo Juan Argirópulo y el Infierno para el patriarca Metrófanes, al que llamaban, jugando con su nombre, *Mitrófonos*, o «Asesino de Madre», como pulla por haber traicionado a la verdadera Iglesia. Los revoltosos lanzaban vítores y loas al obispo Marcos de Éfeso, y, en su nombre, pasaban a cuchillo a los feligreses latinos de Santa Brígida.

Alamanda vio al monje de ojos como el hielo acercarse a ella con el cuchillo ensangrentado en el puño y una expresión de delirio en el rostro. Reculó por instinto y tropezó con un reclinatorio; alguien la sujetó por detrás y tiró de ella en cuanto se tuvo en pie. La iglesia se llenó de gritos, algunos de ira y fanatismo, otros de dolor y miedo.

—¡Huyamos! —le urgió el joven soldado catalán sin dejar de tirar de su brazo.

Lograron ganar la calle, pero en ese momento vieron que una turba subía con picos, hoces y horcas de cuatro dientes.

—¿Qué está pasando? —preguntó ella, a la carrera.

—¡La unión...! ¡Los otomanos amenazan y...! ¡Malditos fanáticos!

Bernat Guifré le gritaba incoherencias que ella apenas acertaba a comprender. Su cara reflejaba el mismo pánico que ella sentía. Él corría más, y, en un momento en que quedó algo rezagada, la soltó, miró un fugaz instante a sus ojos y desapareció calle abajo como un caballo desbocado. Alamanda se quedó en medio de la plazoleta, viendo cómo los feligreses latinos eran sacados a la fuerza de Santa Brígida y degollados en plena calle. Repararon en ella enseguida, ávidos de violencia, enloquecidos por sus propios aullidos y el olor metálico de la sangre derramada. Arrebujándose la saya de cordilla, corrió hacia una de las empinadas callejuelas, se metió en una bocacalle perpendicular y se escondió bajo una arquivolta oblicua que soportaba un edificio de varios pisos. La turbamulta descendía por las calles, buscando aquellos fieles latinos que hubieran escapado a su locura. La guardia empezaba a acudir también a sofocar los disturbios; por doquier se escuchaban alaridos, y a su olfato llegó el olor inconfundible a carne quemada.

Debía moverse de allí; no estaba segura. No comprendía lo que estaba sucediendo, pero se maldecía por haber ordenado a Cleofás, precisamente ese día, que la dejara sola. Lo hizo por darle un descanso, y él aceptó la orden, aunque con reticencias. Si desde sus aposentos se oían los disturbios, a buen seguro la estaría ya buscando. Aquello le dio ánimos para salir de su escondite y buscar otra calle para descender hasta la Propóntide. Si su orientación era buena, no debía estar demasiado lejos de Vlanga, del barrio judío de la costa del Mármara, y desde allí confiaba en ser capaz de alcanzar su casa sin problemas. No podía saber que, en su precipitada huida de Santa Brígida, había penetrado ya en las lindes de la judería, en unas calles en las que aún convivían con cristianos armenios e incluso con algunos comerciantes turcos.

Dio un par de pasos cautelosos hacia el callejón, saliendo de las sombras de la arquivolta que la ocultaban. En la esquina, se dio casi de bruces con el monje joven de los ojos azules, que blandía un enorme cuchillo con rastros de sangre y tenía la faz marcada de pequeñas gotitas rojas. Se quedaron los dos sorprendidos durante unos instantes. Detrás de él aparecieron otros dos religiosos, ambos con barba, uno de ellos con una fea herida en la frente.

—*Aíresi!* —gritó el joven entre dientes, la mirada enajenada.

Ella reaccionó a tiempo para evitar ser ensartada por la puntiaguda hoja metálica, y arrancó a correr en dirección contraria. Pero el muchacho era más rápido y la alcanzó con facilidad. Masculló palabras en griego, salpicándola con sus esputos, y, por un fugaz instante, Alamanda pensó que iba a morir allí, en tierra extraña, sin saber muy bien por qué razón. Entonces se abrió una puerta y alguien la agarró del brazo. Al mismo tiempo, dos soldados doblaron la esquina y se abalanzaron sobre los monjes. En la confusión, Alamanda recibió el impacto de un palo en la cabeza y se trastabilló; fue arrastrada de sopetón al interior de una vi vienda, cuya puerta se cerró de inmediato sin hacer ruido alguno. Fuera, los gritos revelaban una lucha a muerte, a la que se unió más gentío a juzgar por la algarabía. En la penumbra de la casa, Alamanda se desvaneció, sin comprender qué le estaba pasando.

Es destino de un judío vivir entre gentiles y ser incomprendido. No tenemos más patria que nuestro Dios, Yahvé, nuestros libros sagrados, el Talmud, el Tanaj y la Torá, y el lugar, siempre efímero, en el que nos instalamos. Mis ancestros llegaron a Grecia hace más de mil años, en la diáspora, tras la destrucción del templo de Jerusalén a manos del Imperio romano. Por ello nos llaman romaniotes. Entre nosotros hablamos yevánico, o grecojudío, que es una lengua bella y sincrética, musical como el hebreo de la Torá y precisa como el griego de Aristóteles.

Aunque a los nombres propios se los lleva el viento con nuestras cenizas cuando morimos, el mío es Mordecai Pesach, pues algo deben llamarme al dirigirse a mí. Soy uno de los rabinos de la comunidad, quizá ya el más anciano, tras la muerte del viejo Moshe. Vivo con mi esposa Sarah en la vecindad de Heptaskalion, al sur de la ciudad. Dios no ha tenido a bien obsequiarnos con hijos; supongo que tenía reservada para mí una vida dedicada al estudio y a la investigación, mas sufro por mi buena Sarah, que siempre calla y sonríe, pero que echa de menos ser madre.

La judería principal de Constantinopla está en Vlanga, en la Propóntide. Es un sitio poco conveniente, pues aquí se asientan también tenerías que tanto mal olor nos causan, pero es una zona cercana al principal puerto del Mármara y el suelo es barato porque los griegos no quieren vivir en este lugar. Las ventajas, pues, son dobles: mi comunidad puede exportar sus mercaderías por mar y los cristianos nos dejan en paz.

Ahora andan con querellas internas, como siempre que un emperador hace algún gesto para unir las Iglesias de Oriente y Occidente. Hace un año, el patriarca Metrófanes vino a verme a la sinagoga. Tengo el honor de llamar amigo al filósofo Juan Argirópulo, al que conozco desde mis tiempos mozos y con el que discuto de teología, historia y tradición. Él me rogó que recibiese al pope, y lo hice con placer, pues lo tengo por un hombre sensato y cabal. Me contó que iría a Roma, que encabezaría la representación oficial de la Iglesia ortodoxa en el Concilio de Florencia, y que abogaría por la unión de ambas confesiones. Yo, que conozco la historia de esta ciudad, le pregunté por qué.

—Porque me lo ha pedido el emperador —me contestó.

Aquella respuesta me preocupó. Conozco las tribulaciones del prudente emperador Juan Paleólogo, pues sabe de la debilidad de su mísero Imperio y del poderío otomano que ya acecha a sus puertas. Es consciente de que sin el apoyo de Roma y de los reinos de Occidente, Constantinopla no podrá aguantar mucho tiempo si el sultán Mehmet decide atacarla; este no es más que un niño, pero sus generales son tan belicosos como durante el reinado de su padre, el sultán Murad. Nuestro emperador Juan está enfermo, al igual que su capital, y ha nombrado a su hermano menor Constantino como su sucesor. Dios quiera que el Imperio exista todavía cuando deba gobernar este, que no lo tengo muy claro.

—Entonces —dije yo—, lo haréis por necesidad, no por convicción.

Metrófanes bajó la cabeza con gesto grave y asintió.

—Me temo que es así, amigo rabino. Sigo sin poder creer en el Purgatorio como predican los latinos, ni aceptar al papa Eugenio como mi superior. No es vanidad, os lo aseguro; es que creo que Roma se ha desviado de las enseñanzas de Jesucristo. Nosotros seguimos en la ortodoxia de sus palabras.

Yo no quise meterme en disquisiciones cristianas, aunque me conozco todas sus absurdas polémicas. No puedo tampoco criticarles, pues entre los judíos tenemos también estos desacuerdos ontológicos que nos causan grave dolor. Mas le advertí que el pueblo griego no estaría dispuesto a aceptar la unión de las Iglesias, pues odiaban a Roma y al Papa. Aquí en Oriente, el rumbo teosófico lo marcan los monjes del monte Athos, no los patriarcas. Estos monjes son estudiosos de la teología que habitan en la Tierra de los Veinte Monasterios, una península en Calcidia, al borde del Egeo. Previne a Metrófanes que se rebelarían en armas contra un posible acuerdo, como habían hecho repetidas veces en siglos anteriores.

En fin, que Metrófanes se fue a Florencia, acompañado de mi amigo Argirópulo, y firmaron la bula Laetentur caeli, de la que obtuve una copia para mi estudio. Y firmaron todos los patriarcas orientales excepto el obispo rebelde Marcos de Éfeso, quien reunió a su alrededor a los monjes de Athos y a la población griega y los sublevó contra el patriarca y contra el mismísimo emperador Juan. Metrófanes ha debido exiliarse, pues corría riesgo su propia vida. Y hace tiempo que no sé nada de mi colega filósofo. Dios quiera que esté a salvo, pues su nombre es odiado por los fanáticos rebeldes.

Hace unos días hemos vivido un triste episodio de esta revuelta cuando un puñado de monjes soliviantaron a un barrio entero y entraron a fuego y hierro en una de las pocas iglesias latinas que siguen oficiando servicios romanos en Constantinopla. Me dicen mis vecinos que fue una masacre, que el joven sacerdote, a quien yo había visto varias veces por el barrio, fue asesinado frente al mismo altar. ¡Vergonzoso! Tuvo que intervenir la guarda imperial, soldados preparados para defender a la ciudad de sus enemigos que hubieron de actuar, en esta desgraciada ocasión, contra sus conciudadanos. En verdad vivimos en una época de decadencia...

Sarah me advirtió de que, justo enfrente de nuestra morada, los monjes habían dado caza a una mujer latina. No soy hombre de acción, y me encogí de miedo al entreabrir la puerta y ver aquella amenaza de violencia ante mis ojos. Mas quiso la providencia que un par de soldados llegasen en ese momento y, en un arrebato de coraje, agarré a la muchacha y la metí en el santuario de mi casa.

Su nombre es Alamanda, y su historia es intrigante. Lloró

largo rato cuando volvió en sí al verse segura y atendida. Sarah
le ofreció agua especiada y pan ácimo y pareció reponerse ense-
guida. Quiero creer que Dios la puso ante mi puerta con algún
propósito, pues no es precisamente una mujer vulgar.

—Explicadme una cosa, rabino: ¿por qué se quejan los judíos
ante el emperador, si luego reciben condiciones favorables en los
impuestos y en la adquisición de suelo? El otro día oí al maestro
Zimisces quejarse amargamente de que no pudo abrir un segundo obrador en Pera porque unos judíos habían comprado el terreno en términos muy favorables, bajo la égida de unas leyes
comerciales que los favorecían frente a los ciudadanos griegos.
Si esto es cierto, puedo llegar a entender la inquina que algunos
cristianos tienen a vuestro pueblo dentro de estas murallas.

Alamanda estaba tomando una infusión de romero endulza-
da con miel y canela en el pequeño estudio de Mordecai, saboreando un pequeño aperitivo de galletas ácimas y uvas pasas.
Llevaba un paquete voluminoso que depositó sobre una de las
mesas para no ser descortés con la hospitalidad del rabino y de
su encantadora mujer. Cleofás acomodó su corpachón en una
esquina, cabe la entrada; desde la revuelta en Santa Brígida no
dejaba a su ama ni a sol ni a sombra. A ella le parecía bien, pues
se sentía mucho más segura, aunque deseaba darle descanso de
vez en cuando y le ofrecía días libres, que él, de manera educada
y algo confundido, rechazaba.

Hacía un par de semanas que el hombrecillo le había salvado
la vida, y desde entonces había encontrado en aquella morada
judía la paz que no hallaba desde su ruptura con Eliseu. Mordecai era un erudito, un hombre sabio, conocedor de muchas lenguas y un curioso insaciable. Junto a la sinagoga de Yahud poseía una de las bibliotecas más vastas de la ciudad, y le prometió
a Alamanda, al conocer el interés de esta por los libros, que la
llevaría a verla, aunque a las mujeres no les estaba permitido el
acceso a ese lugar del templo.

Mordecai, un hombre más bajo que ella, de desordenada barba gris y ojos como cabezas de alfileres que destilaban fuerza y sabiduría, arrugas en la frente y sonrisa franca y amigable, se sentó frente a ella en una banqueta de tres pies y echó la cabeza hacia atrás.

—Ah, hija mía, nada es tan sencillo como parece. Tan solo los judíos venecianos gozan de esos privilegios, en virtud de los tratados comerciales que Venecia ha firmado con nuestro emperador. La mayoría de los judíos de la ciudad somos asimilados de origen griego. Nos llaman romaniotes (¡qué nombre tan horrible nos han impuesto!) —se rio—. Últimamente, están llegando oleadas de judíos asquenazíes del norte que creen que aquí vivirán mejor y estarán más a salvo, y hay incluso una pequeña comunidad de mizrajíes de piel más oscura que vienen de Arabia. También viven aquí judíos sirios y judíos caucásicos, los llamados gruzim. Así que ya ves; cuando habláis de «los judíos», estáis generalizando, pues somos diversos y no siempre bien avenidos. Como nosotros generalizamos cuando hablamos de «gentiles», o incluso de «cristianos». Somos muchas las ramas del árbol de Abraham, me temo. De hecho, hace unas generaciones hubo graves enfrentamientos entre dos facciones que convivían en el Gálata, a raíz de un cambio en el calendario rabínico. Mas no sé por qué te extraña —añadió, ante la expresión de sorpresa de ella—; ¿acaso no vivís separados los cristianos por nacionalidades? Los venecianos y los genoveses se lanzan piedras unos a otros cuando se cruzan por las calles; los napolitanos odian a los catalanes; por no decir nada de los griegos, que se consideran los auténticos bizantinos y miran por encima del hombro a todos los demás, a los que llaman, despectivamente, francos. Y ¿acaso no tenéis también disputas teológicas absurdas, algunas de las cuales causan alborotos y muertes, como lamentablemente has vivido ya? No, hija mía, la mayoría de los judíos no disponemos de privilegios, y somos perseguidos, pues se nos considera raza maldita. A lo más que podemos aspirar es a que nos toleren, pero nunca a que nos quieran.

—¡Qué triste! —dijo ella, con sentimiento.

Mordecai se encogió de hombros.

—Aprendemos a vivir con ello. Yo creo que una parte de culpa la tenemos los propios judíos, pues no siempre es bien visto que nos presentemos como el pueblo elegido.

—Pero es lo que vos creéis, ¿no?

—Sí, por supuesto. Somos el pueblo de Yahvé. Él nos ha escogido para transmitir su voz a este mundo. Pero es esta una carga que nos condena, pues nadie quiere sentirse excluido de la gracia de Dios y por ello odian a los que estamos convencidos, por nuestra fe, que Dios nos escucha. Se nos tilda de arrogantes, de herejes, y somos el chivo expiatorio de cualquier mal que padecen las gentes. Sufrimos y hemos sufrido mucho; por ello necesitamos la esperanza de la venida del Salvador, el Mesías, que nos guiará a través de este desierto que es la vida hasta la salvación, hasta el vergel de la abundancia, el *Olam Habá*. La ventaja que tenéis los cristianos es que creéis que ese mesías ya ha llegado, que el profeta Jesús era hijo de Dios. Por ello os podéis dedicar a hacer proselitismo y sois más cada vez, mientras que nosotros, como pueblo elegido, no debemos hacerlo.

Tras unos segundos de silencio, en los que su mirada se perdió en profundas reflexiones tristes, se golpeó las rodillas y volvió a sonreír.

—Pero tú has venido a verme con un propósito, hija mía. ¿Me vas a enseñar lo que me has traído? Algo me dice, porque ya te conozco un poco, que me vas a sorprender con un libro.

Estaban ambos sentados en la pequeña estancia amarilla a la que él llamaba su estudio. Era un cuarto de trastos, lleno de papiros, libros, enseres, máquinas, papeles con misteriosos jeroglifos y extravagantes utensilios colgados del techo en el que apenas entraba luz por un ventanuco elevado en una de las esquinas. Para evitar la penumbra, ardían siempre siete u ocho lamparillas de aceite que la buena de Sarah se encargaba de rellenar cuando la llama languidecía. El humo de estas luces oscurecía las paredes y el techo, y desprendía un olor rancio y algo embriagador.

Alamanda titubeó. Solo había mostrado el *Libro de la púrpura* al abad Cosimo da Volterra, en Padua, y lo hizo también con grandes dudas y sentimiento de culpa, pues era muy consciente de que lo había sustraído sin permiso. En algún rincón de su mente creía que ese libro era la prueba que necesitaba Dios para mandarla al Infierno por sus pecados. Pero estos funestos pensamientos se desvanecían en cuanto veía la belleza de su interior.

Le ofreció el paquete al rabino con ambas manos. Él lo cogió con reverencia y lo desenvolvió con gran cuidado; acarició su lomo y lo olió antes de abrirlo. Mordecai hablaba latín, una de las muchas lenguas que dominaba a la perfección para sus estudios. Alamanda le explicó cómo descubrió ese libro y cómo había guiado sus pasos desde entonces, incrustando en ella una obsesión que solo podría restañar descubriendo algún día el secreto de la confección de ese pigmento divino. El hombre cogió con ambas manos el pedazo de tela púrpura y lo elevó con delicadeza. Dijo algo en yevánico que ella no comprendió, pero su cara reflejaba éxtasis.

Días enteros estuvieron revisando el libro, como antes había hecho Alamanda en la soledad del convento, en su obrador con Marina y en compañía del prior de la abadía de Praglia. Mordecai le expresó su opinión de que la técnica allí descrita, de la que ya había oído hablar, se perdió con el saqueo de Constantinopla por parte de los cruzados a principios del siglo XIII.

—Los francos establecieron aquí un reino latino, que duró unas décadas. Los griegos recuerdan aquel período como un agujero negro, en el que las artes y las ciencias eran despreciadas, sustituidas por el ardor guerrero y la fuerza, embrutecidos los hombres por las batallas, la codicia y un fanatismo errado. Estoy convencido de que en esos años se perdieron muchos conocimientos. Por lo que veo aquí, sin embargo —añadió, abriendo un códice de historia bizantina que había tomado prestado de la biblioteca de la sinagoga—, el entintado de púrpura a base de caracoles ya debía de estar en decadencia, pues era una técnica extremadamente cara y hasta los propios emperadores habían empezado a usar el rojo de Adrianópolis, ese tono carmesí que viste en el taller de Zimisces, que es mucho más barato de producir.

—¡Pero mucho más vulgar! —se quejaba ella.

—Cierto. Nada iguala en majestad al color de la púrpura, y uno entiende por qué los reyes, emperadores y patriarcas se atribuían su uso exclusivo, pues las ropas teñidas de ese tono elevaban al hombre que las vestía por encima del resto de los mortales. En fin, volvamos al estudio —dijo entonces, volviendo al texto—. La materia prima está clara, pero no cómo se extrae de ella el pigmento. El libro tercero de tu *Liber purpurae* menciona las fuentes. Quizá si acudiésemos a ellas...

De repente, el viejo rabino se quedó callado y se llevó un índice a la sien.

—¡Pues claro! —exclamó.

Y, dirigiéndose a la chica, la invitó a levantarse y prácticamente la empujó hacia la puerta.

—Vuelve mañana, hija mía, que acabo de recordar una cosa.

—Pero... rabino...

—Ven pronto, al alba, que hay mucho trabajo que hacer. Y tráete el cuadernillo de notas, que deberás escribir lo que vayamos hallando.

—¡Dice Plinio el Viejo —gritó Mordecai desde su estudio, aún sin verla, en cuanto Alamanda hubo traspasado el umbral de su casa al día siguiente— que los caracoles marinos que dan mejor pigmento pertenecen a una especie oriental que solo se encuentra en las costas de Fenicia!

Sarah la recibió con una sonrisa como siempre y le informó, con cierta resignación, que su marido no había pegado ojo en toda la noche. Ella sonrió, intrigada.

—Las costas de Fenicia, ¿me has oído? —gritó el rabino desde su estudio. Había abierto un libro enorme sobre la mesa, y estaba leyendo los renglones de letras ayudado de una curiosa manita de plata labrada en el extremo de un bastón.

—Sí, en una ciudad llamada Tiro —respondió ella, quitándose la chalina bordada para dejarla sobre el respaldo de una silla—. Hallé la respuesta al mito de Eri Akum que describe mi libro en la biblioteca de Padua.

—¡Hércules!

—¿Perdón?

—¡Eri Akum es el Hércules de los romanos! Y te refieres a la leyenda que dice que iba paseando con su perro por las playas de Tiro cuando se le tiñó al animal el hocico de un color púrpura muy intenso que no se iba ni con friegas de espíritu, ¿no es así? Descubrió que el perro había estado comiendo unos caracoles marinos.

—Sí, rabino, así es. Todo esto ya lo sé. Bueno, excepto lo de Hércules, pero...

—¡Precisamente! Pero es que el nombre *Phoiníkē*, del que se deriva el latín *Phoenicia*, es un vocablo griego que literalmente significa «la tierra que produce la púrpura». Mira aquí, muchacha. Plinio dice que hay que recolectar los caracoles en grandes cantidades justo después del orto helíaco de Sirio o antes de la primavera, cuando deja de ser visible.

—¿El orto qué?

—El orto helíaco. El primer avistamiento de la estrella sobre el horizonte. En el caso de Sirio, llamada en latín *Canis Majoris*, «el perro de Orión», ocurre a mediados de julio, en los días de más calor y más secos del verano, de lo cual se deriva la palabra canícula, ¿comprendes?

—N... no.

—Todas las leyendas tienen una base real. La de Hércules paseando con su animal tiene que ver con la ascensión en el cielo de la estrella del perro, Sirio, que debe de verse en Tiro, según mis cálculos, hacia el día 19 del mes de julio, en el calendario romano. A partir de ese día puede empezar la recolección, no antes. Hija mía, tus caracoles deberás cosecharlos en verano, otoño e invierno, pero nunca en primavera.

Alamanda se interesó vivamente por la erudición de su nuevo amigo, pero seguía sintiendo que no estaba más cerca de ser capaz de producir la púrpura.

—Continúa explicando Plinio que cuando los caracoles han segregado ya la sustancia cerosa que produce el pigmento, sus jugos no tienen ya la consistencia suficiente como para volverse purpurados. Observa estas deliciosas miniaturas. Se conoce que hay que extraer unas glándulas en forma de vesícula que deben tener estos animalillos al final de su cuerpo, y que luego hay que meterlas en salmuera.

—Entonces... —se levantó, de pronto, Alamanda, con gran excitación— ¿decís que este libro explica cómo obtener el pigmento?

—Eso parece —respondió el rabino con una sonrisa de satisfacción y chispas en sus astutos ojos.

—¡Seguid, seguid, por Dios! ¡Os lo ruego! —animó Alamanda, apartando libros y enseres para acercar su silla al códice de Plinio el Viejo que, con tanto mimo, acariciaba Mordecai.

—Basta con dejar reposar la carne de esos moluscos durante tres días, y nada más, porque cuanto más frescos estén, más virtuoso es el jugo resultante. Luego se pone a hervir en vasijas de estaño o plomo, y no de cobre o de barro cocido; esto parece ser muy importante. Por cada cien ánforas de producción deben hervirse quinientas libras de tinte, siempre a fuego lento, con paciencia. Mira, mujer, mira este delicioso dibujo de aquí, que parece un alambique. No creo que deba destilarse el líquido, pero creo que con esta forma de embudo se controla mejor el calor que llega al recipiente, ¿lo ves? Mientras hierve, se debe ir retirando la capa de grasa que queda en la superficie con una cuchara o cubeta de estaño. Haciendo esto se eliminan también las impurezas y trozos de carne sobrantes.

Alamanda sentía que, por primera vez desde que obtuvo el *Libro de la púrpura*, estaba acercándose a los secretos de la producción de ese maravilloso tinte.

—¡Seguid, por Dios! —urgió de nuevo, ante la pausa del rabino, mientras anotaba furiosamente todo lo que él le iba diciendo.

Mordecai disfrutaba tanto con su entusiasmo como el abad Cosimo lo hizo unos meses atrás.

—Después de unos diez días, todo el contenido del caldero es un líquido turbio y pastoso, al que se puede añadir ya el paño para el entintado. Ah, muy importante: la tela debe haber sido bien desengrasada.

—Sí, y mordentada. Esa parte ya me la sé, rabino. Puedo experimentar con mil mordientes hasta dar con el que mejor se adapta, pero seguid con el proceso de entintado, os lo ruego.

—Bueno, de acuerdo, pero déjame decirte que quizá no haga falta que hagas esas mil pruebas, pues Plinio sugiere la raíz de saponaria para eliminar las grasas y los restos de orina, heces o suciedades.

—Ya. Raíz de saponaria. O sea que vuestro Plinio sugiere lavarlas bien con jabón —dijo ella con un tono algo irónico.

Diríase que Mordecai enrojeció entre las arrugas de su rostro y por debajo de la espesa barba.

—Oh, no os azoréis, rabino. Estoy tan entusiasmada que no he podido, sino gastaros una pequeña broma.

Y su risa fue tan franca como el gorgoteo de un riachuelo de montaña, con lo que Mordecai se rio también y prosiguió.

El sabio griego de la antigüedad aseguraba que, si el paño sumergido en el tinte salía de color rojizo, el pigmento sería de mala calidad, y el color final, pobre y de escasa luminosidad.

—Es más valorada una primera tonalidad azul oscuro tirando a negro —explicó el rabino—, pues, al secarse, el color que resultará brillará como una estrella. ¡Ah! Pero he aquí la mala noticia, y la explicación de por qué se ha perdido el arte de la púrpura.

Mordecai hizo una pausa sonriendo con picardía.

—¡Avanzad, os lo ruego! ¿A qué mala noticia os referís?

—Dice Plinio que se necesitan mil caracoles para producir una onza de polvo de púrpura.

—¿Mil?

—Eso asegura el sabio. Si es cierto, aquí tienes la explicación de por qué la púrpura resultaba tan costosa. No me extraña que se dejase de producir.

Alamanda bajó los hombros, algo abrumada. Pensó en las conchas de caracola que había hallado en el obrador oculto de Padua, y se imaginó lo que debía suponer recolectar varios miles de aquellos animalillos para teñir una capa o vestido. Aunque llegase a desentrañar el misterio de la fabricación del pigmento, quizá nunca llegaría a hacer viable su producción.

—Ya me preocuparé de esto cuando toque —dijo, finalmente, pues podía más en ella el entusiasmo de estar haciendo grandes avances—. Vamos a seguir investigando, rabino.

—He hallado menciones al arte purpurario en el poeta latino Lucrecio, en *De natura*, que afirma que el color obtenido, si se ha fijado bien, se fusiona tan estrechamente con las fibras que ni todos los mares de Neptuno podrían separarlos jamás. Y Estrabón, en su *Geografía*, nos reafirma que es en Tiro donde se producía el mejor pigmento: «Es notorio que la púrpura de Tiro se considera la más apreciada y bella; se fabrica cerca de la ciudad, que dispone de las condiciones más favorables para su producción: proximidad al mar, comercio de telas activo, espacio para cubas y aljibes y un puerto poderoso para distribuir las telas». Aunque más adelante advierte que la confección del tinte hace que la vida cerca de los talleres sea profundamente desagradable. Por el olor que desprenden las tinas.

—Ya me ocuparé de ello. ¿Qué más habéis hallado?

—Que el emperador Teodosio —añadió con gesto de circunstancias—, hace unos mil años, prohibió el uso de las telas purpuradas y las reservó para él y su familia. Es lo que pasa cuando pisas la esfera de los poderosos, que se revuelven como gato panza arriba.

Durante algunos días estuvieron diseccionando línea a línea el tratado de Plinio el Viejo y los demás que fueron hallando en la biblioteca rabínica. Se les pasaban las horas sin darse cuenta, y la buena de Sarah debía perseguirles para que hicieran pausas a las horas de comer.

Una de esas jornadas, muy pronto por la mañana, Alamanda subía por la cuesta de Herákleion con Cleofás a sus espaldas, con su libro y su cuaderno, dispuesta a seguir el estudio. Estaba considerando cambiar de habitaciones para estar más cerca de los judíos, pues tenía razones para creer que su crédito seguía siendo bueno. La semana anterior recibió una cariñosa misiva de Muntallat, deseándole que las cosas le fueran bien y anunciándole que en unos meses abandonaría el cargo de *prohom* del gremio de Tintoreros de Barcelona, pero que la posición del obrador Rispau era poderosa y bien establecida, y que no debía sufrir por su buena marcha. Por primera vez desde su tormentosa llegada a la capital del Imperio bizantino, se sentía un poco optimista.

Ese día, al cruzar por Chalkoprateia, el barrio de los artesanos del cobre en el que trabajaban muchos de los judíos romaniotes, su paso se vio ralentizado por un gentío que abarrotaba las bocacalles que entroncaban con una de las plazoletas. A empujones, con el bueno de Cleofás abriéndole paso entre la muchedumbre, llegaron a la zona abierta, donde advirtieron un estrado elevado por encima de las cabezas de la gente sobre el que se arremolinaban una veintena de monjes de negras túnicas y otros tantos soldados imperiales. Un pretor leía la sentencia de los condenados ante la impaciencia de la plebe.

Alamanda se dio cuenta de que algunos de aquellos monjes eran los que habían participado en la masacre de Santa Brígida, y comprendió lo que allí estaba sucediendo. Con alarma, se percató de que la plaza estaba rodeada de la guardia de la ciudad y urgió a su criado a que buscase la salida para huir de allí. Era previsible que hubiese revueltas si se ajusticiaba a aquellos religiosos. Pero la multitud se movía como las olas del mar, y pronto se vieron empujados hacia el cadalso a pesar de los denodados esfuerzos de Cleofás. Llegaron tan cerca de él, que Alamanda pudo distinguir el rostro del monje de ojos azules que, unas semanas atrás, había querido matarla.

El magistrado dictó sentencia ante el murmullo creciente del gentío. Para evitar un baño de sangre, en lo que era, en aquellos años, característica habitual de la justicia imperial, se seleccionó a dos de los monjes para ser ajusticiados. Al resto se les cegaría, pero seguirían vivos.

Uno de los elegidos para el diezmo fue el joven de mirada de hielo. Fue obligado a arrodillarse y su cabeza puesta en el mojón de madera. La turba seguía empujando, y los guardias del perímetro estaban cada vez más tensos. Cleofás se vio separado de ella a empellones ciegos de la muchedumbre, y, en una oleada que se transmitió como un golpe de viento por un campo de trigo, Alamanda se movió como una espiga y fue a dar con una columna al pie mismo del patíbulo. Alzó la vista, alarmada, buscando a su criado por encima de las cabezas de los ciudadanos, y su mirada se cruzó con la del monje, que la reconoció enseguida.

Cuando el verdugo alzaba ya el hacha de cuchilla curva, el hombre sonrió como un demente y le escupió unas palabras que ella no iba a olvidar jamás: *Airetikí, ta léme stin kólasi*; «Hereje, te veré en el Infierno». En ese instante, la afilada hoja segó su vida, y un borbotón de sangre salpicó a los que estaban más cerca, incluida Alamanda.

Los asistentes a tan macabro espectáculo se sentían mayoritariamente indignados por la ejecución de quienes eran venerados como hombres santos. Los monjes del monte Athos eran considerados los verdaderos guardianes de la fe ortodoxa, y sus opiniones y actos tenían más fuerza que las de los propios patriarcas de la ciudad imperial.

Alguno de los que presenciaban la administración de justicia se había percatado de la atención que el ejecutado le había prestado a aquella mujer de cabello cobrizo, y comenzaron a hacerle preguntas que ella no comprendía. Entretanto, el segundo monje fue decapitado ante la creciente agitación popular. Los otros religiosos entonaron un canto salmódico mientras el herrero, con un espetón candente, empezaba a vaciar sus cuencas oculares, uno a uno, ojo a ojo. Ninguno protestó, y algunos, los que no se desvanecieron por el dolor, siguieron cantando. El aire se llenó de hedor a carne quemada, y el murmullo se tornó ya en griterío.

Alamanda, acosada ya abiertamente por los paisanos, que habían deducido su condición de extranjera, no podía resistir tanto horror y vomitó al pie de uno de los pilares de madera. Desde el interior del cadalso vio a Cleofás buscándola con desesperación, abriéndose paso a manotazos, y se agarró a su brazo como un náufrago a una tabla. El eunuco se agachó bajo la estructura y tiró de ella para rescatarla, librándola de la conmoción. La turbamulta se estaba ya enfrentando abiertamente a los magistrados y la soldadesca.

—Llévame a casa, Cleofás —le dijo.

Y se dejó llevar en volandas por el forzudo esclavo, a quien ya nadie pudo detener.

—Eres muy fea.

La chica alzó las cejas, algo sorprendida, pero enseguida recuperó la compostura y se puso zalamera. En sus años de servicio se había enfrentado ya a todo tipo de situaciones.

—Lo cierto es nunca me habían dicho eso, que yo recuerde. Aunque por lo que me pagáis, podéis decirme lo que os plazca, mi señor.

—Eres muy fea —repitió Eliseu—. Todas me parecéis feas desde que aquella mala furcia me robó el corazón.

La chica se rio.

—Ah, ¡un enamorado! Esto lo explica todo.

Él le tocó la oreja izquierda, redonda, suave y perfecta, siguió con el índice la línea de su cuello hasta la clavícula y puso mueca de disgusto.

—Tienes la piel perfecta. La oreja intacta.

La meretriz estaba cada vez más confundida, pero, habituada a las excentricidades de sus clientes, volvió a reírse.

—Sois muy extraño, mi señor. Decís que soy muy fea y alabáis mi piel y mi... ¿oreja?

Eliseu suspiró.

—Nunca lo entenderías, pécora.

Se levantó y fue a la mesilla para echarse una copa más de aguardiente. El lupanar era de lujo, y Dios sabía que no se lo podía permitir. ¿Qué buscaba en brazos de aquellas mujeres que no eran suyas? ¿Por qué no se afanaba en buscar la manera de escapar de aquella decadente ciudad y regresar a su casa?

La muchacha, una eslava de piel muy blanca y la nariz moteada a la que había elegido porque era la única que no tenía el pelo negro, se levantó con él. Los rizos de la entrepierna se los había teñido de rojo, como era del agrado de las élites bizantinas y movía las caderas con donaire. No, no era fea; de hecho, tenía cierta fama como mujer de gran belleza. Pero entre sus pechos generosos no bailaba un pez de bronce. Y eso la hacía despreciable.

Eliseu, observando sus sensuales contoneos mientras se acercaba a él, sintió una profunda tristeza que ofuscó por completo su excitación viril. La rechazó con un gesto de la mano, se tragó de golpe el licor y salió de la estancia con sus ropas en la mano.

Aquella noche se emborrachó de nuevo en una taberna del puerto de Neorion, en el barrio amalfitano, junto al Cuerno de Oro, en el que se hospedaba con alguno de sus hombres.

A las dos de la madrugada, cuando el tabernero apagó la última lámpara de aceite, Eliseu se escurrió desde el banco al empedrado suelo del local. Al dueño no le importaba que algunos parroquianos perdiesen allí el conocimiento, pues les vaciaba los bolsillos y los echaba al día siguiente al amanecer. Acababa de hurgar en los bolsillos del otrora capitán de la *Santa Lucía* cuando entró Josué buscando a su patrón. Lo recogió del suelo y se lo llevó casi a rastras a las míseras habitaciones que compartían ellos dos con el piloto Bertrand y el maestre Jofre; ninguno de los cuatro podía permitirse alojamiento mejor. Por el camino, el capitán increpó de mala manera a unos estudiantes bullangueros y no se armó querella porque Dios no quiso. Josué hubo de pelearse con él para meterlo en el camastro, despertando en el proceso a los otros dos oficiales que, molestos, le faltaron al respeto una vez más, como ya era habitual desde que habían llegado a ese puerto.

Aquello no podía continuar así.

Él seguía fiel a Eliseu, pero tanto Bertrand como Jofre ya habían hecho gestiones para enrolarse en una galera veneciana. Partirían en un mes, en una singladura que los llevaría a algunas de las islas griegas antes de cruzar el Egeo para alcanzar el Adriático. Mientras tanto ocupaban su ocio en pequeños trabajos para los mercantes venecianos y amalfitanos que les daban lo suficiente como para no morirse de hambre y tener un techo sobre sus cabezas. Eliseu, sin embargo, gastaba lo que no tenía. Vendió los restos de la *Santa Lucía* y algunos aperos que pudo rescatar y convertía el poco dinero que le dieron en bebida y mujeres.

Josué tomó la única decisión que podía tomar.

A la mañana siguiente, apenas despuntada el alba, subió a la Tercera Colina y bajó por el lado opuesto, por el barrio de Constantino hacia el de Vlanga, por la barriada de Amastriana. Con el bonete en la mano, y mirándose la punta de los pies, llamó a la puerta de una modesta casa de huéspedes y preguntó por la señora Alamanda. La dueña le informó que no estaba, que había salido muy pronto ese día para visitar Santa Sofía.

La vio extasiada en el atrio central de la magna iglesia, observando con arrebato los dorados de las columnas y los brillos de los mosaicos. Él mismo olvidó por un momento el propósito de su visita al contemplar, mirando a lo alto, la majestad de las cúpulas de aquel templo, y fue ella la que se percató de su presencia.

—Magnífico, ¿verdad? —le dijo, poniéndose a su lado sin mirarlo, disimulando su sorpresa por hallarlo allí—. Me comenta un sabio amigo que este templo tiene casi mil años. ¿Os imagináis? En nuestra tierra hasta hace un par de siglos no se construían más que pequeñas capillas de piedra. Y aquí... ¿Hay mejor alabanza a Dios Nuestro Señor que esta maravilla?

Josué, algo turbado por haber sido sorprendido y por la presencia de aquella mujer que no era como las demás, emitió un gruñido de asentimiento.

—Está consagrado a la sabiduría —prosiguió ella—, que es obra de Dios, como todo en este mundo. ¿A que no lo sabíais? No a Sofía mártir, sino a *Sophia*, la palabra griega que significa «saber». Es la unión de lo humano y lo divino en un solo templo, la perfección hecha lugar de culto.

El marinero estaba desconcertado. No lograba dar con las palabras para responder a Alamanda, que lo abrumaba con su erudición, siendo mujer. Él creía que el saber era cosa de hombres, pero admitía que sus conocimientos, más allá de su oficio y del mar, eran muy limitados. Así que guardó silencio.

—Ha sido... inquietante volver a veros, Josué —dijo ella, al cabo, tras unos minutos de tensa contemplación—. Espero que no sigáis enfadado conmigo.

—Oh, no, mi señora —se apresuró a balbucear él—. ¿Cómo podéis pensar...? Si yo no...

—Bien, me alegro pues. Espero que volvamos a vernos.

—No os vayáis, mi señora, os lo ruego. De hecho... he venido hasta aquí en vuestra búsqueda.

Ella alzó una ceja, sorprendida.

—¿Me buscabais a mí? ¿No soy yo la culpable de vuestra ruina?

—No debí decir esas palabras, mi señora... —dijo él, avergonzado, con la cabeza gacha.

Alamanda vio entonces que estaban llamando la atención de un religioso con su cháchara y sintió un escalofrío, pues el monje iba de negro y ella recordaba con demasiada viveza la masacre de Santa Brígida. Con un movimiento de cabeza indicó a Cleofás, que la esperaba muy atento en una esquina, que iba a salir.

—Vayamos fuera, Josué, y me contáis en qué puedo serviros.

Lo tomó del brazo, con lo que él se turbó todavía más.

—Veréis, mi señora... Es por el capitán —le explicó él, ya en la explanada del Augustaion.

—¿Le ha ocurrido algo? —preguntó, de pronto agitada.

—No, no es eso. Es que...

Josué le contó que Eliseu parecía vivir solo para destruirse, que había perdido las ganas de salir de allí, de prosperar, de recuperar parte de lo que había malogrado, que no hacía más que dilapidar un dinero que no tenía en emborracharse cada noche y acostarse con mujeres de mala vida.

—Esto último, preferiría no habéroslo dicho, mi señora, pero es que temo por él.

—¿Y por qué me lo contáis a mí? —preguntó, tratando de ocultar que el comentario había hecho mella en su ánimo.

—Porque creo que sois la única persona en el mundo a la que escucharía. A mí ya no me hace caso, y a los otros oficiales tampoco. Temo... temo que no dure mucho si continúa por esta senda.

—Pero Josué, yo soy la culpable de su desdicha. Sí, lo soy —se reafirmó cuando Josué empezaba a protestar que no era así—, y me arrepiento cada día de haberle causado, en fin, de haberos causado a tantos, tan mala fortuna. Me dijo bien claro en el muelle de Teodosio que esperaba no volver a verme jamás. Y, por añadidura, me zahirió con inquina...

—Sé lo que os hizo, mi señora...

—Trató de venderme a un mercader —dijo ella con frialdad—. ¡Como a una esclava! Lo vi negociando el precio que el otro iba a pagar por mí.

—Estaba desesperado, mi señora...

Ella suspiró y miró al horizonte.

—Lo he superado, Josué. Yo le causé la ruina y él me la quiso buscar a mí. Ya he hecho las paces con ese episodio de mi vida. Dicho esto, no veo cómo puedo ayudarle en este momento, por mucho que me pese su condición.

Departieron un rato más con cierta melancolía sobre cosas intrascendentes, hasta que Josué, apesadumbrado y cabizbajo, todavía con el bonete en la mano, le dijo que debía regresar a sus aposentos. Cuando ya se iba, Alamanda, en un arrebato, le pidió que esperara; se deshizo entonces un lazo y descolgó de su cuello un pequeño colgante de bronce en forma de pez.

—Decidle que nunca me lo he quitado, como él me pidió, porque..., a pesar de todo, lo que viví junto a él fue uno de mis recuerdos más gratos. Decidle... decidle que he pensado en él cada día por las mañanas y por las noches al cambiar de atuendo. Quiero que lo tenga. Que siento tanto el mal que yo le hice como el que me hizo él a mí, pero que recordaré los días que pasamos juntos siempre, hasta el día de mi muerte, con mucha ternura.

Cerró el puño de Josué alrededor del colgante y se dio la vuelta sin despedirse, pues sus ojos empezaban a inundarse y no quería que el calafate la viese llorar.

Aquella misma tarde, aún inquieta por el emotivo encuentro con Josué que había reabierto la herida de su corazón, recibió un nuevo golpe emocional con la visita del signore Domenico Piatti, el atildado comerciante veneciano asociado con el signore Borgato. Algo iba mal en Barcelona. Sus cartas de crédito habían sido revocadas y él no podía adelantarle ya más oro, pues no estaba seguro de poder cobrarlo después.

Escribió una carta a Enric, su tesorero, y a su amiga Marina, y las envió al día siguiente en una de las galeras de la compañía de Borgato. No iba a recibir respuesta en meses, pero necesitaba saber qué estaba pasando. Entretanto, tenía un problema urgente.

El maestro tintorero Zimisces la rechazó, con buenas maneras, pero tajante. Le incomodaba tener en el taller a aquella dama que, probablemente, sabía más que todos sus oficiales juntos, pues era celoso de su maestría y sus trucos comerciales. Lo mismo hicieron otros dos obradores a los que ya había visitado en alguna ocasión. Pronto corrió la voz de que la extraña latina de pelo cobrizo buscaba trabajo, y el sector de tintoreros se cerró en banda. Quizá temían que fuera una espía de Occidente dispuesta a llevarse con ella los secretos de entintado de Bizancio.

—No sé qué hacer, rabino —le confesó a Mordecai en su siguiente visita, dejándose caer sobre una de las sillas, derrengada tras dos días recorriendo la ciudad—. Nadie me quiere dar trabajo, y pronto deberé dinero a mi hospedera.

Había llegado a cruzar el Cuerno de Oro porque le dijeron que en el Gálata había algún taller de tintorería. Pero aparte de alguna tenería en la que usaban orchilla para teñir el cuero, no halló ningún obrador.

—Dime, hija, ¿eres buena en lo que haces? Veo que tienes pasión por el oficio, pero ¿eres realmente buena?

—La mejor, rabino, y está mal que yo lo diga. Dios sepa perdonarme por mi falta de modestia.

—Acompáñame, entonces.

El viejo maestro se incorporó de un salto y salió de su hogar como una exhalación. Alamanda se esforzaba por no perderlo en las callejuelas del Vlanga, cuyos recovecos aún no le eran del todo familiares. Llegaron a la zona de la sinagoga de Yahud, donde oficiaba Mordecai, el pilar de la comunidad hebrea del barrio, y, una vez allí, descendieron por una empinada callejuela empedrada, tan estrecha que el bueno de Cleofás debía andar con cierto sesgo para pasar por ella y no quedar encajado.

Mordecai llamó a una puerta diminuta junto a la cual se amontonaban cascotes que impedían el paso calle abajo. Abrió un hombre joven, judío también por su indumentaria, sudado y resoplando.

—Yusuf, creo que ya sé cómo ayudarte.

Yusuf Ben Dariam era un judío gruzim, recién llegado de Armenia con su familia. Era un orfebre de cierta habilidad deseoso de hacer fortuna, atraído a la ciudad imperial por el oro y la plata que se comercializaba en ella cada día.

Se había instalado en aquella casa en ruinas del barrio judío, pero, para su consternación, en cuanto quiso adaptarla para su familia y su taller, el suelo se vino abajo con estrépito. Descubrió que las vigas habían sido devoradas por las termitas y que también el tejado habría que rehacerlo. Tras la portezuela se abría una sima de la que él y su esposa subían cascotes todo el día en cestos de esparto mediante una frágil escalerilla de palo.

Ante el asombro del armenio y su esposa, Mordecai descendió por la inestable escalera y urgió a Alamanda a que hiciese lo mismo.

—Nuestro recién llegado hermano pretendía abrir su taller de orfebrería en esta ruina, pero me temo que le va a costar más trabajo del que merece la pena. Ven, hija mía, quiero enseñarte algo. Ayer estuve viendo lo que Yusuf ha hallado aquí abajo, y creo que puede serte útil.

Los bajos de aquella casa, ocultos durante decenios, revelaron unas antiguas cubetas excavadas en la piedra, comunicadas por regatos, hornos de ladrillo cocido y estantes de secado en las paredes, todo ello en bastante buen estado.

—¡Un obrador de curtido!

—Eso pensé yo —dijo el rabino, con satisfacción—. Sin duda, aquí se curtían pieles en el pasado. Ah, y mira en este lado.

La llevó a una esquina en la que había un agujero.

—¿Lo oyes? ¡Agua! Si mi intuición es correcta, este debe ser uno de los canales de agua limpia paralelos al río Lycos que se construyeron en tiempos de Justiniano para que el agua potable llegase a las casas del Vlanga. Así pues, tienes un pequeño obrador y agua fresca para tus baños de entintado.

—¿Estáis sugiriendo que yo...?

—En efecto. Si eres buena, como dices, no te costará ganarte la vida, aunque la competencia en la ciudad es feroz, como te puedes imaginar. Lo mejor de todos los mundos pasa por aquí. Si eres mediocre, pasarás hambre; si tus telas son excelsas, te ganarás modestamente la vida.

—Pero... pero rabino, yo no sé si podría... Además, el Gremio no va a permitir.

Mordecai hizo un gesto con la mano y frunció el ceño.

—Aquí no hay gremios, Alamanda. Eso son costumbres de francos. Solo necesitas una dispensa del *domestikos* imperial para poder ejercer. Eso sí, los tintoreros judíos te aceptarán si yo se lo pido, pero los cristianos se ofenderán por tu competencia. Ya lidiaremos con ello cuando sea menester.

—Pero, rabino...

—Ahora deberé azuzar a mis ayudantes para que pongan en marcha a la comunidad. Tenemos el deber de ayudar a quien nos lo solicita de buena fe. ¿Tú nos has pedido ayuda? Vamos a considerar que sí, que, cuando me dijiste que no sabías qué hacer, estabas, en realidad, pidiendo mi ayuda. Yahvé tiene un propósito para todo. Vamos a empezar cuanto antes, que no hay tiempo que perder: hay que contratar a un arquitecto, un maestro de obra y unos cuantos albañiles, carpinteros, yeseros, picapedreros, alfareros, herreros...

—¡Mordecai! —gritó Alamanda para interrumpir su perorata.

El maestro se calló y alzó las cejas.

—Hija mía, perdóname, que me va más rápida la mente que la lengua. No me digas que no te gusta la idea. Dios hace las cosas con un propósito; ¿o te crees que es casualidad que nuestro buen Yusuf haya hallado un obrador que te viene como anillo al dedo justo cuando tú me dices que necesitas un medio de subsistencia?

—No es eso, rabino. Es que no sé si sabría comenzar un negocio desde la nada. Y... está el tema del dinero, y de Yusuf y su familia...

—¡Yusuf! —llamó Mordecai al hebreo armenio—. ¿No me decías ayer que estabas harto de este agujero y que estabas ahora dispuesto a buscarte una parcela para construir tu taller de nuevas? Claro que sí, ya te lo dije. Creíste que podías meterte en una ruina como esta y que así no tendrías que gastar ni un miserable tornés de vellón. ¡Ay, que todos los gruzim sois unos malditos tacaños y dais mal nombre a nuestra raza! ¡Con el oro que te traes tú de tu tierra! Descuida, que tengo el lugar ideal para ti y para tu familia, pillo del demonio. Abandona esta vieja casucha que ya tiene nuevo dueño.

—Rabino —terció de nuevo Alamanda—, que yo no dispongo del dinero para comprar esto ni para afrontar lo mucho que hay que hacer aquí.

—¡Bah! Algo tendrás. Haré que Yusuf no se impaciente, que ahora que le he hallado comprador para este desastre me debe una. Y no pases apuro, que los hombres de mi comunidad trabajarán para ti a crédito, hasta que puedas pagarles lo que les debas, que tampoco será mucho, de eso ya me encargaré yo. Hablaré con Baruk, hijo de Amiel, que es quien recibe las mercaderías de Oriente, para que me diga de qué materias primas puedes disponer para comenzar. Déjalo todo en mis manos.

Se le veía tan entusiasmado con la nueva empresa que parecía haber rejuvenecido diez años. Iba de un lado a otro, tropezando con los escombros, midiendo y planificando, con una chispa de emoción en sus ojos y una energía de la que pronto se contagió ella, vencida ya su sorpresa y resistencia inicial.

Así fue como Alamanda, tras obtener la licencia imperial, pudo abrir un pequeño obrador de tintorería en un oscuro rincón del barrio judío de la capital del Imperio bizantino.

Sobre el obrador se hizo construir unas modestas habitaciones en las que vivir, con un cuarto para Cleofás y otro para los aprendices que pensaba contratar. Decidió empezar por lo básico, y supuso que los azules de glasto e índigo tendrían mucha aceptación, especialmente con las técnicas de fijación que ella misma había ideado y que tanto éxito tuvieron en Barcelona. Un hermoso día de finales de primavera, cuando se cumplían seis meses de su llegada a la ciudad, obtuvo un *stauraton* y medio de plata por un paño de algodón teñido de un hermoso azul oscuro que le compró un mercader judío de Trebisonda. Y ese fue el primero de muchos pedidos que tuvo que servir, primero a prósperos judíos venecianos, comerciantes de pieles en su mayoría, y pronto a burgueses cristianos, tanto griegos como latinos.

Cuando echó pie a tierra tuvo un extraño presentimiento. En sus casi cincuenta años de vida, Josué nunca había estado tan al este, y ahora, dos años después, había viajado por segunda vez a Constantinopla. La primera, en pleno invierno, casi pereció ahogado, a punto de irse a pique con la *Santa Lucía*; en esta ocasión, recién estrenada la primavera, el trayecto había sido menos dramático, pero los bogas estaban descontentos con las largas jornadas a las que habían sido sometidos por el patrón.

—Es una locura, capitán —le había advertido a Eliseu—. No cometáis el mismo yerro que casi os cuesta la vida la otra vez.

Eliseu se había encogido de hombros y ni siquiera se había dignado contestar. Era un hombre obcecado, empujado al filo del abismo por una obsesión.

Cuando por fin lograron llegar a Barcelona, después de meses de divagar por el Mediterráneo, tras duras jornadas trabajando como peones en galeras, carracas italianas y veleros dálmatas, se llevaron la sorpresa de ser recibidos, unos días más tarde, por un amanuense, de nombre Enric, que llevaba una bolsa de cuero con dieciocho florines de oro, equivalentes a doscientos *croats*, y una carta de crédito por valor de otros cuarenta florines a nombre de Eliseu Floreta.

—Tengo instrucciones de entregaros esto, capitán —les dijo—. Llevo meses esperando vuestra llegada, y Dios sabe que no comprendo por qué os debo entregar un dinero que a mi empresa le hace falta. Pero las instrucciones que recibí eran muy precisas.

Ese dinero cambió el humor y la depresión que acarreaba el capitán desde la pérdida de la *Santa Lucía*. Se puso de inmediato a buscar un patrón para ofrecerse como socio y como capitán.

No iba a endeudarse de nuevo para comprar otra nave, pues la *Santa Lucía* se le antojaba irremplazable. Se asoció con un comerciante próspero, de nombre Bonanat Saurí, que trabajaba la ruta entre Barcelona y Rodas, Beirut, Alejandría y Esmirna, exportando aceite y azafrán e importando pimienta o jengibre baladí. Se puso al mando de una trirreme en bastante buen estado que Saurí adquirió a un mercader que la había utilizado durante años para llevar planchas de estaño hasta Italia. Con la garantía de la carta de crédito, se acercó a la *Taula* de un banquero ligur de la calle Ferran y obtuvo dinero para adquirir instrumental, cartas de navegación y enseres personales.

Pronto consiguieron contratos, pues tanto Saurí como él eran conocidos en la ciudad y gozaban de buena reputación. Y, a la segunda temporada, logró por fin un encargo que le permitiría atracar en Constantinopla.

—Y he aquí que estoy de vuelta —se dijo Josué, en voz alta, mientras subía por una callejuela que recordaba de la vez anterior, buscando una pensión porque ya atardecía. Alquiló habitaciones para él y para un cómitre llamado Ricard con el que había hecho buenas migas. Pero no lograba sacudirse la sensación de mal agüero que lo acompañaba desde que vieron las imponentes murallas desde el mar de Mármara. Por otro lado, desconocía los planes de Eliseu, que, últimamente, no le hablaba mucho.

—Supongo que porque no paro de criticar sus decisiones como una vieja desdentada —se convenció, con algo de resentimiento.

Durante unos días no supo nada de él. Habían entregado la mercadería y esperaban un contrato para la vuelta, pero él no se encargaba de aquellos asuntos y nadie le pidió opinión.

Una noche, fue a cenar con Ricard a una vieja taberna del barrio de Chalkoprateia, un local llamado, según le dijeron, Los muslos de la paz, o, quizá más atinadamente, Los muslos de Irene, ya que este nombre significaba «paz» en griego. Se trataba de un sótano abovedado al que se accedía por unas estrechas escaleras desde la calle empedrada. Estaba iluminado por antorchas y el ambiente era recargado. Pero le habían asegurado que allí se comía el mejor estofado de cordero de la cristiandad. Después de meses en alta mar, con apenas algunas cortas escalas en algún puerto, se moría de ganas por probar un buen guiso recién hecho.

La fama y el buen nombre eran merecidos, y la cena resultó deliciosa. Bebieron vino y sidra, y no les importó pagar el elevado precio del ágape, pues se sintieron recompensados y satisfechos.

Llegaron a sus habitaciones cuando ya era noche cerrada, y se despidieron el uno del otro en el descansillo de la escalera. Josué dormía en un cuarto estrecho del piso de arriba, con una ventana desde la que se veía un pedazo de mar. Subió con una sonrisa de complacencia en el rostro, abrió la puerta y se echó pesadamente en el jergón de borra sin tan siquiera encender una lamparita. Iba a dormir vestido, pues apenas tenía fuerzas para quitarse los zapatos empujándolos con los pies. Se dio la vuelta y notó un bulto en la cabecera, algo peludo que olía a animal. Pegó un salto en la oscuridad, creyendo que un gato había entrado en su aposento y estaba dormido sobre su cama. Buscó a tientas una lámpara y el pedernal para encenderla, y sintió entonces que algo pegajoso untaba sus manos.

—¿Qué diablos...? —exclamó, restregando la mano contra la pernera mientras trataba de encender la llama.

Tardó unos segundos en acostumbrar los ojos a la intensidad de la luz. Acercó la lamparita a la cama, donde el bulto oscuro seguía inmóvil y le dio la vuelta con precaución para ver qué era.

Aunque había orinado en una esquina al salir de la taberna, una mancha líquida se extendió por sus calzas cuando reconoció aquel objeto. Los pelos del pescuezo se le erizaron y empezó a temblar con tal violencia que algunas gotas de aceite empezaron a derramarse sin arder por el orificio de la mecha. Sobre su camastro, como una mancha siniestra sobre el blanco de las sábanas, vio una cruz de madera basta con el cadáver de un conejo, empapado en sangre todavía tibia, clavado sobre ella.

Llevaba ya más de dos años en la capital. Su obrador era una empresa floreciente, a pesar de la incertidumbre con la que había comenzado, casi más por complacer al entusiasmado rabino Mordecai que por convicción. Empleaba a cuatro personas además de ella y de Cleofás, en quien cabía confiar para cualquier trabajo por muy pesado que fuera. En ese momento, por ejemplo, estaba instalando una viga de sujeción para unas cubas metálicas que quedarían suspendidas sobre los hornos y se podrían calentar o enfriar a discreción; el espacio en el obrador era muy justo y había que aprovechar la gran altura del local.

Su mayor negocio en ese momento era el entintado de tejidos de seda, que apenas había trabajado cuando estaba en Barcelona. Toda la seda de Oriente pasaba por Constantinopla a través de comerciantes judíos. Esta comunidad gozaba prácticamente de un monopolio de varios siglos de duración en la fabricación de telas de este material, a pesar de que la manufactura de la seda sufrió un terrible golpe a principios del siglo XIII con el incendio del barrio judío de Pera y la invasión de los cruzados en 1204. Aunque decían los fabricantes que la calidad de sus textiles era una fracción de la que habían conseguido sus antepasados antes de la llegada de los francos, lo cierto era que las telas eran excelsas, su suavidad insuperable, y era tanta la abundancia de estos tejidos que un vestido de gran calidad apenas costaba una docena de *stauratones*, o monedas de plata bizantinas. Para los menos pudientes había incluso unos tejidos de menor categoría, llamados *koukoulariko*, hechos de restos de fibras de seda descartadas mezcladas con fibras de lino o algodón. Alamanda pronto aprendió a fijar bien los mejores pigmentos en la seda, de manera que, cada vez más, algunos de los tejedores judíos requerían sus servicios de entintado antes de confeccionar los ricos vestidos que luego vendían a las mujeres griegas.

Durante esos meses, había establecido contacto con la colonia catalana del cónsul Joan de la Via, en cuyo entorno vivían unas cien familias con las que, de vez en cuando, gustaba de hablar en su lengua materna y recordar la tierra lejana de la que provenía. Hasta se reconcilió con Bernat Guifré, el soldado cobarde que huyó durante la masacre de Santa Brígida y que no tardó ni un instante en tratar de hacerle la corte, aunque ella era unos años mayor que él. Se acostó con él algunas veces, más por curiosidad que por verdadero deseo. Encontró la experiencia inquietante y hasta placentera, pero se dio cuenta de que el muchacho podía esperar de ella algo que no estaba dispuesta a ofrecerle y, al llegar los primeros fríos, cortó de raíz cualquier intento de Bernat de ir más allá de una relación física.

En general, sin embargo, no frecuentaba mucho a los catalanes; hallaba a sus compatriotas muy cerrados en sí mismos, y creía que estaban perdiendo la oportunidad de abrirse a las mil culturas que florecían en aquella Babel moderna. Si algo le frustraba de Constantinopla era lo aisladas que estaban a veces las distintas comunidades; vivían en barrios separados, vestían diferente, se trataban de manera desigual. Ella estaba a gusto entre los judíos, los cuales se mostraban muy sorprendidos de que una cristiana se interesase por sus usos y costumbres.

A pesar de que las cosas no le iban mal, una comezón insidiosa le rugía en las entrañas. Había llegado hasta allí con un propósito muy claro, no para ser modestamente próspera con un obrador. Para eso podía haberse quedado en Barcelona y ya sería mucho más rica de lo que jamás lograría ser en Constantinopla. Hablaba de ello a menudo con Mordecai y Sarah. Se dio cuenta de que la mujer del rabino era tan sabia como él, y poseía, además, la prudencia y el decoro que su comunidad demandaba de la mujer de su maestro. Con los meses de contacto casi diario, diríase que, de corazón, la habían adoptado como la hija que nunca pudieron tener.

—Conozco de memoria todo lo que jamás se ha escrito sobre la confección de la púrpura —se quejaba con ellos, cenando un exquisito guiso de cordero con garbanzos al limón que Sarah había convertido en su especialidad—. Pero nunca seré capaz de probar si funciona si no consigo hacerme con esos caracoles.

Mordecai le había hallado unos rollos de papiro antiquísimos escritos en griego que se decía que los había escrito la *purpuraria* Lidia, la santa Lidia que adoraban en el convento del Bages. Cuando le tradujo el texto, Alamanda se dio cuenta de que era casi palabra por palabra parte del libro tercero de su *Liber purpurae*.

—¡Bonagrazia debió de tener acceso a una copia de estos escritos! —exclamó con alborozo.

Sus conocimientos sobre el tinte divino eran inmensos, pero eran todos teóricos.

—Debo partir hacia Tiro, rabino —decía, a menudo.

—Es demasiado peligroso que vayas por mar, hija. Los otomanos controlan toda la costa y tienen una cierta tendencia a vender como esclavas a las cristianas de buen ver.

—Y, además, carezco de recursos para pagarme un pasaje.

Mordecai sugirió que podía camuflarse en alguna de las caravanas comerciales judías que cruzaban la Capadocia hacia las rutas de Oriente, pero para ello debía hacerse pasar por judía, pues raramente los turcos permitían a los griegos adentrarse en sus dominios sin ser molestados. Tan solo algunas rutas que los unían con los cristianos del Ponto y con Armenia les estaban abiertas. Y venecianos y genoveses no se aventuraban tampoco por allí desde los tiempos del explorador Marco Polo.

Alamanda acogió la idea con entusiasmo, pero el rabino y su mujer le rebajaron la euforia y le hicieron prometer que no intentaría ir a Fenicia hasta que ellos no estuviesen convencidos de que estaba preparada.

Los meses pasaban casi sin que ella se diese cuenta, ocupada como estaba en mantener la actividad de su obrador. Pero cuando tenía un rato de asueto le asaltaba la impaciencia; veía salir cada cierto tiempo alguna caravana judía y se preguntaba por qué no hacían nada sus amigos para meterla a ella en la expedición.

—Todo se andará, hija mía. La paciencia es la mayor virtud.

Una mañana se le pasó por la cabeza que quizá estaba abusando de la amable pareja hebrea, pues Sarah solía insistir en invitarla a comer. Sabía que el rabino no era rico, y se sintió mal por recibir tanta hospitalidad sin corresponder a ella. Ese día, antes de ir a la casa de los Pesach, pasó por el mercado de la plaza de Philoxenos y adquirió un par de liebres ya despellejadas con la intención de prepararlas para sus anfitriones. Pero cuando llegó a la casita del Vlanga y las mostró, Mordecai y Sarah se miraron con cara de tristeza.

—Me temo que te falta mucho por aprender antes de poder pasar por judía, hija mía —le explicó, algo más tarde, el rabino—. Debes saber que los judíos solo comemos carne *kosher*, y que los animales que consideramos impuros nos están vetados.

—¿Las liebres son impuras?

—Sí, así como los cerdos, los caballos y los camellos. Y todos los que comen carne o carroña. Tan solo consideramos puros los que rumian y tienen la pezuña hendida. Ah, y solo podemos comer su carne si han sido sacrificados según las leyes de la *shejitá*, es decir, sin hacer sufrir al animal, aplicando un corte preciso sin vacilaciones y desangrándolo del todo. Entre las aves, solo comemos las de corral, como gallinas, ocas, patos y pavos, pero nunca aves de presa o carroñeras.

—No lo sabía...

—Y hay normas muy estrictas sobre cómo preparar al animal para el degüello y cómo debe este producirse. De hecho, el matarife, al que llamamos *shojet*, debe estudiar durante años antes de poder vivir de su oficio.

Sarah estaba preparando ya un caldo de gallina con pedazos de carne, todo ello *kosher*, y dispuso unas pasas, olivas y pastelitos de almendra para engañar al hambre de su invitada mientras esta esperaba.

—Tengo tanto por aprender...

Mordecai la miró con gesto serio. Se volvió hacia Sarah y le habló en yevánico.

—No sabe nada de nosotros y pretende hacerse pasar por hebrea.

—No podrá dar ni dos pasos antes de ser descubierta —respondió Sarah.

Entonces, el rabino tomó una decisión.

—Tienes razón, hija, y debo pedirte disculpas. Nunca he tomado demasiado en serio tu idea de hacerte pasar por hebrea en una de las caravanas de mi pueblo, si quieres que te diga la verdad. Quizá por egoísmo, porque disfruto de tu compañía. No, no me malinterpretes; por supuesto que tenía intención de ayudarte llegado el momento, pero, en el fondo, creo que pensé que ese momento no llegaría jamás, que te establecerías aquí con tu obrador y prosperarías con nuestra comunidad.

—Pero, maestro, siempre habéis sabido que mi destino es ir a Fenicia...

—Tienes razón. He sido un necio. Y mi buena Sarah —añadió, echando una mirada a su esposa— ya me lo había advertido un par de veces, que tú no eras una mujer veleidosa como tantas hay, que tu propósito era firme y no ibas a cambiar de idea. En fin, para compensarte, a partir de hoy, voy a instruirte sobre nuestro pueblo, nuestras costumbres y nuestra religión. Dios sabe que no pretenderé convertirte y que renuncies a tu fe cristiana, pero si de verdad quieres unirte a una expedición a Oriente, más te vale aparentar que has nacido en el seno de nuestra comunidad. Y a fe mía que voy a hacer lo posible para que así sea.

El clima en Constantinopla, por impredecible, era siempre motivo de comentario por parte de sus habitantes. El día anterior amaneció soleado y la gente se deshizo de chales y esclavinas. Esa jornada, en cambio, una lluvia helada proveniente del mar Negro sorprendió a Alamanda cuando quiso salir de su casa, la modesta vivienda que ocupaba sobre el obrador. Había quedado con el herrero porque necesitaba unas palas de cobre para las tinajas, pues algunos mordientes se pegaban a las de madera y las inutilizaban.

Aquel día en particular, con la lluvia arreciando, estaba algo agitada, muy a su pesar, porque la tarde anterior, justo cuando andaba pensando que llevaba demasiado tiempo en aquella ciudad y había decidido exigir a Mordecai que la enrolase en la siguiente caravana, recibió la noticia de que el capitán Eliseu había vuelto a la ciudad. Los rumores volaban en aquella gran ciudad como si de un pequeño pueblo se tratase; llegó hasta sus oídos, a través de Bernat Guifré, que una galera procedente de Barcelona había atracado unos días atrás en el Cuerno de Oro, y que su capitán podría ser Eliseu Floreta. ¿Era cierto? ¿Habría regresado el único hombre del que un día se creyó enamorada? ¿Con una galera nueva, quizá?

Supo de su partida meses atrás, y algo se le quebró en el alma al conocer que ya no estaba allí, a pesar de que no habían vuelto a verse desde el día en que arribaron a puerto y se hundió la *Santa Lucía*. El bueno de Josué le había dicho, unas jornadas antes de partir, que se habían enrolado ambos como meros oficiales de segunda en una galera genovesa que partiría del Gálata hacia Sicilia, con la esperanza de embarcar allí rumbo a Barcelona.

Caminando apurada por las calles, con la lluvia rugiendo sobre su capa aceitada, su ánimo excitado y la cabeza turbulenta por la proximidad física de Eliseu, se topó con un niño cubierto con una esclavina de cuero que corría para llegar a su destino cuanto antes. Se trastabillaron los dos; Alamanda pronunció sin pensarlo una disculpa en griego y quiso ayudar al muchacho a levantarse. Entonces le vio el rostro, y, en una fracción de segundo, estalló el reconocimiento mutuo; no era un niño, sino el enano Barnabas, el remolar heleno de la *Santa Lucía* que había traicionado a su capitán en Palermo y lo había vendido a Ladouceur.

Antes de que ella pudiera reaccionar, Barnabas se escabulló con inusitada agilidad calle abajo, dejándola aturdida y confusa. Durante unos instantes, olvidó por completo su recado. La lluvia arreciaba, y, a pesar de la capa, empezaba a calar ya hasta su piel. Se puso a temblar de frío y de ansiedad. Dio media vuelta y se encaminó de vuelta a casa. ¿Era casualidad la presencia de Barnabas, sicario de Ladouceur, en Constantinopla justo a la vuelta de Eliseu?

No tuvo tiempo de madurar sus reflexiones, pues, unas travesías más abajo, escuchó que alguien gritaba «¡Allí está!» y, por encima del estruendo del aguacero, oyó los pasos apresurados de algunos hombres que se acercaban. Demasiado tarde se percató de que iban a por ella.

Estaban en el barrio de Hebdomon, fuera de las murallas de la ciudad, a siete millas, como su nombre indicaba, del Milion, el punto que marcaba todas las distancias del Imperio. La habían llevado oculta en un carromato cubierto a través de la puerta de Oro por la Vía Egnatia. La lluvia se había hecho tenue y, justo al llegar, los primeros rayos de sol horadaban ya los bajos de las nubes, como saetas de luz lanzadas por un benevolente Zeus. Por lo que pudo ver, la villa en la que la habían encerrado era grande, rodeada de campos de olivos y cercana a una gran cisterna al aire libre que parecía un lago rectangular.

No hubo de esperar mucho para saber quiénes eran sus captores, pues enseguida apareció el pirata Rémi Ladouceur acompañado de su séquito y de una estela de perfume barato con el que pretendía disimular su hediondez.

—Debí suponerlo desde el momento en que vi al traidor en la ciudad —le espetó ella.

No sentía miedo, sino una intensa rabia.

—Mademoiselle Alamanda, ¡qué inmenso placer!

El marsellés iba vestido de azul, una vez más, con un jubón ajustado de hermosas mangas acuchilladas, faldones cortos sobre las calzas y borceguíes de tafetán de dorados cordones. Como era habitual llevaba un pañuelo blanco bordado en una de las manos, probablemente perfumado de pachulí. Hizo una reverencia burlesca para regocijo de sus secuaces, entre los que estaba, algo escondido al final y sin sonreír, Barnabas. Alamanda lo miró a los ojos, y el hombre le mantuvo la mirada, diríase que desafiante.

—No puedo decir lo mismo —dijo ella—. ¿A qué viene esto? ¿Por qué me traéis a este inmundo agujero? Yo no os debo nada.

—¡Ah! Esto es debatible, mi dama. ¿O es que no os acordáis de que vos prendisteis fuego a mi hermosa *Inverecunda*? Creo recordar que vos misma fuisteis la que, con esas delicadas manitas, encendisteis la llama. Un truco muy astuto, lo reconozco. En fin, que, tal y como yo lo veo, me debéis los casi doscientos florines que me costó repararla en Messina.

—Fue en acto de guerra; legítima defensa ante un intento de abordaje —respondió, desafiante—. Os lo repito: yo no os debo nada.

—Bien, ya discutiremos esto más tarde —dijo Ladouceur, con un mohín de desprecio.

De pronto se puso muy serio, y Alamanda, una vez más, comprobó el poder de aquellos ojos hirientes, la frialdad de su gesto, la ausencia de escrúpulos.

—Ahora necesito algo más importante —dijo, entre dientes—. Vos me serviréis de cebo para atrapar a Eliseu Floreta.

—Andáis muy equivocado si creéis que yo os puedo llevar hasta él. Hace más de un año que no lo veo, y tengo entendido que hace meses se enroló en un barco para regresar a su tierra.

Ladouceur se le acercó tanto que tuvo que arrugar la nariz ante el hedor de su hálito.

—No necesito que me llevéis hasta él, porque él acudirá a vos. Las moscas siempre vuelan a la miel —le dijo—. ¿O es que acaso creéis que ha vuelto a Constantinopla para darse un baño en el Bósforo?

Aquello la turbó. Hasta ese pirata había adivinado lo que ella no se atrevía a pensar todavía: que Eliseu había regresado a por ella.

El marsellés volvió a sonreír, y dio unos pasos por la estancia.

—Sinceramente, no he podido resistir la tentación de volver a teneros cerca en cuanto me dijo Barnabas que os había localizado. Pero no temáis; pronto volveréis a ser libre. Mi pequeña venganza por lo que le hicisteis a mi galera consistirá en un pequeño espectáculo que os tengo preparado y que habréis de presenciar.

Dos hombres la agarraron de los brazos y la llevaron a un cobertizo contrahecho de considerables dimensiones entre los olivos de la zona. Dentro estaba oscuro, aunque algo de luz entraba entre los tablones mal colocados del techo, por donde también se filtraba todavía alguna gota rezongona del aguacero de aquella mañana. Al poco rato, sus ojos se acostumbraron a la penumbra, justo cuando los hombres de Ladouceur empezaron a encender antorchas alrededor de una especie de cisterna vacía que ocupaba todo el centro del chamizo. Ese aljibe era una construcción circular, de unas cuatro o cinco brazas de profundidad y rodeado de ladrillo. Por la hojarasca y el cieno maloliente que se acumulaba en las esquinas diríase que no había contenido agua en mucho tiempo, más allá de las gotas de lluvia que hasta allí se colaban. El fondo estaba oscuro hasta que los hombres fueron colocando las luminarias a su alrededor, de manera que formaron un círculo de luz en torno al hoyo. Hasta ese momento, Alamanda no se percató de que una figura humana pendía del techo justo sobre el centro de la cisterna. A la luz de las teas vio que se trataba de un hombre al que habían atado por las muñecas y colgaba de una polea. Le pareció que era un cadáver, pero pronto lo vio agitarse en cuanto percibió la luz y los que allí se habían reunido. Al moverse, quizá agonizante, la cuerda se dio la vuelta y su cara se volvió hacia donde estaba Alamanda.

—¡Oh, Dios mío! —exclamó ella, sofocando con la mano un grito de horror.

Colgado como un jamón, el rostro abotargado por los golpes, la sangre seca en su desgarrada camisa, deslumbrado por el fuego de las antorchas, Josué no estaba en condiciones de reconocer a nadie. Quiso gritar alguna cosa, pero de su garganta solo salió esputo, que formó espuma en las comisuras de los labios y se derramó hasta su barbilla.

—¡Echadle agua, que quiero que esté bien despierto para lo que ha de venir!

—¿Qué vais a hacer con él? No tenéis querella alguna con Josué.

—Os equivocáis una vez más, mi dama. Este bellaco es también mi deudor, por causa pareja a la de su patrón. Y, además, es tan terco que no quiere decirme dónde puedo hallar al capitán.

—¡Dejadle partir, os lo ruego!

—*Dieu*, que tenéis un rinconcito de ternura en vuestro corazón para este desgraciado. ¡Con lo feo que es!

Los hombres se rieron. Había al menos una docena, todos ellos rudos y bullosos, leales a su jefe por pasión, temor o ambición. Echaron un par de baldes de agua al rostro de Josué y este se despabiló. Se agitó en su precaria posición y buscó fijar la vista en sus atormentadores. Vio a Alamanda, que se cubría medio rostro con ambas manos, y tardó unos instantes en reconocerla.

—Mi... mi señora... —balbució.

—Josué, mi buen Josué. ¿Qué te han hecho?

—Trató de escabullirse —terció Ladouceur, como si explicase una historia remota, sin emoción alguna— y tuvimos que darle caza. Supongo que Eliseu se nos escapó de milagro. Y este cabezota no quiere decirnos dónde podemos hallarlo. Por ello, mi dama, ha sido una suerte dar con vos. Os confieso que no tenía ni idea de que seguíais en la ciudad. Tarde o temprano, vuestro capitán os honrará con una visita.

Alamanda, recordando lo que le había contado Eliseu sobre la inmensa crueldad de Ladouceur, lo de los conejos crucificados y el «paseo por el árbol» al que sometió a ese muchacho, trató de mediar por Josué.

—Pues dejad que me lleve a Josué, ya que estáis tan seguro.

—Ah, mi dama, pero eso no es posible, me temo. Veréis: vuestro amigo —dijo, señalando con la mano en la que llevaba el pañuelo bordado— me debe dinero, y no está en disposición de saldar sus deudas. No puedo permitir que corra la voz que mis deudores pueden dejar de pagar. ¡Sería mi ruina!

Chasqueó los dedos en ese momento, y algunos de sus hombres salieron del cobertizo. Se organizó en el exterior una gran baraúnda; diríase que una jauría de perros salvajes se abalanzaba sobre ellos mientras los hombres les gritaban improperios. Media docena de canes metidos en jaulas de alambre fueron arrastrados hasta el interior, abrieron las cajas en el borde del aljibe y los arrojaron de mala manera al fondo. Eran mastines de ojos enajenados y fauces espumosas que, una vez recuperados del golpe, se echaron uno contra el otro a mordiscos rabiosos.

—No han comido en tres días, mi dama —le informó Ladouceur—. Están, literalmente, locos de hambre.

Con otro movimiento de la mano, indicó a uno de sus lacayos que empezase a dar cuerda con un manubrio, de manera que Josué fue descendiendo sobre la cisterna. Alamanda se dio cuenta de lo que pretendía el marsellés.

—¡No seréis capaz...!

Ladouceur sonrió con malicia, mirándola.

—Vais a presenciar, mi dama, cómo trata Rémi el Dulce a aquellos que pretenden ser más listos que él. Esto mismo es lo que le espera a vuestro amado Eliseu en cuanto le pongamos las manos encima.

Los perros, advertidos ya de la proximidad de carne en la que hincar el diente, empezaron a saltar y aullar, sus belfos babeando por anticipado, bregando entre ellos por la mejor posición bajo el cuerpo de Josué. El criado de Ladouceur daba vueltas a la manivela con deliberada lentitud, acercando pulgada a pulgada los pies desnudos del calafate a las fauces hambrientas de las bestias. Josué se agitaba, comprendiendo ya lo que pretendían sus captores. Quiso gritar, pero apenas le salió un gruñido agudo de la garganta.

Después de unos cuantos saltos fallidos y mordiscos feroces que no herían más que al aire con un sonido seco, uno de los perros logró clavar sus caninos en el pie de Josué. El hombre aulló de dolor mientras la bestia seguía colgada de su pie. El marino encogió las piernas todo lo que pudo, pero pronto fueron más los mordiscos que alcanzaron su objetivo.

Alamanda se cubrió los ojos y se dio la vuelta, incapaz de soportar tal horror. Ladouceur ordenó a uno de sus lacayos que le agarrase los brazos por detrás y la acercase al hoyo.

—Ah, no, mi dama —vociferó Ladouceur entre dientes, pinzando sus mejillas con la mano para obligarla a mantener la vista al frente—. Vais a ser testigo de esto os guste o no.

Josué ya estaba tan bajo que los mastines podían arrancar pedazos de carne de sus piernas sin saltar siquiera. Sus enormes fauces desgarraban piel y músculo como si fuese manteca.

—Escuchad cómo crujen los huesos, mi dama —le espetó Ladouceur, casi al oído, sus ojos desorbitados de locura—, el chasquido de los tendones al partirse, cómo se desgarra el músculo... El cuerpo humano es fascinante, mi dama, hecho de sangre, vísceras y carne, lo mismo que comemos vuestra merced y yo. Solo que, dicen algunos, mucho más sabroso.

Ella ya lloraba abiertamente, casi a gritos. La manivela seguía dando vueltas; si a Josué le hubiesen quedado piernas, habría tocado ya el fondo del aljibe. Los canes, enloquecidos por la falta de alimento, devoraban a dentelladas los muslos del desgraciado, que, por entonces, gracias al Cielo, ya había perdido el conocimiento, aunque todavía sufría espasmos nerviosos.

Los perros hambrientos dieron cuenta del cuerpo del calafate en lo que se tardaba en rezar un *padrenuestro*. Uno de ellos logró separar la cabeza de lo que quedaba de tronco y se la llevó aparte para mordisquearle el rostro. En minutos, del infausto marino no quedaron más que algunos huesos resquebrajados y jirones de ropas ahítas de sangre. Solo entonces, cuando los mastines empezaban a retirarse a alguna esquina con las panzas llenas y algún hueso que roer, soltó Ladouceur a Alamanda. El hombre que la sujetaba la liberó, y ella cayó de rodillas y hundió la cabeza en sus brazos y lloró a gritos, exhausta de dolor e incomprensión.

Josué, ese hombre bueno al que las fiebres arrebataron a su familia, que tenía en el mar su único hogar y que era fiel como el más dócil de los animales, había hallado el fin más cruel a manos de un desalmado. Recordó entonces a Letgarda, cuya vida de bondad no le había servido para protegerla de los golpes del destino. ¿De qué servía ser bueno en esta vida si solían prevalecer los que eran malos? ¿Por qué los más nobles y generosos eran los más maltratados?

Dios le debía una explicación; esperaba respuestas cuando se hallase frente a Él.

—¿Buscáis esto, mi dama?

Ladouceur blandía ante sus ojos la daga que ella siempre llevaba en el bolsillo de la saya y que había sido de Feliu antaño. En un arrebato de cólera, Alamanda se había lanzado sobre el marsellés con el ánimo de ensartarlo en su puñal, sin importarle su suerte, pero no había encontrado su fiable arma entre sus ropajes.

—Buena empuñadura, sí señor —dijo, admirándola—. Bien balanceada. Espléndido filo y muy buena punta, de la que, por cierto, aún conservo un pequeño recuerdo —añadió, señalándose el cuello.

—¡Sois un miserable! —le espetó ella, escupiéndole en el rostro con toda su rabia.

Ladouceur la abofeteó con el dorso de la mano con tanta fuerza que un hilillo de sangre empezó a derramarse por la comisura de su labio. Los ojos del francés eran de nuevo dos saetas de fuego, inmisericordes.

—¡Preparádmela! —ordenó a sus hombres.

Dos de sus secuaces se la llevaron a la villa. Había empezado a llover de nuevo, pero con mucha menos intensidad que aquella mañana. La metieron en una estancia estrecha con un camastro de madera y una silla de esparto por todo mobiliario. Estaba oscuro, a pesar de que era media tarde, pues el único ventanuco que allí había tenía los cristales mugrientos y apenas penetraba la luz del día. Colgadas en la pared, había unas pocas lámparas de aceite que chisporroteaban encendidas. Los dos hombres la desnudaron por completo sin pronunciar palabra alguna. De inmediato entró Ladouceur, con ropa de acuerpo, y ella lo recibió con la barbilla alta, desafiante, dispuesta a no darle la satisfacción de verla humillada rogando por su vida.

En cuanto sus hombres se hubieron marchado, se acercó a ella con paso lento, premeditado, y le puso la punta de la daga contra la piel inmaculada de su cuello, presionando hasta que una gota de un rojo intenso la mancilló. Ella hizo un leve mohín de dolor, pero siguió mirándolo a los ojos, recia y entera.

—Vos me hicisteis la misma herida la primera vez que nos vimos, ¿recordáis? —le dijo él, con una mueca infame.

Ladouceur la llevó entonces hasta la cama y la obligó a postrarse. Su mirada no reflejaba más emoción que el odio. Cuando la tuvo tumbada, el marsellés lanzó la daga al suelo y le agarró ambos brazos por encima de su cabeza. El hombre era pequeño, pero sus músculos fibrosos y fuertes. Alamanda cerró los ojos y apretó los dientes.

Mientras llamaba a sus hombres, una vez satisfecho, puso el anillo de hierro contra la llama de una de las lámparas con parsimonia, observando con deleite cómo enrojecía el burdo metal.

Entre los dos hombres la tuvieron quieta mientras Ladouceur le marcaba el muslo derecho con la L grabada en su anillo. Alamanda apretó con fuerza los dientes para evitar que un grito de dolor escapase de su garganta, y, con los ojos llenos de lágrimas, llegó a sus narinas el acre olor a carne quemada.

Bernat Guifré la estaba esperando en la esquina, como le había pedido. Cleofás iba con ella, y, unos pasos más atrás, siempre vigilante, los seguía su nuevo guardaespaldas, don Pedro de Zuera, armado y listo. Alamanda ya no se fiaba ni de su sombra en aquella ciudad. Era jueves, día de mercado en la plaza. Llevaba una cesta, las espaldas cubiertas con un alquicel de lana blanca e iba tocada con un velo de lino blanco sobre la cofia. Estaba adoptando, casi sin darse cuenta, un estilo de vestir que se asemejaba al de las mujeres judías.

Miró de soslayó al soldado, que captó su señal y se metió por el mismo pasillo entre los puestos de hortalizas.

Dos días antes, Alamanda había acudido a la colonia catalana y había buscado a Bernat. Tenía que pedirle un favor, pero como sabía que el chico era caprichoso y poco fiable, decidió que le ofrecería un trato. Lo invitó a cenar a una cantina de Caenopolis, cosa que él agradeció de inmediato, pues con su soldada solo podía permitirse comer fuera del recinto acuartelado en contadas ocasiones. Él y sus compañeros vivían en casas de madera construidas alrededor de una plaza, junto a unos campos empinados donde apenas unos huertos daban algo de alimento a la colonia. A levante se alzaba la casa de piedra del cónsul Joan de la Via, y algunos mercaderes catalanes medianamente prósperos habían erigido sus viviendas en un arco de medialuna detrás del edificio consular. Al norte, una pequeña capilla también hecha en madera daba servicio a la comunidad. Alamanda había asistido a misa algún domingo y en fiestas señaladas. Pensó que, con tantos soldados alrededor, allí no corría peligro de ser asaltada por monjes fanáticos.

Bernat Guifré se mostró sorprendido, y algo suspicaz, pero aceptó la invitación de buena gana y se ocupó de que sus compañeros de armas lo viesen pasear con aquella fascinante dama asida de su brazo, pavoneándose orgulloso con el pecho inflado. Una vez en el figón, sentados a una mesa bajo una ventana, Alamanda le habló sin rodeos, y le dijo que esperaba algo de él. El joven amusgó los ojos y dibujó una sonrisa socarrona en sus labios, pero decidió que le intrigaba la propuesta.

—Debo ayudar a un amigo —le dijo—. Tengo que advertirle que lo buscan y que su vida corre peligro.

—¿Y por qué no le avisáis vos, mi señora?

—Porque sospecho que quien quiere matarlo me sigue, creyendo que yo lo llevaré hasta él.

El soldado abrió los ojos e, instintivamente, se llevó la mano al costado donde siempre llevaba un arma. Alamanda le explicó que quería que él hallase al capitán Eliseu y le diese el mensaje de que el pirata Ladouceur estaba en Constantinopla y quería atraparlo, que había asesinado ya a Josué, y que, bajo ningún concepto, debía ponerse en contacto con ella, pues los sicarios del marsellés la vigilaban día y noche.

—¡Uf! Esto es mucha información. Y suena peligroso. ¿Piratas? ¿Y decís que ya han matado a alguien?

La mujer le puso la mano encima de la suya y le miró con tristeza.

—Bernat, os lo pido por favor. Os considero un buen amigo, y vos sabéis que hemos compartido veladas muy agradables.

—Que vos cortasteis de raíz sin dar explicación alguna.

—Sí que os di una explicación; no quería que nuestro retozar inocente se tornase algo más serio. Os dije que debo partir, y que no deseo más complicaciones en mi confusa existencia.

—Ya... —murmuró él, dubitativo.

—Estoy dispuesta a reanudar nuestros encuentros si me prometéis que no os prendaréis de mí.

Bernat arqueó las cejas y, tras unos segundos, estalló en carcajadas.

—¿Me estás haciendo proposiciones que harían sonrojarse a un picapedrero para que os haga un favor? ¿En qué os convierte eso, mi dama?

Alamanda tuvo que contener su ira, pues la estaba llamando mujer de mala vida. Y porque, en el fondo, eso era exactamente lo que le estaba proponiendo: sexo a cambio de un favor. Pero se dijo, al pensarlo, que era un trato justo, y que ella también gozaba de aquellas noches durmiendo juntos, y que cualquier precio era bueno, en todo caso, para salvar la vida de Eliseu.

—No seáis necio, Bernat —contestó ella, forzándose a sonreír—. Si no disfrutase de nuestros encuentros amorosos no habría tenido la vergüenza de proponeros esto. No, no soy una furcia; me gustáis, Bernat Guifré. Más de lo que me permito admitir.

Aquello llenó de orgullo al joven, y acabó por sellar el trato. Esa noche, tras la cena, se lo llevó a su obrador. Cuando se acercaba a la callejuela empinada se puso zalamera con el chico, agarrándole del brazo con ambas manos y recostando su mejilla en el hombro de él. Pensó que, si los espías de Ladouceur la estaban viendo, quería que se llevasen la impresión de que ya había superado lo que pudiera haber sentido por el capitán Eliseu y que su vida continuaba sin él. Bernat estaba eufórico; la empujó contra una de las paredes y la besó con pasión. Alamanda no estaba preparada para ese arrebato, pero decidió seguir el juego y se relajó. Además, siempre le había gustado cómo besaba el chico. ¿Con quién habría aprendido? ¿Había estado él enamorado alguna vez de alguna chica? Nunca había llegado a preguntárselo.

Entraron en sus habitaciones sin dejar de besarse, y se quitaron la ropa el uno al otro con apremio. Alamanda se preguntaba hasta dónde llegaba su ficción y dónde empezaba el gozo auténtico por estar de nuevo abrazada a un cuerpo humano bello y deseable, dispuesta a fundirse con él en unas horas de pasión. Cuando en un arrebato de roces se desprendió la pequeña venda que llevaba ella en el interior de su muslo, Bernat quiso preguntarle por aquella herida todavía enrojecida que parecía una letra o símbolo tatuado, pero ella lo distrajo hundiendo su lengua en la boca de él.

Quizá fue el miedo, quizá fue que sentía cerca a Eliseu, quizá para limpiar de su cuerpo el amargo recuerdo de lo que le hizo Ladouceur unos días antes... ¿Cómo era posible que el mismo acto físico de unión carnal con un hombre fuese a veces tan repulsivo que le daban ganas de vomitar y otras tan placentero que gritaría de gozo a las estrellas? Aquella noche volvieron una y otra vez a explorarse el uno al otro, con pasión ardiente, con deseo, hasta que fue el propio Bernat el que, entre jadeos, le pidió un respiro y se durmió abrazándola y una sonrisa de satisfacción en el rostro.

Ahora lo veía por primera vez desde aquella madrugada, en

el mercado, y sintió un cosquilleo extraño en su interior. Pero el chico cumplió a la perfección lo que ella le había pedido que hiciese, y, en el pasillo de los puestos de hortalizas, fingió sorpresa por toparse con ella. Estaban representando un papel para los espías de Ladouceur, que suponía que estarían en cualquier rincón, observándola por si los acercaba al capitán.

Bernat se la llevó del brazo al último puesto de la fila, el de un vendedor de calabazas, y le dijo, a hurtadillas, que había localizado a Eliseu y le había transmitido su mensaje.

—¿Os ha dicho si tiene intención de partir? —preguntó ella, ansiosa.

Bernat la miró con tanta fijeza que ella se incomodó y apartó la vista.

—Se sintió herido cuando le dije que no queríais verle —explicó, finalmente—. De hecho, hasta me amenazó con un cuchillo y me llamó embustero. Pero pareció aplacarse cuando leyó vuestra misiva. ¿Qué decía en ella?

—¿No la leísteis?

—Bien sabéis que no, mi señora. Tuvisteis cuidado de sellarla con lacre.

—Le hablé de lo que le había ocurrido a su primer oficial, Josué, ya que lo presencié con mis propios ojos. Le aseguré que su vida corría peligro y que yo estaba vigilada, aunque yo me siento a salvo pues el pirata no me busca a mí. Y ahora llevo siempre guardaespaldas, y vivo entre judíos que me defenderían en caso de ataque. Tuve que decirle que ya no quiero volver a verlo jamás para que no dudase en partir.

—Pero vos seguís amándolo...

Las palabras de Bernat eran más una afirmación que una pregunta.

Ella se encogió de hombros.

—Nunca he amado a un hombre lo suficiente como para querer casarme con él —contestó—. Compartí... momentos muy dulces con el capitán Eliseu, pero de esto hace ya un par de años. Y luego él me hirió profundamente.

El soldado la miró unos segundos, como estudiándola, y luego la rodeó con sus brazos y pretendió besarla.

—¡Por Dios, Bernat, aquí no! —protestó ella, deshaciéndose de su abrazo.

—Yo nunca os haría daño, mi señora.

Ella amusgó los ojos y se puso severa.

—Recordad nuestro trato, Bernat Guifré. En el momento en que yo note que esto va más allá del placer físico que nos regalamos el uno al otro, dejaré de veros.

Él se hizo el herido, pero se esforzó por reír con juvenil desapego y fingió que todo aquello había sido una broma.

—Aseguraos de que la galera del capitán Eliseu zarpe —le ordenó ella, después, antes de despedirse—. Le he conseguido un contrato de vuelta, aunque él no sabe que he sido yo, o sea que ya no tiene excusa para quedarse.

Alamanda había maniobrado con el signore Piatti, el representante de Borgato, para que desviasen un envío hacia la galera de Eliseu. Le había costado una cierta cantidad de oro y dolor en el corazón, pero así se aseguraba que tuviese que partir.

—¿Cuándo podré volver a veros? —le gritó Bernat, cuando ella ya se iba con Cleofás.

Volvió la cabeza y le hizo un gesto coqueto, de nuevo a beneficio de los espías.

—Pronto, querido. Tened paciencia.

Cuando tuvo certeza de que Eliseu había abandonado la ciudad con el cargamento de fardos de seda con destino a Venecia, se sintió triste y aliviada a la vez. Sabía que estaba a salvo, de momento, pero creyó que ya no volvería a verlo jamás. Tras la terrible muerte de Josué, había contratado a un soldado de fortuna que le recomendó el mismo cónsul catalán. Era aragonés, de nombre Pedro de Zuera, mercenario aguerrido y muy leal. Tenía sus propias armas, que cuidaba con mimo cada noche, y se apostaba en su obrador, cerca de la puerta, siempre vigilante. Cleofás seguía siendo su mayor protección de puertas adentro, pero se sentía más segura contando con un guardián veterano en la vivienda.

Para el obrador había empleado desde el principio a cuatro aprendices, tres judíos y una chica armenia, de nombre Siranush, todos ellos bastante competentes y buenos en el aprendizaje. Tenía depositadas muchas esperanzas en un chico espigado de largas manos llamado Chaim y en Siranush, a la que todos llamaban Sira. El nombre significaba «bella» en armenio, según explicó ella misma con cierta ironía burlona, pues no podía decirse que lo fuese. A Alamanda le gustó su cara redonda, de grandes pómulos como manzanas, y, aunque sonreía poco, cuando lo hacía mostraba unos dientes blancos bien cuidados. Sus ojos, demasiado juntos y pequeños, brillaban con una chispa de inteligencia. Su madre, según contaba ella, le hacía las trenzas cada mañana, y le echaba mucha imaginación, de modo que la chica aparecía cada día con un peinado diferente. Era trabajadora como la que más, y pronto le fue confiando tareas de mayor responsabilidad.

En esa época, Alamanda empezó a ir cada mañana a la casa de Mordecai a recibir lecciones de judaísmo, excepto en el *shabbath* o cuando el rabino debía reposar, estar en la sinagoga o visitar enfermos. Lo hacía después de dejar las cosas bien preparadas en el obrador. Se levantaba a las seis cada día, gestionaba los pedidos pendientes y recibía los acopios, revisaba las cuentas con ayuda de un aparato de cuentas de madera llamado ábaco que un judío amigo de Mordecai le enseñó a usar para las sumas y daba órdenes para priorizar la preparación de los baños de tinte y que la operación fuera más eficiente. Hacia las ocho, el obrador estaba ya a pleno rendimiento, con los cuatro aprendices preparando las cubetas o las telas y los criados asegurando la limpieza, trayendo leña para los hornos y llevando los tejidos terminados a los clientes. Era entonces cuando ella salía y se iba a casa del rabino.

—La mayoría de los judíos con los que te vas a encontrar hablarán yevánico —le decía el maestro—, que es una variante del griego con elementos hebraicos y arameos; así que, como ya has aprendido bastante griego en estos meses, te costará poco entenderte con ellos. Pero necesitarás conocer nuestro alfabeto y tener algunas nociones de hebreo si quieres hacerte pasar por judía de verdad. Y, sobre todo, para que entiendas algunos conceptos sobre los que quiero instruirte de la Torá y el Talmud. Siempre puedes decir que fuiste educada en el oeste y que allí las costumbres son laxas, y que por ello tu idioma y cultura religiosa no son perfectas. No sé, ya nos inventaremos una historia plausible... Dudo de lo que hablarán estos días en Fenicia, pero sospecho que el árabe será allí la lengua franca. Debes saber que el hebreo y el árabe son lenguas hermanas, porque ambos pueblos somos descendientes de Sem, hijo de Noé. Así que te resultará más fácil aprender árabe cuando conozcas nuestra lengua. Ambas se basan en la unión mística de consonantes para formar palabras, cuya raíz suele ser idéntica. Así, por ejemplo, cuando unes los sonidos s, l y m, en este orden, sabes que la palabra resultante tiene que ver con la paz. *Shalom*, en hebreo; *salaam* en árabe. ¿Ves? Las letras r, h y m significan misericordia: *rahamim* en hebreo y *rahma* en árabe. Para Dios reservamos las letras y, h y v; su nombre, que no debe ser articulado, no se dice como erróneamente pronunciáis los cristianos, *Yehová*. Fíjate siempre en las tres consonantes de cada palabra y el orden en el que están.

Alamanda asistía fascinada a esas lecciones, y se preguntaba cómo era posible que hubiese tanto en el mundo por aprender. Durante su infancia y juventud apenas tuvo conciencia de que en el mundo se hablase algo diferente del catalán o el provenzal de su padre, y ahora, en cambio, se daba cuenta de la riqueza de lenguas y culturas que florecían en todos los rincones de la Tierra. A veces le abrumaba pensar lo mucho que le faltaba, pero su curiosidad innata, por otro lado, le servía de acicate para seguir aprendiendo. Y se había dado cuenta cuando aprendió latín con el abad Miquel que tenía un cierto don para las lenguas.

—¿Cuándo creéis que estaré preparada, rabino?

Mordecai resopló, burlón. Pero viendo que ella estaba ansiosa le aseguró que, para el próximo otoño, que era cuando salían las últimas caravanas del año, creía que podría estar lista.

Del viejo rabino fue aprendiendo cuestiones técnicas sobre las leyes y las costumbres. Pero fue de Sarah, su esposa, de la que aprendió cosas más prácticas y sutiles.

Un día, sabiendo que también gustaba de ir a los baños públicos, Sarah la invitó a acompañarla a los que frecuentaba, al otro lado del puerto, cerca de San Atanasio. Eran unos baños solo para mujeres regentados por musulmanas, pero admitían a cristianas y judías siempre que pagasen por anticipado. La llevó una tarde con otras dos mujeres de su comunidad. Los baños eran enormes, un laberinto de cuartos con aguas de todas las temperaturas, salas de vapor, bañeras de lodo y sala de masajes. Contaban incluso con una *mikvé*, una pequeña cisterna de purificación para las clientas hebreas que recibía el agua fresca directamente de un manantial.

Nada más llegar, pasaron al vestuario, donde unas esclavas de tez morena recogieron sus atuendos, los doblaron con mimo y los guardaron en anaqueles de madera. Les proporcionaron unas toallas de algodón y pasaron a una habitación calurosa calentada por una corriente continua de aire caliente que entraba a través de unas rejillas. Se sentaron en bancos apoyados en la pared y empezaron a sudar, hablando entre ellas en yevánico. Alamanda comprendía el sentido de la conversación porque ya se desenvolvía en griego, pero de vez en cuando le explicaban alguna cosa o buscaban otras palabras para que ella lo comprendiese. Saludaban a las que iban entrando y saliendo, de manera cordial, pues, sin duda, se conocían todas. Alguna se quedaba un rato a conversar, o se preguntaban por las familias, o compartían algún chismorreo. Le llamó la atención que las mujeres allí dentro se tocaban unas a otras con absoluta libertad, aunque sin lascivia alguna, comparando pechos, caderas y muslos o visitando cicatrices y lunares. Le vino a la cabeza aquella noche ya muy lejana en la que la joven sor Almodis se había metido en su camastro de la abadía para tocar su cuerpo. Se sentía aún un poco cohibida charlando completamente desnuda como si nada, y por ello se mantuvo un poco al margen de las demás.

De pronto, una de las compañeras de su anfitriona se dirigió a ella; le dijo algo que Sarah hubo de traducir.

—Dice que tienes buenas caderas para criar y buenos pechos para amamantar. Que no entiende que no estés casada.

Alamanda se rio con tristeza.

—Decidle que a buen seguro soy yerma. Pero, aunque sé que eso es una maldición para la mayoría de las mujeres, he llegado a considerar mi infertilidad como un don de Dios.

Sin entrar en muchos detalles, le contó lo que le habían hecho algunos hombres de su pasado. Sarah no lo tradujo para las otras mujeres. Se limitó a acariciarle el brazo con una sonrisa triste para mostrarle su apoyo y conmiseración.

—Vayamos a la sala del vapor —dijo Sarah al cabo de un rato—. Es muy bueno para que se abran los poros de tu piel —le explicó—. Debes sudar para expulsar todas las impurezas que hay en ti. Después iremos a los baños.

El ambiente era casi irrespirable, pues el vapor era tan denso que apenas se veían los rostros a unos pies de distancia. Unas esclavas echaban agua sobre hierros candentes que, a su vez, eran reemplazados constantemente por otros. Las dos amigas de Sarah se enfrascaron en una conversación, y ella aprovechó para hablar con Alamanda.

—Y bien, ¿me vas a contar tu pequeño secreto? —le dijo, pillándola por sorpresa, señalando el interior de su muslo derecho.

Ella se ruborizó y se tapó con la toalla.

—La quemadura se ve reciente —continuó la mujer—. Ya te la habrás tratado para que no se infecte, ¿no? Supongo que tiene que ver con aquellos días lluviosos que no acudiste a nuestra casa. En tu obrador comentan que faltaste un día entero. Sí, hija mía, los judíos hablamos entre nosotros. Así nos mantenemos unidos y estamos al tanto de todo. Estos baños semanales son importantes, especialmente para la mujer del rabino, porque aquí me entero en verdad de lo que ocurre en nuestra comunidad.

Mordecai es muy despistado, y debo ser yo la que le ponga al día de lo que ocurre con los miembros de nuestra congregación.

Como vio que Alamanda desviaba la mirada, la buena mujer decidió cambiar de tema.

—¿Sabes la verdadera razón por la que el rabino se hacía el remolón con lo de meterte en una caravana judía? Porque su conciencia lo atormentaba. No creía que él, un maestro de la Torá, debiera ayudar a una *goy* como tú, una gentil, a hacerse pasar por miembro del pueblo elegido, pues lo consideraba un engaño a nuestra gente y una ofensa al Todopoderoso.

—¡Pero yo no quiero engañar a nadie! —protestó Alamanda.

—Pero probablemente debas, si quieres llegar salva a tu destino. No conviene que mucha gente sepa tu secreto una vez dejes estas murallas. Mira, hija, si te haces pasar por uno de los nuestros, una judía, estarás ofendiendo no solo a los judíos, sino a los musulmanes y, sobre todo, a los cristianos. ¿Crees que tendrán mucha compasión de ti tus correligionarios si descubren que conoces la Torá, el yevánico y que solo comes *kosher*? ¿Crees que no te tratarán de traidora, hereje o te acusarán de amistarte con los asesinos de Cristo? Sí, ya sabemos que así es como nos llaman; aunque es curioso, porque a vuestro Jesús lo mataron, en realidad, los romanos, los mismos que destruyeron nuestro templo en el año 70 de vuestra era y que nos forzaron al exilio.

—Entonces...

—Entonces, debes estudiar como si fueras a convertirte de verdad, debes estar preparada para someterte a nuestras leyes, que son de tradición oral y que pueden ser interpretadas de manera diferente según la comunidad con la que te encuentres. Quiero decir con eso que es fácil equivocarse y tomar la decisión incorrecta. Pero, por tu propia supervivencia, debes hacer creer a todo el mundo, incluso a ti misma, que eres judía.

Las dos amigas de Sarah les hicieron señas, y pasaron entonces a los baños de agua caliente. Allí se relajaron las cuatro sentadas en un aljibe de agua acogedora y oscura. Mientras tanto, las sirvientas les echaban agua por el cabello y se lo limpiaban con aceite vegetal para ahuyentar a los piojos. Alamanda pensaba en lo que le había dicho Sarah; sería una proscrita entre los cristianos y ponía en riesgo su vida. ¿Estaba dispuesta a ello?

Salió de la alberca un buen rato después sabiendo de sobra la respuesta.

Tuvieron que esperar antes de marcharse, pues una de las amigas de Sarah fue a sumergirse en la *mikvé*. Asistieron las tres, y la mujer del rabino le contó que, a los siete días de la culminación del ciclo menstrual, la inmersión en la *mikvé* significaba la purificación de la mujer, y era el requisito que debían cumplir las esposas si querían que sus maridos las tocasen a partir de ese día. La amiga se frotó todo el cuerpo con un cepillo suave, se recortó las uñas y pidió a sus compañeras que mirasen si sobre su piel había algún pelo suelto o alguna impureza pegada. Después se metió entera en el agua fría, bajando despacio por los escalones hasta sumirse del todo. Salió al cabo de unos instantes temblando y con una sonrisa de beatitud, transfigurada por el misterio de la purificación. Entonces cambió de expresión y dijo algo en yevánico que a Alamanda le sonó procaz. Las otras dos judías se rieron; aquella noche yacería de nuevo con su esposo.

Ella envidió, por un fugaz instante, aquella alegría simple y doméstica de mujer casada.

Algunos días más tarde, Sarah se la llevó a comprar ropa hebrea. Fueron a una plazoleta del Vlanga donde los comerciantes se esforzaban por colocar los restos de ropa que les quedaba antes de la llegada de la nueva caravana, que estaba prevista para el mes siguiente.

—En los mercados griegos puedes comprar ropa cristiana. Todas lo hacemos, y no pasa nada. Nadie alzará una ceja por ello. Pero hay algunos artículos que debes adquirir aquí. La mayoría tienen que ver con algún rito o precepción de la ley, y otras, las menos, con modas pasajeras. Hay chicas de nuestra comunidad que llevan ropajes que yo, por dignidad, nunca podría ponerme.

Lo primero que hay que decidir es tu historia. Una chica judía de tu edad estaría casada y tendría hijos. Creo que lo más fácil será decir que enviudaste al poco de la boda.

Sarah le explicó que, de los seiscientos trece *mitzvot*, o mandamientos, de la Torá, hay tres que son muy especiales para una mujer judía: separar la *jalá*, es decir, partir una pequeña parte de la masa antes de hornear el pan trenzado como ofrenda a Dios, encender las velas de *shabbath* y cumplir con la *mikvé*, la purificación tras el período menstrual.

—Como mujer judía que has estado casada se esperará de ti que cumplas con estos preceptos —le advirtió la buena mujer—. No hacerlo te haría sospechosa a los ojos de cualquier judío.

Completada la compra, Alamanda se dirigió a su obrador, seguida como siempre de su guardaespaldas Pedro de Zuera. Al llegar, salió el bueno de Cleofás a la estrecha callejuela, y, por su nerviosismo y la manera como sostenía el bonete entre ambas manos, dedujo que algo iba mal.

—¿Qué ocurre, Cleofás?

El eunuco no dijo nada; balbució alguna incoherencia y le indicó que entrase con él. En los aposentos del piso de arriba, en un saloncito que hacía las veces de distribuidor, había unas gotas de sangre.

—Lo he visto al subir, mi ama —dijo el criado—, y me he permitido entrar en vuestra alcoba. Lo que he hallado me ha pasmado el corazón...

Sobre la cama de Alamanda había un amasijo de piel y vísceras clavados a una cruz basta de madera.

—Es... un conejo —le informó Cleofás, innecesariamente, pues Alamanda ya había reconocido el sello luctuoso del pirata Ladouceur.

Un escalofrío recorrió su espinazo, una flema helada le cerró la garganta y no pudo hablar durante algunos segundos. Pedro de Zuera se adelantó y cogió la cruz, mirando el desaguisado con asco.

—Mi señora, se trata, sin duda, de una broma macabra —dijo el soldado.

Las palabras del hombre la hicieron volver en sí.

—No, don Pedro, se trata de una amenaza de muerte. Lo ha enviado la persona que es la causa de que os haya contratado.

Ante esto, Zuera desenvainó la espada y le pidió a su ama que le diese la orden de dar muerte al autor de la amenaza. Fue entonces cuando Alamanda vio una nota manchada por la sangre del conejo sobre su lecho: «Habéis logrado que vuestro amante se escabulla de mis manos —ponía la nota, escrita con letra de juros con muchas ligazones y rúbricas para disimular la dudosa calidad de la escritura—. Vos habréis de pagar la deuda en su lugar».

Era evidente que Ladouceur había averiguado que el contrato de carga que hizo que Eliseu zarpase había sido obra de Alamanda, y debía de haberse puesto furioso. El marsellés había quemado el papel usando el anillo con la L ornada, la misma con la que la había marcado a ella.

—Esperad, don Pedro. No debemos precipitarnos —dijo, con gesto severo y más seguridad en la voz de la que sentía—. Mantened ojo avizor esta noche, que mañana solventaremos esta afrenta de una vez por todas.

El aragonés don Pedro de Zuera, un hombre rudo, algo bizco y patizambo, fuerte y bregado en mil batallas y con un elevado sentido del honor, no pegó ojo en toda la noche. Estaba acostumbrado a las guardias de sol a sol, de cuando era soldado durante la conquista del reino de Nápoles. Había sido herido tres veces, y las tres se recuperó sin mayor desaguisado que alguna fea cicatriz en su ajado cuerpo. Había llegado a Constantinopla en busca de fortuna, a bordo de un bajel genovés, convencido de que nada ni nadie lo esperaba en su Teruel natal.

Había entrado al servicio de aquella dama gracias a sus contactos con los catalanes. No era lo que tenía en mente cuando desembarcó en la ciudad, pero esa mujer lo había sorprendido pagándole mejor de lo esperado y tratándolo con deferencia. Hasta le permitía comer a su mesa, como también hacía con su esclavo y sus aprendices. Una mujer extraña, a todas luces, pero que atraía su lealtad como la luz de una vela atrae a un mosquito.

Al romper el alba, acompañó a su señora a la colonia catalana, al sur de la ciudad, y después a una posada de mala muerte en el barrio del puerto, que apestaba a mierda. Él se cuidó de no importunar a su patrona con interrogaciones. Por ello se sorprendió cuando le preguntó, sin más preámbulo, si estaría dispuesto a matar a un hombre por ella.

Aquella tarde, al filo del ocaso, Alamanda le pidió que la acompañase, y que fuera bien armado, sin darle más explicaciones. Él había aguzado ya su fino espadín de doble filo y su daga morisca. Anduvieron un buen rato hacia Zeugma, junto al Cuerno de Oro, pasando entre la Tercera y la Cuarta colina, cruzando el acueducto de Valente. Alamanda iba resuelta, pero el ojo de don Pedro advirtió que su labio inferior temblaba ligeramente y que no paraba de frotarse las manos con nerviosismo.

Cerca de la iglesia griega de San Akakios había una callejuela que descendía hasta el mar. Se metieron resueltamente por ella, y, unos pasos más adelante, Alamanda se detuvo ante una puerta, miró a su alrededor, resopló y llamó con los nudillos.

Abrió el enano Barnabas, que no pareció sorprendido de verla. La hizo pasar a ella y a su guardaespaldas a una sala con hogar encendido y les pidió que esperasen. Se oyeron varias puertas que se abrían y se cerraban, algunos cuchicheos y movimiento de personas. Al cabo, Barnabas volvió, con un gesto ceñudo que se hubiera dicho hostil, y les mandó que lo siguieran. Pedro de Zuera llevaba la mano pegada a la empuñadura del espadín.

Bajaron unas escaleras oscuras y desembocaron en un salón enorme, de cuatro hileras de columnas y bóvedas entre ellas. Al fondo había un enorme hogar encendido que proporcionaba luz y calor, y a la derecha, un par de puertas llevaban a unas cocinas. A la izquierda había dos portezuelas cerradas que daban directamente al exterior. En medio de la estancia estaba Ladouceur con sus lugartenientes y varias mujeres celebrando un banquete. Alguna de aquellas desgraciadas estaba destinada a ser marcada aquella noche, sin saberlo, por el anillo al rojo vivo del marsellés.

Alamanda y Pedro de Zuera se quedaron al pie de la escalera. Barnabas llamó la atención de su patrón, que, al levantar la vista y ver a la mujer abrió mucho los ojos con genuina sorpresa. Se quitó a una ramera del regazo y se alzó, extendiendo los brazos, sacudiendo la testa y esbozando una sonrisa cautelosa.

—¡Mi admirada dama Alamanda, nunca dejaréis de sorprenderme!

El gesto de ella era firme y decidido.

—¿A qué debo tan inesperada visita?

Ladouceur había bebido más de la cuenta. Sus oficiales también, y, tras evaluar que la mujer y su guardaespaldas no suponían peligro alguno, se relajaron para observar a su jefe.

—Vuestra amenaza de muerte —contestó ella, fría como el hielo.

—¿Y por esa nimiedad os habéis molestado en venir? —se rio Ladouceur, provocando las carcajadas de sus secuaces.

—Vamos a zanjar esto aquí y ahora. Para siempre.

Algo en el tono de Alamanda hizo que el pirata amusgase los ojos y dejase de sonreír. Nadie habló durante unos segundos, sopesando ambos bandos sus posibilidades. Ladouceur pensó que aquella tintorera se había vuelto loca del todo.

—¿Sabéis qué estaba discutiendo ahora mismo con mis hombres? —preguntó el francés, con aspereza, perdida ya toda pretensión de cordialidad—. Cómo íbamos a ejecutaros. Sí, mi señora, hemos comenzado la noche planeando vuestra muerte. Nadie, *¡nadie!*, puede pretender jugar conmigo y salirse con la suya.

—¿Y bien? ¿Cómo habría tenido que morir? —inquirió ella.

—Os confieso que no iba a ser muy épico. Un simple allanamiento con fuerza bruta en vuestro obrador, una cuchilla en la garganta y a observar cómo os desangráis como una puerca. Pero, claro —añadió, buscando audiencia entre sus hombres—, ahora que me lo habéis puesto tan fácil, tendré el placer, el verdadero placer, os lo aseguro, de rebanaros el cuello yo mismo. Aunque quizá disfrute de vos de nuevo antes de quitaros la vida. ¿Conserváis aún el recuerdo de nuestro último encuentro?

Para sorpresa de todos, Alamanda se arrebujó la falda y mostró a todos la marca de la L que Ladouceur le había grabado a fuego en el muslo tras violarla. Los malhechores prorrumpieron en gritos y aullidos, encantados de presenciar un espectáculo que se salía de lo que veían cada día. Don Pedro, que no conocía el episodio al que se refería todo aquello, resopló con indignación, dispuesto a repartir mandobles en cuanto se lo ordenasen.

—¿Os creéis que esta marca me humilla? —preguntó ella, con helada calma—. Al contrario. Me motiva. La observo cada día, pues me empuja a acabar con vos de una vez por todas, a librar al mundo de la escoria que sois, bastardo Ladouceur.

La mención a sus orígenes sublevó al marsellés. Su mirada azul se enardeció de repente; sus ojos lanzaban chispas.

—Os creéis alguien porque lleváis ropajes caros y lucís quincalla como adorno —dijo, entre dientes—. Mas procedéis de la misma escoria que yo; ¡nacisteis en la servitud y en el hambre!

—Yo, al menos, conocí a mi padre para poder maldecirlo —respondió ella.

En el salón se hizo el silencio más absoluto. Ninguno de los presentes habría osado jamás dirigirse de aquella manera a ese asesino implacable.

—¡Acabemos con esta farsa de una vez! —gritó Ladouceur lanzando esputos como blasfemias—. ¡Apresad a la furcia y desarmad a su hombre! —ordenó.

Pero ninguno de sus secuaces, de los que había media docena de pie repartidos por el salón, movió un solo dedo. Los oficiales, sentados entre las putas, se miraron incómodos.

—¿Se puede saber qué demonios os pasa? —vociferó Ladouceur—. ¡Moveos u os rebano el pescuezo uno a uno!

Tan solo el enano Barnabas se movió; avanzó unos pasos y se colocó junto a Alamanda, mirando con desafío a Ladouceur.

—¿*Tú*? ¡Maldito engendro! ¡Debí haber supuesto que traidor una vez, traidor para siempre! ¡Matadlo a él también!

Los otros trúhanes se colocaron también junto a la mujer, y fue entonces cuando Ladouceur empezó a darse cuenta de que ella los había hecho cambiar de bando.

—¡Malditos imbéciles, *salopards*, *chiens enculés*, yo os maldigo mil veces, hijos de Satanás! ¡Pierre, Caneton, Gonçal, todos los que estéis conmigo, a las armas!

Los lugartenientes apartaron a las meretrices, que se arracimaron en una esquina muertas de miedo, y blandieron sus espadas. Las fuerzas estaban equilibradas, pero Ladouceur no las tenía todas consigo, pues aquella mujer parecía muy segura de sí misma. De pronto, de las dos portezuelas que daban a la calle y de la escalera por donde habían descendido ellos, aparecieron docenas de soldados catalanes y algún mercenario al que Pedro de Zuera había contratado. Bernat Guifré, bello en su porte y aguerrido en su gesto, se plantó junto a Alamanda y le tocó el hombro levemente para tranquilizarla y asegurarle que estaban todos allí para protegerla.

Ladouceur se vio de pronto perdido, y se puso lívido como un vaso de leche. Varios de sus oficiales se habían retirado con cautela al fondo de la sala, cerca de las putas.

Alamanda avanzó hacia él, flanqueada por Zuera y Bernat Guifré.

—No me place hacer lo que voy a hacer, pues hasta las ratas tienen derecho a vivir en su cloaca —le dijo, mirándolo con fijeza, en cuanto estuvo a dos pasos escasos de él—. Pero sé que Dios me va a perdonar por entregar al diablo a un asesino inmundo como vos. El mundo será un lugar mejor sin vos.

Sin darle tiempo a reaccionar, trazó un arco con su mano derecha, la cual, sin que nadie se hubiera apercibido de ello, blandía la espada fina de doble filo que le había pasado discretamente su protector hacía unos instantes. Ladouceur no notó el tajo; tan solo un leve golpe de viento. Sintió que su garganta se llenaba de un líquido espeso y cálido, y murió sin comprender que aquello era su propia sangre.

Quedó tendido de espaldas, con los brazos casi en cruz, la mirada clavada en el infinito y una enorme erección que abultaba sus calzas azules.

—Aquí solo hay veintinueve *stauratones*, mi señora —protestó el griego Barnabas, tras contarlas dos veces—. Me prometisteis treinta monedas de plata.

Estaban de nuevo en la calle. Alamanda sufría un temblor nervioso en ambas manos debido a lo que acababa de hacer, pero experimentaba una extraña mezcolanza de emociones en su interior. Rebullía de euforia, empañada por algo de remordimiento, un poco de indignación y una inquietante sensación de poder. Ante la queja de Barnabas, lo miró con una mueca de desprecio y el gesto severo.

—Vos sois despreciable como Judas, pero ¿acaso pretendéis equiparar al pirata Ladouceur con Jesucristo?

El hombre tardó unos segundos en captar el significado de sus palabras; cuando lo hizo, estalló en carcajadas, tanto de regocijo como de admiración.

—Permitidme que os diga, mi dama, que sois una persona sin par —declaró.

Hacía unos días, tras decidir que podía dar el golpe y tendría el apoyo de la mayoría de la cuadrilla de Ladouceur, hastiados ya de su veleidosa crueldad, había ido a avisar a Alamanda de que el marsellés planeaba matarla. Siempre había ambicionado llegar a capitán de una galera, como revancha por lo mucho que la vida lo había hecho sufrir, la victoria definitiva sobre su deformidad. No tenía un plan muy meditado, pero estaba en su tierra, no muy lejos de su lugar de nacimiento, dominaba el idioma y las costumbres, y ello le daba cierta ascendencia sobre los demás. Y sabía en su fuero interno que aquella mujer sería un apoyo clave para su toma de poder. Ella lo creyó a medias, pero el día que recibió el conejo crucificado, fue a buscarlo de inmediato.

—¿Estáis seguro de la lealtad de esta gente? —preguntó ella, pues Barnabas iba a hacerse con la *Inverecunda* y los hombres de Ladouceur le habían jurado fidelidad. Él era el mejor marinero entre ellos, conocía aquellas aguas mejor que ninguno y su audacia y falta de escrúpulos le habían hecho merecedor de la admiración de aquellos piratas. Pero era una promesa de bandidos.

El hombrecillo se encogió de hombros.

—Durará lo que deba durar, y sabré aceptar el final cuando llegue. Vos me habéis dado la oportunidad de mandar, y eso nunca lo olvidaré —añadió, blandiendo el cuchillo a modo de despedida, dándose la vuelta y desapareciendo calles abajo entre su nueva cuadrilla, la que fuera de Ladouceur.

Al cabo, aparecieron Pedro de Zuera y Bernat Guifré. Este último posó su brazo sobre sus hombros y le preguntó si se encontraba bien. Ella se encogió un poco ante su contacto, pues no era lo que deseaba en ese momento.

—¿Cómo está todo allí abajo? —preguntó.

—Solo se han resistido dos o tres de los bribones. Los demás serán llevados a la guardia imperial. Ya sabrán qué hacer con ellos, aunque poco debe importarnos ya.

Zuera estaba limpiando la sangre de la espada que había acabado con Ladouceur, observando a su ama con franca admiración. La mujer le había preguntado si estaba dispuesto a matar por lealtad, pero no había llegado a ponerlo en ese brete, sino que había asumido ella misma la mayor responsabilidad, un trabajo de hombres.

Ahora estaba dispuesto incluso a morir por ella.

Y lo hizo; murió por ella cuando ya hacía un par de semanas que su señora había partido hacia el este. Aunque no de la manera heroica que él quizá habría imaginado.

Por más que insistió, Alamanda no le permitió que la acompañase en su alocado viaje hacia Oriente. Decía que la presencia del guardaespaldas haría poco creíble su historia, y que creía que con el eunuco y su cuchillo estaría bastante protegida. Él se indignó, hasta el punto de ofenderla. Su lengua indomable siempre había sido su perdición, incluso en las coronelas de Nápoles, pues nunca se callaba lo que pensaba; y aquello le había ocasionado más de una estancia en los calabozos reales. Acabó insultando a su ama, y ahora el recuerdo de aquellas palabras reconcomía su alma.

Se hallaba a la sazón en una taberna de la Propóntide, una de las que frecuentaban los catalanes. Bebía solo, como casi siempre, doblado sobre su jarra, el gesto adusto y la vista cansada.

—Dicen que yace con su esclavo eunuco —oyó, de pronto, a través de la niebla de su mente alcoholizada.

—Qué tontería. A los eunucos no se les empina.

—Claro que sí. Lo que no pueden es eyacular.

—Sí pueden.

—Por eso no se queda nunca preñada. Es el plan perfecto.

—Y ella, tan respetable.

—¡No fastidies!

—Y es medio judía.

—¿Cómo?

—Se está convirtiendo, dicen. Aseguran que come cada día a la mesa de un rabino, y que se la ha visto en el mercadillo de los jueves comprando ropas hebreas.

—Se hace pasar por judía, Dios la confunda.

—En todo caso, yo no le haría ascos si se me pusiera a tiro...

—¿Es viuda? Todavía está de buen ver.

—Se la beneficia Bernat, que me lo ha dicho él mismo.

Pedro de Zuera tardó en comprender que hablaban de su ama. A medida que su embotado cerebro alcanzaba a descifrar lo que aquellos muchachos decían, su indignación fue en aumento. Cuando empezaron a describir entre risas y bravuconadas lo que harían una noche con ella en la cama, Zuera se levantó, dando tumbos, y desenvainó la espada fina de doble filo que había acabado con la vida de Ladouceur.

—¡Por el honor de mi señora! —balbuceó a todo pulmón.

Trazó un arco con la espada con muy mala intención, e hirió de levedad a uno de los jóvenes en el brazo. Los soldados, más jóvenes y menos borrachos que él, reaccionaron con rapidez y furia; en apenas unos segundos, el turolense don Pedro de Zuera estaba herido de muerte en el suelo de una infame taberna de Constantinopla.

Los muchachos no acertaban a comprender a qué había respondido ese ataque feroz. Tras desarmarlo, se agacharon junto a él, tratando de hacerlo hablar.

—¡Por mi señora Alamanda, maestra del glorioso reino cristiano de Aragón y sublime tintorera de Constantinopla! —logró decir el hombre entre jadeos y toses—. Ya que no pude morir defendiendo vuestra vida —añadió con su último aliento—, al menos muero defendiendo vuestro honor.

Dos semanas antes, Alamanda se hallaba apurando los preparativos para su partida. Decidió que comunicaría sus intenciones a sus aprendices Chaim y Sira, los dos más competentes y en quienes más confiaba. Si todo iba bien, Alamanda partiría al inicio del otoño con la última caravana del año.

Compró un carromato en buen estado a un mercader de Pisa que tenía algunos asuntos con los catalanes de Joan de la Via y lo equipó para el viaje. Colocó una gran bolsa de esparto bajo el tablero para los enseres y el barril de agua, reforzó las cerchas y rehízo el toldo con una tela doble, bien embreada y reforzada con tiras de cuero. Cerró la parte trasera con una pieza de cuero que clavó en un marco de madera, lo cual ayudaba a reforzar el toldo. Cambió también el tablón del pescante y lo forró con piel rellena de borra, para hacer más cómodo el trayecto. Las dos ruedas estaban en buen estado; las llantas habían sido colocadas de nuevo hacía poco tiempo y la madera era de calidad. Colocó unas trancas de madera abatibles bajo las barras para dar estabilidad al carromato cuando el tiro estuviese desenganchado. Compró un colchón de lana enrollable para ella y una estera de esparto muy gruesa para Cleofás, que le aseguró que prefería dormir al raso. Adquirió también cuatro frazadas y dos mantos de pieles para el relente. Para esconder el dinero, construyó con la ayuda de Cleofás un doble fondo sobre el tablero, una tabla que se levantaba tirando de un clavo salido. Finalmente, mandó fabricar un cofre de madera con refuerzos de metal para guardar su tesoro más valioso: el *Libro de la púrpura* y su ya grueso cuaderno de apuntes.

Pasó una última noche con Bernat Guifré, unos días antes de partir. El muchacho se había puesto hecho un basilisco cuando ella le contó lo que le había hecho Ladouceur. No hizo falta más que mostrarle la cicatriz del muslo para que se lanzase a por el pirata. Alamanda lo había convencido para hacerlo a su manera, y él había asegurado un pequeño contingente de soldados catalanes por si los secuaces del marsellés se rebelaban. Le prometió que no se iría sin despedirse de él, y cumplió. Al fin y al cabo, le apetecía una noche de intimidad con su cuerpo joven, musculoso y atractivo, pues no sabía cuándo iba a poder disfrutar de contacto físico con otro hombre, ante lo incierto de su viaje.

La noche fue larga, cálida y triste. Hubo un deje de melancolía en cada gesto, en cada caricia, pues ambos temían que aquella fuera la última vez. Ella lo abrazó con deseo, gozo y angustia. A ratos se lo quería comer a dentelladas, pero luego le daba besos tiernos como para no herir su delicada piel.

Bernat Guifré trató de disuadirla hasta el último momento, y ella hubo de mentirle; le dijo que salía al alba para que no la atosigase los días que faltaban antes de la partida de la caravana judía.

Tenía mucho que hacer en el obrador. Sira y Chaim enseguida se vieron capaces de asumir algunas de las tareas más delicadas del entintado. Decidieron que se especializarían en rojo de granza, pues era un color de gran demanda y que sus empleados ya habían llegado casi a dominar. No podían competir con los grandes obradores de la ciudad, como el de Zimisces, pero sus telas de calidad aceptable tendrían clientes, y eso debía permitirles mantener su taller abierto y a buen ritmo hasta el regreso de Alamanda.

La noche antes fue a ver a Mordecai y a Sarah. Les llevó cordero *kosher* como regalo de despedida y la mujer preparó un par de cuencos de *zahatar*, salsa compuesta de hisopo, zumaque y algunas especias, muy aromática y pungente. Comieron los tres con avidez y una cierta melancolía. El viejo rabino se mostró más taciturno que de costumbre, y, al despedirse, tuvo que darse la vuelta para evitar que las mujeres advirtieran las lágrimas de su debilidad.

VI

Anatolia y Tiro, 1448

Tras unos primeros días en los que le dolía todo, Alamanda fue acostumbrándose al traqueteo incesante de su viejo carro a medida que pasaban las jornadas de viaje. Las mulas eran fuertes y dóciles, y Cleofás las llevaba con mimo y firmeza a la vez. Las cuidaba con esmero, poniendo a tirar a la de reserva cuando veía que la de tiro estaba cansada. Por las noches, las cepillaba y las dejaba pastar, si había hierba. Si no, buscaba pienso y lo adquiría para ellas. Al esclavo le hacía mucho bien tener alguien a quien mandar y de quien cuidar.

—Deberíamos ponerles nombre, ¿no crees? —le dijo Alamanda un atardecer, mientras el hombretón desenganchaba a la mula delantera.

Este se encogió de hombros, pero esbozó una sonrisa.

—Yo las llamo Mula y Lorca, que son los dos pueblos del reino de Murcia que me vieron nacer.

Alamanda se rio.

—Muy apropiado —aprobó—. ¿Cuál es Mula?

—Esta. La de la manchita blanca sobre el morro. Es la más buena de las dos. Lorca a veces se me enfada si no la cepillo bien.

Cleofás había desarrollado en pocos días una relación muy curiosa con los animales. Alamanda se dio cuenta de que sabía muy poco de su fiel esclavo a pesar de llevar ya dos años con él.

—¿Por qué dices que te vieron nacer dos pueblos?

—Bueno, dicen que nací en Lorca, pero fue en Mula donde me vendieron, porque allí residía mi amo.

Ella se apenó de repente al oír aquello, y sus ojos adquirieron un brillo de vidrio, pues recordó a su familia y una tristeza terrible la invadió. Se dio la vuelta para entretenerse en preparar los utensilios de cocina.

Estaban parados en un prado junto al camino con toda la caravana comercial hebrea, formando una especie de pequeña ciudad improvisada con sus callejuelas y su plaza mayor. Ella se mantenía un poco al margen de la vida comunitaria, porque temía ser descubierta por alguna pregunta comprometida. Pero no era la única que no hacía vida social con los judíos; con ellos viajaban algunos armenios e incluso una familia búlgara. Cada día avanzaban sin parar del alba hasta el ocaso, siempre en fila, siempre en el mismo orden. Si alguno debía hacer un alto, estaba obligado a apartarse y dejar pasar a los otros. Normalmente, la caravana avanzaba tan despacio que no era difícil recuperar el lugar correspondiente después de la pausa. Había incluso quien caminaba al lado de su carro para estirar las piernas, y entre los judíos no era raro que alguien de una familia subiese al carromato de otros para charlar. De vez en cuando se detenían unas horas en algún mercado para comprar comida o herramientas, y cada viernes estaba prevista una parada de un día entero en algún pueblo donde la comunidad judía local los permitía aprovisionarse y encendían los candiles del *shabbath* para ellos.

Jacob ben Hadassi, el jefe de la caravana, montaba un hermoso alazán de color canela, y de vez en cuando se lo veía pasar porque quería comprobar que todo iba bien en los carros de cola. Era un hombre ceñudo que, sin ser gordo, lucía una prominente barriga. Su barba y sus rizos eran pigres, llevaba siempre el caftán sucio de polvo y las uñas ennegrecidas. Pero, aunque su voz retumbaba como un trueno cuando se enfadaba, su sonrisa era franca y agradable. Debía de tener casi cincuenta años, por lo que contaban, pero era ágil como los más jóvenes y poseía una gran fuerza en los brazos, fruto de una vida entera acarreando cajas y bultos.

Alamanda y Cleofás iban siempre en la parte judía de la caravana, que era la de vanguardia. Los armenios, cinco familias que volvían al Cáucaso, y los búlgaros, iban detrás, buscando la protección de la multitud para no viajar solos. No se mezclaban con los hebreos, pero las relaciones eran cordiales y se hacían favores sin pensarlo dos veces, en especial entre las mujeres. A uno de los carros armenios se le partió la pezonera del eje trasero, con lo que la pesada rueda se salió. Había que calzarla y recomponer la pieza; Hadassi fue a buscar a un carpintero judío y lo obligó a quedarse con ellos en la retaguardia para echarles una mano. Llegaron al campamento esa noche cuando ya era oscuro, cansados, pero en buen estado y a salvo.

Mientras Alamanda estaba haciendo un caldo con los huesos de cordero que había comprado en el mercado el día anterior, se le acercó una mujer, que dijo llamarse Labwa y entabló conversación con ella en yevánico. Ella se disculpó en griego, diciendo que el idioma de los romaniotes lo entendía, pero no lo hablaba bien. Informó a Labwa de que se llamaba Bellida, que era el nombre que Sarah, la esposa del rabino, había escogido para ella, pues era común entre las chicas judías de España.

—¿De dónde vienes, entonces? —le preguntó Labwa.

—Soy una viuda de Sefarad —contestó, repasando mentalmente el papel que ella y Sarah habían ensayado durante varios meses—. Voy en busca de un hermano de mi suegro, que dicen que vive en Jerusalén. Formó parte del grupo que siguió los pasos del rabino Isaac Asir Hatikvah para estudiar en su *yeshivá*. Es la única familia que me queda.

Labwa se la quedó mirando, y Alamanda temió estar dando demasiados detalles que quizá nadie le había preguntado. Pero las palabras habían salido de su boca en tropel, aprendidas de memoria durante las semanas previas a la partida.

—¡Qué interesante! —dijo la mujer, algo confusa.

Labwa era la madre de tres hermanos fornidos que viajaban

en el carromato que precedía al suyo, y debía ser viuda también. Pensó que tendría la edad que podría tener su propia madre de no haberse ahogado en la crecida de aquel río, tantos años atrás, y sintió la melancolía como una losa sobre sus hombros.

—¿Tu marido no tenía hermanos? —le preguntó la hebrea.

Alamanda tragó saliva, pues la curiosidad de aquella mujer, por otro lado, muy natural, la incomodaba. Temía dar un mal paso en cualquier momento y ser descubierta.

—Solo uno, pero murió antes que él.

Según el Deuteronomio, cuando una mujer judía quedaba viuda y no había engendrado hijos, debía quedar a cargo de su cuñado, una práctica conocida como levirato. Ese era uno de los muchos detalles prácticos que la buena Sarah le había contado y que el rabino, más centrado en aspectos del lenguaje y de los ritos, habría obviado.

—Supongo que tu marido murió hace tiempo, puesto que ya no guardas luto.

—En Sefarad solo estamos obligadas a permanecer de luto un año. Yo estuve dos, mientras cuidaba de sus ancianos padres. Ahora han fallecido ambos, y debo ir en busca de su familia.

—Un viaje muy largo para una mujer sola —dijo Labwa, con verdadero sentimiento—. Eres muy valiente.

Ella sonrió con cierta tristeza.

—El eunuco Cleofás me protege —contestó, haciendo hincapié en la mutilación de su criado para evitar suspicacias y habladurías.

Charlaron entonces sobre el camino y sobre la comida que iban a preparar, y Alamanda se relajó, pensando que tal vez había superado la primera prueba.

Muy pronto, la presencia de Labwa en el pescante de su carromato se hizo habitual. Otras mujeres se acercaban también por la noche y le llevaban pastelillos de miel y almendras, aceitunas, especias y sal para cocinar, admiradas por su historia. Cuando, a finales de septiembre, llegaron a un pueblo llamado Evren, a dos días de camino de Archelais, donde la caravana debía dividirse, Bellida era ya un miembro más de la pequeña comunidad judía que viajaba hacia Oriente.

Después del segundo *shabbath* alcanzaron Archelais, la antigua capital del rey Arquelao, que ahora era apenas un pueblo de bonitas murallas bajo el dominio de los mamelucos egipcios. Al hallarse en una encrucijada de caminos, la ciudad había sido arrasada en el pasado tanto por los cruzados como por los musulmanes. Pero, en todo caso, la villa contaba con todo lo necesario para recibir, alojar y aprovisionar a una caravana. Acamparon en el interior del caravasar, fuera del recinto amurallado, en medio de un campo yermo de la parte occidental. El lugar era inmenso, y acogía a otra caravana de turcomanos que llegaba de Oriente, cargados de diamantes de Golconda, rubíes de Bengala, jade de China y perlas de Arabia, todo ello con destino a los insaciables mercados de Constantinopla. Un verdadero ejército de hombres de armas musulmanes custodiaba los cofres con las valiosas mercaderías.

Alrededor del perímetro del caravasar había unas caballerizas de madera con abrevaderos y pienso, una posada cristiana y un almacén; y, en el centro, una pequeña mezquita abovedada a la que se accedía por medio de una empinada escalera. Los judíos se instalaron en una esquina, lejos de la otra caravana, y los armenios y búlgaros buscaron sitio en la posada. Alamanda estuvo tentada de alquilar una habitación para dormir por fin en una cama y aliviar su dolorida espalda, pero se acordó de que ahora era la hebrea Bellida y se contuvo, pues su acomodo en una hospedería cristiana levantaría suspicacias en ambas confesiones.

Se conformó con su estrecho carromato y el jergón de paja que le preparaba Cleofás con delicadeza cada noche entre el fárrago de sus pertenencias. Él dormía debajo del carro con una frazada de lana, y ni en las noches de mayor relente pudo convencerlo para que se instalase dentro de alguna manera. Era principios de octubre, y empezaba a hacer frío en la meseta. Después de llevar a las mulas a los establos y cepillarlas bien para quitarles el polvo y los parásitos del camino, Cleofás cenó con hambre el guiso de carne de ternera con guisantes que había preparado su dueña. Alamanda había adquirido unas onzas de dulce de membrillo que compartieron ambos con deleite para acabar el modesto ágape. Después, fue a buscar unas brasas, colmó el brasero de cobre y calentó con él el habitáculo.

—Quédate un rato, Cleofás.

El hombretón se sorprendió, pero obedeció a su ama y se sentó, algo incómodo, en una esquina.

—¿Qué recuerdos tienes de tu familia?

Cleofás alzó las cejas y balbuceó algunas palabras. Luego carraspeó y habló de nuevo.

—No tengo ningún recuerdo, mi señora. Nací siervo, y me crio una ama de cría que no sé si era mi madre o no. En cuanto pudieron, me separaron de ella y me llevaron al mercado para venderme.

Alamanda, invadida por una extraña tristeza desde hacía unos días, se echó a llorar, muy a su pesar, quedamente, sin dejar de mirarlo.

—No... no lloréis, mi señora. Es la vida que Dios quiso para mí.

—Háblame de tu primer amo —dijo ella, restañando las lágrimas con el extremo de la toquilla—. El que te compró siendo niño.

Cleofás se encogió de hombros.

—Era un funcionario musulmán del reino de Murcia, creo que no muy próspero, pues solo tenía seis esclavos. Yo fui el séptimo, y me quiso para las caballerizas. Por eso me gustan tanto nuestras mulas —dijo, luciendo una fugaz sonrisa por un instante—. Luego murió su fiel eunuco, el que custodiaba a sus esposas y concubinas. Tenía solo cuatro mujeres, pero sé que pensaba adquirir una más. Fue por ello por lo que me mutiló.

—Pobre Cleofás... Debió ser horrible.

El hombre se encogió de hombros de nuevo.

—Casi no lo recuerdo. Y el trabajo en el harén era mucho más fácil, aunque yo prefiero a los caballos que a las mujeres... ¡Perdón, mi ama! No he debido decir eso...

Alamanda se rio por vez primera en mucho tiempo al ver tan azorado a su esclavo. Le aseguró que no tenía de qué preocuparse, que entendía lo que había querido decir.

—Vos sois muy buena conmigo, mi ama.

—Y tú conmigo, Cleofás. Nunca te he agradecido que me abrigases cuando tenía frío y me protegieses durante aquella terrible tempestad cuando íbamos a bordo de la galera.

—Estaba muerto de miedo, mi ama —le confesó el esclavo con una sonrisa—. Me agarré a vos porque estaba aterrorizado. Pensé: Cleofás, hasta aquí ha llegado tu miserable vida. Que el señor se apiade de ti y de tus pecados.

—¿Eres cristiano? ¿Estás bautizado?

—Creo que sí, que me bautizaron al nacer. Aunque después mi amo me hizo aprender algunos versos del Corán.

—Y ahora somos judíos.

—Así es, mi ama —se rio el gigantón.

—¿Por qué te vendieron a Borgato?

—No lo sé. Creo que mi amo, el musulmán, no era fiel a su señor. Creo que trabajaba para el emir de Granada.

—¿Como espía?

—Quizá. Cayó en desgracia, y yo acabé en manos de un banquero que me vendió en Venecia. Allí hay muchos castrados como yo.

Se quedaron un rato en silencio, ambos perdidos en sus pensamientos y sus recuerdos. Cleofás no preguntó nada a su señora, pues lo habría considerado impropio, y ella dudaba sobre si confesarle que una vez había sido también vendida como esclava.

—Mejor será que os deje descansar, mi ama —dijo él, al cabo de un buen rato.

—Puedes quedarte aquí, si quieres.

Él hizo un gesto con la mano y mostró agradecimiento en su mirada.

—Esto es muy estrecho. Debéis dormir a vuestras anchas. Yo estaré cuidando de vos allí abajo.

Y se marchó con su frazada. Alamanda se congratuló de haber tenido la buena vista de adquirirlo de Borgato, y pensó que debía disponer su manumisión en cuanto volviesen a Constantinopla.

—Nadie debe pertenecer a otra persona —se dijo, antes de cerrar los ojos.

La vida me ha enseñado que nadie debe pertenecer a otra persona. Dudo que Dios quiera someter a alguna de sus criaturas a la ignominia de la esclavitud. Ni el mayor de los señores debería considerar a otro ser humano como propio, para disponer de él como se dispone de un burro o de un cuenco de madera.

Yo he sido prendida como esclava dos veces. La primera, cuando mi padre, Dios lo haya confundido, me vendió de pequeña a Feliu. La segunda, cuando aquellos bandidos mamelucos me secuestraron para llevarme a los mercados humanos de Damasco.

Al dejar atrás el caravasar de Archelais, bien provistos de víveres y agua, nuestra caravana se dividió en dos. La mayoría fueron hacia el este, pues querían seguir la ruta por Sivas para llegar a Samarkanda. Los armenios y los búlgaros se fueron también en esa dirección. El resto, seis carromatos en total, nos desviamos hacia el sur. Estos judíos iban a Bagdad vía Aleppo, y nos permitieron acompañarlos hasta el paso de las Puertas Sirias, un puerto de montaña que había que atravesar antes de llegar a Antioquía.

—Una vez allí, antes de llegar a Aleppo, deberéis virar hacia el sur, hacia Emesa —me informó Jacob ben Hadassi.

Él se iba hacia el este y, al verlo partir, me quedó sensación de desamparo, como si bajo su mando nada malo podía habernos ocurrido.

También me tuve que despedir de Labwa, quien, a pesar de su inagotable curiosidad, me había hecho buena compañía y me había enseñado a cocinar algunos platos romaniotes con ingredientes locales. A cargo de nuestra pequeña caravana quedaba Reuben ben Masick, un hombre más joven que Hadassi, circunspecto, de tez curtida por el sol y la arena de los viajes, cuya familia vivía del comercio de la cerámica china y estaban establecidos en Bagdad. Era un hombre apuesto y cordial, cuya mirada inteligente aún recuerdo, así como la inesperada propuesta que me hizo una noche en Aleppo. Viajaba con su hermano y un sobrino, ambos hombres de pocas palabras, pero muy devotos. Se les veía a menudo bajo el taled balanceándose adelante y atrás y observaban con meticulosidad los ritos y tradiciones.

—Nos hace sentir más cerca de nuestra casa y nuestras familias —me dijo Reuben en griego con una sonrisa una vez que los miré con cierta curiosidad. Enseguida me cayó bien.

Las cinco familias con las que viajé desde entonces eran mizrajíes. Vestían de manera más exótica que los romaniotes que yo estaba acostumbrada a tratar. Todos los hombres lucían turbantes, en vez de gorros de cuero o de piel, túnicas abiertas de amplias mangas y colores vivos que sujetaban con un cordón alrededor de la cintura, y pantalones holgados de algodón. Las mujeres lucían velos blancos ribeteados que dejaban suelto su pelo, y unas chalinas con mucho vuelo, también de colores cálidos, sobre las camisas. Todos llevaban babuchas acabadas en punta que solían ser rojas.

En la reducida expedición solo había dos mujeres, madre e hija, Salima y Samia, pero apenas podíamos comunicarnos, pues hablaban un dialecto del árabe. Reuben traducía a veces entre nosotras cuando se lo pedíamos, pero no era práctico conversar con ellas, así que nos dirigíamos sonrisas y miradas cálidas, nos ofrecíamos sal y jengibre y nos saludábamos por las mañanas. Pero no llegué a intimar con ellas como lo hice con Labwa.

Los primeros días el camino fue monótono. Las llanuras de la meseta de Anatolia no ofrecían gran entretenimiento a la vista, y más allá de algún pueblo de casas de adobe o algún rebaño de cabras, poca cosa pudimos contemplar. En los pueblos nos recibía siempre el rabino o algún notable de la comunidad y nos acogían sin hacer preguntas. Allí nos daban cobijo sin pedir nada a cambio y nos aconsejaban sobre la ruta que teníamos por delante, pues hasta ellos llegaban las noticias de otros viajeros. Me admiré de la solidaridad de los judíos con sus semejantes, y sentí cierta envidia al pensar que nosotros, los cristianos, que somos los que conocemos la Verdad de Jesucristo, estemos tan poco dispuestos a ayudarnos unos a otros. Me acordé de la parábola del buen samaritano, y de cómo las gentes de las que menos lo esperas acaban siendo las más generosas. Los hebreos son pocos, y viven esparcidos por el mundo desde la diáspora. Pero son capaces de mantener vivas su fe y sus tradiciones, y de prosperar con el comercio, gracias a esta red de apoyos con los que cuentan en cada población.

Al sexto día, pasada ya la mitad del mes de octubre, abandonamos las montañas y empezamos a descender hacia la costa. El paisaje se tornó más verde y agradable, y el frío ya no era tan intenso por la noche. Alguna vez llegué a acostarme bajo el carro, conversando con Cleofás y mirando las estrellas, imaginando que esos mismos astros debían poder verse desde Barcelona y desde el convento de Santa Lidia. Pensaba entonces en el prado de la masía de Feliu donde en ocasiones me tumbaba si hacía buen tiempo, a la vera del burro cárdeno Mateu, que me hacía cosquillas con su morro cuando se sentía juguetón. Me acordaba de la pobre Letgarda, y de aquella ocasión en que me vino el período por vez primera y ella me hizo de madre. Recordaba a mi amiga Marina, que debía dormir cada noche en los brazos de su enamorado marido. Especulaba sobre cómo debía de estar funcionando mi obrador, si en el Gremio se acordarían de mí, si me echarían de menos o ya habrían acomodado todos sus vidas a mi ausencia. Pensaba incluso en la virreina María de Castilla, que tanto me ayudó a hacerme un hueco como maestra tintorera, y deseaba que los asuntos de gobierno le fueran favorables. Y, por *supuesto, mis reflexiones, en aquellas noches, solían desembocar en la noche en la que conocí el amor en la galera* Santa Lucía *con el capitán Eliseu... Pero estos pensamientos no me entristecían ya. El hecho de verme sola, de haber sido capaz de cruzar medio mundo por mis propios medios, de haber sobrevivido y hasta haber prosperado yendo en pos de mi sueño, me daba confianza y, Dios perdone mi vanidad, me hacía estar orgullosa de mi valor. La soledad que me embargaba cada noche era como un dolor constante que a veces ya no sentía por la costumbre, pero que siempre estaba allí, agazapado, para morder el ánimo cuando una menos se lo esperaba.*

El viejo Mordecai tenía parte de razón cuando me decía que el camino es tan importante como el destino, pues yo notaba que ya era una Alamanda diferente a la que partió de Barcelona hacía más de dos años. Me había hecho fuerte con cada dificultad, con cada tropiezo. Cada pequeña arruga que asomaba en mi rostro era, para mí, una marca de mi crecimiento interior, de mi vida hollada, de mi fortaleza y valentía.

Poco sabía yo entonces que la prueba más dura estaba aún por presentarse...

Abandonaron Alexandreta después del *shabbath*, advertidos por el rabino de la sinagoga, al que llamaban *jajam*, hombre sabio, de que se oía hablar de bandas de mercenarios mamelucos al otro lado de las Puertas Sirias en dirección a Antioquía. Con esa advertencia, Reuben ben Masick aconsejó a Alamanda que viajase con ellos alguna etapa más.

—Bellida —le dijo—, es mejor que tú y tu esclavo nos acompañéis hasta Aleppo. Allí encontraréis, sin duda, a alguien que viaje al sur, hasta Emesa, pues esa ruta es bastante concurrida, y estaréis más seguros.

—Yo pensaba hacer noche en Antioquía —dijo ella.

—Olvídalo. Los mamelucos entraron a sangre y fuego en aquella ciudad cuando la conquistaron hace doscientos años y la ciudad nunca se ha recuperado. Y, que yo sepa, no queda ya ningún judío en la ciudad. Hoy en día es apenas un pueblo de trescientos fuegos; nada que ver con su importancia en la antigüedad.

En lo alto del paso de las Puertas Sirias cayeron los primeros copos de nieve. Una caravana que venía en dirección contraria les dijo que hacía un frío inusual en Aleppo para la época del año que era, pero opinaban que el mal tiempo no podía durar mucho. El camino estaba rodeado de enormes cedros de gruesos troncos y ramas que se abrían como parasoles verdes. La nieve empezaba a cuajar y cubrir de blanco sus agujas.

—Impresionantes, ¿verdad? —le dijo Reuben con una sonrisa. Iba montado en una yegua vieja y mansa y se colocó a su altura en el estrecho camino para conversar—. Ahora es la época en la que crecen sus semillas. Mira, ¿ves aquellas piñas en ese árbol? Eso indica que este ejemplar tiene más de cuarenta años, porque los más jóvenes no producen simiente.

—¡Cuarenta años!

—Algunos de estos pueden tener varios centenares de años. Cada vez que paso por aquí me fascina pensar que quizá este mismo árbol vio pasar a mis antepasados de generaciones atrás, a los que yo ni siquiera he oído mencionar.

Alamanda sabía que los judíos veneran su genealogía, y que, por tanto, Reuben se estaba remontando varios siglos con esa apreciación.

Superaron el puerto de montaña sin excesivas dificultades, y de inmediato el tiempo se hizo más placentero. Cleofás turnó a las mulas para preservar su frescura y estas respondieron con fuerza y tesón. En el descenso, vieron el desvío que llevaba a Antioquía, pero Alamanda hizo caso de Reuben y siguió con los hebreos hasta Aleppo, aunque eso iba a añadir unas horas a su recorrido.

El caravasar de Aleppo era más pequeño que el de Archelais, pero estaba bien surtido de provisiones. Reuben le informó que se quedarían un día entero en la ciudad, en la judería, y que ella estaba invitada a compartir alojamiento si lo deseaba. La alternativa era dormir en el carromato una noche más, con lo que decidió aceptar tras asegurarse de que Cleofás se quedaba a gusto al cuidado de todo.

Fueron acogidos en casa de Natán ben Umar, que era pariente lejano de los Masick. Su casa era modesta, pero acogedora. Había un cercado en la parte trasera con un corral de ocas, cuyos graznidos se oían a varias travesías de distancia. Les ofrecieron una cena abundante y rica, basada en un guiso de oca con suculentos adobos que Alamanda no supo identificar.

Después se sentaron con su anfitrión junto al hogar. La mujer de Natán se quedó de pie, dispuesta a servirles vino, y Alamanda se sintió incómoda, pensando que tal vez esperaban que ella, siendo mujer, mostrase la misma actitud de servicio. Pero estaba muy cansada y pensó que muy probablemente jamás volvería a ver a aquellas gentes, pues al amanecer debía partir. Así que se sentó en una de las sillas bajas forradas con pieles de cabra y permitió que le sirviesen una copa de vino dulce que le produjo un agradable cosquilleo en el estómago.

Poco después, casi no advirtió que Natán se había ido con cierto sigilo, y se quedó a solas con el jefe de la reducida caravana. Estaban comentando anécdotas irrelevantes del camino cuando Reuben ben Masick se incorporó en su silla y acercó el torso a Alamanda.

—Bellida —empezó, con un tono de voz muy diferente al que había empleado hasta ese momento—, sé que es muy irregular y hasta precipitado lo que voy a decirte, pero el tiempo apremia y lo he pensado mucho, con ayuda de Dios Todopoderoso. No te he contado que soy viudo. Mi mujer, que en paz descanse, murió tras su primer embarazo, al igual que el niño, el que iba a ser mi primogénito. De eso ya hace casi ocho años, y ha llegado el momento de adquirir nueva esposa. —Hizo una pausa para ver cómo reaccionaba Alamanda, pero esta no dijo nada—. Sé que no tienes familia, y por ello me dirijo a ti como mujer emancipada para pedir tu mano. No te ofrezco una historia de amor romántico, pues ni tú ni yo tenemos ya quince años, mas todo lo que yo poseo puede ser tuyo si me aceptas. En Bagdad tengo una pequeña hacienda con un rebaño de cabras que ahora alquilo a un pastor persa, y nuestro negocio familiar de cerámica china es próspero e interesante. Puedo ofrecerte una vida de paz y bienestar, de sólida vida conyugal, rodeados de más familia, que será también la tuya, de la que puedas imaginar.

Alamanda se arreboló a la luz de las llamas, y debió mostrar algo de pánico, porque Reuben extendió las palmas de sus manos hacia ella y sonrió con dulzura.

—No te pido que me des una respuesta de inmediato, pues sé que mi proposición te habrá pillado de sorpresa. Sé que no tienes más dote que tu carro y tu esclavo, pero no deseo más de ti que tu compañía. Y, quizá, si Dios quiere, la bendición de descendencia.

—Reuben, yo...

—Bagdad te gustaría, pues es una de las ciudades más maravillosas de la Creación. Tiene una de las bibliotecas más grandes del mundo, y está llena de escuelas de todo tipo, *madrassas*, como las llaman allí. Sí, Bellida, te he venido observando desde que salimos de Constantinopla y sé que eres una mujer inusual porque posees libros y grandes conocimientos. Jacob ben Hadassi me advirtió de ti, porque sabe que ando buscando esposa, y la buena Labwa tuvo a bien contarme cuáles eran tus aficiones y de qué asuntos te gustaba hablar. Ambos me dijeron que eres discreta y sabia, que tus modales son exquisitos, y que tus deficiencias sobre nuestra lengua y cultura se deben a una educación algo descuidada, no a tu falta de interés.

Alamanda sintió cierta indignación, en medio de su azoro, al descubrir que la habían estado espiando todo el camino.

—Creerás que ha sido timidez lo que no me ha permitido acercarme antes a ti, pero la realidad es que he querido estar muy seguro del paso que iba a dar antes de hablar contigo. Voy a concederte las horas de la noche para que reflexiones; es lo menos que puedo hacer. Necesitaré una respuesta al alba, pues deberé mandar a un mensajero por delante para que avise a mi familia de que vayan haciendo los preparativos para el enlace. Y ya nos encargaremos más adelante de informar al hermano de tu suegro en Jerusalén, si así lo deseas.

Se puso en pie, entonces, y se agachó para besarle la frente. Sus labios eran cálidos y suaves, a pesar de su piel curtida por una vida a la intemperie. La dejó sola, sentada sobre la piel de cabra, con la copa de vino dulce en la mano, y la boca entreabierta por el asombro.

Para su sorpresa, estuvo largo rato considerando las bondades de la propuesta. Reuben era un hombre bien parecido, noble y piadoso, y estaba convencida, a pesar de lo poco que lo conocía, de que sería un buen marido. Se imaginó lo que supondría vivir en una morada propia, rodeada de una familia, los cariños, roces y entrañables momentos compartidos. Pensó en lo feliz que era Marina con su Benet Joan, el guadamacilero, y en el aguijón de envidia que sintió cuando una de las amigas de Sarah se purificó con alegría en la *mikvé* para yacer con su marido en la intimidad de sus aposentos. Percibió de nuevo su soledad como una espina en el costado, como un dolor acostumbrado, fiel compañero de su vida.

Se levantó con parsimonia. El fuego crepitaba en el hogar, leños casi consumidos sobre un ardiente colchón de brasas rojas y grises. El viento hacía repiquetear una contraventana algo suelta, con un rítmico tamborileo nada desagradable. Las pieles blancas de cabra, olorosas y suaves, dotaban a la estancia de calidez. Apuró el vino dulce de la ajada copa de estaño y la depositó con suavidad sobre la repisa de la chimenea. Miró a su alrededor con algo de nostalgia, a pesar de que no había estado allí más que unas horas. Aquello era un hogar, un nido en el que asentarse y vivir en familia.

Se marchó de la casa sin hacer ruido. El viento era helado, pero el calor del espirituoso daba fuerza a sus piernas. Llegó al caravasar, y el guardia le permitió acceder por una portezuela, al reconocer a la judía de pelo cobrizo que había estado aquella tarde por allí. Despertó a Cleofás, que dormía entre ambas mulas, y le hizo preparar el carro para la partida inmediata. El hombre no hizo preguntas; se desperezó al instante y en pocos minutos tenía a Lorca atada a las barras, con el estrenque y la barriguera bien asidas y preparada para tirar. Metieron algunas brasas de la hoguera comunal en el brasero de cobre y se abrigaron con una manta y un barragán cada uno. Ya habían hecho acopio de provisiones durante la tarde y el barril de agua estaba lleno. Llevaban incluso una pequeña tinaja de vino blanco de Antalia, adquirida unos días atrás.

El guardia se molestó por tener que abrir la pesada puerta grande y chasqueó la lengua cuando los vio venir, pero lo hizo y les franqueó el paso, pensando que los extranjeros eran muy raros.

Huyeron de Aleppo en plena noche, con la luna en tres cuartos y miles de estrellas parpadeando sobre sus cabezas. No había nubes, barridas todas por el viento helado del norte. Subieron a una colina y Alamanda miró atrás; apenas se distinguían algunas luces temblorosas de la ciudad, y pensó que, tal vez, una de ellas sería del mercader Reuben ben Masick, que ya habría advertido su ausencia. Estaba segura de que no le habría hecho mucho daño partiendo de aquella manera, como una ladrona bajo protección de la oscuridad; peor habría sido darle la más mínima esperanza.

Y era mejor, al fin y al cabo, que no supiese jamás que Bellida no existía.

Tardaron cuatro días en llegar a Emesa. Hicieron noche allí, acampados junto a una caravana de camelleros que volvían a Medina cargados de botellas de agua de rosas, almizcle, incienso y sándalo. A la mañana siguiente hallaron a una familia griega de Esmirna, conocedores de la región. Les indicaron que, para dirigirse a Tiro, debían recorrer la vía del sur hacia Damasco y desviarse después de cuatro horas de camino hacia el oeste.

—Es mejor que vayáis por el valle de Bekaa, remontando el curso del río Orontes, que es más directo. El camino a Damasco está más concurrido y es más seguro, pero luego deberíais hollar el paso de Mazraat, que puede estar nevado ya en esta época.

Alamanda dio las gracias al griego y se puso en camino.

Pasaron cuatro horas de camino, pero no hallaron el desvío hacia el oeste. Se cruzaron con caravanas de todo tipo, e incluso con un grupo de leprosos que anunciaban su infortunio con un cascabel para que la gente se apartase. Una pobre mujer la miró con un gran hoyo donde la nariz debía haber estado, y ella no pudo reprimir una ligera mueca de aprensión. Avanzaron dos horas más, pensando que tal vez habían ido demasiado despacio. Pronto se les hizo evidente que a su derecha las montañas eran cada vez más elevadas, y que probablemente se habían saltado ya la entrada del valle.

—Por aquí no hay ningún río, Cleofás —dijo, tras hacer un alto para comer una sopa espesada con harina—. Creo que nos hemos ido demasiado al sur.

Trataron de preguntar a algunos de los que pasaban, pero solo hallaron gentes que hablaban árabe o turco. Finalmente, cuando ya estaban recogiendo para emprender la marcha, un mercader que sabía algunas palabras de griego les indicó las montañas del oeste y les dijo que el río Orontes estaba al otro lado, que podían retroceder hasta Emesa o intentar un camino a través, que por allí los montes no eran todavía demasiado elevados.

Aunque era media tarde y todavía quedaban cuatro horas de luz, Alamanda decidió parar en una ladera antes de iniciar el ascenso, pues el camino en ese tramo parecía escarpado y no quería que la noche los pillase en un lugar expuesto.

La vereda se estaba estrechando peligrosamente con cada paso que avanzaban. Habían cruzado ya a la otra vertiente y abajo veían el valle del río Orontes, fértil y verde, cubierto a tramos por una bruma otoñal. A la izquierda, un espeso bosque de cedros y castaños proyectaba sus ramas sobre el carromato como amenazadoras manos de gigantes. A la derecha, un despeñadero rocoso, sin más vegetación que algunos arbustos de boj entre las piedras, infundía temor a las mulas, que piafaban nerviosas cuando resbalaban sobre algún canto húmedo.

Detrás de una curva, vieron que un árbol joven, caído en alguna tormenta reciente, les impedía el paso.

—¿Crees que podrás retirarlo, Cleofás?

El esclavo se encogió de hombros. Aseguró las galgas para evitar que un movimiento nervioso de Mula moviese el carromato, y se bajó para inspeccionar.

—Necesitaré a Lorca —dijo, con cara circunspecta.

Desató a la segunda mula de la cola del carro y la llevó delante, por el estrecho paso que había entre el vehículo y el terraplén arbolado. Ató con una cuerda el tronco caído y pasó un lazo por el cuello del animal.

En ese momento, Mula alzó las patas delanteras, nerviosa, y el carromato se movió unas pulgadas hacia el precipicio. Alamanda agarró las riendas y trató de calmarla, pero entonces vio a Cleofás soltar el cabo y retroceder unos pasos con las manos alzadas.

Un hombre ataviado con turbante apareció de detrás de un cedro, con un alfanje de considerables dimensiones. Alamanda cogió su daga y saltó del pescante, pero alguien la agarró por detrás y la desarmó con facilidad. Pronto se vieron rodeados por una banda de seis bandidos mamelucos, dos de ellos con ballestas armadas. Las mulas se movían nerviosas, atadas a su impedimenta. Cleofás asió a Mula de la brida, preocupado por la precariedad del carromato en el borde mismo del camino.

Los salteadores gritaban cosas en árabe que ellos no comprendían. Uno de ellos se metió bajo la tolda y empezó a remover, buscando dinero y objetos valiosos. Alamanda bregaba por soltarse, más indignada que atemorizada, y, en sus movimientos, soltó un codazo al animal que tiraba del carro. La mula, ya excitada, saltó hacia un lado y sus patas delanteras quedaron colgando sobre la sima rocosa. Las galgas prietas sobre las ruedas eran lo único que impedían que el animal se hubiera caído, pero todo el carromato empezaba a deslizarse hacia el borde.

—¡Por Dios, Cleofás, tira de ella!

El fornido siervo clavó los talones y estiró con todas sus fuerzas. Los mamelucos, impacientes, creyendo que querían privarlos de su botín se abalanzaron sobre él con torpeza. Mula se encabritó y se desplomó barranco abajo, arrastrando con ella a Cleofás, al carro, y al bandido que intentó huir de su interior en el último momento y se dio cuenta demasiado tarde de que estaba saltando al vacío.

Tras unos eternos segundos de gritos, rebuznos y un estrépito infernal, se hizo el silencio. Al fondo de la cañada reposaban los restos del carromato, un amasijo irrecuperable de maderas, telas y enseres. Tan solo el eje con las dos ruedas parecía intacto. La mula permanecía todavía atada a las barras con la cabeza completamente vuelta del revés, desnucada al instante. El bandido se había quebrado la espalda contra un saliente; yacía con su lengua fuera y su turbante deshilachado al viento. Del cuerpo de Cleofás no se veían más que las piernas, totalmente exánimes, oculto por un arbusto al que llegó tras rebotar contra varias rocas.

Alamanda no tenía ánimo, siquiera, de llorar, pero sentía una desolación interior más grande y vacía que un desierto. Estaba en un cobertizo de las afueras de algún pueblo, junto con algo más de una docena de mujeres. La habían metido allí, tras hacerla descender de la montaña como prisionera, cabalgando a lomos de su mula Lorca. Estaba aterida de frío y todavía tenía los ojos vidriosos; sufría un temblor nervioso en las manos que no lograba controlar. Su aturdida mente aún no había sido capaz de procesar que había sido capturada y que Cleofás estaba muerto.

Se le acercó una mujer de más de cuarenta años, de sonrisa

afable, pelo entrecano bajo un pañuelo, vestida con una simple saca de lino y cubierta con una piel de oso raída.

—Dicen que no hablas árabe —le dijo, en yevánico.

Ella la miró, y negó con la cabeza.

La mujer se sentó a su lado, dejándose caer pesadamente y abrazándola con la piel de oso.

—Hace un frío inusual para esta época del año. Me llamo Rahel, y soy de Alexandreta; o Iskenderun, como se dice en turco. Me capturaron tras matar a mi marido, hace unos días.

—Lo... lo siento.

—Bah, era un hombre malo, un kurdo de las montañas. Yo era su tercera esposa, y no me quería más que para golpearme. Las otras dos tuvieron suerte de hallarse en el mercado cuando nos asaltaron. Aunque no sé qué será de ellas ahora. ¿Cómo te llamas?

Ella iba a decir su verdadero nombre, pero se mordió la lengua en el último instante.

—Bellida. Mi nombre es Bellida.

—¡Qué nombre más inusual! ¿Tienes sed? Hay un cuenco en esa esquina.

—Tengo... hambre.

—No te preocupes —le dijo la mujer mayor—, que comida no te faltará. Al menos hasta que lleguemos a Damasco. En media hora pasarán el puchero, y te aseguro que hay de sobra para todas. Nos quieren rollizas, que así valemos más.

—¿Cómo?

Rahel le explicó que los bandidos eran traficantes de esclavos, que hacían batidas en las zonas rurales, donde no llegaba la ley del sultán de Egipto, y capturaban a mujeres que vendían luego en el mercado de Damasco, a potentados y a dueños de lupanares.

—Creo que pronto partiremos hacia allí. Yo llevo dos semanas en este establo. Solo espero que me toque un amo bondadoso. No creo que me quieran más que para limpiar y cocinar.

Alamanda creía que no podían quedarle lágrimas en el cuerpo, pero al oír que volvía a ser una esclava prorrumpió en sollozos como pocas veces lo había hecho en su vida. Rahel la abrazaba bajo el pellejo de oso y trataba de consolarla, diciendo que la vida de sierva, si una tenía suerte, no podía ser mucho peor que la de esposa. Pero ella lloraba porque había perdido a Cleofás, su carromato y su mula, su hermosa daga que había sido de Feliu y, sobre todo, el cofre de cuero repujado con lo que más apreciaba en este mundo: la que era, probablemente, la única copia en el mundo del *Liber purpurae*. Ese libro había sido su motivación, su faro en la tempestad de la vida, lo que la empujaba a seguir, a ser mejor, a prosperar. Ahora yacía en el fondo de un barranco, perdido para siempre, golpeado sin cesar por esa lluvia helada que penetraba hasta lo más hondo de cualquier ser u objeto. Lloraba por todo ello, por el hoyo inmenso que se abría bajo sus pies ahora que había perdido toda razón de existir.

No partieron al día siguiente, pero como había asegurado Rahel, la comida era abundante y sorprendentemente sabrosa. Los bandidos no las maltrataban, y solían dejarlas en paz, pues era grande su codicia, y sabían que una mujer sana y sin magulladuras atraía un buen precio en oro. Alamanda supo que los mamelucos, la dinastía que regía el sultanato al que pertenecía la región, eran una estirpe de esclavos. La esclavitud era la institución sobre la que se apoyaba todo el entramado social, y la élite militar era reclutada en los mercados, comprada como mercancía, adiestrada y puesta después en lugares de privilegio. Muchos eran de origen cristiano, capturados en los Balcanes o el Cáucaso, e instruidos en artes marciales y en una fidelidad absoluta al sultán y a sus emires. Las mujeres se vendían en mercados paralelos, como sirvientas, esclavas o putas, pero también como esposas y concubinas.

—Eres muy bonita, Bellida. Vas a librarte del prostíbulo, ya lo verás. ¡A ti te querrá un emir para su harén!

La mujer le contó que los traficantes eran soldados errantes, mamelucos rebeldes en su mayoría, con algunos beduinos nómadas en sus filas. Eran comerciantes, pero muy violentos; podían arrasar pueblos enteros si los negocios no les iban bien. En las ciudades los toleraban si iban solo a vender su mercancía, pero una vez en las zonas rurales eran hombres sin ley.

Partieron bajo una intensa lluvia al cabo de dos jornadas. Les pusieron un collar de cuero reforzado con dos argollas a cada una y las ataron en una reata. Les proporcionaron algo de abrigo para el camino, una pelliza desgastada que apenas se aguantaba sobre sus hombros, e iniciaron la marcha. Mantuvieron un ritmo cansino pero constante toda la mañana, y entonces hicieron un alto para darles de comer. Algunas de las mujeres lloraban o se lamentaban, pero la mayoría estaban resignadas a su suerte. No así Alamanda, que, sin embargo, no hallaba fuerzas ni para protestar, anonadada como estaba por lo que le había ocurrido y todo lo que había perdido.

Comieron sin detenerse una especie de bizcocho dulce y pedazos de carne de venado ahumados y pinchados en un palo. La lluvia seguía siendo implacable, y era fría como el aliento de la muerte. Los esclavistas decidieron hacer un alto en un pueblo llamado Kifer, que no era más que unos cuantos chamizos de pastores, un par de casas de piedra y un pequeño sotechado de madera donde había un fregadero y se celebraba un mercado los martes.

Esa tarde pusieron a algunas de las mujeres de más edad a la venta, incluida Rahel, para los pocos dignatarios locales. Alamanda vio que las colocaban sobre la fuente, como si fuera un estrado, y las desnudaron a pesar del frío. Los hombres locales las observaron, les abrieron la boca para ver sus dientes y les hicieron dar la vuelta, pero protestaron porque querían acceso a las más jóvenes, las que los traficantes reservaban para Damasco. Al final, tan solo un hombre adquirió a una de las esclavas en cuanto supo que sabía cocinar. Nadie quedó satisfecho, y, a la mañana siguiente, volvieron a atarlas por el collarín para reemprender la marcha.

—Me alegra que nadie me quisiera en ese pueblucho —le dijo Rahel, que caminaba justo delante de ella—. No aspiro a tanto como tú, pero al menos en Damasco estaremos mejor.

Alamanda la miraba con una pena infinita. No podía comprender su resignación, que se conformase con su suerte sin un ápice de rebeldía. Pensó que debía de haber llevado una vida muy ingrata para ver con algo de esperanza su venta a un amo desconocido.

El tiempo empeoró. Tras dejar la llanura donde se asentaba Kifer, subieron unas lomas arboladas por un camino embarrado. La lluvia empezó a tornarse aguanieve, y las pellizas apenas protegían a las cautivas del afilado viento. Una de las mujeres tropezó y se cayó. Alamanda notó que el collar de cuero le apretaba la garganta hasta impedirle respirar. Las mujeres se juntaron para aliviar la tensión de la cuerda.

Los esclavistas hablaron entre sí; estaban preocupados, pues el temporal arreciaba y podían perder parte de su valiosa mercancía humana. Al caer la noche, comenzó a nevar y el viento se hizo más intenso. Alquilaron un establo en una granja aislada y se metieron en ella con mujeres y bestias. Era un cobertizo espacioso, probablemente usado antaño como vaquería. Las cautivas, todavía atadas en reata como ganado, se arremolinaron en un rincón tapadas con las pieles mientras los hombres encendían una fogata en el otro lado y se emborrachaban. Les dieron de comer pastelitos de arroz y pan ácimo con una pasta de garbanzos, ajo y limón a la que llamaban *hummus*. Aquella noche escogieron a una mujer algo mayor que Rahel, a la que creían imposible de vender y la usaron todos los bandidos por turnos, con una violencia, que, incluso en las sombras y la distancia, hizo temblar a las demás. Alamanda, como las otras, estaba en un estado de estupor que le nublaba el cerebro, y era incapaz de pensar más allá de lo más inmediato.

—Esa zorra coqueteaba con todos, temiendo que nadie la quisiera —le dijo Rahel al oído—. Ahora ya tiene lo que andaba buscando.

Alamanda la miró con incredulidad. A la luz de la fogata vio los ojos idos de la mujer, su mirada estulta, su aquiescencia servil. Se vio de repente a sí misma pegada a ese ser incompleto, sin ansias de libertad, sumisa y resignada, y se dio asco.

¿Había hecho todo ese camino para terminar de esclava de algún enriquecido mercader en Damasco? ¿Iba a acabar sus días en algún rincón olvidado de un país que no era el suyo sin haber alcanzado el objetivo de su vida?

Se angustió al pensar que ninguna de las personas a las que quería en este mundo sabían dónde estaba ni podían hacer nada por ella.

—Debo ser yo... —murmuró—. Estoy sola, y sola debo sobrevivir.

Una pequeña chispa de determinación empezó a arder en su corazón. Recordó entonces unas palabras de su amigo Mordecai, el rabino de Constantinopla: «Debes aprender que la tradición judía obliga a prevalecer. *Ubajartá bajaim*, dice la Escritura. Escogerás a la vida y a los vivos». Se dio cuenta con asombro que no tenía nada que perder.

—Aquí estoy muerta. Debo volver con los vivos. ¿Qué pierdo por intentarlo?

Ese pensamiento la liberó de todo temor y agudizó sus sentidos. Su corazón palpitó con calma y su cabeza se aclaró, venciendo por fin a las nubes que la habían aturdido desde su captura.

Cuando vio que los mamelucos dormían, protegida por el estruendo de la ventisca que hacía crujir y aullar a los tablones del viejo establo, se zafó de la pelliza de Rahel y se abrigó bien con la suya. Empezó a trabajar en los nudos que la ligaban a sus compañeras, pero tenía los dedos ateridos por el frío y le resultaba difícil deshacer el entuerto. Tampoco llegaba con los dientes, pues el cuero estaba muy prieto y le mordía la carne.

—Ayúdame, Rahel —pidió—. Afloja estos nudos, por favor.

—¿Qué pretendes, niña? —le dijo la mujer, asistiéndola.

Les costó varios minutos, pero lograron deshacerlos.

—Bien, Rahel, es tu única oportunidad. Yo me largo de aquí. O te vienes conmigo, o te espera una vida entera de servidumbre.

La mujer la miró como si viese espíritus.

—Pero ¿dónde vas a ir, hija mía? ¡Con este temporal!

Alamanda la miró con profundo disgusto. Bien, ya había cumplido con el deber de caridad cristiana ofreciéndole escapar con ella. Estaría mucho mejor sola, pues se le antojaba que aquella pobre desgraciada sería una rémora en cualquier intento de huida.

—Dame tu piel de oso, Rahel —le dijo entonces, despechada—. Tú puedes usar la de la *zorra*, que ella ya no la necesita.

—Pero... pero ¿qué pretendes hacer, hija mía?

Alamanda se acercó a su rostro y le habló con desprecio.

—Escúchame bien, mujer. No soy tu hija, ni tengo nada que ver contigo. Mi nombre es Alamanda, soy cristiana, y tengo mucho todavía que vivir.

Se dio la vuelta y empezó a sopesar sus opciones. A sus espaldas, Rahel gimoteaba y le imploraba que no hiciese locuras. Vio que una de las mujeres calzaba unos botines de piel de cordero que, aunque estaban desgastados, parecían ser más adaptados a la nieve que sus babuchas hebreas de piel de oveja. Con acero en su mirada, se los arrebató y le dejó los suyos a cambio. Cuando la mujer protestó, ella la agarró por la camisa y la miró fijamente sin abrir la boca unos segundos.

—Eres la más valiosa para el mercado, Bellida —le seguía diciendo Rahel mientras tanto—. Se pondrán furiosos si te pasa algo. ¡Bellida!

La mujer había alzado la voz y alguno de los esclavistas se movió en su sopor. Alamanda se volvió y golpeó con fuerza a Rahel en la cara con uno de los botines.

—Si no cierras la boca te estrangulo aquí mismo —la amenazó entre dientes—. Yo no voy a ningún mercado. Ya fui esclava una vez y no me gustó. ¡Y mi nombre, el que me puso mi madre, es Alamanda!

El estruendo de la ventisca cubría el rumor de sus movimientos, a pesar de que el centelleo moribundo de la fogata marcaba de color naranja su silueta contra la oscuridad de la noche. Se dio cuenta, al dirigirse al portón del establo, que no era más que una cancela baja, de que la mula Lorca estaba cerca de la puerta, temblando de frío, arrimada a los caballos de los bandidos. Sopesó durante unos segundos si valía la pena arriesgarse a llevársela. Por un lado, sin montura difícilmente podría llegar a ningún sitio; pero, por otro, era probable que el animal produjese algún ruido que podía despertar a uno de los mamelucos si intentaba desatarla. Recordó que Cleofás le había dicho que Lorca era más temperamental, y en ese momento no estaría del mejor humor.

Decidió que sus posibilidades eran mayores con la burra. Y se dijo, además, espoleada por su reencontrada temeridad, que desataría al animal con toda rapidez y saldría por la puerta del establo sin mirar atrás. Estaba convencida de que cuanto más deprisa fuese, menos oportunidad habría de alertar a sus captores. Desató a Lorca, susurrando caricias verbales en su oreja, la llevó al portalón y salió con ella. El viento tapó el chirriar de los goznes, y, en un abrir y cerrar de ojos, estaba en campo abierto, subida a lomos de su mula en dirección opuesta a Damasco.

El viento helado del norte golpeaba su flanco derecho. La mula rebuznaba enfadada, pero seguía avanzando a pesar de su descontento. Alamanda miró hacia atrás un par de veces, y entonces se dio cuenta de que un resplandor intenso salía de la puerta del establo del que había huido. Apenas había avanzado doscientos pasos, y a sus espaldas alguien había advertido ya su ausencia. Con las antorchas encendidas, algunos esclavistas salieron del cobertizo, y a ella se le paralizó el corazón. Los vio moverse agitadamente, de un lado para el otro, pero no oía sus voces ni discernía sus intenciones. Ella siguió avanzando, al paso de su temperamental montura, echando vistazos por encima de su hombro temiendo ver el galope de alguno de los mamelucos.

—Esa maldita Rahel...

Estaba convencida de que la infausta mujer había advertido a sus captores de su huida, quizá con la esperanza de un mejor trato en Damasco. Azuzó a la burra, y esta cabeceó molesta y hasta intentó morderle la espinilla. La nieve empezaba a cuajar, pero el suelo todavía estaba embarrado y pastoso.

Al cabo de un rato, encogida sobre sí misma por temor a recibir el golpe de alfanje de alguno de los bandidos, osó mirar de nuevo hacia atrás, y no vio más que negrura, una oscuridad absoluta; pensó que vería lo mismo con los ojos cerrados. Se dio la vuelta y detuvo a Lorca. No oía más que el azote de las ráfagas de viento, pero ni una sola luz, ni el más leve indicio que hiciera pensar que andaban en su busca.

—Quizá han decidido que no vale la pena salir de noche con esta tempestad —se dijo—. Que ya me darán caza en cuanto amaine.

Imaginó que ella y la burra debieron ser invisibles para los bandidos en la profunda oscuridad de la noche tormentosa cuando salieron del cobertizo, incluso estando a pocos pasos. El oraje borraba sus huellas al instante, y no había la más mínima claridad para poder verla. Era inútil salir en su busca mientras no se aplacase la tormenta o llegase el alba.

Alamanda prosiguió su camino, algo más aliviada. Se orientaba porque había comprobado que el viento soplaba del norte, y ella quería ir al oeste, con lo que le bastaba con sentir el frío a su derecha. Pero si cambiaba el aire, era probable que anduviese en círculos sin avanzar.

Se dio cuenta de que estaba temblando de manera convulsiva. Apenas notaba los pies, a pesar de los botines arrebatados a la esclava, y sintió que se desvanecía por el frío.

—No, por Dios, no puedo...

Luchó por mantenerse despierta recitando salmos en latín que recordaba de su etapa en el convento, rezó una novena y hasta se puso a pronunciar en voz alta palabras en hebreo que Mordecai le había enseñado. Las horas se deshilachaban en su conciencia, los pasos cansinos de la mula y su vaivén resignado abotargaban su alma. Notó en su mejilla el pelo áspero del animal, y, en algún rincón lejano de su mente, se dio cuenta, antes de desmayarse, de que se estaba cayendo.

El alba llegó dudosa y sin viento. Una fina lluvia fría seguía cayendo sobre el valle, pero un sol de leche se adivinaba ya por el oriente. Lorca, la mula indomeñable, pastaba hierba fresca y mojada bajo un enorme sauce. Unos pasos más allá, yacía Alamanda, todavía sin consciencia.

El primer rayo de sol que cayó en su rostro la despertó. Tenía los párpados pegados y creyó que era de noche.

—Cleofás... —gritó, sin recordar que ya no estaba con ella.

Poco a poco empezó a recordar. Su cuerpo le pedía quedarse donde estaba, yaciendo sobre el barro, y dejarse llevar. Pero ella quiso bregar con la muerte que la acechaba. Comprobó que respiraba, que el aire helado llenaba sus pulmones, y notó el latido debilitado de su corazón en las sienes. «Sigo viva», musitó. *Ubajartá bajaim*, pensó en hebreo; ella escogía la vida y a los vivos.

Se alzó con esfuerzo y por fin abrió los ojos. Tenía las yemas de los dedos azuladas y no sentía dolor. Estaba empapada y llena de barro. Miró hacia el este, al sol naciente, y no vio nada más que llanura, campos enlodados y algún árbol. No tenía ni idea de dónde estaba, pero a occidente creyó ver unos montes entre la bruma y supuso que allí era donde la habían capturado. Tenía mucho frío, hambre y sed, pero desechó la idea de beber del agua embarrada de alguno de los charcos. Agarró a la burra de la brida, pero no tuvo fuerzas para montarla. Avanzó con ella unos pasos hasta dar con una piedra sobre la que apoyarse, y, con un empuje de titanes, logró subirse a su montura.

Esperaba oír el rumor de cascos sobre el barro en cualquier

momento, pero no tenía aliento ni para voltear la cabeza. Siguió avanzando, agarrada con uñas y dientes al pelaje de su animal para no volver a caerse, temblando con espasmos y la cara exangüe. De pronto, entre la neblina helada de la mañana, apareció un pequeño pueblo, y se dio cuenta de que era Kifer, en cuya plaza los esclavistas habían tratado de vender a las más viejas. Iba en la buena dirección, pero temía que la reconociesen como una de las cautivas y la apresasen. Dio un rodeo por la vera de un arroyo para no ser vista, y tuvo la buena fortuna de hallar un manzano silvestre. Comió algunas de las frutas a pequeños mordiscos, ya maduras y dulces, bebió agua del arroyo y se sintió mejor.

Iba a reemprender la marcha cuando oyó un ruido tras un recodo; un campesino, de ropas ajadas, cara circunspecta y un gran rastrillo de madera en el hombro la miró fijamente a no más de diez pasos de distancia. A ella se le paró el corazón. El hombre desapareció tras unos árboles, y Alamanda se vio perdida. Decidió esconder la mula entre los arbustos unos instantes para ver qué ocurría. Al cabo de unos minutos de soledad y silencio, reapareció el hombre. Miró a ambos lados, pero no la vio; dejó entonces un canasto sobre una piedra y se apartó. Cuando, al cabo de bastante rato, ella se sintió con suficiente coraje, salió de su escondrijo y vio que la cesta contenía fruta, pan y una salazón de carne. Se le humedecieron los ojos; buscó al hombre para mostrarle agradecimiento, pero no lo halló. Dejó el cesto donde estaba, llevándose las viandas. El sol calentó su espalda cuando dejó atrás el pueblo, y se permitió pensar que tal vez sobreviviría.

Tras horas de marcha, pernoctó al abrigo de una pequeña formación rocosa. Al amanecer reemprendió la marcha hacia las montañas tras un pequeño desayuno que el gesto generoso de ese buen campesino había hecho posible. Dio gracias a Dios por haber creado gente buena y se santiguó por primera vez desde que había empezado a hacerse pasar por judía.

Enseguida reconoció el camino por el que habían subido

con el carro. En esa zona, la nieve había cuajado, y cubría el paisaje y las ramas de los enormes cedros con un manto acolchado que brillaba bajo la incierta luz del sol. Las pezuñas de la mula apenas hacían más ruido que el crujido sordo de la nieve bajo sus pisadas; Alamanda sintió la soledad del entorno como una aguja en el corazón, y habría llorado si hubieran quedado lágrimas en su interior.

Tras un recodo, vio por fin el tronco atravesado que nadie había retirado. Observó que la cuerda que había atado Cleofás en él seguía allí. Miró barranco abajo y vio los restos de su carromato, cubiertos de nieve, y le invadió la tristeza. Había llegado hasta allí con un único propósito.

Después de atar a la mula a un tocón, comenzó el descenso por la empinada ladera. Algunos cantos se desprendían bajo sus pies cuando les ponía el peso encima, pero la capa de nieve amortiguaba sus caídas y perdonaba sus tropezones. Resopló sobre las yemas de sus dedos, como tantas veces había hecho ese día, pero seguían amoratadas. No sentía dolor, y eso la preocupaba.

A medio descenso se quedó petrificada. Alrededor del carromato vio huellas de varias personas y los restos de una pequeña hoguera; alguien había estado allí tras la tormenta. Temió por la suerte de lo que había venido a buscar: el cofre de cuero con su *Libro de la púrpura*. Pero se extrañó de que las huellas no ascendiesen hasta el camino. Quizá había una manera de acceder a ese lugar desde abajo.

Con mucho tiento, y echando de menos la daga de Feliu que le habían arrebatado los bandidos, siguió avanzando hacia los restos. No oía ningún ruido, más que el piar de algún vencejo alegre por el sol. Se apoyó en una de las ruedas en cuanto llegó, rodeó el carro por la parte de delante y vio un espectáculo horrendo. La mula muerta había sido destripada y había restos de sangre y vísceras por doquier. Comprendió que se trataba de un depredador justo en el momento en que oyó cómo se quebraba una ramita y apareció una enorme figura negra y peluda tras un arbusto.

—¡Dios mío, un oso! —se dijo, con el pelo del pescuezo erizado.

Reculó y tropezó con algo. Se cayó hacia atrás en plena pendiente y empezó a deslizarse ladera abajo. La bestia emitía gruñidos y caminaba con paso incierto, pero se estaba apresurando hacia ella. Trató de incorporarse, pero había provocado un pequeño alud que la arrastró hasta que se golpeó la cabeza con una roca y se le nubló la visión.

Entre halos de luces y sombras creyó ver el rostro de Cleofás que le decía que lo sentía mucho, que lloraba y que quería abrazarla con su enormes manazas. Tardó unos minutos en darse cuenta de que el oso que la había atacado no era más que su esclavo cubierto hasta la cabeza por uno de sus mantos de piel de oveja tintada.

Desperté con el frío en los huesos ya mediada la noche, y que Dios me perdone, pero pensé que me hallaba en la boca del diablo. No recordaba qué hacía en esa empinada ladera, tumbado sobre una helada roca y con un dolor terrible en una pierna. La lluvia se tornaba nieve, y yo estaba temblando cuando volví en mí. No se veía nada más que la negra oscuridad; a tientas pude llegar a lo que debían de ser los restos del carromato de mi señora, y entonces lo vi claro. Recordé el obstáculo, el lazo, aquellos extraños bandidos con turbante y el rostro asustado de mi buena ama.

La tolda había quedado destrozada, y no ofrecía refugio alguno, pero pude rescatar las pieles y pasar la noche al abrigo de unos matorrales entre las rocas. Me dolía la pierna; yo creo que me la rompí, pues la rectitud de la espinilla no era tal, sino que el pie me salía al bies. Me lo enderecé como pude, mordiendo una ramita para distraer al dolor, y creo que me quedó bastante bien colocado.

A la mañana siguiente pude hallar el pedernal y encender una fogata, usando los restos del carromato como leña. Había algo de comida, un saquito de gachas de avena y algo de bizco-

cho salado, pero la mayoría se había perdido montaña abajo. Decidí comerme a la burra, con dolor en mi corazón, pues era un animal bueno y noble, no como la otra, a la que yo llamaba Lorca, que era terca y caprichosa. Aquella tarde comenzó a nevar de verdad. Pude hacerme un techado con las maderas del tablero y parte de la lona que quedaba sobre las quebradas cerchas, y así mantuve un espacio libre de nieve.

Vi el cuerpo del bandido, y decidí enterrarlo bajo unos cantos, pues, aunque dudo que fuera cristiano, Dios no quiere que a sus criaturas se las coman las alimañas, y también los mahometanos deben ser de su creación, creo yo. Me llevó varias horas, pues no podía apoyar peso sobre mi pierna mala, y por lo precario de la situación. Vi que el carromato aún podía descender unas docenas de pies hasta el fondo de la sima si se desequilibraba, que se había parado por milagro en ese saliente de roca, y pensé que más valía que no lo hiciese porque entonces me quedaba yo sin refugio.

No paró de nevar en todo el día. Noté que las puntas de mis dedos se tornaban de color negro; me las mordí y no sentí dolor. Supongo que se me habían muerto, y rogué a Dios Nuestro Señor que no siguiese muriéndome brazo arriba, pues al llegar al corazón a buen seguro moriría yo del todo.

Asé filetes que corté de mi buena mula y comí hasta saciarme, y creo que hice mal, porque no sabía entonces cuánto tiempo iba a tener que quedarme en esa hondonada, y tenía que ser prudente con la comida. Como buen cristiano, no quería ni pensar en tener que comerme al bandido infiel si pasaba necesidad.

Al cabo de dos días el viento amainó, la nieve empezó a caer mansa y, a media mañana, dejó de caer del todo. Algún rayo de sol quería romper las grises nubes, y yo se lo agradecí a Dios, pues estaba pasando tanto frío que la tiritona que sufría derribaba cantos ladera abajo.

Pensé mucho en mi señora, mi buena ama, cautiva de aquellos bandidos, y me maldije por no haber sabido protegerla. Lloré por ella, pues la creía muerta o malherida, y consideré si valía o no la pena sobrevivir si mi vida iba a ser sin ella. Pero Dios es sabio, y nos crea para aferrarnos a la vida, porque siempre que pensé en dejarme morir, el hambre y las ganas de mantener el calor de mi piel se imponían y yo seguía con el alma pegada al cuerpo.

Nunca nadie me había tratado tan bien y con tanta deferencia como mi señora, que hasta me pidió permiso para comprarme. El señor veneciano, mi amo, no era malo, pero a veces se equivocaba y me azotaba sin razón. Otras veces, aunque razón hubiere, no me azotaba, pues yo escurría el bulto. Mi señora nunca me ha azotado, con razón o sin ella; ni siquiera recuerdo una regañina de mi buena ama.

Imaginé qué sería de mí, sin dueño y en tierra extraña. No sabía si me iba a acostumbrar a ser libre, pues sé que las gentes libres tienen deberes y obligaciones que yo nunca hube de comprender. Pensé que se acercaba el invierno, y que bien haría, en cuanto mi pierna me lo permitiese, en salir de aquel agujero y buscar cobijo. Quizá encontraría buenas gentes en aquel lugar, y, si falta hiciese, podía hacerme pasar por mahometano, pues muchos años pasé entre ellos cuando era chico y no me convertí a la fe verdadera hasta que me lo aconsejó la prudencia al cambiar de amo.

Andaba yo pensando en ello, a la mañana del cuarto día, cuando oí unos ruidos y vi que alguien descendía desde el camino. Apagué la fogata con nieve y me escondí tras un matorral. Creí que Dios me estaba castigando por haber pensado que podía convertirme de nuevo en un infiel, porque me hallé viendo algo que mi mente se negaba a creer: el espíritu errante de la buena de mi ama, con cara de muerta, pero tan real, que se diría viva.

Me santigüé ante el espectro, y recé para que no me viese, pues no quería que se cobrase mi alma, que dicen que la mirada de los muertos es suficiente para que el diablo se lo lleve a uno. Pero entonces vi que tropezaba, y soltó un Ay tan femenil que yo pensé que ningún espíritu del otro mundo era capaz de imitar

esa voz, así que me asomé un poco más. Y era ella. Algo dismi-
nuida, quizá, pero con la misma elegancia.

Me froté los ojos para asegurarme de que no estaba teniendo
visiones. Sus pasos eran inciertos, y me dije que, si fuera espíritu,
flotaría sin dificultad por encima de los cantos y de la nieve. Así
que hice acopio de valor y salí de mi escondrijo. Mas yo vi que la
asusté, pues fui tan cerril que no supe imaginar mi hediondez y
mal aspecto, envuelto en ese manto hecho jirones, con la cara
tiznada y el paso de un cojo. Mi señora se cayó de espaldas, y yo
temí haberla matado cuando se golpeó el pescuezo. Pero allí es-
taba, mi buena ama, mirándome y preguntando si era yo, si en
verdad podía ser Cleofás, y yo le dije que sí, que era el tonto de
Cleofás, y lloré por mi gran culpa, por haberla dejado desampa-
rada ante aquellos bandidos, y lloré de júbilo de verla de nuevo
con vida, entre mis toscos brazos, y juré que la protegería desde
entonces para siempre.

Y entonces supe que Dios es bueno, porque hasta a los seres
miserables como yo nos da alegrías inmensas de vez en cuando.

—Te confieso que he vuelto solo a por una cosa, Cleofás, pues Dios sabe que te creí muerto.

El hombretón sonrió, derramando su bocaza por ambas mejillas. Estaba que no cabía en sí de gozo por haber reencontrado a su ama.

—Fue lo primero que busqué, mi ama. El cofre está magullado y no cierra bien, pero vuestro libro está intacto.

A Alamanda le dio un vuelco el corazón. Su esclavo fue a los restos del carromato y extrajo de un rincón entre los tableros el preciado libro de su ama, envuelto en un paño de seda y metido en una funda de cuero.

—He recuperado también la bolsa con los dineros, que en la caída no se salió del escondite entre los tablones.

—¡Bendito seas, Cleofás! —le dijo ella, abrazando sus tesoros.

Cleofás preparó filetes de burra para su ama con cariño y devoción, e incluso encontró unas hierbas en el carromato con las que hacerle una bienvenida infusión. La acomodó en el precario refugio que se había construido junto al carro volcado y, en cuanto la vio más o menos cómoda, se quitó el bonete y se arrodilló junto a ella compungido.

—No soy digno ni de pediros perdón, mi señora —le dijo, mirando al suelo—. Os fallé; no os protegí. Entenderé que me vendáis en el primer pueblo al que lleguemos, porque no merezco estar con vos.

Alamanda se arrodilló frente a él y le agarró las manos.

—Por Dios, Cleofás, que no tienes ningún motivo por el que pedirme perdón. No pudiste hacer nada, y te creí muerto.

Abrazó al hombretón pillándolo por sorpresa, y lloraron los dos enlazados, liberando de pronto todas las emociones que la urgencia por sobrevivir había tenido embotelladas.

Durmieron aquella noche abrazados como aquella ocasión durante la tormenta en alta mar, y Alamanda se sintió segura y libre de frío por vez primera desde su captura. A la mañana siguiente ahumaron filetes de mula durante algunas horas y llenaron el barril de nieve para que el sol la tornase agua durante el camino.

—Bueno —dijo Alamanda, poniendo los brazos en jarras y mirando hacia arriba—, a ver cómo nos las arreglamos ahora para remontar esta pendiente.

Empezaron la ardua ascensión con mucha calma, paso a paso y sin prisas. La nieve se estaba derritiendo con rapidez, y los cantos eran más resbaladizos que nunca. Estaban subiendo, además, cargados de fardos, enseres, un par de lonas, el libro y el barril.

Llegaron al camino tras más de una hora, derrengados por el esfuerzo, pero felices de comprobar que Lorca seguía allí amarrada, pastando en el terraplén con cierta parsimonia. Alamanda se congratuló de haber pensado en atarla, y de darle bastante cuerda como para que alcanzase pasto para dos días. Cargaron a la mula, asegurando los bultos con cuerdas y cinchas de cuero, y se pusieron en marcha, sorteando el infame árbol caído que tan caro les había costado.

Vieron el mar a principios de diciembre, un día fresco y soleado con brisa de poniente que acarreaba sal y humedad a sus pulmones. El azul era tan intenso que parecía un pedazo de tela teñida con índigo. Lorca, la mula, estaba agotada, y Cleofás apenas se tenía en pie. Tenía el tobillo hinchado y amoratado, y, mientras que la mayoría de sus dedos de la mano habían recuperado el color, dos de ellos permanecían negros, sin vida, tal vez congelados durante la tormenta. Sin embargo, el eunuco se negaba a montar en la mula, incluso cuando Alamanda le aseguraba que prefería caminar.

En el camino de la costa encontraron tráfico de gentes, mercaderes y soldados, vagabundos y desheredados, alguna cohorte turcomana, familias enteras en mudanza, buscavidas, guitones y caballeros mamelucos al galope.

Alcanzaron las ruinas de Sarepta, ciudad fenicia que antaño fue próspera y después fue sede episcopal en tiempos de las cruzadas. Ahora, apenas siete u ocho casas permanecían de pie, pero se aseguraron cobijo al dar con una viuda que les permitiría pasar la noche en una habitación a cambio de una moneda de plata. El precio incluyó una cena frugal, que devoraron con deleite, e incluso, tras hacer buenas migas con la dueña, pudieron catar un vaso del vino joven y ácido de la zona.

La viuda les informó que Tiro estaba tan solo a seis horas de camino, y a Alamanda se le aceleró el corazón.

Aquella noche, bajo sus frazadas y mantos, escuchando el respirar fatigoso de Cleofás, Alamanda lloró durante varias horas. Rememoró su vida, y se maravilló de que aquella niña pobre y asustada que vio morir a su madre en el lecho de un río estuviese ahora allí, en casa de una viuda en la otra esquina del mundo, tan sola y tan alejada de todo lo que le era querido, persiguiendo un loco sueño que nadie más que ella lograba comprender. Sentía que estaba cerca de su objetivo, pero temía, a la vez, perderlo todo a última hora, como casi le había sucedido al ser capturada hacía unos días. Lloró de emoción, pero también de tristeza por todo lo que había debido sacrificar para llegar hasta allí; gimió de soledad, esa compañera de vida que la había acompañado desde que la separaron de sus hermanitos y que era como un dolor de cabeza al que uno se acostumbra y con el que convive, pero que sigue doliendo con intensidad cuando se repara en él.

Su propia fuerza, su inusitada capacidad por seguir bregando a pesar de los golpes y las vicisitudes, la llenaron de vigor y de determinación para descubrir el secreto de la púrpura, ese color divino que en la antigüedad se identificaba con lo más sublime y que la humanidad había hecho caer en el olvido.

Lo primero que vieron de Tiro fueron las ruinas junto a la playa. La que antaño fuera isla, entonces ya península, se adentraba en el mar desafiante, formando una pequeña bahía de aguas azules, alrededor de la cual las columnas de mármol con capiteles dóricos, restos de antiguas construcciones clásicas que ya no soportaban más peso que el aire, competían en altura con exuberantes palmeras datileras. Algunos pescadores recogían las barcas tras salir de madrugada, vertiendo su magro botín en canastos que luego montaban en un carromato para llevar a vender. Las mujeres, sentadas sobre escañiles bajos, remendaban las redes o las líneas de anzuelos, todas con pañuelos blancos enrollados en la cabeza, todas ancianas o aparentando serlo, la vista cansada, las manos firmes.

Avanzaron media legua y vieron por fin casas habitadas, chamizos de madera descompuestos o pidiendo a gritos alguna reparación. Las calles estaban empedradas, pero cuando alguna losa faltaba, no parecía reemplazarse, con lo que las vías se hallaban llenas de hoyos de considerables dimensiones. Había perros de color amarillento por todas partes, husmeando por doquier, buscando restos y bregando por los hallazgos. Las gentes los miraban con desconfianza desde las casas, apostadas en banquetas inestables, trajinando en sus quehaceres, poco acostumbrados, al parecer, a los forasteros.

—No parece una población muy próspera... —murmuró Alamanda para sí.

Los libros de la antigüedad que había estudiado con Mordecai en Constantinopla describían la ciudad como inmensamente rica, sus mercados mejor abastecidos que los de la misma Roma. De allí partían galeras en misiones comerciales a los cuatro extremos del mundo, y también salieron de sus entrañas los fundadores de la poderosa Cartago. Las murallas tenían adornos de alabastro y las puertas estaban forradas con tiras de oro; se decía que hasta las esclavas lucían adornos con perlas. Se hablaba de los fabulosos juegos que tenían lugar en el hipódromo, de los festivales de flores, de las reuniones de filósofos, de las escuelas en los pórticos a las que acudían estudiantes del orbe entero. Se decía que, dos veces al año, de las fuentes del castillo manaba vino, y que la comida era tan abundante que se conocía a sus habitantes por sus orondas barrigas. En esa época pretérita, todo rebullía en la ciudad; todo pasaba por sus fabulosas puertas de ébano.

En aquellos tiempos, Tiro era, en realidad, dos villas, la de tierra firme, lugar del comercio y la prosperidad, y la de la isla, donde estaba el templo de Melqart y donde se refugiaba la población cuando había un ataque. Alejandro Magno tomó la fortaleza mediante el ingenioso recurso de construir un dique entre la costa y la isla, usando para ello piedras del templo, con lo que sus ejércitos y caballos podían cruzar y atacar el alcázar. Desde entonces, la isla formaba parte del continente, como una península, y la parte meridional, la llamada isla de Hércules, se hundió en un terremoto y quedó sumergida.

Cuando Alamanda y Cleofás se acercaron a Tiro por el norte, vieron la ciudad vieja con las ruinas del hipódromo, y el montículo de la isla adentrándose en el mar, con algunas elegantes columnatas ya sin techo ni propósito. Entre ambos grupos de edificios decadentes vivían los escasos habitantes que conservaba la ciudad.

De pronto, el gigantón Cleofás tropezó en uno de los hoyos del empedrado y se cayó cuan largo era. Se golpeó la cabeza, una herida sin importancia, pero, cuando Alamanda fue a atenderlo, se dio cuenta de que su frente ardía.

—¡Por Dios, Cleofás! ¿Por qué no me has dicho nada?

Lo ayudó a levantarse, y, con gran esfuerzo, logró hacerlo subir a Lorca, la cual rebuznó como protesta, pues estaba ya en sus últimas coces. Preguntó a los aldeanos por el barrio judío, pero no lograba hacerse entender. Por fin, un muchacho les indicó un grupo de casas sobre el istmo y se dirigieron a ellas. Dieron al cabo con algunos judíos, y Alamanda les pidió, usando algunas palabras en hebreo que había aprendido con Mordecai, que la llevasen ante el rabino.

Reb Moshe ben Mizrahim era un hombre de barba cana y desaliñada, espesas cejas grises, nariz bulbosa y llena de venitas rojas y un ojo velado por una capa lechosa. Sus ropas negras eran pobres y estaban raídas, y calzaba unas sandalias abiertas de campesino en vez de babuchas. Recibió a Alamanda con disgusto, y pronunció algunas palabras que sonaron a improperios antes de echar un vistazo a la carta que ella le entregó. Se trataba de la misiva que Mordecai había tenido el acierto de entregarle para asegurar que sería bien recibida por la comunidad hebrea en Tiro y que ella había mantenido a salvo dentro de su *Liber purpurae*.

Leyó la esquela con el ojo bueno entornado, y miró varias veces a Alamanda mientras lo hacía. Finalmente, echó el papel sobre una mesa llena de lámparas de aceite apagadas y ladró un par de órdenes a un muchacho lampiño, de piernas zambas, que se fue corriendo de inmediato. La casucha de madera de paredes sesgadas en la que se hallaban debía usarse como sinagoga, y

Alamanda no pudo evitar admirarse con tristeza del gran contraste entre aquella decadencia deshonrosa y la dignidad respetable y orgullosa de la judería de Constantinopla.

—Bellida —escupió, más que pronunció, el rabino.

Ella no dijo nada, algo alarmada por el recibimiento hostil del primer judío de Tiro. Sufría por las fiebres de Cleofás, provocadas, sin duda, por la infección de la herida del tobillo.

El muchacho zambo volvió al cabo de unos minutos y le indicó que lo acompañase. La llevó por unas callejuelas estrechas, todas ellas empedradas y con regatos en el centro para el desagüe, entre casas de madera y barro, y le franqueó el paso ante una puerta baja por la que se accedía a una vivienda minúscula que parecía abandonada y que olía a orines de gato. Dijo algunas cosas que ella no comprendió, y, con una sonrisa, se despidió. Ella lo agarró por el brazo y le pidió por un médico, con cierta brusquedad. Pronunció la palabra en hebreo, y el chico no comprendió. Con mucha ansiedad, le señaló el tobillo de su eunuco, y llevó la mano del chico a la frente de Cleofás, para su gran azoro. Pareció comprender que estaba enfermo, y se le encendió la cara. Salió a toda prisa, y regresó al cabo de unos minutos con una mujer gruesa de mejillas al mismo tiempo sonrosadas y grises, un delantal de cocina puesto y el pelo entrecano recogido en un moño bajo un pañuelo blanco. Sin pronunciar palabra, examinó al esclavo, al que Alamanda había tumbado en el suelo, sobre una manta puesta encima de algo de paja y hierbas que había recogido del patio posterior, y salió de nuevo de la estancia.

Alamanda estaba a punto de echarse a llorar, pero entonces llegó la mujer con una bolsa y una caja de madera con asas, acompañada de un hombre fornido de manos requemadas y negruzcas, quizá por ser su oficio la herrería. La mujer agarró la pierna mala de Cleofás a la altura del muslo y murmuró algo al herrero. Este asintió y, de un tirón seco que provocó un espantoso crujido, recolocó el hueso y los tendones del tobillo en su sitio. Cleofás soltó un aullido que debió de oírse en Constanti-

nopla, y, con fiebres y dolores, pareció desvanecerse entre deli-
rios. La mujer le aplicó entonces un emplasto de colofonia cuyos vapores eran capaces de despertar a un muerto y le entablilló
el pie con dos piezas de madera apretadas con una venda. Sujetó
entonces su mano izquierda y, para consternación de Alamanda, con la ayuda del herrero y de un cuchillo de admirables dimensiones, amputó las dos falanges muertas y ennegrecidas por
la helada. Envolvió los dedos con un emplasto de ceniza de cedro y miel. Entonces lo reanimó y le dio de beber, asistida por
Alamanda, una infusión de fenogreco, alcaravea y camomila que
preparó en casa de un vecino.

En cuanto hubo terminado, extendió la mano hacia Alamanda, y esta tardó unos segundos en comprender que le estaban
exigiendo el pago por los servicios prestados. Rebuscó entre sus
cosas hasta dar con un par de *stauratones* de plata, extraños en
aquellos lares, que la mujer miró con desconfianza y mordió por
si fueren de hojalata.

Cuando se quedó sola con Cleofás, se agachó y le tocó la
frente. La inflamación parecía haber disminuido al restablecerse
el hueso en su lugar, pero aún tenía fiebre. Se dio cuenta de que
aquella mísera choza de paredes inestables le había sido ofrecida
como hogar, como prenda de la hospitalidad debida entre judíos.

—Mejor será que vaya a por la burra, que aquí detrás tendrá
hierba para un par de días. Tengo que ver cómo nos instalamos
en este agujero indecente, Cleofás, que no puede ser que debas
convalecer en el frío suelo.

Cleofás se recuperó pronto con el hueso enderezado; los dedos
cicatrizaron y las fiebres desaparecieron. Esos primeros días
acomodaron la habitación tan bien como les fue posible con sus
menguados medios. Adquirieron dos catres de madera con tiras
de cuero entrecruzadas, dos jergones de paja viejos, un par de
ollas y algunos utensilios básicos para cocinar. Comían en las

escudillas metálicas que habían recuperado del desastre de su carromato y se abrigaban con las mismas zamarras.

Unos días más tarde, Cleofás practicó un hueco en la pared del patio y confeccionó un rudimentario hogar. De alguna parte se hizo con una rejilla para cocinar sobre las ascuas y con un brasero viejo que arregló a golpes de maza. A mediados de diciembre, la modesta morada que los judíos le habían cedido casi a regañadientes, se había convertido en un lugar habitable. El invierno junto al mar no estaba resultando tan duro como parecían anunciar las tempranas nieves del otoño, y había días en los que el sol permitía pasear sin sobrepelliz.

Una tarde, cuando ya se habían instalado en la ciudad y Alamanda empezaba a preguntarse cómo demonios empezar su misión, decidió irse a pasear por la playa con Cleofás. Se llevó las dos conchas de caracoles marinos que había encontrado en el obrador romano de Padua para tratar de hallar alguno de los murícidos que, se decía, poseían una glándula que escondía el maravilloso color púrpura que ella andaba buscando.

Llegaron a una cala recoleta, un lugar donde los árboles llegaban casi a la línea del mar, con una playa estrecha flanqueada por rocas talladas por los embates milenarios del oleaje. Por lo que había leído en los libros de Plinio, Alamanda pensó que quizá los caracoles estarían escondidos entre los arrecifes. Anduvieron buscando por la arena un buen rato, hurgando entre las húmedas piedras descubiertas por la marea baja, pero no vieron nada. Las olas chasqueaban mansas contra la blanca arena, movidas apenas por una brisa de levante que había atemperado algo los rigores del frío de días anteriores. Alamanda se acercó al agua, pero no llegó a pisarla por no descalzarse.

—Supongo que los malditos bichos viven en las profundidades —le dijo a Cleofás, que la observaba a cierta distancia—. No había pensado en eso. Quizá debamos aprender a nadar...

Atardecía. El sol se acercaba al horizonte como si quisiera echarse un baño. Tanto en Barcelona como en Constantinopla, el ocaso ocurría siempre de espaldas al mar.

—Es hermoso —murmuró, viendo el disco de luz tornarse rojizo, sus brillos chispeando, creando mágicos rubíes efímeros sobre las olas.

La sacó de su ensoñación un ruido de cascos de caballo sobre la vía empedrada que bordeaba la playa. Por prudencia, se llevó a Cleofás tras unos arbustos que crecían en el palmeral.

Enseguida vieron llegar a un elegante caballero con una escolta de dos hombres de armas. Los soldados se quedaron en la vía, tras las palmeras, mientras el caballero se adentraba en la arena, solo y sin desmontar.

A pocos pasos del mar descabalgó con cierto brío y se quitó esa especie de casco con turbante que llevaban los turcomanos. No había reparado en ellos, sin duda, pues procedió a desnudarse sin recato alguno. El atardecer era fresco, a pesar de que el día había sido soleado, pero se despojó de sus atavíos con parsimonia, como si se tratase de algo que acostumbrara a hacer a diario. Cuando se quedó en calzas de acuerpo, de espaldas a ellos, se deshizo el moño y soltó la melena. Al agitar la cabellera se agitaron sus enormes pechos, y se dieron cuenta entonces de que, a pesar de su altura y sus anchas espaldas, no se trataba de un hombre.

—¡Mira, Cleofás! ¡Es una mujer!

Acabó de desnudarse y se metió en el mar sin un momento de duda. Se puso entonces a nadar con cierta gallardía durante un buen puñado de minutos. Cuando tuvo suficiente, salió del agua, y su caballo, que ya debía estar habituado, se acercó mansamente para permitirle alcanzar un paño para secarse y su ropa.

—A mí me da miedo el mar —le confesó Alamanda a su esclavo—. No me metería en él ni en plena canícula. ¡Mucho menos con el frío que hace estos días!

La mujer, con el cabello suelto y el casco en la mano, se aupó a su montura de un salto y desapareció en dirección al camino.

—Bueno, vámonos, Cleofás. Tendremos que hallar la manera de comprobar si estos caracoles existen por aquí o no.

Salieron a la vía empedrada desde la maleza, y allí, con la espada desenvainada, los esperaba la mujer vestida de caballero. Cleofás se puso, instintivamente, delante de su ama.

La misteriosa mujer les gritó algo que no comprendieron. Les estaba preguntando algo, pero ellos no entendían su idioma. La dama apuntaba al rostro de Alamanda con el alfanje, y parecía frustrada por la falta de respuestas de esta.

—No comprendemos vuestra lengua —dijo ella, con las manos alzadas mostrando las palmas—. Somos extranjeros.

La mujer la miró amusgando los ojos, con una chispa de algo que ella no logró descifrar.

—*Dhimmi*—dijo entonces con una sonrisa, volteando la cabeza. Sus dos hombres se rieron con ella.

En las tierras musulmanas, en virtud del llamado Pacto de Umar, se conocía con el apelativo de *dhimmi* a los cristianos y a los judíos, que gozaban de una cierta protección como «religiones del Libro».

—¿Eres judía? —le preguntó entonces en hebreo, y ella lo comprendió. Asintió con algo de reparo, pues su plan era dejar de ser Bellida una vez llegado a su destino, pero prefirió, en ese momento, seguir con su identidad ficticia.

La mujer les indicó que la siguieran, y así lo hicieron. Los soldados encendieron un par de antorchas para iluminar el paso. Llegaron a la pequeña judería, pero la dama pronto averiguó, con frustración, que tampoco los judíos eran capaces de hacerse entender con aquella extranjera y su esclavo que habían aparecido por la ciudad hacía una semana. Entonces exigió de nuevo que la siguieran, y los llevó hasta el extremo de la pequeña península, donde unas casas de madera se arremolinaban junto a lo que parecía una iglesia.

En uno de los patios apareció un hombrecillo, bajo y regordete, de nariz muy roja y la boca aprisionada entre mejillas prominentes, de pelo encrespado bajo un tocado cilíndrico y aspecto grotesco, que, en cuanto vio a la comitiva, soltó un exabrupto y pretendió volver a entrar por donde había salido.

—¡Daniel! —gritó la mujer con inmensa autoridad.

El interpelado se quedó quieto y se dio la vuelta con timidez. Respondió algo, y allí empezaron una breve conversación que Alamanda supo que iba sobre ella por los gestos y las miradas de ambos.

El hombre se acercó a ella, desde el otro lado de la precaria valla de su patio y le habló en griego con la mirada resignada de quien cumple un encargo sin ganas.

—Dice Su Excelencia que quiere saber quién sois.

—¿Su Excelencia?

—¡Contestad, por favor!

Alamanda comprendió entonces que debía presentarse como quien era en realidad. Había llegado a su destino tras un viaje épico, contra toda lógica, y ahora debía recuperar su identidad para llevar a cabo el gran proyecto de su vida. No sabía si al presentarse como cristiana de un reino franco, vistiendo ropas judías y hablando griego iba a meterse en problemas, pero a esas alturas ya poco tenía que perder.

—Contadle que mi nombre es Alamanda, que vengo del reino de Aragón, un reino cristiano al otro lado de este mar, y que quiero saber con quién trato antes de dar más información.

El hombre alzó una ceja, diríase que impresionado, y tradujo al turco lo que ella había dicho sin dejar de mirarla.

—Me dice Su Excelencia que os informe de que su nombre es Nazerin an-Mussaf'arin, hija del gobernador de la ciudad, sobrina del emir de Beirut. Y os pide que la acompañéis a su casa, pues quiere saber de vos.

La mujer pronunció algunas palabras más en su lengua, y Daniel se puso a protestar. Un grito de Su Excelencia bastó para que el hombrecillo acompañase a la comitiva con el rabo entre las piernas, como un cachorro pillado en alguna travesura.

Daniel era uno de los pocos cristianos maronitas que quedaban en la región tras las sucesivas cribas llevadas a cabo por los invasores árabes en siglos anteriores. La mayoría de las comunidades de esta iglesia fiel a Roma vivían en las montañas, pero unas pocas familias seguían sobreviviendo en las antiguas ciudades fenicias. En Tiro había solo seis fuegos maronitas, apiñados en torno a los restos en mal estado de la antigua iglesia de Santo Tomás. Daniel no era exactamente un sacerdote, pero, por sus estudios en un monasterio cuando era joven, ejercía de dirigente espiritual de la exigua comunidad.

Sabía que su gente dependía de la benevolencia de Nazerin y de su padre, y por ello debía someterse a sus órdenes. Pero, aunque protestaba mucho y hacía grandes aspavientos, lo cierto es que llevaban una buena vida en Tiro, y el precio a pagar, su sumisión a los designios de los gobernantes, era justo y bien medido.

Alamanda se sentía impresionada. Estaba en casa del gobernador de Tiro, una espaciosa, pero modesta residencia de piedra edificada junto a lo que una vez fue una torre de defensa. Los muros estaban hechos con pedazos de murallas, columnas, trozos de mármol y restos de mampostería, como parecía ser costumbre en Tiro, donde las gentes aprovechaban lo que quedaba de su antiguo esplendor para crear sus nuevas viviendas y edificios públicos. Pero la morada era amplia, luminosa y decorada con calidez. El suelo estaba lleno de tapices mullidos que encarecían a uno a descalzarse antes de pisarlos; en cada estancia había un hogar, y sillas con pieles para sentarse con toda comodidad.

A la sazón, la ciudad de Tiro pertenecía al Imperio mameluco de Egipto, gobernado por el sultán Al-Màlik al-Zahir Sayf-ad-Din Jaqmaq desde Alejandría. Jaqmaq, como sus predecesores, delegaba en sus *nuwwab as-saltana*, sus vicesultanes, para gobernar las provincias, y estos en los emires y regentes locales. El gobernador de Tiro, padre de Nazerin, dependía del emir de Damasco, y solía pasar más tiempo en esa ciudad que en Tiro, con lo que, de hecho, la ciudad estaba gobernada por ella, su hija única. Las dotes marciales de la muchacha le granjeaban respeto entre la élite militar de los mamelucos.

Nada más llegar, había pedido a Alamanda, a través de Daniel, que la esperase en la sala de recepciones, que iba a cambiarse. El maronita quiso escabullirse aprovechando la ausencia de la dama, pero uno de los escoltas se lo impidió. Aquel hombre parecía hacer mucha gracia a todos los soldados, y él sudaba y maldecía en varios idiomas.

Nazerin apareció al cabo de media hora vestida ya de mujer, con una toca de color de azafrán, una camisa de amplias mangas sobre una camisola ajustada de color carmín y unas calzas de seda sujetas a los tobillos con sendos botones de marfil. Era medio palmo más alta que Alamanda, pero sus espaldas hombrunas y la envergadura de sus brazos la hacían parecer mucho más poderosa. Su rostro era andrógino, de quijada recta, atractivo con esa belleza incierta de los muchachos guapos cuando aún no son del todo hombres. Su mirada, de ojos muy negros destacados con sutiles líneas de alheña, revelaba inteligencia y determinación, imponía respeto y obediencia, y Alamanda sospechó que debía ser temible en caso de enojo. Tenía unas manos largas y fuertes, de uñas bien cuidadas a pesar de su entrenamiento militar, y se movía con la gracia de una leona joven.

Alamanda, decidida ya a contar toda la verdad y encomendarse a Dios, le explicó buena parte de su vida mientras cenaban, y quiso justificar su pasión por el color púrpura desde que vio ese libro perdido en la biblioteca de un monasterio al otro lado del mundo. El estrambótico maronita traducía sin disimular ya su profundo tedio, mirando al techo, quejándose de la espalda y recibiendo bufidos por ello de Nazerin. Para su sorpresa, Nazerin la escuchaba con atención y arrebato. O, al menos, eso parecía, porque, en un momento determinado, cuando ella acababa de contar la leyenda de Hércules y su perro y cómo este descubrió el tinte tras teñirse el hocico al comer caracoles, la mujer pareció desinteresarse por completo de la conversación y desapareció de la sala. Unos minutos más tarde, unos fornidos esclavos los invitaron a abandonar el modesto palacio.

Daniel aprovechó para escabullirse, pero Alamanda fue tras él para darle las gracias y saber algo más.

—No me lo agradezcáis —gritó el hombrecillo, casi a la carrera—, que lo hago a disgusto. La muy arpía me tiene pillado por los huevos. Tolera a mi comunidad porque me maneja como quiere, pero sé que si doy un paso en falso nos exiliará a las montañas, al monte Líbano, donde están todos los monasterios de mi juventud. ¡Y eso sería horrible para mis delicados pulmones! ¡Yo necesito el aire del mar!

A la mañana siguiente, apenas rayando el alba, se oyó por la judería un retumbar de caballos. Algunos vecinos salieron alarmados, y vieron a la hija del gobernador a lomos de su espléndido corcel de guerra color azabache. Iba con dos hombres de armas, como era habitual, y eran seguidos por el cristiano maronita bajo y rechoncho que respondía al nombre de Daniel en una vieja penca que apenas se tenía en pie.

Uno de los soldados descabalgó y llamó a la puerta del pequeño chamizo donde les habían dicho que se hospedaba Alamanda. Esta tardó unos minutos en comprender, pero hubo de asearse y ponerse ropa de abrigo con apremio porque no quería hacer esperar a Su Excelencia. Habían traído una yegua mansa para ella, y montó, temblando tanto por el relente de la mañana como por la incertidumbre de lo que estaba por pasar.

Cabalgaron durante media hora, siempre en dirección sur bordeando la costa, y al paso, sin prisas, disfrutando del inusual amanecer soleado tras el inicio del invierno. Por fin llegaron a una pequeña loma junto al mar, que bordearon por el norte y ascendieron. Cuando llegaron a la cima, contemplaron, a sus pies, entre ellas y el mar unas ruinas completamente cubiertas de arena que se adentraban hacia el mar, un rectángulo perfecto que apenas contenía ya indicios de que un día fue ocupado. Restos de muros todavía rectos sobresalían levemente por encima del amarillo terroso de la arena. Aquí y allí, columnas dispuestas como clavos en las dunas sostenían algún arco de medio punto que, por algún milagro, se mantenía en pie. Del interior, restos de un pequeño acueducto de piedra rojiza llegaban hasta las ruinas.

—¿No reconocéis esto? —le preguntó Nazerin, a través de Daniel, con una sonrisa.

Entonces cayó en la cuenta. Aquello era un inmenso obrador de tintorería.

—Cuando me contasteis vuestra búsqueda del secreto de la púrpura lo asocié enseguida con las leyendas que se cuentan por aquí de nuestra ciudad, y me puse a pensar dónde podía haber estado aquella industria que tanto oro y tanto prestigio nos proporcionó. Recordé entonces este lugar, al que yo solía venir a jugar de pequeña.

Alamanda descabalgó y se puso a deambular por las ruinas, extasiada. Escarbando con el pie, enseguida desenterró restos de conchas de caracol marino. Más adelante, identificó una cuba de entintado que aún conservaba restos de azulejos cerámicos, y, tirando de un palo, halló una pala de remoción de las mezclas en bastante buen estado.

—Estos terrenos pertenecen al poblado de Qlaileh —explicó Nazerin, a través del traductor—, una pedanía que, en su día, si estoy en lo cierto, debió de ser habitada por algunos de los purpurarios de mi ciudad.

Alamanda corría de un lado para otro, viendo las posibilidades de ese lugar. Inspeccionó el acueducto, que de poco serviría ya.

—Habrá que traer el agua del algún lugar.

—Hay un manantial en El Ain —informó Daniel—, muy cerca de aquí.

Comieron carne de ternera ahumada con dátiles y pastelitos de almendras y miel en la misma playa. Alamanda expuso su intención de abrir un obrador para probar a replicar las técnicas que los antiguos fenicios usaron para obtener la púrpura, y lo hacía con tanto arrebato, que la guerrera Nazerin se contagió de su entusiasmo.

—Dice Su Excelencia que cree que estáis loca —explicó Daniel, entre bocados, disfrutando, al menos en ese momento, de su papel forzado de intérprete entre las dos mujeres—, opinión que, si no os importuna que os lo diga, yo comparto. Mas también añade que ella ha crecido en Tiro escuchando las fabulosas historias que contaban los viejos sobre la antigüedad, cuando se dice que esta ciudad era una de las más poderosas del mundo, cuando aquí se producía la púrpura que dio nombre a todo un pueblo, los fenicios, y cuando todo el oro del mundo se vertía en sus arcas a cambio de ese codiciado pigmento. Asegura que a duras penas confiaba en la base histórica de esos cuentos, más bien creyéndolos leyendas o mitos, pero que, atando cabos, y con lo que vos le habéis contado y mostrado, se da cuenta de que quizá eran reales.

Alamanda se rio, y confesó que, a veces, también ella pensaba que estaba tocada por la locura. Si no, ¿qué demonios hacía en el otro extremo del mundo planeando reabrir un obrador de tintorería que llevaba varios siglos en ruinas?

Pilló al maronita saliendo de su pequeña casa, poco más que un destartalado chamizo de madera junto a la iglesia de Santo Tomás. Cuando él la vio, resopló y bajó los hombros, hastiado.

—No, Daniel, no necesito que vengáis conmigo, hoy. Quiero pediros un favor.

El hombre alzó una ceja. Por poco esfuerzo que hiciera siempre sudaba como un pecador a las puertas del Paraíso.

—Quiero que me enseñéis a hablar árabe.

Daniel trazó un arco con los ojos y alzó las manos, desesperado.

—Mirad, señora, no tengo más remedio que perder el tiempo con vuestras mercedes cuando me lo exige Su Excelencia, porque tiene el poder de desterrarme con una simple palabra. Pero soy un hombre muy ocupado, como veis, y no puedo llevaros de la mano como si fuera un ama de cría, ¿lo comprendéis?

—Aprendo muy rápido, os lo aseguro. Sé decir algunas cosas en hebreo, y puedo reconocer las raíces de muchas palabras para captar su significado.

El hombre la miró con condescendencia.

—No es tan sencillo, señora. Yo no os traduzco al árabe, sino al turco. Las élites de la administración mameluca hablan turco entre ellas, porque es la lengua de prestigio. El árabe, que es su lengua materna, lo reservan para el pueblo llano. En fin, que me voy por las ramas y estoy muy ocupado. No puedo ayudaros, me temo. Id con Dios.

—¡Esperad! Necesito poder comunicarme con ella, conocerla mejor, pues intuyo que será clave en mi empresa. Puedo pagaros. E incluir el almuerzo en cada sesión.

Tardó media hora más en convencerlo, pero las cuatro monedas de oro y la promesa de buena comida acabaron por doblegar su voluntad.

—La familia de Su Excelencia Nazerin an-Mussaf'arin es de origen druso —empezó a explicarle Daniel el primer día, satisfecho con la comilona que Alamanda había cocinado para él—. Los drusos son una secta sincrética que nacen del Islam pero incorporan elementos filosóficos de otras religiones. Se llaman a sí mismos al-Muwah'idin, o «creyentes en un solo Dios», como si las demás religiones del Libro no fuéramos también monoteístas. Se escindieron en el siglo XI de la Era Cristiana, y han sabido convivir con los suníes que dominan la región. Pero hace ciento cincuenta años, se declaró la *jihad* contra ellos.

—¿Qué es eso?

—La guerra santa. Los drusos fueron derrotados al sur de Beirut, sus bienes confiscados y sus mujeres esclavizadas. En general, sin embargo, el Imperio mameluco ha sido tolerante con todas las religiones, y algunos drusos que han aceptado los cinco pilares del Islam, como los Mussaf, han prosperado. De hecho, Su Excelencia Nazerin an-Mussaf'arin se confiesa plenamente mahometana, aunque no se lo admita a su progenitor. Se la puede ver rezar a menudo en dirección a La Meca, cosa que ningún druso haría jamás. Su Excelencia el gobernador es un buen militar, y goza de la confianza del emir. Pero su posición siempre es precaria, y por ello prefiere estar cerca del poder, en Alejandría o Damasco. Especialmente ahora que los otomanos son tan poderosos.

—¿Y por qué hablan turco?

—Precisamente por esto. Porque es la moda entre los poderosos. Pero el idioma materno de Nazerin es el árabe, como el de todo hijo de vecino de la región.

—Necesito aprenderlo.

Daniel la miró con fascinación. Esa mujer extraña, de pelo cobrizo, que un día había aparecido en Tiro como surgiendo de la nada, poseía una fuerza interior y un empuje que él nunca había visto en ninguna otra persona, hombre o mujer. Las gentes de lo que un día fue Fenicia, la gloriosa estirpe de guerreros comerciantes que plantaron cara a la mismísima Roma, eran, actualmente, seres resignados a su mediocridad, espíritus errantes sobre las ruinas de la gloria pretérita. Aquella cristiana que vestía como una judía era un soplo de aire fresco.

Alamanda hizo grandes progresos en vocabulario, pero no lograba enlazar palabras para formar frases. Daniel se desesperaba y lanzaba improperios con sus yerros, pero resultó ser un profesor de admirable dedicación, si no paciencia, y, con el advenimiento de la primavera, ella podía ya entablar una sencilla conversación en árabe.

Mientras tanto, hizo avances también en la extracción de las glándulas pigmentarias de los caracoles. Tenía a su alcance tantos bichos como quería, pues Nazerin le había organizado un pequeño ejército de chiquillos de la ciudad que los recogían para ella a cambio de unas monedas o dulces. Había un barrio entero de chabolas, en el límite sur de la ciudad, más allá de las ruinas del hipódromo, en el que familias desterradas que habían huido de las incursiones de los beduinos sobrevivían garrapiñando lo que podían tanto del mar como de la tierra. No fue difícil convencer a sus críos para que pescasen caracoles al peso a cambio de unas monedas.

Muchos días, cuando sus obligaciones se lo permitían, Nazerin bajaba a verla y se interesaba vivamente por sus progresos. En su condición de gobernante, veía en la resurrección de la industria de la púrpura una vía de prosperidad para su pueblo.

—Hay que extraer la carne y presionar aquí, según explica Plinio —le explicaba Alamanda—. Esta gota de mucosa azulada es lo que luego, con la oxidación del aire, se transformará en púrpura. El problema será, después, conseguir que el color quede adherido en la tela sin que se estropee. Sospecho que dar con la técnica de fijación es lo que me llevará más tiempo.

Para su sorpresa, la beligerante y atlética Nazerin ponía mucho interés en todo lo que ella le contaba, y Alamanda comprobó a través de sus preguntas y sugerencias que era muy lista, con esa sabiduría que proviene del instinto y no de los libros o las academias.

—Claro que, según mi *Liber purpurae*, no es práctico extraer de este modo grandes cantidades de pigmento, con lo que, en la antigüedad, los antepasados de Su Excelencia solían machacar miles de caracoles en grandes prensas metidas en cubas de barro. Dice el libro que esa operación producía un olor tan desagradable que los obradores debían situarse a varias leguas de las ciudades.

—Por eso están las ruinas tan al sur, en Qlaileh, en vez de hallarse aquí cerca.

—Así es. De hecho —se rio Alamanda—, según la tradición talmúdica, a una mujer casada le está permitido separarse de su marido si este se mete en el negocio de la púrpura después del matrimonio, por el hedor que desprende al volver al hogar.

—Vaya, o sea que no voy a poder acercarme a ti en cuanto empieces a producir —le dijo Nazerin con una sonrisa y esa mirada de azabache que destilaba seguridad y aplomo.

—Eso parece —respondió Alamanda con una risita, desviando la mirada, incómoda—. Tendremos que seguir comunicándonos a través de Daniel, pero quizá a mayor distancia.

El interpelado, que desde una esquina y con evidente desgana había estado traduciendo la conversación, suspiró hondamente y se llevó las manos a la cabeza.

—Si protestas —le advirtió Nazerin, todavía sonriendo—, deberé atarte una piedra al cuello y arrojarte al mar.

—Sí, excelencia. Por supuesto, excelencia —dijo Daniel, con una mueca.

Nazerin puso a disposición de Alamanda a su mejor capataz y casi cuarenta obreros, que, sobre las ruinas de los antiguos obradores, construyeron un taller de tintorería nuevo siguiendo sus instrucciones. Decretó que la mujer cristiana podría disponer de una extensión de un *dunam* y medio para construir su obrador. Un *dunam* equivalía a un área de cuarenta pasos por cuarenta, y eso era más que suficiente para sus necesidades.

Un día, uno de los obreros halló un pequeño vaso de cerámica lacrado y se lo entregó. Dentro había doce monedas de plata, todas ellas iguales, que Nazerin le informó que representaban a Melqart, el dios fenicio, cabalgando sobre un caballo de mar, y, en el reverso, la lechuza helena de la sabiduría. Le contó que el hipocampo era el emblema de su ciudad desde tiempos inmemoriales, símbolo de la buena fortuna. Alamanda lo consideró un buen augurio, y redobló esfuerzos para tener preparado el taller cuanto antes.

Mientras tanto, iba haciendo grandes progresos con el aprendizaje del árabe, y ya podía comprender a Nazerin la mayoría de las veces, aunque seguía teniendo serias dificultades para hablar de manera inteligible. Daniel le proporcionó una esclava cristiana que sabía algo de griego y que podía ayudarla en el obrador. Alamanda pagó por ella seis monedas de plata a la familia a la que había pertenecido, encantada de poder contar con ayuda. La chica, de cara marcada por la viruela y expresión algo ida, se llamaba Mariam, y resultó ser bastante trabajadora, aunque apenas se la podía dejar a cargo de algo porque era muy voluble y despistada.

A principios de año, pasó una caravana procedente de Bujara con destino a Alejandría y Alamanda pudo comprar una gran cantidad de fina seda sin tintar. El mercader protestó, porque era casi todo su cargamento y no quería llegar a la capital con las manos vacías, pero el sobreprecio que le pagó Alamanda con ayuda de Nazerin venció su reticencia. Partió las telas en pedazos de unos ocho palmos por cuatro, y los numeró correlativamente con unas etiquetas. Su intención era anotar en un cuaderno con precisión cada paso que iba dando con cada retal y comprobar qué técnica ofrecía mejor resultado.

—Según mi *Liber purpurae* —explicó Alamanda a Mariam y a sus dos ayudantes, los hermanos Malik y Bayyar—, hubo un médico persa en la antigüedad, Ibn Sina, que clasificó la orina según sus propiedades astringentes y abstersivas. La mejor es la de camello viejo, lo cual es una suerte porque por aquí pasan caravanas con docenas de estos animales y podemos recolectarla.

Alamanda nunca había visto un camello hasta que coincidió con una reata de varias docenas en el caravasar de Archelais. Eran bichos feos y temperamentales, pero más resistentes que un caballo y con mayor capacidad de carga. Contaban que un camello podía estar tres semanas sin beber ni una gota de agua, lo cual era muy ventajoso para las largas travesías por el desierto.

—Después está la orina de toro, que es mejor que la de buey —seguía explicando—. En general, son más fuertes las de animales no castrados, y, entre estas, las que han sido maceradas durante un tiempo. Un animal viejo también dará orina de mejor calidad que uno joven. La más débil es la del hombre, y después la del cerdo castrado. Debemos evitar la de animales salvajes, no solo porque es difícil de obtener, sino porque se dice que puede dañar las fibras.

Estaban repasando en el laboratorio todos los mordientes que iban a probar en cuanto pudiese comenzar de nuevo la cosecha de caracoles, después del orto helíaco de la estrella Sirio, según le había explicado el rabino Mordecai. Aquella mañana, había comprobado con Cleofás el funcionamiento de la prensa de murícidos que le había hecho un artesano carpintero. La cuba donde se alojaba la prensa tenía capacidad, calculaba ella, para diez mil animalillos, y había ideado un sistema de desaguado que permitiría recolectar el líquido obtenido en un pequeño aljibe y, mediante una compuerta con filtro, eliminar con agua del acueducto los restos inservibles de los caracoles triturados, que irían a parar directamente al mar. Confiaba, de esta manera, minimizar el hedor que, advertían los libros, iba a producir la operación.

Malik y Bayyar eran altos, morenos de piel y de pelo ensortijado, de nariz aguileña, mirada astuta y sonrisa afable. Bayyar, el menor, era cojo debido a que la rueda de un carro le descolocó el pie siendo un retoño. Su hermano estaba siempre dispuesto a ayudarlo en lo que hiciera falta. Cuando Alamanda quiso contratarlo, le dijo, muy serio, que no aceptaría el trabajo si no contrataba también a Bayyar. A ella le gustó el gesto, y accedió, pues un par de manos adicionales le iban a venir bien.

—Vamos a organizar las pruebas por tipo de mordiente. Con cada uno de ellos, y con las diferentes mezclas que decidamos probar, haremos los mismos ensayos: tres niveles de calor, entintado por fases, maceración del pigmento al aire libre, en cubetas de cobre y en aljibe cerámicos, y tratamiento con salmuera y con agua dulce. Anotaremos en el cuaderno escrupulosamente cada prueba, numerándolas como los pedazos de seda para no confundirnos, y mediremos los tiempos sin equivocarnos. Es muy importante que nadie se despiste, pues un error de anotación puede estropearnos meses de investigación.

Los hermanos asentían, ávidos de empezar y de aprender un oficio que para ellos podía ser una puerta abierta a un futuro próspero. Mariam veía pasar las moscas y apenas prestaba atención, porque no era su naturaleza curiosa ni aplicada. Para ella iban a ser las tareas más nimias, como el limpiado de las cubas, el secado de las telas y el barrido diario del obrador, ya que, además, no sabía de números ni de letras.

—Estos son los caracoles de los que extraeremos el pigmento, y este —dijo, mostrando en la mano izquierda el pedazo de tela que había conservado todo ese tiempo en el *Liber purpurae*—, es el resultado que queremos obtener.

Bayyar acarició la tela y Malik soltó un silbido de admiración.

—Este color —prosiguió Alamanda con una sonrisa— es el color de Dios, de Alá, el que da gloria y poder al que lo viste y riquezas al que lo produce. Nosotros seremos los responsables de devolver la púrpura al mundo.

La brisa era cálida y húmeda como un beso en la mejilla. Alamanda y Nazerin cabalgaban de vuelta de Qlaileh, sin prisas, con los dos guardias de la gobernadora a varios pasos de distancia, como era habitual. El taller estaba ya terminado, los acueductos y regatos a pleno rendimiento para asegurar agua limpia en todo momento. La primavera había llegado con fuerza esa semana, y, con ella, se había esfumado la posibilidad de recolectar pigmento de los caracoles, pues, según Plinio, en esa época las glándulas productoras carecían de la consistencia necesaria para que el color fuera duradero.

—Ahora que ya tengo mi obrador, me quedo sin caracoles —se quejó Alamanda—. Con el poco tinte que he cosechado hasta ahora no me dará más que para hacer cuatro o cinco pruebas. ¡La primavera se me hará eterna!

Nazerin se rio, con esa risa casi masculina, abriendo mucho la boca y mostrando unos dientes perfectamente alineados sobre su recta quijada.

—Si es cierto lo que cuentas —le dijo—, que llevas toda una vida esperando para descubrir el secreto de la púrpura, no te costará tanto esperar unos meses.

Pasaron de largo la ciudad, por el camino empedrado que la dividía en dos, entre la parte continental y la de la península. Nazerin iba a darse un baño, como cada atardecer. Aseguraba que el agua la mantenía fuerte, y animó a Alamanda a probarlo.

—Gracias, excelencia, pero a mí me da miedo meterme en el mar.

—¿No sabes nadar? —preguntó, con auténtica sorpresa—. Se nota que no eres fenicia. Aquí prácticamente se echa a los niños al agua nada más nacer. El mar ha sido siempre la sangre de nuestro pueblo, desde los tiempos más remotos.

Alamanda quiso explicarle que vio a su madre morir ahogada en un arroyo cuando era pequeña, pero pensó que la mujer lo encontraría una debilidad. Estando con la hija del gobernador, a menudo sentía la necesidad de aparentar ser más fuerte de lo que, en realidad, era.

Llegaron a la cala en la que Alamanda había visto a Nazerin por vez primera hacía unos meses, y llevaron ambas a sus monturas por la arena. Los hombres de armas se quedaron en el camino empedrado, como siempre. Nazerin se desnudó sin reparo alguno, como aquella primera vez, y la invitó a hacer lo mismo.

—Tengo un paño para que te seques luego, Alamanda. Ven, que te enseñaré a nadar.

Ella le dio las gracias, pero rechazó la propuesta. La guerrera se encogió de hombros y se dirigió al agua. Alamanda admiró su cuerpo fuerte, de piel aceitunada, anchas espaldas y brazos y piernas vigorosos. A pesar de su poderío físico, su altura y el volumen de su musculatura, se movía con agilidad y donaire. Se metió en el mar sin titubear, aun cuando el agua debía de estar fría tras el invierno, apenas despertada la primavera. Alamanda sintió ganas de seguirla, de tener su arrojo, de sentir el agua junto a su piel después de un día polvoriento y de sudores, de fundirse con la inmensidad del mar. Pero pensó entonces en los peligros que podían amenazarla allí dentro y le entró un escalofrío.

Nazerin salió, escurriéndose la negra cabellera con ambas

manos, sus generosos pechos oscilando, las gotas resbalando por su piel cetrina, una sonrisa de paz y satisfacción en su rostro. Mientras se secaba y se volvía a vestir, Alamanda hubo de prometerle que un día probaría a meterse en el mar con ella.

Cada amanecer la veo sobre la vieja muralla de lo que antaño fue la isla. Otea ansiosa el horizonte a oriente, esperando a que aparezca Sirio, la estrella del perro, a la vera de Orión, justo antes del alba.

—Entonces viene la canícula —me dice—, y mis caracoles estarán preparados para ser cosechados.

Habla el árabe a trompicones, sin pronunciar bien las ḥā' ni las khā', sin respetar la hamzah, *esa obstrucción gutural tan sutil que ningún extranjero llega jamás a dominar. Le obligo a repetirme las letras de la lengua del profeta en el orden adecuado: abujadin hawazin ḥuṭiya kalman ṣa'faḍ qurisat thakhudh ẓaghush, pero no logra aproximarse. Y yo le hago burla, y me meto con ella para zaherirla, para que aprenda más rápido, pues grande es la necesidad que tengo de comunicarme bien con ella, que algo me dice que esta cristiana, aunque sea perra infiel, devolverá la prosperidad a mi pueblo.*

La noche antes de su misteriosa aparición en Tiro vi una estrella errante y se movió la tierra. Estaba yo en la almena del castillo, abrigada con una capa de lana, bebiendo una infusión y tomando semillas de apio machacadas, ya que sufro de estreñimiento. Aquellas noches fueron inusualmente frías; tiempo extraño, pues apenas habíamos dejado atrás los calores del verano hacía unas semanas. Mis ojos se humedecieron de repente; una extraña tristeza se apoderó de mí. Vi la ciudad a mis pies, la que yo gobierno, la que mi padre no pisa por despecho y orgullo, refugiado con su harén en el palacio que su primo el emir de Damasco le permite ocupar. Mi querida Tiro, la perla del Akdeniz, el mar Blanco, la ciudad que dio nombre al pueblo de mis antepasados, los fenicios, que conquistaron el mundo con sus artes comercia-

les, que fundaron Cartago, al otro lado del mar, y se opusieron al poderío inmenso del Imperio romano... No soy más que una mujer, pero he logrado hacerme respetar a base de sacrificios, de entrenar más duro que el mejor soldado, de tragarme los lloros y esa tendencia que tenemos las mujeres a creernos más débiles que los hombres. Todo eso lo he vencido, y se me respeta como gobernante y como soldado. Pero debo hacer algo por mis súbditos.

Aquella noche, sobre la almena, rogué a Alá, loado sea Su Nombre, que me mandase una señal. ¿Qué debía hacer yo por mi pueblo?

Me enjugué las lágrimas, pues no me gusta lloriquear, y entonces la vi. Una estrella que se sostuvo en el firmamento, surcando el cielo como un fanal en la proa de un barco. La estrella devino rostro de mujer, y me miró con una extraña sonrisa. Vi que era extranjera, pues su piel era clara como la luz de la luna llena. Pronunció alguna palabra que yo no entendí, pero que escuché con tanta claridad como ahora oigo el batir de las olas contra la playa. ¡Era una señal, Alhamdulillah! Me puse en pie, presa de una emoción indescriptible, agudizando mis cinco sentidos para comprender el mensaje que Alá, grande es Su Misericordia, me estaba mandando. Entonces sentí un temblor que yo creí que provenía de mi alma, de mis propias entrañas, pero que vi que se extendía por toda la torre de defensa, y caí de rodillas, fervorosa en mi fe, postrando mi frente contra el suelo hasta que dejaron de moverse las piedras.

Esa noche no pude dormir. Al día siguiente busqué por toda la ciudad el significado de mi visión, mas no hallé nada en todo el día. Llegué, pobre de mí, mujer de poca fe, a dudar de lo que había visto, a pensar que todo fue un sueño. Me desesperé durante un par de días al no hallar respuesta al enigma del prodigio. Y, de repente, llegó a mis oídos que una extraña extranjera de pelo cobrizo había llegado a la ciudad al amanecer del día del temblor a la ciudad. La busqué, pero no la encontré. Frustrada, fui a sumergirme en el mar, como hago siempre que los proble-

mas me abruman. Y, entonces, la vi, escondida entre unos mato-
rrales. Y escuché su fantástica historia, su viaje a través del mun-
do, su misión en busca del secreto de la púrpura. Y me enseñó su
libro, y aquel pedazo de tela de ese color maravilloso, esa púrpu-
ra que mi pueblo producía mejor que nadie y cuyo secreto había
quedado enterrado bajo la arena de los tiempos...

Sí, la tomé bajo mi protección, y deseé que prosperase. Me
contó detalles de su vida, y que no era judía, sino cristiana. Me
enojé un poco por el engaño, pues nadie debe aparentar en la
vida lo que no es. Pero reconocí y admiré su ingenio y valentía, y
hasta me reconcilié con su fe torcida y herética. La llevé un día a
Ain Sur, el manantial que, desde tiempos muy antiguos, ha abas-
tecido a mi vieja ciudad de agua fresca. Le conté que la Biblia de
los cristianos asegura que Jesús, al que nosotros consideramos un
profeta que vino de Nazaret, que está a dos jornadas de camino,
se sentó en esta fuente y bebió de ella mientras conversaba con su
primo Juan. Ella se mostró muy impresionada por esa historia, y
yo la veía rezar con devoción ante la fuente a menudo.

Como la veo ahora, cada alborada, sobre la vieja muralla,
sentada, oteando el oriente, buscando su estrella, quizá la que vi
yo la noche antes de su llegada.

—Ya hace mucho calor —le digo yo. Me he sentado a su lado,
viendo cómo se tiñe la negrura de un pálido amarillo sobre los
montes del este.

—El libro dice que debo esperar —me contesta.

Tampoco hoy aparecerá su estrella. Quizá es pronto todavía,
pues el verano no ha llegado aún, a pesar del calor.

Un día más, deambula preocupada, entre el taller y su obra-
dor. Cuando cae la noche, me la encuentro de nuevo cerca de la
muralla; suspira sin mirarme, deseando que llegue de nuevo el
alba, preparándose para retirarse a su morada. Lleva el pelo
suelto, tan solo cubierto por un pañuelo de raso anudado sin de-
masiado aprieto. Observo la deformidad de su oreja, allí donde
la mordieron las llamas, según me contó un día. El perfil de su
rostro, con esa nariz tan perfecta y esos labios mullidos, se recorta

contra las luces que se han encendido en la ciudad. Está impaciente. Reza para ver su estrella al amanecer y así poder empezar las pruebas y obtener el tinte que tanto anhela.

—Ven —le digo. Es casi una orden, y ella me obedece.

La llevo a la playa donde la vi por vez primera, allí donde me gusta a mí nadar antes del ocaso. Hoy venceré su reticencia y le enseñaré a no temer al agua.

Me quito la ropa, y ella comprende, y hace lo mismo, aunque con cierto recato. Las mujeres cristianas ven la desnudez como una ofensa incluso cuando no hay hombres, y yo me río de ella a menudo por ello. Pero la noche es oscura, y mis guardias, que siempre me protegen, vigilan que nadie se acerque.

Le cojo la mano y la obligo a meterse conmigo en el mar, poco a poco. Sufre un delicioso escalofrío cuando una ola abraza sus pies, pues el agua está fría, pero nuestra piel está sudada porque el aire es cálido como el aliento de un oso. Avanzo con ella hasta que el agua le llega a la altura de los pechos. Entonces se detiene; le da miedo avanzar más. Le digo que se agache, despacio, que se sienta segura de hacer pie, pero que permita que el agua lama su cuello. La agarro de ambos brazos para que no sufra. Noto que tiembla, medio de frío, medio de terror. Me cuenta que vio a su madre ahogarse en la crecida de un arroyo cuando ella era pequeña; eso explica sus reparos.

El mar está en calma; apenas oscila la superficie unos dedos arriba y abajo, y eso la relaja. Se permite una sonrisa; le pregunto si le gusta, y asiente.

—Pues ahora debo enseñarte a flotar —le digo.

Su sonrisa se borra, pero endurece la mandíbula en un gesto de valentía y me dice que sí. Le pido que confíe en mí, que soy fuerte y no dejaré de sostenerla. Avanza hasta poner su cuerpo en posición horizontal sobre mis brazos; patalea algo nerviosa, pero le digo que se calme y lo hace. Noto sus pechos turgentes contra mi brazo, sus piernas escurridizas como dos anguilas. Va cogiendo confianza, y le advierto que voy a sostenerla con menos fuerza. Voy soltando su cuerpo, y ella mueve brazos y piernas y *no se hunde. Una ola diminuta golpea contra su cara y ella se asusta. Yo la rodeo con mis brazos de nuevo y la aprieto contra mí para que se le pase el susto. Ella se sorprende, y, al cabo, se ríe, una pequeña carcajada como un torrente de montaña, y, casi sin pensar lo que hago, avanzo la cabeza y beso sus labios. Su risa desaparece, sus ojos se abren y me mira, aún entrelazadas las dos, con preguntas en la mirada. Vuelvo a besarla, con más tiento esta vez, con más ternura y menos apremio. Ella no responde, pero tampoco me aparta. Tiene sus manos sobre mis hombros, sus pechos contra los míos, la cadera inquieta bajo el agua. Nos miramos unos segundos, y ella me pide que vayamos a la playa. Se trata de una súplica, un hilo de voz que no halla respuesta. La llevo de la mano y salimos a la arena, recalentada por el sol de todo un día. Me tumbo, y ella, tras una vacilación, hace lo mismo. Pero no a mi lado, sino un poco más allá. La luna, casi llena, derrama una luz plateada sobre su cuerpo, marcando la silueta de sus caderas con un trazo perfecto.*

Nunca he deseado a un hombre como deseo ahora a esta mujer, a esta perra infiel a la que ni tan solo conocía hace unos meses. Pero esta noche no será mía. Está muy serena, no parece ofendida, pero me habla de su obrador mientras nuestros cuerpos desnudos se rebozan en la playa.

Cuando estamos secas, nos sacudimos la arena entre risas incómodas y nos ponemos la ropa. No hacemos mención de lo que ha pasado entre nosotras, yo por apuro, ella por respeto. Pero cuando nuestros caminos han de separarse, ella posa su mano en mi mejilla y pronuncia una única palabra: Shukran. *Gracias.*

Sentirse deseada, aunque fuera por una mujer, le hizo mucho bien. Cuando estaba en sus brazos, dentro del agua, a pesar de los evidentes atributos de mujer de Nazerin, se diría abrazada por un hombre, con sus fuertes músculos, sus anchas espaldas, sus grandes manos. Le repugnaba la noción de intimar con ella desde un punto de vista moral y emocional, pero no físico. Sus labios eran grandes y fuertes, sabían a sal y canela, y, para su sorpresa, le habían proporcionado placer. El contacto con su piel cetrina, mojada y sin vello le agradó. Pero sabía que no podría acostarse con ella porque era pecado contra natura. Y estaba el hecho de su religión, pues ningún cristiano debía relacionarse de esa manera con mahometanos infieles.

Las lecciones de natación siguieron de manera regular, y, aunque ambas gozaban del contacto de sus respectivas pieles, escurridizas por el agua salada, Nazerin nunca volvió a besarla, y ella nunca se lo pidió. Alamanda notaba a veces que la mujer debía reprimirse, pues el deseo la abrumaba; pero nunca la puso en situación incómoda, y la respetó mucho por ello.

Por fin apareció Sirio, tras una tórrida noche de julio, y Alamanda, desde las ruinas de la vieja muralla que holló Alejandro Magno hacía dieciocho siglos, se puso en pie de un grito y batió palmas para sobresalto de unos madrugadores perros callejeros que merodeaban por allí en busca de restos de comida.

Enseguida puso a su ejército de chiquillos a recolectar caracoles ese día. Abundaban entre las rocas de la península, allí donde batían las olas, pero había que meterse en el agua y era un trabajo peligroso. Los obligó a atarse con cuerdas a unas estacas que hizo instalar rocas arriba, y les prohibió entrar a pescar cuando hubiese mala mar. Organizó una caravana casi permanente de carros que circulaban desde la ciudad a su obrador de Qlaileh, un par de leguas más al sur, y probó de nuevo la prensa con gran excitación.

Cleofás se iba a ocupar del pesado ingenio, que, en cierta manera, le recordaba al batán de su malogrado amo Feliu, pues también dependía del agua para su funcionamiento. La mula Lorca, bajo la supervisión del eunuco, era la encargada de caminar en círculo para apretar el enorme tornillo de madera que, con ayuda de dos pesadas rocas, presionaba la masa de murícidos. El sonido de las conchas al quebrarse le producía escalofríos, pero ese primer día quiso quedarse hasta el final para comprobar el resultado.

En una cubeta recogieron los jugos de los caracoles, un líquido apestoso de color madreperla que no parecía indicar que de allí pudiese extraerse pigmento alguno. Ese caldo contenía restos de vísceras y babas de los animales. Según las instrucciones de su preciado libro, debía calentarlo a fuego muy lento para que la grasa de las glándulas pigmentarias se elevase a la superficie, mientras que los restos acuosos y los despojos, más pesados, se quedarían al fondo para ser desechados. Utilizó para ello una de las dos enormes ollas de estaño que un artesano local le había hecho durante la primavera, mientras Cleofás abría la compuerta del acueducto para que el torrente de agua se llevara los pedazos de las conchas al mar y limpiase el aljibe para la siguiente remesa de caracoles.

Cuando el caldo comenzó a burbujear, se intensificó el hedor a pescado podrido, de tal manera que Alamanda, Mariam y los dos hermanos que había contratado como aprendices hubieron de taparse la nariz con un paño perfumado con alcanfor para seguir trabajando. Con una fina paleta de estaño, fueron recogiendo con sumo cuidado la película oscura que se formaba en la superficie, y la depositaban en pequeñas cubetas de terracota, unos platos hondos circulares muy típicos de la artesanía de Tiro. Con emoción, Alamanda vio que había obtenido una buena cantidad de pigmento base, aún de color indeterminado, oloroso y grasiento.

—Bueno, pues parece que tenemos algo —dijo, con voz temblorosa—. A ver si podemos teñir algún pedazo de tela con este mejunje.

Las primeras pruebas de entintado fueron muy frustrantes. El pigmento era el más inestable con el que Alamanda había trabajado jamás. En contacto con el aire adquiría de inmediato un color azul oscuro que parecía prometedor, pero enseguida se oxidaba hasta adquirir un tono parduzco. Trataron de fijar el color con alumbre, con vinagre, con orina de varios tipos, con bilis y sangre de diversos animales, con pieles raspadas de granada, semillas de berenjena, corteza de roble, pino y fresno, con altramuz, con aloe, con melanteria y cinabrio, incluso con gotas de vitriolo, y con varias docenas de sustancias más; pero el pigmento perdía su color con rapidez.

La seda era más delicada que los tejidos con los que solía trabajar en Barcelona, por lo que, en vez de sumergir los paños de manera completa, se hizo instalar unos rulos a media altura que, al accionarlos, hundían la tela tensada y firme. Esta técnica, que había aprendido en Constantinopla, aunque más lenta que la tradicional, permitía que las fibras sufriesen menos con el baño y el color obtenido, si se hacía bien, era más uniforme, pues se evitaban pliegues en los que podía acumularse el pigmento.

De manera meticulosa, Alamanda y sus aprendices fueron anotando cada una de las pruebas, así como sus impresiones y resultados obtenidos. Todas las notas, hasta el momento, concluían con un escueto y frustrante «A descartar».

Nazerin acudió aquella soleada tarde al obrador de Qlaileh, interesada por los progresos de su protegida. Mientras llegaba por la carretera empedrada, desde el norte, cuando ya los efluvios del obrador llegaban a sus narinas, advirtió un mar de telas colgadas de cuerdas que bailaban al ritmo de la brisa de poniente. Eran todas de colores que iban del rojo al negro, pasando por mil tipos de azules y morados. Los pedazos de seda se recortaban contra el ocre claro de la blanca arena, el añil del mar y el celeste del cielo; era un espectáculo bellísimo.

Halló a Alamanda con un pañuelo en la cabeza, cubierta de sudor, la saya alzada, mostrando las pantorrillas sin recato, ayudando a sus aprendices a deshacerse de una cuba entera de baño de tinte en el canal de desagüe. Los cuatro estaban sudando profusamente, mientras Cleofás, unos pasos más allá, desataba a la burra de la prensa de caracoles.

—¿No trabajas demasiado, *dhimmi*? —le gritó desde lo alto de su caballo.

Ella no la había visto llegar. Se secó el sudor de la frente con la manga de la camisa y resopló. Era septiembre, y el bochorno seguía siendo opresivo.

—¿Veis este baño que acabamos de verter? —dijo, con desesperación y temblor en su voz—. Con él hemos superado las cien pruebas.

Señaló el mar de telas al viento, todas ellas numeradas, todas ellas de un color morado, rojizo o azulado, pero ninguno del maravilloso color púrpura que ella iba buscando.

—Entonces, no has logrado dar con el tono.

—Sí, hemos sido capaces de replicarlo. De hecho, somos expertos en fabricar pigmento del color púrpura más extraordinario que os podáis imaginar. Mirad esta muestra —añadió, mostrando un pedazo de seda que podía pasar por el que ella había hallado en el *Liber purpurae* tantos años atrás—. ¿No es maravilloso?

—En efecto —admitió Nazerin, todavía sin desmontar—. ¿Cuál es el problema, entonces?

—¡Que el maldito color desaparece al cabo de dos o tres días! ¡La luz, el sol, el agua...! ¡Cualquier elemento menoscaba su belleza! ¡Ya no sé qué hacer para fijarlo!

Se sentó, hastiada, sobre el borde de una cubeta de piedra.

—El trozo de tejido que hallé en mi libro lleva siglos, tal vez, teñido de púrpura, sin que un ápice de su fulgor se haya esfumado. ¡Y yo no soy capaz de que mi tinte aguante más que unos días, por Dios! Es muy frustrante...

Nazerin vio que su protegida estaba al borde de las lágrimas. Se bajó del caballo y se sentó a su lado.

—¿Y ya está? —preguntó, al cabo, mascando unos higos secos que extrajo de una bolsita.

Alamanda la miró. Contempló durante unos segundos su silueta hombruna, poderosa, atractiva, con ese mentón algo salido, esa nariz recta y esos enérgicos ojos negros que parecía que horadaban lo que miraban.

—No —contestó al cabo—. Por supuesto que no.

Nazerin sonrió, y ladeó la cabeza con cierta socarronería.

—Pues habrá que seguir haciendo pruebas —le dijo.

Alamanda sonrió, cansada, y suspiró. Dijo que no se iba a rendir, aunque le costara lo que le quedaba de vida. Que no tenía sentido su periplo si terminaba en fracaso.

—El fracaso es el camino más corto hacia el éxito —le contestó la mujer guerrera—. Eso me enseñó un hombre sabio, un militar, el que me instruyó en el arte de la guerra. Ven —dijo luego, tras una pausa, golpeándose los muslos y poniéndose en pie—. Vamos a almorzar a mi casa. Mañana continuarás.

Alamanda ordenó a sus aprendices que preparasen dos nuevos baños, según los procedimientos habituales, una vez habían descubierto cómo obtener el tono adecuado. Pero les pidió que usasen esa vez como mordiente una mezcla que ella misma había preparado de fruto de altramuz, azabara y una pizca de orina de camello viejo.

—Lo de siempre, a tres temperaturas, midiendo bien los tiempos, el enjuague con agua dulce muy limpia y el secado al humo y al sol. Exponed las telas al sol mañana en cuanto estén. Vamos a seguir hasta que demos con el secreto para fijar el color, como me llamo Alamanda.

Los mozos, siempre bien dispuestos, asintieron, y ella se marchó confiada, montada en su potranca, una vieja yegua que le había regalado Nazerin toda vez que Lorca se necesitaba para la prensa. Cleofás preguntó si debía ir con su ama, pero esta prefirió que se quedase al cuidado de todo en Qlaileh.

Nazerin ofreció a Alamanda la posibilidad de darse un baño antes de la cena para quitarse el olor a pescado rancio que provocaban los caracoles machacados, y ella lo agradeció. Las esclavas la enjabonaron y perfumaron, aceitaron su cabello y le dieron un masaje reparador. Después la vistieron con ropas de la hija del gobernador, que le iban amplias, pero eran cómodas y suaves al tacto.

Pasó entonces a las habitaciones de Nazerin, donde esta la esperaba, despojada ya de sus adustos ropajes militares y sentada en una silla larga, con los pies recogidos bajo las nalgas, luciendo un brillante vestido negro con motivos florales de colores rojo y oro. Iba descalza, llevaba la melena suelta, y estaba comiendo pastelitos de uvas con jengibre para abrir el apetito.

Alamanda se sentó en una silla similar y agradeció el descanso a su anfitriona. Nazerin gustaba de los efluvios de la madera de aloe, y siempre tenía en sus aposentos unos braseros de pie encendidos con sahumerios de calambac de la India, que desprendían un olor dulzón y embriagador. Ese aroma era parte de la personalidad de la muchacha, como la alheña alrededor de sus ojos negros y la sonrisa socarrona.

—Está delicioso —dijo Alamanda, tras probar el queso de oveja perfumado con alcaravea que era una especialidad local.

—¿Y bien? ¿Qué planes tienes cuando, por fin, consigas resucitar el arte de mis antepasados? —le preguntó Nazerin tras comer ambas en silencio durante un buen rato.

Ella caviló durante un buen rato. No lo había pensado. ¿Qué haría una vez hubiera hallado el secreto de la púrpura? ¿Dejaría su vida de tener sentido? Desde que encontró el libro en la biblioteca de Sant Benet, su existencia había tenido un único propósito. Todos sus pasos la habían llevado hasta allí, hasta las costas fenicias de Tiro, en busca del pigmento divino que se perdió en la bruma de los tiempos. Si daba con la técnica para fijarlo, ¿qué haría después?

—Debo devolver la púrpura al mundo —respondió, tras mucho reflexionar—. Debo llevar mis telas a Constantinopla, Venecia, Amberes, Brujas, Barcelona...

—¿Y qué será del taller que has montado?

—En puridad os pertenece a vos, excelencia —respondió Alamanda sonriendo—, ya que vos lo habéis pagado y se halla en vuestros dominios. No he pensado todavía cómo hacer del descubrimiento una industria, si os he de ser sincera... —añadió, perdiendo la sonrisa.

Comieron las dos en silencio un rato, perdidas ambas en sus pensamientos.

—¿Y vos, excelencia? —preguntó, tras algunos bocados—. ¿Por qué me ayudáis? ¿Por qué me acogisteis y me disteis vuestra protección y vuestro oro para perseguir mi sueño? No conocíais nada de mí. Llegué a Tiro como una pordiosera, medio muerta de hambre y frío, sin más riquezas que una mula cansada, un eunuco enfermo y un libro antiguo escrito en latín. ¿Qué visteis en mí?

Esa sonrisa pícara cruzó la cara de Nazerin de nuevo.

—La tierra tembló y los astros se movieron cuando llegaste, querida *dhimmi*.

—¡Por Dios, Mariam, dime exactamente cómo lo has hecho! Recuerda con todo detalle, ¡por favor! ¿Hiciste lo que te ordené? ¿Por qué no somos capaces entonces de replicarlo? ¡Habla, por todos los santos!

La chica abría y cerraba la boca como un pez recién pescado, pero de ella no salía sonido alguno. Sus ojos iban de un lado para el otro buscando algo a lo que asirse, desesperando a su ama en el proceso. Los hermanos Malik y Bayyar miraban a la muchacha expectantes.

Alamanda insistió, y hasta cogió de los brazos a Mariam, cosa que alarmó mucho a su simple cabeza.

—Quizá... yo... —balbució finalmente.

—Por todos los demonios, Mariam, no quiero regañarte, pero necesito saber qué hiciste diferente esa vez, ¿no lo comprendes?

De repente, la joven dio un grito agudo, se desasió de Alamanda y se fue a un rincón. Estaban en la estancia adyacente al taller principal con las cubas de entintado, en la sala donde preparaban los mordientes. Dos regatos cruzaban la estancia a poniente, uno con agua del manantial y otro con agua de mar, acumulada en un aljibe, que se usaba para la limpieza de la prensa, unos pasos más abajo.

Aquella mañana, Alamanda había llegado al obrador de Qlaileh con cierto sentimiento de hastío. No daba con el secreto de la fijación del pigmento, con aquella fórmula perdida en el tiempo que había permitido al pedazo de tela del *Liber purpurae* permanecer refulgente y hermoso durante siglos. Últimamente tenía despertares así con frecuencia, albores en los que le costaba poner los pies en el suelo para encarar un nuevo día, y hasta llegó a preguntarse más de una vez si no debía darse por vencida y regresar a su taller de entintado de Barcelona, si es que seguía en funcionamiento.

—Debo escribir a Marina y a Enric —murmuró para sí mientras descendía de su vieja acémila.

De pronto, al pasar, como cada mañana, por el mar de telas al viento, en la playa de Qlaileh, para comprobar los colores de los últimos intentos, se había quedado extasiada al ver los tres pedazos de tela enumerados del ciento seis al ciento ocho. Había comprobado con la yema de los dedos que estaban secos, que no eran de baños recientes. Miró después los tres siguientes, provenientes del baño de tinte de hacía dos días, y descubrió que esos habían perdido ya algo de brillo. Volvió a la muestra ciento siete, la que parecía brillar con una púrpura más viva, más audaz, y había caído de rodillas en la misma arena, abrazándola, de pronto sin voz, flotando en una nube.

Sorprendió a sus aprendices comiendo un pequeño desayuno de dátiles, leche templada de oveja y pan con rodajas de berenjena fritas, y el gritó que soltó les había erizado el pelo a los tres. Pero era un grito de emoción incontenible, de alegría desbordada; el corazón quería escapar por la garganta, cabalgando desbocado.

—¡Me equivoqué, lo siento! —sollozaba la chica ahora, agazapada en una esquina, con un rastro de leche en el labio superior—. ¡No me azotéis, os lo ruego!

Alamanda alzó las cejas, sorprendida, pues nunca había puesto la mano encima a ninguno de sus aprendices, criados o esclavos, pero una algarabía de emociones solapó esa turbación inicial. Se agachó junto a Mariam y le puso una mano en el brazo con suavidad.

—Mariam, mírame, muchacha. No voy a hacerte daño. Necesito saber con exactitud qué hiciste, porque el baño de ese día ha dado el color más maravilloso que hayamos visto jamás. Y, lo que es mejor, las telas llevan tres días al sol y lavadas con jabón dos veces cada jornada y la púrpura sigue siendo tan reluciente como cuando la seda salió de la cubeta. Por eso necesito que me digas cómo lo hiciste, porque tu error puede habernos dado la clave para fijar para siempre el pigmento en las telas. ¿Comprendes?

Lo dijo con tanta dulzura que Mariam no llegó a notar su profunda impaciencia. La chica la miró a los ojos y dudó unos segundos más.

—Estaba muy cansada, mi ama... —empezó Mariam—. Vos os fuisteis con Su Excelencia, y el día estaba ya por terminarse. Malik me dijo que preparase el agua fría para la limpieza de los paños, que ellos se encargaban del entintado, como siempre. Y yo...

Mariam bajó la vista y se calló, para desesperación de Alamanda.

—¡Sigue, por Dios!

—Yo... abrí la compuerta del regato, la... la que viene del manantial de El Ain.

—¿Y bien?

La muchacha se puso a llorar, y las palabras emergieron a borbotones, sin freno, como si la compuerta que hubiese abierto entonces no fuese la del acueducto, sino la de su garganta.

—¡Qué me equivoqué, mi ama, que abrí la del agua de la prensa, la que viene del aljibe, pero era por mi cansancio, mi señora, que llevamos días sin descanso, trabajando de sol a sol y hasta por la noche, que no sé cuántos pedazos de tela más quiere teñir mi ama, que ya hemos dado con colores que a mí me parecen muy bellos, y que...!

—¿Abriste la del agua de mar? —interrumpió Alamanda.

—Sí... Pero solo fueron unos instantes, mi ama. Enseguida me di cuenta y cerré la llave.

—¿Y no vaciaste la cubeta?

Mariam bajó la vista de nuevo, avergonzada.

—Es que estaba muy cansada, mi ama. Y esa cubeta cuesta mucho de decantar...

Alamanda necesitó sentarse, pues la cabeza le daba vueltas. ¡El secreto de la púrpura de Tiro era... el Mediterráneo!

Habían probado con baños en salmuera para fijar el color, con el secado a la sal, con combinaciones de mordientes que contenía una u otra sal. Pero jamás habían limpiado un paño con el agua del mar. ¿Podría ser que todo fuera tan sencillo como parecía? ¿Que con un simple baño con agua de mar tras el entintado el color quedaba fijado para siempre?

Pasaron las siguientes horas sonsacando de Mariam qué proporción de agua de mar había metido en la cubeta antes de abrir el acueducto del agua fresca, y probando después varias combinaciones, anotando cada proceso en los cuadernillos. Una semana más tarde, Alamanda estaba convencida de haber descubierto por fin la fórmula perdida que trajo la gloria a Tiro en la Antigüedad.

Aquella noche, se sentó sola en la vieja almena para ver la puesta de sol y sonrió. Había tenido la respuesta al enigma ante sus narices todo ese tiempo. El mar, esa inmensa superficie de agua que ella había surcado de un extremo al otro, ese mar en el que estuvo a punto de perecer ahogada, era la respuesta. El agua de mar, con su sal, su carácter, su sabor, su espuma y sus impurezas, era lo que fijaba el color púrpura en las telas y lo hacía eterno. Las fibras se preparaban para acoger el tinte con el mordiente, pero era el agua de mar la que, una vez teñidas, mantenía para siempre el color pegado a ellas.

Sacudió la cabeza, pues pensó que debía haber imaginado que los fenicios, pueblo marinero por excelencia, acudirían al recurso natural más abundante que les ofrecía su lugar en el mundo: el agua de mar. Aquella era una región seca; el agua dulce provenía de manantiales, venerados desde tiempos remotos como lugares sagrados, pues eran lo que permitía la vida en aquellos pagos. Por ello, los tintoreros purpurarios habrían usado el agua de mar para limpiar las telas, para no desaprovechar el agua potable. Y aquello habría sido el elemento esencial que nadie debió pensar en anotar en ningún tratado, pues debía parecer demasiado obvio a ojos de los maestros.

El mordiente que mejor funcionaba, según habían comprobado docenas de veces, era uno que contenía altramuz, una pizca de alumbre y unas gotas de orina de camello, en cantidades que Alamanda guardaba como secreto en su cuaderno de fórmulas. Pero el agua de mar, diluida en proporción de tres octavos con agua dulce, era lo que permitía que el pigmento perdurase.

A la mañana siguiente, se despertó temprano y se encaminó con pasos apresurados a la mansión del gobernador con la muestra número ciento siete envuelta en un retal de lino bajo el brazo. Ese era el paño púrpura que había aguantado a la intemperie durante diez días sin restar un ápice su brillo ni haber menoscabado su belleza. Estaba extasiada, y había pasado la noche en vela a pesar del profundo cansancio que la invadió al completar su destino, la promesa que un día le hizo a santa Lidia en el altar del convento de su adolescencia.

¡Había resuelto el misterio de la púrpura! Por primera vez desde que se perdiera el arte purpurario, alguien había rescatado del olvido ese divino color, había sido capaz de transferirlo con éxito a un pedazo de tela y había logrado que ni el tiempo ni elemento alguno afectase su calidad. La misión de su vida se había cumplido.

Restañando lágrimas de emoción, corrió a enseñárselo a su socia.

En el patio de armas halló una gran excitación. Había soldados por doquier, armados hasta los dientes, con sus arcos bien tensados, sus lanzas, sus alfanjes y espadines brillantes y afilados. Un grupo de ballesteros aguardaba fuera del recinto, y los caballos de guerra piafaban nerviosos. Al cabo, apareció Nazerin, espléndida en su armadura, su yelmo envuelto en un turbante negro del que sobresalía una pluma del mismo color, su alfanje envainado en la grupa y un par de cuchillos de hoja curva en el cinto.

Alamanda llamó su atención, pero apenas reparó en ella. Dio algunas órdenes en árabe y sus hombres prorrumpieron a gritos. De pronto, salieron todos al galope, levantando gran polvareda a pesar del empedrado, y en pocos segundos se quedó el patio vacío de hombres de armas. Tan solo los sirvientes y los pajes se afanaban por recoger, ordenar y restablecer el orden. Poco después, una docena de carros cargados hasta los topes salió en caravana, siguiendo a los guerreros hacia el norte.

Un mayordomo que la conocía tuvo a bien llevarla a un lado y contarle qué estaba sucediendo.

—Unos beduinos han atacado Emesa —le informó—. Esto sucede a menudo, pero esta vez parece ser que estaban apoyados por un contingente otomano. El gobernador de Emesa es débil, pero es pariente de los Mussaf y protegido del emir de Damasco. Su Excelencia se ha visto obligada a responder a la llamada de su padre, que se halla ahora mismo con el emir preparando una expedición de castigo.

—¡Dios mío! —exclamó Alamanda—. ¿Queréis decir que Tiro está en guerra?

—Así parece, señora mía. Es probable que dure un cierto tiempo. El sultán Al-Zahir Jaqmaq de Alejandría teme la expansión de los turcos, y si ahora se permite esta incursión sin represalia, podrían atacar Damasco. Debe mostrar su fortaleza, y para ello ha llamado a todos sus *nuwwab as-saltana*, sus vicesultanes, emires y gobernadores de la región de Siria. Todos deben responder.

La expedición duró varias semanas. De vez en cuando regresaba algún pequeño contingente de heridos, y Alamanda siempre preguntaba por la hija del gobernador. Le informaron que había llegado a luchar en primera línea con arrojo y valor, integrada en el cuerpo de guardia del emir de Damasco, y a ella se le paró el corazón. Al parecer, las tropas mamelucas de Tiro habían perseguido a los beduinos hasta más allá de Alexandreta con gran éxito. A la altura del Amanus, la cadena montañosa de Nur, se habían enfrentado al ejército otomano. El peor susto fue cuando un soldado le informó de que habían abatido al precioso corcel negro de Nazerin. Esperó con el alma en un puño hasta que, varios días después, un criado que volvía del frente le informó que Sus Excelencias el gobernador y su hija estaban bien y que volverían a Tiro en unos días.

Aguardó ansiosa cada atardecer junto a las ruinas de la muralla, lugar desde el que se veía el camino empedrado al norte por donde debía volver Nazerin con sus hombres de armas. Día tras día llegaban hombres derrengados, de mirada esquiva, algunos de ellos heridos. Apareció un batallón entero que pernoctó para partir al día siguiente hacia Jerusalén, pero ninguno de los oficiales supo darle noticias de la hija del gobernador.

El tiempo se tornó frío de repente, como el año anterior, el de su llegada a Tiro tras escapar de los traficantes de esclavos. Una mañana en que la lluvia se volvía aguanieve, corrió la voz por la pequeña judería de que Su Excelencia había vuelto. Se referían al gobernador, que hacía años que no pisaba la ciudad, pero Alamanda supo de inmediato que Nazerin había llegado también.

Se apresuró hacia la casa con el corazón en la garganta, resbalando en el empedrado varias veces. Los guardias la dejaron pasar, pues la reconocieron de inmediato por su pelo cobrizo, que apenas se había cubierto con un manto blanco de lino del que asía las puntas con los dedos de una mano. Fue directamente a sus aposentos, y los hombres de armas dudaron, pero ella no les permitió el tiempo suficiente para pensar si debían franquearle el paso o no. Entró como una exhalación, y vio a Nazerin sumergida en el aljibe de agua templada, con los ojos entrecerrados, la piel cetrina y dos esclavas bañándola y perfumándola. Se abalanzó sobre ella sin pensarlo, vestida como estaba, y se lanzó al agua para cubrirla de besos. Las esclavas se retiraron discretamente; Nazerin, repuesta de la sorpresa inicial, se rindió al placer de abrazar a aquella mujer infiel tras semanas de luchas, miedos y dolores, y lloró en silencio como la mujer fuerte y curtida que era.

Aquella noche yacieron juntas por primera vez. El alba helada las sorprendió en una placentera duermevela, la alcoba recalentada por los braseros, los rescoldos del hogar y sus propias pasiones. Por vez primera veían sus cuerpos desnudos a la luz del día.

—Tenéis los pezones oscuros, excelencia —le dijo Alamanda.

—Y tú rosados —respondió Nazerin.

Ambas se rieron y usaron la carcajada para disimular su azoro.

Sofocada la risa, Nazerin posó un dedo con suavidad sobre el muslo de Alamanda.

—¿Y esta extraña marca? ¿Algo que yo deba saber...?

Alamanda se arreboló y cambió de posición para ocultar la cicatriz de la quemadura que le había provocado Ladouceur.

—Nada que yo desee contaros, excelencia.

La hija del gobernador la miró con los ojos amusgados, pero prevaleció en ella la prudencia y no preguntó nada más. El respeto que Alamanda sentía por ella creció varios enteros.

Salió del castro con la mente atribulada, convencida de que Dios, en su infinita misericordia, iba a necesitar todas sus fuerzas para perdonarle tantos y tan grandes pecados.

—¡Oh, Dios mío! —exclamó de repente, en plena calle, con una nubecilla de vapor tornándose visible ante su rostro.

Había olvidado decirle a Nazerin que por fin había dado con el secreto de la púrpura, que su técnica había igualado, si no superado, la de los antiguos, que su promesa a santa Lidia, tantos años atrás, se había cumplido, y que la misión de su vida, devolver el color divino a los ropajes de la humanidad, se había hecho realidad.

La guerra había endurecido a Nazerin. Su sonrisa socarrona, esa mirada de azabache resaltada con la aplicación de alheña, esa mueca de la comisura de los labios que siempre parecía que guardaba algún secreto, habían desaparecido de su rostro. Estaba melancólica, herida en el alma por lo que había debido ver y por las muertes que había debido causar; se despertaba por las noches creyendo que un otomano iba a partirla en dos con su alfanje, que una flecha de los ballesteros armenios iba a hendir su corazón.

Se alegró del logro de Alamanda, y admiró con arrebato las sedas teñidas de ese color que se creía perdido y que era seña de identidad de su pueblo. Con el espíritu comercial de los fenicios, quiso organizar enseguida una industria a gran escala de producción de pigmento. Pero se topó con la realidad de unas arcas vacías. La expedición militar había acabado por arruinar la mísera hacienda de Tiro, que se nutría del escaso comercio que transitaba por su territorio. Hacía ya varias generaciones que las caravanas pasaban de largo, prefiriendo el caravasar de Jerusalén o incluso el de Gaza. Tiro estaba en la ruina. Al escuchar de su mayordomo que no quedaba ni un dinar para mantener a los hombres de armas, su frustración se tornó en enojo que descargó en Alamanda.

—He financiado tu empresa durante meses, pagando de mi patrimonio tu obrador, a tus aprendices y a los recolectores de caracoles —le espetó un día, pillándola por sorpresa—. ¿Era para ti tan solo una aventura? ¿Un proyecto descerebrado para cumplir una promesa? ¿Una ambición absurda sin fin práctico alguno?

Alamanda pronto descubrió que había otro motivo para la irritabilidad de Nazerin. Su padre, el gobernador, había regresado con ella a Tiro después de varios años con la intención de casarla. El pretendiente era un druso de Beirut, hijo de un primo del emir de Damasco, con cierta fortuna y algo de prestigio militar en la élite mameluca. Su nombre era Suleimán Zayid Maharuf.

Un atardecer, a las dos semanas de haber acabado la campaña militar, Alamanda se encaminó hacia la vieja muralla, con un zamarro de piel de conejo para protegerse del relente. Vio que Nazerin estaba sentada allí, mirando el ocaso, la vista perdida en el naranja del horizonte.

—No sé si me humilla más —dijo entonces Nazerin, sin mirarla siquiera ni mediar preámbulo alguno— el deber de adoptar el papel de esposa o el hecho de no tener nada que aportar a mi dote.

Alamanda se sentó a su lado, sin contestar. ¿Qué podía decir?

—Debo casarme. Es mi obligación —siguió la gobernadora.

—Dicen que tampoco es tan malo —dijo, finalmente, Alamanda. Y, de inmediato, se dio cuenta de la estulticia de su comentario.

—¿Has estado tú casada alguna vez? No sé cómo será en los reinos cristianos, pero aquí, todo lo que soy y todo lo que tengo pasa a ser de mi marido. El cual, además, podrá adquirir otras esposas si tiene recursos para ello.

A esta reflexión siguió un largo rato de silencio. El sol tocó la línea del mar y empezó a hundirse tras ella. Había algo que, por curiosidad, Alamanda quería preguntar a Nazerin, pero no había osado hasta entonces.

—Excelencia —dijo, al final, casi en voz baja—, ¿habéis yacido alguna vez con un hombre?

Nazerin la miró. Vio su rostro enrojecido por el ocaso y, quizá, algo de rubor. Sonrió por primera vez de aquella manera socarrona que tan habitual había sido en ella.

—Por supuesto. Vivo entre hombres, y no estoy hecha de piedra.

—Pues... quizá, tal vez, encontréis algo de amor en un matrimonio. Quiero decir, que, si ese es vuestro destino, y no os aborrece la idea de yacer con un hombre, quizá...

—¡Qué poco conoces a los hombres, mujer! —le espetó de pronto Nazerin—. ¿Crees que el sexo, para un hombre, tiene algo que ver con el amor? Para los hombres, un acto sexual es un ritual de dominación, de sometimiento. Ningún hombre, ni el más dócil, ve a una mujer como una igual, sino como objeto de conquista.

La chica se levantó y sacudió el polvo de su trasero, meneando la cabeza.

—El matrimonio es una esclavitud para nosotras. Siempre lo ha sido, y maldigo al destino que me creó mujer. Si fuera un hombre podría heredar los bienes de mi padre, gobernar con libertad, mandar un ejército y tomarte a ti como esposa, por muy cristiana que seas. Pero no quiso Alá que yo naciera varón, quién sabe por qué.

Se fue sin mirar atrás, arrastrando los pies. Montó en su caballo, que vigilaban sus dos guardias, algo más abajo, y se esfumó en la penumbra hacia su castillo.

Alamanda se quedó en la almena un rato más, hasta que el sol desapareció por completo. Sonrió para sus adentros pensando que era la segunda vez que alguien le decía que la quería como esposa en los últimos tiempos. ¿Debía huir de Nazerin, como huyó del mercader Reuben en Emesa? No, por supuesto que no. La gobernadora no lo decía en serio, pues era imposible, y había sido tan solo un comentario sin mayor importancia. De hecho, desde la noche de su regreso, ni una sola vez había hecho gesto alguno que indicase que quería volver a yacer con ella. Y estaba el obrador, y la muestra ciento siete, aquella maravilla de color púrpura que significaba la culminación de un sueño de muchos años.

Se alzó, con un gesto determinado, pues tenía un plan que poner en marcha.

No tuvo tiempo de formular el plan con precisión, pues al día siguiente fue requerida por el mayordomo del gobernador para asistir, como invitada de Su Excelencia, al festival de las grutas de Rosh Hanikra.

El gobernador era alto, atractivo y moreno como su hija, pero la vida sedentaria lo había dotado ya de una barriga considerable. Se cansaba con facilidad, incluso de cabalgar, con lo que solía viajar en una camilla cubierta acarreada por dos bueyes mansos. A su lado, sobre una preciosa yegua árabe, cabalgaba Suleimán Zayid Maharuf, el pretendiente a marido de Nazerin, más bajo que ella, pero fibroso y de buen porte. Lucía una barba perfectamente recortada, acabada en punta, negra como sus cejas, y un turbante de un blanco impoluto coronado por un casco de cuero teñido de rojo. Era un hombre elegante; sonreía altanero, consciente de su atractivo.

Nazerin y Alamanda cabalgaban algo más atrás, la primera en un potro nervioso que había adquirido para reemplazar a su alazán, la segunda en la vieja yegua que había sido regalo de Nazerin.

—Excelencia, necesito hablar con vos. Tengo un plan.

La hija del gobernador la miró con media sonrisa, todavía haciéndose a su nueva montura, que cabeceaba nerviosa.

—Tendremos oportunidad de hablar durante el festival, no te apures.

Las grutas de Rosh Hanikra eran unas cuevas horadadas por el mar en unos acantilados de caliza muy blanca, al sur de Tiro. Las olas golpeaban con furia los arrecifes, creando espuma que se confundía con las rocas. Por un hueco de las grutas, habían hecho descender un alfanje con empuñadura de oro y perlas. Los aspirantes al premio debían nadar desde las ruinas de Khirbet Masref, más al sur, cruzar el golfo a mar abierto y, finalmente, adentrarse en las grutas sin ser aplastados contra las piedras por el feroz oleaje. Era una prueba de resistencia y valor, solo apta para los mejores y más aguerridos nadadores. El ganador, además de llevarse el alfanje, era agasajado y admirado por todos, y solía conseguir algún favor o prebenda del emir de Damasco. Ese año era especial, pues en virtud de su paso por la región, asistiría al evento el mismo sultán Al-Zahir Jaqmaq de Alejandría, con lo que había gran excitación entre los participantes y más de una inscripción de última hora para tentar a la suerte.

Uno de los que se apuntó a participar ese mismo día fue Suleimán Zayid Maharuf, el fibroso pretendiente de Nazerin. Se acercó a ella y le dijo, zalamero, que no iba a arriesgar su vida por el alfanje de oro ni por el sultán, que Alá guardase por muchos años, sino porque quería demostrarle a ella que tenía el arrojo para ser digno de una mujer guerrera.

—Llevaré una cinta roja atada a la cintura para que me reconozcáis —añadió.

Alamanda observó que Nazerin enrojecía bajo su piel cetrina, algo conmovida por el gesto, y sonrió para sus adentros.

Durante más de una hora, nada ocurrió. Los que presenciaban la prueba se habían acomodado sobre los arrecifes blancos, encima de las cuevas, bajo parasoles o toldas, comiendo pasteles y *hummus*. Docenas de cortesanos y aspirantes a favores del sultán revoloteaban nerviosos alrededor de la tienda espaciosa que habían montado para comodidad del dignatario, en el punto más ventajoso para ver la prueba. Los nadadores todavía no habían doblado el cabo y se hallaban fuera de la vista de los que allí aguardaban.

Alamanda tuvo tiempo de exponer su plan a Nazerin. La hija del gobernador estaba sentada bajo una tolda que habían instalado unos criados, cómodamente echada sobre una silla larga cubierta por pieles y unas alfombras sirias en el suelo para evitar el polvo. Estaba masticando semillas de apio, como solía hacer cuando sufría de indigestión.

—Recientemente he logrado secar el pigmento de púrpura hasta obtener un fino polvo que luego se puede reconstituir para teñir con excelentes resultados —le informó—. Creo que es mejor que dé color a las telas en mi obrador de Constantinopla que está más preparado y tendré acceso a una clientela mayor y más adinerada.

—Es decir, ¿que nos dejas? —preguntó Nazerin, fingiendo desinterés con una de sus sonrisas de medio lado.

—Todavía no. Pero sí. Mi plan es volver a la capital imperial con un cargamento de seda ya entintada y varios barriles de polvo de púrpura. Confío plenamente en Malik y Bayyar, que, aunque no están preparados para entintar, sí lo están de sobra para obtener el pigmento de la mejor calidad.

Nazerin seguía mascando semillas mientras oteaba el horizonte por si aparecían los primeros competidores.

—Como tanto el pigmento como las telas os pertenecen, excelencia, os haré llegar el oro que obtenga de su venta. Estoy segura de que este género tendrá muy buena acogida. El dinero servirá para llenar vuestras arcas un tanto y para seguir con las operaciones de obtención de pigmento. Pero necesito que alguien coordine las actividades y garantice el suministro de púrpura. Quería pediros, excelencia, si vos podríais ser esa persona.

Ella la miró, sin decir nada.

—Hay que asegurarse —continuó Alamanda— de que los muchachos recolectores no cejen en su actividad, excepto en primavera, que luego zarpen los barcos con la cargazón y que alguien de confianza reciba los pagos en oro y los distribuya. Solo vos podéis conseguir que todo funcione correctamente. Yo... vendría de vez en cuando, quizá una vez al año. Pero mi sitio estará en el obrador, difundiendo de nuevo la púrpura por el mundo, buscando apoyos comerciales, negociando con las caravanas, preparando cargamentos hacia Venecia y Amberes.

—¿Qué te hace pensar que yo voy a ser capaz de manejar las actividades? Soy guerrera, no mercader.

Alamanda se incorporó en su silla.

—Vamos, excelencia, os he visto mandar ejércitos con una energía que muchos hombres envidiarían. Os he observado organizar los acopios de las campañas militares, de las despensas del castro, llevar las cuentas del tesoro de la ciudad de Tiro. Sois capaz, me atrevo a decir que como buena fenicia que sois, de llevar a cabo esta y cualquier empresa que os propongáis. Y os necesito...

Nazerin bebió un largo trago de vino. Una gota de color escarlata se deslizó hasta su mentón, y ella se la enjuagó con el dorso de la mano.

—No me gustará perderte —contestó al fin.

Alamanda la miró largo rato. A ella también se le haría raro despedirse de Nazerin, pero habían sido ya tantas sus inciertas despedidas, sus adioses con la duda de si serían para siempre, que sabía que iba a sobrellevarlo. Pero Nazerin era más joven e impulsiva; no estaba acostumbrada a las contrariedades y Alamanda sospechaba que le costaba gestionar algunas de las emociones humanas más básicas.

De pronto, alguien gritó que llegaba el primer nadador. Entornando los ojos, muchos vieron a una pequeña figura bregando contra las olas, seguida de inmediato por otra, y luego por otras dos. Poco a poco, los nadadores aparecieron todos en las aguas de la bahía, encarando ya la entrada de las grutas. Llevaban más de dos horas en el agua, y los esquifes que los seguían habían debido rescatar a más de uno agotado.

Alamanda vio con el rabillo del ojo que Nazerin alargaba el cuello, ansiosa quizá por ver una cinta roja en la cintura de alguno de ellos.

El primer competidor, un turcomano de Antalia, llegó a los pies de los acantilados y se detuvo a respirar antes de atreverse a afrontar el oleaje. Agotado como estaba, ahora debía luchar contra las feroces olas de espuma blanca que estallaban contra las rocas, evitando ser despedazado en alguna de ellas y lograr entrar a nado en las grutas. El segundo nadador, un muchacho maronita al que Daniel conocía, llegó también, pero no se detuvo. Alentado por este, el turcomano paleó de nuevo. Justo en ese momento, una ola se levantó hasta los diez pies de altura y estalló contra el arrecife; la espuma se confundió con la blanca caliza, y las cabezas de ambos nadadores desaparecieron por unos instantes. Los espectadores contuvieron la respiración; los turcos animaban a su hombre, y los pocos cristianos que había aguardaban con el corazón en un puño para comprobar si su campeón seguía con vida. Felizmente, ambos contendientes salieron a flote al cabo, confundidos y sin saber hacia dónde nadar. Un hilo de agua roja apareció entre la espuma, señal de que alguno de los dos había recibido una herida.

El turcomano esperó a la siguiente batiente para lanzarse sobre su lomo y entrar así en la angosta apertura. El maronita parecía confundido, inseguro de la dirección en la que debía avanzar.

Un tercer nadador llegó a la boca de la gruta, y también se detuvo a recuperar el resuello antes de intentar entrar en la galería de afiladas rocas.

—¡Oh! —pronunció, de repente, Nazerin.

Alamanda miró a la hija del gobernador, y luego de nuevo al agua. Un cuarto competidor, con una cinta roja atada alrededor del cuerpo, se acercó a la entrada, nadando con cierta gallardía y buen ritmo de brazada. No se detuvo, sino que siguió nadando como si estuviera aún en mar abierto. Una ola lo elevó y lo lanzó contra la pared meridional de la cueva. Nazerin se puso en pie y se asomó, pues Suleimán había desaparecido bajo el burbujeo. El primer nadador, el turcomano, ya había penetrado en la cavidad y se le podía ver por los orificios cenitales de la bóveda. El oleaje seguía siendo furioso allí dentro, y los arrecifes afilados como un *kilij* otomano. La retirada de una cresta espumosa lo arrastró hacia atrás cuando ya casi llegaba a alcanzar la piedra sobre la que descansaba el alfanje; con un grito desgarrador, se partió varias costillas al ser arrojado con violencia contra una roca sumergida. Los mozos que asistían a los nadadores en el interior de las cuevas trataron de izarlo para evitar que siguiera siendo golpeado por la rompiente.

El segundo nadador, el maronita, desistió y no trató de entrar, algo aturdido aún por el golpe. El tercero, un soldado mameluco de impresionante torso, se adelantó a Suleimán en la misma entrada y entraron ambos casi a la par.

Los espectadores, y el propio sultán, se colocaron alrededor de las aperturas para ver mejor lo que ocurría abajo, salpicados por la fina espuma salada que hasta allí se elevaba.

El soldado adelantó con potencia a Suleimán, y alcanzó la piedra plana del final de la gruta donde reposaba el alfanje. Trató de agarrarse a ella, pero era lisa y resbaladiza; una ola lo elevó, y llegó a tocar el premio con la punta de los dedos, pero volvió a caer con la resaca. Suleimán quiso cabalgar entonces sobre la siguiente ola, y pareció que lo conseguía, pero una onda atravesada le dio de lado y lo mandó a diez pies de distancia, donde se golpeó la cabeza con violencia. Los mozos, bien atados con las cuerdas de seguridad, lo asieron hacia un lado y lo sacaron del agua; Suleimán estaba inmóvil, con un hilo de sangre mezclado con agua salada que teñía de rojo la roca blanca sobre la que se hallaba. Nazerin, desde arriba, se irguió y endureció el gesto, confusa ella misma sobre las sensaciones que bullían en su cabeza.

El soldado mameluco consiguió agarrar el alfanje elevándose sobre una nueva ola, y, aunque hubo de ser rescatado por los mozos, fue proclamado vencedor y requerido por el propio sultán para recibir los honores y parabienes.

Suleimán, al ser noble, fue llevado a la tienda del emir de Damasco, a petición de este, para que fuera atendido por su médico personal. Recobró el conocimiento al cabo de poco rato, y solicitó, aún postrado, la presencia de la hija del gobernador de Tiro.

—Siento que os he fallado, mi dama —le dijo, en turco.

Ella, que había mantenido la compostura y el gesto impávido desde que lo vio sufrir el accidente, se arrodilló junto a su camastro y lo cogió de la mano. Tratando de controlar la emoción de su voz, le aseguró que lo que había hecho por ella equivalía a una hazaña temeraria, pues era uno de los pocos que no había entrenado para la prueba.

—Y, por Alá, sagrado sea Su Nombre, que bien a punto estuvisteis de ganar la prueba.

Suleimán sonrió, a pesar del dolor, y le aseguró que pediría a su padre, el gobernador, que fijase fecha para el enlace. Ella dudó unos segundos; finalmente, tras echar una fugaz mirada a Alamanda, que se mantenía discreta junto a la entrada de la tienda, asintió con un leve movimiento de la cabeza y los labios endurecidos.

La galera estaba ya cargada. Los casi quinientos pies de seda tintada de púrpura, plegadas en fardos de unas ocho libras cada uno, los ochenta barriles de polvo de púrpura seco, con el que Alamanda confiaba replicar el entintado en Constantinopla, y los abastos que el comerciante había adquirido para completar la carga, estaban ya asegurados en la bodega.

Estaba nerviosa; caminaba con desazón por el estrecho muelle del puerto llamado Sidón, en el extremo norte de la península de Tiro. Su futuro, y, en cierta manera, el de aquella ciudad, dependía del éxito de ese viaje, de la llegada a buen puerto de ese bajel.

—El reino de Chipre es vasallo del sultán —la tranquilizó Nazerin—. No osarán abordar una galera con pendón del sultanato.

—Me preocupan los otomanos.

—Y los griegos. Pero no suelen interrumpir el comercio si no están en guerra. Y ahora hay paz. Precaria, porque los otomanos son ambiciosos, pero paz, al fin y al cabo.

Las últimas semanas las había pasado instruyendo a los hermanos Malik y Bayyar sobre cómo obtener el polvo de pigmento y cómo almacenarlo para que llegase en buen estado a Constantinopla. Solo ella conocía la fórmula exacta de mordiente para fijar bien el tinte a la tela, y confiaba que el agua de mar de la ciudad imperial produjese el mismo efecto sobre la durabilidad del color. Las mejores sedas y algodones pasaban por Constantinopla; era allí donde establecería su negocio de la púrpura, en su obrador del barrio judío de Vlanga, que, según le informó Mordecai en una escueta, aunque cariñosa, carta, seguía funcionando con bastante buen ritmo.

Aquella última noche la pasó en los aposentos de Nazerin, aunque no yació con ella. Ambas sabían que sería más dolorosa la despedida si se entregaban la una a la otra de nuevo, y preferían conservar intacto el dulce recuerdo de aquella única velada tras el regreso de Nazerin de la guerra.

—Te voy a contar un cuento que me contaba mi madre —comenzó, de repente, la hija del gobernador— cuando, ya enferma, me pedía que me acercara a su lecho para dormir acurrucada entre sus brazos macilentos.

»Cuenta la historia que Tiro era una isla, rodeada de mar por los cuatro costados, a un cuarto de legua del continente. Era una tierra próspera, de comerciantes aguerridos y valientes, donde el oro abundaba y de las fuentes manaba vino. Pero la isla no estaba anclada al fondo del mar, sino que flotaba sobre las olas, como los barcos que llevaban y traían las mercancías. El rey, Akibaal, tenía una hija muy bella, de nombre Nasrin. Había dos hermanos nobles, los gemelos Phemus y Akli, que pidieron la mano de la princesa, deseosos de convertirse en reyes de Tiro, y atraídos por su belleza. Nasrin accedió a casarse con uno de ellos, si antes lograban que la isla quedase firmemente anclada, pues los movimientos de las olas le producían mareos y jaquecas constantes.

»Uno de los hermanos, Phemus, era bueno y prudente, y propuso clavar dos enormes estacas, una en cada extremo, para fijar la isla sobre el fondo marino. Su hermano Akli, que era insidioso y manipulador, decidió sabotear a Phemus practicando un corte a las estacas. Cuando este las había colocado, se quebraron con el primer oleaje.

»Entonces, Phemus propuso traer arena del fondo del mar y rellenar la isla por debajo. Akli, resentido porque a él no se le ocurrían ideas, invocó al dios Melqart para que mandase una feroz tormenta que alzó olas de treinta pies que se llevaron toda la arena. Phemus, abatido por su segundo fracaso, fue desterrado, y huyó de allí con la cabeza gacha.

»Su hermano Akli decidió entonces poner en práctica las ideas de su hermano. Una vez más, pidió ayuda a Melqart ofreciéndole sacrificios. El dios le concedió sus deseos, y la isla quedó fijada con dos grandes estacas y una lengua de arena la unió a la tierra. Nasrin se casó con él, y, a la muerte de Akibaal, Akli se convirtió en rey.

»Cuando Phemus se enteró de que había usado sus ideas, se puso furioso, y le lanzó una maldición: "¡El mar se tragará a tu descendencia y a tu dios, y un ejército de extranjeros caminará sobre las aguas para saquear tu ciudad!", gritó.

»Años más tarde, un terremoto quebró la isla en dos, y la parte del templo de Melqart se hundió en el mar; después, los ejércitos griegos de Alejandro aprovecharon la lengua de arena para invadir y saquear la ciudad, cumpliendo la maldición de Phemus.

»Así es como empezó la decadencia de Tiro. Y todo, según cuentan, por culpa de una mujer hermosa...

—¡Qué historia más triste y bella! —susurró Alamanda tras unos segundos de silencio.

La noche era íntima y callada; las distancias parecían no existir. El lejano rumor de las olas apenas se oía, pues la brisa era de levante. Hasta los perros callejeros que cada noche aullaban sus penas a la luna parecían ese día haberse ido a otros pagos.

Estaban ambas tumbadas en el espacioso lecho de Nazerin, entre sábanas de seda, recostadas en almohadas rellenas de borra y pluma, perdidas cada una en sus pensamientos.

—¿Sabes, *dhimmi*? A veces tengo miedo de no estar a la altura... Mi padre ha renunciado a gobernar, de hecho, y recae sobre mí la necesidad de dar un futuro a mis súbditos. ¿Y si tomo decisiones erróneas como la Nasrin del cuento?

Alamanda sonrió, le acarició la mejilla y le susurró al oído que nunca había conocido a gobernante alguno más preocupado por su gente.

—Sois prudente, sabia y buena —le dijo, con sinceridad y admiración—. Ojalá todos los pueblos tuvieran gobernantes como vos.

De pronto, Nazerin se puso a cantar en árabe. Tenía una voz grave, casi masculina, pero suave como la seda, arrulladora como el ronronear de los gatos. A Alamanda se le llenaron los ojos de lágrimas, sin saber muy bien por qué. Recostó la cabeza sobre el pecho de su compañera y escuchó la canción a través de su piel.

—Era un canto a la melancolía —explicó Nazerin—, una tonadilla que cantaban los marineros de Alejandría al partir. El adiós a la mujer amada, y todo eso sobre lo que cantan los hombres...

Pero Alamanda ya no la escuchaba; se había quedado dormida. Ella desenterró el brazo de debajo del cuerpo de su amiga, atusó su cabello cobrizo con suavidad, le besó la mejilla húmeda y se levantó para apagar las lámparas de aceite.

VII

Constantinopla y Roma, 1451

Con los nervios a flor de piel, Alamanda esperaba pacientemente a que su esclava Chana abrochase los treinta lazos de su corpiño. Resoplaba y se secaba a cada instante el sudor de las axilas con un pañuelo perfumado.

El emperador Constantino, que había sucedido dos años atrás a su hermano Juan Paleólogo, había reclamado su presencia en la sala de capitulaciones del Palacio Imperial aquella mañana, pues le iba a dar audiencia. Se comentaba en la ciudad que nunca se había concedido tal honor a una mujer artesana, plebeya y extranjera.

Constantino se hallaba a la sazón en una situación precaria. Era partidario de la unión con la Iglesia de Roma, y eso lo hacía muy impopular entre los griegos. De hecho, no había podido ni siquiera coronarse debidamente en Constantinopla, pues temía una revuelta si el patriarca Gregorio, también favorable a la unión de ambas Iglesias, lo ungía en ceremonia oficial en Santa Sofía, como era la costumbre. No era un fanático religioso, sino que su convicción nacía del pragmatismo; se esforzaba en convencer a sus nobles de que la unión era la única vía hacia la supervivencia, pues los otomanos acechaban por ambos costados, y solo una intervención cruzada patrocinada por el papa Nicolás V podía detener a los invasores. Si ello implicaba reconocer la autoridad del Santo Padre, pues era un precio modesto a pagar, en su opinión. Pero los monjes de Athos seguían frontalmente opuestos a los ritos latinos, que consideraban heréticos y alejados de la ortodoxia, y, de manera periódica, se organizaban revueltas que obligaban a la guardia imperial a imponer el orden en la capital.

Ese día, sin embargo, el emperador puso a un lado sus tribulaciones para conocer a la mujer responsable de haber devuelto la púrpura a su Corte. Alamanda fue presentada ante él con toda la pompa, conducida por Filipos, un poderoso eunuco imperial.

Constantino estaba de pie, frente a su trono, solo en su majestad. Su madre, la emperatriz Helena, a quien todos adoraban, había fallecido tras ocupar una breve regencia mientras él llegaba a la capital. Y, aunque se había desposado dos veces, ambas esposas murieron sin darle descendencia y, de momento, no había vuelto a casarse.

Iba vestido con una túnica blanca cubierta por una clámide de color carmesí con ribetes hechos con hilo de oro. Sobre ella, una dalmática ornada con oro, perlas y cristales esmaltados, y, enrollado por encima, el *loros* imperial, la banda ancha ricamente decorada que caía recta sobre las rodillas del emperador. Llevaba calzado de color rojo, como era su prerrogativa; a su lado, el *protovestiarios*, el ministro encargado originalmente del vestuario sagrado del emperador, y en aquellos tiempos, una de las posiciones de más poder de la Corte, calzaba zapatos de color verde.

En la cabeza de Constantino resplandecía la corona imperial, cerrada por arriba con una cúpula de oro rematada por una cruz, con rubíes y zafiros incrustados y una docena de *pendulias* hechas de cadenitas de oro con pequeñas esmeraldas en el extremo.

Alamanda pensó que toda aquella indumentaria debía pesar un quintal, y se preguntó cómo vestiría la emperatriz de haberla habido.

Se postró ante el emperador, como le habían indicado antes de entrar, y se mantuvo con la frente en el suelo hasta que el propio Constantino, impaciente con el protocolo, le ordenó que se alzase.

Alamanda lo hizo, todavía sin osar mirarle a los ojos, la cerviz humillada, la postura sumisa. Estaba temblando debajo de su atuendo, que, de color púrpura tan solo llevaba los falbalás de tafetán de las mangas, para no parecer ostentosa.

—Alza la vista, mujer —dijo el emperador—. Quiero verte el rostro.

Ella lo miró por vez primera. Era un hombre de casi cincuenta años, cara redonda, nariz aguileña, barba rojiza muy tupida y unos ojos de color arenoso enmarcados por terribles ojeras de preocupación. Tenía un mirar inteligente, las pupilas rápidas como centellas y una sonrisa triste que se adivinaba más que veía entre el vello facial.

—Confieso que esperaba uno de esos tintoreros judíos encorvados y rancios cuando pedí ver al artesano productor de estas magníficas sedas —le dijo, tras unos segundos de muda observación.

—Siento... decepcionaros, majestad —contestó ella, queriendo llenar un silencio.

Constantino estalló en una carcajada y bajó de la tarima. Era apenas algo más alto que ella, pero, con alzas en los zapatos y la corona, su figura a esa corta distancia impresionaba.

—¡Decepcionarme, dice!

Le puso las manos en los brazos y la miró con fijeza. Ella se sintió muy incómoda; y no era la única, pues los ministros y los eunucos se movían nerviosos y se lanzaban miradas atónitas. Nunca habían visto a un emperador tocar a una plebeya en público.

Entonces hizo chasquear los dedos, y unos eunucos de la Corte, ataviados ricamente, corrieron con la cabeza gacha y un pedazo de tela de ocho brazas que Alamanda reconoció de inmediato.

—¿Sabes qué título obtuve por el solo hecho de nacer, mujer? —le preguntó—. *¡Porphyriogénnitos!*, ¡nacido en la púrpura! ¿Y sabes cómo me vistieron para mi bautizo? ¡Con un faldón carmesí! Ya nadie era capaz de imitar la púrpura que lucieron mis antepasados. ¡Nadie! Quizá debían haber cambiado el título por *vyssinígénnitos*, nacido en el carmesí ... —añadió, mirando a su alrededor para forzar algunas risas—. Una parte de Blanquerna, mi residencia, es el llamado Palacio de los Porfirogenetas, lo cual es una broma de mal gusto, pues lo mandó construir mi bisabuelo, que nunca vistió de ese color.

Alamanda no sabía dónde mirar. Deseaba con todas sus fuerzas que aquello terminase cuanto antes. Era muy consciente de que una sola palabra de ese hombre podía significar su ruina; o incluso su muerte.

—Y, de repente —añadió, señalando mayestáticamente la tela que los eunucos, con la cabeza gacha, sostenían en lo alto—, atribulado como estoy por mil asuntos de estado en mi pobre y renqueante imperio, me traen esas divinas telas, ¡ese símbolo de poder! ¡No te puedes imaginar, mujer, cuánto necesitaba yo algo así en este momento!

Le colocó la mano en la espalda y la empujó levemente, invitándola a acompañarlo. Se puso a hablar con ella entonces en tono de confidencia, como si no quisiera que lo escuchara nadie más.

—Mi autoridad está en entredicho —le informó, con una candidez que ella encontró sobrecogedora—. Ni siquiera me es permitido coronarme en Santa Sofía, como sería preceptivo, pues mis consejeros temen que haya revueltas. Desde que falleció mi madre, la emperatriz Helena, mi popularidad ha caído en todo lo que resta de mi imperio. Yo no quiero la unión de las Iglesias por razones teológicas, ¡por Dios! La quiero por motivos políticos, porque, entre tú y yo —añadió, apantallando la voz con su mano libre—, he llegado a la conclusión de que solo si todos los pueblos cristianos luchamos juntos, seremos capaces de sobrevivir. El Imperio otomano es el más poderoso de la Tierra, hoy en día.

Alamanda, caminando con azoramiento al lado del emperador, sentía todas las miradas de los cortesanos en su pescuezo como si fueran alfileres.

—He rezado a Dios —continuaba Constantino—, noche tras noche, y le he ofrecido sacrificios, buscando una respuesta. Y tú, maestra tintorera, me has dado la solución a mis problemas de legitimidad. ¡Vamos a restituir la púrpura como símbolo de mi poder!

Estaban prácticamente en el centro de la sala de audiencias. Constantino se incorporó un poco y llamó al eunuco Filipos, que actuaba como su secretario en la Corte al custodiar el sello imperial.

—Vamos a decretar, desde ahora mismo, que solo la familia imperial pueda vestir de púrpura, como era antaño. El maravilloso color que ha devuelto al mundo esta mujer será símbolo del renacer de nuestra dinastía.

—Pero ¡majestad! —gritó Alamanda antes de poder contenerse.

El emperador la miró con las cejas alzadas, y esa mirada bondadosa sobre las enormes ojeras.

—Perdón, majestad, pero... Tengo ya más pedidos de los que puedo atender, gentes que quieren vestir mis telas purpuradas, comerciantes que las revenderán en todo el mundo.

—Pues deberás cancelar esos pedidos, mujer. Diles a todos que es un nuevo edicto imperial.

Alamanda se hallaba al borde de las lágrimas, y una inmensa rabia por lo injusto de lo que le estaban diciendo brotó en sus entrañas; pero pugnó por controlar sus emociones.

—Majestad, con todo el respeto y la reverencia que os debe una pobre plebeya como yo: ¡eso que me imponéis, supondrá mi ruina! He pugnado toda mi vida por hallar el secreto de ese maravilloso color que se perdió en la bruma de los tiempos. No pretendo fortuna ni gloria, majestad, pero os ruego que tengáis en cuenta el esfuerzo que supone producir una simple onza de este pigmento. No podré pagar a los recolectores de caracoles, ni a los que elaboran el polvo de púrpura, ni a los patrones de los navíos que me traen la mercancía, ni a los oficiales y aprendices de mi obrador, ni el alquiler de mis aposentos, ni ...

Alamanda calló de repente, pues fue de pronto consciente del gélido silencio que se había impuesto en la sala de audiencias. Todos la miraban aterrorizados por su osadía, pues a nadie era permitido dirigirse al emperador sin su autorización expresa, y menos para exponer agravios.

Constantino, sin embargo, tras unos segundos de asombro, se repuso y sonrió con afabilidad. Había llegado a la máxima dignidad siendo ya un hombre mayor, experimentado, tras una intensa vida de maniobras, celos, traiciones y luchas fratricidas por el poder. Que una mujer como Alamanda lo retase de aquella manera, más que afrenta le proporcionaba agrado.

—Hija mía, no te pido ningún sacrificio, pues gozarás de la fortuna de lo que tan arduamente te has ganado. Sí, me han contado tu historia, aunque confieso que no sé cuánto hay en ella de fantasioso.

Alamanda quería ganar tiempo, tratar de hablar con aquel hombre para convencerlo de lo disparatado de su idea, pero no quería hacerlo a oídos de varias docenas de cortesanos intrigantes.

—Por supuesto, majestad. Os ruego disculpéis mi osadía. Se hará según vuestra voluntad.

El emperador sonrió satisfecho.

—Me... me halagaría, majestad —añadió, de súbito, casi sin pensarlo—, si quisierais visitar mi humilde obrador...

—¿Qué voy a hacer, rabino? ¡Cómo se me ocurriría invitar a un emperador a mi casa!

Se hallaban almorzando en la morada de Mordecai y de Sarah, su segundo hogar.

Cuando regresó de Tiro, meses atrás, había llorado al cruzar el umbral de la casa de sus amigos, los hebreos Pesach, una riada de lágrimas que parecía eterna e imparable. Lloró de alivio, de ternura, de tristeza, de alegría... Sarah la abrazó como una madre abraza a su hijo pródigo, y le preparó una infusión de genciana y tila para fortalecerla y calmar su ánimo.

Les había contado su historia, desde la proposición de matrimonio del judío Reuben a su captura por los traficantes de esclavas. No les escatimó detalles; ambos le preguntaban con curiosidad insaciable. Les había hablado de Nazerin, de lo extraordinariamente fuerte que era, en todos los sentidos, y de la suerte que había tenido de contar con su apoyo. Y, por supuesto, les había explicado con pelos y señales sus centenares de pruebas antes de dar con la fórmula adecuada, y su alegría y algo de frustración al darse cuenta, por accidente, de que el secreto de la fijación eterna del tinte era algo tan prosaico como el agua de mar.

—Todos los problemas de la vida se solucionan con agua salada, hija —le dijo, con una sonrisa, la siempre sabia y prudente Sarah—: sudor, lágrimas y baños en agua de mar.

De inmediato, muestras de sus sedas purpuradas habían circulado por la ciudad entera, y tuvo ante sus puertas, antes de estar preparada para ello, a docenas de mercaderes, nobles, otros tintoreros curiosos e incluso eunucos de la Corte; todos ellos querían ver sus telas, y hasta el último de ellos quedó extasiado por el brillo de ese color que se creía perdido.

El oro comenzó a abarrotar sus arcas, y enseguida hubo de empezar a teñir nuevos paños con el polvo de púrpura que había embarcado, a la vez que mandaba una esquela a Nazerin para rogarle que aumentasen la producción de pigmento todo lo que pudiesen, pues la demanda superaba ya sus más salvajes expectativas. Pronto llegaron los venecianos y genoveses, ansiosos de hacerse con el monopolio de la púrpura para sus territorios, ofreciéndole fabulosas sumas por un contrato de exclusiva, mareándola con promesas de las mayores riquezas que hubiese podido imaginar.

Tuvo que ampliar el obrador, pues precisaba más brazos en el taller para atender los pedidos y entintar en varios turnos. Se hizo traer agua del Egeo diariamente, para fijar el color, confiando en que fuese tan buena como la que bañaba Tiro, pues creyó que la del mar de Mármara estaría demasiado contaminada por los desagües de la capital. Su oficial Siranush, a la que llamaban Sira, la chica armenia de cara redonda y aquellas trenzas de fantasía, demostró tener unas dotes excepcionales para el oficio, y enseguida pudo delegar en ella baños completos de principio a fin. Adquirió una esclava nueva para organizar su casa, de nombre Chana, pues debía vestir acorde con su nueva situación y atender a los nobles y aristócratas con la elegancia debida. La muchacha era ducha en el aseo y la indumentaria de una mujer de posición, ya que había servido en casa de una familia cristiana afecta a la Corte.

Y, cuando todo iba tan bien, justo unos días después de la arribada a puerto del segundo cargamento de púrpura de Tiro, había recibido la llamada funesta del emperador Constantino.

Mordecai sorbía un poco de caldo ruidosamente sin articular palabra. Ella sabía que debía esperar a que el rabino tuviese a bien hablar, pues no permitía jamás que nadie lo atosigara.

Al cabo de un rato, se limpió los labios con un pañuelo y miró a Alamanda con una sonrisa inescrutable.

—Querida muchacha —le dijo, como si escribiera una misiva—, no sabes cuánto me alegré al verte entrar por esa puerta el día de tu regreso. Y más aún cuando me mostraste aquella tela purpurada que tú misma habías teñido en Tiro. Sinceramente —añadió, poniéndose de pie para deambular por el salón—, tuve serias dudas de que lo consiguieras. Has superado mis expectativas, y eso es algo que muy poca gente ha logrado en mi ya luenga vida, pues tiendo a pensar demasiado bien de la gente.

Sarah y Alamanda se miraron, resignadas a los rodeos del maestro.

—Tu éxito ha llamado la atención de los poderosos, y eso es peligroso. Verás: el universo es un conjunto de esferas con un mismo centro, como las capas de una cebolla. En el centro estamos nosotros, los mortales, y en la más elevada los astros; más allá está Yahvé, por supuesto. La mayoría de los mortales pasamos nuestra existencia en la esfera humana, que es la más pequeña, con nuestras pasiones, deseos y frustraciones. Los poderosos, los reyes, emperadores, patriarcas y profetas, se mueven en otra esfera, un poco más elevada y más cerca de la bóveda de las estrellas. Son gentes nacidas para construir la historia, seres humanos tocados por la gracia divina que a duras penas se dan por enterados de que existen personas a las que sus decisiones afectan. De vez en cuando, muy de vez en cuando, un individuo normal accede a la esfera superior, y esos casos no suelen acabar bien. Me temo, hija mía, que la púrpura que has devuelto al mundo te ha abierto la puerta a esa esfera superior, y no sé si serás capaz de asumir las consecuencias.

—Rabino —dijo ella, atribulada—, no entiendo nada de lo que me decís. ¿Qué debo hacer?

—No ha sido una gran idea invitar al emperador a tu taller, hija mía. No está bien meter a los poderosos en nuestras casas. Nada bueno puede resultar de ello. Deduzco que lo hiciste para ganar tiempo.

—No podía permitir que me prohibiese vender mi púrpura a quien yo quiera.

Mordecai sacudió la cabeza y dobló los labios en una sonrisa triste.

—Mujer, nada podrás hacer si el emperador te lo prohíbe. Debes saber acomodarte a la situación.

—¡Es injusto! ¡No he dedicado media vida a rescatar la púrpura para que ahora se la quede una sola persona!

Sarah le puso la mano en el hombro.

—Date por satisfecha con haber descubierto cómo elaborar algo tan magnífico, hija mía —le dijo—. No luches contra el destino.

—En el juego de la vida —terció el rabino—, algunas veces se gana; otras, se aprende.

Salió de la casa con el ánimo por los pies. No podía creer que tuviera que conformarse con producir solo lo que Su Alteza Imperial tuviese a bien encargarle.

Aquella tarde recibió la visita del eunuco imperial Filipos, el *parakoimomenos* de la Corte, cargo de la más alta importancia. El título significaba, literalmente, «el que duerme cerca». Era una de las más altas dignidades de la administración bizantina, cuyas funciones, además de servir de secretario personal al emperador, eran llevar su espada imperial y salvaguardar el *sphendone*, el sello imperial con el que se firmaban los edictos.

Venía a supervisar que todo estuviera en orden para la visita del emperador. Se quejó de la angostura de la callejuela, que afirmó que no era digna de Su Alteza Imperial. Mandó tapizar el trecho de calle con una alfombra roja y ordenó que todas las puertas y ventanas que daban a ese tramo debían permanecer cerradas desde una hora antes de la visita del emperador.

—Esta puerta tan estrecha no es digna de Su Alteza Imperial.

—Pues es la única que hay —dijo Alamanda, algo molesta. Y quiso añadir: «A no ser que Su Alteza Imperial quiera entrar por el regato, como el agua», pero sujetó su lengua a tiempo.

—Habrá que ensancharla.

Ante su asombro, ordenó a un subalterno que buscase unos albañiles para que la ampliasen a la mañana siguiente, de manera que cuando Constantino llegara ya fuera un poco más espaciosa para su imperial cuerpo.

—¡Y este olor, oh, Dios mío, este hedor nauseabundo! —se quejó el eunuco.

—¿No es digno de Su Alteza Imperial? —preguntó Alamanda con fingida inocencia, pues ya se estaba hartando de aquel medio hombre.

—¡Por supuesto que no! —respondió a voz en grito Filipos, tras observarla por si apreciaba en su rostro algún rastro de insolencia—. ¡Habrá que perfumar el ambiente con incienso!

Entraron al obrador. Todos los trabajadores se descubrieron y se quedaron parados en posición casi marcial.

—Estos plebeyos no pueden ir vestidos así —dijo, al verlos, arrugando exageradamente la nariz para acentuar su disgusto.

—¡Pero si son sus ropas de trabajo! —protestó ella.

—No son dignas de Su Alteza Imperial. Haced que vistan sus mejores galas para la visita. Me encargaré de que lleven tocas adecuadas. Nadie, bajo ningún concepto, puede mirar a Su Alteza Imperial a los ojos, a no ser que él mismo lo pida. Recordádselo a todos vuestros sirvientes y aprendices.

Una docena de cosas más hizo cambiar Filipos antes de partir aquella tarde, por no ser «dignas de Su Alteza Imperial». Alamanda estaba al borde de un ataque de ansiedad. Hubo de soportar al día siguiente que los obreros reventasen su puerta para ampliarla según instrucciones del *parakoimomenos* y debió gastarse una pequeña fortuna en incienso y ropas adecuadas para sus empleados.

Por fin llegó Constantino aquella tarde, rodeado de al menos una veintena de cargos de la Corte de la más variada dignidad. Sus imperiales pies pisaron la alfombra sin advertirlo y su cuerpo pasó por el arco de la puerta cuya masilla todavía estaba húmeda.

—Mmm, huele a iglesia —murmuró al entrar.

Alamanda miró de soslayo a Filipos, que no cambió la expresión.

Durante los primeros minutos, con la voz trémula, le estuvo contando al emperador para qué era cada cubeta y cada aljibe, le explicó para qué se utilizaban los mordientes y por dónde entraba el agua y salía el desaguado. Constantino solo mostró algo de interés una vez llegaron al secadero de las telas.

Cuando quiso hacerlo pasar a su pequeño laboratorio, Filipos le dijo que aquella estancia no era digna de Su Alteza Imperial, pues hallábase desordenada y tenía un aspecto usado y funcional.

Constantino resopló, un suspiro que se escuchó hasta en la

calle. Parecía cansado, y algo aturdido, y cojeaba visiblemente del pie derecho.

—¿Estáis cansado, alteza? —preguntó, solícita, Alamanda.

Filipos alzó las cejas depiladas desmesuradamente, incrédulo ante la osadía de aquella plebeya artesana que osaba hacer una pregunta, y una tan personal, al emperador.

Constantino la miró, también algo sorprendido. Tenía la cabeza en otros asuntos de estado. Aquella mañana había recibido noticia de que el senado veneciano rechazaba mandar una flota para proteger su ciudad frente a la amenaza otomana. Y había habido incursiones turcas en el Peloponeso, donde su hermano Demetrios, que también había aspirado al trono imperial, actuaba con cierta duplicidad ante el enemigo musulmán.

—Tengo dolores, si precisas saberlo, mujer —respondió, con hastío.

Alamanda pidió a Cleofás, vestido de gala y manifiestamente incómodo, que acercase una silla de respaldo alto y asiento acojinado que ella misma usaba para escribir.

—Alteza —se adelantó el eunuco imperial—, no creo que debamos...

—Sentaos aquí, alteza —interrumpió Alamanda, alterada—, ¡a no ser que mi silla no sea digna de vuestras imperiales posaderas!

Había dicho esto último mirando con ojos de fuego al insidioso Filipos, y por su expresión de terror, se dio cuenta de que quizá debía haberse mordido la lengua. Había dejado que el nerviosismo se apoderase de su sentido de las circunstancias. Se hizo un silencio absoluto, tan solo salpicado por el gorgoteo del agua del acueducto, en el piso de abajo.

De pronto, Constantino estalló en una ruidosa carcajada que acabó en un preocupante ataque de tos.

—¡Mis imperiales posaderas! —exclamó, tosiendo con un regocijo abrumador—. ¡Esto debo contárselo a mis ministros! Filipos, recuérdame que lo cuente en la sesión de mañana. ¡Mis imperiales posaderas!

Alamanda, algo confundida, mandó a Chana que preparase una tisana de hojas de cólquico y romero. Había decidido que, para bien o para mal, acababa de cruzar una línea prohibida, y se propuso hacerlo hasta el final.

—Perdonad, alteza —dijo, asiendo al emperador del brazo y acomodándolo en su silla—, no he debido hacer ese comentario. Pero permitidme que os ofrezca una infusión que os restablecerá y aliviará vuestros dolores.

Para consternación de los cortesanos, Alamanda se agachó delante de Constantino, lo descalzó y puso sus pies sobre una banqueta acolchada de terciopelo rojo que ella usaba en su dormitorio para rezar de rodillas. Dio algunas órdenes a sus azorados sirvientes y ella misma masajeó los imperiales pies con una pomada que reducía la hinchazón. La receta se la había dado la buena Letgarda hacía muchos años, y consistía en cuatro partes de ajenjo machacado, dos de sebo de venado y una de tuétano; se la aplicó con el mismo cariño y devoción que tantos años atrás había usado para curar a su amo Feliu, e incluso a los galeotes de la *Santa Lucía*.

El *parakoimomenos* trató de interrumpirla un par de veces, airado, escandalizado, con el rostro desencajado y al borde del colapso, pero en ambas ocasiones se topó con el firme rechazo del emperador, que quiso ver hasta dónde llegaba la audacia de aquella fascinante mujer. Por primera vez en varios días, Constantino había logrado olvidar por unos instantes sus problemas de gestión de su menguado imperio. Asistía fascinado a la resuelta iniciativa de la maestra tintorera, y, cuando sintió sus manos sobre su piel, sufrió un escalofrío de placer como no recordaba haber sentido jamás. Él era augusto, imperial, reverente; nadie osaba tocarlo, ni siquiera mirarlo a los ojos. Había enviudado por segunda vez hacía casi diez años, y los masajes de sus esclavos no le causaban más que dolor. Hasta ese momento no se había dado cuenta de lo mucho que añoraba el contacto con una mujer.

Alamanda había adivinado que el emperador sufría de ataques de gota. La tisana le sentó bien y lo reconfortó. Y el bálsamo de ajenjo y sebo alivió casi al instante los dolores causados por su caminar incierto.

—¿Y bien? —preguntó de pronto el monarca con un deje de socarronería—. Supongo que no me habréis hecho venir tan solo para tocarme los *imperiales* pies.

Y se rio de su propia gracia. Se sentía bien, por primera vez en ese día.

Alamanda alzó la vista, ruborizada, aún postrada frente a él. ¿Para qué había hecho venir al emperador a su modesto taller? Aquí lo tenía; ¿iba a aprovechar una oportunidad que no se brindaba a plebeyo alguno jamás?

—Veréis, alteza... —comenzó, con la vista baja, pero incorporándose—. Esto que veis aquí, este modesto obrador, que en verdad no es digno de vuestra magnificencia, es el único de todo el mundo conocido capaz de producir la púrpura.

Constantino miró a su alrededor. El olor era inquietante, a pesar de los esfuerzos de Filipos por disimularlo quemando incienso en cada esquina. El lugar era lúgubre y hacía un calor opresivo. Los trabajadores, sin duda con sus mejores vestidos, esperaban de pie contra uno de los muros, la cabeza gacha, la frente sudada. ¿Era posible que de ese lugar tan alejado de lo que él consideraba lujo saliesen las telas más maravillosas que jamás había visto?

—Constantinopla, alteza —seguía aquella muchacha de cabello cobrizo—, la capital de vuestro imperio, es el único origen de unos tejidos entintados que la humanidad entera ansía obtener. Cuando alguien, en las cortes francas de Occidente, en los palacios de los sultanes de Oriente, en los fríos alcázares de los príncipes del norte, quiera un pedazo de púrpura, tendrán que comprarlo aquí, en vuestra ciudad.

El emperador se permitió una levísima sonrisa, pues empezaba a vislumbrar por dónde iba la mujer.

—La gente dirá: «¡Oh, Constantinopla, de nuevo magnífica, a ti debo acudir para vestir como un rey!». Y el oro volverá a llenar las arcas imperiales, pues al comercio de las telas purpuradas se añadirán otros que ya habían dejado de pasar por vuestras puertas.

—De acuerdo, mujer, de acuerdo —interrumpió Constantino—. Ya veo a dónde quieres llegar. Pero todo eso son pájaros y flores. La realidad es más prosaica; me hace falta reforzar mi autoridad aquí, entre estos muros, y eso solo lo conseguiré arrogándome la potestad exclusiva de vestir de púrpura, que, al fin y al cabo, es mi derecho de nacimiento.

—Y eso es lo que ordenaréis, alteza —se apresuró a añadir ella—. Vuestro edicto prohibirá que entre estos muros nadie más que vos vista del color imperial. Vuestra figura será admirada y el poder emanará de vos como del sol emanan sus rayos. Pero a la vez firmaréis tratados comerciales con todos los reinos del mundo, a cambio de tanto oro como deseéis, para que puedan embarcar la cantidad de púrpura que vos determinéis.

Constantino abrió tanto los ojos que sus perennes ojeras casi desaparecieron.

—Cobraréis tributos por cada cargazón, cada potentado que vista de púrpura os habrá pagado parte de su fortuna por el privilegio. Y el mundo lo sabrá.

Tras unos segundos de ansioso silencio, el monarca apremió a Alamanda con un gesto de la mano para que le siguiese aplicando pomada en los pies, pues deseaba pensar, y disfrutar al mismo tiempo de las caricias de aquella hermosa plebeya.

Así fue como se cerró el acuerdo. El propio emperador dispuso de una villa cerca del Foro de Arcadio, en el barrio de Xerolophos, para que en ella viviera Alamanda, con su propio huerto de cítricos, un jardín y más estancias que habitantes. Los representantes comerciales de las potencias occidentales hicieron cola ante su puerta y aceptaron términos onerosos a cambio del privilegio de comprar sus telas purpuradas, sabedores de que su precio se multiplicaría por diez en cuanto las descargasen en sus puertos de origen. Alamanda hubo de contratar a un tesorero para gestionar su oro y mandar la parte correspondiente a Tiro.

En cuanto a Constantino, fue visto desde entonces más a menudo por las calles y las murallas de su capital, vestido de púrpura, paseando su excelsitud con orgullo, consciente de que, al verlo, todos sus súbditos apreciaban y sentían su poder, «como del sol emanan sus rayos».

La cuarta vez que Constantino la mandó llamar acogió la invitación con fastidio, pero sin nervios. Sabía que el hombre gozaba de su compañía, y eso le daba seguridad. Pero temía el contacto con la «esfera de los poderosos», pues sabía que un simple capricho o veleidad de Constantino podía condenarla para siempre. Además, tenía mucho trabajo, y acicalarse para una visita al palacio de Blanquerna era tedioso y le llevaba mucho tiempo. Era el precio que debía pagar a cambio de su prosperidad y del permiso para exportar sus telas purpuradas.

Desde los tiempos de Miguel Paleólogo, el primero de la dinastía de Constantino, los emperadores bizantinos usaban esa mansión como residencia habitual, en vez del tradicional Gran Palacio del Augustaion, que ya había caído en desuso y decadencia, como casi todo en aquella ciudad de glorioso pasado. Ello implicaba que Alamanda debía cruzar la ciudad de sur a norte para acudir a la llamada del emperador, pues Blanquerna estaba en el extremo septentrional, junto al Cuerno de Oro, en la parte más recóndita de la capital. Las vistas eran excepcionales, pero la zona era muy expuesta. Giovanni Giustiniani, el genovés mercenario a quien Constantino había puesto al mando de las defensas de la ciudad, argumentaba con fervor que esa era la zona más vulnerable en caso de ataque, y urgía a Constantino a buscar residencia en cualquiera de los palacetes del interior. Sin embargo, el emperador, que antes que monarca era soldado, quería estar cerca de las defensas con sus hombres.

Alamanda subió resignada al carro que el *domestikos*, el mayordomo imperial, había mandado al Xerolophos para recogerla. Lucía un vestido de color verde, ribeteado con hilo de oro, que había adquirido a un coste exorbitante de un comerciante judío hacía una semana. Le dolía gastar su dinero en lo que ella consideraba lujos innecesarios, pero su nueva posición y su presencia cada vez más frecuente en Blanquerna, se lo exigían.

Constantino la esperaba en un amplio balcón que daba directamente a las murallas, con vistas hacia levante. El Cuerno de Oro se abría ante ellos como una lengua centelleante a la luz del ocaso.

—Los otomanos han tenido la desfachatez de construir una fortaleza en nuestras tierras. Lo sabéis, ¿no?

Lo sabía, por supuesto. Había sido la principal conversación en plazas y mercados el año anterior. El sultán Mehmet, aprovechando la indolencia griega y una alarmante falta de recursos, había dedicado un año entero a construir una fortaleza en la misma margen en la que se asentaba Constantinopla, un desafío inquietante que Constantino se vio incapaz de impedir. Mandó a sus embajadores con propuestas y buenas palabras, y, aunque fueron estos bien recibidos, las obras no se detuvieron. Ahora, los otomanos tenían una base a escasas leguas de sus murallas desde la que aprovisionarse y atacar.

—He mandado colocar la cadena en la boca del Cuerno —siguió explicándole—, para que sus navíos no puedan pasar.

—¿Creéis que nos atacarán?

El monarca suspiró, de repente muy cansado.

—He hecho todos los esfuerzos posibles por buscar una solución diplomática, pero el joven sultán es ambicioso y pérfido como un áspid. Creo que solo un loco se atrevería a lanzar sus ejércitos contra nuestra muralla, pero, en todo caso, más vale prevenir. Esa cadena ha salvado la ciudad otras veces.

La cadena era de hierro forjado y cada eslabón medía dos brazas de ancho. Se fijaba en el saliente de San Demetrios de la muralla de la ciudad y, al otro extremo, poniendo en duda la supuesta neutralidad de los galatenses, en el *Kastellion*, una fortificación del Gálata comandada por genoveses. El artefacto se mostró muy efectivo impidiendo el paso de las galeras turcas hacia el interior del Cuerno de Oro, y, aunque no era práctico hacerlo, podía destensarse para permitir la salida a algún bajel cristiano.

Constantino se sentó en una silla curul que un criado había colocado en el balcón. Seguía molestándole el dolor de pies al caminar. Se le veía avejentado, pero sus ojos aún brillaban con una chispa de inteligencia. Un eunuco se arrodilló ante él para depositar sus imperiales pies con mucho cuidado sobre un enorme cojín de plumas de ganso.

—Puedes ver con tus propios ojos la decadencia de mi imperio —le dijo a Alamanda, viendo cómo esta observaba su acomodo—. Mira a mi alrededor; apenas unas docenas de cortesanos me atienden. ¿Sabes cuántos funcionarios tenía Teodosio a su servicio personal en el Gran Palacio? Tres mil. Ahora me lavo las manos antes de comer yo solo, y no me importa, pero Teodosio tenía un *nipsistiarios*, un eunuco cuya única función era preservar y preparar el lavamanos para las abluciones del emperador. ¿Y a que no te imaginas cuál era el emblema de ese servidor? Una jofaina de color púrpura, que llevaba bordada sobre su *kamision*, su túnica de trabajo, con enorme orgullo.

Desde que vestía su extraordinaria clámide púrpura, una prenda que había teñido ella misma con sumo esmero en varias fases, nunca lo había visto tan alicaído. Alamanda seguía en pie, mirando ese brazo de mar, lleno de carracas italianas de gran porte, dromones bizantinos, galeras de dos o tres remos y multitud de pequeños veleros que iban y venían de los grandes navíos, preguntándose por qué la hacía llamar el emperador.

Se dio cuenta de que Constantino hallaba en ella alguien con quien conversar sin tapujos, sin las rígidas imposiciones de los protocolos, sin los temores impuestos por las intrigas cortesanas. No la hacía llamar con intención alguna más allá de disfrutar de un rato de desahogo con alguien que lo escuchaba sin juzgar y tenía siempre alguna palabra sabia para solazar su atribulado ánimo.

Ese día quiso hablarle de Mehmet, el jovencísimo sultán turco, de tan solo veinte años.

—Mis ministros lo han subestimado desde el primer día, pues decían que no podía compararse al genio de su padre, el sultán Murad, que les hacía temblar de terror. Pero yo he visto sus ojos, llenos de inteligencia y mezquindad, y me dicen mis espías que es un hombre astuto, muy culto e ilustrado, que habla perfectamente varias lenguas y gran estudioso de los genios militares de la antigüedad. Sé que es un enemigo temible, y que solo nuestras inexpugnables murallas y la ayuda de Occidente pueden ayudarnos a derrotarlo.

Alamanda volvió a su mansión apesadumbrada, pues, aunque conocía la amenaza otomana, nunca había pensado seriamente que Constantinopla pudiera estar en peligro. Al llegar, pidió a su esclava Chana que le preparase una infusión de alcaravea y tila, y se sentó a la vera de un naranjo a contemplar el atardecer sobre los humos y rumores de aquella milenaria ciudad.

Al mismo tiempo, a la sombra del Vesubio, en el bullicioso puerto de Nápoles, el capitán Eliseu cerraba un trato para llevar un cargamento de cuatro balas de veinte paños de lana castellana, veintidós cuarteras de miel, ocho cajas de coral bastardo y veinte libras de azafrán mercader a Esmirna, puerto griego que distaba tan solo tres jornadas de Constantinopla.

Mi querida dhimmi, te echo mucho de menos. He obligado al cabezota de Daniel a escribir esta misiva que luego haré traducir a un mercader griego de Beirut, para asegurarme de que ha escrito lo que yo le pido y no ha tratado de engañarme.

Prometiste volver pronto, pero entiendo que los tiempos son convulsos, y no te recomiendo que lo intentes, de momento. Los otomanos nos atacan cada vez con más descaro. La semana pasada, unos kurdos, apoyados por ellos, llegaron en una incursión a sangre y fuego hasta Qum, a pocas leguas de Beirut. Creo que no es ningún secreto que el sultán Mehmet ambiciona conquistar el sultanato y anexarlo a su imperio. Somos musulmanes como ellos, pero eso no los detendrá. Como también se dice que ambiciona hendir las murallas inexpugnables de la ciudad que habitas, mi querida dhimmi: Constantinopla. Si eso sucede, te aconsejo que embarques de inmediato hacia tu tierra, pues ese no será lugar para mujeres cristianas.

Te escribo poco antes de partir de nuevo hacia el norte, en otra expedición militar ordenada por el emir de Damasco. Debemos mantener la presión sobre nuestras fronteras, para disuadir al enemigo otomano, que es ya mucho más poderoso que nosotros. Están atacando el reino de Chipre, y si cae Famagusta, estamos perdidos, pues obtendrán una base excelente desde la que agredirnos por el mar. Ruego a Alá, loado sea Su Nombre, que nos proteja.

Te echo de menos, como te decía al principio. Tus ojos vivos, y tu pelo de ese extraño color, y esos hoyuelos que se te forman cuando sonríes... En fin, tu imagen duerme ya en mis recuerdos, y, aunque envejezcas, para mí serás siempre la dhimmi Alamanda, la mujer brillante y audaz que cruzó medio mundo para redescubrir la púrpura.

Suleimán Zayid sigue cortejándome, y reconozco que tiene la paciencia de un profeta. Debes saber que he accedido al enlace y a la fecha de mi desposorio. Y mi padre ha suspirado aliviado, pues ya había rumores maliciosos sobre mí en la corte de Damasco. Se celebrará en primavera, justo cuando la recolección de tus caracoles nos da un respiro. Seré una buena esposa, pues esa es mi obligación, y creo que Suleimán Zayid será un buen marido. Me ha prometido que pedirá mi opinión antes de tomar una nueva mujer, y que tendrá en cuenta mis consejos para el gobierno de la ciudad. Espero que así sea.

Gracias a ti soy más popular que nunca en Tiro. Las remesas de oro que nos llegan a cambio del pigmento están haciendo prosperar modestamente a muchas familias, y algunas caravanas han hecho de nuestra villa una parada de nuevo. Mi sueño es que Tiro vuelva a ser ciudad de referencia, no solo en el comercio, sino en la cultura. Sí, aunque no te lo creas, he soñado que venían unos sabios a la ciudad para enseñar filosofía. Pero antes debo rehabilitar las murallas y adecuar la ciudad, poco a poco. He habilitado un modesto caravasar una legua al norte de nuestra playa, donde te enseñé a nadar. Últimamente, los mercaderes que llegan en camello desde Oriente nos quieren vender su hilo de seda y todo lo demás que traen, ávidos de nuestro oro. Pero aquí teñimos poco, y nunca en púrpura, pues tus aprendices hacen lo que pueden, mas no dan abasto ni poseen la finura de tus conocimientos. Su principal obligación, que tú les dejaste muy clara, no es teñir, sino crear el pigmento en polvo para los cargamentos que te enviamos. Quizá deberías haberte quedado más tiempo y haber fundado aquí una escuela de tintorería.

Pero estoy divagando, y no acierto a abordar la verdadera razón de esta misiva. Quería informarte de que hace unas semanas que la recolección de caracoles está disminuyendo de manera alarmante. Los muchachos deben adentrarse cada vez más en el mar y bucear hasta las rocas más profundas para hallarlos. Me temo que se están agotando en nuestros arrecifes. He mandado ya a exploradores tanto al norte como al sur para ver si encuentran caladeros de estos bichos. Me dicen que cerca de Biblos, al norte de Beirut, los han hallado en cantidad. Pero nos resultará muy caro traerlos desde allí. En fin, haré lo que pueda, pero mis obligaciones como gobernadora y como jefe militar no me permiten dedicar mucho tiempo a buscar una solución. Tu oficial Malik es inteligente y sabrá qué debe hacerse. A él lo he puesto a cargo de los nadadores.

Hay otros problemas, que empiezan a costar un dinero que no nos sobra. Es tal la cantidad de restos de conchas que echamos al mar por el drenaje de las cubetas, que se estaba empezando a formar una isla que bloqueaba el desaguado. He debido contratar a unos trabajadores para que esparciesen los restos por el fondo. Y les he pedido también que abran un canal profundo en el lecho para que no vuelva a suceder en los próximos meses. Todo *ello a un coste desorbitado. Mientras siga llegando el oro de Constantinopla estará todo bien, pero me temo que los dispendios no hacen más que aumentar...*

Yo me despido ya, mi bella dhimmi, deseando que, ahora que eres rica y te codeas con emperadores, recuerdes que, en un rincón del mundo al que tú estás sacando del olvido, una mujer soldado te recuerda con mucho cariño. Iluminaste mi vida en un momento difícil, y, aunque me fue prohibido amarte, siempre recordaré que apareciste en ella para hacerla más interesante.

Quizá algún día volvamos a abrazarnos. Inshallah!

Chana, la joven esclava que atendía a su higiene y su vestuario, colocó el vestido azul sobre la cama, disponiéndolo de manera que su ama lo viese al entrar. La estaban peinando, en ropa de acuerpo, y pronto pasaría a su alcoba para vestirse, pues los invitados estaban a punto de llegar.

Llevaba un año en Constantinopla desde su vuelta de Tiro, y había recibido una carta más de su querida Nazerin. ¡Cuánto la echaba de menos! Hacía meses que quería planificar un viaje a Tiro, en alguna de las galeras comerciales de los griegos o incluso en las gallardas carracas italianas, pero nunca hallaba el momento. Su actividad era frenética, pues apenas daba abasto con la cantidad de pedidos que tenía. Había ampliado el obrador, empleaba a once personas y estaba pensando en pedir a las autoridades que concediesen el grado de maestros a la armenia Sira y al joven hebreo Chaim, cuyo desempeño era excelente.

Cuando pasó a su dormitorio, ya peinada y maquillada, mientras dejaba que Chana la vistiera tras haber aprobado su elección de atuendo, pensó que se estaba convirtiendo en María de Castilla, cuyos aposentos en Barcelona tanto la habían impresionado aquella vez que fue a pedirle ayuda.

Ese día era 22 de septiembre, festividad de San Mauricio, patrón de los tintoreros, y había decidido celebrarlo con un ágape, para forzarse a no olvidar quién era y de dónde provenía. Lo había estado hablando con Mordecai y Sarah, a quienes todavía frecuentaba, a pesar de que sus visitas a la vieja casa del Vlanga eran cada vez más espaciadas en el tiempo debido a sus obligaciones.

—Os confieso, rabino, que a veces olvido quién soy. Me rodean sirvientes que lo hacen todo por mí, me cambio de ropa cada día y tengo hasta mi propia sala de baños en casa, una mansión en la que cabrían diez familias.

Mordecai se reía, feliz por el éxito de aquella mujer a la que había acogido como una hija, y le advertía contra el peligro de meterse demasiado en la «esfera de los poderosos». Sarah protestaba cuando ella se veía obligada a acudir a su casa con comida o algún presente, y le aseguraba que, pobre o rica, siempre sería bienvenida en su hogar.

A ambos les pareció buena idea celebrar a su santo patrón, pero declinaron la invitación, pues se sentirían muy incómodos, adujeron, entre notables cristianos de la ciudad.

El primero en llegar fue su colega Zimisces, el tintorero griego, acompañado por su mujer y algo cohibido por el poderío de aquella mujer extranjera a la que un día se negó a dar trabajo. Ella trató de hacerlo sentir bien con sincera cordialidad; no le guardaba rencor, pues probablemente habría actuado igual con un maestro extranjero que le hubiera pedido conocer sus secretos.

Después llegó el cónsul Joan de la Via, a quien ella había conocido en su primera etapa, rodeado de algunos mercaderes catalanes, todos ellos con esposas, y un apocado Bernat Guifré, vestido con sus mejores galas de soldado, a quien ella había invitado expresamente. Lo había hecho con cierta malicia pícara, pues sabía que lo mortificaría sentarse a la mesa con tantos nobles y señores; y pensó, además, Dios la perdonase por sus pecados, que, si se terciaba y se hallaba de humor, quizá lo invitaría discretamente a quedarse toda la noche.

Tras ellos llegó Nicolò Barbaro, un médico veneciano muy erudito que odiaba con pasión a los genoveses, y cuya florida retórica recordaba a la del signore Borgato y a Alamanda le hacía gracia. Prácticamente se había invitado él mismo, mandando una esquela a la villa en la que se declaraba encantado «si hubiere de recibir invitación por parte de tan distinguida señora». Le ofreció un cómico besamanos que ella aceptó con fruición.

Al fin, después de algunos miembros más de la cofradía de tintoreros y algún comerciante italiano, hizo su majestuosa entrada, con todo su séquito, el personaje de mayor rango de esa velada, el *megas dux* Lucas Notaras, comandante en jefe de los puertos de la capital y hombre de confianza del emperador. Alamanda no lo conocía, pero lo recibió con una reverencia y le hizo ocupar el lugar de honor al pasar a la mesa, justo enfrente de ella.

Había mencionado a Constantino, en su última visita, que quería ofrecer ese banquete. Él le hizo la gracia de ofrecerle a uno de sus ministros más importantes como invitado, lo cual daba a la cena una categoría impensable en casa plebeya. Una vez más, los bizantinos veían con admiración cómo aquella mujer extranjera de humilde origen gozaba del favor del monarca imperial.

—Os confieso que me intrigó vuestra invitación —le dijo Notaras, atildado y serio, consciente de su propia importancia—. ¿Sugerencia de Su Alteza Imperial debo suponer?

—Así es, excelencia —respondió Alamanda—. Su Alteza tuvo a bien indicarme que quizá vos me honraríais con vuestra presencia.

Se sentía incómoda con ese personaje sentado a su mesa, pero era consciente de la categoría que daba a su casa y a su ágape. Era ya una mujer de posición, y debía cuidar estas cosas.

Una esclava les sirvió vino de Dalmacia en copas de plata repujada. Notaras fue el primero en catarlo, y arrugó la nariz en un gesto sin compromiso, y dejó la copa sin ofrecer comentario alguno. Zimisces, casi en un extremo, se esforzaba por mantener la conversación entre los griegos, la mayoría artesanos como él y, por tanto, nerviosos por la presencia de nobles en la misma mesa. Joan de la Via y los catalanes mantenían otros diálogos, poco interesados en departir con los tintoreros. Alamanda echó miradas furtivas a Bernat Guifré, al que se veía tan fuera de lugar como a un camello en alta mar. Se sonrió para sus adentros viendo su azoro, y pensó que deseaba yacer con él aquella noche. Su mente voló, de manera inevitable, hacia Nazerin, la última persona con la que había yacido, hacía ya muchos meses, y pensó que planificaría un viaje a Tiro para el mes siguiente. Echaba de menos su sonrisa socarrona y aquellos fuertes brazos que con tanto mimo la abrazaban.

—He oído hablar mucho de vos, por supuesto —dijo el *megas dux*, el único con el que, al parecer, podía mantener un diálogo—. Habéis prosperado desde vuestro regreso de Oriente.

Alamanda no sabía si debía responder algo a eso. En el fondo, toda esa pompa y ceremonia, esos personajes importantes, la «esfera de los poderosos» contra la que Mordecai le lanzaba advertencias, era todo ello ajeno a su manera de ser. Ella era una chica humilde, que había sido esclava, y a la que la Providencia había permitido prosperar. Empezó a tener dudas sobre la bondad de su idea de organizar aquel ágape. Era rica, por supuesto, mucho más de lo que jamás habría osado soñar, y ello se notaba en cómo estaba dispuesta la mesa y lo que en ella les sirvieron. Tras unos bocaditos de pescado frito en aceite de oliva como aperitivo, empezaron el ágape con un estofado de buey con cebollas y almendras, y siguieron con un guiso de pato con dátiles que ella había catado por vez primera en Tiro, filetes de salmón del mar Negro envueltos en hojas de parra, garbanzos con arroz, *hummus*, caldo de huesos de caballo y más fruta de la que muchos de los allí presentes habían visto jamás.

En una esquina, solazando el encuentro, un músico con una lira y otro con una flauta de Pan tocaban dulces melodías orientales, reminiscentes de los antiguos reinos persas y aqueménidas, muy de moda a la sazón. Aun así, la comida resultó tediosa para casi todos, aunque la mayoría agradecían estar allí, pues se hablaría de ella durante días en la ciudad. En Constantinopla estos eventos daban prestigio y elevaban la imagen de los protagonistas ante la plebe y la Corte.

Acabado el ágape, el *megas dux* fue el primero en despedirse, como correspondía a su dignidad, pues nadie habría osado marcharse antes que él. Sin mostrar ningún atisbo de sonrisa ni afabilidad, agradeció fríamente a Alamanda el banquete y desapareció de la villa con su comitiva. Los tintoreros griegos lo siguieron al cabo, y después los mercaderes catalanes e italianos. El cónsul De la Via le informó que las noticias de su buen desempeño habían llegado ya a la corte napolitana del rey Alfonso y a Barcelona, y le preguntó si estaba pensando regresar a su ciudad e instalar allí la confección de los entintados en púrpura.

—Sí, por supuesto —respondió ella, pretendiendo mostrar seguridad cuando solo tenía dudas.

—¡Magnífico! —exclamó el cónsul con entusiasmo—. La propia reina María ha preguntado por vos, ¿sabéis? Estaría dispuesta a echaros una mano con vuestro regreso, llegado el momento —añadió, acercándose a su oído a modo de confidencia.

Alamanda se alegró de oír aquello, de saber que la reina no había olvidado a aquella muchacha que, tantos años atrás, le había pedido ayuda para devenir maestra tintorera. Se dijo que debía plantearse por fin su futuro, ahora que ya había conseguido más de lo que jamás había esperado.

Cuando se fue el catalán, Cleofás trató de llamar la atención de su ama. Ella notaba que había estado tratando de decirle algo durante un buen rato, pero ahora su mente estaba ocupada con la presencia en un rincón del jardín del joven Bernat Guifré, a quien, discretamente, había pedido que se quedase. Sentía, de repente, un gran deseo de que la estrechase entre sus brazos musculados, sentir su aliento en el cuello y besar su sonrisa juvenil. Su piel anhelaba contacto intenso, caricias sensuales, como una flor ambiciona el calor del sol.

Lo halló en una esquina, taciturno y hasta un poco malhumorado.

—¿No has pasado un buen rato? —lo provocó ella, sabiendo que, probablemente, el chico había odiado cada minuto.

Soltó un bufido y la miró de soslayo.

—¿Qué te ocurre? —preguntó ella.

Trató de abrazarlo y buscó su boca, juguetona y eufórica por el buen vino que había bebido en abundancia, sabiendo que era una mujer madura comportándose como una chiquilla y divirtiéndose con ello. Bernat Guifré la apartó.

—No lo comprendéis, mi dama...

—¿Qué sucede? ¿Estás ofendido?

Era consciente de que nunca le dijo que había regresado, jamás lo buscó desde su regreso, y supo, en cambio, que él sí que había aparecido algunas veces por la judería para hallarla.

—No es eso... Bueno, sí, lo es, por supuesto. Creéis que podéis disponer de mí...

—Vamos Bernat Guifré, mi valiente soldado, sabes que he estado muy ocupada.

—Ahora sois una dama de alcurnia...

—Debes ver mi alcoba, ¡es más grande, casi, que mi obrador!

Lo arrastró de la mano hasta la casa, y quiso llevárselo a la parte de atrás, a su dormitorio. Pero él se resistió.

—Mi señora...

—No te hagas el remolón, lo estás deseando tanto como yo —le dijo, sellando la sentencia con un acalorado beso—. ¿O es que acaso te has quedado aquí para admirar la casa? —añadió, con una sonrisa pícara, volviendo a besarlo.

Tras unos segundos de unión, él la apartó de nuevo.

—No, mi dama... Es que, veréis... ¡Me he comprometido!

Alamanda alzó las cejas, sorprendida. Se sintió aguijoneada por un sentimiento que no supo discernir, pero la sensación fue efímera. De pronto, estalló en alegres carcajadas.

—¡Qué buena noticia, Bernat! ¿Y quién es ella? ¿La amas?

Él se ruborizó de inmediato, pero sonrió, algo aliviado de haberlo confesado.

—Casi no la conozco. Su nombre es Flavia. Es la hija pequeña de uno de los mercaderes que hoy estaban en vuestra mesa,
los Romeu de Portell. Por eso he estado tan incómodo toda la
velada.

—¡Enhorabuena! Seguro que es muy bella.

—Sí, es bonita. Pero su dote será pobre, pues es la menor.

Charlaron allí en el vestíbulo unos minutos más, mientras
ella veía crecer en sus entrañas un deseo irreprimible. Sintió calor, y se le aceleró el corazón. ¿Se había convertido en una mala
mujer? ¿Era posible que desease más a ese muchacho ahora que
sabía que iba a ser de otra? Estaba convencida de que Dios no
iba a poder perdonarla jamás, por sus tan grandes y numerosos
pecados. Pero vio que el muchacho se acercaba a ella cada vez
más, que posaba sus manos con intención sobre sus caderas, que
mientras hablaba le observaba los labios, y la curva de sus senos
bajo el gonete. Ella empezó a atusarle el pelo, siempre suave,
pues se lo lavaba con clara de huevo; acercó la nariz para olerlo
mientras él seguía hablando, y acabaron fundidos en un abrazo
tosco e ingobernable.

No llegaron a la alcoba; se metieron con precipitación y torpeza en una estancia pequeña con tapices en el suelo donde ella
guardaba sus libros. El hogar estaba apagado, ya que no estaba
previsto que nadie usara ese cuarto, pero el ardor de su concu-
piscencia les impedía sentir el frío. Se amaron durante horas, de
todas las maneras que se les ocurrió, con urgencia y sosiego a la
vez. En uno de los lances, Alamanda se sorprendió pensando en
Nazerin, deseando hallarse bajo su cuerpo, y cerró los ojos para
que Bernat Guifré no apreciara su confusión.

Cansado y soñoliento, el soldado murmuró algo sobre acostarse con la mujer más rica del Imperio, y a ella le hizo gracia.
Durmieron poco y mal, sobre los tapices, tapándose como podían con sus ropas esparcidas, conscientes ambos de que, si alguno de los dos se levantaba a por una frazada, se rompería el
hechizo para siempre, tan frágil era lo que los unía.

El amanecer otoñal los sorprendió ateridos y temblorosos,

aún abrazados cuerpo contra cuerpo, pero pensando los dos cómo deshacer el entuerto, esperando que el otro diera el primer paso. Alamanda se dijo que era absurdo, y se desperezó, poniéndose malamente el vestido, a sabiendas de que ya nunca más yacería con ese muchacho y aliviada por ello.

Salieron al vestíbulo forzando las sonrisas, despeinados y agotados, con ojeras y rojeces en las mejillas, y allí se toparon con el bueno de Cleofás, que había velado ante la puerta toda la noche.

—Mi señora... —balbuceó el eunuco, pillado por sorpresa.

—Cleofás, ¿qué haces aquí?

—Mi señora —repitió el criado—. Un hombre... un... conocido de vuestra merced... ha venido a veros. Ya llamó ayer por la noche, y traté de decíroslo, pero estabais ocupada con el festín y los invitados. Ha vuelto esta mañana al rayar el alba.

Bernat Guifré, a medio vestir con sus incómodos ropajes de gala, sonrió de nuevo y besó distraídamente la mejilla de Alamanda, y vio cómo esta se llevaba la mano a la boca y se tornaba pálida como la leche. Junto a la entrada de la villa, con el sombrero en la mano, los miraba el capitán Eliseu, erguido y fuerte, con una expresión inescrutable en el rostro.

—No, no aspiro a que me acojáis —dijo Eliseu.

Estaba sentado en el salón de escritura de la mansión, en una silla forrada de piel de respaldo alto como un trono. Alamanda estaba frente a él, ya bien vestida, sobre un diván, con la espalda muy erguida, los músculos tensos y la mirada todavía perdida.

—Ni tan solo a que volvamos a entablar algún tipo de amistad —prosiguió él.

Al verlo de nuevo, después de tanto tiempo, se despertó en sus entrañas un fuego que ella creía extinguido para siempre. Poco tenía que ver con el ardor juguetón que, azuzada por el vino, había sentido la noche anterior al ver el cuerpo esbelto y lozano de Bernat Guifré. Era algo que rebullía en un lugar mucho más profundo, en el seno mismo de su ser, tal vez allí donde habita el alma.

Eliseu seguía hablando, aturdido, pero más entero que Alamanda. Ello lo oía como a mucha distancia, insegura de cómo se sentía, avergonzada por lo que había presenciado él, extasiada de verlo de nuevo, de revivir aquello que había experimentado a bordo de la *Santa Lucía* tanto tiempo atrás.

—Sé que sois una dama de posición, y por ello no me he atrevido a abordaros antes. Toda la ciudad habla de vuestro poder, de que sois la única que goza del privilegio de ser escuchada por el propio emperador.

—Exageran... —dijo ella, con un hilo de voz, seca la garganta.

—En fin, tan solo quería veros de nuevo una última vez para devolveros vuestro pez de bronce —añadió, mostrándole el colgante que, un día muy lejano, había pertenecido a Letgarda, la buhonera—. Este diminuto pez me salvó la vida. Cuando el bueno de Josué, que en paz descanse, me entregó el colgante, el nudo que aprisionaba mi corazón se deshizo, las nubes negras de mi mente se disiparon, y yo lloré como un bebé en brazos de mi buen calafate durante horas, pues supe en ese momento que me habíais perdonado. De no haberme redimido ante vos, habría logrado destruirme, pues solo deseaba la muerte. Esa iba a ser mi penitencia por haberos hecho daño.

Alamanda posó una mano sobre su pecho, para comprobar si latía aún su corazón. Pero no pronunció palabra. Eliseu, ante su silencio, avanzó, le cogió la otra mano y le puso delicadamente el colgante en la palma, cerrando sus dedos por encima.

El contacto con aquella piel ruda y amable la hizo estremecerse; fue duro y placentero a la vez. Se miraron a los ojos; estaban tan cerca que sentían el aliento del otro en la cara.

Al cabo, el capitán Eliseu rompió el trance y soltó a Alamanda.

—Siempre tendré una deuda de gratitud con vos, mi señora. Y no solo por esto; sé que también me salvasteis la vida al forzarme a partir cuando Ladouceur asesinó a Josué. Y vuestro dinero, el que me ofrecieron en Barcelona, me permitió volver a ponerme de pie y rehacer mi vida. He devuelto a vuestro tesorero hasta la última *pellofa*, pero es el gesto lo que os debo. Por todas estas razones, seré siempre vuestro servidor.

Hizo una leve inclinación de la cabeza y dio la vuelta para irse. Alamanda lo vio alejarse, debatiéndose entre la urgencia de abrazarlo y el recuerdo de lo que le hizo tras llegar a Constantinopla, entre la sorpresa por su súbita aparición y el gozo de ver su apuesta figura.

De pronto, Eliseu se detuvo, giró para volver a encararla y le dijo, sin mirar directamente a sus ojos y titubeando, que le había agradado volver a verla.

—Me alojo... —añadió, con cierto apuro— en una hospedería del barrio amalfitano, en Perama, tras la iglesia de Santa Irene. En tres días debo partir; un cargamento de cobre de Chipre.

Como ella seguía sin contestar, Eliseu se despidió de nuevo, dio media vuelta y se caló el sombrero.

Esperó en la pensión, casi sin salir de ella, durante los tres días siguientes. Se dijo que era un necio, pues estaba claro que Alamanda se había tornado una gran dama y que ya había sustituido a Eliseu en su corazón, si es que este ocupó alguna vez lugar alguno en él. ¿Qué esperaba? ¿Qué después de dos años, y de cómo la había tratado, lo acogiese con los brazos abiertos? Al fin y al cabo, ¿qué habían compartido más que unas noches de amor en Padua hacía mucho tiempo?

Aunque quiso ser displicente con ello, descubrir que había pasado despreocupadamente la noche con ese jovenzuelo lo había mortificado. Llegó la velada anterior a la dirección que le habían dado, admirando la enorme mansión y pensando que, tal vez, se hubieran equivocado al indicarle dónde vivía la *Reina de la Púrpura*. Quiso entrar, pero los criados le indicaron que se estaba celebrando un banquete con personalidades importantes y le vetaron la entrada. Cleofás, el eunuco de Alamanda, lo reconoció, y le pidió con amabilidad que esperase, pues él haría que la señora lo recibiese. Pero por más que trató de llamar su atención, Alamanda no le dio pie a comentarle que Eliseu la estaba esperando. El capitán dijo entonces que no pasaba nada, que tampoco quería interrumpir el festejo, y que volvería al amanecer.

Y volvió, tras haber pasado la noche en vela, pues había llegado a ver a la mujer, con su vestido azul, hermosa como una perla, fresca como un arroyo, fascinante como una tigresa.

Entró de nuevo a la villa azorado, pensando qué le diría, preguntándose cómo reaccionaría ella. Y, cuando la vio casi en paños menores, sonriendo con ese soldado, recibiendo sus besos en la mejilla, sin preocuparle en absoluto el posible escándalo, se le cayó el alma a los pies. Hubo de luchar contra la indignación, el enojo, los celos terribles y hasta con la pasión enardecida que surgía en sus entrañas al verla de nuevo ante sí.

Había esperado pacientemente a que ella se adecentara, y decidió en ese rato que le devolvería el colgante y se despediría, sin más, convencido ya de que ella volaba demasiado lejos como para que él pudiera aspirar a poseerla de nuevo.

Aun así, esos tres días posteriores en la hospedería, había tenido la esperanza de verla aparecer. Miraba constantemente por la ventana, preguntándose si vendría a pie o en alguna montura, deseando contemplar de nuevo su cobriza cabellera y acariciar aquella oreja deformada por el fuego.

Pero ella no vino. Y llegó la hora de partir hacia Palermo con su cargazón de cobre.

Cuando embarcó y vio alejarse la ciudad imperial desde el tendal de popa, se dio cuenta de cuánto la quería, y de lo mucho que le dolía el corazón.

¿Qué sucedió en mi mente cuando vi a Eliseu en el vestíbulo aquella mañana? Me quedé paralizada, sin poder pensar, hablar

ni moverme. Las esclavas me vistieron y acicalaron, pero yo ni me enteré. Nunca supe cómo ni cuándo se había ido Bernat Guifré de mi casa, ni si me despedí de él, si se enojó o si, simplemente, se largó sin más.

Me quedé con el colgante del pez de bronce en mi mano cerrada durante Dios sabe cuántos minutos, hasta que un carraspeo incómodo del bueno de Cleofás me hizo volver en mí. ¿Estaba todavía enfadada con Eliseu? No, por supuesto que no. Yo lo arruiné una vez y él buscó mi ruina. Y, como me confesó, se sentía en deuda conmigo. ¿Qué sentí entonces?

Mientras almorzaba sin hambre, casi por mera rutina, me di cuenta de que lo que me aturdía era que, la noche anterior, la velada en la que se prendió de nuevo la llama de mi pasión carnal, embriagada quizá por el vino y los devaneos de mi joven soldado, no había pensado ni una sola vez en él, y sí, por ejemplo, en Nazerin. Y hasta, por un fugaz momento, en la cara amable de Reuben ben Masick, el jefe de la caravana que me propuso matrimonio y del que alguna vez me he preguntado cómo sería como amante.

Pero ni una sola vez mis pensamientos fueron para Eliseu...

Sin embargo, al verlo de nuevo, al notar sus manos agarrando la mía, al percibir su cálido aliento y ese olor a salitre y especias que desprende, me flojearon las piernas y se me aceleró el corazón. Me di cuenta de que lo que yo sentía por el capitán Eliseu, aunque había estado latente sin mostrarse todo ese tiempo, era algo más elevado que el deseo. No sé cómo explicarlo, pero era un sentimiento espiritual comparable solo a lo que sacudió mi alma al ver el paño de púrpura por vez primera en Sant Benet, o a lo que había sentido en contadas ocasiones ante la imagen de santa Lidia.

Pedí a Cleofás que preparase mi yegua, que iba a partir. Tenía intención de buscar la hospedería de Perama y, una vez allí, dejar que mi instinto sostuviese las riendas de mi vida. Sentí una inmensa alegría de haber tomado esa decisión, y sabía en mi seno que Eliseu iba a corresponder a lo que yo le expresase.

Partí al galope por el camino entre huertas y campos de rastrojos; pasé bajo el acueducto de Valente, al oeste de la Tercera Colina, y me adentré en el barrio de Zeugma, donde hube de aminorar el paso debido a la estrechez de las calles y el gentío que por allí trajinaba.

Debí haber prestado más atención, pues noté en el fondo de mi razón que alguien me estaba siguiendo. Mas mi cerebro andaba ocupado con la emoción de reunirme con mi amado, y no había espacio en él para nada más. Fui asaltada tras un recodo, a la altura de Santa Teodora. Alguien me golpeó, y quedé aturdida al instante. No recuerdo mucho de lo que sucedió a continuación, mas creo que pronuncié el nombre de Eliseu algunas veces.

Pasé los siguientes días o semanas en un estado de mareos y vahídos constantes. Alguien me obligaba a beberme alguna pócima de vez en cuando, o quizá todo el rato. Tuve sueños terroríficos en los que me veía lanzada al mar por monstruos bicéfalos, y creí hallarme dentro de una incesante y peligrosa tormenta en alta mar. Luego supe que fui secuestrada, y que me llevaron en barco a otras tierras. Probablemente, me mantuvieron en estado de sopor permanente durante los días que duró la travesía mediante algún extracto de raíz de mandrágora, pues sufrí alucinaciones constantes, mareos y evacuaciones líquidas con gran dolor de cabeza y de vientre.

Al igual que cuando no pude llegar a tiempo para consolar a Letgarda antes de su ejecución, el capitán Eliseu zarpó de la capital imperial sin saber que yo había ido en su busca. Nunca llegué a decirle que lo amaba...

Alamanda se despertó con un terrible dolor de cabeza. Le parecía que había estado sumida en un sueño demoníaco, en el que había imaginado monstruos de siete cabezas y meretrices cabalgando sobre sus lomos mientras emitían obscenas risotadas, con súcubos maléficos que arrancaban a mordiscos la carne de los condenados, con perros infernales cuyo aliento putrefacto le impedía respirar. Tardó unos instantes en poder fijar la vista, pues cuando lo intentaba, su entorno empezaba a dar vueltas en espiral y hasta le parecía oír alguna carcajada cruel directamente incrustada en su cerebro.

Pronto se dio cuenta de que estaba en una habitación de austera decoración y caros enseres. La cama en la que se hallaba era mullida, con cuatro grandes almohadones de pluma, sábanas de seda teñidas de amarillo pastel y un dosel de caoba con falbalás de color tierra y oro. Un enorme hogar presidía la zona de estancia, tras un par de sillas tapizadas de azul con ribetes plateados. La ventana era demasiado alta, y, en cuanto se tuvo en pie, arrastró una de las sillas para subirse a ella y mirar al exterior. El día era brumoso, pero no desagradable. Se hallaba en una ciudad desconocida, que no era Constantinopla, que tal vez se parecía más a Barcelona, pero más blanca, amplia y limpia. Vio una enorme basílica a su derecha, cuyo friso de mármol blanco refulgía con la tenue luz del día que se colaba entre las nubes. Un campanario altísimo sobresalía de ella, y justo en ese instante sonaron las diez. Alamanda tuvo que bajar y acostarse de nuevo, porque la cabeza le daba vueltas y sentía un terrible ardor de estómago.

—¿Dónde estoy? —murmuró para sí.

Como respuesta a su pregunta, unos golpecitos quedos sonaron en la puerta, y una monja con griñón de un blanco inmaculado asomó la cabeza.

—¿Me permite, señora? —preguntó en latín, con una ligera sonrisa.

—¿Dónde estoy? —repitió, esta vez en alto para la mujer.

Esta se limitó a mirarla sonriendo, como si no hubiese entendido la pregunta. La ayudó a levantarse y se la llevó a un taburete acolchado y tapizado a juego con las sillas frente a un tocador. Llenó la jofaina con agua templada y la ayudó a asearse. Ella se dejó hacer, pues a la confusión y los dolores se unía un terrible cansancio, como si sus músculos se mostraran reticentes a responder a sus órdenes. Vio con sorpresa que algunas de sus ropas estaban en un baúl junto a la cama, y se preguntó cómo habían llegado hasta allí. La monja la ayudó a vestirse, le ofreció una tisana de camomila que calmó su tripa y después se fue. Volvió al cabo de un rato con un sirviente nubio de una piel tan oscura que casi parecía azul y que portaba una bandeja de plata con manjares diversos.

—Para que recuperéis fuerzas, señora —dijo de nuevo la religiosa.

Horas más tarde, cuando ya se sentía repuesta y empezaba a dar vueltas por la habitación como un león enjaulado, unos hombres fueron a buscarla y la escoltaron hasta la basílica que había observado desde su ventana. El interior era espléndido, casi comparable a la Santa Sofía bizantina, con unos mosaicos resplandecientes en el ábside que representaban la coronación de la Virgen, que luego supo, días después, que habían sido realizados por un fraile franciscano, Jacopo Torriti, hacía más de cien años. Y supo también que la fabulosa basílica era Santa María la Mayor, y que, sorprendentemente, se hallaba en Roma, la ciudad eterna, la sede del Papado, la capital de la cristiandad. Pero eso no lo sabía aún cuando fue conducida a un edificio adyacente por aquellos dos soldados que no pronunciaron palabra alguna en todo el trayecto.

Entraron en una habitación de modestas proporciones, tapizada de rojo y negro, con suelos de mármol rosado y una lumbre encendida en una chimenea blanca de cerámica ornada. De pie, junto a una de las sillas vio, por fin, un rostro conocido, y la indignación brotó de sus entrañas como un volcán en erupción.

—¡Barnabas! —gritó con inmensa rabia.

El hombre bajó la vista, aunque no pudo borrar del todo la sonrisa.

—¡No puedo creer que esto sea cosa vuestra! ¿A qué diablos responde esta farsa?

—Mujer —dijo alguien con voz grave, entrando por una portezuela de la derecha—, no debes pronunciar el nombre del Maligno en tierra consagrada.

El hombre que se había dirigido a ella, tocado con camauro y una capa de color bermellón con ribetes de armiño, venía seguido de una camarilla de tres religiosos, uno de ellos franciscano, otro benedictino y el tercero habillado con una muceta cardenalicia de color carmesí. Al verlo entrar, Barnabas se postró con humildad. Ella seguía sin entender, aunque una epifanía interior empezaba a emerger en su atolondrado cerebro.

—Santidad —dijo, servil, el enano.

El papa Nicolás V avanzó hasta ella y le mostró el anillo.

—Habéis tratado bien a la dama, espero —le advirtió el Santo Padre, girándose hacia él—. Está aquí como invitada, no como prisionera.

Alamanda comprendió quién era y se sintió inadecuada como tantos años atrás cuando había sido presentada ante la virreina María de Castilla. Pero viendo lo que se esperaba de ella, se arrodilló y besó el anillo con sumisión.

—Hija mía, levántate —dijo el Pontífice—. Y te pido humildemente disculpas por cómo se te ha traído hasta aquí. Digamos que mi enviado —añadió, buscando otra vez con la mirada a Barnabas— no entendió bien mis órdenes. Debía ir a buscarte y traerte con la máxima urgencia, y hasta lo apremié para que venciese tus reticencias del modo que creyese conveniente. Nunca creí que fuese lo bastante audaz como para usar algún narcótico para raptarte.

El truhan bajó la vista, pero conservó la sonrisa, pues sabía que el Papa comprendía que Alamanda no habría aceptado jamás desplazarse a Roma con él en tan poco tiempo.

—No entiendo, santidad... No sé qué queréis de mí, ni por qué estoy aquí.

El Santo Padre hizo un gesto con la mano y se encaminó hacia otra habitación, esperando que ella lo siguiese.

—Cada cosa a su debido tiempo, hija mía. Primero debemos comer, pero antes de ello quiero enseñarte algo que te va a encantar, si es cierto lo que me han contado de ti. Puedes marcharte, Barnabas —añadió, con un gesto de despedida—. Tus servicios serán de nuevo requeridos; espera noticias mías en Ostia.

Barnabas asintió, pero antes de marcharse susurró una disculpa al pasar cerca de Alamanda.

—Perdonad las maneras, mi dama. Reconozco que, por la extrema urgencia del mandato de Su Santidad, y teniendo en cuenta nuestros anteriores encuentros, pensé que sería harto difícil convenceros para que me acompañarais. Y recurrí a métodos que me avergüenzan.

—¡Bonita frase para alguien cuya galera se llama *Inverecunda*! —espetó ella.

—Dada la premura —prosiguió él—, opté por el secuestro antes que tratar de convenceros. Mas os ruego que creáis que he velado por vuestra seguridad todo el viaje. Y he permitido que vuestro esclavo Cleofás cuidase de vos.

—¡Cleofás! ¿Dónde está?

—Bien atendido, os lo aseguro —dijo Barnabas—. Digamos que... lo convencí para que nos acompañara en nuestro pequeño viaje tras preparar vuestro baúl —añadió con picardía y algo de premura, pues empezaba a notar impaciencia en el Papa.

Este, una vez despedido el nuevo capitán de la *Inverecunda*, la llevó por unos corredores amplios, lujosos, acompañados siempre por el séquito de tres religiosos, y llegaron a una estancia alargada, de doble nivel con las paredes forradas de libros y unos *scriptoria* de madera cubierta de pan de oro en el pasillo central. Era al menos el doble de grande que la biblioteca del monasterio de Sant Benet, y hasta mejor surtida que la de la sinagoga de Yahud que tutelaba su amigo Mordecai en Constantinopla.

—¡Oh! Es... maravilloso.

Nicolás la observó satisfecho mientras ella admiraba la colección de volúmenes.

—Así que es cierto. Eres una mujer ilustrada. Me resistí a creerlo, pues son tantas las cosas que he escuchado de ti que uno ya empieza a pensar que la mitad son fabulaciones e hipérboles añadidas para dar más lustre al relato. Esto que ves aquí es la semilla de la mayor biblioteca de la cristiandad, que pienso fundar aquí en Roma en cuanto encuentre un lugar adecuado para acumular todo el saber que atesoran estos códices.

La cabeza de Alamanda empezó a dar vueltas y se desvaneció, todavía confusa por el veneno que le habían administrado durante días y por la extraña tesitura en la que se encontraba. El Santo Padre ordenó a unos criados que acercasen un diván a la biblioteca y le diesen sorbitos de vino fuerte para beber y sales aromáticas para oler.

—Perdonad, santidad —balbuceó ella cuando volvió en sí.

Los cuatro religiosos la observaban, y ella se sintió algo violenta bajo su escrutinio. Luchó por recuperar el dominio de sí misma, dispuesta a afrontar aquella situación como tantas otras extraordinarias en su existencia.

—No hay nada que perdonar, hija mía.

Se forzó a ponerse en pie y seguir al Papa, que mostraba mucho interés en explicarle dónde estaba. Él le habló entonces, sin mediar palabra de ella, de su visión. Quería hacer de Roma no solo la capital divina, sino también la humana.

—Conoces, sin duda, las cuatro eras que ha vivido la humanidad, presumo. La del Antiguo Testamento, llamada Era Divina, en la que el Todopoderoso hubo de intervenir en asuntos terrenales para poner orden a las cosas; la de Jesucristo, que es la de la Iluminación y el Pecado; la de la Penitencia, que vino justo tras su muerte, desde los primeros cristianos hasta el milenarismo; y la Era de las Herejías, que es la que hemos vivido desde el año mil hasta hoy, en la que el Pueblo de Dios se desvía de su cauce y es labor del pastor de la iglesia reconducir al rebaño constantemente. Pues bien, yo preveo una nueva etapa, ahora que, gracias a Dios, estamos logrando la unidad de todos los cristianos, y que será la era de lo que yo llamo Humanismo, que no se contrapone a lo divino, sino que lo complementa, pues ¿no es el hombre la más perfecta creación de Dios? En Roma florecerán las artes, la literatura; aquí se construirán templos, catedrales, columnatas, capillas, colegios, universidades, residencias y palacios; aquí se reunirán los sabios y darán nombre a nuevas constelaciones; aquí florecerán el saber y la ciencia, y nuevos ingenios que serán reflejo de la mente omnisciente del Creador verán la luz, para mayor gloria de Nuestro Señor. El mundo mirará una vez más a Roma, la ciudad que nunca debió ser abandonada por el pontificado (porque recordarás, hija mía, aunque seas muy joven, que algunos de mis predecesores, tentados por el rey de Francia, quisieron hacer de Aviñón la sede del cristianismo, Dios los haya perdonado). Los infieles no podrán sino observar la luz que emanará de la ciudad santa y sabrán cuál es la única fe verdadera. Esta es mi visión, hija mía, y ruego a Dios que me dé fuerzas y años para hacerla realidad. Esto que ves aquí es tan solo el origen, la semilla.

Ella lo escuchaba, aún aturdida, pero ya con los sentidos aguzados, mientras acariciaba los lomos de algunos libros, encuadernados con letras de oro, preguntándose si habría alguno que tratase sobre la púrpura, que le hubiera ahorrado, quizá, años de pruebas y errores. Sonrió al pensar que tal vez alguna página de aquella biblioteca contenía el secreto del uso del agua de mar para dar el lavado definitivo a las telas teñidas. Pero dudaba que fuera así, pues de lo contrario habría sido recogido en alguno de los tratados que ella había consultado aquellos años. O incluso en el mismo *Liber purpurae*.

—Yo he sabido usar la diplomacia para cerrar el reciente cisma de Basilea —siguió el Santo Padre—. Sin duda, habrás oído hablar de él. Hubo un papa falso, que se hacía llamar Félix, allá en Saboya. ¿No te suena? Bueno, da igual. Yo lo convencí para que abandonase su loca idea de separarse de Roma y volviese al redil, y como es un hombre piadoso y razonable, me hizo caso y besó mi anillo. Pero lo que más me llena de orgullo es que pasaré a la historia como el primer pontífice en reinar sobre las Iglesias de Oriente y Occidente. ¿Has oído hablar de la bula *Laetentur caeli*?

—Sí. Un sabio erudito amigo mío, allá en Constantinopla, posee una copia que tuve ocasión de leer —dijo Alamanda, obviando decir que ese sabio era un rabino.

Nicolás la miró arqueando las cejas, con admiración. Los prelados se miraron incrédulos.

—¡Qué los Cielos se alegren! —repitió el Papa—. Ah, muy importante, pero hay que consolidar sus efectos. Mi predecesor Eugenio, Dios le tenga en su Gloria, logró que los griegos aceptasen la supremacía de la Iglesia romana. Luego vinieron las uniones de las Iglesias copta, la siria y la armenia, pero los problemas empezaron en cuanto regresó la delegación bizantina a Constantinopla.

Alamanda recordó el trágico episodio de la iglesia latina de Santa Brígida que casi le costó la vida en sus primeros meses en la capital del Imperio. Recordó al monje de los ojos como el hielo que fue decapitado, y las últimas palabras que le dirigió: «Hereje, te veré en el Infierno». Sufrió un escalofrío; ¿por qué eran tan importantes aquellas cuestiones? ¿No podía cada cristiano hablar con Dios a su manera? ¿Hacía falta asesinar para imponer conceptos teológicos que la mayoría de los fieles ni siquiera comprendían?

—Yo he fomentado intercambios culturales —proseguía el Papa, ajeno a sus tribulaciones—, y verás que Roma bulle de filósofos y maestros de retórica griegos, porque me temo que en Occidente hemos descuidado un poco la grandeza cultural de la Antigua Grecia, y eso es algo que debemos recuperar para mi Era del Humanismo.

—Pero, santidad —intentó interrumpir Alamanda, aún confusa—. Todavía no comprendo...

Nicolás le hizo un gesto condescendiente indicando que no había llegado el momento de tratar aquello todavía, e indicó al camarlengo que era hora de pasar al refectorio. Siguió conversando sobre su biblioteca mientras se dirigían allí, pues debían cruzarla en toda su extensión. Le habló de las traducciones latinas de textos árabes, «esos infieles eruditos» que habían copiado y traducido a Platón, Aristóteles, Pitágoras, Demócrito y demás sabios de la Antigüedad. Le aseguró que se había hecho con el *Canon* sobre medicina de Avicena, con los textos filosóficos de Averroes, con los volúmenes de matemática de Al-Khwa-rizmi. Le describió las más fabulosas biblias jamás miniadas, que algún día confiaba en poder enseñarle, procedentes de monasterios de toda Europa; de códices maravillosos sobre arquitectura, alquimia, matemática y astronomía, de tratados de lógica, retórica y dialéctica, de geometría y álgebra, de herbolarios, animalarios y códices de criaturas fantásticas, de tratados proscritos de nigromancia y adivinación, de compendios paganos de canciones y salmos populares, e incluso volúmenes hasta entonces prohibidos sobre cabalística y brujería.

—¡Ah! Veo que conoces *La leyenda dorada*, de De La Vorágine —le dijo, viendo que Alamanda se había detenido en un anaquel sobre vidas de los santos, pues había recordado de súbito al abad Miquel—. Muy instructivo, pues aquellos hombres y mujeres vivieron los primeros tiempos de la Era de Jesucristo, de martirios gloriosos y concilios secretos en los que se sentaron las bases de la doctrina. ¿Lo has leído, supongo? Te confieso que no acababa de creerme que una mujer de origen plebeyo pudiese estar tan instruida como tú, y que fuese a resultar tan importante para lo que te propondré. Los caminos de la Providencia son en verdad insondables. En fin, ya ves qué maravilla. Tengo ya más de mil volúmenes en mi colección, todos de inestimable calidad. La memoria de la biblioteca de Alejandría va a palidecer al lado de lo que yo voy a construir aquí —dijo con orgullo.

Nicolás V era un hombre impresionante, de elevada estatura y porte señorial, algo henchido de tripa, un caminar deliberado y unos gestos elegantes. Tenía la nariz prominente como el pico de un ganso, los ojos vivos y oscuros y un mentón esquivo que no menoscababa su aire autoritario. Se sentó a la cabecera de una enorme mesa de patas labradas y finos injertos de marfil e indicó a la mujer que se sentase a su vera, a la izquierda, pues la derecha estaba siempre reservada para el camarlengo.

—La Santa Madre Iglesia necesita un guía único, un timonel que asa con fuerza el pinzote, un discípulo de Jesucristo que siga el camino que Él nos abrió. Durante siglos hemos descuidado la unidad sagrada de todos los que nos llamamos Hijos de Dios. Yo tengo la oportunidad, que me ha dado la Providencia, de pilotar, por vez primera desde el Concilio de Nicea, a una Iglesia unida bajo el aliento del Padre.

Alamanda se esforzó en prestar atención al Santo Padre, a pesar de su tremenda perplejidad.

—¿Y decís que Bizancio reconoce vuestra supremacía? —preguntó.

Seguía confundida sobre su papel en esa mesa, desconcertada por su presencia en Roma, aunque el vino fuerte le había hecho bien. Se había convencido ya que esa perorata no se iba a interrumpir, y que podía ser la vía por la que ella comprendiese al fin de qué iba todo aquello.

—Ah, hija mía. El Concilio de Basilea-Ferrara acabó en un cisma en Occidente y la supuesta unión con Oriente. Ya te he dicho que he cerrado la supurante herida de la división deponiendo a Félix, pero los problemas más graves vienen de Constantinopla. Los monjes de Athos, que son el verdadero poder teológico de los griegos, se opusieron de inmediato a la unión, y empezaron a causar problemas. Hasta el punto, dicen, de haber intrigado para envenenar al patriarca Josefo, representante de la Iglesia ortodoxa en Florencia.

—¿Lo asesinaron?

—No puedo asegurarlo, claro, pero Josefo murió de repente, en extrañas circunstancias, dos días antes de firmar la bula de unión.

El Papa suspiró y sacudió la cabeza mientras un camarero le servía vino.

—Prueba este vino, mujer —le sugirió—, que es de tu tierra y de lo mejor que he probado jamás. En fin, que los endemoniados monjes de Athos, azuzados por el hereje Marcos de Éfeso, que Dios confunda, rechazaron el acuerdo.

—En Constantinopla hablan de Marcos de Éfeso como un santo —intervino Alamanda, que había llegado a conocer bastante bien a la cúpula religiosa bizantina.

—Sí, lo sé, y ¿sabes por qué? Porque él mismo predijo que moriría, como así fue, en el año *santo* de 1444 —respondió Nicolás, pronunciando la palabra «santo» con ironía—. ¿Y sabes por qué consideraba santo ese año? Porque, a pesar de ser un maldito griego, le hacía gracia que fuese el primer año de nuestra era cuya numeración romana utilizaba todas las letras una sola vez: MCDXLIV. Esta nimiedad, a la que él dio tanta importancia, ya te indica que fue un pobre hombre.

—Santidad —terció Alamanda, ante la pausa meditativa que impuso el Papa—, no sabéis cuánto honor supone estar sentada a esta mesa compartiendo un ágape con vos. Nunca imaginé que una pobre pecadora como yo llegase a tan alta dignidad, y digo con sinceridad que ya puede Dios reclamarme para Sí después de haber vivido esto. Pero ¿podríais explicarme, si no es impertinencia por mi parte, a qué debo tan grande honor?

El Santo Padre sonrió con indulgencia y le palmeó el dorso de la mano con afecto.

—Todo a su debido tiempo, hija mía. Disfruta de este licor de *nocello*, hecho con las cáscaras verdes de la nuez. Exquisito, y muy digestivo. ¿No te apetece? ¿Prefieres el de toronja? Yo diría que ese va mejor después de vísperas, pero tú misma.

—Tengo la tripa algo revuelta, santidad. Todavía no comprendo por qué hubieron de mantenerme drogada durante todo el viaje. Me costará unos días recuperarme del todo.

Nicolás soltó una breve risa y dio por zanjado el tema de conversación. A pesar de sus maneras educadas y refinadas, el Santo Padre, hijo de un doctor, de rica y erudita cuna pero origen plebeyo, mostraba impaciencia por los temas que no le interesaban. En ese momento pareció cansado de tanto hablar y quiso pasar por fin a lo que realmente le preocupaba.

—¿Sabes por qué están separadas las Iglesias de Oriente y Occidente? —preguntó de súbito. Ella negó con la cabeza—. Mi camarlengo, aquí presente, Su Excelencia Reverendísima Ludovico Trevisán —el aludido, a su derecha, hizo una leve inclinación de cabeza—, que es, además, el mejor teólogo de la curia, os expondrá en pocas palabras la controversia, que lo hará mucho mejor que yo.

El camarlengo, un hombre recio, de rostro cenceño, carrillos grises por la abundante barba que afeitaba con esmero cada mañana, pero que pugnaba por crecer, y un aro de cabello gris rodeando una perfecta tonsura, carraspeó con categoría y dejó la copa de licor.

—Mi señora, me ha pedido el Santo Padre que os exponga de manera concisa el origen del cisma entre ambas Iglesias, y en términos que podáis comprender.

Alamanda arrugó el gesto ante tamaño alarde de condescendencia masculina, pero decidió no intervenir de nuevo.

—En el Concilio de Nicea del Año de Nuestro Señor de 325 se estableció el credo fundamental de la Iglesia, nuestra profesión de fe, que rezamos en cada misa. Se modificó después en el Concilio de Constantinopla de unos años más tarde, pero esto carece de importancia ahora. El hecho es que la oración ha pervivido casi sin cambios hasta nuestros días, testimonio de la sabiduría de los doctos Padres de la Iglesia. Con una importante excepción: *filioque*.

—No entiendo —murmuró Alamanda, pues el camarlengo había hecho una prolongada pausa y ella se vio obligada a decir algo.

—*Filioque* —repitió Ludovico, henchido de importancia—. La Iglesia romana añadió esta palabra al credo, y los griegos no lo aceptaron, pues lo consideraron herético. El credo original decía, simplemente: «*Et in Spiritum Sanctum, Dominum et vivificantem, qui ex Patre procedit, qui cum Patre et Filio simul adoratur, et glorificatur*», lo cual se traduce como «Y en el Espíritu Santo, Señor y dador de vida, que procede del Padre, y que con el Padre y el Hijo recibe una misma adoración y Gloria». ¿Habéis echado algo en falta? En efecto, en nuestras iglesias ahora se dice «que procede del Padre y del Hijo», o, en latín, «*qui ex Patre Filioque procedit*». ¿Veis la diferencia?

Por un momento, ella creyó que le estaban tomando el pelo

con alguna broma teológica que no llegaba a comprender. Pero por la solemnidad con que le miraban todos, advirtió que la cuestión debía ser muy seria.

—¿Me estáis diciendo que, por una sola palabra, *filioque*, se separaron ambas Iglesias? —preguntó ella, incrédula.

—Así es, hija mía —intervino el Papa con un suspiro de tedio.

—Debéis comprender, mi señora, que, en griego, esa fórmula equivale a decir que el Hijo emana del Padre, y ello sí que suena a herejía. En cambio, en latín, la lengua más santa de las que han existido, la fórmula *filioque* se refiere a la procedencia del Hijo, no a su naturaleza compartida con el Padre, y por ello es tan importante incluirlo en nuestra profesión de fe.

—¿Qué piensas, hija mía? —preguntó Nicolás, tras un silencio—. Te veo confundida.

Pues claro que estoy confundida, pensó ella sin abrir la boca. Estaba más desconcertada que aquella mañana, cuando había despertado en una habitación extraña de una ciudad desconocida sin saber cómo había llegado hasta allí. Pensaba que solo los hombres podían ser tan imbéciles y cabezotas como para obcecarse con tonterías de ese calibre, y, una vez más, se asombró de que el mundo lo dominase el género masculino. ¿No se habría equivocado Dios al crear primero a Adán y someter a Eva a su voluntad? ¿No habría sido mejor y más lógico, razonó, crear primero a la mujer, que, al fin y al cabo, es origen de la vida, y extraer después de su costilla femenina a Adán? Eso sí que era un pensamiento herético, y tuvo la tentación de santiguarse allí mismo, pero se contuvo.

El Santo Padre dio por terminado el ágape y despachó con cierta brusquedad a sus invitados, pidiendo a Alamanda que lo acompañase a un pequeño paseo para bajar la comida.

—Hija mía, perdona todo este misterio. Vas a ver que lo que quiero proponerte tiene toda la lógica del mundo, aunque la manera de hacerlo, debido a la urgencia que nos apremia, no haya sido del todo correcta. Ya os he dicho que mi antecesor, el buen

Eugenio, logró que se firmase la unión de las dos Iglesias. En la bula *Laetentur caeli* los griegos, con Josefo a la cabeza, afirmaron mi supremacía como auténtico sucesor de Pedro y aceptaron la interpretación latina de la cláusula *filioque* de la que te ha hablado el camarlengo. Pero no nos engañemos; lo hicieron porque necesitan la ayuda militar de Occidente, pues los otomanos, como sabes mejor que yo, están a las puertas de la ciudad. No se puede decir que haya una unión real, y menos con los insidiosos monjes de Athos dando guerra.

»Por otro lado, te he hablado de mis planes, de mi visión para hacer de Roma la capital del mundo de nuevo. Y ahí es donde entras tú, hija mía. ¿Conoces el significado del color púrpura para los antiguos romanos? ¿Sabes que a las dignidades papal y cardenalicia se nos conoce como "purpurados"? Por supuesto que lo sabes. Nadie sabe más que tú de este divino pigmento.

Cruzaron una salita lujosamente decorada, con un gran ventanal que daba a la plaza adyacente a Santa María la Mayor, la basílica que era residencia papal y donde habían comido.

—Me cuentan mis espías —siguió el Pontífice— que el mismo Constantino te tiene en gran estima, que hasta te confía dudas y pensamientos, que visitas su palacio de Blanquerna a menudo. Sé también que se hace llamar de nuevo *porphyriogénnitos*, «nacido en la púrpura», y que ha recibido la comunión en Santa Sofía de manos del nuevo patriarca Atanasio vestido con una bellísima clámide purpurada que, sin duda, adquirió en vuestro obrador. ¿Es así?

—Así es, en efecto; pero no es a mí a quien tiene estima, sino a mis tintes.

—Claro, claro, pero me refería a la dignidad de la púrpura. Como ves, Constantinopla sigue queriendo hacer sombra a la luz de este mundo, que es Roma. Y esto no puede ser. No hay animal con dos cabezas que sobreviva, y dice el Evangelio que un hombre no puede servir a dos señores. Si se aceptó la supremacía de Roma, deberá hacerse cumplir.

Nicolás se sentó en una silla de la salita y la invitó a hacer lo propio frente a él.

—Quiero que hagas un favor a la cristiandad, Alamanda. Necesito que propongas un trato a Constantino y a Atanasio: quiero que firmen una nueva bula de unión, que ya tengo preparada, reafirmando la validez de *Laetentur caeli*. Sé que en estos días se están celebrando en Santa Sofía misas por la unión de las Iglesias, pero no confío mucho en la voluntad real de los griegos de volver al rebaño. Por ello necesito un nuevo tratado.

—Pero ¿qué os dice que no será papel mojado como la otra? ¿De qué os sirve una nueva firma si luego las Iglesias no se unen *de facto*?

—Firmarán, sin duda, porque están esperando que yo dé la orden a las armadas genovesa, veneciana y aragonesa para que acudan en su ayuda. Parece que esta vez los turcos van en serio; o al menos ahora el temor de los bizantinos es serio. Y solo yo puedo movilizar a un ejército cruzado en Occidente mediante la promesa de indulgencia plenaria. Y sí, tienes razón; un papel no es más que un papel, y no sirve de nada si no se actúa según lo que en él se escribe. Pero para esto te quiero a ti. Ah, la importancia de los símbolos...

Con la mirada perdida en el más allá, el Santo Padre se levantó y echó los hombros hacia atrás, cruzando las manos en su espalda.

—Tengo en mi vasta biblioteca —prosiguió, de inmediato— un tratado de semiótica que os convencería de que toda autoridad basa su poder en signos. Más de la mitad de nuestro rebaño es analfabeto. Se guían por estos símbolos de poder. Por ello la Iglesia, a pesar de la pobreza de Jesucristo que predican los franciscanos, debe ser rica y ostentosa, para mayor gloria de Dios, porque si no lo fuera, el pueblo no le haría caso. La púrpura ha sido siempre sinónimo de poder terrenal, desde tiempos de los emperadores romanos, cuya *auctoritas* hemos heredado los Padres de la Iglesia. El trato es fácil —dijo, de pronto, volviéndose con urgencia hacia su invitada—: ¡exigiré al emperador que renuncie a la púrpura a cambio de mi ayuda militar!

—¿*Cómo*? ¿Acaso pretendéis que cierre lo que tanto me ha costado erigir? ¿Que dé por fracasado el proyecto al que he dedicado toda mi vida?

El alma le cayó a los pies. Volvía a repetirse lo que ya le había sucedido con Constantino que tan hábilmente ella había soslayado. Le vino a la cabeza aquello de «la esfera de los poderosos» sobre lo que le advirtió el rabino Mordecai.

Nicolás le mostró las palmas en un gesto conciliador y sonrió con suficiencia.

—Alamanda, tú has recuperado para la cristiandad el color más poderoso de la historia. Dios se ha fijado en ti como instrumento para dar mayor gloria a sus representantes en la Tierra, y ahora, después de conocerte, entiendo por qué y me admiro una vez más de la sabiduría del Todopoderoso al elegirte entre todas las personas. No te pido que renuncies a ello; al contrario. Esta muceta que llevo sobre los hombros, el solideo que cubre mi cabeza, el camauro que uso en invierno, mi capa procesional... Deberían ser de color púrpura, que es el color divino, en vez de carmesí. ¡Soy el vicario de Cristo, el sucesor de Pedro, el faro que guía a la cristiandad! Dice el Evangelio según san Mateo, capítulo 27, versículo 28, que los soldados impusieron a Cristo una capa de color púrpura cuando quisieron burlarse de él, haciéndolo pasar por rey de los hebreos, porque sabían que de esta manera humillaban no solo a Jesucristo, sino a todo el pueblo judío. La Antigua Roma sabía mucho del poder de estos símbolos, y la púrpura era el más noble y elevado de todos ellos. No te pido que renuncies a la púrpura, sino que la fabriques para mayor renombre de la Santa Madre Iglesia. Mira —añadió—, acompáñame.

Se acercó a la ventana y la abrió de par en par, a pesar del frío que hacía ya en ese mes de octubre. Le mostró un edificio, al otro lado de la plaza, cubierto de andamiajes.

—Ya habrás observado que toda Roma parece estar en construcción. Estoy invirtiendo mi fortuna personal en hacer de esta ciudad la más esplendorosa obra humana para mayor gloria del Altísimo. ¿Ves ese edificio? Te lo ofrezco solo para ti. Te lo regalo para que instales en él tu obrador de tintorería, para que desde allí produzcas las ropas púrpuras cuyo comercio te garantizo hasta el fin de tus días.

—No entiendo...

—¿No te place? Puedo buscarte otro más adecuado, junto al Tíber, para que tengas agua en abundancia. O más lejos; en Ostia, si quieres, junto al puerto, donde deberás recibir tus cargamentos de polvo púrpura desde las costas fenicias. Tan solo debes decirme lo que necesitas para abastecer a la curia por los siglos de los siglos. Alamanda —dijo el Papa, cerrando de nuevo la ventana—; tú eras el engranaje que me faltaba en esta pieza de ingeniería que es mi proyecto, alabado sea el Señor. Quiero la unión de todos los cristianos, quiero que todas las ovejas dispersas por el ancho mundo vuelvan al redil. Quiero erigir a Roma en la única cabeza que rige el cuerpo, que es el Pueblo de Dios. ¡Y, para ello, necesito la púrpura, tu púrpura, la que dirá al mundo que solo hay una autoridad divina en este mundo! Y si ellos renuncian a vestirla, será la prueba de su aquiescencia con el tratado de unión y su sumisión a mi autoridad.

Ella se sentía abrumada de pronto y algo mareada, quizá por los efectos que quedaban en su cuerpo del potente narcótico, por el abundante ágape, por el licor de toronja o por la inmensidad de lo que le pedía el Santo Padre.

—Santidad, yo... no soy más que una pobre chica plebeya que ha aprendido un oficio. Yo...

—Hija mía, ¿no lo comprendes? ¡Dios te ha elegido! Piensa en el tortuoso camino de tu vida que te ha llevado, contra toda intuición, contra toda lógica terrenal, a este punto en el que los astros confluyen. La primera vez que vi un paño teñido de púrpura de tu obrador, que me trajo un mercader veneciano a quien conoces, ¡quedé perplejo, prendado, embriagado! ¡Te diría que sentí un éxtasis místico y que rocé el Paraíso con la yema de mis dedos, pues tuve una epifanía en la que vi que aquello era la solución a todos mis problemas, que son los de la Iglesia! La renuncia a vestir la púrpura sería la mayor señal de obediencia que podrían enviarme los griegos, y con ello se salvarían, tanto en la Tierra como en el Cielo, pues yo les mandaría la mayor cruzada jamás organizada en los reinos de Occidente contra el musulmán infiel, y ellos se ganarían el respeto de Dios por haber tenido la humildad de unirse de nuevo al cuerpo único de la Iglesia. Y yo a ti, hija mía, te garantizo la eternidad, indulgencia plenaria, riquezas en este mundo y la gloria eterna en el Reino de los Cielos.

Alamanda se sentó de nuevo, aturdida. El Papa tuvo la deferencia de no interrumpir sus pensamientos. Se sirvió una copita de vino de genciana mientras esperaba con paciencia la reacción de aquella fascinante mujer.

—Santo Padre —dijo ella, al cabo de varios minutos, justo después de que sonasen las cuatro en las campanas de la basílica—, me gustaría confesarme. Os pediría con mucha humildad, por ser yo indigna: ¿me concedéis esa gracia?

Se quedó en Roma hasta la festividad de Todos los Santos, invitada y agasajada por el propio Santo Padre. Escribió a su obrador y confió en Barnabas, a pesar de todo, para contactar con sus oficiales y asegurarse de que todo iría bien en su ausencia. Conoció Roma, y admiró sus monumentos, y se familiarizó con Nicolás, el Papa humanista.

Se había confesado con él porque, en cierta manera, se sentía un fraude, indigna de tantos honores que le concedían los poderosos de esta tierra. Le contó su vida, empezando por el día en que su padre la había vendido a un comerciante de lana, episodio que narró con rubor en las mejillas porque todavía se avergonzaba de haber sido esclava. Le detalló, no sin esfuerzo, el asesinato de Alberic y la mutilación de su cuerpo. Nicolás no dijo nada, pero arqueó una ceja y la miró, quién sabe si con mayor respeto y un poco de admiración. Le confesó que se había quedado con el oro de Feliu, lo cual le había permitido más tarde comprar la licencia del obrador de su patrón. Mencionó también su pecado con el abad Miquel, que, aunque no lo había buscado, quizá algo en ella lo propició, pues tenía todavía al religioso por un hombre bueno. Le habló de su pecaminoso enamoramiento de Eliseu, de lo que aconteció aquella noche en la rada, a bordo de la *Santa Lucía* y después en tórridas noches de amor en Padua, conviviendo amancebados, y su deseo casi lascivo antes de romper con él. También confesó haber yacido con un joven soldado varias veces, preocupada porque lo que sentía hacia él no tenía nada que ver con sentimientos de amor. Le reveló haber dado muerte a Ladouceur, aunque no pudo evitar describir con saña al siniestro personaje por si ello pudiese aminorar su penitencia. Le habló de su pecado al haberse disfrazado de judía para llegar a Tiro, llegando a aceptar ritos profanos y un nombre no cristiano, y de su atracción contra natura por la intrigante Nazerin, la cual, además, profesaba ritos mahometanos. En definitiva, vació su alma como nunca lo había hecho y lo hizo, entre lágrimas, con el representante directo de Dios en la Tierra.

Este se mantuvo callado y meditabundo tanto rato que Alamanda temió que se hubiese quedado dormido. Al final habló, con gesto severo, y le impuso una muy rigurosa penitencia «por tus múltiples y gravosos pecados, y por tu condición de mujer, que ya conlleva un pecado original mayor que el del hombre», pues sabido era que «el demonio llega al corazón del hombre a través de la mujer».

—Grandes son tus faltas, hija mía. Pero ni siquiera yo soy quién para lanzar la primera piedra. Agacha la cabeza, por favor.

Ella lo hizo con humildad, y entonces el Santo Padre trazó la señal de la cruz a modo de bendición.

—*Ego te absolvo a peccatis tuis, in nomine Patris, et Filii, et Spiritus Sancti. Amen.*

Cumplió escrupulosamente con la penitencia, ayunando dos días de cada tres durante su estancia allí, rezando siete rosarios seguidos de rodillas ante el altar en dos ocasiones y llegando incluso a sufrir los dolores de un cilicio en sus carnes durante dos semanas. Y, con todo ello satisfecho, se entregó a las misas solemnes oficiadas por el Papa sintiéndose purificada y perdonada. Llegó incluso a sentir cierto afecto por aquel pontífice enérgico y visionario, culto y locuaz, con el que departió sobre las vidas de los santos y sobre las técnicas tintóreas que ella le explicó con todo detalle y por las que él, siempre deseoso de aprender, sentía una inmensa curiosidad.

Un día, el Papa la llamó, alborozado, para mostrarle unos volúmenes nuevos que había adquirido en una subasta de bienes de una antigua abadía de los Alpes. El más hermoso de ellos era una copia bellísima del *De rerum natura* de Lucrecio Caro, y contaba entre sus páginas, de precioso vellón amarillento, con unas miniaturas exquisitas realizadas por un maestro flamenco casi dos siglos atrás. El lote se completaba con dos exquisitos *Libros de Horas* miniados que habían pertenecido a la casa de Saboya.

Alamanda se sintió cercana a ese hombre santo, el vicario de Dios, tan humano y tan amante del saber y la ciencia. Vio que, a diferencia de lo que en su día le pidió Constantino, el ruego del Santo Padre no era para su propio bien, sino para el de toda la cristiandad. Tras mucho meditarlo, decidió que iba a aceptar la misión que el Papa le había encomendado; pediría al emperador que renunciase por escrito a la dignidad de la púrpura como prenda de su sumisión espiritual a Roma.

Rogaba a Dios que le diese fuerza y maña para tener éxito, pues mucho dependía de ello.

¿Era posible que Dios se hubiese fijado en mí para tan alta misión? ¿Era este mi propósito en la vida, servir de puente para la unión de ambas Iglesias? No me lo podía creer. Al fin y al cabo, mis orígenes no podían ser más humildes, y, por si fuera poco, era una mujer.

Llegué a Constantinopla a mediados de noviembre, en plena nevada. El frío era tan intenso que se formaban nubecillas grises ante mi cara en cada exhalación. Descubrí tiempo atrás que los inviernos en el Bósforo pueden ser sorprendentemente duros. El aire helado sopla desde el mar Negro y aúlla cuando el mar se estrecha; baja cargado de una humedad insidiosa que penetra hasta el tuétano. Tormentas de nieve surgen de la nada, a veces tras un día soleado, y en otras ocasiones, una niebla espesa como sopa de pan lo cubre todo y amortigua y paraliza la vida ciudadana. También en esta ocasión temí por mi vida durante el viaje; justo antes de enfilar el Dardanelos, ese otoño, tras una espesa cortina de nieve, las olas en el mar Egeo diríase que se elevaban como las torres de un castillo, defendiendo las costas del estrecho como gigantes soldados de un ejército inquieto e interminable.

Embarqué en una carraca genovesa, los únicos barcos que podían navegar aquellas aguas en invierno. Se trataba de un bajel de gran altura, con tres palos gruesos y más velas de las que pude contar. El capitán, Lucca Giustino, era un experto navegante, y su porte me dio confianza enseguida. Me trató como a una dama de la nobleza, cosa que a mí siempre me ha dado mucha vergüenza, pues no olvido mis orígenes ni mi pecaminosa impureza. A pesar de todo, cuando las olas rompían en cubierta, yo creía, inevitablemente, que mi fin estaba cerca, y no recuerdo cuantas novenas llegué a rezar en el trayecto. Hacía tanto frío que ni tres docenas de braseros encendidos de manera constante aliviaban a los marineros; mas, por suerte, ninguno de ellos debía remar en las duras condiciones de los bogavantes de las galeras. Recordé entonces por qué se había opuesto con tanta furia el capitán Eliseu, hacía unos años, a navegar en pleno invierno por aquellas aguas, cuando en Venecia le pedí que me trajese a esta ciudad. Aquello fue el inicio del fin de nuestra relación. No pude verlo de nuevo, pues fui raptada por Barnabas, ese pirata inverosímil que, contra todo pronóstico, comandaba su propia galera, en buena parte gracias a mí. Me pregunté dónde estaría ahora el capitán, convencida de que lo había perdido ya para siempre.

A medida que se acercaba la capital del Imperio, el peso de la misión hundía mis hombros. El Santo Padre me regaló un bello tratado de Bernardo de Burgos en el que se hablaba con todo detalle del cisma entre Oriente y Occidente. No solo les dividía una palabra (filioque), sino también la interpretación de lo que podía ser el Purgatorio. La Iglesia romana cree que hay un estadio intermedio entre la muerte y el Paraíso, donde los pecadores no destinados al Infierno purgan sus pecados. La Iglesia ortodoxa, en cambio, se niega a creer en él, pues afirma que ni lo mencionó Jesús ni aparece en la Biblia. Cuestión de fe, de dogmas y de doctrinas sobre los que no pretendo entender nada. Me parecen cuestiones de hombres, pues dudo que dos mujeres hermanas llegasen a reñir por nimiedades de ese tipo.

Mandé aviso antes de mi llegada de que debía reunirme con el emperador Constantino y el Consejo imperial, y también con el severo patriarca Atanasio, que ya me habían asegurado que, en el fondo, era contrario a la unión de las Iglesias. En Roma tuve oportunidad de conversar con su antecesor Gregorio, partidario de la unión, quien fue obligado a huir de Constantinopla por una turba de monjes airados y se refugiaba a la sazón junto al Santo Padre. Era un hombre tímido y encorvado, de eterna sonrisa beatífica y ojos legañosos, pero su conversación, aunque tendenciosa, era agradable y vi que poseía gran cultura. Descubrimos que conocía a mi buen amigo Mordecai, el rabino de la sinagoga de Constantinopla, y que departían amigablemente de vez en cuando sobre cuestiones teológicas y también terrenales. Le pregunté sobre el papel de la mujer en el cristianismo, y me habló de la Virgen María.

—En las religiones infieles no existe la mujer —me decía—, así que debes sentirte muy afortunada de haber nacido en el seno de la verdad. Ni los judíos ni los moros dan importancia alguna a la mujer, y por ello satisfacen sus más groseros instintos con harenes y concubinatos. Los imanes y los rabinos toman esposa, fornican y se corrompen; no así los que elegimos la vida consagrada para gloria de Nuestro Señor, el Dios verdadero, el Dios de los cristianos. Y es que el cuerpo de la mujer es impuro, por supuesto, y el contacto íntimo con ella corrompe el alma. Y ella no está completa por sí sola, pues es parte del hombre. Por ello, hija mía, permitid que os aconseje que, cuando hayáis finalizado lo que el Santo Padre os ha pedido, busquéis marido, ya que dudo que queráis encerraros en un convento.

—Paternidad, a mis años ya es difícil que un hombre me acepte como esposa.

—Pues debéis buscarlo con más ahínco, hija mía, pues la mujer es un ser imperfecto y no está completa sin un marido. Pero, sin embargo, Dios quiso dotaros de alma, a pesar de la traición de Eva, y quiso que su hijo Jesucristo llegase al mundo a través de una mujer pura. El Todopoderoso no ha elevado al Cielo a ningún hombre, y sí a una mujer, que nos espera a nosotros, sus hijos, junto al trono de Dios Padre en el día del Juicio Final. Pero hasta ella, la Virgen María, hubo de casarse. Sí, hija mía, creo con sinceridad que el Santo Padre está en lo cierto al pensar que tú puedes haber sido elegida por Dios para este cometido.

—Pero, paternidad, yo no soy pura... —dije yo, arrebolada.

—Hay muchas formas de pureza. Has nacido y vivido en la inmundicia y, sin embargo, la corrupción no ha tocado tu alma.

Debo admitir que me halagó, y por ello callé y dejé que siguiese hablando él. Me sigue rebelando la idea de que somos inferiores a los hombres, pues no he conocido yo varón al que no pudiese tratar de tú a tú con mi astucia y mi elocuencia. Pero sé que he sido y soy una gran pecadora, y por ello tengo muchas dudas acerca de la misión que me ha sido encomendada. Al menos me siento beatificada por el perdón de Dios que me había sido concedido a través de su pontífice. En fin, pensé entonces que debía aceptar que los caminos del Señor son en verdad inescrutables, y que yo no podía aspirar, pobre mujer inculta, a comprender sus designios.

Y los terribles acontecimientos que sucedieron en los meses venideros iban a demostrarme que los seres humanos no somos, sino miserables pulgas en el tejido eterno de la voluntad divina, *a la merced de sus divinos planes. En Constantinopla, en el Año de Nuestro Señor de 1453, iba a recibir una bofetada cruel de realidad, que hizo que mis ínfulas de mujer elegida por Dios quedasen en nada, como un castillo de arena erigido en la playa justo antes de que suba la marea.*

VIII

Constantinopla, 1453

El año de 1453 empezó torcido. El cargamento de polvo de púrpura que debía llegar a principios de año se retrasó unos meses, y cuando finalmente arribó, llevaba menos de la mitad de lo acordado. Junto a los barriles de pigmento venía una preocupante misiva de Nazerin.

Alamanda llevó la carta consigo cuando fue a almorzar a casa de Sarah y Mordecai, como seguía haciendo a menudo a pesar de que ahora vivía bastante más lejos de la judería.

—Las poblaciones vecinas de Tiro han descubierto que dependemos de los caracoles de sus costas y están imponiendo tasas y restricciones. ¿Os podéis creer que ya casi no se encuentran bichos de estos cerca de mi obrador? Hay que ir al norte, hacia Biblos, o Beirut. Y aun allí, me dicen que cada vez son menos abundantes.

—Ah, es por eso, entonces, que se perdió el arte —dijo el rabino.

Sarah preparó unas albóndigas de pescado del mar Negro con una salsa hecha de huevo, harina, limón y azafrán. Como siempre, Alamanda se sentía culpable de no contribuir a los ágapes, pero había sacado el tema tantas veces y con nulo resultado que ya se había acostumbrado a ser agasajada y disfrutar con ello.

—A medida que los talleres purpurarios aumentaban la producción —continuaba Mordecai—, la población de los bichejos debió sufrir. ¿Es cierto que, como afirmaba Plinio, se necesitan mil caracoles para una onza de púrpura?

—Para conseguir un tono profundo de diversas capas quizá incluso más.

—¡No es extraño, pues, que solo estuviera al alcance de reyes y emperadores! Y, cuanto más escaseaba, mayores debieron ser los precios que los potentados estaban dispuestos a pagar por el color. Hasta que ya nadie pudo asumir su precio; o hasta que dejaron de pescarse los caracoles. Quizá los siglos de pausa hayan permitido una recuperación de los caladeros, pero, al parecer, demasiado escasa como para soportar de nuevo una industria.

—¿Queréis decir que...?

—Que mucho me temo, hija, que vas a tener que producir menos. Pero si consigues un equilibrio entre tu producción y la recuperación de esos animalillos, no veo por qué no puede durar tu taller otros cien años.

—¡Pero no puedo producir menos! Conseguí del Santo Padre la indulgencia de servir las comandas que ya tengo siempre que consiga el compromiso imperial de renunciar a la púrpura, pues no puedo desdecirme de lo firmado. Y para ello necesito al menos una temporada de producción.

—¿Y cómo van tus progresos en esa cuestión, por cierto?

Alamanda suspiró, abrumada.

—Mal. Constantino llegó a echarme un día de Blanquerna ante mi insistencia. No quiere firmar. Afirma que la púrpura es su derecho de nacimiento. No hay manera de hacerle ver que se necesita ese gesto para conseguir la unión de las Iglesias y la deseada ayuda militar. Le he sugerido incluso que puede ser una renuncia temporal, pues cuando desaparezca la amenaza turca podrá negociar con una fuerza de la que ahora carece. Pero no atiende a razones...

De pronto, se echó a llorar. Sarah dejó las escudillas con las albóndigas sobre la mesa y le pasó el brazo por los hombros.

La abrumaba el peso de su misión, sobre todo desde que sabía que de su éxito dependía que Occidente mandase ayuda militar. Las noticias que llegaban del exterior de las murallas eran preocupantes: algunas caravanas importantes habían sido desviadas, cruzando a Europa por Galípoli o embarcando en el Ponto hacia Varna; las galeras comerciales genovesas, que hasta entonces tenían el paso franco hasta el Gálata, estaban siendo abordadas por los otomanos cada vez con más frecuencia; el Peloponeso, último reducto de ultramar del Imperio bizantino, debía repeler incursiones turcas a menudo.

—Dios no puede esperar que cargues con más peso del que puedas soportar, hija mía —le consolaba Mordecai—. Vale con tu mejor esfuerzo. Pon tu destino en sus manos y siente su aliento divino.

Pero ella no lloraba solo por eso. Ni siquiera por el hecho de que su producción de púrpura estaba comprometida debido a la escasez de materia prima...

Nazerin le informaba de que se había casado finalmente con su pretendiente Suleimán. Eso hizo su ausencia y lejanía, de repente, mucho más real.

Alamanda lloró su pérdida como había llorado la de Letgarda años atrás.

Un joven guerrero embozado caminaba entre los fuegos del campamento de tropas balcánicas del pachá Karadja, al norte del Cuerno de Oro, cuyas aguas refulgían a la luz de los millares de hogueras que ardían en ambas orillas. Aquellos soldados estacionados allí atacarían uno de los puntos más débiles de las murallas de la ciudad imperial en cuanto se diese la orden, el saliente de Blanquerna, defendida por los venecianos de Girolamo Minotto y las tropas de los hermanos Bocchiardi.

Era más de medianoche, la luna en cuarto creciente y el frío afilado como un *kilij* del mejor acero otomano. Junto a las fogatas, grupos de soldados apuraban sus copas de vino búlgaro, rebañaban con pan ácimo los guisos de garbanzos o dormitaban acurrucados bajo las toldas, cubiertos con frazadas de lana merina. Algunos grupos entonaban viejas canciones turcomanas, en un dialecto apenas comprensible, que sus antepasados habían traído consigo desde las estepas asiáticas, y otros escondían a las meretrices introducidas en el campamento de los ojos inquisitivos de los oficiales.

El hombre embozado no iba deprisa; su paso era deliberado, observador, pero no quería llamar la atención y se escurría entre las sombras cuando los ojos de algún soldado se posaban en él. De pronto, sintió el contacto de una mano en su hombro y se quedó helado.

—Eh, soldado, tú no eres de mi compañía, ¿no?

Se dio la vuelta y vio a un *cebelu*, un guerrero perteneciente a uno de los *timariotes*, los caballeros feudales que, en tiempo de guerra, debían movilizarse con sus huestes y ponerse a las órdenes del sultán. El *cebelu* llevaba una antorcha, pues debía de estar de guardia, pero se encontraba claramente embriagado por alguno de los licores destilados en los alambiques serbios que tanto abundaban ya entre los otomanos. El hombre sintió un profundo disgusto al ser interpelado de aquella manera; se sacudió la mano del hombro con un gesto casi hostil.

—¡Eh, tranquilo, hermano! —balbuceó el militar—. Si buscas a los jenízaros están al oeste, a la vera del río. Los de aquí somos *sipahi*, caballería ligera. Es fácil perderse en estas praderas. Todo es jodidamente igual a la luz de la luna.

Al soldado le dio un ataque de hipo, y esbozó una sonrisa boba.

—Vaya, si no... —dijo, de pronto, acercando la antorcha para verlo mejor—. Eh, yo diría que te conozco.

—Te equivocas, soldado. Déjame en paz.

—No, no me equivoco. Yo estuve en Varna, y fui uno de los escogidos, en primera fila...

Se interrumpió para soltar un enorme eructo. Sin disculparse siquiera, siguió tratando de localizar en su desafilada memoria el rostro que tenía delante.

—¡Oh, ahora lo veo claro! —estalló de repente—. Vos... vos... Erais solo un niño, pero os reconocería en cualquier lugar. ¡Mi señor!

Soltó la antorcha y se postró con la frente besando el suelo a los pies del embozado y gritando alabanzas al sultán de los otomanos.

—¡Levántate, imbécil! —le apremió el hombre—. ¡Lo vas a echar todo a perder!

El sultán Mehmet gustaba de inspeccionar sus posiciones de incógnito y de manera inesperada, para comprobar cómo se desempeñaban sus hombres en tiempos de espera, con qué ánimos se hallaban y qué chismes comentaban. Sus visires y el teniente de su guardia personal trataban de disuadirle siempre de tales aventuras, pero Mehmet no iba a renunciar a ellas. Sin embargo, si lo descubrían, además de hacer inútil sus pesquisas, su vida corría un grave peligro, pues todos los campamentos estaban infestados de espías y alguno podría sucumbir a la tentación de buscar la gloria asesinándolo.

El *cebelu* seguía humillado, besándole los pies. El sultán vio que empezaba a atraer la atención de otros soldados y actuó con premura. Lo agarró del cuello con su poderoso brazo y se lo llevó a un lugar oscuro, donde no llegaba la luz de la antorcha que aún llameaba en el suelo. Sacó su *kilij* del cinto y lo hundió en el corazón del borracho. No podía permitir que se supiese que el sultán vagaba sin escolta por los campamentos de noche.

Molesto por la inconveniencia de ser descubierto, el sultán Mehmet limpió la sangre de su cuchillo y prosiguió el reconocimiento. Tenía especial interés en comprobar en persona el comportamiento y la disposición de sus dos cuerpos de ejército que atacarían lo que él percibía que eran los dos únicos puntos débiles de las murallas de Constantinopla. El primer punto débil era el saliente de Blanquerna, al que había ido aquella noche a inspeccionar de incógnito. Era el lugar de la vieja basílica de la Virgen que, en origen, estaba fuera de los muros y que se quiso incluir en el perímetro durante las reformas del siglo VII. Ese saliente era atacable por tres de los cuatro costados, con lo que era más vulnerable. En un lugar concreto, la muralla se desviaba hacia el norte en ángulo recto para rodear esa zona. Además, se trataba de una amalgama de pedazos de pared, mampostería y cascotes de una calidad inferior al del resto de la poderosa muralla. Confiaba en que la caballería ligera del pachá Karadja lograse penetrar por allí si una de sus bombardas pesadas lograba hendir el muro.

La captura de la ciudad dependía en buena medida de que aquellas divisiones, reforzadas por las enormes bombardas de bronce que había encargado, a un gran coste, al fundidor húngaro Orbán, lograsen penetrar en la ciudad durante las primeras horas del ataque. Si lo que aseguraba ese ingeniero era cierto, los proyectiles disparados por aquellos cañones deberían debilitar los muros lo suficiente como para que sus hombres pudiesen entrar en la ciudad imperial por aquella esquina.

El segundo punto vulnerable era quizá menos evidente, pero tenía gran fe en que sus jenízaros pudiesen quebrantar las defensas por allí. Se trataba del trecho de muro que iba desde el valle del río Lycos, allí por donde entraba en la ciudad, a la puerta de San Romano, la más débil de la urbe. Aunque el acueducto estaba bien defendido, la depresión del terreno permitía una mayor concentración de poder atacante en ese punto, y el propio cauce ofrecía oportunidades de camuflaje.

Su mayor orgullo como militar había sido organizar a los jenízaros en un auténtico ejército profesional de élite. Originalmente, la fuerza se nutría de chicos cristianos arrebatados a sus familias siendo niños y educados en la más estricta disciplina castrense. Eran albaneses, griegos, serbios y búlgaros, aunque también había ya numerosos turcos y armenios. Los muchachos habían sido educados en la total sumisión y obediencia al sultán, a quien estimaban como su único padre, y por ello recibían el título de *kapikulu*, o «sujetos a las puertas», lo que indicaba su vínculo especial con el monarca. Eran fieros, temidos y sacrificados, actuaban de manera coral y solidaria, ya que consideraban a sus compañeros como hermanos. No eran esclavos, pues cobraban un sueldo que el propio Mehmet había fijado, y algunos poseían propiedades y tierras, aunque todos consideraban el ejército su hogar. Gracias a ellos, Mehmet confiaba en ser el primer conquistador no cristiano en horadar las defensas de la ciudad milenaria.

Contaba, además, con el primer cuerpo de artillería de cualquier ejército del mundo. Su padre, el sultán Murat, había tenido la visionaria idea de crear una división dedicada exclusivamente al fuego de bombardas, intuyendo que serían estas clave para el futuro al menoscabar la ventaja de los defensores parapetados detrás de inexpugnables muros. Al conquistar los Balcanes, Murat no dudó en incorporar a su ejército a los mejores fundidores cristianos, cortadores de piedras para las balas, productores de salitre y factorías de pólvora. Además, se aseguró el control de sus minas de cobre para producir el bronce con el que se fabricaban los cañones.

Él, Mehmet, había ido un paso más allá. Contrató al artesano húngaro llamado Orbán, el mejor fundidor de la cristiandad, y le había prometido más oro del que pudiera imaginar si le construía cuatro enormes cañones para bombardear las murallas de Constantinopla. El húngaro lo había sorprendido construyendo una bombarda tan enorme y pesada que se necesitaban sesenta bueyes para acarrearla, capaz de lanzar bolas de piedra de dos brazadas de diámetro a media legua de distancia.

Satisfecho de la inspección, aunque decidido a poner límites a la libre circulación del licor embriagador que tanto mal causaba en sus filas, Mehmet volvió a su tienda, para gran alivio de sus guardias personales, en la llanura elevada del Philopation. Desde allí dominaba toda la ciudad, y anhelaba, contemplándola, domeñarla para convertirla en la capital de su imperio.

Constantino caminaba apresurado a pesar de su cojera. Estaba furioso. El enemigo estaba a las puertas de la ciudad desde hacía semanas y la única noticia que tenía del resto de la cristiandad era que el Papa le exigía renunciar a la púrpura a cambio de ayuda militar.

El año anterior, el sultán Mehmet había tenido la desfachatez de construir una fortaleza en el lado occidental del Bósforo, en territorio bizantino, para ahogar el suministro de víveres desde el mar Negro. Y Constantino había sido incapaz de oponerse a ello. El castillo, llamado El Estrangulador, interceptaba los navíos comerciales y les obligaba a pagar tasas abusivas. Un velero veneciano que se había negado a ello había sido apresado, sus marineros pasados a cuchillo y su capitán empalado y expuesto sobre el estrecho como aviso a los demás.

Se decía que el sultán tenía a su disposición un ejército de ciento sesenta mil hombres, mientras que los defensores de las doce millas de muros a los mandos del emperador no sumaban más de ocho mil. La mayoría de ellos eran civiles movilizados con poca experiencia en la batalla.

Desde que Alamanda lo conoció por vez primera hacía un año y medio, cuando Constantino la llamó para exigirle exclusividad con la púrpura, el emperador había encanecido notablemente. Andaba encorvado bajo el peso de su responsabilidad, y apenas dormía, abrumado por los nervios. Pero era un hombre de una gran energía interior, y ahora se movía como un tigre enjaulado. Ella lo seguía a duras penas por los pasillos de Blanquerna. Por quinta vez, había pedido audiencia con el magno emperador para tratar de convencerlo de que debía acceder a la petición del Santo Padre si en verdad creía en la unión de las Iglesias.

—¿Cómo pretende el Santo Padre que renuncie a la dignidad de la púrpura? —preguntó airado.

—Solo a sus aspectos formales, alteza —respondió Alamanda—. En ningún caso a título alguno o prebenda.

—¡Pero si la púrpura es mi derecho de nacimiento!

Ya habían tenido esta conversación docenas de veces. Constantino arrugó el entrecejo y resopló por la nariz como un toro bravo al embestir. Se había visto obligado a aceptar condiciones humillantes para conseguir la unión de las Iglesias, como forzar a sus patriarcas a reconocer la supremacía de Roma y hacer creer a sus súbditos en ese invento absurdo que era el Purgatorio de las almas. Ello le había costado revueltas y ser el emperador más impopular de los últimos siglos; y, lo que más le dolía, había debido renunciar a ser coronado en Mistra y a celebrar la ceremonia en Santa Sofía para evitar alborotos. Debía soportar que los sacerdotes griegos no pronunciaran su nombre en las oraciones, contraviniendo una costumbre ancestral que databa de los primeros días del Imperio. Pero todo ello lo había hecho porque estaba en una situación desesperada, y necesitaba la ayuda de Occidente para resistir a los turcos. Pero el papa Nicolás iba demasiado lejos. ¡Pretendía que renunciase al símbolo más exquisito de su poder, aquel que le ponía por encima de sus semejantes y más cerca de Dios!

—¿Es que acaso queréis que me despellejen vivo y arrastren mi cuerpo atado a la cola de un caballo? Tengo a la población medio sublevada por culpa de la maldita unión.

—Pero, alteza —respondía ella—, yo oigo a la gente en las calles, en los mercados, en las plazas, en los baños públicos. Todos están aterrorizados ante el peligro otomano. Nadie osaría recriminaros ese sacrificio por salvar a la capital de vuestro imperio.

—¿Y por qué es tan importante para el Papa mi renuncia a vestir la púrpura?

Alamanda se detuvo y lo miró con el ceño fruncido. Él se quedó quieto también.

—¿Y vos, alteza, me lo preguntáis? Vos me ordenasteis no servir mis tejidos a nadie sin vuestra autorización expresa porque comprendisteis enseguida el valor simbólico de su color. Si ahora renunciáis a la púrpura en beneficio de Roma, el mundo comprenderá que vuestro corazón es sincero y vuestra intención de obediencia genuina.

Constantino resopló, trocando de repente ira por cansancio. Se dejó caer pesadamente sobre una silla del salón, para alarma de sus esclavos, que seguían todos sus pasos para evitarle cualquier tropiezo o caída. Que el emperador se lastimase podía costarles la vida.

—Vasallaje —murmuró al fin.

—¿Perdón?

—Eso que me pide Nicolás es un acto de vasallaje, una postración ante su anillo. Mis súbditos me cortarán la cabeza si lo hago, pero ¿qué opciones tengo?

Alamanda se acercó, y posó su mano con delicadeza sobre el hombro del abatido gobernante. Ese simple gesto podía significar la pena de muerte para cualquier plebeyo, pero sabía desde hacía tiempo que a ella le estaba permitido.

La nieve se había retirado ya casi por completo de la ciudad, tras una nevada intensa el mes anterior. Los primeros rastros de la primavera aparecían en los huertos, y los días eran notablemente más largos.

—El Santo Padre ha querido ofreceros un gesto de apoyo, alteza. Ha sufragado de sus arcas cuatro naves repletas de armas y soldados que llegarán en las próximas semanas.

El emperador alzó la vista, animado, a su pesar, por ese ínfimo rayo de esperanza. La llegada de cuatro carracas italianas con hombres y armas haría mucho por elevar la moral de los bizantinos.

—Si es verdad lo que dices, y logran burlar el bloqueo de los turcos, quizá aún haya esperanza. Las murallas deben resistir, como lo han hecho durante mil años, pero necesitamos que los reinos cristianos nos den fuerzas para romper el cerco, pues nosotros no disponemos de suficientes tropas en la ciudad.

—¿Renunciaréis a la púrpura, pues? —preguntó Alamanda con tiento, tras unos segundos de silencio.

—¿Qué alternativa hay? No dispongo de muchas más opciones, ¿no?

Dio un par de golpecitos cariñosos a la mano de Alamanda,

aún sobre su hombro, y se levantó con ayuda de un par de esclavos que, solícitos, corrieron a asistirlo.

—¿Qué te motiva a ti para insistir tanto sobre ello? —le preguntó el monarca—. Recuerdo lo mucho que te resististe cuando fui yo quien te lo pidió.

—Creo... que todos estamos en esta vida con un propósito, alteza. Yo, que nací en misérrima cuna, tengo la oportunidad de contribuir a la unión de los cristianos. ¿No creéis que eso debe ser motivación suficiente para una humilde plebeya como yo?

Constantino la miró con algo parecido al cariño y una muy profunda tristeza. Resopló, dispuesto a afrontar su destino.

—Haga lo que haga, mi suerte está echada. O bien me ejecutarán los infieles que ya se relamen a mis puertas o me decapitarán mis súbditos por hereje. Lo mínimo que puedo hacer es tratar de salvar la ciudad. Stelios —dijo entonces, dirigiéndose a uno de los secretarios—, haz que Filipos acuda a mi sala de despachos, que debo firmar la declaración que me trae esta mujer y necesitaré el *sphendone*, el sello imperial. Más vale hacer estas cosas con la debida pompa y diligencia.

Era la mañana del 12 de abril; ese día Alamanda iba a vivir de cerca, por vez primera, lo que significaba estar en guerra.

De repente, cuando su corazón se aceleraba al saber que el emperador estaba dispuesto a firmar, las campanas de toda la ciudad comenzaron a sonar con estrépito.

—¡Nos atacan!

El primer grito resonó como el chasquido de un látigo. Hacía semanas que los otomanos rodeaban la ciudad, con la poco disimulada intención de tomarla, pero hasta los más pesimistas creían que todo acabaría en una solución diplomática, pues nadie creía que Mehmet fuera capaz de afrontar el desgaste de capturar al asalto una ciudad con merecida fama de inexpugnable.

Constantino se desentendió de Alamanda y corrió hacia las murallas septentrionales, las más próximas a Blanquerna. De camino, oyó por vez primera el ensordecedor estruendo de *Basilica*, o cañón real, el inmenso mortero de cuarenta pies de largo que el ingeniero Orbán había construido para los otomanos. La muralla entera tembló, el polvo fue sacudido de su lugar de reposo entre las grietas, las aves alzaron el vuelo despavoridas y los animales aullaron, berrearon y mugieron sin dejar de temblar. Los ciudadanos, tras comprobar que sus corazones seguían palpitando, se golpeaban el pecho, de rodillas, gritando *Kyrie eleyson*, *Kyrie eleyson* con lágrimas de terror en las mejillas.

Los turcos estaban bombardeando la puerta de San Romano, junto al valle del río Lycos, el punto que consideraban más vulnerable. El sultán contaba con sesenta y ocho piezas de artillería de todos los tamaños, que podían lanzar piedras desde doscientas libras hasta las mil quinientas de *Basilica*. Aunque se tardaba horas en cargar y preparar cada bombarda, el uso combinado de las pequeñas y más ágiles producía un efecto devastador. Cuando una de las piedras impactaba contra un muro, los cantos y astillas salían despedidas hacia dentro en una mortal lluvia de proyectiles que causaban estragos.

Alamanda salió al encuentro de Cleofás, que la esperaba paciente, como siempre que ella tenía audiencia, a las puertas exteriores del palacio de Blanquerna, y corrió hacia San Romano.

—Mi señora —se desgañitaba el fiel esclavo—, ¡es peligroso!

Las campanas no dejaban de sonar. De vez en cuando estallaba el trueno de una bombarda, y todo quedaba en suspenso unos segundos hasta que el proyectil impactaba. Una de las piedras superó ambas hileras de murallas y voló sobre las cabezas de Alamanda y Cleofás hasta incrustarse en un chamizo cuya estructura de madera voló por los aires. Las piedras, perfectamente esféricas, seguían rodando por la ciudad tras el primer impacto, arrollando todo a su paso, hasta que algo sólido las detenía.

Llegaron a San Romano justo en el momento en el que una patrulla de jenízaros, con sus turbantes rojos y aullando como bestias, trataba de penetrar en la ciudad por una sección de pared que había sido derruida. Frente a esa puerta, el foso se interrumpía para permitir el acceso al interior de la capital, y la muralla exterior se estrechaba junto al camino. Alamanda subió a una de las torres interiores con el corazón en un puño, y lo que vio le heló la sangre.

Hasta ese momento nunca había sido consciente de la realidad inmediata de la guerra. Desde que regresó de Roma se había acostumbrado a la presencia intimidante, pero inactiva, de las tropas otomanas, como quien convive con un vecino agresivo desde la seguridad de su hogar.

En la muralla exterior, los defensores, al mando del general genovés Giovanni Giustiniani, arrojaban flechas, dardos, piedras y pez ardiente sobre los atacantes desde su ventajosa posición. Las bajas entre las filas de los atacantes eran atroces, y parecía que apenas hacían mella en los soldados bizantinos.

Pero los turcos eran cientos, miles, y tras cada soldado caído aparecía una docena de hombres más, empujando, rugiendo, con los alfanjes enardecidos de sangre, subiendo por las ruinas, piedra a piedra, sin importarles la muerte. Un dardo lanzado por alguna ballesta pasó silbando muy cerca del pedazo de muralla desde el que Alamanda y Cleofás lo observaban todo.

—Señora, debemos irnos —urgió el fiel eunuco.

Ella, con lágrimas en los ojos, accedió.

El horror de la guerra, el sinsentido de una batalla en la que hombres que no se conocen se odian hasta matarse con toda la saña del mundo, es algo que, aunque he presenciado innombrables actos de crueldad a lo largo de mi vida, nunca podía haber imaginado hasta que lo viví. El día 12 de abril retumbaron las primeras explosiones de aquellos ingenios infernales que llaman cañones. Nunca lograré entender cómo el ser humano ha sido capaz de inventar máquinas para matar a distancia, sin tener que mirar a los ojos a la víctima. Puedo comprender un combate cara a cara, una pugna entre dos personas para restañar una afrenta; yo misma confieso que he matado. Pero siempre por un motivo, con honor, y mirando a los ojos de mi enemigo.

Los otomanos se esconden tras unos parapetos de empaliza-
das y preparan sus cañones. Luego los encienden, y el ruido es tal
que diríase que la tierra se resquebraja, que el propio cielo se
agrieta. Y desde allí, seguros en su infamia, siegan vidas sin tan
siquiera presenciarlo, vidas inocentes, víctimas de las que nunca
sabrán el nombre. Dios me ha hecho vivir en una era maldita,
donde la muerte y el sufrimiento se planifican y se ejecutan desde
la distancia.

Ese primer ataque, que siguió al bombardeo de las murallas,
fue repelido sin demasiadas dificultades. Casi me alegra decir
que los turcos sufrieron docenas de bajas, y que, entre los nuestros, apenas unos pocos soldados perecieron. Giustiniani, el general genovés, al alba del siguiente día, estableció una tregua para
que los otomanos pudieran retirar los cadáveres de las ruinas, en
un gesto que le honra, y que me hace sentir que, en verdad, los
cristianos estamos más cerca de Dios que los mahometanos de
Alá, pues ellos no parecen conocer la piedad.

Los cañones siguieron sembrando muerte y destrucción durante seis días. Cada noche, cuando la oscuridad forzaba a los
otomanos a dejar de disparar, Giustiniani ordenaba la reconstrucción de las murallas, y debo decir que mis conciudadanos
arrimaron el hombro con generosidad. Yo misma participé alguna noche cargando cascotes y cubos de argamasa a la luz de las
antorchas.

Los turcos, por su parte, trataban al mismo tiempo de rellenar
con esos mismos pedazos de roca y maderas el foso que antecedía
a las murallas, para poder sortearlo sin tener que usar escalinatas.
Allí eran recibidos con saetas y dardos que nuestros ballesteros les
disparaban, pero el desapego a su propia vida que mostraban no
dejaba de asombrarnos; por cada uno que moría aparecían dos
más que acudían a llevarse su cuerpo bajo la lluvia de flechas.

Luego oí también que la flota turca había atacado la entrada
del Cuerno de Oro, pero que la cadena que Constantino había
mandado instalar y que unía a la ciudad con el Gálata había resistido, a Dios gracias.

Aquella primera noche, todavía bajo el repique de las campanas y con el estrépito de las bombardas llenando de terror el aire, me fui a casa de Mordecai, el rabino, porque necesitaba solazar mi ánimo y buscar explicaciones a tanto desatino.

—Es la naturaleza de la guerra, hija mía —me decía el rabino, con pesar—. Todas son iguales.

—¿Crees que esta vez lograrán tomar Constantinopla, Mordecai? —le preguntó Shlomo, un anciano de la comunidad, amigo de juventud, que a veces los visitaba, y que se hallaba allí cuando llegué.

—Me temo que sí. ¿Has oído esas explosiones? Parece que hayan aprendido a dominar los rayos y truenos. Nos comentan nuestros hermanos de Esmirna que Mehmet ha prometido respetar a nuestro pueblo. Pero tú, hija mía —me dijo, volviéndose hacia mí—, harías bien en preparar tu huida por si acaso. El sultán odia a los cristianos. Los hebreos no somos rivales para ellos, pero los reinos de Cristo sí lo son. Pasará a cuchillo a los que se queden si conquista la ciudad.

—¿Pretendéis que me marche? —le pregunté, incrédula—. ¿Que abandone todo por lo que tanto he luchado y me vaya?

—Solo hasta que la tormenta amaine, mujer. Si los otomanos no logran su propósito antes de que lleguen los cruzados, deberán retirarse, y nuestra ciudad vivirá otros cien años.

Esa era la clave: que el Santo Padre, el humanista Nicolás, fuera capaz de organizar a los reinos francos para que mandasen tropas, víveres y armas. Resuelta a ayudar, me fui a hablar con el mercader Domenico Piatti a la mañana siguiente, día 13 de abril, justo al tiempo que los cañones reanudaron su odioso bombardeo. Le pedí que llevara una misiva de mi parte al Papa, en la que le decía que Constantino había accedido a renunciar a la púrpura. No tuvo tiempo de firmar el edicto, y le expliqué por qué. Pero traté de hacerle ver, con toda la vehemencia de la que fui capaz sin parecer irrespetuosa, que el tiempo apremiaba, que debía ponerse a organizar la cruzada de inmediato.

El signore Piatti me aseguró que algunos de sus barcos logra-

ban burlar el bloqueo, pero que otros muchos eran apresados, con terribles consecuencias para sus capitanes. Decidí hacer cuatro copias de la carta y le pagué una ingente cantidad de oro para asegurar su presencia en otras tantas naos. Quisiera Dios que alguna de ellas llegase a manos del Santo Padre, pues de su ayuda dependía la suerte de este bastión de la cristiandad.

—¡Son las naves genovesas que manda el Santo Padre! —gritó, a la carrera, un alborozado *sphatarios*, guardaespaldas imperial.

—¡Os lo dije, alteza! —gritó Alamanda con euforia—. ¡El Papa ha cumplido!

Estaban de nuevo en Blanquerna, tratando ella de retomar el tema del edicto imperial de renuncia a la púrpura. Los otomanos habían cesado de bombardear tras seis días intensos, en los que el estruendo era tan constante e infernal que las bestias enloquecieron y los niños miraban sin ver.

Las reparaciones que coordinaba el general Giustiniani habían acabado por frustrar a los artilleros turcos, pero Constantino sabía que esa tregua era solo un respiro antes de un nuevo ataque. Ante el bloqueo del Cuerno de Oro, el pachá Zaganos había construido una carretera por detrás de los muros del Gálata y, ante el asombro y fascinación de los defensores, desmontaron sus galeras y las trasladaban a trozos por tierra hasta las aguas del puerto, en un alarde de ingeniería y astucia inusitado. Allí, las armaban de nuevo y las echaban al mar, ya dentro del Cuerno, amenazando con atacar los vulnerables muros del este, enzarzándose en fútiles escaramuzas con los navíos de Lucas Notaras, el enjuto comandante de la menguada flota bizantina al que ella había tenido como invitado hacía unos meses en un banquete en su mansión.

La población, desanimada por el incesante estruendo de los cañonazos y la visión de miles de enemigos acampados a sus puertas, necesitaba levantar su coraje con algún rayo de esperanza. Alamanda sabía que su carta no podía haber llegado todavía a Roma, así que, a buen seguro, aquellos veleros cuyas siluetas ya se recortaban en el horizonte eran los que había sufragado el Santo Padre de su propio tesoro como gesto de buena voluntad.

Para poder observar la llegada de los navíos, el emperador dio orden de que lo trasladasen a lo que quedaba del palacio de Bucoleón, junto al mar, antaño conocido en el mundo entero por su lujosa decoración, ahora apenas un edifico señorial en desuso. Ella pidió permiso para acompañarlo, y él no opuso objeción.

Media hora más tarde oteaban ambos el horizonte desde la almena del castillo.

Aquella mañana había empezado muy mal, con la noticia de la toma de la pequeña fortaleza de Therapia, a un día de camino hacia el norte, sobre el Bósforo. Era de gran importancia estratégica para la ciudad, pues controlaba el flujo de provisiones desde el mar Negro. Los otomanos derruyeron sus murallas con sus nuevos cañones, que lanzaban piedras de doscientas y trescientas libras. Los defensores aguantaron dos días, tras los cuales, cuarenta supervivientes se rindieron y fueron empalados vivos junto al camino de Constantinopla. Corrieron la misma suerte los habitantes de las islas de los Príncipes, tradicional lugar de recreo de los emperadores bizantinos. Los que no sucumbieron al ataque turco fueron empalados junto a los muros, y la población vendida como esclava en los mercados de Oriente.

El desánimo que acechaba a la gente al conocer la crueldad de los atacantes se esfumó de pronto ante la perspectiva de ayuda cristiana. En las calles, muchos se abrazaban bajo el repicar incesante de las campanas de todas las iglesias. Algunos se arrodillaban dando gracias a Dios; otros aseguraban que ellos ya sabían que eso iba a ocurrir. La mayoría se agolpaban junto a las defensas marítimas para observar el avance de las esperadas naves, que prometían hombres, armas y municiones para la defensa de la ciudad.

—Apenas son cuatro carracas —dijo Filipos al ver su silueta en el horizonte, siempre dispuesto a aportar la nota más amarga.

—Lo importante no es el número de hombres que vengan ahora —adujo el emperador—, sino que la gente vea y crea que es posible burlar el bloqueo otomano, que la ayuda de los latinos va a llegar. Tras ellos, más barcos acudirán, y los nuestros levantarán el ánimo para luchar con renovado espíritu.

El eunuco, con la ceja alzada, apartó la vista con escepticismo.

Alamanda hinchó el pecho con el aire salado que ascendía del mar. Las cuatro naves surcaban un mar embravecido con gallardía, sus pendones genoveses al viento, sus velas ahítas del empuje de poniente. Se sentía eufórica por vez primera en mucho tiempo.

—¡Mirad! —gritó, de pronto, Filipos.

Al sur y al este, desde Calcedonia y Galípoli, docenas de galeras turcas se echaron a la mar, como una manada de lobos salvajes alertada por la presencia de una presa en su territorio. Las carracas les llevaban ventaja, pues habían pillado a los otomanos por sorpresa y el viento les era favorable. Pero pronto se llenó el Mármara de tantos navíos enemigos que había zonas en las que era difícil distinguir dónde acababa la tierra firme y dónde empezaba la mar.

—No las atraparán... —murmuró Constantino, expresando más un deseo que una certidumbre.

Alamanda tragó saliva y deseó con toda su alma que el monarca estuviera en lo cierto.

Le perdoné la vida en un momento de debilidad. Mi almirante mayor, el general Suleimán Baltaoglu, me había fallado de modo miserable por segunda vez, tras el fracaso de días atrás cuando no logró superar la cadena del Cuerno de Oro y sufrió la pérdida de dos galeras y sesenta hombres. Por todo ello, merecía ser ejecutado. Él mismo era consciente de su suerte, y se postró ante mí con resignación. Mas sus oficiales alabaron su desempeño con tanta vehemencia y ardor, describieron con tanto detalle su arrojo y desapego en la batalla, que pensé que ajusticiarlo sería innecesariamente severo. Creo que mi prestigio entre mis hombres ha aumentado por la gracia que le hice a Baltaoglu; en vez de empalarlo a la vista de todos, hice que le propinaran cien latigazos y lo desterré, despojándolo de todos los títulos que poseía y repartiendo sus propiedades entre los jenízaros. Si es inteligente y tiene algo de honor, se dará muerte él mismo.

Cuando me dieron aviso de lo que sucedía, ascendí con mi corcel negro a la pequeña colina a poniente de mi base en Calcedonia. Las naves genovesas, imponentes con sus tres palos, avanzaban con todo el trapo desplegado, con viento empopado, surcando el mar de Mármara con ambición y desafío. En nuestra orilla, mis galeras se esforzaban por salir de los puertos, pero habían reaccionado tarde, y parecían confusas y desorganizadas. Mi cólera aumentó a medida que los navíos extranjeros se acercaban a Constantinopla.

Mis galeras son de mucho menor calado que las carracas, más bajas y estrechas, sin apenas velamen, empujadas por la fuerza de los brazos de sus bogas. Resultan mucho más ágiles y maniobrables, y por ello favorecí su construcción, pero con viento favorable, los barcos italianos son imbatibles. Además, soy muy consciente de que, en el arte de la navegación, los cristianos nos llevan gran ventaja; ninguno de mis capitanes sería capaz de navegar en uno de esos imponentes navíos de tres palos. Su enorme capacidad de carga, de hasta cuatrocientas toneladas, los hace aún más peligrosos a mis ojos, pues pueden proveer a la ciudad sitiada de armas, municiones y soldados.

Con creciente ansiedad por su aparente lentitud, vi cómo hasta ochenta de mis naves se hicieron a la mar para interceptar a los barcos genoveses, incluidas las dieciocho poderosas trirremes y unas cuarenta fustas que yo había mandado construir el año anterior. Llevaban a bordo un batallón entero de jenízaros, casi un centenar de ballesteros y toda la artillería ligera que fueron capaces de embarcar. Era de imperiosa necesidad que mi flota lograse mantener el bloqueo naval de la capital; si corría la voz que unos barcos comerciales lo habían burlado, los reinos francos no dudarían en enviar más armas y provisiones a la ciudad sitiada. Y eso sería el desastre.

—Van demasiado rápido —murmuró, a mi derecha, mi fiel Hamza Bey. Era un general de origen albanés, y se había mostrado hábil como almirante en el sitio de Tesalónica, durante el reinado de mi padre. En ese momento pensé que debí haberle dado el mando de mi flota, en vez de al inútil de Baltaoglu.

Se me hizo un nudo en la garganta, pues vi que el viento de poniente hacía imposible que mis trirremes pudieran atraparlos. Mas quiso Alá, loado sea Su Nombre, que, de improviso, los vientos dejaran de soplar, justo cuando los italianos se hallaban a la altura de la torre de Demetrio el Grande, dispuestos ya a alcanzar la bocana del Cuerno de Oro. Sus velas se desinflaron como pellejos vacíos y las naos se detuvieron, flotando como corchos a merced de las olas. Creo que di un grito de júbilo, y, al punto, mi séquito entero estalló en vítores y alabanzas. Desde los barcos llegaba el sonido de las castañuelas y los tamboriles, que, alborozados, tocaban mis soldados para darse ánimos, sedientos de sangre infiel y de victoria. La visión de cientos de remos paleando al unísono y recortando distancias era de una belleza indescriptible.

De inmediato, los míos rodearon a las cuatro carracas, cuyos capitanes genoveses, en un alarde impresionante de sapiencia naval, lograron ponerse una al lado de la otra y asieron las balaustradas con cuerdas. Así, las cuatro naves ofrecían tan solo dos flancos al intento de abordaje de mis hombres. No pude sino admirar su pericia y astucia.

Mis marinos actuaron con valor, pero los barcos italianos eran como castillos. Desde las cubiertas, los genoveses arrojaban todo tipo de proyectiles y hasta pez ardiendo sobre las cabezas de mis hombres, cuyas bajas eran espantosas. Los que conseguían lanzar un garfio y ascender por la cuerda eran decapitados de un mandoble al asomarse por encima de las regalas. Mis enemigos apenas sufrían bajas mientras oíamos los aullidos de dolor de nuestros hermanos. Entre mis piernas, Jazira, mi hermoso corcel negro, piafaba tan nervioso como yo.

La contienda duró más de dos horas. El mar parecía tierra firme de tanta cubierta como se juntaba. Los soldados saltaban de una galera a otra como si pasasen por caminos irregulares, y eso me dio esperanzas. Por cada infiel había una docena de los míos. Mis galeras arremetían con el espolón contra el casco reforzado de las carracas, y hasta lograron hendir la estructura de una de ellas. Mas los italianos estaban en una posición muy ventajosa, y costaba hacer mella en sus filas. Izaban grandes piedras mediante poleas sujetas a sus enormes mástiles y las dejaban caer sobre las galeras, alguna de las cuales se hundió por esta causa.

Pero mis hombres eran mucho más numerosos, como hormigas atacando a cuatro enormes escarabajos, y, aunque sufríamos muchas bajas, la batalla podía darse por ganada. La trirreme de Baltaoglu había logrado pegarse a la capitana, y allí se producía lo más encarnizado de la batalla. Yo estaba tan excitado que metí a mi montura en el mar sin darme cuenta, gritando órdenes que mis hombres, en el fragor de la contienda, no podían escuchar.

De pronto sucedió el desastre; el viento del sur, que había cesado a media tarde, sopló de repente con inusitada fuerza. Las poderosas velas de las carracas se hincharon, y las naos avanzaron con tanto brío que pasaron por encima de algunas de mis fustas. Con el corazón en las tripas, vi, impotente, cómo las barcazas alcanzaban la entrada del Cuerno de Oro, y, ante el repique incesante y alborozado de las iglesias cristianas, los cuatro navíos arribaban a puerto.

La rabia que sentí fue tan intensa que mi vista se nubló; solo era capaz de ver sombras rojas, como si el Infierno mismo me hubiera rodeado. Saqué a Jazira del agua, subí la loma y ordené que me trajeran de inmediato al inútil de Baltaoglu, con la in-

tención, lo juro por Alá, loado sea Su Nombre, de darle muerte
de mi propia mano.

Los días pasaban y la ayuda seguía sin llegar. Hacía ya dos semanas que las cuatro naves genovesas sufragadas por el Papa habían levantado el ánimo de la ciudad sitiada, pero desde entonces ni un solo navío había logrado burlar el bloqueo otomano. Las noticias que llegaban de Occidente eran desalentadoras. El senado veneciano había votado por mayoría dejar a Constantinopla a su suerte, y, de hecho, los cónsules de la República ya negociaban acuerdos comerciales en la corte del sultán Mehmet. El fervor cruzado de siglos atrás había desaparecido; tan solo algunos nobles fanáticos como don Francisco de Toledo y religiosos enviados por el Papa como el cardenal Isidoro habían acudido a la llamada desesperada de Constantino. Pero estos debían financiarse los costes de tan arriesgada empresa, y eran pocos los que, aunque tuviesen la intención de hacerlo, se podían permitir juntar unas tropas para acudir en auxilio de la ciudad milenaria.

El emperador Constantino, abrumado, no cesaba de patrullar el perímetro de las murallas, vestido de armadura, en un poco exitoso intento de levantar el ánimo de los escasos defensores, apenas unos ocho mil cristianos más los seis centenares de turcos desertores al mando del príncipe Orhan Çelebi. Este pretendiente al sultanato había sido enviado por el padre de Mehmet a Bizancio como rehén, y ahora luchaba al lado de los griegos con sus hombres.

—Confiad en el Santo Padre, alteza —rogaba Alamanda, que no cesaba de atosigar al emperador para que firmase el edicto de renuncia a la púrpura.

El monarca la miró, un poco hastiado ya de aquella mujer que tanto la había fascinado.

—Os voy a confesar una cosa —le dijo, pausando su caminar y mirándola con gesto severo—. Tras la llegada de las carracas, mandé una esquela al sultán ofreciéndole un acuerdo de paz honorable. Mis espías me informaron del desconcierto que ocasionó en las filas otomanas nuestra victoria naval. Me dijeron que había voces disidentes entre los propios oficiales de Mehmet, y que el propio visir Halil Pasha es favorable a un acuerdo. ¿Sabes cuál ha sido su respuesta? ¡Que abandone la ciudad y me refugie en el Peloponeso! ¿Cómo voy a renunciar a mi imperio? ¿Qué emperador sería si entregase la ciudad, con todos sus sagrados y venerables monumentos a la fe verdadera, al infiel? Ah, y que pague, por mi salvoconducto, setenta mil ducados.

—¡Por ello debéis confiar en el Papa! ¡El tiempo apremia! ¡No seáis terco, alteza!

De repente, Constantino se revolvió y le soltó un manotazo con el dorso de la mano, en un gesto tan rápido y lleno de furia y frustración que ambos se quedaron sorprendidos, ella sin sentir aún dolor y él sin creer lo que acababa de hacer. Los eunucos se llevaron la mano a la boca y los oficiales de la guardia se miraron preguntándose qué debían hacer. Nunca un emperador se había rebajado a golpear a una plebeya, al menos en público.

—Salid de mi vista —le ordenó el monarca.

Uno de los soldados dio un paso adelante, por si había que echarla a la fuerza. Alamanda reculó, pensando entonces en lo que siempre le había advertido el buen rabino Mordecai sobre la «esfera de los poderosos». Una simple palabra de aquel hombre y ella sería decapitada allí mismo, sin importar la confianza y afecto pasados.

De vuelta a su villa, con el labio amoratado, Alamanda oyó el estruendo de *basilica*, el cañón de mil quinientas libras, que volvía a bombardear la ciudad tras unos días de tregua. Su esclava Chana se ocupó de inmediato de su hinchazón, tratándola con un emplasto de árnica, y ella rompió a llorar.

Aquella tarde el estruendo no cesó como acostumbraba a hacer al anochecer. Un rumor extraño ascendía por las callejuelas desde el norte. Alamanda se asomó y vio a gente corriendo despavorida, familias enteras cargando enseres en carretillas, algunos muchachos de caminar incierto, sirvientes horrorizados huyendo con sus hatillos, soldados a la carrera, yendo de un lado a otro de las defensas. Un tullido, sin más piernas que un par de gruesos muñones, avanzaba sobre sus manos a una velocidad inesperada, los ojos fuera de las órbitas, gritando *Kyrie eleyson*. Una jauría de perros asilvestrados cruzó por delante de su villa aullando de terror, seguidos de uno de ellos envuelto en llamas. Una mujer se separó de sus compañeras y se arrodilló, mirando al cielo, haciendo la señal de la cruz; después se levantó, dio media vuelta y volvió sobre sus pasos, a pesar de los gritos de las otras que la urgían a seguirlas. Varios jinetes pasaron al galope, arrollando a una de las mujeres sin detenerse.

—Dios mío, ¿qué está pasando? —murmuró Alamanda.

Cleofás, a instancias de su dueña, interceptó a un monje que huía en dirección al sur, al puerto de Teodosio. El hombre ya anciano, caminaba tan deprisa como le permitían sus ajadas piernas; tenía los ojos fuera de las órbitas, y babeaba de cansancio sobre su barba.

—Señora —le dijo el eunuco, tras sonsacar al religioso y correr de vuelta hacia la villa—, los turcos han entrado en la ciudad. Las murallas han sido holladas y nuestro ejército se bate en retirada de todas las torres de defensa. ¡Es el fin!

El aire iba cargado de ceniza; las esquinas estaban ribeteadas de una luz anaranjada que oscilaba según soplaba el viento. Las ratas habían abandonado ya el submundo de las alcantarillas y huían despavoridas por las calles, mezclándose en su precipitación con los perros vagabundos y las pocas familias que no habían perdido aún la esperanza de salvarse.

Alamanda llegó resoplando al Foro del Buey, la plaza rectangular, frente a las ruinas del palacio de Eleuterio, más allá de los antiguos baños de Nicetas, y le pareció haber puesto un pie en el averno. Una mujer desnuda pasó a su lado con media cabellera arrancada, sujetando sus lacios pechos ensangrentados con un brazo y tapándose la boca con el otro para no seguir escuchando sus propios gritos. Un niño de mirada aturdida asía el brazo de su padre, arrastrándolo, pues era todo lo que quedaba de su progenitor. Por las calles que descendían desde la puerta de San Romano a través del valle del río llegaba un rumor constante de gritos, lamentos, golpes, explosiones, crujidos y gorgoteos. Los soldados griegos del emperador huían despavoridos, abandonando sus posiciones ante el avance de los jenízaros.

Caminando bajo los soportales, se llevó un susto atroz cuando fue golpeada por las piernas de un hombre griego que se había lanzado desde los pisos superiores con una soga al cuello. Cleofás la protegió con sus inmensos brazos mientras ella, con la mano sobre la boca, contemplaba aterrorizada los últimos estertores del desdichado suicida. Aquella plaza fue antaño la sede de las ejecuciones públicas imperiales, el lugar donde se introducía a los condenados dentro del toro de Falaris, una escultura hueca de bronce con forma de buey bajo la cual se encendía una hoguera hasta que el reo moría asfixiado. Ahora, las llamas se esparcían por doquier, abrasando edificios y a los ciudadanos que no habían tenido tiempo de escapar. De vez en cuando sonaba un trueno espantoso, y del cielo llovía el fuego del Infierno. Las familias de la zona, casi todas griegas, trataban de hacer acopio de cuantas posesiones podían acarrear y se dirigían al puerto o al Cuerno de Oro, con la vana esperanza de hallar pasaje en alguna galera o en una de las naos extranjeras, pues se había decidido que todos los barcos que quedaban zarpasen a la vez para que alguna pudiera burlar el férreo bloqueo.

Alamanda había ordenado a todos sus criados que escaparan, que trataran de buscar pasaje en alguno de los navíos que todavía salían del puerto o que intentaran alcanzar Selimbria, donde se decía que había un santuario para desplazados por la batalla, pues la ciudad aún estaba en manos griegas y no parecía que los otomanos fueran a atacarla. Los judíos del Vlanga se habían refugiado en la sinagoga, que, según se rumoreaba, iba a ser respetada por los invasores. Con Cleofás a su vera, Alamanda

decidió temerariamente ir en busca del emperador con la alocada idea de que, tal vez, pudiera ser de alguna ayuda. En algún
rincón de su cabeza se negaba a creer la realidad de lo que estaba
viviendo.

—Mi señora, es peligroso —se desgañitaba el bueno de
Cleofás.

Pero por más que ella insistía en declarar que era hombre libre, en instarle a que huyera, el fiel eunuco se resistía a dejar de
seguirla.

—Mi sitio está aquí, con vos —decía él, pertinaz.

Alamanda se desvió en dirección a la Cuarta Colina, hacia
Carisia, donde sabía que estaría Constantino. A su izquierda,
los gritos y aullidos anunciaban el avance imparable de los temidos jenízaros, ya en el corazón de la capital. Al llegar a una calle
que rodeaba por detrás la pequeña iglesia de Santa María Diako-
nissa se dio la vuelta, y vio al emperador Constantino y su menguado ejército en retirada ascendiendo por las escalinatas desde
el lecho del río Lycos. Algunos consejeros y miembros de su
séquito imperial lo acompañaban todavía, hombres maltrechos,
destrozados por la tensión; unos lloraban, otros se santiguaban,
juntando las yemas de los cinco dedos para hacer la señal de la
cruz, los más cobardes huyeron para no ser vistos ya jamás. Corrió hacia ellos, sin saber muy bien por qué, seguida de su fiel
esclavo. El emperador, aquel hombre impopular que vivía solo
para preservar la dignidad de su cargo y el pasado glorioso de su
imperio, con la espada en la mano, la coraza mellada y un gesto
de hastío, se fijó en ella con la derrota en su mirada y un temblor
nervioso en el mentón.

—Alteza —le dijo Filipos—, debemos abandonar la ciudad.

El eunuco Filipos poseía uno de los títulos de mayor confianza en la Constantinopla imperial, el de *parakoimomenos*,
encargado del sello real, pero Alamanda lo consideraba un intrigante peligroso que había maquinado a espaldas de Constantino para deshacerse de sus rivales cortesanos de la forma más
cruel. Ahora vio que el medio hombre se había orinado encima,

y sintió asco y desprecio. Cruzó su mirada con la del emperador al llegar a su vera, y vio que su rostro palpitaba. Pero en sus ojos brillaba aún una chispa de desafío. Negó con la cabeza ante las palabras de su chambelán.

—Eso nunca lo haré, Filipos.

—Alteza —insistió el eunuco—, debemos ir al puerto. Algunos venecianos están logrando escapar del bloqueo. ¡Hay que huir ahora!

Constantino escupió en el suelo para mostrar su desprecio, y se dirigió a su *protospatario*, el jefe de su guardia personal, un oficial llamado Anderos cuya lealtad seguiría firme hasta su muerte.

—Anderos, mi fiel *spatario*, un emperador debe morir defendiendo su palacio. Llévame a él.

El oficial asintió sin titubeos y ordenó a sus hombres formación de defensa para escoltar a su monarca por la Mese hacia el Gran Palacio Imperial en el Augustaion, el milenario centro de poder de la vieja capital, pues su residencia de Blanquerna era ya pasto de las llamas.

El tumulto seguía creciendo a medida que avanzaban. Los turcos habían violado las murallas en otros puntos, aprovechando la desbandada de los defensores. Tan solo algunas tropas regulares venecianas y catalanas, bien organizadas y apostadas en zonas menos expuestas, resistían en sus puestos. Los turcos desertores al mando del príncipe Orhan, el rival de Mehmet por el trono que se había ofrecido a Bizancio antes del asedio, luchaban contra sus hermanos de raza en el muro de Mármara, al sur, con el arrojo y el fervor de los condenados a muerte, y mantenían así operativo el principal puerto de la ciudad.

Llegaron al Foro de Constantino sin pronunciar palabra. Los guardias imperiales, una cohorte de unos cuarenta hombres, rodeaban a su emperador dispuestos a defenderlo con su vida. Anderos los hizo formar y les dirigió las últimas órdenes que esos valientes iban a escuchar.

—¡Soldados! ¡Que nadie abandone la posición mientras le

quede una gota de sangre en su cuerpo! He tenido el honor de teneros a mi mando; nunca hallé mejores hombres. Será un honor morir entre vosotros.

Con emoción y alguna lágrima, los guardias, todos a una, lanzaron vítores al emperador y se golpearon el pecho con el pomo de sus espadas para darse valor.

Las explosiones seguían sucediéndose; el suelo temblaba como si aquellos estallidos fuesen a provocar un terremoto. La calle que subía desde Santa María de Chalkoprateia ardía como una antorcha a ambos lados, las llamas ascendiendo como un rugido, lamiendo las paredes, calcinando hogares, derrotando ilusiones y enterrando vidas. Algunos soldados italianos, probablemente del contingente enviado por el Santo Padre desde Roma al mando del cardenal Isidoro, seguían luchando aún después de heridos, reculando muy a su pesar, sin esperanza, sin un atisbo de egoísmo, dando sus brazos y piernas, sus mismas vidas, por una causa inútil, haciendo de la lucha hasta la muerte la única razón de su existencia; hasta el último de aquellos hombres sometidos a la voluntad de una furia salvaje que los arrollaba, sin hincar la rodilla, sin pensar más allá de parar el siguiente mandoble, de esquivar la saeta, para alargar unos segundos su inhumana resistencia, hasta caer derrotados, muertos incluso antes de tocar el suelo, cadáveres que aún lanzaban la espada para herir, despojados ya de toda humanidad por un enemigo implacable, que no se detendría hasta pisar sus despojos sin vida.

El valor y entrega de aquellos extranjeros, los aullidos de sus fieles soldados y su propio sentido de la historia, enardecieron a Constantino hasta llevarlo a las lágrimas. Ordenó a Filipos que le diese sus armas imperiales, pero este ya había huido como una rata a esconder su miserable alma en algún rincón del inframundo. Anderos, como oficial de mayor rango de su guardia imperial, el llamado *protospatario*, se arrodilló ante él y le ofreció su propia espada. El emperador se despojó de su espléndida clámide teñida de púrpura, arrancando de un gesto la fíbula de oro que la mantenía sobre sus hombros, y se dirigió a Alamanda, a la que había golpeado de frustración unos días atrás.

—Hija mía —le dijo, con voz resuelta entre cuyas vocales se adivinaba un cierto temblor—, custódiame esto. Aquí tienes el símbolo imperial; dile al Santo Padre que nunca renuncié a ella, a pesar de tu insistencia. Te la doy para que no permitas que los turcos la profanen.

Alamanda cogió la capa entre sus manos, pero no fue capaz de pronunciar palabra. A su espalda, el fiel Cleofás tiraba de ella para llevársela a un lugar menos expuesto, pero ella no quería moverse de allí.

—La historia es un círculo —prosiguió el monarca, sin mirarla y con intensa emoción—. Roma fue fundada por Rómulo, y con un emperador llamado Rómulo se extinguió. Nuestra ciudad imperial fue fundada por Constantino el Grande, y quizá quiera la providencia que con otro Constantino sucumba para siempre.

Los nobles que habían acompañado a su monarca hasta allí huyeron ya despavoridos en todas direcciones al ver a los turcos cargar contra ellos. Desertaron a Constantino con la fútil esperanza de salvar a sus familias, quizá alguno de sus bienes, o, simplemente, sus vidas. Para nada valían ya los rangos ni las dignidades; de nada servían las prebendas. Cada hombre y cada mujer era un ser humano desnudo, tan susceptible como el último pordiosero de sucumbir ante el avance de la horda.

Los otomanos, aullando y escupiendo sangre, vencida ya la última resistencia de los italianos, se lanzaron con brío irracional hacia la plaza del Augustaion. Constantino tomó aire, miró fugazmente al cielo de ceniza, y suspiró de manera intensa. Se dio la vuelta para observar por última vez la columna de Justiniano, con su gallarda estatua ecuestre, una pata del corcel alzada y el emperador saludando eternamente.

—Mi tan glorioso imperio... —musitó para sí, sacudiendo la cabeza; después se volvió y añadió, con profundo abatimiento y una calma aterradora—: He aquí, Padre Todopoderoso, donde termina mi singladura. —Y, finalmente, se santiguó juntando las yemas de los dedos, como hacían los griegos, y se dirigió a Anderos y a su leal guardia imperial—. Alegraos, hermanos, porque vais a ser testigos gloriosos del fin de la historia.

Entonces alzó la espada y lanzó un grito escalofriante, echando a correr como un poseso hacia el enemigo. Anderos y sus soldados más fieles lo siguieron, azuzados por su loca valentía, por su descerebrada carrera. Los turcos eran ciento más que ese puñado de locos valerosos. El choque, con Constantino a la cabeza, se produjo a escasos pasos de donde Alamanda sujetaba la purpúrea capa, llorando abiertamente al presenciar el sacrificio glorioso, inútil y absurdo del último emperador de Bizancio.

Arcos de sangre carmesí surcaron la luz del ocaso, mezclándose en el aire con las cenizas de los muertos, mientras el ruido metálico de espadas, escudos, corazas y yelmos sonaba como un murmullo de trueno incesante.

«He aquí donde termina la historia, Dios mío», pensó ella al verlo desaparecer para siempre entre carne, hierro y sangre.

Desesperado por su inmovilidad, Cleofás tiró al fin con fuerza de su ama y se la llevó casi en volandas de la escalinata del Gran Palacio, corriendo aun con su peso como el más rápido de los caballos del ya depuesto emperador.

—¡Debemos llegar al puerto de Teodosio, mi señora! —gritó Cleofás sin parar de correr—. Todavía parte algún navío de allí.

Alamanda no reaccionaba. Grabada en su retina estaba la imagen del emperador, ese hombre hedonista, entrañable y triste al que había conocido, de un rey que al final fue héroe inútil, deshecho en pedazos por las espadas turcas.

Cleofás corrió por la Mese hacia poniente, abriéndose paso entre la aterrada multitud. El pánico se había apoderado ya de todos los habitantes de la urbe y nadie parecía actuar con cordura. Llegaron de nuevo al Foro de Constantino; una enorme hoguera ardía en el mismo centro. Los restos de las tropas catalanas, que habían defendido el puerto Juliano y la puerta del León al mando del comandante Pere Julià, subían ahora derrotadas hacia la segunda loma, buscando una posición más ventajosa en la que protegerse del avance musulmán. Alamanda reconoció entre los soldados a Bernat Guifré, su joven amante. Iba renqueando, con una fea herida abierta en el muslo, y se asustó al ver la muerte en sus ojos.

—¡Para, Cleofás! —ordenó, reaccionando al fin—. No iremos al puerto todavía. ¡Ayúdame!

Se deshizo de su esclavo y fue a sostener al aterrorizado muchacho. De las calles que descendían hasta el puerto subían gritos de muerte, alaridos que sonaban cada vez más próximos. Ordenó a Cleofás que cargase con Bernat Guifré.

—Llévanos al obrador, ¡rápido!

—Pero, mi señora... Las tropas huyen de esa zona... —dijo el esclavo, señalando a los catalanes.

—¡Ahora mismo, maldita sea!

Ella asía todavía la capa púrpura del emperador, sin saber muy bien por qué. Pero se resistía a dejarla caer, a perderla entre la muchedumbre histérica, a arriesgarse a que fuese pisoteada y profanada, como si preservar ese postrero símbolo del último emperador de Bizancio pudiese, de algún modo, salvar la memoria de Constantinopla.

A regañadientes, Cleofás, con el joven moribundo izado sobre el hombro como un saco, la condujo hacia el barrio judío, metiéndose en la boca del lobo y alejándose del único puerto todavía operativo. Los rumores que corrían aseguraban que las tropas de Gabriele Trevisano resistían con cierta gallardía los embates de la flota turca que había sorteado el bloqueo y disparaba desde el Cuerno de Oro, aunque el enemigo había ya penetrado por la puerta de Neorion, a la altura de Santa Irene, y se extendía por el barrio de los amalfitanos. Más al norte, los franceses y los griegos se enfrentaban sin esperanzas al grueso de las temidas tropas jenízaras y las bombardas del húngaro Orbán, que sonaban como si el cielo se resquebrajase cada vez que disparaban.

Alamanda, sin haber trazado apenas un plan en su mente,

pretendía refugiarse en su obrador, proteger a sus empleados y sirvientes y salvar cuanto pudiese de la obra de su vida. Algo la impelía hacia su taller, hacia sus tintes, hacia la púrpura que le había dado fama, riquezas y sentido a su existencia.

Llegaron exhaustos, y vieron que la puerta estaba atrancada por dentro. Alamanda había ordenado hacía un par de días a Chaim que volviese con su comunidad, pues parecía que los judíos recibirían algo de protección por parte de los otomanos. Convenció, además, a Mordecai y a Sarah para que acogiesen en su huida a la armenia Siranush y a su madre, haciéndolas pasar por hebreas. Pero dos de sus empleados y una criada, que vivían y trabajaban allí, se habían parapetado en el obrador, muertos de miedo, sin saber adónde ir.

Bernat Guifré deliraba. Ordenó a Cleofás que lo tumbase en un camastro y fue a buscar algunos remedios, maldiciéndose por no haber estudiado medicina y herboristería con más atención en sus periplos. Aplicó un torniquete a su muslo, ya que estaba perdiendo mucha sangre; la vida se le iba por minutos.

Dejando al chico al cuidado de la criada, Alamanda organizó el obrador. Aseguró con Cleofás puertas y ventanas, comprobó que había víveres para varios días y dispuso que cerrarían el acceso al sótano, al taller, para esconderse por si entraban los soldados, dejando la parte estancial para el saqueo. Ordenó a todos los presentes que, ocurriera lo que ocurriera, no debían hacer ruido alguno, que debían prepararse para un largo encierro y que solo saldrían cuando estuvieran seguros de que el peligro había pasado.

Aquella noche murió Bernat Guifré. Nunca recuperó la plena conciencia, debilitado por la pérdida de fluido vital. Alamanda sintió una pena atroz, pero no pudo llorarlo; todo aquello era demasiado terrible como para aceptarlo, y derramar lágrimas habría supuesto ser consciente de que la providencia se lo había arrebatado todo de un plumazo.

Pasaron el día entero oyendo ruido de guerra, explosiones y gritos, la mayoría lejanos. Al amanecer del segundo día oyeron tumulto en la callejuela y temieron lo peor. Escucharon los pasos de un grupo de personas en el piso superior, el que daba a la calle, y supieron que estaban desvalijando lo poco de valor que podía haber en la casa. Habían disimulado el acceso al obrador, pero si los saqueadores lo descubrían, estaban perdidos, atrapados en una ratonera, pues el taller no tenía otra salida.

De pronto, se hizo el silencio. Con el corazón en la boca, los cinco refugiados aguzaban el oído para saber si el peligro había pasado. Miraban todos a la escalera de entrada al taller, bien cubierta desde abajo. Con un gran estrépito, la puerta se vino abajo. Unos soldados pertenecientes a la caballería ligera del sultán, los llamados *sipahi*, o cipayos, embriagados, eufóricos y hasta un tanto hastiados de tanto saqueo, bajaron al taller casi más sorprendidos de haberlo hallado que los que allí se escondían. Uno de ellos llevaba puesta, a modo de burla, una toca carmesí que había pertenecido a Alamanda y que debía de haberse quedado en sus viejos aposentos cuando se fue a vivir a la villa de Xerolophos. Los soldados miraron con las cejas arqueadas a los refugiados, pues no esperaban encontrar ya nadie en ese barrio. Enseguida se fijaron en Alamanda y la criada, y fueron, sin más, a por ellas. Una mujer intacta era un raro botín, pues la mayoría de las que no habían podido huir estaban ya muertas o en los campamentos, en manos de los vencedores.

Uno de los hombres agarró a Alamanda de la muñeca y dijo algo que provocó las risas de sus compañeros.

—¡No, Cleofás, por Dios! —gritó ella, viendo lo que pretendía el hombre.

Su fiel eunuco reaccionó como un resorte y se abalanzó sobre el soldado, provocando su caída. Los tres rodaron por el suelo del obrador; el cipayo se dio contra el canto de una cubeta y maldijo en turco por el dolor. Uno de sus compañeros, con pasmosa indiferencia, trazó un arco con el alfanje y, de un tajo, decapitó a Cleofás.

Todo sucedió en apenas unos instantes, pero el tiempo se detuvo para Alamanda. El cuerpo sin vida de su esclavo yacía a sus pies, en una postura tragicómica, sus enormes brazos dobla-dos de manera extraña bajo el peso de su torso, las piernas en direcciones opuestas. Sintió ganas de acurrucarse de nuevo ro-deada por su abrazo, como cuando la protegió de la tormenta en alta mar o del frío en aquella infame hondonada cuando escapó de los esclavistas. Tan aturdida estaba que no se percató de que sus dos aprendices fueron pasados a cuchillo sin miramientos y la criada llevada como un saco de trigo a espaldas de uno de los cipayos.

—Cleofás, mi valiente... —gimió ella, arrodillándose al lado del cadáver.

El soldado que la había agarrado, maldiciendo todavía por el dolor que le producía el golpe, asió su pelo y la llevó a rastras hacia la salida. Los demás estaban removiendo todo lo que ha-llaban en el taller, buscando algo de valor. Pero allí no había nada más que telas, tintes y mordientes. Frustrados, lo tiraron todo al suelo, dispuestos a saquear la siguiente morada. Sus ob-cecados ojos no supieron ver, en ese revoltijo de tejidos, la toga púrpura que había sido del emperador.

La llevaron en volandas callejuela arriba. Comprobó con cierta sorpresa que era casi de noche; encerrada en el sótano no había tenido noción de las horas. Al llegar a la cuesta de San Emiliano, una de las arterias que, como una espina de pez, desembocaban en la Mese, el grupo de cipayos fue interceptado por una cohor-te de jenízaros. La rivalidad entre estos dos cuerpos del ejército otomano era legendaria, y se habían producido ya numerosos enfrentamientos entre ambos tras la toma de Constantinopla. Los soldados de caballería desenvainaron sus alfanjes mientras mascullaban exabruptos.

De la tropa de jenízaros se avanzó un oficial de alto rango, un *sanjak-bey*, que preguntó algo en turco señalando a Alamanda. Hubo momentos de discusión, pero incluso los cipayos respetaban la autoridad de un bey. Ante la frustración del guerrero que la había reclamado para sí, Alamanda, sin saber cómo ni por qué, cambió de manos.

—Vos sois la *Reina de la Púrpura*, supongo —le lanzó el oficial en perfecto griego, más una afirmación que una pregunta.

Ella tenía las mejillas cubiertas de mugre con regueras blancas producidas por las lágrimas; su cabellera cobriza estaba suelta, ondeando al viento, descubriendo su oreja deformada. Iba descalza y vestía un simple sayo de trabajo bastante deteriorado. Era difícil ver en ella a una reina.

—Sé que eso es lo que me llaman algunos —contestó con la insolencia que le daba el hastío—. Pero como veis, mi reino no existe. Lo he perdido todo...

Se sentía abatida y aturdida como aquel día tras ser capturada por los traficantes de esclavos. Entonces creyó haber perdido a Cleofás; ahora, sin embargo, lo sabía con certeza.

—Espero que los soldados no os hayan hecho daño —siguió diciendo el bey, con sorprendente amabilidad—. He recibido la orden de buscaros por las ruinas de la ciudad y llevaros ante el sultán. Sinceramente, no confiaba en hallaros; y, menos aún, con vida. Vengo de vuestra villa, que, lamento deciros, ha sido desvalijada de arriba abajo. Poco queda en ella, pues hasta los quicios de las ventanas han arrancado. Iba ahora a vuestro obrador, y, por Alá, loado sea Su Nombre, me congratulo de haber llegado a tiempo.

El hombre, un caballero de unos cuarenta años, de barba entrecana y una sonrisa sesgada por una leve cicatriz, tenía ojos amables. De manera cordial, pero firme, la invitó a acompañarlo.

—Sabemos que poseéis un libro —le dijo el oficial—. Sobre la púrpura. El sultán estaría muy agradecido si se lo pudierais mostrar.

La ciudad aún ardía por los cuatro costados. A poca distancia de allí se oían los gritos de unas mujeres que estaban siendo violentadas; unos perros ladraban de terror ante la tortura que algunos jenízaros practicaban sobre turcos desertores del príncipe Orján, a los que estaban despellejando vivos, pulgada a pulgada. Había cadáveres en todas las esquinas; algunos soldados se ocupaban de amontonarlos y prenderles fuego tras rociarlos con aceite. El olor era mareante y enfermizo. Sus pies desnudos estaban cubiertos de sangre ajena, pues esta se deslizaba por los regatos como agua de lluvia.

—No comprendo... —empezó a decir; pues lo absurdo del mensaje de ese hombre superaba lo que su desconcertada mente podía abarcar.

Volvieron al obrador, y hubo de soportar de nuevo la visión del cuerpo de Cleofás. Recuperó el valioso libro de su escondrijo y se lo ofreció al oficial, pues poco le importaba ya cualquier cosa.

—No, mi señora. El libro es vuestro, y mejor que se lo lleve vuestra merced al sultán.

—La perla inexpugnable, la capital milenaria, a mis pies.

El sultán Mehmet hablaba un perfecto griego. Y hasta se ofreció a hablarle en latín. Era un hombre culto, educado y refinado a pesar de su juventud, pues contaba solo veintiún años. Pero la rabia rebullía en el corazón de Alamanda, todavía herido por la pérdida de Cleofás. Caminando con los jenízaros hasta el palacio de Bucoléon, pasado el puerto Juliano, había recuperado su presencia de ánimo, y ahora tenía ante sí al máximo culpable del cataclismo que había asolado aquella ciudad.

—Si os enorgullece este infierno, es que sois el mismo diablo.

Mehmet se rio, con un deje de amargura. Miró largamente a la cristiana de pelo cobrizo que tenía delante. Admiró su piel blanca, su perfecto rostro moteado de tenues máculas, solo visibles de cerca. Era más alta que el sultán, probablemente, a pesar de que las botas de montar otomanas que él calzaba siempre alzaban su cuerpo al menos dos pulgadas. Podía matarla allí mismo, y la olvidaría en pocas horas. Mejor, podía pedir a su eunuco que la lanzase por la ventana y disfrutar así de su grito de horror hasta chocar con el empedrado.

Avanzó hasta el balcón, pensativo. Miró hacia abajo, y se imaginó el cuerpo de Alamanda, la *Reina de la Púrpura*, reventando contra la calle. Un reguero de líquido rojo serpenteaba por entre las losetas del empedrado. Miró al frente, a la luz escarlata de las casas incendiadas, escuchó los gritos de las víctimas y las risas y aullidos de los saqueadores, sus hombres, sus fieles soldados. El aire iba lleno de ceniza y muerte; olía a desesperación, pavor y odio. Como debía oler el Infierno.

Más abajo, cerca de una plaza que se abría a un prado, unos jenízaros de su cuerpo de élite se ensañaban con dos muchachos que habían tratado de huir. Uno de ellos, con una saeta clavada en el muslo, se giró para hacer frente a sus atacantes, o pedirles clemencia. Un soldado turco le cercenó el cuello de un certero mandoble. Los compañeros del verdugo jalearon su acierto y la limpieza del golpe de espada mientras la cabeza del desdichado rebotaba sin vida contra las losas. Rodó por el prado hasta detenerse junto a un arbusto de flores amarillas. El otro cristiano se puso de rodillas, histérico de pavor; los soldados lo asieron por el pescuezo y lo martirizaron haciéndole cortes con sus dagas, riéndose de sus gritos, hasta que uno de ellos puso fin a su suplicio hundiéndole el puñal en las entrañas.

Una lágrima se escurrió por la mejilla del sultán, sorprendiéndolo. Al entrar en el ruinoso palacio de Bucoleón, sobre el que había leído, de niño, las más fabulosas historias de lujo y poder, había llorado también, citando unos versos de su poeta favorito, el persa Shirazi: «La araña teje las cortinas en el palacio de los césares; el solitario búho marca el cambio de guardia en las torres de Afrasiab». Era un canto a la decadencia y a la melancolía por la gloria perdida.

Otra lágrima se unió a la primera en la comisura de sus labios. Se las secó con el dorso de la mano. No lloraba por los muertos; estos eran inevitables en toda guerra, y más en una guerra de conquista. Lloraba por la muerte de la gloriosa ciudad, la capital del imperio que tanto había anhelado. Lloraba por la ironía de haberla domeñado sin haber podido evitar su destrucción una vez la hizo suya.

Había apostado guardias en algunos puntos clave, como Santa Sofía y la basílica de los Santos Apóstoles, la que iba a ser sede del patriarca de sus nuevos súbditos cristianos. Pero el resto de las joyas de Constantinopla se estaban esfumando bajo los pies y las garras de sus soldados. ¿Era necesaria tanta destrucción? Con un suspiro se dijo que sí, que no había otra manera de imponer su dominio, de cumplir el sueño que alentó su vida desde que tuvo uso de razón.

—¿Por qué no ponéis fin a esta barbarie? —le gritó la cristiana a sus espaldas—. ¿Por qué permitís tanta crueldad? La ciudad ya es vuestra; ¡sois dueño y señor del Imperio! ¿Qué más queréis?

Despacio, Mehmet exhaló un largo suspiro y se dio la vuelta, clavando su mirada en los ojos de color de miel de Alamanda.

—Prometí a mis hombres tres días de saqueo. Es la costumbre —se justificó.

—¡Es una costumbre bárbara!

—¡Es una costumbre cristiana! ¿O es que acaso no os han contado lo que vuestros correligionarios hicieron en esta ciudad hace más de doscientos años?

—¡Esa gente no tiene la culpa!

—Nunca nadie tiene la culpa de nada. Esto no va de culpas, va de forjar la historia.

—¿Historia? ¡Por Dios bendito! Son madres, niños, familias, que lo único que quieren es vivir en paz. ¿Qué les importa la historia, o quién les gobierne? ¿Creéis de verdad que algo en sus vidas va a cambiar si reemplazáis a Constantino? Pues ¿por qué os ensañáis con ellos? ¿Qué mal os han hecho? ¡Sí, os llamo bárbaro, puesto que esto es lo que sois!

—¡Silencio! —gritó, de pronto Mehmet.

Uno de sus jenízaros de la guardia personal se adelantó para golpear a Alamanda por su insolencia, pero el sultán le detuvo de un gesto.

—¿Vos creéis —preguntó Mehmet, tras una pausa— que en cien años alguien recordará a alguna de las infortunadas víctimas de esta rapiña? ¿Creéis que alguno de estos seres insignificantes iba a cambiar el mundo si los dejáramos con vida? ¡Por supuesto que no! En cien años, ¡qué digo, en mil!, la historia me recordará a mí, porque yo he sido el ujier de una nueva era en el mundo, del fin de la tiranía de los cristianos y del advenimiento de la era de Alá, el Dios verdadero.

»Pero no sufráis —añadió, de repente, cambiando de tono—, que por mucho que me llaméis bárbaro, no lo soy. Quiero crear aquí mi nueva capital, la nueva sede de gobierno de un imperio eterno, en el que tengan todos cabida. De hecho, una de mis primeras decisiones ha sido traerme al patriarca cristiano Genadio y ofrecerle la basílica de los Santos Apóstoles como sede de su Iglesia. Y será respetado, esto lo garantizo. Así como también los judíos. Pues dice el sagrado Corán que se debe respetar a los que profesan las religiones del Libro. Mañana ordenaré que cese el saqueo. Decretaré que los supervivientes puedan volver a sus casas, sean de la religión que sean y ninguno será molestado. Prepararé una fiesta para celebrar la conquista y todos estarán invitados a participar, pues son ahora mis súbditos, y cuidaré de ellos. Y he puesto bajo custodia a los sobrinos de Constantino; merecen ser respetados por pertenecer a estirpe de césares. Vuestro enloquecido emperador prefirió hallar la muerte antes que rendirse, y lo comprendo. Pero yo lo habría tratado con deferencia de haberlo capturado con vida.

Alamanda lo miró fijamente a los ojos. El sultán Mehmet era un joven de cierto atractivo, de anchas espaldas y manos grandes. Tenía la nariz aguileña y el rostro enjuto, con una boca que formaba una línea recta bajo un bigote estrecho. No era excesivamente alto, pero emanaba fuerza y poder. En su mirada vio fuego, inteligencia, decisión. No entendía cómo los pomposos y barrigudos funcionarios imperiales podían haberlo tomado por un pelele manipulable. Se comentaba que, al morir su padre, había mandado asesinar a su hermano menor, apenas un niño, para que no pudiera disputarle el trono. Al niño lo ahogaron en una tina de aceite, y, después, se decía que Mehmet lloró y ordenó decapitar al asesino.

Era evidente que aquel hombre era decidido y ambicioso, y poseía dotes de mando y una visión. Todo ello lo vio Alamanda en sus ojos, aunque también creyó entrever una chispa de humanidad, de deseo, de pasión.

—Vos y yo no somos tan diferentes —le dijo él de pronto, sorprendiéndola, pues ella estaba pensando lo mismo—. Somos ambos conscientes de que Alá, alabado sea Su Nombre, nos ha puesto en este mundo con una misión, y no nos hemos detenido hasta cumplirla. Sí, conozco vuestra historia. Por ello he ordenado que os trajeran hasta mí.

—No nos parecemos en nada —espetó ella con menos convicción de la que sentía. Tenía dudas, pues ¿acaso no había matado ella a Alberic y a Ladouceur, había quitado las botas de piel a una pobre esclava para sobrevivir y golpeado a otra sin razón alguna? ¿Qué habría sido capaz de hacer si un pueblo entero se hubiera interpuesto entre ella y sus sueños? De haber tenido un ejército a su disposición, ¿lo habría arrasado todo con tal de alcanzar su meta?

—No nos parecemos —dijo ella, finalmente— porque mi misión era crear, no destruir.

Mehmet sonrió.

—Oh, pero aquí es donde os equivocáis, mi señora. Lo que vos creáis se lo llevará el viento; lo que yo construya aquí sobrevivirá mil años. Decidme —le dijo entonces, sentándose en un diván ajado pero todavía vistoso—, ¿por qué creéis que os he hecho traer?

—Para regodearos de mi desgracia —contestó ella con despecho.

Mehmet se rio.

—¡Cuán importante creéis que sois! No, el sultán del Imperio otomano no necesita deleitarse con la suerte de una plebeya artesana. Os he hecho venir porque pretendo ser ungido césar del imperio, en la tradición romana. Voy a ser yo quien devuelva el esplendor a la tradición clásica del Mediterráneo.

—¿Un emperador mahometano?

—Los emperadores solo son cristianos desde Constantino el Grande. Mil años tenía Roma antes de que sus habitantes abrazaran a Cristo. Y mil años más ha durado en las manos del Dios cristiano. Ahora es el tiempo de la fe verdadera, el Islam. Y yo seré el primer césar musulmán; el primero de cientos, pues mi imperio durará otros mil años. Así pues, quiero que trabajéis para mí; necesito vuestra púrpura.

Las piernas de Alamanda flojearon. Todos los hombres de poder se habían acercado a ella desde que redescubrió el secreto de la púrpura. Ahora se le hacía de nuevo insoportable tener que volver a lidiar con intrigas, a someterse a los caprichos de un monarca. «La esfera de los poderosos» de la que le advertía Mordecai pesaba sobre sus hombros como el globo terráqueo sobre los de Atlas.

—Antes... —empezó, con la voz floja, sin la arrogancia de hacía unos instantes— moriría que serviros, alteza.

El sultán enardeció la mirada, contrariado por esa negativa tan frontal. Uno de sus *kapikulu*, generales ligados por servidumbre al sultán, trató de llamar su atención por alguna cuestión relativa a los pocos focos de resistencia que aún quedaban en la ciudad, pero Mehmet quería despachar primero el asunto que lo ocupaba.

—Cometéis un grave error, mi señora —le dijo a Alamanda con sorprendente dulzura, tras suspirar un par de veces para recobrar la calma—. Yo podría haceros más rica y más feliz de lo que jamás Constantino podría haber logrado. Decidme: ¿qué deseáis?

Alamanda rompió a sollozar. El propio sultán se levantó y la sentó en el diván.

—Estoy muy cansada, alteza. No me veo con fuerzas...

—Tan solo tenéis que decirme que necesitáis y a vuestra disposición lo pondremos.

Ella le contó los problemas de suministro, le dijo que los señores levantinos empezaban a grabar con tasas la recolecta de caracoles.

—Yo conquistaré Fenicia para vos, mi señora. No debéis preocuparos por eso.

Mehmet, el joven sultán de barba rojiza y ojos sagaces, se había sentado a su lado y cogió una de sus manos con delicadeza. Ella lo miró largo rato, temblando, escrutando a ese hombre capaz de mandar tantos ejércitos, ese comandante extraordinario que había conseguido lo que nadie había osado hacer jamás. ¿Era cierto que, en el fondo, no eran tan diferentes?

—Lo... lo siento, no me veo capaz... —dijo, al fin—. Dadme muerte de vuestra mano, os lo ruego. Lo he perdido todo. No puedo seguir haciendo esto...

Estaba agotada, sin fuerzas. Veía que ese era su final, que su vida y su obra terminaban allí. Y se dijo que moriría satisfecha con su desempeño, pues había visto la mirada de Dios en ese maravilloso color que logró devolver a la humanidad, y se sentía privilegiada por ello.

Tras un rato en el que la mirada punzante del sultán le atravesó el alma, Mehmet soltó su mano, se incorporó y volvió al balcón, dándole la espalda.

—Sé que tenéis un libro —dijo.

Alamanda apretó contra su pecho el bulto que le habían obligado a llevar hasta allí.

—Dejadlo sobre el diván y marcharos.

Tras unos instantes de duda, decidió que la hora había llegado. Desenfundó con cuidado el *Libro de la púrpura* de su envoltura de seda carmesí, lo sostuvo entre sus manos, lo olió y lo besó, y extrajo de su interior el pedazo de tela púrpura que, tantos años atrás, había dado sentido a su vida. Dejó luego el libro sobre el diván, entre lágrimas, y se levantó.

—He visto que sois hombre de cultura —le dijo al sultán,

que seguía dándole la espalda—. Guardad este libro como un tesoro, os lo ruego.

Sin darse la vuelta, Mehmet hizo un gesto con la mano. Alamanda se dispuso a salir del palacio de Bucoleón, con la incertidumbre de lo que podía esperarla allí fuera. De pronto, se detuvo y giró la cabeza.

—El secreto de la fijación del tinte —explicó con un hilo de voz— es el agua de mar.

Mehmet la miró, desde el balcón. Su silueta se recortaba contra el fulgor rojizo de los fuegos que asolaban la ciudad.

—Hay que lavar los paños en agua de mar, disuelta en tres octavos, para que el pigmento se fije para siempre. Esto no lo explica el libro...

Mehmet se acercó al diván con pasos deliberados. Cogió el libro con dulzura y lo admiró. Luego volvió a posar la vista en aquella fascinante mujer y asintió levemente.

—Permitidle que recoja sus cosas —le dijo al *sanjak-bey* que la había llevado hasta allí— y escoltadla hasta la puerta de Oro. Respondéis con vuestra cabeza de su salvaguarda.

Con una última mirada al *Liber purpurae*, y la sensación de absoluto abatimiento que invadía sus extremidades, Alamanda salió del ruinoso palacio para siempre, seguida por los ojos penetrantes del sultán Mehmet, el conquistador del último reducto del milenario Imperio romano.

El *bey* la ayudó a subirse a una burra y la acompañó de vuelta a lo que quedaba de su obrador. Pudo recoger la capa púrpura y una pequeña bolsa escondida con algo de dinero que había burlado a los saqueadores. Convenció incluso al oficial para que sus hombres la ayudasen a cubrir el cuerpo de Cleofás con cascotes hasta confeccionar algo parecido a una sepultura, junto a la entrada del regato que ascendía del canal.

Después, una docena de hombres la escoltaron hasta la puerta de Oro, a poniente.

—No sufráis, señora, que ya está todo negociado —le dijo, con amabilidad, el *sanjak-bey*.

Ella no comprendía qué había querido decir, pero no tuvo aliento ni para preguntar. Iba encorvada sobre la capa imperial, apenas oponiendo resistencia al vaivén lento y pesado de la burra, demasiado cansada de la vida como para pensar.

Cruzaron la puerta y el oficial indicó a sus hombres que podían volver. Se quedó él solo con un retén de dos soldados a unos cuantos pasos por protección.

—Esperaremos aquí —le dijo.

¿Esperar? ¿A quién?

Apenas llevaba unos minutos, parada sobre la burra, que había comenzado a pastar pacientemente, cuando se acercó Barnabas, el enano griego, capitán de la *Inverecunda*, con una antorcha encendida. El *bey* le entregó las bridas del animal, recibió una bolsa y, tras abrirla para ver su contenido, se despidió de ella deseándole suerte.

—¿Me habéis comprado? —preguntó Alamanda al marinero, con incredulidad.

—He pagado por vuestra libertad, sí.

—¿Vos? ¿Por qué haríais una cosa así, miserable rata, dos veces traidor?

Barnabas esbozó una mueca, una resignada sonrisa ladeada.

—Me han pedido el favor, pues tengo buenos tratos con algunos otomanos. Y no he podido negarme, tratándose de vos.

Sin dignarse a dar explicación alguna más allá de ese comentario, el hombre arrastró la burra unos minutos, abandonando la Vía Egnatia para adentrarse en una playa, cerca del cabo Elayon. Una vez allí, lanzó un silbo agudo y luengo de cara al mar que pronto recibió respuesta. Le pidió entonces a la mujer que descabalgase, pues la burra era parte del trato.

—Bien, mi señora —le dijo luego el enano—, nuestros caminos vuelven a separarse. Quizá para siempre, esta vez. Sabed que, aunque sé que no soy correspondido, os tengo en muy alta estima.

Antes de que ella pudiera responder alguna cosa, dio media vuelta y se fue, con el caminar grotesco de sus cortas piernas, tirando del animal, de nuevo hacia el interior.

Unos instantes más tarde, un par de luminarias se encendieron en el mar, y Alamanda vio que se acercaba un batel. En la proa, con el mirar ansioso iluminado por la incierta luz de la llama, la miraba, de pie, altivo y nervioso, el capitán Eliseu.

Epílogo

Llegaron a Roma casi de noche. A pesar de haber arribado al puerto de Ostia más tarde de lo previsto, decidieron emprender de inmediato el camino hasta la sede pontificia tras haber recibido el mensaje de que Nicolás V había caído enfermo después de un intento de asesinato. Alamanda se creía obligada a informar al Papa en persona del fracaso de su gestión. No hacía ni medio año que había salido de la Ciudad Eterna sintiéndose elegida, caminando en una nube, con la cabeza altiva. Dios había castigado su arrogancia arrebatándoselo todo de la manera más cruel y haciendo fracasar para siempre aquella unión entre las dos ciudades más importantes de la cristiandad, misión en la que se había visto involucrada sin quererlo.

El capitán Eliseu, que trató de disuadirla de ese viaje y quiso argumentar que lo mejor para ella sería volver a Barcelona, la miraba ahora con preocupación. Sus ojos, siempre tan vivaces, estaban hundidos en dos cuencas grises; sus mejillas habían perdido el color, y sus labios temblaban a pesar del calor constante que los envolvía. Cabalgaba sobre su mulo hecha un ovillo, encerrada en sí misma, con la mirada perdida en el infinito, las manos exangües agarradas sin fuerzas a la brida.

Hallaron alojamiento en una posada en el Trastevere, justo pasada la puerta de San Pancracio, cerca de la iglesia de Santa Cecilia. Eliseu pagó por adelantado y habló de Alamanda como «mi esposa» para evitar problemas. La acomodó en la cama y se fue a llevar los mulos al establo para hacer tiempo. Aún se sentía incómodo estando a solas con ella, pues no sabía si sus excusas y su rescate habían ablandado su corazón. En el pasado se había comportado con ella como un miserable. Durmió esa noche en el suelo, para no molestar su sueño, y, al alba, la despertó suavemente y se fue de la habitación mientras ella se aseaba y se vestía.

Llegaron a Santa María la Mayor justo antes del oficio de tercias. Alamanda llevaba en sus manos, doblada con mimo, la capa púrpura que le confió el emperador, porque quería entregársela al Santo Padre. Con cierta amargura, pensaba que la voluntad del Papa se había cumplido: nunca más un emperador de Oriente luciría la púrpura.

Tuvieron que esperar más de una hora, pero, al cabo, el Santo Padre los recibió y los hizo pasar a aquella salita aneja a la biblioteca en la que ella le había besado el anillo por primera vez unos meses atrás.

El altivo y entusiasta Nicolás de entonces se apareció ante Alamanda como un hombre avejentado y gris, de pronunciadas bolsas bajo los ojos y un temblor nervioso en la comisura izquierda de los labios. Avanzó con la cerviz inclinada, mirando al suelo, frotándose las manos por tener algo que hacer con ellas; nada recordaba en él a ese pontífice imperioso y altanero, de espalda recta y barriga de buen yantar que le había mostrado con orgullo su vasta biblioteca, que le había hablado de la Era del Humanismo con ardoroso entusiasmo. Habían tratado de darle muerte en un complot que involucraba a las más altas esferas de la curia y la aristocracia romana, pues su programa de reformas le había granjeado numerosos enemigos.

—Hija mía —le dijo, tras carraspear—, no esperaba volver a verte.

Alamanda se arrodilló y le besó el anillo. Detrás del Santo Padre entraron el camarlengo y un dominico.

—El emperador Constantino, que en paz descanse... —empezó ella, debiendo interrumpirse pues las palabras se le ahogaban en la garganta—, me pidió que os dijera que nunca renunció a la púrpura. Aquí tenéis su capa, que yo misma teñí y que lució con orgullo hasta el último momento. He venido a deciros, santidad, que fracasé en la misión que me encomendasteis.

Nicolás puso ambas manos sobre la capa, perfectamente doblada, que sostenía Alamanda, y la miró con fijeza a los ojos. Ambos se echaron a llorar en silencio.

—Nunca pensé que la amenaza fuera tan real —dijo el Papa, al cabo de unos segundos—. No os culpéis, pues no debí perder el tiempo con mis exigencias fatuas. Dios me castigará, ya que no he sabido acudir en auxilio del rebaño que más me necesitaba... Mi culpa es mi penitencia.

Zarparon de Ostia a principios de junio del Año de Nuestro Señor de 1453, rumbo a Barcelona. Sobre el tendal de popa de la galera, Alamanda avizoraba el horizonte, hacia el oriente, preguntándose qué debía estar pasando en esos momentos en Constantinopla, qué sería de sus amigos Mordecai y Sarah. Y, más allá, al final del mar, qué debía ser de su obrador de púrpura de Tiro. Lo último que sabía era que Nazerin había debido ir al norte con su marido a guerrear contra los otomanos.

El capitán Eliseu se acercó con sigilo por detrás, sin querer interrumpir su meditación. Se apoyó sobre la regala; ella lo miró con ternura, posó la mano encima de la suya y trató de sonreír. Él la abrazó, para mirar la línea del infinito juntos.

Arribaron a puerto, tras otear a lo lejos el humo de los diez mil fuegos de la ciudad, en un caluroso día de verano, húmedo y empalagoso como solían ser en aquella época en Barcelona. Enseguida avistaron sobre el malecón a la rotunda Marina, que hacía horas que miraba mar adentro con ansia, advertida de su próxima llegada. Iba con su marido, el guadamacilero, alto y seco como una espiga y un par de niños que correteaban, excitados con los peces que comían lo que les echaba la gente. A Alamanda se le llenó de gozo el corazón, y pensó que, al fin y al cabo, todo había valido la pena.

—¿Qué piensas, Alamanda? —le preguntó Eliseu, ansioso por saber cómo se sentiría su amada al volver a su ciudad, deseoso de hacer que fuera dichosa a pesar de todo lo que había dejado atrás.

—Pienso... que la vida es aquello que ocurre a nuestro alrededor mientras nos afanamos por perseguir nuestros sueños.

El capitán no la entendió, pero le preguntó si estaba contenta de haber vuelto. Ella se lo pensó, sonrió, y se dio cuenta de que se sentía feliz y en paz por vez primera desde su huida de Constantinopla.

Los años han trocado el cobre de mi pelo en plata. Soy vieja, y me enorgullezco de ello. He vivido varias vidas en una sola y estoy cansada. Mi buen Eliseu nos dejó el año pasado, después de casi treinta años de convivencia, en los que aprendimos a confiar el uno en el otro, a aceptar nuestras rarezas y, sí, también a querernos, a pesar de los pesares. El pequeño pececillo de bronce, que aún llevo sobre mi pecho, tan desgastado ya que apenas sí se ve su forma, me recuerda ahora a dos de las personas a las que más quise en mi vida.

Nunca más supe de mi querida Nazerin, aunque, años después de mi regreso, me llegó la terrible información de la caída de Fenicia y Siria a manos otomanas. Dios quiera que haya tenido una vida larga y feliz. Sí tuve noticias, en cambio, de Mordecai y de Sarah. Aunque infrecuentes, nuestras cartas cruzaban los mares y a veces llegaban para transmitirnos confidencias y buenos deseos. Volvieron a Constantinopla y creo que allí siguieron hasta el fin de sus días; por ellos supe que mis oficiales Siranush y Chaim, que regresaron con los judíos, habían contraído matrimonio y adquirido una pequeña tenería en el Gálata. Mas, a pesar del creciente comercio con las tierras levantinas, jamás volví a ver un paño teñido de mi púrpura. Tal vez los caracoles se agotaron; o quizá las guerras que solivian la región con frecuencia impidieron que el sultán Mehmet, ese joven intrépido y de ambición desmedida, pudiese dedicar tiempo y recursos a re-descubrir los secretos del color divino.

Sí, a mi edad ya solo me quedan los recuerdos. Y las sombras de todas aquellas gentes que, para bien o para mal, hicieron mella en mi existencia. De cicatrices tengo llena la memoria. Y de un sueño que aún persiste, que algún día fui capaz de crear un color como ningún otro. Y de ese libro que perdí a manos de infieles y que fue solo un capítulo en el libro más vasto de mi vida.

Quizá sea tiempo ya de pasar la última página...

Agradecimientos

Esta novela ha visto la luz gracias a la fe de Lucía Luengo y Carmen Romero, editoras de Penguin Random House, que vieron potencial a la historia que les presenté. Y también gracias a su compañera Clara Rasero, siempre dispuesta a atender mis dudas y preguntas durante el proceso creativo. Hago extensible mi agradecimiento a todas las personas de la editorial que tan buen y concienzudo trabajo han hecho para que el texto tuviera la menor cantidad de errores posible.

Quiero agradecer también los comentarios de mi mujer, Paula, mi suegra, Isabel, y mi primo Raimon, habituales lectores sufridores de mis manuscritos. Ellos y el resto de mi familia me han dado la energía y el empuje para terminar esta compleja historia en la que he volcado mi alma.

Por último, quiero hacer una mención especial a todas aquellas mujeres extraordinarias a las que la historia ha optado por olvidar. Meterme en la piel de Alamanda, personaje de ficción, y acompañarla a lo largo de su viaje ha supuesto una edificante lección de humildad; si bien la vida nunca es fácil, a lo largo de los siglos siempre ha resultado mucho más difícil para ellas.

Constantinopla en 1453

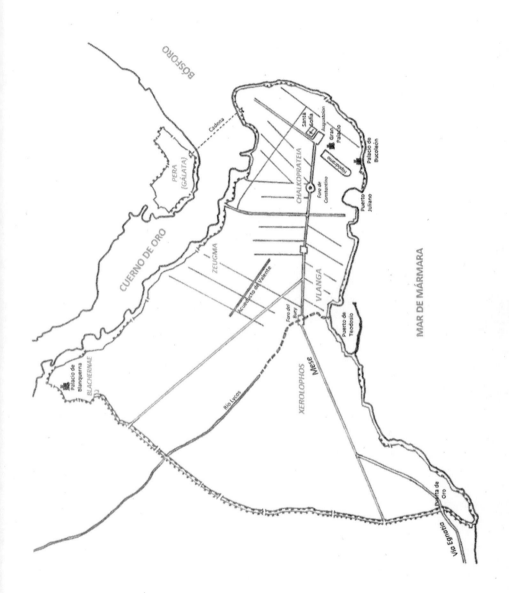

Ruta de Alamanda hacia Oriente

Ecclia sa...